Ian Lukas Bard lleva años escribiendo poesía, artículos y cuentos cortos, pero sorpresivamente decide intentar entretenernos al publicar primero esta novela inédita. Es una narrativa que a ratos pareciera una colección de cuentos con un tono sugerente y epistolar, que los envuelve y comunica entre sí, hilando coincidencias y contradicciones de forma provocativa, como quien conecta riesgosamente puntos distantes en una tela con aspiraciones artísticas, usando colores opuestos, a ver cómo se resuelven.

La idea central surgió originalmente de un viaje mental, un poema espiritual, algo que intentase explicar por qué sin esperanza, sin amistad y sin amor este viaje que denominamos vida no tiene sentido alguno y que sin esos tres elementos sortear los retos y los obstáculos que se nos presentan en el camino sería simplemente imposible.

Ian Bard ha vivido entre ciudades como Miami, Los Ángeles y Caracas, de cada metrópolis ha sacado experiencias y ha desarrollado tanto personajes como situaciones ficticias. Algunos actores presentan rasgos excepcionales, otros simplemente extravagantes o caprichosos, características que hacen únicos e interesantes a los protagonistas. Es una lectura que a veces se nos antoja lenta y en otros momentos se lee fácil y se muestra rápida, definiendo así a una escritura romántica, divertida, salpicada con atrevimientos moralistas empíricos sobre política internacional combinados con el riesgo de la pasión sentimental, el suspenso subjetivo y emocional de lo anhelado pero no conseguido, la religión como alternativa válida ante lo inexplicable y la intuición para intentar el éxito, bien sea en los negocios o en el amor, amor que se convierte en su pasión, su sentimiento, su determinante.

Todos esos elementos le infieren a esta novela un carácter global, quizás ilustrativo, una manera metafórica actual de retratar e interpretar el vaivén con los variables ritmos que definen a la modernidad y la intentan enmarcar, mediante la pericia de un observador casi minucioso, dentro del detalle de la textura polifacética que representa nuestra intensa vida urbana del Siglo XXI con una especie de denominador común como aliciente, en esta ficción casi todos sus protagonistas corren, cada uno a su manera, como para conseguir su verdad, si eso fuera factible, corren literal y metafóricamente, pues todo es relativo, aunque las letras caminen más lento.

Los Corredores

La Continuidad Carece de Interrupciones

Ian Lukas Bard

ISBN-10: 0991455134
(Paperback)
ISBN-13: 978-0991455133

Los Corredores
La Constancia Carece de Interrupciones

Novela de Ficción General

2014

Autor
Ian Lukas Bard
ilukasbard@yahoo.es

Corrección
ER

Fotografías y diseño
IBA's Photography

Montaje electrónico y diagramación
MP

Agradecimientos para
ER, MP / ML, RR, FP, FV, CB, CC, AG /RAE / PG, EE, MC

A ella, mi esposa, amiga y compañera,
pasión e inspiración constante.

"2 AM and I'm still awake, writing a song
If I get it all down on paper, it's no longer inside of me,
Threatening the life it belongs to
And I feel like I'm naked in front of the crowd…"

Anna Nalick

PRIMERA PARTE

1. Encandilado

Lejana, con la brisa del mar a un lado del rostro, un poco a ciegas por el resplandor del sol sobre el agua, la vi venir. Su cara y su cuerpo eran quizás un poco distintos pero su forma de moverse al correr era inconfundible. Habían pasado 10 años. Mantenía el mismo ritmo desplegando su cuerpo erguido, los omoplatos presionados totalmente por los hombros hacia atrás, el pelo largo, suelto, ondulado, saltando de un lado al otro, brillante, su color ocre se tornaba dorado con el sol del amanecer. La ropa era moderna. Ya no era una franela vieja y aquel gastado par de Converse. Lo que vestía transmitía tecnología y enfatizaba su feminidad. Esa era la fuerza de su belleza: la sutil feminidad. Un punto medio entre lo frágil y lo intenso. Este atuendo lo subrayaba. Diez años es un trecho de tiempo demasiado largo para súbitamente parar a alguien que se te aparece encima, trotando rápida y atléticamente desde la distancia. No hubiera sido fácil ni caballeroso, pues su nivel de concentración era alto y obviamente no podía escuchar fuera de la música de su iPod. Se infiere que le agradaba lo que sonaba por su media sonrisa denotando placer. Estaba envuelta en su universo, fluía en la zona. Los corredores saben lo que significa, interrumpirlos es antipático y descortés. Al poco tiempo de que me sobrepasara sin poder precisar bien sus rasgos decidí volver sobre mis propios pasos y correr en esa misma dirección, la suya, que llevaba a ritmo rápido y constante. Había que concentrarse para seguirla de cerca, traté mientras me rindieron las fuerzas, venía agotado, la dejé continuar y así se esfumó de nuevo.

2. La Oficina

El día en la oficina era largo. Había tres negociaciones andando a la vez y no era fácil. Una de ellas se basaba enteramente en el flujo de caja descontado y para definirla bien lo de la tasa de descuento era una conversación interminable, tediosa, con muchos puntos de vista, parecía mentira que lo que se considera matemáticas pudiese tener tantas interpretaciones, todas tomadas en serio, con la seriedad absoluta de quien piensa que sabe lo que hace, sobre todo si las matemáticas se originaban en el ordenador de Amanda y, en medio de eso, yo sólo pensaba en la carrera de esta mañana, en ese amanecer sobre el mar, tal cual como es la puesta de sol en otros sitios más familiares, como Los Ángeles. Aquí en Miami el sol sale sobre el Atlántico, como si el principio del día fuese el final. Sólo pienso en esa carrera de esta mañana, en el sol sobre ese océano Atlántico que algunos aquí denominan Mar Caribe, lo cual es debatible y en ese encuentro casi cercano con ella, bailando sola sobre la orilla de la playa, es decir trotando, con esos Nike que dan la sensación de andar descalzo, los de los dedos separados, donde el agua rompe sobre la arena, esa área que a veces es tierra y a veces es agua, según el vaivén de la marea, donde trotan los duros, pues esta parte del cayo te obliga a trotar en pendiente lateral, una pierna va más bajo que la otra, la cadera no corre alineada, bien sea que vayas hacia el faro o que regreses del parque, es un camino cambiante, al que te debes adaptar constantemente y correr medio metido en el agua que ofrece resistencia, por eso es tan buen entrenamiento, no es difícil, aunque no todos lo logran con soltura y facilidad.

3. El Almuerzo

Decidí almorzar solo, no todos quieren esperar a que se cocine una pizza al horno y caminar las cinco cuadras de ida al restaurant, más la vuelta. Esto no es Nueva York. Aquí el carro manda. El caminar no está bien visto por la generalidad. Le asignan cierto aire de pérdida de tiempo si el día está bello, o de locura, si al recorrer un tramo la humedad y el calor te mojan todo el cuerpo. Hoy es un día fresco, con brisa, hay más gente sobre la acera que de costumbre, muchos sonríen al pasar. Eso he debido hacer al cruzarme con ella esta mañana, sonreírle, tratar de hablarle, para comprobar si era ella o simplemente otra. Para saber de verdad. Ahora mi imaginación no para de lucubrar y si no la vuelvo a ver pudiesen pasar otros 10 años. Eso es tiempo, mucho tiempo.

La pizza en Rosinella no era la mejor de Miami. Dicho eso, la de peperoni con aceitunas compite con muchas. Es definitivamente la mejor de Mary Brickell y sus alrededores. La masa es delgada y crujiente, los ingredientes son frescos, es hecha al momento al horno. Te puedes sentar afuera, ver las modelos caminar de ida y vuelta mientras te tomas un frío té que te rellenan sin peticiones, automáticamente. Lo de los peatones pasando es como si fuera un desfile. Exagerando, casi como si estuvieras en The Great Lawn en Bryant Park, con la biblioteca de Nueva York como fondo de escenario en plena semana de la moda. ¡No mentira! no es para tanto… pero en algo te recuerda a eso. Ves también caminar a la gente normal y corriente, gordos y flacos, feas y bellas, bajitos y altos. Observarlos de reojo sigue siendo muy interesante, se ve uno que otro desadaptado que de pronto te hará reír o enfadar, según tu ánimo. Todo ese pequeño y entretenido circo mientras comes uno de los mejores inventos de la cocina italiana, sentado placenteramente a la sombra parcial de un toldo y parte de un arbolito con flores de trinitaria, esa es tu decoración, florida entre rojos y morados es tu esquina. Es divertido, balancea la precariedad de comer en solitario. El servicio es rápido y cordial, evita que pienses que estás perdiendo tiempo de trabajo. Para no sentirme culpable me llevé mi iPad, para lucir ocupado. En realidad pensaba que mañana correría a la misma hora, por si me la encontraba de nuevo, qué esperanza.

4. La Soledad

La soledad acompaña a todos los que viven y trabajan en los Estados Unidos y provienen de otro país. Bien sean inmigrantes Europeos, Asiáticos, Africanos, de donde vengan, nadie se salva. No es una soledad necesariamente para mal. Por el contrario, pudiera ser para bien. Ello requiere de adaptación. Antes de lograrlo algunos pasan por las drogas, otros por la depresión y una manada por el alcohol. Con el tiempo la cosa pasa, el sentimiento se vuelve intemporal, surgen detalles en lo cotidiano que te sorprenden y te entretienen. Sin percibirlo, a la vuelta de la esquina, ya estás adaptado. Un día empiezas por conversar con extraños o simplemente observarlos, interactuar con ellos o verlos mientras accionan. Tratas de contarles cosas de tu vida, a medias tintas, entre verdades y mentiras, breves anécdotas que te ayudan a pasar el día generando relaciones livianas y sin darte cuenta en un rato eres amigo de la cajera del mercado, del vendedor de flores, del mesonero del restaurant, sin dudas del barman, quien muchas veces te trata como familia y te saca más información de la que querías suministrar pero a cambio te hace sentir como si pertenecieras a algo que aún no tienes muy definido. Un asomo que se arraiga en ti. Te agarra de forma sutil y brusca a la vez. No te permite volver a ser el mismo. No logras pensar igual en tu país de origen, ni en su gente, ni en tu familia, al menos no como lo hacías antes. Eres un inmigrante en un país de inmigrantes. Un extraño en un lugar de extraños. La diferencia estriba en cuantas generaciones lleva cada quien adaptándose. Lo sutil reposa en si has perdido el acento o modificado la forma de cortarte el pelo o vestirte. Detalles al fin, eres expatriado en un país de inmigrados. Un hecho u otro en sí mismo se torna en la visa, un pasaporte que te abre una oportunidad de mejorar como persona en un país que te da una oportunidad. La ocasión permite experimentar cosas nuevas que en muchos sentidos antes lucían imposibles.

5. Lo normal

De vuelta a la oficina. Llegué tarde contando el tiempo oficial de una hora para el almuerzo. Quienes comen ensaladas al mediodía rebajan ese tiempo en 30 minutos. Mientras no tomes más de 60 minutos nadie suele reclamar. Las reglas son las reglas. La reunión ya había empezado. Aparecía alguien de Nueva York en la pantalla de Skype. Su cara me era conocida pero por un instante no lograba ubicarlo, venía desconcentrado, ambilado, pensando en ella. El personaje neoyorkino comentaba que si alguien hubiese puesto su dinero en acciones de Microsoft durante la segunda presidencia de Clinton su valor de la inversión en dinero sería mas o menos igual. Rápidamente volví en mí, me integré comentado que mejor eso que haber dejado tus ahorros en Lehman Brothers. Todos rieron. Tanto en Brickell como en Wall St. Mi inteligencia emocional, esa herramienta que te permite coordinar bien para decir un chiste en el lugar adecuado en el justo instante que hará reír a propios y extraños, volvió a funcionar induciendo a que la atención se centrara en mí.

- ¿Qué nos traes de nuevo hoy dijo Zach Persson aún riendo, qué pasó con lo de Chile?
- Lo estamos estudiando. Es un fondo que depende de los créditos de parte de la banca española a sus clientes compradores de viviendas, aunque no sean de interés social. Ahora España no anda bien a nivel bancario. La economía chilena sí va por buen camino, relativamente, aún así me parece un riesgo adicional, no lo contemplamos al principio, cuando España era otra.
- ¿Y ahora que Obama fue re-electo a lo mejor ayuda también a la Banca Española, como lo hizo aquí?
- No lo creo, Zach. No es su país, no es su interés inmediato. Le entretiene hacerlos sufrir un poco, España ha vivido su destape intensamente, en todos los ámbitos. Que suden lo suficiente para que la petición de ayuda venga de Alemania, junto con Francia de la mano. Para ese momento, aunque todavía la economía española sea salvable, que lo será, los temores del mercado financiero habrán afectado a nuestra posible inversión en Chile.
- Bueno la idea era diversificarnos. Mayor riesgo y mejores ganancias. Tampoco podemos seguir con Apple; viene de los 700s a los 500s y alguien ha dicho que puede llegar a los 250s.
- Bueno depende de quién lo diga.
- ¿Como así?
- Zach, mientras almorzaba leí el periódico Barron's, dice que la acción está subvaluada y que a mediano plazo sube a los 800s.
- Pensaba que solo veías las modelos caminando por Mary Brickell al mediodía, no los modelos matemáticos de Barrron's.
- Sí, pero durante el café le doy un ojazo a Barron's y otro a cualquier Lara Stone que camine frente a mí.
- Lara Stone acaba de salir embarazada.
- No te creo. ¿Planificado, un pelón o un milagro?
- Sí, no sé, eso no lo publica Barron's. Tienes que almorzar más seguido la ensalada con nosotros aquí en la oficina para enterarte de cosas, a veces los cuentos son interesantes, no es pura farándula, se habla igual de datos de negocios, te puede servir el chisme, después de todo tu percepción instantánea de ideas no incluye a la herramienta del presagio.
- Quién sabe, no te creas. ¿Quién te dijo lo de Stone?
- Dierdra, ella siempre tiene a People abierta en pantalla. O probablemente fue por Twitter, es más rápido. ¿Por qué, qué te recuerda?

- Veamos, creo que nos hemos desviado del tema.

Así interrumpió a quien ahora había reconocido como Sandler Kelly desde Nueva York.

-Enfoquémonos – insistió Kelly - porque hemos empleado tiempo en analizar Chile y hasta ahora no hemos entrando.
-La idea original, le expliqué, es entrar en riesgo latinoamericano, el que sea, para lograr márgenes amplios con capital de riesgo. Al estudiar Chile nos damos cuenta de que aunque es la Suiza de Suramérica sus rendimientos se perfilan exiguos. Insuficientes para una medida oportuna del riesgo y por eso para nosotros tiene sus bemoles. Si la idea es sacar 1$ de USA que está rindiendo 6% para mejorar sustancialmente, Chile no parecería adecuado. Los márgenes se sitúan entre 8% y 10%. Tanta lata para obtener esa nimia asumiendo riesgo sudamericano, prefiero entonces Venezuela que pudiera rendir un 24%.

¡Estás loco!, gritaron casi todos a la vez liderados por Sandler quien se amplió comentando: "eso está fuera de toda lógica, no hay garantías, cualquier cosa puede pasar, es una dictadura disfrazada, para colmo inclinada al comunismo, son caóticos, no hay ley". Todos asintieron, menos Zach.

- Pero si ya estamos allá. ¿Tú no lo sabes Kelly? Pregúntale a Zach. Allá rinde el dólar si nos manejamos bien y las referencias que acabas de dar se parecen mucho a las de China donde hubiésemos arriesgado mucho más siendo un mercado distante y desconocido...
- ¡Chris! -interrumpió Zach- a ti la pizza definitivamente te pone a pensar. No te falta razón. Evaluemos de nuevo. Démonos una semana para tomar la decisión. ¿Les parece el lunes a la misma hora? ¿Christopher, llegarás a tiempo? No olviden, Chris está en lo cierto y Kelly lo sabe aunque le incomode el tema. Vamos a ser claros, ya tenemos inversiones en Venezuela, no sería la primera vez...
- Comeré ensalada en vez de pizza, llegaré a tiempo.

Sandler Kelly se quedó mudo, no le concernían las normas corporativas de ZaCh Mayamii Inc, luego de una breve pausa todo el mundo se despidió.

6. El truhan y de la cotidianeidad a la sorpresa

Diez minutos después Zach me abordó en mi cubículo, interrumpió un rico café que intentaba tomar con calma, pensando, cuando me preguntó: ¿en qué piensas?

-Nada, sólo revisando estrategias y en el animal ese que nos robó $800.000
-Te dije que olvidaras eso.
-A veces es difícil.
-Hemos perdido mucho más que eso en la bolsa
-Sí, pero siempre ha sido nuestra elección de riesgo, no un ladrón que decide despojarnos. Es precisamente mi argumento sobre entrar en Venezuela, si lo perdemos sería nuestra decisión y habríamos asumido nuestro riesgo.
-Volveremos a ganar mucho más. Olvida a ese tipo, es un pillo, como decían los curas españoles con aquel léxico antiguo y acartonado con el que nos educaron, repetitivo y epistolar en extremo, todavía hoy nos aflora ese mismísimo estilo en nuestro hablar diario y escribir rutinario, se ha plasmado en nuestra personalidad, aquel vocabulario obsoleto, se convirtió en nuestro léxico, aquellos modismos, algo que nos quedó incrustado de sus enseñanzas, su uso particular de la palabras permeó por ósmosis y esa bendita manía de repetir lo que uno cree testarudamente, hasta el cansancio, como si la gente no entendiese a la primera, si ánimos de resumir tesis alguna, como un buen vasco, terco hasta la médula, parecido a los mantra asiáticos, los que se repiten con las especies de rosarios esos de 180 cuentas, eso collares a los que le dicen "malas" o algo así. Bien, me desvié un poco, volviendo al tema, ese "pillo" no vale la pena, olvídalo.
- Trato, créeme.
- Dime, ¿cómo van nuestras acciones y qué tenemos hoy en día?
- Te mandé un correo a tu mail personal, ahorita tenemos esto: AAPL que ya lo discutimos y además GOOG, CF, ISRG, AMZN, IBM, SPY, CAT, MOS, CVX, VZ, BG, UTX, BA, GM,HD, CS, XOM, y por supuesto nuestro amuleto JPM
- ¿ Y como cuándo me mandaste eso?
- Después de la pizza y antes del café.
- ¿No paseaban modelos hoy o qué tenía esa pizza? te estás volviendo un adicto al trabajo, ten cuidado: eso es otra forma dependencia.
- Ni lo sueñes, aún corremos más o menos ¿o no? Además leo bastante, a veces voy al cine y trato de practicar con alguna frecuencia mi extraña combinación de karate, yoga y meditación. Tú lo sabes, mejor que yo.
- Con razón no eres bueno en nada ¡enfócate!
- Me enfoco sólo en el amor. ¡Mentira! Te echo vaina. Mira, sin joda, a nivel sublime la meditación, el yoga y el karate son tres versiones de un mismo enfoque buscando la fuerza interna y la fluidez continua apuntando hacia equilibrio físico, mental y espiritual. Lo que pasa es

que aquí en Occidente y recientemente en Oriente la gente explota el lado comercial de estas disciplinas porque es lo que les genera cobres, el resto queda para los puristas con tendencia a desaparecer.
-Somos dos caóticos, pero nos divertimos. ¿De qué estamos hablando?
-De hacer demasiadas vainas a la vez. Tú haces más cosas que yo. En eso del golf y en las motos te defiendes mas o menos. Oye ¿a qué no sabes a quien vi hoy? A Vanessa.
-¡Qué! ¿Vanessa y aquí? No te creo. Si esta ciudad es su antítesis.
-Sí, bueno no, abajo en el cayo, para ser precisos, como a eso de las 6 de la mañana, al amanecer.
-¿En Key Biscayne? ¿Qué hacía allí, qué te dijo? Esto sí es una sorpresa.
-No, no me dijo nada
-¿Todavía te odia?
-No lo sé, no le pregunté.
-¿De qué hablaron, qué le dijiste?
-Nada, no pude hablarle, ella corría hacia el faro y yo venía de regreso. Era mi final, estaba cansado, había botado el bofe. Fue un cruce de pocos segundos. En fracciones me volteé y la perseguí un rato. Traté. Se ve que apenas empezaba. Llevaba un ritmo demoledor, típico de ella, cero contemplaciones, es pura velocidad. En fin, sonó mi alarma, teníamos la llamada en conferencia con Chile, tenía que volver.
-Me matas de la risa. ¿Te temblaron las piernas, no pudiste o no quisiste alcanzarla? ¿El supuesto amor de tu vida y te devolviste para hablar con unos chilenos pretensiosos donde a sabiendas, a fin de cuentas, no vamos a invertir? Ya tú habías tomado esa decisión. Casi unilateralmente, como siempre, posiblemente hace unos días. ¿Te estás volviendo loco?
-Bueno los negocios son los negocios: "business is business", así reza el antipático afiche ese en tu oficina y no son pretenciosos los chilenos: son precisos con sus números y en cuanto a su economía pues tienen bastante de que presumir y además, aguanta ahí, no es el amor de mi vida.
-¿Ah no?
-No lo creo, mejor dicho, no lo sé, es más, no pienso en eso porque me enrollo.
-Sí tal cual. ¿No? Mentiroso.
-No lo sé, es la verdad...bueno posiblemente tengas razón ¿quién sabe?

El resto de la tarde fue tranquila. Era verdad, mi decisión sobre Chile estaba hecha. No era un no definitivo. Sí era una postergación, al menos hasta conocer mejor el panorama. Mayor atención merecía mi grupo significativo de acciones, el foco diario del negocio, tanto la acciones que manejo a nivel corporativo como las del lado personal. Por el perfil de lo seleccionado las personales son más volátiles, son un mayor riesgo, pero todas las carteras que manejo requieren de atención continua, bien sea diaria o inter-diaria. Es importante, la práctica me mantiene alerta y me obliga a revisar mucha información.

Con frecuencia mientras leo e investigo también me hidrato para la próxima carrera. Para hidratarme alterno agua con té, o jugo de naranja con limonada. Todas mis bebidas son carentes de azúcar. Varío las infusiones según el día. Dependiendo de cómo me sienta, el té será negro, verde, manzanilla o flor de Jamaica. No sigo rutinas específicas.

Ceñida y específica, disciplinada, sí, es la maña de leer múltiples fuentes financieras, me mantiene atento, despierto, al día. Con frecuencia esta rutina me beneficia también en el resto de las actividades que tienen que ver con otras áreas de negocios, de cierta manera son una ventaja, porque escuchas, observas y entiendes las tendencias fundamentales antes que el resto. Te da la sensación de estar un poquito por delante del mercado, ¿quizás sea un espejismo? Aunque en la realidad no fuera así, los demás tienden a percibirlo de esa forma, lo cual genera respeto y, a veces, inclusive, admiración. Uno bien sabe que no se debería admirar a nadie por eso, pero al final del día pareciera ayudar que te presten atención, que te pasen la mano por la espalda, el lado negativo es que puede ser peligroso, el ego se te puede inflar, sería hasta contraproducente si no lo controlases.

Sí, lo del ego puede ser riesgoso, peligrosito, eso me recuerda al difícil juego del Golf donde pretender ser más de la cuenta es un error común y se parece al mundillo del mercado bursátil es ese aspecto. En el universo de las acciones, es arriesgado pensar que uno se las sabe todas y en el Golf es similar, quien no lo crea que le pregunte al norirlandés McIlroy. En ambas actividades sucede que más de uno ha resbalado y caído en tremendo hueco, deslizándose, a veces sin percibirlo, hasta un profundo precipicio por culpa del embrujo del ego, algunos han sucumbido sin poder salir del hoyo, digo, metafóricamente y en términos económicos.

7. Zuma y las rusas

La ventaja de vivir en Brickell es que puedes caminar a casa viendo al mar. Dependiendo de la ruta que elijas son cinco cuadras viendo el mar si te vas por fuera o solo tres viendo los carros si te vas por dentro. Cualquiera de las dos alternativas estimula el pensar. A esta hora durante el "happy hour" mucha gente está corriendo, ejercitándose mientras algunos bares y sus terrazas están repletos de bebedores. Hay lugar para cada gusto o necesidad.

Voy directo a casa. Me echo en el piso a descansar la espalda mientras hierve el agua para la pasta, toca sobre dosis de carbohidratos, mañana temprano los voy a quemar. Al fondo el grupo Cold Play sonando hace la tarde más placentera. Una ventaja de vivir solo es escuchar la música que te gusta al volumen que te place, sin interrupciones.

Vanessa es sumamente musical, escucha música hasta el cansancio. Cuando vives en solitario a veces deseas, consciente o subconscientemente, que alguien te interrumpa. No sé si lo estaba pensado o la estaba imaginando en el instante que Zach llamó e interrumpió:

> -Hola, vamos a Zuma, necesito un trago, compartir con algunas mujeres y que me cuentes de Vanessa.
> - No hay nada que contar.
> - Vamos de todas manera.
> - Ya cené.
> - No mientas. Es imposible, revisé tu hora de salida.
> - Es decir, estoy cocinando.
> - Guarda eso y vamos, Sandler Kelly ha tomado un avión con Anderson y estarán aquí en una horas.
> - Pero si le dijimos que no, ¿lo de Chile no había cuajado?
> - No, él viene para otro asunto. Le interesa que nos involucremos en China. Le he dicho que China está muy lejos para nosotros. No tenemos inversión directa. Lo único que tenemos de China son acciones. Eso no cuenta como presencia allá porque atendemos todo eso desde aquí y desde Wall St. Así es como me voy a quedar, por ahora. De todas formas ellos vienen por varios negocios. Traen propuestas para distintos clientes. Igual desean vernos esta noche pues mañana estarán ocupados. No está mal, así conocemos al bendito Anderson. Si algún día crecemos hacia California o China este Anderson puede ser un buen contacto. Es un especialista, asomará inversiones interesantes, ya verás.
> - Mi curiosidad por China y por Chile han disminuido desde esta mañana y tú siempre has dicho que el mercado de California está sobrevalorado. Apuesto a que Anderson tiende a ver el potencial de California a corto plazo, su economía tiende a la recuperación.
> -No seas tan romántico, deja de pensar en ella. Además nos conviene, ellos manejan muchos reales. En cuanto a California no me hago un juicio prematuro, esperemos a ver si Anderson tiene inclinaciones de irse largo o corto.
> - Bueno, vamos, te encuentro allá en una hora.
> - O antes.
> - Ciao, es tarde, no podremos ni sentarnos, ahí nos vemos.

Zuma era un verdadero lugar de distracción. Un bebedero para todo tipo de fieras que intentan calmar la sed. Está lejos de ser el mejor sushi de Miami. Hay sucuchos desconocidos en Miami Beach que lo superan. Lo que pasa es que este espacio en plena salida del río compite en otras ligas. No es sólo el Sushi, es el resto del menú, se pasea con calidad envidiable por varios flancos de la cocina Oriental.

Mejor dicho es el bar, olvida la comida. Es la forma cómo las mujeres se inspiran para exhibirse allí. Es un magneto para la belleza, todas arregladitas, acuden con su mejor pinta, olorosas, sofisticados perfumes compiten en el ambiente. Siempre desfilan lo que está a la usanza, no escatiman. Entre ellas están las rusas que son un atraco, no todas claro, tienen su competencia. Las rusas exhiben un atractivo especial, se ven exóticas, están de moda. Son especializadas, desarrollan el fino talento de olfatear a quien tiene real, otro tipo de perfume e igual de volátil. Superan a un banquero de inversión en este rasgo. Deberíamos contratarlas para captar clientes. Para ellas si no tienes los fondos y te las quieres levantar tu campo de acción es limitado. Tienes una banda de acción en el tiempo de 45 minutos o menos.

Como un mercado próximo al cierre, vas contra reloj. No es fácil, parecido a cuando quieres bajar tu tiempo en la etapa final de un maratón. Son efectivas, te interrogan de una manera sutil. Mientras les ves las piernas y los pechos de reojo, ellas te analizan y te adjudican un valor teórico, parecen que trabajaran en el piso del NYSE. Es un juego de sutilezas y precisiones, debes contestar con propiedad. No te creas más listo, si te las vacilas estas fuera del juego.

No son novicias. Si a la media hora, por excepción, no has logrado impresionarlas en su tecla romántica (pues también son humanas) con una sonrisa igual de bella a la que tenían cuando te saludaron se darán media vuelta para no perder tiempo en alguien que no pueda llevarlas a casa (o al hotel) en un Maserati. Para nosotros es entretenido. Es similar a ir a una práctica de bateo ante un pitcher grandes ligas. Le tiramos a toda pelota tratando de batear un hit. Hasta un toque de bola con esas amazonas parecerá un home-run. Eso divierte. Al igual que tranzar a diario en la bolsa, te mantiene alerta. Es un magnífico entrenamiento. Luego de una rusa, cualquier otra mujer que sea interesada la identificas con facilidad. Te tornas experto o juzgas al resto de las mujeres meras novicias. En tu haber está que ya has bateado en las grandes ligas o por lo menos le has hecho swing a sus mejores lanzamientos, aunque te hayas ponchado, una y otra vez, eso es inevitable.

Llegamos a Zuma y estaba lleno. Tal cual Zach deseaba. Yo inicialmente pensaba en levantarme temprano para mi carrera. Mi intención no era trasnocharme. Una vez que había tragado un par de Etiqueta Negra en la rocas con

un toque de agua Evian ya no pensaba tanto en eso del trasnocho ni en la carrera. Las prioridades habían cambiado. Súbitamente veía más a lo que tenía a mi alrededor, como quien ya ha adaptado sus ojos a la oscuridad. Al frente, en mis narices, interceptaba con mis ojos lo que parecían centenas de mujeres bellas, oliendo divino, sonriendo, acompañadas de una fuerte música de fondo, de gente que iba y venía constantemente al baño, como buscando algo en medio del estruendo de un mundo de gente tratando de hablar al mismo tiempo, gritando para intentar oírse unos a otros.
Para cuando dejé atrás mi fijación en el trote del día siguiente y empecé a escuchar lo que Zach decía ya estábamos conversando con tres rusas.

Aunque sí oí su última pregunta, un tanto lejana, pero la escuché.

-¿Por fin cómo va eso, lo del "Affair Bettencourt"?

No le respondí.
Y él se enfocó en algo más divertido, mucho más divertido, sin reparar en mi falta de respuesta.

Esta rusa, sin duda, era una de las mujeres bonitas de Miami. De St. Petersburgo. Exagero, no lo sé. Nunca he estado allá. Me causa curiosidad, me encantaría conocer St. Petersburgo. Me imagino caminando por sus calles desde un buen hotel hasta el Hermitage. Descubrir, mirar miles de obras de artes, todas mujeres bellas, todas versiones de Oxana, mientras recorro mi trayecto pedestre hasta el famoso museo. Catira, flaca, alta, elegante, pelo baba, liso aun sin secado, atlética, retraída, pero con fuerza en sus ideas, políglota casi sin acentos, blanca, muy blanca, ojos gises, elegante al andar, viva, llena de energía al caminar o cuando está parada. Mi fantasía apuesta a que debe haber miles en Rusia. Especialmente en los alrededores del museo, donde después de ver tantas bellezas casi ni provocará entrar a mirar otras formas de arte. A pesar de tanta belleza, internamente había algo duro en ella. Un no sé que evocaba un pasado rudo. No es fácil de explicar. Tampoco era evidente, se percibía en ciertos movimientos. Gestos casi imperceptibles. Había un bagaje de sufrimiento, tapado pero no oculto. Recapacito y me enfoco en lo evidente, su belleza. Ignoro adrede si es un supuesto camuflaje a su interior. Pues si hubiera tantas hembras así de ricas, en Rusia o en cualquier lado, pocos pagarían miles de dólares por pasar unas pocas horas con ellas o por un tanto adicional toda una noche. Percibo su belleza excepcional, sin rebuscamientos y punto, el análisis de sus interioridades que sea tarea de otros.

Cuando la conocí yo era un cliente más en potencia. Algo dije que cambió nuestra relación. Mientras conversábamos en un café, negociando un posible encuentro. Era todo entre chistes y negocios, de pronto me preguntó cómo podría abrir una cuenta bancaria que nadie supiera que la tiene.

-Sería como un "trust", le expliqué, pero estaría a mi nombre.

Se echó a reír y preguntó:

-¿Trust? Me llama la atención ese término porque nunca he practicado eso. Nunca confío, en nadie, menos en hombres.

Bueno, le dije entre risas, medio en serio y medio en broma, la cosa funcionaría así: yo abro una cuenta en el banco y te firmo algunos cheques en blanco y además te doy la tarjeta con la clave que tú cambias y sólo tú la tienes, podrías movilizar la cuenta cada vez que quisieras y además te nombraría mi ITF en la cuenta, lo que en cristiano quiere decir que si me muero todo en esa cuenta pasa a ser tuyo. ¿Qué tal?

-¿Y todo eso se puede hacer?
-¡Claro!
-¿Y si me traicionas y sacas todo y te desapareces?
-Es tu riesgo.
-Yo te mato.
-Lo sé.
-Tu sabes que sí.
-Lo sé.
-No te rías.
-Es que me da risa la seriedad con qué lo dices.
-Tú no sabes como somos los rusos.
-Sí, lo sé, Rusa Bella.
-Y las conexiones que tengo.
-Las he visto.
-¿Dónde?
-Pues por aquí en Zuma y sus alrededores, hasta antes de conocerte, algunos cuentos son horríficos.
-Son muy rudos, de verdad, no lo imaginas.
-Lo hago, he escuchado esas cosas por ahí, algunos cuentos son de terror.

Y en ese momento se paró, fue hasta su carro, sacó dos morrales de la cajuela. Uno grande con mucho dinero en efectivo y otro más pequeño igual de repleto. Me los dio sin decir qué contenían, sin pedir recibos, sin firmar nada. Explicó que eran todos sus ahorros pero no los cuantificó. Después me dijo con voz muy dulce, sin el tono de negocios con el que había hablado antes, que me devolvía mis sobres, los que contenían los 21 pagos que le había hecho, algunos por adelantado y que ya había consumido, añadiendo:

> - Ya más nunca tendrás que pagar por mí, pero eso sí, no abuses, no quiero tener que decirte que no, sobre todo siendo el custodio de mis ahorros, y de nuevo se echó a reír .

Fue halagador que nunca hubiese gastado lo que pagué por ella. No entiendo por qué no me extrañó que confiara en mí. Sentí que lo hecho era más peligroso para mí que para ella. Medio confundido, intuitivamente, decidí ayudarla. ¿Sería pura atracción sexual?

> -Tú eres un loco, a mí no me metas en eso.

Así comentó luego mi socio mayoritario.

8. De la sociedad con Zach a las locuras de Chris

Mi socio es un inmigrante venezolano al igual que yo. Catire con pinta de puro anglosajón. Un católico rubio, alto, de ancestros irlandeses mezclados con protestantes escoceses a quien siempre confundían con un gringo. Jamás un latino le hablaba en español, al menos no de buenas a primeras. Su acento californiano del Norte, impecable, era incapaz de delatarlo. Sagaz de pensamiento, practicante de valores tradicionales con salpicaduras de pecadillos sexuales, analítico en sus métodos y en sus entrenamientos diarios para la carrera de fondo, nunca dejaba de trotar, tampoco yo, correr era su droga, su fuente de adrenalina, también la mía. Moral en extremo para los negocios, justo en lo posible, epistolar en sus discursos, tedioso en la oratoria, antiguo en su estilo de hablar por redundante, rígido como norma y flexible a ratos en su glosario, buen amigo, mi conciencia andante, mi apoyo en las crisis, confiaba en mí en abundancia, siempre estaba ahí, con ese sentido de humor que iba de cínico a irónico casi rayando en lo negro, me hacía reír frecuentemente.

Muchas veces pensaba que éramos idénticos pero si le metías un poquito de lupa éramos diferentes y ni hablar de su obsesión pontificia por analizar y pretender arreglar los problemas políticos de Venezuela, qué monótono, en esa pasión no coincidíamos, aunque él asumía que sí.

Pensé, en fin, que esto de la rusa era personal, una audacia inusitada, aquí la decisión era enteramente mía. Así lo hice, no le di más vueltas. Y por primera vez en su andar a una linda chica rusa que había sido violada, ultrajada, despojada, maltratada, tatuada para marcarla como una vulgar lata de atún, se le permitía una adaptación para mejor. Su trajinar se había iniciado a los 18 años, poco después de su cumpleaños, fatal regalo del destino. E inmediatamente fue por la fuerza llevada a América para trabajar. ¿Es eso trabajo? No le pidieron permiso, ocurrió sin consultarla, obligándola, amenazándola. Una linda chica rusa que por su habilidad e inteligencia se había convertido en una persona de confianza de sus propios explotadores ¿ironías de la vida? Su mejor vendedora, su embajadora, su mejor puta, la marca emblemática. La más buscada, la de lujo, reservada para los clientes ricos ¿paradoja?

Ahora, gracias a mí, un caraqueño bastante americanizado, 10 años después de la rusa haber visto impresionada la Estatua de la Libertad desde la borda aquel inmundo barco que le mostró el perfil de los edificios Neoyorkinos rozando el cielo gris por primera vez en una fría, sucia y hambrienta mañana de invierno, ahora, sintió repentinamente un atisbo de lo que era ese lejano concepto de libertad, le gustó ese sabor, esa primera degustación le recordó sus sueños. Libertad como la que fantaseaba de pequeña, antes de los fatídicos 18 años, allá en los suburbios bajos de St. Petersburgo, arrinconada por la pobreza. Donde corría sin parar escapada para evadir la ruda existencia por un bosque cercano, inclusive en el frío y devastador contexto. Aún en medio de tormentas de viento y nieve el trote la hacía sentir libre, moverse rápido sin pensar a dónde iba ni cuándo pararía, ignorando las mordidas del soplo inclemente del invierno. ¿Ahora otra vez o por primera vez en su vivir? El concepto no estaba claro. Libertad, sólo un atisbo, nada más, lo volvía a sentir o era la primera vez. No lo sé.

Nos levantamos temprano, a pesar de haber rumbeado y hacer el amor hasta las como las tres de la mañana. Ella no tomaba más de una copa de champagne por lo que mis cuatro o cinco whiskies, no recuerdo, seguro pegaban más duro que lo que ella hubiese podido beber. Me despertó con una sonrisa en la cara.

-Chris, mira, explícame ¿y qué es un ITF?
-Bueno si eres Nadal quiere decir International Tennis Federation, ahora, en tu caso lo que aplica es "in trust for" quiere decir que si me pasa algo a mí, lo que hay en la cuenta (en tu cuenta) pasa a ser tuyo.
-Me gusta esa idea.
-¿Cuál? Chama, no te pongas creativa. No pienses en locuras y menos utilizando los favores de tus jefes rusos. Guarda eso para nuestros enemigos. Trátame bien que somos panas. Si quieres los fondos que hay allí en la cuenta, avísame y raya un cheque o yo lo hago. No tienes por qué matarme.
-Lo tendré en cuenta…
-No me hagas reír, mejor que así sea.
-No te preocupes.

- No me queda otra, confiaré en ti.
- Y yo en ti.

9. De las terapias físicas a las mentales y a los recuerdos

He escuchado sobre las coincidencias. Dicen que si uno ayuda a alguien sin interés a veces pueden suceder cosas buenas a futuro. Ya veremos sobre esta audacia.

Para ser sinceros, admito, la atracción sexual fue un incentivo. Un alto estímulo, aunque no lo calificaría de interés. Para abrir la cuenta, me motivó darle una oportunidad a un ser humano, a una mujer. Una niña traicionada por un familiar, por un cobarde quien la vendió a la mafia en Rusia. Una joven mujer, apenas comenzando su vida adulta. Obligada contra su voluntad a someterse a una especie de esclavitud vigente en este Siglo XXI. Esclavitud de lujo, tal vez. Un sometimiento forzado a la falta de libertad, simple adaptación por supervivencia, eso sí es indudable. ¿Darwin lo hubiese aprobado? No era fácil tal estilo, existencia con fecha de vencimiento. Similarmente caducan las latas de atún que recuerdan su marca en la nuca. Al arribar las arrugas, comenzaría su curva de descenso. Aquí no aplicarían las modernas teorías de las 10.000 horas para triunfar. Perdería paulatinamente su valor de mercado. Mermaría su atractivo como generador de ingresos. Ya no sería emblemática, la marca pasaría a cualquier atractiva representante. Aumentarían los chances de terminar caminando un trecho más inmundo. Cruda realidad, apuntando hacia otra sucia travesía, sin tener nada mejor que hacer que venderse más barato para subsistir.

Oxana era diferente. Tenía algo, se percibía, no era una putica cualquiera. No lo digo sólo por su belleza externa, tenía cualidades aprendidas o innatas que llamaban la atención. Parecía aspirar a mejorarse como ser humano. Ahorraba su dinero. Gustaba de vivir sanamente, si se puede decir eso de una mujer paga. Tomaba el mínimo alcohol posible dentro de su quehacer y se alimentaba como si fuera una nutricionista experta, de esas que están de moda. De todo lo que vivía intentaba aprender. Yo tenía la teoría no confirmada de que en Rusia la vida debía ser dura. Extremadamente recia desde la cuna. Los rusos que conozco son capaces de aguantar sin quejarse las partes malas y luego pueden disfrutar sin mayores resentimientos las buenas. Igual para de seguidas volver a cargar su cruz, cual sea que les haya tocado, sin mayores lamentos externos. Me parecen admirables por su capacidad de sortear los descontentos sin tantos gimes y sollozos. Puede que sean los largos inviernos o la herencias de tantas guerras y revoluciones en sucesión lo que los endurece. Algo los nutre de valor y frialdad ante las vicisitudes. O, puede que sea genético. ¿Quién sabe?

Como contaba, primero Oxana preguntó lo del ITF, luego sin la menor preocupación, sin acusar cansancio resaca o hambre dijo:

-Salió el sol, el día está bello, vamos a dar una vuelta en los kayaks.

Mi respuesta fue sí. Todavía me hubiese venido bien un desayuno completo y luego una tranquila siesta para recuperarme. La siesta del príncipe, una de mis favoritas. Dije que sí por orgullo, para no quedarme rezagado. Esta rusa no me sometería ni tampoco se burlaría de mí.

Su jefe tenía el patio lleno de juguetes. Estábamos frente al mar en la playa de Fisher Island. Tomamos las dos canoas y enfrentamos las olas. Su estilo con el remo reflejaba escuela, me preguntaba si en el norte de Rusia usaban las mismas embarcaciones de pesca que los esquimales. El inicio era la parte más difícil al cruzar las desembocadura del canal principal del río, por donde circulan los trasatlánticos. Ya entrando en mar abierto donde hay menos corrientes, nos orientamos hacia el Norte pasando frente a varios buques de carga y otros de turismo que salían por el estuario del Miami River. Llegando a South Beach, SoBe como le dicen por aquí, nos salimos frente a la 5th St. Tomé una pequeña ventaja de 50 metros al aproximar hacia la playa, frente al puesto de salvavidas, pero más satisfacción me dio que mi canoa no fue volteada por las olas sino que aprovechando una de ellas llegué de un solo y fuerte empujón hasta bien entrado en la arena. Allí pude reírme un rato al ver como el mar la regañaba. Colocamos las dos embarcaciones en la parte trasera de la torre de salvavidas, parecían parte del equipo de rescate, esperando que nadie se las fuera a robar. Desde allí trotamos por la arena a través del Lummus Park hasta el W Hotel en Collins donde alquilamos un par de sillas de extensión en la playa y junto a esa sombrilla hicimos una buena hora de Yoga que sirvió de estiramiento y relajación. Luego pasamos a la piscina del W para desayunar unas sencillas ensaladas. Había una que incluía cebollas con remolachas y sardinas. Eso es muy ruso, pensé.

Regresamos a la playa con la barriga llena, finalmente y a la sombra de un toldo dormimos mi ansiada siesta. Dos horas mas tarde ya estábamos trotando de vuelta a South Beach para almorzar en Pink, rescatar los kayaks y volver remando a favor de la corriente hasta Fisher Island. Fue un buen paseo. Lo calificaría de día completo. A la rusa le sobraron energías o daba esa impresión.

Me despedí rápidamente con un beso. Tomé el transbordador para ir a rescatar mi carro dejado en el estacionamiento al otro lado del canal, todavía sin entender bien por qué originalmente no lo había montado y llevado en el ferry, hubiese sido más cómodo. Me monté y manejé casi por control remoto hasta llegar a Brickell. Una vez que entré a mi departamento me tiré directo en la cama si quitarme ni los zapatos, no supe de mí hasta el día siguiente, dormí profundo con el confort que le proporciona a uno el estar finalmente en su casa.

Soñé que andaba por Londres con frío, bajo la lluvia. Debió ser porque no me arropé. Por no cerrar las cortinas me levanté con los primeros rayos del sol, me sentía como nuevo, había dormido sin parar por doce horas, lo necesitaba. Sentí al moverme un dolor en la espalda, nada grave, algo leve, una pequeña secuela de la andanza en canoa, lo de remar castigó mi espalda, sería la falta de costumbre y traté de ignorarlo.

- Llegando temprano a la oficina, un Lunes, que bueno ¿te sientes culpable? No viniste el viernes, totalmente desaparecido el fin de semana, y en el primer Twitt de hoy has tenido la osadía de seguir a @Pontifex ¿es que no te da pena? ¡Sinvergüenza!
- Lo de @Pontifex fue una ocurrencia del momento. Identifiqué una oportunidad y la tomé, Zach, eso fue todo.
- ¡Pasado! Oportunidad de qué, dime, ¿de inversión, de información, de redención, de qué?
- No lo sé, estaba allí frente a mí: la posibilidad de ser uno de los primeros 100.000 seguidores del Papa Benedicto XVI. Imaginas si algún día tuviera que pedir un favor al Vaticano. Sería mi carta de presentación. De los millones de católicos del mundo enteros más otros seguidores, interesados y afines, yo quedé registrado entre los primeros cien mil. ¿Alguna puerta abrirá, no crees?
- No las del Cielo. Menos a ti.
- Con el purgatorio me contento, para empezar.
- Ni eso mereces. ¡Atrevido!
- Mira quien habla y para, bájale dos, que pareces un cura cuando usas ese léxico.
- Al menos no ando con hipocresías.
- En Psicología lo llaman dualidad.
- ¿Así lo define tu terapeuta?
- Muy buena terapeuta que es la Dra. Genevieve Trezzia, tú lo sabes, mejor que nadie.
- ¿Tu ex-amante?
- No digas eso, Zach. Primero no es cierto. Segundo nunca tuve nada con ella. Somos buenos amigos. No hay nada. Esos sucios comentarios tuyos pueden afectar a una profesional de primera como Genie y le debes agradecimiento, decencia.

- Esa Genie está bien buena ¡cuádramela!
- Genevieve no es para ti. No le gusta salir con fenómenos como tú. La aburrirías con tus disertaciones políticas sobre Venezuela, la moral, tus discursitos aquí y allá, cada uno más largo que el otro, toda esa nota epistolar, ética, tomando posición ante cualquier fenómeno, etc. Sí, yo sé, así nos educaron los curas, ¿pero a quién coño le interesa eso? ¡Y menos a una mujer! Te falta fluidez, sacúdete, tienes una narrativa lenta, esas palabras enmarañadas son de otra época, provocas modorra, qué flojera, aunque tengas razón, pareces un viejito, primo, una novela de otra época, hasta a mi se me pegan algunas de tus pendejadas, a veces, por andar tanto contigo. ¡Qué joder, pura ósmosis! A las mujeres les gusta una conversación más liviana, corta, moderna, entretenida, juguetona. ¿Me entiendes? A ellas lo que les gusta es divertirse, pasar un ratico entretenidas, olvidarse del peo que es la vida, esa es la moda, hacerlas sentir bien, bien bellas, por ahí va la cosa, menos sustancia pero más sabor, aunque suene contradictorio o tal vez banal. Debes tomarte ese trago con soda mi pana, para que no te joda, ni a ti ni a ellas... Bien, olvida esta pequeña descarga, es solo una joda, la moda no es tu fuerte ni debería serlo, exageré la trivialidades para que captes mi nota, la nota, ¿tú me entiendes?, claro, en muchas cosas tienes razón, pero sacúdete. Sí, puedes seguir siendo su paciente, sólo eso, compórtate, no seas impertinente. Ella, sin duda hace una excepción, consciente de que somos socios e íntimos amigos, hermanos. Dudo mucho que otra en su lugar te recibiera. Nunca comenta nada de lo que cada quien le consulta. Es toda una profesional, es muy decente.
- ¿Fenómeno? Debe ser porque soy un huracán y las mujeres aceptan las conversaciones de altura, las pláticas inteligentes. Existen mujeres inteligentes y profundas, y no todo obedece a la moda, ese objeto de adoración es vacío, ¿sabías?
- "Pláticas", ¿ves? De eso precisamente te hablo, ah, y se me olvidó mencionarlo, deja también el sarcasmo a un lado, confunde la cosa, hace ruido. Venga, es cierto, sí, las hay muy inteligentes, profundas, Genevieve es una de ellas, para muestra un botón, tú lo sabes. Ella te ha tratado con inteligencia y profundidad, a ti tanto o más que mí, al menos igual. Lo que pasa es que no le has gustado en ese plano, como hombre. Las relaciones románticas son otro plano, se manejan diferente, son más de inteligencia emocional, o lo que sea, menos sarcasmo y más piel, "swing con song", "feeling" y todo eso que dicen los cubanos aquí en Miami, es lo que trataba de explicarte, acéptalo, no era pura descarga esta joda, la cosa tiene que tener su cosa, así es la cosa. Genevieve te admira mucho como persona, me lo ha comentado estando fuera de consulta. A ti te elogia y yo le gusté. Oye, y aclaro, no estuvimos juntos.
- Lo que tú digas, poeta, entonces cuida las cacofonías, si nos vamos a

criticar, ¡vamos a criticarnos!
- Verga, verdad, olvida eso, esto y aquello, no echemos más vaina, paremos la joda, hoy me duele la cabeza. Cambiemos de tema. Dime, ¿qué ha pasado? Es verdad, he estado un pelo desconectado. Lo siento. Dime, qué ha habido con Apple, Google, CF Industries Holdings, Intuitive Surgical, Amazon, IBM, etc.
- Ah, te olvidaste de algunas, ¿será que te sientes culpable, pudiera ser un poquito de resaca moral? Las acciones son tu responsabilidad, ¿recuerdas? Nos movemos en la vida real. Hay que producir. Y "sin leal no hay lopa", como dicen los chinos cuando uno va a buscar la ropa lavada a la tintorería.
- Casi nunca las puedo recitar todas de memoria, como tú. Te pareces en eso a la simpática Dierdra, la recepcionista, lo que ella ve o escucha difícilmente lo olvida.
- Es sencillo: AAPL ,GOOG, CF, ISRG, AMZN, IBM, SPY, CAT, MOS, CVX, VZ, BG, UTX, BA, GM,HD, CS, XOM, y JPM, estas viendo, es simple, por eso soy el jefe.
- Supongo. Dime, ¿qué ha pasado?
- Es que no has prendido tu teléfono. No ha pasado nada. Lo usual, unas arribas otras abajo. Se salió de algunas arriba y se recogieron abajo. Unos cuantos cortos que concluyeron bien. Satisfactorio para negociaciones inter diarias, nuestro fuerte. Parece que tú y yo no estamos muy disciplinados últimamente. Por eso le dije a Kent, es oportuno su seguimiento. Sabe, hace y goza de intuición. Se parece a ti en eso. Nos mandará twitters a partir de esta tarde cada 21 minutos durante el mercado. Tendrás también una aplicación de toda la cesta, graficada y actualizada, como a ti te gusta. Serás su jefe inmediato. Ella no bebe, no sale, no tiene novio. Ella sigue el mercado los fines de semana. Ella se levanta con Barron's, Bloomberg y café. Te digo que se parece a ti en lo de las acciones.
- Me pregunto ¿Cómo conseguiste que una graduada de Harvard quisiera trabajar aquí en Miami? Ella, bonita, con conexiones, inteligente, después de graduarse con honores y ser una distinguida empleada de Barron's, con todas las puertas de Wall St. abiertas, aún y si le pagas mejor que esas firmas que conoces en Londres, Nueva York o Chicago, como lo haces, pero, ¿sin ninguna perspectiva de que la hagamos socia a futuro?
- Quién sabe. Por eso soy el jefe y sí considero hacerla socia.
- Qué sobrado.
- Es la verdad. Me encanta la idea de que ella monitoree nuestros movimientos bursátiles, es fría en su análisis, no anda con emociones y sentimientos. Se parece a ti también en eso y supongo que tres cabezas pensarán mejor que dos.

- Sabía que te gustaría para el puesto, lo había notado, financieramente piensa igual que yo. Sí, es fría y me recuerda que yo nunca me enamoré de Steve Jobs.
- Sí, por eso ganamos tanto en aquellos shorts, lástima que no fuimos igual de agresivos con el resto de nuestra cesta Apple.
- Sí, por eso soy el socio que le hace ganar más dinero a esta "gran" empresa.
-¿Qué insinúas?
- Que eso es mejor que ser el jefe.
- Eso mismo dice Doutzen Kent ¿por eso son tan afines?
- Tengo mi encanto con ciertas damas.
- Sí, usualmente con las que piensan, pero una sola te mueve el piso.
-¿Tenías que recordar eso? No sabes la frecuencia con que pienso en ella.
- ¿No dijiste que trotarías todos los días por Key Biscayne hasta que te consiguieras a Vanessa de nuevo? Eso decías, dándote golpes de pecho hasta que te jalé la otra noche al Zuma para divertirnos un rato con las rusas; por esa salidita me deberías parte de tu salud mental, supero a Genevieve en alternativas, ella por cierto ha hecho su buena labor contigo, no solo conmigo, su terapia es efectiva, la doctorcita nos ha salvado a ambos o trata de salvarnos, a cada uno por su lado, a su modo, a su manera.
- Lo sé, sí, me dio miedo.
- ¿Te dio miedo ir al Cayo Vizcaíno para buscarla o andabas ebrio y bien acompañado?
-Bueno un poco de esto y aquello, principalmente miedo. Si soy sincero: Vanessa ha sido mi único amor.
-Y que lo digas, bastante te ha hecho sufrir.
-Lo sé.
-Te encanta decir eso.
- ¿Que me ha hecho sufrir? Pasé siglos sin mencionarlo, fuiste tú quien lo trajo a colación.
- Me refería a esa expresión que siempre usas: "lo sé". En cuanto a ella, la nombras sin darte cuenta y se te lee en la mirada.
- Lo sé.
- ¿Viste?
No seas fastidioso. Yo digo "lo sé" a cada rato porque es parte de mí, se me sale solo, al menos soy auténtico. E igual en cuanto a ella, la recuerdo con cada respiro y por eso se siente en mi mirada.
-"Lo sé" y suenas medio cursi.
- ¿Vas a seguir? "Cursi, repetitivo, sincero y cargado es el lenguaje del amor cuando eres noble con tus sentimientos" ¿Alguien te criticas tus ensayos sobre política? ¡Todos en la oficina nos hacemos la vista gorda

y te escuchamos! Ese cantar de cantares, palabrita repetida tras palabrita repetida…

-¿Almorzamos hoy?

- Sí, claro, almorcemos. Esos ensayos, como tú despectivamente los denominas, analizan la realidad de un país y una economía donde actuamos a destajo pero intervenimos como hombres de negocios, la información en estos casos es poder, reconoce eso al menos, no son un sermón, es un sondeo realista, lógico y racional para adaptarnos mejor a esa crisis. ¡Ah! y no creas que no he notado que a veces obvias leer los correos que te envío sobre noticias relacionadas al tema, te la tengo anotada por ahí. ¡Si te mandara una foto de una mujer, seguro la abrirías de inmediato! Te conozco pajarito. ¿Entonces, dónde almorzaremos? ¿Y quién dijo eso sobre lo cursi y cargado de qué?

- No recuerdo, un poeta. ¿Quizás italiano o francés? De por aquí no era. Aquí no hablamos así. Cargado no sé de qué: supongo de flores, chocolates y regalos, lo usual. ¿Qué tal un pescadito junto al río en la terraza del Garcia's?

- Excelente, te espero arriba, iré en el convertible, se presta el día y el lugar.

- Lo sé. Yo caminaré para estirar las piernas y pensar un poco.

- ¡Que vaina! Y nada que se te quita esa manía del "lo se". Nos vemos allá.

Caminar desde Brickell Key Dr. hasta García's me hizo bien. Me fui bordeando el canal del río y no pude evitar que un par de corredoras que andaban trotando a esa hora me la recordasen. No puedo evitar ver su cara en cada flaca, cada rubia, que se me aproxime corriendo. Contemplo hipnotizado como se les mueve la cola de caballo contra el vaivén del ritmo de carrera mezclado con el viento mientras pierdo noción del tiempo. La cola suelta o la de las tres liguitas con las clinejas intermedias, unas veces libre y otras como las triatlonistas, las dos le sientan igual de bien. Por eso, por ella, ahora percibo cómo el viento juega con la cabellera de las mujeres, cada una pareciera tener su marca de fábrica, pero el de Vanessa es especial. Durante el trayecto estuve pensando varias cosas a la vez, es mi estilo, eso de combinar múltiples facetas mentales simultáneamente, a veces me trae problemas, algunos piensan que ando ausente, en un limbo. Al llegar al Brickell Park me adentré por ahí hasta Brickell Ave. Admiré de pasada la iglesia donde rezan los coreanos, de allí tomé S.E. 5th St. En el abastico de los italianos a lado de la tienda de la antigua tienda de "bagels" me compré una botella de agua Evian para el camino. No es mi preferencia en marca. Por su costo y por su sabor prefiero la marca Arrowhead o cualquier agua de chorro con un filtro decente; como le dicen los cubanos al agua del tubo "Miami Water" o té miamero, con hielo es suficiente y sabe bien. Es Evian la que me recuerda a Vanessa, de paso era la más fría en la nevera y hay que ser prácticos. Según ella, si recuerdo correctamente, Evian tenía laguna relación directa con la Revolución Francesa y ella asociaba eso con la idea de libertad, a lo mejor era una estrategia de mercadeo, vaya usted a saber. Crucé el Miami River por el puente de South Miami Ave, me fui bordeando el río entre lotes abandonados y algunos pordioseros que habitan la zona. Los que se ponen a descansar del sol y la lluvia debajo del concreto del Freeway I-95. Pasé de lado los desordenados negocios mayoristas de pescados de donde se originó García's con su venta al detal de pescados frescos, hasta que finalmente llegué al restaurante.

Miami tiene esa particularidad puedes pasar de lo mejor a lo peor y de nuevo a lo mejor en solo unas cuantas cuadras. La vida a veces es así, con sus su subidas y bajadas, días de claridad y de duda, iluminación y oscuridad. Son ciclos, como bien explica Genevieve con su calma parsimoniosa pretendiendo que el día no se acaba. A mí, como sustituto de la terapia práctica, me parece igual de buena esta caminata, pasando por algo de lastre entre dos puntos buenos, cada uno de los dos extremos mostrándose atractivo a su manera. Entre Brickell y el Miami River está en el medio esa tierra de nadie, una zona fea que te recuerda la fragilidad de la existencia, un alerta silente que te estimula a ser prevenido. Lo ideal sería ser previsivo para no andar caminando en solitario por ahí. Me digo que es parte de la cosa terapéutica, ninguno de los vagabundos se ha mostrado agresivo cuando camino esporádicamente por estos lados, me saludan u observan con recíproca curiosidad a alguien que factiblemente ha perdido su rumbo, igual que ellos.

García's, no es novedad, estaba repleto. Las macanas de cangrejo en la nevera de la entrada se muestran apetitosas. Como cliente local no me entretuve mucho abajo. Eso es una raya. Es un desprestigio aquí parecer turista, evito que me confundan. Rápidamente tomé la oscura y estrecha escalera de madera, una vez arriba caminé rápido a través del bar hasta la terraza, allí estaba mi socio sentado en una silla alta, disfrutando una fría cerveza, aparentemente viendo el río mientras de reojo observaba un par de cubanas hablando con mucho sabor. Las voluptuosas muchachas manejaban un fluido y divertido dialecto, el spanglish. Sonaba entretenido y seductor a la vez. Cada palabra de cada lengua madre mezclada con el preciso significado que les confiere mayor efecto que la lengua alterna al comunicarse. Es un trabajo de precisión y creatividad simultánea donde se ha extraído lo más efectista de cada lenguaje. Es una marca de Miami, irrepetible con igual fluidez en otras fronteras, aquí funciona a la perfección, es parte del aporte cubano a la cultura americana aderezado con las contribuciones de todas las nacionalidades de habla hispana y hasta se cuelan palabras de italiano, alemán y francés sin que nadie lo note. Es cambiante, todo lo días alguien aporta un término nuevo que si se pone de moda se integra de inmediato al uso y contribuye a la riqueza y sabrosura con que los latinos se comunican en Miami. Se practica improvisando, usando partes de cada idioma dentro de esa mezcla sin acentuaciones ni orden específico, sin aparente reglas gramaticales, sin dominio de una versión sobre la otra. Suena hasta musical como interactúan armoniosamente, pareciera que estuvieran teniendo sexo del bueno dos personas con personalidades muy sofisticadas pero totalmente opuestas, se escucha fantástico y original. Ese cantado idiomático eleva la sensualidad del cuerpo de las cubanas, lleno de curvas y volúmenes que retan a la gravedad.

El mesonero no dejó ni que me terminara de sentar cuando ya me daba la bienvenida, rápidamente me preguntaba con una amplia sonrisa qué iba a tomar. Tardé un segundo en contestar, con amabilidad me hizo la misma pregunta en español con la musical entonación cubana. Le contesté la primera parte en inglés y la segunda en castellano. Respetando el espacio de cada lengua, con entonación neutra, con voz alta y legible, para que me escucharan las cubanas de la mesa vecina. Le pregunté por la cerveza más fría y Zach contestó que la Corona estaba en su punto, helada. Pedí una idéntica, con su limón ya dentro y no al borde, al gusto de Zach. Estaba fresca, fría y deliciosa, qué sabrosa después de la caminata. Una de las cubanas volteó con una pizca de curiosidad quizá porque hablé muy alto. Aproveché el momento para robarle una sonrisa. Tomé la botella de la Corona de Zach mientras le hacía un gesto de brindis, seguidamente sin pensarlo proseguí a tomarme un trago. Zach reaccionó de inmediato y gritó ¡que asco! mientras le hacía gestos al mesero para que le trajera otra cerveza. Las dos Cubanas se miraron estallando en risas. Eso rompió el hielo. A los pocos segundos estábamos parados junto a su mesa con Zach explicando en inglés que yo era un cochino mientras las dos coquetas muchachas no paraban de reír. Como estaban terminando de pagar, no quedó tiempo sino para una cordial despedida, con abrazos y besos de los que se tardan un poquito más de lo debido. Intercambiábamos datos digitales por Blue Tooth. Se culpó a la vuelta al trabajo como impedimento para seguir disfrutando de su compañía. Prometimos los cuatros seguir la conversación el viernes durante el Happy Hour del River Oyster Bar y así lo haríamos o eso parecía. Zach por supuesto pagó la cuenta sin que nadie lo insinuara, usó sin consulta la tarjeta de gastos de ZaCh Mayamii Inc., lo que implicaba mi cuota parte correspondiente para compartir el superfluo gasto, al menos algo se deduciría del fisco, espero. Ya instalados de nuevo en nuestra mesa ordenamos lo de rigor, una ración de ostras y otras de macanas de cangrejos. Disfrutando de ambas comentamos sobre lo bello de los ojos de una de las cubanas especulando que seguro ambas eran operadas porque estaban muy bien equipadas, por todos lados, con tallas grandes. A lo mejor hasta se fueron a operar a Venezuela comentó Zach porque le quedaron bellas, grandes y puntiagudas, se ve que tienen la misma marca de fábrica. Seguro que son de esas cubanas que viajan a Venezuela para operarse con cirujanos plásticos de primera a mitad del costo de un médico en Miami. Allá hay verdaderos artistas en la materia, hay celebridades que hacen la misma peregrinación. Lo que hace una mujer por verse mejor y ahorrarse unos reales. Ese pecado de la vanidad es muy complejo. Si todo salía bien, el viernes con algo de suerte averiguaríamos si las tetas de las jevas eran Made in USA o importadas.

- Habrá que ver para creer Chris, te apuesto un almuerzo a que son importadas. Tienes que aceptar que el cangrejo aquí es mejor que el Joe's.
-Lo sé. Lo traen de aguas más frescas, yo he visto de donde lo sacan cuando voy a pescar, son aguas frías, quizás ese es el secreto.
- ¿Has probado algo mejor?
-Sí, una vez unas macanas de cangrejo azul en Barlovento, en la costa central de Venezuela
-No lo dudo, pero aquí esto es lo que manda.
-Sin objeciones, son suculentas.
- Te felicito por seleccionar a Doutzen Kent.
- Sí, necesitábamos a alguien con esa educación Upper East Side que se maneje como una verdadera wasp, tenemos demasiados West Coast, judíos y latinos en nuestra mezcla profesional. Miami es USA después de todo, "the melting pod" aunque no parezca, sigue siendo el potaje lo que pasa es que la mezcla es distinta.
- Estoy de acuerdo, ella no solo aporta en profesionalidad sino también en estilo. Me gusta esa marca de Harvard. Ella parece casual al hablar pero es estricta en sus normas y sustanciada en sus conocimiento. Su método de investigación es el correcto. No piensa al azar. Será un ejemplo tácito para las demás.
- Y goza de mucho sentido común.
- Es un buen aporte desde el punto de vista de empresa e imagen, nos conviene mucho.
- Si nuestros clientes además de seriedad y resultado ahora disfrutarán de lógica y orden, no está mal.
- Se te olvidó comentar que pones más horas de trabajo que nosotros.
- Lo he observado, no es solo cantidad sino calidad, es muy eficiente. Es divino escucharla hablar inglés, tiene esa sofisticación tras el camuflaje de feminidad, esa parte me recuerda mucho a Vanessa.
- Otro atractivo para nuestros clientes. ¿Y es que toda mujer te recuerda a Vanessa o solo las catiras?
- Olvida eso, no sé por qué lo dije. Vamos bien. Gracias a Dios.
- Y a nuestro esfuerzo.
- Aunque no se me quita la rabia de los 800.
- No pienses más en eso Chris. Perdónalos como dice Genevieve, aunque no los exculpes. Eso te hará sentir mejor.
- Estoy tratando. Créeme. ¿Eres un santo Zach?

- ¿Te has dado cuenta de que todo nuestro personal es femenino?
-Y todas son bellas, hasta las gorditas.
-Tú ves agraciada al cualquier ave del gallinero. Juana y Luna aluden constantemente que: "cochino que come gallina, cuando ve plumas suspira". Seguro lo comentan pensando en ti.
- Sabrá Juana... Me gusta como logras esa combinación de inteligencia con lindeza en quienes contratas. Tiene su toque sutil. Siempre está ahí ese talento, tras maderajes. Te puedes retirar para montar una agencia usando esa capacidad innata, sería un hit.
-Bueno en la oficina de Caracas sí trabajan hombres.
-Es otra realidad, ejecutivos asistidos por secretarias en una sociedad machista. Y no es nuestra oficina, no te apropies de lo ajeno, pertenece a nuestro socio Alvar.
-Solo decía. La siento y la uso como si fuera mía. La mayoría son hombres asistidos por unas cuantas nenas, ese es el estilo allá.
- Me extraña. Es tu fuerte ser objetivo. Siempre. Son empleadas de menor rango, sin preparación, ni perspectivas de superación en la empresa de Alvar Bibens, nadie les da una oportunidad.
- Aquí tenemos una visión diferente.
-Otra visión. Eso me gusta. Por eso somos socios...

El resto de almuerzo y la vuelta en el convertible de Zach fueron puro negocios. Analizamos una idea que surgió originalmente de un amigo de Doutzen Kent en Wall St. Un experto en mercancías transables. Uno de esos Chicago Boys que multiplica hasta 10 cifras en la cabeza como lo hace Amanda. Él ha asomando una idea de especular con granos. Específicamente con Trigo. Se espera que suba de precio el año entrante por diversas razones. Revisamos un negocio inmobiliario oportunista en Caracas, eso me atrae. Revisamos una por una las acciones en tenencia. Todas de memoria. Qué o cómo hacer con ellas a corto plazo. Siendo corto plazo para nosotros máximo un mes. Hablamos sobre posiciones en moneda China. Otra posible e interesante especulación futura, ya poseemos moneda China junto con varias acciones de allá pero esto ampliaría el margen, o el riesgo o la exposición, hay que verlo. Revisamos someramente nuestras cuentas y flujo de caja. Nos enfocamos en los ingresos antes de impuesto, intereses, depreciación y amortización, el "Ebitda" es la preferencia analítica de Zach. Concluimos que a pesar de que nos habían robado (estafado) esos $800K, aun habíamos tenido un año bueno, excelente.

10. Desde St. Jude hasta el nuevo Ché

Hay motivos suficientes para sentirnos agradecidos con Dios, la vida y ese santo que no atrae por sus misteriosos milagros: San Judas Tadeo, St. Jude como le dicen por aquí.

Sin frecuencia ni orden específico le rendimos respeto mediante breve parada en la iglesia de Brickell Ave. antes de estacionar la oficina. Esta vez, igual que otras, cada uno le prendió una vela, de $5. Cada cual rezó a su manera. Yo medité y pedí perdón por odiar a quien nos habían estafado, al pillo, como le dice Zach. Dentro de mi acercamiento amateur a la tradición Zen, les perdoné para no cargar con su peso pero no los justifiqué y nos los exculpé. No recuerdo si la falta de exculpación y justificación forman parte de ese rito oriental pero en esa ocasión concluí que así rezaba. Incluir los dos elementos me hubiese hecho también un cristiano perfecto. Aún no soy, ni sé si lo seré, es difícil lo de excusar y ni se hable de eximir. Me pregunté si sería sacrílego pensar en Zen dentro de un templo cristiano.

El pastiche espiritual que acarrea mi consciente es basado en la intuición, por lo tanto no lo aprobaría la ortodoxia de religión alguna, tal falta de pureza dogmática por alguna razón funciona en paz con mi subconsciente, hasta allí llegan los límites de mi aptitud religiosa. Al salir Zach y yo bromeamos sobre el tema. Para no ser ni tan practicantes ni tan creyentes como cristianos, cuando se trata dea St. Jude hemos comenzados a ser fervorosos. Quizás con el tiempo nos influya y cambiemos para bien, si ocurre lo consideraremos uno de sus milagros, de esos que publica la gente con agradecimiento. Nos preguntamos por qué incurren en tal procedimiento. Para mí un milagro es una cosa personal, como lavarse la boca o cagar, no hay que estarlo compartiendo con nadie, por más especial que algún desquiciado lo considere.

Al arribar al trabajo nos tomamos un café, Juana lo servía recién colado, Luna lo había preparado. Con la mayoría de nuestras colegas presentes aprovechamos de discutir políticas que pudiesen afectar nuestros negocios a futuro. Fue interesante ver todos los puntos de vistas. Algunos fueron muy intuitivos, otros eran muy analíticos. Ambos enfoques impresionantes provenientes de mentes inteligentes, hablando cívicamente. Nadie se interrumpía, ni gritaba, ni siquiera por ser temas tan emotivos y significativos para la compañía con el Fiscal Cliff y la súbita reincidencia de la enfermedad de Chávez, luego de ser re-electo a la presidencia de Venezuela, partiendo en pocos días, yendo de nuevo a Cuba, para una operación que le puede costar la presidencia o la vida, cualquiera de las dos que ocurriese le quitaría la otra.

Impresionaba favorablemente observar como las mujeres, cuando las domina la razón y la calma acompaña sus pensamientos hacen mejores análisis que los hombres e incluso que aquellos asesores externos a los que le pagamos hasta $600/hora. Nuestros asesores con frecuencia no son tan profundos. A pesar de que pueden saber mucho de política o de negocios, según sea el caso, no logran hilvanar, unir los puntos como dicen los graduados de Harvard, se aíslan sin notarlo, no conectan las tangenciales invisibles entre los temas, lo que no es evidente, les cuesta relacionar los asuntos de finanzas con lo que ocurre externamente para que ello pueda realmente tener un significado en nuestra líneas específicas de negocios, muchas de las cuales son con frecuencia distantes unas de otras y hasta antagónicas a primera vista pues ¿qué tuviese que ver para un asesor cualquiera comprar futuros de maíz con propiedades inmobiliarias en Suramérica? probablemente nada. Éstas mujeres aprenden rápido de Zach y del ambiente que las rodea, esgrimen un sentido de los negocios agudo junto con una desarrollada intuición que no deja de impresionarme, admiro como hacen conexiones entre los distintos puntos, parecen estar allí en el meollo de la cosa, ocurre al natural, surge casi que sin esfuerzo a pesar de que no ganan ni cercano a los asesores. Uno debería aceptar que sus análisis son mejores a la hora de tomar decisiones buscando lo fundamental: generar ingresos, reducir costes y obtener ganancias. Ganancias, lo esencial en lo que sea que uno especule como negocio y por eso las considero simplemente fundamentales en nuestra organización.

Genevieve siempre comenta que nosotros los hombres no sabemos leer bien las emociones de las mujeres pues determinadas regiones del cerebro que están supuestamente ligadas con la empatía se activan en menor grado al momento de identificar emociones femeninas. No le quito razón a mi Psicóloga, sobre todo en cosas puramente del corazón pero, con el tiempo, en cuanto a negocios, he logrado leer con eficiencia por dónde van las mujeres con sus acertadas emociones e intuiciones, eso ha contribuido en algo a desarrollar algún tipo de empatía, al menos en lo que a negocios se refiere.

La reunión me hizo meditar sobre Venezuela. El deterioro del país en que crecí hasta los 10 años en la época de la denominada Cuarta República. Venezuela, la tierra bella que visito de cuando en vez por negocios, por nostalgia. Ahora inmersa en la denominada Quinta República, la desgracia del caos evidente. La de un país venido a menos, la de una masa popular empobrecida en lo material. Pobres a pesar del petróleo. Gente olvidada. Personas subestimadas. A quienes unos trasnochados comunistas, con una mezcla arbitraria y confusa de planteamientos entre comunismo, marxismo y socialismo, sin respetar principios ideológicos, aplicaron una fórmula populista para poder comprar sin mayor esfuerzo sus voluntades con resultados nefastos.

Múltiples son las teorías que lo sustentan pero los grandes denominadores son: inseguridad, corrupción, abuso de autoridad, concentración de poderes, desorganización, ineficiencia, irrespeto a los derechos fundamentales, injusticia y guachafita generalizada. Por eso el riesgo país en niveles tan altos. Por eso las ganancias relancinas para unos cuantos, los que saben o pueden aprovechar las debilidades del sistema. Por eso la constante incertidumbre. Por eso tantos ciudadanos venezolanos de buen corazón odian celadamente a un ilusorio e incierto líder, son millones quienes lo detestan a la sombra del sufrir diario. Al mismo fantoche de los cubanos a quien por contraste con lo cotidiano el mundo erróneamente ve como un atractivo y romántico fenómeno tropical.

Un mequetrefe producto del subdesarrollo. Un colorido divertimento para los sofisticados por su portento mediático. Un pasatiempo que sirve para aligerar y recrear con el esparcimiento de sus absurdas teorías, dentro la argucia de la referencia lejana, las sobremesas bien atendidas de los ingenuos y románticos, que analizan desde la distancia en algunos países desarrollados, apoltronados en la comodidad de su holgada realidad, lo que les impide analizar los eventos con la certitud requerida, antes de celebrarlas atendiendo a sus inmaduros instintos que se combinan con las ganas de llamar la atención.
En eso se parecen al monigote de turno, son figurillas que buscan vislumbrar como sea combinando su vanidad con sus egos desbordados. Les atrae una marioneta con unas teorías que recuerdan el lado comercial y mediático de un Che Guevara. Otro que igualmente le besó el culo a Fidel Castro. A este "che" de hoy le da placer lamerle el ano al dictador cubano sin importar regalarle a cambio el país que preside.

Traidor a la tierra que lo vio nacer. Apátrida en el lugar que hipócritamente dice querer como una patria, traicionándola, dejando en peligro el futuro de muchas generaciones. Generaciones de gente buena que aspiran paz, justica, reglas claras: para poder estudiar, emprender, trabajar, progresar. Todos soñando con una democracia que si se lograse podría ser verdadera, seria, auténtica. Donde no impere el populismo sino el civismo. Donde el modelo sea sencillo pero eficiente.

11. Aspirando a que no ganen los malos

Paradójicamente, estas ineficiencias no vienen solas; junto con el daño que producen, dentro de sus riesgos, también se generan buena oportunidades. Circunstancias que permiten al sector privado que aún existe poder hacer negocios legales, ¿o cuasi legales? dentro de áreas como la industria, el comercio y las finanzas. Oportunidades para crecer rápido y relancinamente. Negocios que son mejores si no te metes con el gobierno. Pero que si tienes algo de conciencia ciudadana y la combinas con algo de poder económico, preferiblemente en altos niveles de organización empresarial, también te puedes dar el gratificante lujo temporal de jalarle las orejas en público a ese caótico gobernante. Aunque el efecto de eso sea simplemente sonoro, el cohetón explota y crea conciencia, algo hace o algo hará o algo deja. Alguna mente despierta escuchará o eso se espera. Se sueña con que tarde o temprano se pasará de esa dictadura con fachada democrática a un sistema que permita evolucionar a la modernidad de los deberes y derechos bien respetados. Donde domine un clima de libertad. Se dice fácil.

Habrá que esperar con paciencia. Mientras llega ese día hay oportunidades de negocios que unos ven claramente y otros no logran ni siquiera identificar. Es un río revuelto. En una economía petrolera de tal calibre, por más que el gobierno la acorrale con ineficiencias y corrupción, el dinero al final fluye. El fluir dentro de tantos niveles de ineficacias, queriendo o sin querer, genera negocios. Allí es donde los más leguleyos pueden probar a ganar dándole la vuelta algunas de las intrincadas y burocráticas reglas totalitarias. Aunque el riesgo sea alto, es atractivo. Reducir tal riesgo implica posibles pactos, directos o indirectos, con ese personaje nefasto o con sus secuaces. Partidarios que son igual de malos pero mucho menos carismáticos, nunca tan divertidos ni ocurrentes, más bien mucho más radicales y acomplejados. Chávez consciente de esto último funge como un supuesto muro de contención para esos radicales y con ello asusta a la gente buena, doblegando su voluntad.

Él lo sabe: el del carisma es él. Es él quien genera pasiones. Él es quien mete miedo al bueno y adula al malo. Quien hipnotiza al pueblo y lo hace gozar del populismo inmediato a través del regalo barato que se esfuma pronto. El obsequio temporal que no soluciona problema alguno. Esa cosa que palia el sinsabor de la pobreza diaria por un corto tiempo, un instante mientras los crédulos gozan bailando en el placer eufórico que genera la guachafita antes de sufrir de nuevo la realidad al disiparse la resaca; mientras se sufre en la pobreza material y espiritual, la salida frecuente, el escape, es esperar otro regalo del líder populista que promulga el infeliz círculo vicioso. Añoran hambrientos el efímero obsequio, la migaja que se esparce a la hora de una nueva contienda electoral, el paliativo que seguro vendrá y se marchará rápido porque para seguir jugando el voto habrá de ser comprado o trampeado. Esperanzas falsas para preservar el poder, ese es el alimento. Así desvirtúan el derecho sagrado al voto los comunistas. A través de esa perversa metodología de popularidad. Pan y circo más un poquito de trampa, por ahí va la cosa.

Esa es su fórmula de triunfo. Los limosneros aguardan su dádiva a cambio de un voto. Dentro de esa cruel perspectiva se enmarca la vista gorda, proyección de un mundo desvirtuado, enternecido por su romántico hablar, por su estilo emblemático, personaje atractivo para las películas, imán para directores de cine, referencia para actores que desean protagonizar, orador impresionante, creativo, fantasioso y exagerado. Un manipulador de multitudes manipulado a su vez por Castro, he ahí la paradoja, es en medio de tal contradicción que al indagador agudo se le asoma la verdad. Ante esa verdad entre camuflajes, aun si alguno la evidencia, ante ese monstruo de mil cabezas y con miles de seguidores, es poco a lo que el ciudadano democrático pueda aspirar desde su limitada, escasa, libertad de acción. Ciudadano común, conciencia de muchos, miles, millones, personas que auténticamente aspiraban y aspiran a un cambio para bien. Cambio que sin embargo, nunca se anheló con suficiente fe, fe crítica, fe no llamada a engaños, fe ajena a las limosnas. Hablo de la fe extrema, la fe que genera fuerza. La fe que hace soñar, la que permitiría enfrentar al monstruo. Esa fe no ha llegado. La substituye el miedo. Miedo a quien manda. Miedo a la fuerza ciclópea de su poder.

Afortunadamente nada es eterno. No hay poder absoluto. No se hace permanente ni en los absolutistas, ni en este engatusador de multitudes. Su embrujo no ha sido perpetuo: la enfermedad del caudillo con sorpresa para unos o confirmación para otros de pronto empeoró. Se deterioró por encima de lo informado públicamente. Súbitamente el cambio se manifiesta factible. Se pinta alcanzable, entra en las aspiraciones colectivas, envuelve desde sus bases al mercadeo de la oposición. A pesar del miedo que no se despoja del colectivo ahora pueden ver en un lejano horizonte la posibilidad de una transformación. Se asoma tenue por la incertidumbre que nubla el entendimiento, sería difícil y es factible. Ya se siente su fuerza latente y silente dentro lo que se respira sin expresarse con claridad. Cambiar no será fácil. Muchos tienen terror a que podría ser algo peor, por los obvios sacrificios que ello implica. Ya se verá, habrá que trabajar entonces con más fuerzas. Si de verdad esos muchos, esa amplia mayoría, esa población con miedo, la gente buena, la silenciosa, desea cambiar para bien, cambiar para mejor, también tendrá que trabajar y sacrificar. Tendrá que conspirar. ¿No hay otra vía fuera del trágico facilismo político para acabar con la atractiva, seductora, corrupta popularidad? ¿No hay otra forma? ¿Habrá otra manera? No se vislumbran alternativas. No hay otra. Hay que conspirar. Y de pronto comencé a escribir esta reflexión, la percibí inicialmente como un poema, reflexión que distribuí por la red interna de la oficina. A Zach le gustó por su contenido, sin hablar de la forma o la estética pues, según él, entre líneas, resume su tesis básica: no debemos dejar que los malos ganen y punto…

"La Conspiración, cuando se trata de defender la Libertad y la Democracia es una ensalada fría, una guerra cuya munición reside en la constancia. Algún día o quizás todos debes salir a conspirar. No mermes. Si el enemigo es todavía demasiado fuerte e impide accionar entonces conspira con un guiño, un gesto, una palabra, un mensaje, un pensamiento, un movimiento, algo. Algo que aunque luzca ínfimo se torne gigante cuando se multiplique por cientos, por miles, por millones. Su efecto no se sentirá de inmediato pero te dará fuerzas, ánimo, ese alimento que te mantendrá firme en tus pensamientos. Ánimo, esa fuerza que hasta subconscientemente desestabilizará al contrario. Aun si al principio es de manera imperceptible, de alguna forma afectará su eficiencia, lo molestará, le hará errar, balbucear, lo inclinará a dudar, confundirá su lenguaje, su mensaje no será claro, serás su dolor de cabeza, provocarás su insomnio; su rabia será la prueba de tu eficacia. Poco a poco tu conspirar será el de muchos que se unirán a tu causa. Si es noble no perecerá. Tarde o temprano llegará el momento de mostrar tus fuerzas abiertamente. Mientras tanto demuéstrate que eres indómito con tan solo pensar, comparte tu pensamiento, habla, declama, escribe, proclama. Debilita a tu rival a la sombra, pelea desde las cuerdas, cualquier terreno será tu trinchera. Avanza sin dudar, lento pero sin pausa, hasta que le mermes las fuerzas y llegue tu momento de actuar. Ten fe, al final triunfarás, la razón está de tu parte, tu lucha es por la Democracia y la Libertad".

Me felicitó:

> -Muy bueno, Chris, ¿lo puedo circular entre algunos amigos?
> -¿Quiénes?
> -Amigos que les interesa un tema que tú evades públicamente: Venezuela.
> -Que yo sepa tú no tienes muchos amigos, venezolanos menos, salvo yo y uno que otro por ahí y de vez en cuando.
> -Estás pasadito, sí tengo mis amigos, no los frecuento pero los tengo. Cuando migras es así, la distancia también puede unir aunque el vínculo sea distinto. Digamos conocidos, entonces, que les interesa el tema de la libertad y la democracia.
> -Lo puedes hacer si añades una salvedad que escribí por si lo publicaba.

"Este es un escrito que conseguí al levantar un papel arrugado de la acera de una populosa calle de Caracas, la Av. Libertador, andaba por la vecindad de Chacao esperándome sobre el suelo una soleada mañana, yendo hacia una reunión de trabajo levanté lo que parecía basura del piso y que guardaba su guiño de sabiduría. Creo que el escrito de la hoja arrugada dio en el blanco sobre lo que los venezolanos conscientes deberían hacer para recobrar su democracia y su libertad. Lo sé."

> -¿Y eso?
> -Bueno se refiere a eso que acabas de mencionar. Alude simbólicamente a la nostalgia del emigrante, que cuando vuelve a la tierra original percibe las cosas diferentes, es una licencia, me provee distancia. Y tiene que ver con eso de que la poesía es una actividad alterna que no deseo hacer pública ni mucho menos, es mi prerrogativa, la comparto con un

puñado de gente que aprecio o respeto y hasta ahí llega el asunto. Además así lo soñé, el encuentro con el papel arrugado, fue raro, un sueño, yo diría que hiperrealista, me desperté sudando, a veces pienso que sí me encontré el poema y otras que lo escribí. Precisamente por ese tipo de locuras y otras razones adicionales no me gusta la imagen de poeta. La gente entonces te ve como si fueras un enrollado. Además si voy a Caracas no quiero que una comitiva me esté esperando en el aeropuerto para arrestarme por conspirador.
- Déjame aclararte muchacho ingenuo que la notica con esa aclaratoria final no te salva de ser visto como conspirador, así renuncies a la autoría y, poema o no poema, quien te conoce sabe que eres un enrollado. Una persona normal no anda persiguiendo a un sentimiento por una chica que se esfumó hace 10 años.
- La verdad es que cuando quieres ser crudo, eres despiadado. Eso es distinto, lo de ella es un sentimiento, lo que siento por Vanessa no es un sueño, es más que eso...
- Cuidado ¿Es un romance o es una obsesión? ¡Escucha consejo!, que para eso somos amigos, siempre te hablo claro.
- Casi soy el único amigo con el que cuentas.
- No te pongas repetitivo que te vuelves fastidioso.
- ¡Eso digo yo! Te lo recordaré cuando recites tus largos ensayos sobre Venezuela en la oficina.
- Al menos no soy tan osado como uno que yo conozco y evito distribuirlos por la intranet.
- Eso te lo agradezco y ahí sí que no soy el único agradecido.
- Y ya que has enviado este poemita y ya que me ha gustado, se lo mandaré a mis amigos y punto. No quiero dejar que ganen los malos y este granito de arena ayuda. Además, está bien, lo acepto, soy repetitivo y pontificio, yo para decir lo mismo hubiese escrito 10 páginas, tu poema resalta lo que quisiera decir en un tris.
- Somos dos estilos diferentes pero con frecuencia al final decimos cosas parecidas. ¡Hazlo pues! Ni modo, pero sé prudente.
- Gracias, lo distribuiré de forma anónima, sabía que te convencería.
- No te acostumbres, que cuando se me antoja puedo llevar la contraria, soy fuerte en eso.

Se acercaba el final del año, pero no del trabajo.
Había sido uno de esos años donde se habían presentado oportunidades de negocios hasta los últimos días. Por eso un posible viaje a Venezuela se asomaba en el horizonte. A nuestros amigos en New York, por ejemplo a nuestro asesor e inversionista Sandler Kelly, les costaba entender eso. Pues a un norteamericano indagador que sea objetivo y tenga buenas intenciones le cuesta entender que a pesar de toda la convulsión política y sus tendencias izquierdistas

extremas existe un importante sector privado de negocios. No es tan vigoroso como en el pasado. El gobierno lo trata de acorralar. No se atreve a destruirlo de manera radical pero apunta a ello. Si existiera cualquier esperanza de democracia y libertad a futuro tendría que basarse, en buena medida, en la posibilidad de que este sector de la economía pueda sobrevivir a la presión socialista-comunista actual. No hay otra vía. Por lo tanto, habría que conocerlo mejor, apoyarlo. E inclusive, si tuviese sentido de negocios invertir en él, para contribuir a su solidez y a su potencial crecimiento. Es la mejor forma de oposición. Es lo pragmático, respaldar a la parte que ha arriesgado. Quienes lo han vivido lo saben.

Es menos complicado entender a China. No obstante, Sandler es sumamente crítico, una especie de conciencia que tenemos en nuestro negocio. Le caemos bien. Nos refiere muchos clientes potenciales. Aquellos quienes les consultan pero no tienen el bolsillo o la voluntad para abrirle una cuenta de más de 10MM en su banco neoyorkino. Para esos individuos nosotros nos hemos convertido en una segunda opción. Nuestro ticket de entrada es distinto, no exigimos ese mínimo, ni siquiera algo cercano. Somos un ente menos burocrático, más flexible, infinitamente pequeño (comparativamente), con menos grasa y con algunas ideas interesantes a la hora de hacer nuevos negocios o de mover las acciones que tranzamos. Conseguimos oportunidades en países que les parecen exóticos y peligrosos (como Venezuela) esos negocios se tornan atractivos por sus altos rendimientos. Sandler Kelly avala los proyectos que aprueba con un ojo avizor, es él quien constantemente nos recuerda el riesgo de esas aguas turbulentas y turbias. Está dispuesto a apoyar pero también a criticar. Él hace las preguntas difíciles, las mismas que le hacen sus grandes clientes, como aquel viejo que les metió billones de dólares en el banco en plena crisis del 2008.

En ZaCh Mayamii Inc somos pequeños, ínfimos comparativamente en la escala de las cosas grandes y un ángel guardián como Sandler Kelly abre puertas y nos mantiene en la ruta correcta. Fue él quien nos recomendó a esa linda chica con cerebro que por algún indescifrable antojo prefería cualquier cosa interesante en Miami antes de vivir en New York, incluso con un excelente trabajo a su lado en el banco. Si mal no recuerdo fue él quien primero nos habló de Kent. Su amistad es principalmente con Zach. Sandler piensa totalmente como un wasp y no hay nadie que se asemeje a esa forma de pensar sin haber nacido en USA que supere a Zach al racionalizar, sería imposible. Yo interactuó con Kelly principalmente a nivel de trabajo. Él siempre cuestiona lo que hago con alta profesionalidad y civismo. Se queja de que no utilizo ni en inglés ni en español el lingo apropiado de los términos financieros. No le gustan ese tipo de rebeldías, lo interpreta como flaquezas de formación y debilidad profesional. Señala que a pesar de mi inteligencia yo nunca podría trabajar en su banco, carezco de la disciplina y el dominio del concepto netamente corporativo. Él y los que piensan como él contribuyen para que New York sea, entre otras cosas, la capital mundial de las finanzas. Respeto sus conocimientos y sus conexiones. No añoro tenerlo cerca: ni en calidad de jefe directo ni de socio mayoritario. Prefiero trabajar con Zach. Doy gracias por tener esa oportunidad.

He tenido suerte. Los individuos con mi perfil son vistos con sigilo en este mundillo. Con Zach me salva nuestra amistad y el voto de confianza tácito que él me otorga. La paradoja en este caso está en que muchos clientes confían en mí más que en los clásicos institucionales tipo Sandler Kelly y más después de la crisis de 2008. Zach lo sabe. Cuando Sandler se pone necio le recuerdo ese detallito. "Al final del día no es la forma sino el fondo". Cuando le salgo con esa frase prefabricada le da mucha rabia. Contrario a su gusto, me gustan las frases prefabricadas, la utilizo con frecuencia. Me divierte su sentido del humor, esa mezcla de lo cínico y lo negro pretendiendo saber un poco más que su interlocutor. Esa es también, con menor intensidad, la marca de Zach, ¿será que por eso se llevan tan bien?

12. Almuerzo con charla y perros incluida

Mientras esperaba si se concretaba el viaje por negocios a Venezuela mi rutina de trabajo continuaba intacta e igual la del resto de mis compañeros en la oficina. Había modificado mi inercia de entrenamiento, ligeramente, practicando mi trote principalmente en Key Biscayne, sobre la arena, junto al mar, siempre en dirección al Faro ("el farito") con la única esperanza de toparme con ella. Como en aquel amanecer de hace algunas semanas. Luce lejano. Aquel día que de alguna forma cambió mi vida ¿otra vez? Esto parece repetitivo. En esencia ante cualquier observador externo que me percibiera como si fuese una película nada rutinario se habría alterado. El cambio fundamental era interno. Imperceptible al ojo, constante en su presencia, nadie podía advertirlo: simplemente, me la pasaba casi todo el día y buena parte de la noche pensando en ella.

Independientemente, el asunto del viaje no dependía de mí. Iríamos si se daban las condiciones para un negocio donde deseábamos invertir en Caracas, una de esas ventanas que se abren, una oportunidad en el sector privado y de paso a visitar clientes que teníamos allá, quienes invertían con nosotros aquí, en USA. Debían cumplirse ciertas condiciones básicas. Paralelamente estaba presente el tema de nuestra fiesta de fin de año. El año anterior había correspondido a Zach. Organizó un viaje para nadar con delfines en la Bahamas.

Esta vez, por motivo de la maldita estafa de los 800K, a pesar de que sin dudas había sido un año muy bueno, habíamos decidido por motivos de austeridad y de movilización, hacer la fiesta en Miami y me correspondía a mí organizarla. En virtud del reciente ambiente donde todos habíamos sufrido y vivido la tragedia con los niños en el Sandy Hook Elementary School en Newtown, Connecticut, pretendíamos por iniciativa de las mismas mujeres en la oficina, hacer en vez de una fiesta un sencillo homenaje a los desaparecidos mediante una actividad que costase poco o nada. Algo que hiciéramos con alegría por la vida ahorrando lo suficiente para enviar la diferencia, una contribución, a los padres de esos 20 chiquillos. Se me ocurrió algo divertido con bajo costo. Como he escuchado que la mayoría de las mujeres en la compañía tienen perros, haríamos un trote con sus mascotas hasta la playa de los canes en Virginia Key amenizados con un ligero almuerzo de ensaladas y jugos. "Un delicioso pic-nic en la playa con perros" decía la invitación. Les expliqué echando vaina, típico mío, que cuando decía almuerzo con los perros no me refería a sus parejas. Ninguna rió hasta que una soltó la carcajada frete a mi comentario, luego las otras se unieron. Eso rompió el hielo y la idea caló en la concurrencia. Adicioné que combinaríamos el evento con la charla interna que tenemos cada 15 días, donde un asesor externo nos habla de un tema o alternativamente uno de nuestros compañeros de trabajo expone algo profesional o personal. Cuando es alguien de la oficina el tema es libre y muchas veces ocurre en algún bar durante las horas del "happy hour". Después de iniciarnos con un par de tragos es el turno de alguien exponer, se debe desarrollar un tema libre por al menos 15 minutos, un análisis o una breve disertación sin interrupciones, antes de pasar a las preguntas, comentarios, felicitaciones, burlas, risas, lágrimas y todas esas emociones que libera colectivamente el licor y las bromas. Es una buena terapia grupal y nos ha unido mucho como equipo de trabajo. Esta vez le corresponde a Doutzen Kent. Le propuse hacerla como sobre mesa de la ensalada el día de la fiesta. Ella estuvo de acuerdo. Eso facilitó todo. Sugerí hacerla el día 21 como último acto en caso de que el mundo se acabara según el calendario Maya reflejando una simpática superstición que estaba de moda últimamente. El comentario en algunas no causó gracia, les atemorizó. Doutzen salvó el momento diciendo rápidamente que se debía a que ese mismo día habría una alineación especial de varios planetas y estrellas, nada trágico. Unos astros combinados con el inicio del solsticio de invierno. A las presentes les pareció interesantísimo este enfoque ligeramente distinto. Eso contribuyó a marcar la fecha como el día definitivo para la ocasión. Salvo que varios tuviésemos que viajar por negocios.

Afortunadamente llegó el 21 y seguíamos en Miami. Los viajes de negocios postergados para Enero. Tendríamos la fiesta. Algunos colegas partirían en unas merecidas vacaciones.

- El resto permaneceríamos aquí donde vivimos, reímos y lloramos. Así sumarió Dierdra, la recepcionista, con su dulce hablar.

Era emocionante. Todos partimos de Brickell caminando o trotando a buen ritmo. Estaba en el grupo donde los corredores se devolvían constantemente para acompañar a los trotadores lentos y a los caminadores. Los perros todos gozando, había grandes y pequeños, chiguaguas, labradores, schnauzers, weimaraners, retrievers, salchichas y hasta un erguido y dinámico blue de gascoigne. Así Doutzen tuvo la feliz idea de invitar también a los caminadores de perros que se ocupan de pasearlos a diarios. Según piensa, ellos también colaboran y forman parte de la familia, igual al personal de limpieza de la oficina y al de las casas de cada quien. No estaba muy contento al principio con esa idea de mezclar a todo el mundo. Cambié de opinión al comenzar a compartir con ellos y darme cuenta de lo mucho que esto significaba para cada uno de los que estábamos allí. No habían pasado muchos metros en nuestro andar cuando ya daba gracias por tan brillante idea.

Una de las señoras que trabaja en limpieza, Juana, cuando pasamos por la iglesia de St. Jude quiso entrar y pidió que todos las acompañáramos a rezar. Para mi sorpresa todos acudimos de buena gana. En el patio de atrás, junto al estacionamiento, donde está la imagen de la Virgen María, algunos tomábamos turnos para cuidar los perros mientras otros entraban a rezar. No había pasado ni media hora y ya se había roto y desvirtuando cualquier protocolo previamente diseñado. Atrás quedó el paso a paso, minuto a minuto, con todo lo que íbamos a hacer en estricto orden el día de la fiesta. A veces cuando trato de ser más ordenado el universo conspira en mi contra. En el laberinto de la vida pareciera que en cuanto entras a transitar en un camino se te abre otro sin demoras. Un divertido caos se estaba apoderando de todos. Debo aceptarlo, era mucho más divertido. Ya se había interrumpido el trote y la caminata, algo que yo consideraba sacrílego, el sacerdote había salido de la sacristía a ver qué eran todos esos ladridos en el patio de su iglesia. Conversé ligeramente con él, me miró fijo a los ojos, tuve un escalofrío, no sé por qué y pronto lo olvidé, le di la espalda para ver a algunas de las mujeres que salían con sonrisas o con ojos aguados de la iglesia. Muchas jamás le habían rezado a San Judas Tadeo. Unas pocas, siendo católicas, ni lo conocían. Tres eran cristianas de distinta denominación. Inclusive rezaron las Judías, como lo hicieron Dierdra y Amanda. Todos experimentamos algo profundamente espiritual. Fue sin haberlo planeado, gracias a la iniciativa de Juana, una que según mis planes originales ni siquiera estaba invitada. Así de repentina es la vida con sus cambios y extrañezas.

Al retomar la marcha hacia Key Biscayne las caras eran otras. Qué buen regalo grupal de Navidad habíamos recibido. ¿Será que Juana es realmente un ángel?, me pregunté en cínico tono de broma hacia mis adentros. Concluí que era mejor no exagerar en mi análisis y seguir trotando pero pensé que los predios de esa iglesia se percibían especiales, tenían algo de espiritual que se respiraba y se sentía de alguna forma, estaba sensible y no era el único, la vida te da sorpresas, lo sé.

Al entrar, yendo hacia Virginia Key, un poco antes del puente, los perros estaban alborotados e igual nosotros. Hicimos un alto. Tomamos fotos con el fondo de los edificios de Brickell. La típica panorámica de grupo. Cada quien intentaba entrar en el encuadre con su mejor ángulo. En algunos fue otra excusa oportuna para descansar. Pasamos al otro lado de la carretera. Subimos el puente trotando o caminando, riendo y gozando, compartiendo la buena energía con los perros. Bajamos todos caminando. Las mujeres cantaban o tarareaban "Who Will Safe Your Soul" de Jewel. Ignoro a quién se le ocurrió o por qué venía al caso tal canción. La armonía era escasa. Los gritos abundaban mientras algunas hasta bailaban con los brazos en alto como tanteando la brisa marina. Eso hizo aullar a los perros. Hubo más risas, uno que otro carro pasajero nos tomó fotos cual si fuéramos unos fenómenos, eso estimuló a otros menos osados a intentar bailar. Ese era el nivel de euforia. Envidiable, si se tiene en cuenta que no había ni una gota de alcohol en nuestros organismos.

Llegamos a la playa de los perros donde la locura fue colectiva. Todos entrabamos al mar y corrimos hasta donde pudimos adentrarnos mientras nos empujábamos y caímos al agua. Caos total. Algunos se abrazaron y besaron como si fuera una fiesta de año nuevo. Tomó como 15 minutos para que el grupo agarrara mínimo. Luego cada quien tomó posesión de su terruño en la arena y se echó un rato a conversar entre toallas, cremas de sol y perros escurriéndose o revolcándose en la arena. Mientras se bajaba de la euforia hacia la normalidad a alguien se le ocurrió preguntar por una cerveza. Expliqué que por una idea de Doutzen, en honor a los niños fallecidos en Connecticut, nuestra fiesta sería sin alcohol. Comenté que si nos guiábamos por cómo iban las cosas hasta el momento, las bebidas espirituosas no harían falta. Doutzen dijo que al concentrarnos en ensaladas y agua, los fondos que se iban a dedicar a comprarlos espumantes, jabugo, cangrejos, caviar, postres y otros tipos de delicatesen serían donados a una causa noble relacionada con los niños. El anuncio hizo que la gente cambiara el tono. Se pusieron serios o pensativos. Unas cuantas mujeres comenzaron a caminar por la playas, seguidamente los perros rápidamente se agruparon y las persiguieron. Dierdra, se quedó echada junto a mí, tenía un bikini espectacular, por ser rellenita y con facciones de cara un poco toscas, estilo mediterráneo, cualquiera la catalogaría de fea y especialmente Zach, pero estaba bien proporcionada y mostraba una piel que brillaba espectacularmente en medio de su voluptuosidad. "La suerte de las feas" se me vino el dicho de la nada a la cabeza al admirar su tersa piel. La verdad, yo siempre la veía bonita y con ese término la describía. Tenía un bolso de imitación Louis Vuitton. Dentro contenía varios tipos de cremas de sol. Sacó una muy sofisticada de L'Oréal, al abrirla me ofreció un poco para mi espalda. Tenía buenas manos, como si fuera masajista. Le pregunté que hacía antes de ser recepcionista y se echó a reír.

Doutzen, ubicada lateralmente a unos pocos metros, me veía con ojos inquisidores cuando me gritó: "los del catering están bajando un toldo y unas sillas de la camioneta, necesitaban consultarte algo". Le puse una cara como pidiendo tiempo y ella puso otra como que era urgente. Me excusé con Dierdra, pero gentilmente le prometí volver en un minuto. Los del catering solo querían saber cuándo se debía servir el almuerzo. Les dije que nos dieran 45 minutos y le hice un gesto a Doutzen aludiendo que si eso era necesario para justificar tal interrupción. Contestó irónicamente que yo era el jefe. Le dije que el jefe era Zach y entonces con mayor sarcasmo contestó "pero bueno, tú eres el organizador, yo sólo te ayudo, sigo órdenes" y sin dejarme tiempo a contestarle volvió su espalda, se irguió como una modelo profesional, se batió el pelo contra la brisa como si hubiese practicado el gesto mil veces y comenzó a caminar como una princesita de pasarelas en dirección a Dierdra. Para cuando llegué de vuelta había seis mujeres a su alrededor mientras Dierdra daba una charla con mucha experticia sobre las bondades y diferencias de cada una de las cremas, se sabía todo de memoria. Obviamente mi momento había pasado. No pensaba interrumpir al grupo de atentas alumnas que descubrían nuevos secretos de una aspirante a cosmetóloga que parecía dominar con experticia la materia. Tomé un trago de mi botella de Evian y me fui a nadar. El agua Evian me recordaría a alguien, esta vez no lo percibí de inmediato pero al rato realicé que casi sin darme cuenta estaba pensando en Vanessa.

Fue más tarde, al retornar por la misma vía. El camino era idéntico en apariencia. Para el observador en dirección contraria las vistas y la luz son enteramente distintas. A esta hora se inclina el sol con mayor ángulo sobre el horizonte, es una luz semi-tropical, filtrada por su locación nórdica. Luz amarillosa y menos blanca que cala perfecto sobre las trasparencias de las fachadas de vidrio de los edificios de Brickell. La forma lumínica reflejaba sobre el mar ahora sin la perturbación de la brisa, parecía un lago haciendo el efecto de espejo, distorsionando los objetos y colores que ensayaba reflejar, como una mujer antojada en enseñar unas cosas y otras no, por el rato que ocupa la brevedad del reflejo. Cada quien sentía el impacto de aquella belleza en mayor o menor grado y el efecto general era más de recogimiento y admiración que de otra cosa. La gente y los perros también se agruparon diferente. Ya no éramos un solo grupo. Los corredores nos fuimos adelante con los perros más atléticos que eran sin duda los labradores y los sabuesos. Los otros canes quedaron atrás junto a las personas que sólo caminaban. Los caminantes sumaban la mayoría. A mí me tocó

Amanda al lado corriendo, con quien nunca había intercambiado ideas que no fueran de trabajo, números en esencia, ni mucho menos corrido por lado alguno. Sí la veía de lejos por el vecindario, haciendo diligencias y andando de prisa con su esqueleto rítmicamente reflejado en su flacura.

Amanda era también Judía, flaquísima, con las ojeras que recuerdan la tristeza de sus antepasados, una serie de sufrimientos que parecieran trasmitirse genéticamente, entre ellos; el peor: el Holocausto, un ejemplo de las desviaciones vividas por otro pueblo que se permitió ser dominado por un loco fanático durante años. Fanatismos y fanáticos obrando sin racionalidad, pérdida de razón y de tiempo en el progreso del ser humano, destrucción sin más fin que la satisfacción de ver sufrir a otros en la distorsionada mente del enfermo. Amanda sería igual de físico aunque no trotase a diario, es de las personas bendecidas, las flacas que no engordan por comer. Su afinidad con los números se centraba en la precisión de cuentas. Era una joven contable excepcional que se auto educaba constantemente a través de Stanford On Line. Un programa de Stanford University para la educación a distancia. Algo novedoso, supe del sistema por su turno al hablar en el día de oratoria en la oficina. Nombró que ya había tomado cursos desde "Probabilistic Graphical Models" hasta "iPad Finance" pasando por muchos otros de su interés. Me recomendó sin haber hablado extensamente conmigo del tema el curso: "A Crash Course on Creativity", primero mencionándolo en la charla y luego mediante un correo interno donde me envió el link, pero como había estado ajetreado en esos días con lo de la estafa de los 800K, no había tenido tiempo de responderle o no había querido como consecuencia del mal humor que imperaba en mi accionar durante esos ajetreados días. La falta de tiempo no era una excusa. Nadie más que ella podía esgrimir ese argumento. Trabajaba igual que Sandler Kelly en New York. Sus horarios de trabajo eran de 6:00 a.m. a 9:00 p.m. Allá en el banco de Kelly eso era normal, para ellos no había ni sábados ni domingos.

En ZaCh Mayamii Inc. ninguno de nosotros trabajaba tanto, excepto Amanda y algunos erróneamente atribuían su dedicación al hecho de ser deslucida de cara pero para mí cualquier hombre que se uniera a ella ganaría a una mujer de primera con una belleza interna y una inteligencia excepcional, en ese caso una relativa cara fea se tornaría atractiva, los sentimientos ulteriores deberían ver allende de la cara ¿o no? La relatividad suele ser una forma de interpretación de la realidad, así, para Sandler Kelly el tema de flojera se le hacía divertido, se entretenía criticándonos, para él nosotros éramos unos vagos sin explicación:

> - Podría decir que es parte de vuestra cultura Latina pero es incierto, aquí, en el banco, hay muchos latinos poniendo el mismo número de horas que yo con iguales o superiores niveles de eficiencia, es cuestión

de actitud. Así nos bromeaba o nos decía su verdad.

ZaCh Mayamii Inc. tenía en Amanda una defensa emblemática y se esgrimía su estilo de trabajo como ejemplo ante Kelly y sus afines. Ella ponía esas horas de trabajo sin que nadie la obligase, de buen humor, con elegancia y finura en sus ademanes, sin arrastrar los pies ni jorobarse física ni mentalmente, resaltaba su estética interior con su aptitud y ello reflejaba un tipo especial de belleza intrínseca. Resultaba más eficiente que cualquiera en Nueva York que trabajase con Sandler y además se auto educaba en su tiempo libre. Al verla correr con buen ritmo al lado mío teniendo un perro totalmente entrenado para seguir el paso sin quedarse atrás ni distraerse, comencé a hablarle directamente de algo que no fuera de trabajo por primera vez.

-Quería confirmar algo...
-Sí, es cierto lo que explicó Zach el otro día. A pesar de que nos estafaron 800K de todas formas tuvimos un año fenomenal. Mejor que muchos. No hay nada de que preocuparse. E inclusive la pérdida podrá tener, según he logrado documentar, algún incentivo fiscal para nosotros.
-Eso está muy interesante pero no era lo que te quería preguntar...
-Sí, troto todos los días con Star a mi lado, no me quita tiempo de trabajo ni de estudio, a la gente le impresiona la resistencia y obediencia de este sabueso, siempre ha sido así, yo no lo entrené, nació así, supongo, así llegó a mí de solo tres meses y nunca dio problemas, es un genio, es realmente adorable.
-Bueno eso es impresionante pero tampoco era lo que tenía en mente, por qué no me dejas explicarme.
-Perdone, es un defecto que tengo, tiendo a adivinar lo que la gente me quiere decir. Mi madre dice que como soy muy callada, casi muda, pretendo saber lo que van a decir por pura observación y análisis. Algunas veces no es así, pero casi nunca me pelo.
-¿Me dejarías, explicarte?
-Sí, por favor, perdone, dígame jefe.
-Me matas de la risa con tus explicaciones y tu formalidad. Quería decirte que agradezco mucho tu recomendación del curso de Stanford On Line hace unos meses. En ese momento estaba atormentado, por eso no te respondí. Hace algunas semanas investigué el sitio en el éter, lo que me referiste. Realmente es impresionante la calidad de lo que mi alma matter está haciendo a distancia en materia de educación y todo gratuito.
-Sí, como dije aquella vez, he tomado varios de los cursos en mi tiempo libre. Son verdaderamente buenos, son gratis, he aprendido cosas allí por las que quizá hubiese tenido que pagar en otra universidad sin en-

trar en conflicto con mi tiempo de trabajo.
- Si hubiese conflicto de todas formas vale la pena, nosotros creemos en la educación constante para todos aquí en la oficina, podemos ser flexibles.
- Lo sé.
- ¿Por qué ríes?
- Acabo de acuñar su famosa frase y en su propia cara.
- ¿"Lo sé"? Pero si prácticamente nunca hablamos fuera de lo esencial en el trabajo y eso escasamente.
- Somos una pequeño universo en la oficina y siempre escucho.
- Además a la gente le encanta el chisme.
- Lo sé
- ¿Vas a seguir?
- No, usted perdone, no pude resistir la tentación, cuando usted no está muchas jugamos a decir "lo sé" viendo a cuantas situaciones se les puede aplicar eso.
- ¡Ah!, se entretienen a costillas mías, muy divertido.
- Lo sé, ¡oh! perdón, está viendo, ese sí fue sin intención, es que ya lo cargamos en el subconsciente.
- Tranquila, no me hagas reír, estamos perdiendo el ritmo de carrera y tu perro Blue lo está notando.
- No es Blue, se llama Star. Ya, seriedad con trote a paso constante de aquí en adelante.
- Quería decirte es que entre mis resoluciones de año nuevo está tomar el curso sobre creatividad y que aprecio que me veas como alguien creativo.
- La gente lo comenta y yo estoy de acuerdo.

En ese momento Doutzen que obviamente había acelerado su ritmo de carrera nos alcanzó e interrumpió la conversación, ignorando totalmente a Amanda y hablando como si ella no estuviese presente.

- Parece que venías muy reído, cuidado y te atragantas.
- Es que veníamos hablando de los cursos de Stanford On Line, los que tú nombraste en tu charla de hoy en referencia a la previa de Amanda meses atrás.
- Sí tienen mucho que ver con el afán de superación de la mujer hoy en día y Amanda es un ejemplo de lo que se puede lograr.
- Estoy de acuerdo y te felicito por tu charla.
- ¿Te gustó?
- Sí, mucho.
- No dijiste nada.
- La estoy ponderando y ya te comentaré.

-Se supone que participes en el momento, esa es la idea, una tormenta de ideas.
-Sí, casi lo hago, al final me distraje.
-Típico tuyo y andas distraído últimamente, menos en lo que te llama la atención...

En ese momento volteó a ver hacia el lado de Amanda y de nuevo a verme sarcásticamente, luego bajo la mano y acarició a Blue, digo a Star, quien recibió el gesto con mirada cariñosa, después bruscamente aceleró su ritmo a todo dar y corrió duro por los próximos trescientos metros, dejándonos solos de nuevo a Amanda y a mí. No dio tiempo de retomar nuestra conversación porque paró bruscamente y empezó a caminar. Al acercarnos Amanda le preguntó que si le pasaba algo y ella contestó que se había detenido para esperar a quienes caminaban que venían rezagados. Amanda hizo lo mismo y yo también paré, pero no giré a ver donde venía el resto del grupo, me concentré en admirarles las piernas sin que ellas se dieran cuenta, tratando de determinar quien tenía las piernas mas buenas, sin duda Kent, como si adivinara lo que hacía, Doutzen giró repentinamente y me pilló la mirada de perro, ni me dejó explicar, sólo me dijo en voz alta.

-¡Qué descarado eres!
Y yo haciéndome el bolsa respondí.
-¿Qué?
- ¡Mira! No te hagas el gafo, no me hagas hablar...

Sólo me reí muchísimo y deje pasar el momento. Amanda permaneció impávida como si ella no tuviese cupo en esa conversación, lo que coincidía con la actitud dominante de Doutzen que acaparaba el momento todo para ella. Pero de reojo le capturé una media sonrisa a Amanda y anoté eso para algún momento en el futuro cuando no tuviéramos a la policía tan cerca, pensé. Ahí, comencé a trotar sobre mis propios pasos para alcanzar a los rezagados.

Doutzen también dejó pasar el momento, cualquier cosa que significara mi actitud no era trascendente. Su charla sí lo fue. Expuesta luego del almuerzo y durante la sobremesa. Adecuado fue unir el evento del almuerzo con su discurso, asentó muy bien en la concurrencia. Planificado con rasgos de espontaneidad. Al principio las mujeres hablaban a la vez, los hombres nos reíamos y tratábamos de conversar de football americano y también de fútbol convencional, dos pasiones que se unen en pocas latitudes. Nos parecía tan importante quién era candidato al Super Bowl como quién iba a ganar la Champions. Entre los paseadores de perros había un muchacho experto en las dos disciplinas deportivas. Era divertido escucharlo hablar arrojando cifras con soltura en ambas especialidades. Me agradaba su preferencia por los Patriots y por el Real Madrid, lejos de las ilusiones fanáticas, estaba claro que no eran los equipos del momento, ni sus jugadores los mejores a nivel individual. Cuando explicaba porqué Messi era el mejor delantero del mundo con las destrezas de un médico explicando el funcionamiento cardíaco, Doutzen empezó a hablar sobre la mujer. Las demás mujeres, en franca mayoría, comenzaron a hacer gestos para callarnos, llamando a prestar atención.

En ese instante la concurrencia quedó el silencio acompañada por la brisa del mar. Por un segundo pensé en ella. En la mañana en que se me apareció trotando por una playa. Un día parecido a éste y en una playa al otro extremo de la siguiente isla, este recuerdo se me repetía de improviso, antojado a no desaparecer de mi consciente, aparecía sin avisar ni pedir permiso desde que ocurrió en los instantes más inesperados.

Amanda, que me vio un poco ido volteó su cabeza para verme fijamente hasta que presté atención. Amanda y Juana estaban sentadas juntas. Juana tenía la misma flacura que Amanda con una estructura ósea similar. Una latina y una judía que físicamente lucían emparentadas. Vistas de espaldas las dos mujeres exhibían huesos salientes en los omóplatos con cuerpo similares aunque una era de tez bien clara y la otra lo opuesto, muy oscura. Ambas contrastaban con la gordura de matrona tradicional de Luna. Juana luego me diría mirándome con sus ojos negros, profundos y saltones, que le había impresionado con la concentración con que me había hablado y mirado el cura en la iglesia. Recordé el breve escalofrío que sentí cuando me miró el sacerdote ¿sería mi sentido de culpabilidad o qué significado tendría eso?, imperceptiblemente, se me arqueó la espalda y se me erizaron los pelos de la nuca.

Ese fue el comienzo de una mejor amistad entre nosotros, más auténtica, menos jefe vs. empleada, salpicada de pequeñas conversaciones mundanas, plegadas de sus dichos y refranes: diariamente, cuando entraba a saludar o a limpiar en mi oficina o en casa, Juana terminaba sentenciando con alguna pregunta o uno de sus sentencias populares y siempre indagando de retruque si no había ido a rezar o conversado de nuevo con el sacerdote. Su forma de interrogarme me hacía mucha gracia, gozaba de buen humor, era jodedora, juguetona por naturaleza, ambos reíamos cuando lo hacía, era un recordatorio al fervor para un no practicante, muy divertido su estilo de incentivarme.

Justo allí comenzó a conferenciar. Atendí en un santiamén con la mirada correctiva de Amanda. Doutzen se paró, apoyó sus delicadas manos sobre la mesa con un femenino gesto, grácil al marcar pauta, cerrando los ojos brevemente al concentrarse, buscando sentir el momento. De seguidas comenzó a hablar. De talante diáfano, pausado, con una pronunciación y una gramática impecable, al mejor estilo de los neoyorkinos bien educados. Donde el uso de las palabras es preciso, el lenguaje es rico, el estilo es simple a ratos y luego sofisticado con entrecruces de rapidez y lentitud en el ritmo, soportado por una pose de seguridad inexpugnable. Con impredecibles transiciones de un lado al otro, casi imperceptibles. Eso hacía al discurso atractivo.

Declaró que su charla se trataba sobre la mujer. Para ella las mujeres eran el futuro. Por eso ella había seleccionado a nuestra empresa. Creía en el Field Method de Harvard tanto como el Case Method que había estudiado en esa universidad. Para Doutzen el Field Method todavía seguía siendo una aplicación de vida diaria. Que al identificar una pequeña empresa como la nuestra con tantas mujeres y tan pocos hombres le había atraído como si fuera un proyecto de Field Method en una tierra distante. Que Florida y especialmente Miami, eran para ella como un país lejano. Cuando primero llegó aquí, dadas las influencias latinas, tropicales y africanas pareciera más un exótico país suramericano que parte de la homogeneidad que marca la media en USA. Que había logrado encantarse con Miami en un espabile. Apreciarle como una urbe que compite en su propio estilo de sofisticación cosmopolita con otras grandes urbes de los Estados Unidos, de Europa y de Asia. Si se penetra a través de su plasticismo e informalidad aparente, se encuentra una riqueza, una calidad y un calor humano que generan un atributo difícil de superar. Algunas mujeres se emocionaron y aplaudieron orgullosas, brevemente, mientras otras se miraban entre ellas sonriendo.

Tomé la pausa para hacer algunas notas mentales con el ánimo de discutir más tarde con Doutzen. Se me viene natural y me gusta mucho analizar, polemizar, discutir en el buen sentido. Pensé rápidamente que primero que nada ella no había elegido a la empresa, fue al revés, éramos nosotros quienes la seleccionamos a ella, Zach y yo la escogimos. Antes y durante la primera entrevista me limité a verla en fotos. La primera vez que la entrevistamos comparaba en currículum vitae si lucía más atractiva en la foto que en la vida real. No escuchaba mucho lo que decía, pero sentía que su voz de locutora medio ronca con tonos bajos era seductor. De resto solo la observaba cuando se paraba a buscar para sí misma una tasa de café, como si ya trabajase allí. Veía como tenía y movía su cuerpo, de resto no escuché nada, me concentraba en ver mis acciones fluctuar en el monitor de Reuters. Fuimos nosotros, Zach definitivamente le proveyó el trabajo. Segundo, al nombrar a Suramérica no se puede nombrar a América, por educación se debe decir Norteamérica o especificar el país en referencia como Estados Unidos o EEUU o USA, eso evita roces innecesarios con la audiencia. En esta improvisada velada playera eran detalles imperceptibles, perdonables. Si fuera en un viaje de negocios con nosotros eran puntos que había que cuidar tanto al sur como al norte del Río Grande. Tercero, que si Miami, la empresa y su gente éramos un caso de estudio de campo práctico tipo Field Method para ella, quisiera entonces conocer en detalles sus análisis y conclusiones. Principalmente, cómo ha aprendido en la práctica de sus propios errores, que es uno de los fuertes de practicidad del Field Method vs. el aislamiento teórico que produce el Case Method. Pensé rápidamente en esas tres cosas como una nota mental a futuro mientras ella tomaba de nuevo la palabra y robaba la atención de su audiencia:

> - La mujer es el futuro, como dije, lo siento intuitivamente, esta compañía es un buen ejemplo, pero debemos prepararnos como mujeres y colegas empresarias, como proyecto de emprendedores, como el todo que somos los que estamos reunidos hoy aquí.
> Según algunas de las estadísticas de una investigadora, una profesora mía en Harvard, la mujer tiene al menos la misma capacidad intelectual que el hombre para utilizar su cerebro en distintos tipos de negocios. Su igualdad laboral, si se alcanzara en el futuro, depende de cómo logre sortear ciertas condiciones natas que la hacen diferente. En especial dar a luz, concebir, reproducirse, parir. Traer la vida al mundo, facilitar el milagro de la multiplicación para la preservación de la especie humana. Teniendo eso en consideración, el hombre debería apoyar a la mujer en múltiples formas, de manera que el embarazo no sea un obstáculo sino una condición, que se entienda el fenómeno de forma natural y en su justa dimensión. Aplicándolo a la práctica, somos un empresa de 21 personas y sumemos dos hombres, sus propietarios y ejecutivos de alto nivel. Su colaboración a nivel de visión de negocios y desempeño ejecutivo es incuestionable. E irrefutable es que nos necesitan a nosotras en variadas formas. Hacemos la parte secretarial, contable, de mercadeo, comercialización, publicidad, legal, fiscal, matemática y financiera de esta empresa. Lo hacemos con profesionalidad y eficiencia. Contribuimos en las relaciones públicas y las ayudas comunitarias. Preservamos y potenciamos la imagen de este emprendimiento. Lo que llevamos, lo llevamos bien. Creo que Zach y Chris estarían de acuerdo en que sin nosotras no podrían existir. Al menos no de la forma en que lo hacemos ahora. Analizando y revisando el pasado reciente, encontramos que la empresa ha tenidos tres años muy buenos y a pesar de que este año hubo un tropiezo significativo, el resultado al final del ejercicio arrojó incluso mejor resultado que los dos anteriores. Mi visión es que si queremos preservar esta curva ascendente en los resultados a largo plazo, la misión nuestra debe incluir en el horizonte de tiempo planificar a conciencia involucrando integralmente a las mujeres que formamos parte de este equipo. No sólo debemos y tenemos que tomar el tiempo y energía para mejorarnos, educándonos profesionalmente; iniciativa ésta que agradecemos a Zach y Christian, ellos también han destacado y elevado nuestros salarios y participaciones, que comparativamente son mejores para mujeres que trabajan en ésta rama de ne-

gocios en Florida. El reto es enfocarnos (como dije antes de desviarnos hacia los justos agradecimientos) donde debemos concentrarnos para actuar proactivamente, el asunto es lograr planificar de manera que cada una de las mujeres que trabajamos en esta empresa podamos reproducirnos sin complejos ni miedos a perder nuestras posiciones de trabajo, desarrollando una cultura de trabajo en equipo que nos permita superar los trastornos que ello implica, no estoy solo hablando de recibir los beneficios que contiene la ley (los cuales esta empresa cumple formalmente) hablo de desarrollar un método profesional donde una empresa cuya fuerza de trabajo sea más del 90% femenina, pueda desarrollar un método de trabajo oficina-casa-calle-mercado donde la interacción de todas impida que se afecte la eficiencia y capacidad de crecimiento, manteniendo los altos niveles de desempeño logrados en los últimos 3 años y que de aquí a 10 años podamos decir que lo hicimos igual o mejor que cualquiera de las empresas que usamos comparativamente como bench-mark normalmente. El reto está en la eficiencia vs. el tiempo que toma tener un hijo y amamantarlo. En una breve encuesta que hice aquí, nadie ni sueña en tener hijos, estoy segura que más temprano que tarde el instinto de madre nos llamará a generar el milagro del que tenemos capacidad por voluntad divina casi todas las mujeres de este planeta. Ah y también puede ocurrir por un pelón, así es que debemos estar preparados y digo preparados y no preparadas porque mi propuesta involucra no al 90% sino al 100% de la empresa. Asumiendo que todos queremos trabajar, crecer y desarrollarnos en equipo para ser mejores ¿cierto, Zach?

No creo que Zach estuviera preparado para esa píldora porque lo cacharon viendo más los pechos que los ojos de Doutzen, estaban semi-húmedos, como se empapa una camisa blanca de algodón con un traje de baño mojado debajo y dos formas celestiales que parecían querer estallar fuera de la camisa. Afortunadamente, sí estaba escuchando aunque su mirada estuviese perdida. Giró su cabeza para no ver a Doutzen, quien ya había notado lo sucedido. Ojeando el horizonte para esquivar cualquier mirada inquisidora respondió rápido:

> -Nunca le he dado mayor importancia a ese hecho. Quizás he debido, si lo hubiera pensado, basado en lo que tú dices, mi instinto de negocios y posiblemente el sentido común me hubieran orientado a contratar más hombres que mujeres. Así que es un posible golpe de suerte que no sea tan profundo en mis tomas de decisiones respecto a los empleados como lo soy en los demás aspectos de este negocio. Soy afortunado en tenerlas a ustedes, ese +90% del que hablas, estoy orgulloso de sus resultados. Ustedes aprovechan eficientemente en lo preciso el tiempo que Chris y yo le dedicamos a otras cosas, otros asuntos más abstractos. Contrato a las mujeres porque creo en la inteligencia femenina. Y, porque Chris tiene esta idea loca que el macro-picture de las inversiones

las diseñamos nosotros dos y se las explicamos en los road-shows a los clientes. Una vez que se capta una cuenta, el "micro-picture" lo debe explicar y gerenciar una mujer inteligente. La mujer inteligente se enfoca mejor en los detalles y personaliza más la relación con el cliente que un hombre. Ahora bien, nunca he pensado en un posible embarazo. El perfil de mujeres que busco nunca menciona eso en la entrevistas y se ven bastante inteligentes cuando las contrato así es que si tenían eso en mente lo han debido decir y también deben cuidarse a la hora de tener sexo como nos han enseñado desde la primaria o la secundaria. Si alguna sale en estado y luego del amparo legal da muestras de ineficacia, el deber ser es suplantarse por otro profesional bien sea hombre o mujer, la empresa debe estar primero. Siempre le critico a Chris que cuando me dejo llevar por sus influencias como claramente es la decisión de tener una empresa revolucionaria en el sentido de que salvo nosotros dos ustedes sean puras féminas, me encuentro que aparecen sorpresas inesperadas, como el contenido de tu charla, la cual ha sido entretenida y diferente pero donde la inteligencia por la cual te contraté ha traído a colación un posible problema a futuro. Para eso te pago y te pago bien. Te pago para prevenir lo que viene y atajarlo antes de que explote en nuestras manos. Has hecho bien. Has pensado en lo que ni Chris ni yo hemos visto. Esa es tu función profesional, eso cuando se trata de negocios nos permite tener ciertas ventajas sobre la competencia. Por primera vez veo el embarazo de cualquiera de ustedes como un problema más de negocios que humano. Por eso, Doutzen, pienso que debes desarrollar tu teoría en mayor profundidad. Debes idear un plan práctico que nos permita seguir evolucionando como empresa de negocios, con buenos resultados, aunque el tema de la maternidad ande pululando por ahí. Hazlo antes de que el sentido común me indique que es menos divertida pero más práctica la opción de contratar a puros hombres, a futuro. No se si Christian tenga algo que decir...

-Bueno no lo mencioné ni comenté antes pero ahora que la cámara alta del Senado de Rusia ha puesto en el escritorio de Putin una nueva y controversial ley que nos prohíbe a los norteamericanos adoptar niños rusos, pareciera que todo el mundo y especialmente Doutzen, nos tiene pensando sobre el tema de tener hijos. La verdad es que al pensarlo trae a colación que aunque todos somos jóvenes, o no tanto, sí es una pregunta que aún no me había hecho en relación a la compañía. Pues aunque nadie aquí todavía tenga hijos, sí tienen una relación y una responsabilidad con lo que somos. Cada quien tiene su vida privada de la que deberían formar parte en algún momento los hijos, sin afectar a la empresa directamente. ¿Es posible? No somos tan grandes ni tan pequeños, tampoco somos tan sofisticados como para no poder esperar a alguien por unos meses o remplazarla temporalmente según sea la necesidad. El objetivo es mantener la empresa saludable y en marcha. Es ella y no nuestras buenas intenciones la que nos mantiene mensualmente y probablemente sea ella misma quien mantenga a nuestros hijos en un futuro, si llegamos hasta allá. ¿Hace 10 años ni siquiera trabajábamos seriamente ninguno de los que estamos aquí, y ahora estamos pensando en tener hijos, es en serio? Zach y yo somos los más viejos y no contemplamos eso, hasta donde yo distingo no hay planes ni cercanos. Lo que sí vislumbro es que si la empresa no sobrevive habremos perdido una buena parte del esfuerzo de los últimos tiempos por preservarnos competitivamente. Se deberá adaptar como cuando era una incipiente idea transitando ida y vuelta las cabezas de nosotros dos. Adaptarse para sobrevivir, ser la más apta. ¿Qué recomendaría Darwin? Esa flexibilidad para lograr ser los más aptos incluiría la tesis de Doutzen porque la población profesional de esta compañía es mayoritariamente femenina, es la realidad, es algo a considerar. Si lo vamos a implementar debe representar un beneficio tangible. No sólo en términos humanitarios sino económicos. Propongo que sigamos pensando en eso como una idea en evolución, un plan de trabajo, un asunto que debemos seguir discutiendo y si los rusos deciden no aprobar la ley podemos pensar en adoptar niños allá, eso nos ahorraría a la empresa unos buenos meses de embarazo sin merma de trabajo eficiente, sin la afectación emocional de las hormonas, sin tanta locura.

"Viendo pa'trás" como dicen los cubanos, pienso que si no hubiese nombrado lo de las hormonas todo hubiera salido bien. Enseguida saltaron las mujeres, casi todas a la vez con infinitos comentarios. Me tildaron desde machista hasta de insensible. ¿Tendrían razón? ¿Por qué pienso que he escuchado eso antes? Doutzen, sorprendentemente, puso orden. Dijo que la discusión debería ser ordenada. La miradas de las mujeres lo decían todo, las palabras no eran necesarias. Doutzen preguntó si alguien deseaba hablar. Dierdra, la recepcionista, impetuosa, levantó la mano, lo que dijo fue impresionante; se paró en un ángulo en que su protuberante nariz se notaba en extremo por una incidencia de luces y sombras sobre su faz, ese talante desfavorecedor no le quitó efecto a sus palabras:

-Una vida no es sólo la oficina. Una vida no es sólo la familia. Una vida no es sólo un hijo. No es la mujer la única que se reproduce. Son dos personas las que generan un hijo. Para cuando nace, si se preserva el amor, el niño o la niña tendrá dos padres. Dos pueden cuidar de él e integrarse a sus trabajos si se organizan inteligentemente. La empresa tampoco funciona si no hay inteligencia combinada con amor. Muchos de los problemas que observo desde mi puesto de trabajo se solventan combinando inteligencia con amor por la compañía. Un sentimiento como el que compartimos hoy, aquí, trotando, caminando, nadando, comiendo, escuchando y hablando. Inclusive en algunos el amor por todo lo que hacemos es lo que inspira la solución y el esfuerzo. Reproducirse debe ser un acto de amor consciente en una pareja y apoyar ese sentimiento se traducirá en energía positiva de la que se beneficiará la empresa. Quien hace un esfuerzo por sus hijos da ese extra que lo hace mejor, lo he visto en mi familia y somos una familia numerosa. Si Zach y Christian se pueden ausentar por válidos motivos de negocios y trabajar a distancia por medio de computadoras, teléfonos, Skype, Twitter, Facebook y el resto de las tecnologías de comunicación, no entiendo cómo no podría ausentarse una mujer inteligente que probablemente vive a menos de 15 minutos caminando de nuestra oficina y trabajar diligentemente para buscar conseguir eso a lo que ustedes le dicen flujo de caja positivo o cualquier otro objetivo corporativo. Creo que tenemos las capacidad no sólo para adaptarnos sino para evolucionar, todos, juntos, evolucionar para bien, para ser mejores, incluyendo ser más eficiente, no menos.

El aplauso fue estruendoso. Ni la brisa del mar pudo disiparlo. Empapó el corazón de todos. Estimuló la fuerza espiritual de las muchachas para apoyar la idea de Doutzen dentro de un contexto distinto, el que aportó Dierdra . Realmente fue sublime verlas a todas abrazarse y aunque alguna que otra volteó a ver que cara ponía yo ante semejante respuesta, no lo tomé a mal. Comprendí el momento. Perdoné lo malo, incluyéndome en eso. Y cuando alguna comentó que seguro era el Espíritu de la Navidad que las había inspirado en tal día decembrino apoyé la moción con sinceros aplausos y sonrisas, al igual que el resto. Al final fue Doutzen quien limó cualquier aspereza, en su cierre, lo sumó todo con comentarios proactivos para nutrir lo que ahora denominó su proyecto personal-corporativo-compartido. Intención que no podía ser posible sin el tipo de apertura y alto nivel intelectual de todos los presentes:

- Si alguien del talento y la capacidad de Dierdra ocupando un puesto bajo en el organigrama operativo de la empresa ¿por ahora? ha intervenido con tal inteligencia; sin duda su injerencia refleja el alto nivel y la sana competencia interna que tenemos y ello da esperanza para juntos sortear cualquier reto u obstáculo que se nos presente.

-Cada uno debe superarse como persona y todos en grupo como equipo. Estoy segura que Doutzen y Dierdra llegarán lejos y nosotros junto a ellas también.

Recuerdo que cuando dije esto, ahora exagero en mi visión latina de las cosas, pero casi fue así: todas enloquecieron, aplaudieron, gritaron y bailaron por unos segundos, dando vueltas y repartiendo besos. Las palabras finales de Doutzen cerraron los contrapunteos.

-Lo ven les dije que no era necesario ni música, ni licor, ni drogas para pasar un buen rato. Ahora les pido como gesto de grupo que colaboremos con los del catering a recoger para que todos podamos salir de aquí a caminar de vuelta antes que caiga el sol.

Sin detenerse en su iniciativa ella asió la primera bandeja vacía de ensalada y algunos vasos antes que nadie pudiera decir pío y yo de segundo le seguí con ánimo. Los del catering, sorprendidos, se unieron rápidamente. Poco a poco todos se fueron involucrando. Eso terminó de crear un unión especial, permitió conocernos mejor. Los perros complementaban la alegría del grupo cual metáfora de unos futuros hijos. Terminando la limpieza comenté en voz alta qué inteligente era Doutzen y, también Dierdra, añadí de pronto "tenemos suerte" . Zach, quien parado a mi lado, silente, observaba todo con detenimiento añadió para fastidiarme:

-"lo sé".

13. De la sazón de Luna hasta una amenaza y algunas alternativas inesperadas

Me levanté temprano a correr, no contaba como un trote oficial pues no fue un entrenamiento de rigor. Correr me ayudaba a pensar. No era un pensamiento unidimensional, no. Mientras mi cerebro era oxigenado por el bombeo de un corazón a altas revoluciones tenía varias cosas en mente. Algunas en primeros planos como la conversación que tuvimos Zach y yo después del evento, al irnos a comer una pasta al filetto en Novecento.

-Una ensaladita no me llena a mí.

Así dijo, y como me interesaba la ingesta de carbohidratos para la carrera de hoy, no dudé en acompañarlo. Otro tema que Zach tenía a flor de piel era el Fiscal Cliff. Me preguntó qué pasaría luego de la fecha tope de diciembre, eso estaba a escasos días. Paralelamente había ráfagas de recuerdos de Vanessa. Remembranzas de todo nuestro pasado juntos. Por alguna razón la charla de Doutzen había encendido algunos recuerdos con viveza inusitada. Me cuestionaba cosas que hacía años guardaba en el subconsciente. Aparecían como destellos, chispazos sin avisar. Metralletas mentales que impedían contestarlas en orden. Qué caos. No quería caminar esa ruta dentro de mi mente. Me concentré en la ruta, el paisaje que tenía al frente, la misma playa donde la había visto, adaptándome de nuevo a la carrera descalzo, por si me la conseguía, tal cual yo corría con ella 10 años atrás. Tratando de aumentar mi ritmo cardíaco pero de manera estable, constante, sin perder eficiencia para mejorar la resistencia, debía mejorar si le iba a seguir el paso, si la encontraba. Últimamente había entrenado con eso en mente. A veces no es bueno entrenar solo o inclusive con la misma gente porque te pones cómodo, careces de la comparación constante y el reto que significa correr con alguien nuevo al lado, afortunadamente corría con Zach que era exigente y con otras compañeras de trabajo que se sumaban, pero su nivel nunca era el de Vanessa. Cada corredor es distinto en ritmo, zancada, aceleración y resistencia. Cada quien tiene un tipo de terreno que se adapta mejor a su estilo. Cada quien le pega al muro o al dolor, sea mental o muscular, a su manera, enfrenta como mejor puede a la pared mental que te impide avanzar. Es un verdadero obstáculo, principalmente emocional, que se torna en impedimento físico hasta que lo rompes para entrar en un momento distinto de la carrera, uno más fluido, donde te sientes más fuerte. El mío usualmente era el minuto 17. Del 17 al 21 usualmente era una lucha contra mi mente racional. Durante ese período me sentía agotado, perezoso, con ganas de parar, sin energías, fastidiado; luego, como sin un ángel me tocara con una varita mágica, entraba en la zona. En la zona sentía que podía correr por horas. De hecho con frecuencia lo había hecho, corría por horas con el único afán de probarle a mi cuerpo que lo del minuto 17 era simplemente una barrera franqueable. Me decía que así como ese obstáculo imaginario se sentía tan real, algunos contratiempos de la vida que parecían insuperables realmente no lo eran. Qué alivio sería recordar eso y traerlo a colación justo cuando lo necesitase. Lamentablemente mi mente no funcionaba como un reloj suizo ni siquiera ahora que me arropa la experiencia y menos durante aquellos tiempos. La superación de cualquier impedimento sí era factible: lo decía mi carrera, mi entrenamiento, mi nivel físico y mental así lo demostraban. Debería rememorar eso cuando surjan dudas o problemas que resolver en serio, recordarlo oportunamente. Intuitivamente sí consideré a la carrera por encima de un mero entrenamiento físico, para mí también consistía en una forma de preparación mental para los negocios, para la vida. Otra buena excusa para correr como un desquiciado. Dentro de un trote normal de 45 minutos había para mí una serie de paredes que sortear pero comparadas con la del 17 al 21 las demás eran poca cosa. No duraban ni un minuto en tiempo real y su intensidad mental era bastante inferior, no eran tan preocupantes. Me preparaba mentalmente para cualquiera y en especial para ésta del minuto 17, ya disponía de temas anticipados para evitar pensar en parar y concentrarme en otra cosa, mientras conseguía de nuevo el ritmo óptimo. Muchas veces me enfocaba en la forma de zancada que estaba desplegando o en la frecuencia y profundidad de mi respiración, para mejorar durante el avance. Otras veces, como aquel día, tenía un tema de trabajo preconcebido. Pretendía ignorar la pared con algo que me fuera provechoso en el trabajo. Así traté de pensar en cinco puntos clave sobre el Fiscal Cliff. Aunque no me sentía profundo, porque si se acercaba una chica trotando inventaba que podía ser ella. Me concentré, hice un esfuerzo y logré delinear en mis notas mentales cinco aspectos a profundizar. Pensé en la trascendencia de la fecha del 31 de diciembre como algo que pudiese afectar nuestras vidas con una crisis y una posible reacción de Europa, España quizá sería afectada por su vulnerabilidad bursátil. El resto del mundo sentiría el impacto. Una subida escalada de impuestos y su efecto en las empresas. ¿Las últimas reuniones de trabajo este año deberían enfocarse en el tema fiscal exclusivamente? ¿No habría cabida teórica para la costumbre de proyectar nuevas oportunidades de negocios para el año entrante? Me pregunté ¿qué opinaría Zach? pues él era de la teoría de que en unos pocos meses todo el mundo se habría olvidado del Fiscal Cliff. Diferíamos fuertemente en esta cuestión. Lo habíamos discutido en Novecento. ¿Se infería un recorte del gasto público? Su posible influencia sobre todas el mercado era evidente. Un punto adicional al considerar la agenda de la última semana de trabajo. Y ¿serían diferentes las repercusiones en la bolsa y en la economía mundial si el problema persistiese por un período adicional? Un mal menor si fuesen semanas. Si se prolongaba, podría generar una crisis global profunda. Todas estas eran teorías de los que saben, tras leer varios blogs, era la primera vez que las ordenaba en mi mente. Pensé en las consecuencias directas a ZaCh Mayamii Inc. Al igual que Doutzen con lo de los embarazos, podríamos hacer una especie de Field Study utilizando a la compañía como experimento ante lo que significada el Fiscal Cliff. ¿De veras era significativo? Lejos de lo que pensaba antes de trotar, sería una práctica valedera pues son consecuencias directas. Seríamos parte de los casos tangibles a muy corto plazo, casi mañana y aún pensábamos qué podría pasar en vez de prevenir. Estábamos siendo menos preventivos que reactivos y eso iba contra mi estilo de trabajo y mi educación universitaria. La austeridad inmediata se pintaba como una prevención lógica.

Ya la pared había pasado. Me había tardado mucho más de 3 minutos analizar las teorías. Ni me había dado cuenta del paso del cronómetro. Realicé que no solo había pasado la pared, también en mi mente había simultáneamente pasado la Navidad. Parecía absurdo pensar en la Noche Buena. Quedaba prepararse para Fiscal Cliff. Ello, si de verdad estábamos en la empresa como un proyecto serio a largo plazo. Me estaba volviendo demasiado riguroso ¿qué pasaba conmigo? Será la influencia de Kelly. Debería dejar de hablar tanto con este asesor externo. Qué mala influencia, no era mi estilo ignorar la Navidad. Qué época tan buena para quien no se preocupa en demasía. Estaba cambiando mi forma de pensar y de actuar sin notar si sería para bien. Eso sí me preocupó. Quise volver a pensar en la Navidad, tarareé al pretender escuchar un villancico o algo así. En ese instante cambié de enfoque, la imaginé al pasar otra rubia corriendo en dirección contraria, obviamente no era ella. Qué fijación, no hago sino imaginarla, no dejo de pensar en ella, ni el anhelo expectativo de la Navidad ni el rigor del trabajo bajo la disciplina del deber la desvanecen, casi es parte de mi respiración, a ratos hasta la siento latir, pareciera que late conmigo. Lo sé.

No había tráfico saliendo de la isla. En pocos minutos estaba en casa, duchándome con la doble regadera, una la ponía con agua muy fría y la otra muy caliente. Una vez, cuando fui a unos cursos que me apasionaron de Karate, Yoga y Zen, hace ya bastante tiempo, cuando pensaba que la solución a mi vida estaría allí, aprendí a bañarme con interludios de temperaturas extremas. En ese momento el alivio y la vitalidad que embestía en mi cuerpo el contraste de temperaturas y la presión del agua parecía una especie de ungüento metafísico oriental. Poco después el mismo sensei, el maestro japonés que lo recomendó, explicó con suma humildad que era un invento nórdico. Algo desarrollado en Suecia, con fines terapéuticos e higiénicos. Explicó cómo la práctica Zen incluía tomar lo mejor y lo más sencillo que la humanidad pudiese ofrecer. No debería haber pena en tomar prestado lo bueno de los occidentales. Todo lo que sea una fuente de conocimientos que alguien o algo pudiese ofrecer. De ésta ni de ninguna otra enseñanza, no tenía sentido discriminar su origen o fin inicial, la idea era aceptarlo, no cuestionarlo, adaptarlo, convertirlo en un cambio para bien. Era allí donde estaba la esencia del Zen: aprender indiferente ante la fuente del conocimiento. No discriminar la forma del fondo y viceversa. Ayudar sin esperar nada. Liberar la mente para que ella misma encuentre su cause. La mente sola, aislada en un plano de equilibrio idóneo. Cual guerrero que si deja de presionarse sobre optimizar la técnica aprendida, es entonces cuando logra combatir con fluidez. Sin pensarlo, sin ver, sintiendo, tanteando sin miedo en medio de un ritmo interno que desbalancea cualquier agresión. Un reflejo que vence en un instante y no requiere agredir para triunfar. Es imperceptible el esfuerzo al tomar sin dañar, está ahí al dar si recibir. Parece invisible al esperar sin molestar, al recibir sin pedir, al pedir sin esperar, al esperar sin aguardar, al aguardar sin desesperar. Al fluir en este plano mental se logra precisión en la acción.

Hubo otras indicaciones relativas a la soltura, rapidez y flexibilidad que no recuerdo en este instante o no estaba atento cuando recibí tales regalos del maestro. Eran como 31 lecciones en total. Todas compuestas por frases cortas, frecuentemente repetitivas. Algunas para inspirar a la pasividad-activad sin pérdida del foco ni de la eficiencia. Eran mensajes medio paradójicos. En ocasiones se ponía todo muy confuso. Explicaba el sensei repitiendo una especie de mantra, una aproximación a la verdad o a su percepción de ella: libera tu mente, relájala en paz, el resto vendrá solo, no ansíes, absorbe. Solía repetirnos eso en perfecto inglés, incansablemente, a los perdidos occidentales que no hablábamos japonés, aspirando que entendiéramos esos mensajes para ayudarnos en los problemas mundanos que cada quien había traído consigo en la valija especial de su mente tanto en el plano consciente como el inconsciente. Insistía en sus mantras repetitivos cuando nos mostrábamos incrédulos o irónicos.

Durante esos seis maravillosos meses entre los fríos vientos del otoño y las flores pasteles de primavera, tiempo que tomé para encontrarme a mí mismo en Japón con ejercicios físicos y mentales que extenuaban al más fuerte, donde aparentemente no logré eso del "encontrarme" o al menos no lo percibí así; con el tiempo parte de las enseñanzas en las tres artes se quedaron grabadas en mi subconsciente, cada una en diferente grado de desenvoltura y como una segunda naturaleza, eso me ayudó a deslastrarme, sin que nada ocurriese de inmediato. Lecciones que se convirtieron en herramientas que me han ayudado en varias formas a través de los años. Muchas dudas perduraron. Muchas de las que originaron que en primera instancia fuera a esa especie de retiro en una apartada montaña, cercana a Kioto, lejos del neón y el ritmo atropellador de Tokio. En especial todas las preguntas relativas al sentido de la vida y el por qué estamos aquí no encontraron inmediata respuesta o esa fue la sensación del momento.

Todas ellas siguen revoloteando por ahí aunque no se atraviesen en mis pensamientos sino cuando se les antoja, sin pedir permiso, como lo hicieron hoy al trotar. Muchas veces, cuando volví pensé que hubiese sido mejor seis meses de teología cristiana o de filosofía clásica griega para los fines que buscaba. Con el tiempo me di cuenta de que el efecto se vería en la distancia. No era un remedio occidental de efecto rápido. Era una purga oriental, al estilo antiguo, diluida entre palabras, acrisolada entre vivencias. Con experiencias no necesariamente para el ahora sino para el después, el más tarde o el mientras tanto.

Luego no tuve tiempo de seguir buscando pues encontré a Zach con la idea sobre este emprendimiento, esta aventura llamada ZaCh Mayamii Inc. Este tanteo que por razones de imagen y mercadeo llamamos empresa, esto que al final del día es sólo un experimento, esto que nos ha dado la posibilidad de mejorar nuestros estilos de vida y beneficiar a las 19 personas que nos acompañan en tan frágil viaje. Travesía que puede acabar en cualquier momento, si olvidamos mantenemos inteligentes y competitivos. Adaptándonos constantemente a los retos que se nos presentan, para muchos de los cuales no estamos preparados académicamente. Donde la única experiencia que esgrimimos es una empírica teoría. Suposiciones que hemos aprendido a usar con la intuición en casos extremos, como herramienta final en la toma de decisiones. Aunado a que yo rezo internamente para que todo salga bien, sin decirle a nadie y trabajo sin parar hasta que las cosas funcionen o se mejoren por sí solas. En cuyos casos las considero un milagro, por eso voy y le agradezco a St. Jude, como si fuera obra exclusiva suya ¿quién sabe si lo es? Después de todo la iglesia está apenas a cuatro cuadras caminando, me queda cómoda. Mientras me ducho ingiero tajos de toronja, manzana y fresas que lavé y corté la noche anterior. Los dejé en la nevera enfriando en un envase plástico que puedo llevar a la regadera sin problemas. Mi único cuidado es evitar contaminarlos de jabón o champú porque entonces saben terrible.

Mientras me vestí bebí una merengada de yogurt con avena cruda y miel que bato en la licuadora mientras corto las frutas y dejo también refrigerándose. Nunca desayuno sentado con calma, excepto los sábados o en los desayunos de negocios. Los domingos no desayuno porque troto en ayunas como parte de un entrenamiento de resistencia que incluye doce horas sin comer. Luego me meto un suculento brunch donde como todo tipo de proteínas y carbohidratos. Me empipo con todo lo que me da la gana, porque de lo contrario comienzo a perder peso con mucha rapidez y ya estoy en el peso acorde con mi estatura. Los domingos parezco un bestia salvaje devorando una víctima.

En los días de trabajo, como hoy, me visto con rapidez porque solo tengo dos pintas de trabajo. O me pongo pantalón de caqui con camisa blanca o uso un flux gris pizarra con camisa azul clara. De ambas versiones tengo varias variantes en el closet que puedo tomar casi al azar sin posibilidades de equivocación. Mientras camino a la oficina son cuatro largas cuadras donde disfruto brevemente la música de mi iPad a menos que me tope a alguien conocido y converse durante el trayecto. Escucho a Anna Nalick, Babasónicos, The Script, Sena Edrhardt, Adele, The Kooks, Bruno Mars, Mozart, Amanda Broadway, Maroon 5, Devendra Banhart, Robbie Williams, Cold Play, Joss Stone, Cut Copy, Bach, Rihanna, One Republic, Beethoven, MGMT, Pink, Emma Marrone, Norah Jones, Orianthi, The XX, Pink Floyd, Ed Sheeran o Hank Mobley todos al azar sin orden específico, excepto The Rolling Stones, a esos los escucho dentro de determinadas ocasiones, cuando estoy solo y despierto tarde en la noche o de madrugada. Si se puede definir una personalidad por su iPod, ese es en mi caso, sí. Normalmente dejo que el dispositivo actúe al azar, oigo lo que emerja. Pero hoy me paré a mitad de camino en un banco público y escuche tres veces seguidas a "Me Without You" de Amanda Broadway y seguidamente tres veces también a "Stay" de Rihanna: quien las escuche alguna vez en esa sucesión con tal asiduidad sospechará cómo me sentía aquel día. Al entrar en la oficina marcho directo al lounge que es el alma del lugar. Allí bebo café y leo el impreso de Barron's del día próximo anterior.

Siempre encuentro señales atrayentes que no vi antes ni en las noticias de Reuters en pantalla ni en los apuntes de CNBC en el monitor de mi Mac. De allí saco un tema de conversación para quienes aterrizan en el lounge. El lugar es el centro de convivencia de la oficina. Es un espacio rectangular ubicado justo en la mitad. La oficina tiene cubículos perimetrales sobre una planta en forma de U. Todos disfrutan de la vista bien sea del Miami River y su canal o de Miami Beach bajando hasta Key Biscayne dependiendo de la ubicación en esa configuración. Lindas panorámicas de aguas y cielos amplios e iluminados. El espacio céntrico (segundario) que toda oficina usa como oficina abierta para ubicar a los empleados de menor grado que por alguna razón no tienen cubículos cerrados aquí es destinado para el lounge. Tiene mucha luz natural porque está circundado por los cubículos que fueron construidos en estructura de aluminio y vidrio. Todo el mundo ve a todo el mundo, al menos que se prenda una luz especial que opaca al vidrio de cada oficina individualmente. La opacidad ocasional permite la flexibilidad de una reunión privada, de poner los pies sobre la mesa, dormir una siesta en el sofá interno o simplemente jurungarse la nariz para extraer y comerse un suculento moco. Aquí la arquitectura abierta es limitada.

Por orden de Zach cada quien debe tener su propio cubículo u oficina, su propio espacio. El confín de cada rectángulo incluye suficiente espacio para un escritorio, tres sillas, una pequeña biblioteca y un sofá de dos puestos. Desde la recepcionista, pasando por las secretarias, asistentes, ejecutivas y hasta los dos socios, todos gozan de espacios y mobiliarios similares. No es usual, cualquiera delata calidad: cuero, vidrio, aluminio y telas Italianas sobre pisos de madera oscura. Cada cubículo además de tener un ángulo hacia la vista distinto encuentra un piso con un tipo de madera diferente. Hay que ser observador para darse cuenta, pero la sutileza reside ahí: en la textura, el grosor de los durmientes, la forma horizontal o vertical respecto a la fachada de vidrio en que han sido ordenados e inclusive pequeñas variaciones en el color de las vetas. Como para añadir un diseño personalizado en cada espacio. Los cubículos tienen techos con más altura que el lounge porque carecen de cielo raso. Todos los servicios son aéreos y están expuestos. Cada tubería tiene una tonalidad distinta de blanco que trascurre del gris claro al beige según sea su función. Cuando alguien sale de su oficina se consigue una acera, un piso de mármol que circunda la U de la planta tipo y de allí se forma el rectángulo interior que forma el lounge central definido por una gruesa alfombra de azul intenso que invita a descalzarse para sentir su confort en la piel. Cuando hace días muy claros en el verano, con cielos de azules intensos, la alfombra parece una extensión de las vistas al agua y el reflejo del penetrante sol sobre la fachada. Todo se confunde en tonalidades de azules y blancos que dan la sensación de estar flotando sobre el agua. Los aposentos más grandes los conforman las salas de reuniones, la kitchenette, el comedor, el lugar del pequeño gimnasio que lo ocupan cuatro trotadoras mecánicas y, por contraste, hay también un cuchitril para cuatro colchones de yoga viendo la vista. Al lado de éste hay una pieza cerrada, un cuarto con dos amplias y largas camas de masajes. Ni

Zach ni yo cabemos en los catres convencionales.

Siendo una oficina donde Amanda y otros trabajan en ocasiones más de doce horas diarias es normal ver a alguien trotando mientras otro está trabajando y alguien más recibe un masaje terapéutico. Nada de esto es convencional pero aquí funciona. "Work hard party hard" era el motivo del diseño original que luego evolucionó a una temática de elementos "high-tech" combinado con detalles minimalistas, texturas de maderas y cueros de tonalidades oscuras. Los grises y los blancos vienen por las estructuras de aluminio y las paredes de yeso que son pocas en este mar de vidrios con transparencias traslúcidas. El único negro es el de las puertas, que de su lado interno hacia los cubículos son siempre blancas. Supongo que el genial Mies Van der Rohe hubiese estado orgulloso de este diseño si su ego le hubiese permitido aceptar algunos elementos de la arquitectura interna de Alvar Alto y de Renzo Piano, las puertas con un color de un lado y otro distinto al dorso no hubiesen deleitado a maestro alguno. Para el ojo no educado parece un diseño mas de Phillipe Stark y algunos que lo ven por primera vez les recuerda a algo leído en S,M,L,XL de Rem Koolhaas. La kitchenette es mas bien una cocina semi-industrial de diseño italiano de Pedine Cucine como las que aparecen en su famoso video.

Cada detalle ha sido pensado. Esta concepción de Zach basada en que cada ser humano que trabaja en este emprendimiento merece su propio espacio, cómodo, amplio, privado, con vistas inclusive hasta para el personal de mantenimiento y limpieza, nunca lo había visto. Él dice que se la robó de una empresa de publicidad que visitó en Londres. Nunca ha revelado el nombre y que para evitar acusaciones de plagio. Para mí y el resto del personal es realmente revolucionario. Cuando alguien ha llegado nuevo, le da pena ordenar un plato exquisito preparado por Luna u ocasionalmente por un chef invitado o reservar un masaje. Si tu tarea es limpiar los baños te cuesta más adaptarte a disfrutar estas bondades, recuerdo como Juana no paraba de reír una vez al ordenar un plato sofisticado. Todavía guardo una foto que le tomé al terminar de recibir su primer masaje, "una buena frotada de nalgas" como ella lo definió; para alguien que inclina el dorso para pasar coleta esto es un regalo angelical, único, casi una necesidad. Guardaba la foto en mi escritorio y de vez en cuando la sacaba para bromear con ella y reírnos juntos de aquel primer día que según ella salió flotando pues no sentía sus pies sobre el piso. Algunos baños como el mío, tienen su buena ducha incluida, eso me encanta. Pero después de un tiempo uno se sorprende de ver cómo la gente se organiza, hace su trabajo y agenda un rato de trote en la máquina con antelación. Uno de los cuatro monitores que sirven al lounge despliega información constante de citas, reuniones y reservas del gimnasio o de los masajes. Nada está oculto y todo se hace con el debido respeto y consideración. Supongo que funciona porque sólo somos 21. Me pregunto cómo sería si creciéramos. O si los usuarios ya no fueran en su mayoría mujeres que son más organizadas y pulcras en todo lo del comer o ducharse sin ensuciar o desordenar. No hay dudas, son mucho más higiénicas.

Una experiencia que me ha enriquecido es conversar con la cocinera mientras yo troto y ella camina al lado mío en otra máquina. Es impresionante lo que he aprendido de ella en cuanto a dónde y cómo comprar víveres como parte del proceso de la elaboración de la buena cocina. Yo no tengo mucho que enseñarle porque no le interesan mucho las matemáticas y menos la economía. Y en cuanto a cosas de la vida dentro de su sencillez ella es mucho más sabia además de que todos sus dichos populares son tajantes similares o idénticos a los de Juana y goza de varios escritos en su recetario personal que aplica a cada situación según las circunstancia. Junto con Juana parecen una enciclopedia andante de dichos. Muchas veces las copio y uso su sapiencia popular en una reunión esperando tener la misma pericia y sentido de la oportunidad al usarlos.

Me divierte en extremo ver la cara de la gente cuando predico una sentencia de estas con total autoridad y me quedo viéndoles las caras esperando una reacción. Definitivamente lo que he aprendido de Luna la cocinera vale oro y ella lo sabe porque me lo recuerda sin pena alguna, me bromea, muerta de la risa, cuando me sobre escucha y grita desde lejos: ese dicho es mío, copión, dejándome al descubierto y a la risa de mis compañeros. Ella es quien me ha enseñado a cocinar. Muchas veces cuando invitamos a los chef que son en su mayoría recién graduados de una escuela de cocina local me entretiene ver a Luna enseñándoles un truco o dos, incluso cuando viene alguno de los consagrados y renombrados cocineros profesionales que son amigos de Zach. Me deleita la sazón de Luna, mucho más que la de muchos chef, su preparación es casera y sencilla sin ser grasienta y utiliza muchas hierbas a las que ella le adjudica bondades medicinales.

Llegué y Luna me preparó mi café, un Macchiato en tasa grande, como siempre. Luna lo llama Marcado Grande que es la traducción literal al español. No se cómo averiguó esa finura, probablemente sería de uno de los Chef invitados, esa oficina funciona como un intercambio cultural mientras se preparan alimentos. El significado sería prácticamente igual: un "expreso" con una breve "marca" de leche al final en una proporción que no le quite fuerza ni color ni aroma ni sabor, eso es, así lo describe Luna. Hacerlo bien es un secreto y Luna (no siendo italiana) lo domina a la perfección. Ni en el popular café Nespresso en Lincoln Road allá en Miami Beach lo hacen tan rico.

Este café de Luna es tan buen incentivo para ir a trabajar como un masaje con Alena, nuestra masajista casera, al final de la tarde. Tomo mi café y me siento en el Lounge y me quito los zapatos. En ese momento entra Doutzen Kent se sirve un agua y se sienta al lado mío.

-Hola Chris, tenemos que hablar...
- Hola Doutzen, ¿qué tal?
- Bien y tú, he estado pensando...
- Sí, dime. ¿Se trata de que Obama está optimista de llegar a un acuerdo?
- No, no me refiero al Fiscal Cliff. Quería hablarte de tu aptitud en general con las mujeres, se podría clasificar de acoso sexual.
- ¿Qué? ¡Eso si es una sorpresa! ¿Cuándo, cómo, dónde?
- Casi todo el tiempo, lo haces como natural, por eso no te das cuenta y no estoy dispuesta a aceptarlo, ni por mí ni por el resto de las chicas y hablo de todo el personal femenino en esta empresa.
-¿Alguien se ha quejado?
-No, pero es obvio. Seguro tienen miedo.
- ¡Ah hola, Zach!

Afortunadamente Zach interrumpió la conversación aunque la mirada de Doutzen implicaba que el tema aún no había terminado. Si ese era el nivel de rabia e impotencia que trasmitía su mirada por una suposición donde no había nada o a lo sumo una mala interpretación de ella, imagínate si hubiese un verdadero caso. Me hice una notal mental para hacer una consulta legal al respecto y tener sumo cuidado con ella en éste y todos los aspectos. No sé qué la motivaba pero si se ensañaba en contra mía debía estar preparado. Era una mujer muy inteligente. "Cuídate del agua mansa" decían siempre tanto Juana como Luna y no sé por qué lo recordé. No aplicaría su dicho a este contexto, ¿o sí?

Ambos saludamos a Zach, quien amablemente respondió que no tenía mucho tiempo. Explicó que había recibido mi correo sobre el Fiscal Cliff. Coincidía con mi criterio, debíamos estar preparados. Miró a Doutzen a los ojos. Quería contar con su asistencia en este tema. Propuso tener una reunión de inmediato. Seleccionó como punto de reunión a nuestro pequeño gimnasio, en lugar de la sala de juntas. Zach se había levantado tarde, cosa rarísima en él. Presagiaba un día atareado por lo que intentaría matar dos pájaros de un tiro. Ninguno tuvo problemas en combinar un poco de trote con una conversación de negocios. No era infrecuente para nosotros. Doutzen colocó lo que iba a ser su desayuno en un contenedor plástico destinado al refrigerador. Yo escudriñé mi equipo alterno de carrera que tenía en una gaveta de archivo en mi oficina, el propio "por si acaso". La combinación era la de siempre con algunos tonos diferentes de los colores azules con que solía correr. Digo ocasiones esporádicas por ser mi preferencia el disfrute de correr al aire libre. Sea con calor, frío, viento, lluvia o sol, todo al aire los saboreo.

Los días de mal tiempo son aquellos en que no recomiendan salir durante la temporada de huracanes. Cuando se trata de zapatos para correr, busco cuatro cosas fundamentales: comodidad, soporte de talón, soporte delantero y alto nivel de flexibilidad, lo demás me parece secundario. Conozco tres modelos que utilizando métodos diferentes consiguen esas cuatro cualidades. Para correr en serio los expertos dicen que Brooks Ghost 5 y Asics Gel Nimbus 14 ultra livianos reúnen esas condiciones. Para una carrerita esporádica en la oficina o como pieza de conversación los Onitsuka Tiger México 66 Slip On son ideales, siempre dan de qué hablar, parecen tan antiguos que se tornan en un tema de conversación, me gustaría conversar sobre eso con mis rodillas, si fuera posible. Después de todo, para alguien que corrió descalzo durante años, cualquier zapatilla es un lujo.

Esperamos un poquito por Doutzen. Arribó bella, con unas licras ajustadas al cuerpo en cada esquina. La prenda parecía resaltar sus pechos adrede. Zach y yo nos miramos. Sonreímos pícaramente. Zach con extrema cautela. Yo hubiese dicho algo si no estuviese preocupado por la coacción de Doutzen sobre lo del acoso. Luego no me contuve. Dije con tono sarcástico:

> -Qué bien Doutzen, ese color resalta tus ojos.

Ella me miró con toda la seriedad que pudo contener en una fuerte mirada y expresó sin emoción alguna:

> - Gracias, Christian, por cierto al terminar este asunto continuamos el nuestro en tu oficina, ¿te parece?

Claro que sí, le contesté con toda determinación pues necesitaba saber cuáles eran sus intenciones ulteriores sobre esa amenaza. Zach a su vez contestó con su típica ironía:

> -Doutzen es Chris, no Christian, para sus amigos...

De inmediato Zach prendió su trotadora explicando en voz alta que le había puesto el programa de condicionamiento aérobico de 30 minutos a un paso de calentamiento de 8Km/h. No era forzado, intentaría seguirlo a pesar de mis anteriores 10k en la playa esa misma mañana. Por el contrario, Doutzen advirtió que solo correría los primeros 15 minutos a ese paso y luego caminaría. Pensé que cercano a ese momento estaría enfrentando mi pared. Corrimos en silencio durante cuatro minutos, calentando el cuerpo, como si no hubiese nada de que hablar, hasta que Zach abordó el tema.

> -Interesante el correo de Chris, refleja lo que todos tenemos en mente.

Reitero lo que él dice y/o añado lo siguiente: hoy es nuestro último día de trabajo, tenemos suerte de que todos trabajamos en Miami y casi ninguno es original de aquí, eso nos permite trabajar en esta época con menos compromisos familiares y sociales. Efectivamente, a veces no sé si esto es lo que se llama una familia, un buen grupo de amigos o una pequeña villa de asociados por intereses de negocios. Probablemente es una combinación acertada de esas variables. Una comunidad proactiva, donde unos nos cuidamos a otros y generamos buenos resultados. Cualquiera de las tres cosas o una sana combinación de ellas, me satisface. Trabajar en diciembre nos ha traído suerte. Hemos captado a algunos nuevos clientes. Hemos identificado algunas prometedoras oportunidades. Recientemente hemos invertido en nuevas acciones gracias a sus ojos críticos. Hemos planificado para ser preventivos en vez de reactivos en cuanto al Fiscal Cliff. Bueno, preventivos es mucho decir porque aún no hemos hecho nada. Esto es lo que me propongo, prevenidamente: quedan pocos días para el fin de año y la fecha tope del Fiscal Cliff, hay que hacer algo. Primero un paréntesis: toda la oficina estará desde hoy invitada, es decir los que se queden en la ciudad como yo, para pasar el fin de año en mi casa o aquí en la oficina. Ustedes dos pueden decidir dónde, es indistinto. Para asegurar que sea un éxito y basado en la reciente experiencia del almuerzo en la playa, Doutzen queda encargada de la fiesta. Lo que ella decida está aprobado de antemano, inclusive el presupuesto, confío en ella y no hay tiempo que perder.

Doutzen sonrió y me vio de medio lado, insinuando cuánto poder comenzaba ella a almacenar en esta empresa. Para descontrolarla, en vez de devolverle la mirada directo a los ojos, bajé mi vista hacia sus pechos que se movían sensualmente al ritmo del trote. Interrumpió mi atrevimiento al interrogar con voz fuerte:

> -¿Christian, tú me podrías ayudar en eso?

Zach contestó por mí:

> -Claro que sí y recuerda Doutzen, le decimos Chris, no Christian.

Y se echó a reír y añadió volviendo al tema.

> -El peor escenario es si el Congreso no acuerda nada y entramos en recesión para principios del próximo año. Dudo que eso pase. Chris, tu análisis indica que eres el más informado en la materia. Me gustaría que Doutzen te asistiera ahondando y haciendo de abogado del diablo, para estar cubiertos sobre posibles consecuencias. Sobre todo me preocupan algunas de las acciones que Doutzen decidió liquidar y las otras por las que sustituyó lo que antes teníamos en cartera. No estuvo mal

en su momento, hace escasos días, pero en esa ocasión el panorama era más optimista, prefiero que todo lo que se trance pase por tus manos. Quizá debamos irnos cortos en algunas y largos en otras. Al final la decisión final, como siempre, será de Chris, porque su intuición tiene algo que va más allá del análisis financiero, la valoro, siempre lo digo.

Entonces fui yo quien volteó a mirar a Doutzen pero ella ignoró mi mirada como si no viniera al caso. Al mirar al frente de nuevo, la pude ver pillándome a través del reflejo en la fachada de vidrio. No pude contener mi risa, ni ella tampoco por la pena que le dio sentirse atrapada.

-¿Eres un niño Christian, lo sabías?, dijo Doutzen

Zach contestó:

-Eso ya lo sabemos, Doutzen, no nos desviemos del tema, Chris no tiene remedio. Continuemos: puede venir una caída del Producto Interno Bruto y el desempleo puede subir. El Congreso, tomará medidas cuando la realidad le pegue en la cara. Las reacciones de los mercados serán rápidas. Cada quien estará pagando un pelo más de impuestos. Para eso he diseñado y al terminar aquí les voy a enviar por correo una tabla de Excel donde he calculado, con la ayuda de Amanda, cómo aplacar posibles consecuencias en las cuentas personales de nuestros empleados. Básicamente, con la excepción de Chris y yo, la compañía cubrirá por la vía del bono cualquier diferencia en el ingreso neto después de impuestos que pueda tener cada empleado al final del año fiscal 2013. Para aquellos empleados de nivel básico, como los de cocina y limpieza, que ganan menos de $40.000/año, el beneficio vía bono será el doble. Como ninguno aquí tiene hijos o eso es lo que se aparenta, el beneficio actual de impuesto por hijos no aplicará en nuestros cálculos. Si alguna persona al final reportase que sí los tiene, eso también se incorporaría al caso. Lo digo porque es común que las personas de menos recursos opten por no reportar cargas familiares al aplicar por trabajos. Ignoro si éste sea nuestro caso. De todas formas como deseo estar complemente seguro, delego a Doutzen, quien ha demostrado alta sensibilidad por las condiciones de trabajo de las mujeres en esta empresa, para que entreviste a una por una para clarificar dicho status. En ustedes delego revisar las matemáticas con exactitud. La empresa puede cubrir esto fácilmente a pesar del contratiempo que tuvimos, ese robo o estafa que preocupa tanto a Chris. Creo que Chris tiene toda la razón. Todavía no sé como definirlo, pues me queda algo de esa rabia rebelde, la cual aspiro amenguar y controlar con el pasar del tiempo. Quiero que todos comencemos el año pensando en positivo. Con optimismo, olvidando ese infortunado hecho. Dejémoslo en el pasado, por más que nos enfurezca. En parte fue culpa nuestra por confiar demasiado en nuestros amigos y las referencias que nos dieron sobre ese infeliz sujeto. Espero que allí esté la verdadera lección a futuro. Esa es la parte que no debemos olvidar. Por lo demás trataré de perdonarlo en mi conciencia, sin excusarlo. Vamos a seguir avanzando. Pasemos la página. No quiero tocar este tema de nuevo, al menos que Chris lo considere pertinente. Queda casi prohibido mencionarlo, al menos en mi presencia. Lo más importante hoy es que ustedes sigan juntos, trabajando en equipo, para poder anunciar lo que he esbozado. Sugiero números exactos para que lo puedan anunciar hoy a los empleados antes de que termine el día. Deberían hacerse las previsiones del caso para que Administración y Contabilidad lo incluyan en el presupuesto. Finalmente no olviden de informar al Contralor para que lo analice. Sería propicio escuchar su opinión y que prepare el informe respectivo. Aunque sólo somos dos los dueños de esta taguara quiero llevar las cuentas como si fuéramos el banco de Sandler Kelly o fuéramos hacer un IPO de los que él sugiere y entonces su banco viniese a hacer una diligencia legal de inspección al respecto. Eso es todo. La responsabilidad final recae Chris. Deberá ser él quien lo anuncie. No aspiro a que se revele que fue idea mía. No deseo créditos personales. Esto es una decisión corporativa, como tal debe ser definida y explicada. Traten de que las acciones de Obama o del Congreso en las próximas horas no se adelanten tanto a nuestras previsiones, muévanse rápido.

Dicho esto Doutzen dijo gracias y yo asentí. El resto del trote continuó en silencio. Un minuto más tarde cuando llegamos a los 12 minutos Doutzen comenzó a caminar. Nosotros dos subimos el paso, no mucho, a unos 10km/h. El reflejo en el vidrio nos permitía disfrutar de su figura sin ser explícitos. Era obvio, sabía que la admirábamos y disfrutaba su momento. Sentirse bella, lo era, no lo ocultaba, disfrutaba que esta reunión de fin de año que en algo acababa de elevar su status corporativo.

Ya no era simplemente una asistente de confianza sino que entraba a ser una persona de consulta. La diferencia era sutil y grande a la vez. Había sucedido de forma natural, sin que Zach y yo habláramos al respecto, le convenía a la empresa, eso era suficiente. Salvo que sus observaciones sobre mi persona y mi comportamiento supuestamente machista pudiesen generar un conflicto, no veía ningún perjuicio en la decisión de Zach de ampliar tácitamente sus responsabilidades, al contrario, lo apoyaba y previne que un aumento de su salario era cuestión de tiempo, por lo tanto también iba a proponerlo como ajuste al presupuesto, para evitar sorpresas al arribar al primer trimestre. Me dejó impresionado Zach. Desde mi óptica le había robado algo de la iniciativa requerida a muchos personajes de mayor jerarquía que estaban esperando a ver qué hacían el Presidente y el Congreso antes de reaccionar. Había sido preventivo, proactivo, positivo y había dado el ejemplo de cómo enmendar lo que el gobierno no puede o no quiere o es demasiado ineficiente y burocrático para lograr por encima de sus intereses partidistas y electorales.

Claro, éramos pequeñísimos, carecíamos de esa capa de grasa que ostenta el gobierno y le impide moverse con la rapidez del caso cuando se amerita. Nuestra ínfima escala, no permitía que fuéramos noticia ni a nivel local ni nacional, tampoco era el estilo de Zach. En la privacidad de mi meditación, mientras trotaba hoy por segunda vez, lo admiré y respeté como persona. He tenido suerte.

Todo eso se me vino a la cabeza mientras tomaba un trago de agua de una botella de Evian. Luego aceleré el ritmo y sólo pensé en ella, pues la marca del agua me recordó que era la segunda vez que trotaba hoy y no la veía, claro hubiese sido imposible encontrármela en la oficina, es obvio, pero así jugaba mi mente, así corría, así sentía.

La ducha de la oficina era singularmente buena. Podías deleitarte de la vista panorámica mientras no se empañaba el vidrio, que era parte de la fachada, perpendicularmente había dos paredes opuestas con chorros de regadera sencillos en su diseño que emanaban agua con fuerza y rociaban tu cuerpo. Era reconfortante sentir el aguan en la espalda y en la frente a la vez con igual presión y la misma temperatura.

Algunas cosas del confort americano hacen una diferencia enorme en el disfrute de algo tan sencillo como bañarse y lo convierten en un placer, aunque Europa y Latinoamérica ya se aproximan en forma competitiva, lo he comparado en algunos de mis viajes recientes, la diferencia es que en USA el confort es parte de la vida diaria para la mayoría, una cosa de segunda naturaleza. En otras latitudes el confort llama la atención porque contrasta de sobremanera con el resto de la cosas, como dos colores opuestos.

Terminando de vestirme, ya iba por calzarme, que usualmente es lo último que hago, cuando Doutzen toca primero, yo digo a la orden, sin mirar, mientras ella entra en la oficina. Por costumbre tengo mi rutina: primero los calzoncillos, luego el pantalón, de tercero la camisa, cuarto las medias y finalmente los zapatos, cuando lo hago en ese orden me siento satisfecho. Tenía mi cabeza mirando hacia mis pies cuando Doutzen preguntó mientras caminaba bajando un poco el torso con el cuello de medio lado como buscando encontrar mis ojos.

-¿Te vas a poner las misma zapatillas Tiger para trabajar, deben estar sudadas, no? Y, ¿no te ha pasado por la mente que luego tenemos una reunión en Mellon?, y además ¿me puedes explicar por qué no fuiste un caballero y me ofreciste para ducharme primero?, no me gusta que se me seque el sudor dentro del aire acondicionado, me puede ocasionar una gripe, tuve que salir al estacionamiento mientras te dabas tu dilatada ducha, calculé bien, 15 minutos, ¿sabes que te bañas más lento que cualquier mujer, qué haces ahí dentro todo ese tiempo?

-Tienes, como todas las mujeres, la capacidad de preguntar tres cosas a la vez sin esperar a que uno responda ninguna. En tu caso, como tienes un coeficiente intelectual por encima del promedio, en vez de 3 preguntas haces 7, muchas veces tú misma te respondes antes de dejarlo cantar a uno ¿cuál de todas quieres que te conteste?

-Pensabas que eras un caballero. Machista, pero caballero al fin. ¿Estoy equivocada?

-Soy un caballero, siempre. Ya deberías haberte dado cuenta. Pero una cosa es ser galante y otra tratarte en una forma condescendiente que una feminista como tú pudiese interpretar como una preferencia injusta o que te estoy disminuyendo como ser humano al tratarte con la supuesta deferencia con que se debe a tratar a una dama...

-Siempre tienes una respuesta a flor de piel para todo ¿dónde aprendiste eso?

-En Stanford. No es tu misma escuela, allá se razona distinto y más en la facultad de hombres...

-Muy chistoso. ¿Fuiste allí?

-Tú te lo buscas, pensando siempre en las mujeres primero, insinuando que debemos tratarlas como iguales... salvo cuando les conviene que uno sea atento y generoso. Toda mi carrera fue estudiada en California. Tomé unos cursos de finanzas en Stanford, para complementar. Nada extravagante.

-¿Quieres decir comportarse decentemente, como una persona? Porque atento y generoso se debe ser con todo ser humano.

-Quiero decir generoso al darle preferencia en pequeños detalles que hacen la diferencia, como dejarlas ducharse primero o abrirles las puerta del carro y ser atento en el sentido de estar pendiente para hacerlo justo en el momento indicado, sin hacerlas esperar...

-Es que eres imposible. Si fueras como todo lo que dices en tus teorías serías perfecto, ¿sabías?

-Bueno, a veces pienso que lo soy.

-Engreído es lo que eres.

Quise decir eso no es verdad. No me dio espacio. En ese momento se acercó hacia mí con una inesperada destreza felina. Antes de que dijera nada me besó intensamente en la boca. Sin titubear se giró en dirección a la puerta del baño, mientras caminaba lentamente se desvestía, con una seguridad y una sensualidad totalmente coordinadas. Llegó al baño, entró a la ducha dejándola abierta. Era una clara invitación. O así lo tomé, me desnudé aparatosamente, lo más rápido posible, como un adolescente en su primera cita amorosa y entré a mojarme con ella.

Cuando terminamos volvimos a ser como siempre. Dos personas de negocios hablando de acciones y finanzas en una oficina. Me preguntaba si hicimos mucho ruido. Fuera de sus mejillas, que aun seguían de un rosado intenso, nada parecía haber sucedido. Al principio me impregné de algo de su perfume confundido con su sudor. Luego de tantos líquidos solo quedaba un vestigio de ambos. Comenzamos hablando de uno de mis pequeños grupos de acciones. Una pre-selección que casi nunca difiere de la del resto de la oficina, mi intuición pareciese ser exitosa, el resto de la cartera usualmente sigue mis pasos y así todos nos hemos beneficiado.

Clientes, empleados, colegas y mi único socio están todos contentos con los resultados. Cuando han habido riesgos innecesarios o pérdidas inesperadas es cuando no se sigue un patrón preestablecido: al no tener la disciplina diaria de cerrar líquido vs. el mercado. Zach lo ha planeado, esa es la directriz. Cuando he dejado que las acciones floten hasta el día siguiente, sucede lo inesperado, en ocasiones fluctúan hacia el lado negativo. Para evitar eso y seguir sus planes sin dilaciones Zach trajo a Kent a la compañía. Sería responsabilidad de Doutzen asegurarse que la cartera, aunque sean las mismas acciones, se compran y se venden durante el día. A la hora del cierre del mercado de New York (NYSE) estamos líquidos en un 80%. La parte especulativa de la cartera duerme en efectivo. El restante 20% permanece a largo plazo pero se monitorea por Doutzen como si se hubiese tranzado y se mide la supuesta ganancia o pérdida. Así lo ha diseñado Zach desde el 2008. Con eso dormimos tranquilos. Le agradezco, la estrategia me permite pensar en otras cosas, me evita vivir obsesionado por el mercado día y noche.

Tal era mi historia y afortunadamente cambió. Ahora tengo tiempo para otras cosas. Me preocupa no sentirme tan ducho en el mercado como antes. Debe ser por haber redescubierto cosas en mi vida. Tengo a Doutzen para ayudarme. Kent vuela sola. Ha sido una suerte tenerla. En el trabajo, aclaro. Poseerla de otra forma ha sido toda una aventura inesperada, un gustazo por sorpresa. Vaya concesión. Me pregunto que esperará de mí a futuro. No me preocupa. Es excesivamente profesional y fue su decisión. Yo no hice nada, fue su iniciativa, bueno sí hice... ¡Cuidado! Eso unido a su conversación anterior pudiese ser una bomba de tiempo. Estaba haciendo una nota mental sobre consultar a algún abogado de confianza el tema del acoso justo cuando entró nuestra re-

presentante legal a la oficina. Previamente había timbrado tocando la puerta tres veces. Me había tardado uno segundos en contestar. Andaba ensimismado con mi exhausto escrutinio visual de Doutzen, disfrutando mi suerte del día. Le pregunté con un gesto que si ya estaba lista. Ella solo bajó los párpados para asentir. Adelante, respondí al visitante, en voz alta.
Al instante entró nuestro abogado. Lucía una bella falda. Un poco corta para la oficina. Una llamativa distracción que encajaba en lo que era la moda actual. Improvisé para desconcertar a Doutzen y justificar su sonrojo, le dije a la abogado Crystal que me gustaba su atuendo mientras centraba mi mirada en sus piernas. Ella me contestó que eso le decía a todas. Dio gracias riéndose con cierta tonalidad musical y procedió a informarme que tenía unos documentos que revisar antes de enviarlos de vuelta a unos asesores. Agregó que si yo tenía tiempo al terminar la reunión con Doutzen podía enviar por ella. Era su manera elegante de decirme que los documentos que tenían que ver con la estafa que nos habían hecho ya los había revisado con los abogados expertos. Asunto este de los especialistas que yo le había encomendado. Los tenía en sus manos en ese momento lo cual demostró con un breve gesto insinuando que llegó justo a la hora de la reunión pautada. Era obvio, yo andaba entretenido. Afirmé que mejor yo iría a su oficina al terminar y comenzó a caminar de vuelta a su despacho. Doutzen también se paró expresando que nuestra revisión de las acciones había terminado, preguntando con toda seriedad pero con una socarronería intrínseca innegable, apenas notable.

-¿Acabamos, cierto?
-Sí, terminamos…

Corrijo, casi indetectable, quizás fue a propósito, cosa de mujeres entre mujeres…¿quién las entiende? Me di vuelta en dirección a la ventana. Contemplé la vista. El intenso sol dominaba el panorama aunque llovía suavemente, casi imperceptible, como las cosas que se dicen entre mujeres. Me gustaba ese fenómeno natural. Lo contemplé con agrado mientras se alejaban esas dos chicas de mi oficina y me permitían organizar mis pensamientos. Continuaba con un día de trabajo que había sido cuando menos inesperado, singular y bastante sabroso. Sonreí viendo al riguroso sol atravesar con su luz las diminuta gotas de lluvia aterrizadas al azar en la superficie de mi ventana. Esperaba que se formara un arco iris pero revisé todo el cristal sin hallar el ramo de colores. Encogí mis hombros, respiré profundamente tres veces centrado en mi zona abdominal como haría Oxana antes de empezar sus rutinas, miré el reloj, tomé mi iPhone para ojear mi agenda. Salvo el retraso de 30 minutos en la prevista reunión legal, la jornada aparentaba orden. Normalmente me hubiese auto reclamado porque me jacto de tener una puntualidad inglesa. Sonreí, era un día incomparable, disímil por lo disparejo y sorpresivo.

Caminé los 30 pasos que me separan de la oficina de nuestro representante legal. Sé que son 30 porque a veces cuando estoy pensando en algo con preocupación camino de ida y vuelta entre su oficina y la mía. Caminar me calma. El andar de ida y vuelta me hace pensar con claridad. Para relajarme cuando estoy tenso simplemente camino de ida y vuelta sin parar ni pensar, cuento los pasos, como repitiendo un mantra. A ratos mis compañeras de trabajo me ven en esa actitud y se ríen pero ninguna se atreve a hablar conmigo cuando estoy en esa caminata, he escuchado que la denominan mi caminata por el espacio o por el universo o algo parecido, también unas más osadas la llaman "mercado a la baja" o "un oso al acecho". Otras le dicen "novia nueva" en tono inquisitivo. Ninguna, jamás, me ha dicho ninguno de los apodos a mis humores durante las caminatas en mi cara. Los he escuchado por ahí, son chismes de pasillo, las paredes oyen. A veces ando descalzo. Salir del piso de madera de mi oficina al de granito del pasillo primero enfría mis pies y luego relaja mi cabeza. Me pregunto si eso tiene algún principio científico, sería interesante saberlo o patentarlo. Lo cierto es que siempre funciona, termino pensando mejor.

Al entrar en la oficina de Crystal de seguidas notó que andaba descalzo y me emplazó:

-¿Estás teniendo un día de esos?
- ¿De cuáles?
- De los de caminar descalzo por el pasillo incesantemente con cara de pocos amigos, sin ver a los lados, con el ceño fruncido, mirando casi siempre el piso y a veces hasta hablando solo, gesticulando con las manos. Un día de "osos" para el mercado en lugar de "toros" o como ustedes lo denominen en su argot: "Bullish vs. Bearish". Un día en los que tu caminas y Zach discursa sobre las verdades de la vida, ambos sin parar.
- De verdad has notado ¿hago todo eso? Eres muy observadora.
- No hace falta. Eres tan evidente. Toda la oficina lo nota. ¡Eres tan básico! Solo que cuando se te meten esas pulgas nadie te da ni los buenos días antes de que consigas sacudirlas.
- Pues no lo había notado, debo cuidar mi forma de hacer las cosas.
- Descuida, a nadie le importa. Les parece divertido. Todas nos reímos a tu espalda, luces cómico.
- Supongo entonces que le han puesto apodos a mis caminatas
-¡Sí!
- ¿Cómo cuales?
- "Trasnoche" ,"Mercado a la baja", "Tequila y ron" ,"Dónde estás soledad", "Sin Futuro y Poniéndome Viejo…", "Dime Que Haré Conmigo…", "Lo sé…", "Un oso al acecho"... etc.

- Joder, algunas no las había escuchado ni de refilón...
-Son muchas más. Es que nos divertimos con eso, eres adorable y transparente en los negocios. Si fueras así con tus sentimientos entonces serías un hombre ideal. Si dejaras ver la vulnerabilidad de tu corazón igual que asomas los humores de tus finanzas posiblemente serías mucho más querido, estoy segura. Lo que pasa es que para los sentimientos eres una dura piedra.
- Bueno mija, hoy es un día especial. Sí estoy preocupado con algo. Pretendía consultarte desde de un punto legal.
-¿ Es sobre el estafador, sobre Draco Talletti? Debo explicarte: solución fácil no hay. Zach tiene razón. O nos metemos en un largo, costoso y complicado juicio o lo dejamos así, tal cual Zach recomienda. Talletti tiene recursos y goza de influencias, en algo ha contribuido con algunos políticos de mediana monta. Realmente para verle el hueso al cabrón habría que dedicar recursos y tiempo. Te vas a amargar tu existencia. El proceso es lento y engorroso. Es posible que no lleguemos a nada. Básicamente hiciste un negocio de palabra. Hay cierta documentación por mensajes y correos electrónicos, probarlo en corte será difícil. Tú eres un caso aparte, Chris, con eso de la confianza. Todos tus negocios son de palabra. Te lo he dicho, llevas años con esa arriesgada práctica, no eres un niño, eso va en contra de mi conseja legal, ahora te ha salido una mal, asúmelo. A Zach no le falta razón. Habría que hacer como los judíos esos que compran y venden diamantes en New York. A ti te encanta ese estilito. Como cuando nos reunimos con ellos aquella vez e invirtieron en tu cartera. Ahora son tus clientes y nunca pidieron un papel, yo estaba en shock, tu palabra fue suficiente. Si los traicionas te echas encima a toda "la comunidad". Así funciona el negocio con ellos y si sigues por esa vía así debería funcionar el tuyo. La diferencia es que "tu comunidad" se limita a Zach y a ti, es un universo bien limitado. No es mucho, pero es algo. Simplemente no vuelvas a hacer negocios con Taletti. Eso te saldrá más barato que demandarlo. Además el 75% de tus clientes son italianos pero ustedes no son muy italianos que se diga. Es una comunidad amplia, la de los italianos que habitan en las Américas, desde Canadá hasta la Argentina, tienen su "cosa nostra", nunca como la organización de los Judíos, pero si dejas correr la voz entre tus clientes, algunos de ellos a su vez hablarán con otros y la reprimenda, la sanción económica que anhelas quizás se haga sentir; aunque no sea un reparo directo hacia ustedes producto de un juicio. Yo estoy a tus órdenes. Si quieres demandar estoy lista. Tú sabes como soy yo. Ya consulté con varios expertos. Son de los mejores de la ciudad, caros pero buenos. Les gusta el caso y ese algo de fama novelera que posee el rufián de Talletti. Dicen que atacarlo por la vía pública puede

ayudar al caso pues a Talletti como que le gusta ayudar a la comunidad de Doral u otro sub distrito, no estoy segura. Se pinta como un benefactor pero es posible que si se investigan los fondos de sus ayudas provengan de orígenes grises, eso puede abrir un flanco fiscal por donde molestarlo aunque no sea éste el objeto del juicio. Hay que hacer mucha investigación y prepararse bien, quizá no ganemos el juicio pero sí lo haríamos sufrir, puedes estar seguro de eso. Considera que tendrás que dedicarle mucho tiempo y dinero a este asunto para que camine fluidamente. En fin, Zach ya tiene el informe sobre su escritorio y aquí está tu copia, la palabra final es de ustedes, mi recomendación final es: no demandar. No somos un bufete de abogados, nuestro negocio es otro, si te dedicas a tus finanzas e inmuebles dentro de un año ni recordarás al sucio Talletti, dale gracias a Dios por lo bien que te está yendo, toma la actitud de los judíos, su sabiduría, han sobrevivido miles de años haciendo lo que hacen los negociadores de diamantes. Tú al igual que ellos te basas en la palabra, ahora sufre un poco las consecuencias, eso te hará escucharme mejor cuando te digo que firmes contratos escritos con la gente. Pero este caso déjalo pasar. No es una pelea que valga la pena. Como abogado me molesta no demandarlo pero como mujer mi intuición apunta a que no lo hagamos. No conozco las razones de Zach pero respeto mucho su criterio y él es el accionista mayoritario, debemos ponderar sus palabras.

-Realmente quería hablarte de otra cosa, pero he escuchado con sumo detenimiento tus sugerencias y argumentos. Debo pensarlo un par de días, tomándome una pausa para leer tu informe y luego hablaré con Zach antes de volverme a reunir contigo.

-Zach dijo que tú tenías la última palabra y que yo actuara según tus indicaciones.

-¿Ya se leyó el reporte, cuándo?

- Lo hizo aquí en mi oficina mientras tú te reunías con Kent, ya sabes lo rápido que lee y cómo hace preguntas analíticas que nadie anticipa, preguntó suficiente. No concluyó nada, insistió en que deberíamos ver esto como personas de negocios. Desconozco qué quiso decir. Añadió que hablaría contigo, pero que ya estaba claro, la decisión de demandar o no será sólo tuya. ¡Mande usted jefe!

- Bueno máximo en un par de días te haré saber qué pienso, cancela de una vez las consultas legales, eso nos podrá en mejor tónica, pero realmente te quería hablar de algo.

-No me digas nada. ¡Qué querido! Estoy en deuda contigo pero estas preliminares del caso Talletti me tenían ocupadísima. No te di las gracias cuando regresé del curso en Italia. Realmente para alguien a quien solo le gusta estudiar y correr como a mí, la recomendación que me hiciste con tu cliente el Sr. Agnello fue fenomenal. Él me inscribió en el

curso de heladería en Anzolla dell'Emilia. Nunca me había propuesto estudiar algo fuera de lo legal como terapia para el stress. No imaginaba que me gustaría tanto aprender a preparar helados en la Gelato University. Algunas de las lecciones me recordaron a las enseñanzas que me contaste que recibiste en tus andanzas por Japón. El Sr. Agnello no me dejó pagar los 900 Euros del curso. Dijo que te debía eso. Tampoco me permitió pagar la estadía con su tía, una viejita adorable, muy querida, quien me enseñó algunos trucos de su cocina tradicional. Ahora puedo hacerte un Fettuccine al caviar como nunca has probado. Diez días comiendo helados y trotando por la campiña cerca de Bologna fueron una terapia igual o mejor que tus 6 meses en los bosques Japoneses.
-Mínimo, me debes un par de helados caseros.
-Más que eso. Es que eres muy querido. La clínica que me recomendaste para mi mamá ha resultado excelente. Está a menos de una hora y media por la Turnpike desde mi casa y tratan muy bien a los pacientes con Alzheimer. Son muy humanos. No busco que la curen. Esa esperanza la perdí hace rato. En aquel rincón de la península Apenina lo medité a menudo cuando trotaba. Lo importante es que la traten bien, con dulzura, sin brusquedades. Ella fue toda la vida una persona amable, sutil, odiaba la violencia, creía ciegamente en la bondad de las personas. No quiero que al final de su vida sufra. A veces pienso que no entiendo cómo tuvo una hija abogado tan litigante y mal pensada como yo. No me parezco nada a ella, pero la amo. Le debo todo, me aportó y enseñó el lado bondadoso, el humano, el del buen corazón, era única. Me has facilitado el tenerla en un sitio compasivo, es lo que deseaba para ella, ojalá se adapte, pareciera que sí, lo veo en su mirada, aunque ya no me hable, siento su mirada, percibo si está conforme, sus pequeñas sonrisas y ademanes entre miradas perdidas, sus desesperaciones entre miradas fijas, su silencio que pregunta ¿por qué estoy aquí?, como pidiéndome que la saque de alguna forma de tal sufrimiento, sus llantos sin razón, cómo duerme en posición fetal como si le faltara volver a nacer. En medio de todo la veo bien, otros pacientes están peor, será porque ya nadie los quiere visitar. Pagan sus cuentas pero no los visitan. Yo la llamo a diario, aunque sea para que escuche mi voz, de alguna manera sabrá que es su hija. Alguien la llama todos los días y le dice que la quiere, mi voz le será familiar, supongo, espero que sirva de consuelo. Alguien la visita de vez en cuando y la abraza con fuerza. Aspiro que reconozca algo aunque no se recuerde, que sienta mi olor y el calor de mi cuerpo al posarse sobre mi hombro, esa parte de mi cuerpo donde reposa su cara como si le perteneciera cuando la abrazo, la llevo siempre descubierta para que sea piel a piel, su cara y mi hombro, mientras lloro, sollozo calladamente para que no se dé cuenta, como si fuera a notarlo de alguna manera. No sabes cómo te agradezco lo del cupo. Te

has portado mejor que mis hermanos, mejor que sus hermanos, mejor que mis abuelos, no puedo creerlo. La directora me contó sobre tu tío que estuvo allí por años. Agradece tus contribuciones con la clínica. No dejó de tirar su pulla, critica que lo visitabas muy poco y explica como los pacientes perciben cualquier muestra de cariño. Al final le dio pena. Agradeció que sin nadie allí, continúes enviando las mensualidades. Que lo has seguido haciendo mucho después de la muerte de tu tío. Añadió sarcásticamente, como buena sureña de las riberas del Mississippi, que no podía leerte claro, que tú "o eras muy bueno o tenías muchos pecados que exculpar". ¿Qué tal? Y que con tu cara de galán era imposible saberlo. Pero que no quería saber, agradecía la ayuda inmensamente, pues había enfermos que habían sido abandonados sin pagar, por familiares desalmados. Que esas pobres almas abandonadas se beneficiaban de las contribuciones de personajes como tú. Me hizo reír un buen rato al pedirme repetidas veces que te agradeciera. No conocía ese lado tuyo, lo admito y me gusta más que el de geniecillo de los negocios ¿sabías?

-Hoy estás llenas de sorpresas y agradecimientos, lo que pasa es que realmente quería hablarte de otra cosa.

-Perdona, me extendí, tú sí sabes escuchar, dominas ese arte y parecieras ser el psicólogo aquí, llevo hablando como media hora sin parar y no me has interrumpido, pocas personas tienen esa cualidad. Pero suficiente sobre mí, Chris, soy toda tuya, toda oídos quise decir, ¿qué te sucede?, a ver, cuéntame.

- Bueno se trata de Kent precisamente, como tú la llamas...

- ¿Qué hay de ella, se metió Kent en algún problema? Doutzen es muy metódica, sabe bien lo que hace, no la imagino metiendo la pata.

- No precisamente, déjame explicarte.

- Sí, perdona, como te dije soy toda oídos, dime.

- Doutzen piensa que no trato bien a las mujeres.

- Bueno ella y medio Miami...

- Quiero decir a las de la oficina.

- Ahí sí está equivocada. Se nota que es nueva, relativamente, ya lleva tiempo, debería saber...

- Dice que mi actitud podría ser interpretada como acoso sexual por las cosas que digo o como me acerco o me aproximo a algunas de ustedes.

-Zach se va a morir de la risa con este cuento, ¿sabes que no puedo mantener el secreto profesional de una consulta como esta con el jefe si existe peligro de una demanda?

-¿Y lo habrá? Esa es precisamente mi consulta.

-En teoría sí. Asume eso para que entres en modo de prevención en vez de reacción. Aunque te sientes y actúas como un sujeto 100% americano no eres un wasp ¿sabías?, eres muy latino ¿sabías? Eres especialmente atento, a veces muy cariñoso, te nace ¿sabías? Te sale, lo haces subconscientemente, respondes totalmente a los estereotipos de tu cultura ¿sabías?. Las mujeres lo comentamos constantemente. No somos de tu cultura, eso nos llama la atención. Tú no notas las diferencias culturales, tales sutilezas son de cuidar en este divertido "melting pod" donde convivimos. Si lo que tú haces, lo hiciera otra persona, sería interpretado así, eres demasiado machista ¿sabías?. Eso choca con otras subculturas. Doutzen, por ejemplo, es 100% anglosajona, protestante, no católica. No ha recibido ese tipo de cariño "manoseado" expresado de manera tan frontal ni siquiera de su abuelita y menos de un compañero de trabajo y todavía menos de un jefe. Ella no sabe reconocer eso de forma positiva, no está entrenada culturalmente para ello, no tiene las herramientas para asimilar esa conducta como algo natural o bueno. Lleva muy poco tiempo en Miami ¿sabías? La inteligencia emocional y cultural no son los fuertes de Harvard. Todo lo que hace es trabajar, no sale, soy testigo porque yo marco igual número horas en el reloj que ella ¿sabías? Trabaja casi tanto como Amanda. La escucho decir que su tiempo libre se lo dedica a la lectura y a trotar. En el papel todas nos parecemos mucho. En la realidad procedemos de culturas diferentes. Mi subcultura es nipona por el lado materno. La carga genética mía se orienta más a la docilidad de la mujer. Somos más parecidas a como son las latinas ¿sabías? Encontramos placer en entender y en atender a nuestros hombres. Manejamos esa inteligencia emocional con mano izquierda. En muchos casos es interpretado como un honor ¿sabías? Para una mujer anglosajona del siglo XXI el caso es diferente. Ellas y las afroamericanas han logrado romper las barreras que existían con eso del abuso a la mujer y lo han concretado con logros políticos, sociales y económicos. Por eso no están dispuestas a dejar que se manifiesten conductas indebidas. Aunque los actores sean muy simpáticos y luzcan como tú. Han sacrificado mucho para llegar a donde están elevadas hoy en la sociedad. Están conscientes de que falta mucho por avanzar para terminar de consolidar la plataforma. No es un caso jocoso de chismografía como el de las locas venezolanas en Doral que critican a las colombianas por ser dóciles, sumisas y atentas para intentar robarles los maridos. No, lo que argumenta Doutzen es serio. Se trata de un logro nacional, internacional, mundial que se obtiene luchando palmo a palmo. Se trata del futuro de la mujer en el mundo. Es para que no sucedan cosas como las de las castas en India. ¿Viste el caso ese en India sobre una mujer violada que está ahora en todas las noticias? Trato de indicar que esta lucha es seria, es práctica, altruista y filosófica a la vez. Siento que para ella todo este bochinche de Miami de los hombres tratando a las mujeres como las tratan es fuera de las normas para alguien como Doutzen. Debes entenderla. Compréndela, cuando te gradúas de

Harvard sales con un carnet para el éxito corporativo, eso no significa que vas a interpretar la complejidad del mundo exterior en el día a día con absoluta eficiencia y Miami es un mundo complejo. Aquí la gente tiende a cometer errores. La gente se siente más permisiva. Si quieres los antecedentes históricos sobre estos comportamientos revísate a Kennedy y a Nixon en sus trances y aventuras por aquí. No te permitas ser permisivo. Aunque hayas fundado una empresa con tu socio da mejores oportunidades a sus empleadas que cualquier compañía similar de Chicago o Nueva York. Eso no es excusa para que tengas una actitud que podría interpretarse como de acoso sexual. Estos no son los 50's ni los 60's ni siquiera en Miami, la mujeres con dos dedos de frente ya no estamos ahí. Sobre la base teórica de un supuesto acoso Doutzen tendría argumentos legales para intentar una demanda. Probarlo sería difícil. Ninguna de nosotras declararía en tu contra. Todas te adoramos, te conocemos, somos tus amigas. Eres el mejor jefe que hemos tenido, excluyendo a Zach, por supuesto. Sabemos que tus juegos son sólo eso, recreaciones adolescentes. Hacemos divertidas apuestas, entretenimientos femeninos, nos retamos unas a otras "de mentira" para ver en quién te fijas más o quién será la primera que te lleve a la cama ¿sabías? No malinterpretes, creo en lo que dice Doutzen como teoría y la apoyo como mujer. Por excepción en tu caso no coincido con ella, da gracias a la relatividad porque sé que tus intenciones no son las que ella percibe. Hasta el presente ninguna de mis compañeras de trabajo o colegas, como les decimos ahora, ha manifestado nada negativo sobre ti, más bien tenemos mucho que agradecerte y más a Zach, aunque él nunca estará en peligro de una demanda por acoso, ustedes son diferentes. Kent podría hacer valer un caso en la corte basándose sobre preguntas específicas de respuesta corta ¿sabías? Por ejemplo, diga únicamente sí o no a tal o cual cosa. En ese caso en particular, si interrogan al personal femenino de la oficina estarías perdido, pues te pasas piropeando a diestra y siniestra. No más hace un rato me dijiste algo sobre mi mini falda pasado de tono. ¿Lo recuerdas? Para colmo Kent estaba escuchando ¿No te da pena? Claro has podido ir más allá y decirme algo sobre mis piernas, que seguro son las mejores de esta oficina, no en vano troto y hago Pilates todos los días.

Te diré algo. Voy a hacer algo preventivo que puede evitar en un caso como éste que ella me utilice a mí en una posición jurada contra ti. Así tendrás una mujer menos que convencer a la hora de un juicio pues, en una interrogación bajo juramento, tendría que decir la verdad y quedaría yo descartada como testigo. Espera, primero te daré tu mejor arma contra ella, te diré lo que debes hacer de inmediato, lo antes posible. Doutzen es muy correcta pero como mujer percibo que gusta de ti. Nunca lo expresa lo cual es sospechoso y las mujeres tenemos un sexto sentido para eso. Especialmente nosotras las de sangre oriental, donde algunas desarrollamos nuestra intuición femenina a través de la observación pasiva, somos contemplativas. Doutzen gusta de ti, no me consta pero se me hace. Aprovecha eso como una herramienta para crear un escudo de defensa en términos legales. En cuanto puedas hazle el amor. Ten sexo con ella. Usa toda esa pasión que uno huele a distancia para neutralizarla ante cualquier tribunal y evitar las embarazosas declaraciones públicas. Ya te dije como neutralizarla a ella. Y, ahora te toca neutralizarme a mí, pues no quiero declarar en contra tuya en juicio alguno.

En ese momento se paró de su silla, suavemente se arregló la minifalda que dejaba ver las piernas más sexys de la oficina, se acercó sin quitarme la mirada, abrió mis piernas sobre el sofá mientras se posaba delicadamente encima, batió su lacio pelo negro un par de veces y me besó suavemente. Casi imperceptiblemente mordió mis labios y luego me besó mas fuerte mientras se movía expertamente, su meneo parecía al de las mujeres que bailan con tubos para desnudarse. Me preguntaba si habría tomado lecciones de esa especialidad. Lo demás siguió su camino con una pasión que desnudábamos y se avivó a medida que nos descubríamos. Antes de penetrarla abrí un ojo para ver si la puerta estaba bien cerrada. No pude ver nada, ella me tapó primero los ojos y luego la boca con una mano bien perfumada. Lo hizo sutilmente y para cuando los volví a abrir ya habíamos terminado, ella primero, varias veces. Por segunda vez había pasado un momento excepcional como nunca antes. Había ocurrido en la oficina y sin haberlo planificado. Esto iba un ápice fuera de mi estilo, por eso lo gozaba más. Siempre tomaba yo la iniciativa con las mujeres y ahora que dos de ellas sorpresivamente lo habían hecho conmigo lo disfrutaba expansivamente. Al terminar ella se apartó, sacó de su cartera unas toallitas de limpiar el fundillo de los bebes y limpió toda mi zona genital con mucha dulzura, imaginé que podría ser una enseñanza oriental y disfruté de su ternura femenina. Luego me dijo vete y la obedecí sin mediar palabra, antes de salir y justo antes de abrir el seguro de la puerta me dio un beso. Era un día totalmente excepcional e inolvidable, lo sé.

Reaparecí en mi oficina y me explayé como si fuera un lobo marino en el sofá. El mueble era mi playa. Me embelesa la sensación del cuero, es lo más parecido a un abrazo que venga de algo inerte. Me envolví con una pequeña manta de algodón que uso de adorno, acurrucado lateralmente, avistando el agua, poseído por una sensación cercana a la incredulidad. Agradecido por cosas buenas e inesperadas.

De pronto sin avisar entró Zach. Pensé que si hubiese hecho eso hace un rato hubiese sido embarazoso para los tres al encontrarme con Doutzen. Entiendo que no le guste que se mezcle el sexo con el trabajo y menos que se irrespetase este espacio, su santuario. La oficina, su templo de pensamiento y acción. Estoy de acuerdo. Siempre se lo he manifestado, pensaría que soy un hipócrita, tendría que explicarle. Seguro entendería aunque no aprobaría. Por eso mejor que ni se entere. Al final todos tenemos secretos, incluyendo las amistades más profundas, a pesar de ser como hermanos, tal es la naturaleza del hombre. Para Doutzen sería todavía peor. Carece del grado de amistad que me une con Zach. Para ella sería una pesadilla. Su imagen de mujer correcta, persona cuasi perfecta y profesional de altura entraría en peligro de ser echada por la borda. Su idealismo no le permitiría sino renunciar sin explicación alguna. Su puritanismo la mantendría atormentada por meses. Recordándole como cedió ante un impulso que cualquiera puede tener, sin concurrir a su ética para evitar una tentación que es común en todos los mortales. Los que son moralmente más fuertes se resisten. Lo hubiese podido manejar alguien con su nivel de preparación y educación, sin mayores contratiempos. En términos prácticos sería inexplicable. Alguien en quien la compañía ha confiado, cediéndole responsabilidades profesionales estratégicas, que en poco tiempo tenga un comportamiento que haga dudar de su entereza e integridad, a la hora de una tentación accesoria, no sería bien visto.

Generalmente, lo que al final nos diferencia de otros profesionales con igual preparación y conocimiento es nuestra capacidad intelectual para discernir entre el bien y el mal en los momentos difíciles. Se trata de tener la inteligencia emocional para distinguir, basados en un conocimiento de la ética aprehendido o intuitivo, qué es lo correcto en cualquier circunstancia sea ésta de trabajo o de la vida. Muchas veces más allá de lo bueno y lo malo, lo correcto debería preponderar; el deber ser por encima de cualquier cosa. El deber ser para que el bien predomine. No es fácil cumplir las leyes y normas de procedimientos en una sociedad, en teoría es el precio por lograr niveles de civismo y la armonía aceptables. La ley no puede prever todo y menos cada circunstancia que afecte y varíe las condiciones que pretendió cubrir. Por eso existe el espíritu de la ley en boca de los abogados. Por eso se crea la conceptualización de la inteligencia emocional en la Psicología. Por eso se habla del instinto político. Por eso se refiere con frecuencia a la intuición femenina como un mecanismo orgánico para evitar el mal.

En este caso, ninguno de los dos fue inteligente. Ninguno logró tomar la decisión adecuada. Ambos se dejaron llevar por algo que comenzó tan súbito como terminó. Una pasión descontrolada. Un placer tan inesperado como momentáneo. No obstante, formó una unión distinta. Una camaradería cuasi secreta. Especie de logia sin reuniones ni cede física. Sin encuentros subsiguientes que tuviesen que ver el singular hecho. Una fidelidad que los mantuvo ligados, unidos a través del secreto. Un tatuaje invisible. ¿Nunca más lo hicieron? Chris en su vejez recordaba el evento con igual entusiasmo e incredulidad. Vívido, como lo experimentaba ahora echado en su sofá, latiendo como lo hacen los perros después de una buena carrera, tranquilo, soñoliento. Siempre se dijo que ese secreto, el cual no llegaron a saber más de cinco personas, incluyendo los protagonistas, fue del tipo que genera profundas amistades entre quienes lo comparten, al punto que con el pasar de los años se trataron como familia. Convivieron y se ayudaron a criar primero a sus hijos y luego a sus nietos. Esto de la familia ya sería otro cuento ¿o no?

- ¿Qué te pasa, te sientes mal? me interrogó Zach al entrar.
- No, al contrario, ha sido un día espectacular.
- ¿Esa no es una posición Zen de las que aprendiste en Japón, o sí?
-No conozco posiciones Zen. Las posiciones que practico son de Yoga o de estiramiento convencional. No soy experto en ninguna disciplina. Soy un simple aficionado movido por la curiosidad y por la avidez de ayudarme mediante alternativas no convencionales. Mis conocimientos en cuanto al Zen y Yoga son tangenciales. Definitivamente en mi caso no es una noción profunda, esta materia es más complicada de lo que se pinta y frecuentemente se muestra confusa ante mis ojos.
- Pensaba que sí existía algo que fuera una posición Zen
- De acuerdo a la corriente Zen que experimenté se utilizan algunas de las posiciones de Yoga, son un préstamo que facilita la meditación, un vehículo, una especie de bus que te lleva a otro destino, no es necesario conocer de mecánica para trasportarte en él.
- No es necesario pero ayudaría.
- El Zen suele tomar lo necesario del ambiente y al hacerlo tácitamente desecha lo malo, sin enfrentarlo, descarta el mal para seguir el bien dentro de un ritmo equilibrado de fluidez que requiera práctica continua para propiciar la aproximación subconsciente a un procedimiento similar al principio físico de acción y reacción: todo lo que no es malo debería ser bueno y viceversa. ¿Me explico o te confundí?
- Siempre me confundes pero siempre aprendo, algo aprendo, algo se cuela, algo queda.
- Para conocer el Zen verdaderamente habría que estudiarlo cien años y practicarlo por doscientos. Por eso, únicamente puedes conocer lo que se te revela. En este caso: "buscarlo no garantiza encontrarlo". Así decía uno de los maestros y su especialidad no era el Zen, él era un sencillo sensei de Karate, un hombre humilde y sabio a la vez. Toda esta teoría sonará difusa, vaga e indeterminada a tus oídos pero así se plantea, porque el conocimiento llegará a ti a través de cualquier vehículo. Inclusive la confusión será parte del aprendizaje, será "otra herramienta" por así llamarla. Si eres humilde pero también constante, tarde o temprano verás la luz del entendimiento y ésta te iluminará el camino, supuestamente, cuando te muestres tal cual eres, no antes.

- ¿Y esa es cuál posición, Perro 1? ¡Holgazán!
- Sí, no te rías, estoy aquí echado como un perro en este sofá que me regalaste. Llámala como quieras. Diste en el clavo con este mueble, bicho, es muy bueno, se hunde solo, te acobija con su piel de cuero. Cuando quiero pensar y descansar me echo aquí un rato y veo la vista. Nada que ver con Zen ni con Yoga.
-¿O sea que los diseñadores italianos han ideado un sofá que sirve para meditar mejor que cualquier posición oriental?
- Eres una vaina. Sí, eso se podría decir. No subestimes a los orientales, para el Zen el medio físico es secundario, es solo un vehículo ya te lo expliqué, puede ser cualquiera, se adopta y se adapta una posición Yoga o cualquier otra por sentido de disciplina, para que el cuerpo y la mente recuerden que cuando se está así se va es a meditar y eso ayuda a concentrarse o mejor dicho a desconcentrarse, absolutamente, a no pensar en nada, a dejar que todo fluya y tu mente comience a meditar, casi imperceptiblemente.
-Parece que estuvieras fumando monte del bueno.
- Tú me preguntas y yo contesto. No, la droga es distinto; te hace divagar de forma lenta o acelerada. Realmente no te eleva a un punto donde casi eres uno con tu espíritu y donde por el contrario en vez de dañar a tu cuerpo lo fortaleces a través de tu mente e inclusive lo pudieras sanar.
- Tú sí que sabes de vainas y también eres bueno hablando pendejadas ¿hay algo de lo que no sepas? ¡Habla paja!
- Hablo del Zen sólo cuando alguien me pregunta. Esa es mi regla. No lo promociono. No sé mucho del tema como ya te dije. Apenas lo estudié con rigurosidad por seis meses. Eso no es nada comparado con esa trayectoria milenaria. Era mi momento de confusión. Un comienzo apenas, el inicio de un camino. Exageras con lo que implicas al decirme habla paja pues no sé de muchísimas cosas.
- ¿Por ejemplo?
- No sé nada del conflicto en Malí donde los franceses están interviniendo para frenar a los musulmanes. Recién me entero que las tropas del ejército Malí a quienes los Franceses están ayudando eran entrenadas por soldados Americanos. Me pregunto, sí, por qué intervienen en Malí y no en Venezuela ¿Quién siente una causa política y no la otra?
- Interesante, esa comparación, hace pensar...
- En lo mundano y también dentro de mi campo de especialidad tampoco logro ordenar mis pensamientos, por ejemplo, sobre cómo va a reportar Apple y eso que este caso lo siento más cercano ¿tan banal soy? A cuánto debería llegar la acción en el futuro, pensaba consultarle a Gene Munster de Piper Jaffray, Kelly dice que lo conoce. Él la tiene sobre $900 para finales de este año. Pero, ¿has visto el precio actual? Ni

siquiera el reporte que viene directamente del banco de Kelly es prometedor. Quizá debemos irnos cortos otra vez con esa acción y especular un poco más, lo estoy pensando.
- De toda las huevonadas que acabas de decir lo único que me interesa es lo de Apple, estamos bastante expuestos. No veo banalidades en eso, es nuestro oficio. Además, nuestro personal tiene parte de sus ahorros en la acción. Es su escudo contra la inflación y su esperanza en un potencial plan de retiro, les alegra cuando cobran dividendos, ¿las has visto, viste como sonríen? Me gustan esas sonrisas, me hacen sentir bien. No le decimos a nadie qué hacer con su dinero. Primero se lo ganan, aquí, trabajando duro para ello, después que lo usen como quieran. Aún así tenemos una responsabilidad, así lo siento.
- Nadie sabe al final qué piensa cada quien, es su riesgo, ellas conocen los gajes del oficio igual o mejor que nosotros, ni hablar de Amanda, ella lo mide milimétricamente, es uno de sus hobby, yo me apoyo en sus números, son geniales, con eso te digo todo y, es más, seguro que lo hablan todo entre ellas, no son tontas, aquí ni las que parecen bobas lo son.
- Sí, hermano, pero hay diferencias. Tú lo sabes. Entiendo que son conocedoras del tema, no les niego su experticia, veamos, ¿cómo me explico? es distinto, nosotros somos especuladores por naturaleza, ellas no, ellas no tienen la misma perspectiva, son más analíticas y menos tomadoras de riesgo, si se arriesgan es porque nos ven arriesgarnos y he ahí donde se deriva una responsabilidad de parte nuestra. Digamos que para bien o para mal nosotros medimos el riesgo diferente, nos cuesta menos y nos atrae más. En suma somos ávidos oportunistas y especuladores extremos, aunque no parezca. Y, hasta cuando perdemos descubrimos nuevas oportunidades. Si desaprovechamos pretendemos saber cómo recuperarnos, es parte de nuestra capacidad de recuperación y del nivel de flexibilidad por baja emotividad en estas lides que nos diferencia de otros, o de otras. El resto de aquí, las mujeres, son seres distintos, hay que diferenciarlas en este caso pues quiéranlo o no son menos elásticas. Acéptalo, para ellas es importante tener una seguridad, un futuro. Que su dinero, sus ahorros no se los coma la inflación pero tampoco las acciones o un negocio malo. Eso me preocupa. No quiero decirles qué hacer con su dinero pero al final debemos tratarlas como a nuestros clientes más conservadores aunque respondan que somos unos machistas paternalistas y al final del día no nos agradezcan, ¿y es que acaso no lo somos?
- Te apoyo, sin duda es lo más sensato. No me gusta que me tilden de machista y a veces hasta yo pienso que lo soy, al menos comparativamente, pero esa es otra historia, ¿o no?
- Estoy claro, no quiero tener la carga de la responsabilidad futura sobre

qué pudiese suceder con sus fondos. Al igual que nuestros clientes, ellas confían en nosotros. Nos siguen los pasos, a pesar de conocer toda la información que manejamos. Por atrevidos, una parte de lo que nuestros clientes invierten es altamente especulativo, buscando márgenes que reflejen el riesgo que se toma, por eso tomamos riesgo Suramericano, por eso hacemos negocios en Venezuela; allá tenemos un interés político parcial, nos toca un poquito lo de allá, tenemos nuestro corazoncito, pero al final, seamos sinceros, estamos es por los cochinos reales. Pero hay que aclararles bien, aunque lo sepan, esos no son negocios para sus ahorros, es nuestra especulación del alto riesgo y la de los clientes que se arriesgan a acompañarnos, quiero dejar esos punticos bien claros.
- Pero Zach, verga, ¿para qué tanta explicación? Siempre nos van a echar la culpa si las expectativas no se cumplen, tú sabes que es así.
-Me lo dices o me lo cuentas. De todas formas, no quisiera influenciarlas a ellas para hacer malabarismos de ese tipo, sería inducirlas al azar. Ciertamente con las acciones del mercado de aquí pueden estar bien, tu dirás, igualmente son un riesgo que ellas manejan. Definitivamente, no quiero influenciarlas a que migren su riesgo a cosa más osadas, eso es para nosotros, lo de ellas debe ser otro enfoque, una visión conservadora.
-Lo sé. Sin embargo, no te olvides que en la crisis del 2008 los Bonos Venezolanos en dólares nos mantuvieron a flote.
-Sí pero eso son tipos de riesgos innecesarios para ellas, independientemente de los resultados. Tú y yo somos cazadores, ellas son recolectoras. No mezcles un concepto con su opuesto, combínalos pero no los mezcles.
- Bueno ¿qué querías hablar conmigo cuando interrumpiste mi poderosa siesta, una siestica de poder, esas, como ahora los entrenadores le dicen a la recuperación durante la hora del burro; eres el jefe pero deberías mantener la privacidad, tocando previamente antes de entrar ¿no te parece?
-¡Ten en cuenta eso! Cuando entras intempestivamente en mi oficina para decirme algo del mercado. A veces estoy tranquilamente cagando y tú entras hasta el retrete sin avisar. ¡Qué modales!
- Es verdad, perdóname, olvida ese día de la poceta, cuéntame pues…
-Así te quería ver pajarito. Reconociendo que tú eres el primero que no respeta privacidad alguna. Nada, ya viene el 21 de enero, me toca a mi dar la charla interna en la oficina, ¿de qué te parece que debo hablar?
- Bien tú eres el jefe. De los demás se espera que hablen de sus hobbies o de sus viajes o de un interés. De ti se espera algo más. Del futuro, que hables sobre nuestro futuro. Donde estamos hoy y hacia donde iremos. Qué nos espera respecto a la empresa y sus inversiones. Vamos a seguir

haciendo negocios allá donde ahora ya no hay sino vestigios democracia. Un gobierno con su mandatario secuestrado en Cuba, enfermo, muriendo ¿o ya muerto? Habiendo en Caracas un claro vacío de poder y una lucha anárquica por sustituirlo. Si seguimos allá, tendré que ir con mas frecuencia, habrá necesidad de alguien que me asista. Que viaje conmigo según el caso sea legal, financiero o ambos. Las muchachas conocen mucho del negocio aquí pero esa parte de allá les falta roce, quizás, entonces el caso Venezuela sea un buen punto a tratar.
- Buena sugerencia, gracias ¿cenamos hoy?
- Eso sí no te explayes mucho en tu análisis de esa situación país porque te pones un poquito tedioso. ¿Tendré tiempo para un restaurant? ¿Si quieres una ensalada en casa, tarde, como a las 9? Primero voy a hacer Yoga con la Rusa Bella, me acaba de mandar un mensajito por WhatsApp antes de que entraras y le confirmé.
- Mira lo que es ser contradictorio: primero me pides que hables de un tema político porque te parece importante y luego me pides que limite mi exposición porque sueno pesado ¡decídete! Ah, y cambiando el tema, vas a tirar…, sexo con una rusa mata todo y, más con ella.
- Digo que como tienes inclinación a extender el discurso trates entonces de no alargarlo tanto. Es buscando ser efectivos. En cuanto a la rusa, no creo que lleguemos hasta allí, ya estoy muerto, he trotado dos veces hoy, es fuerte. Y volviendo a lo de la exposición, sí, definitivamente, al ser breve mantendrás el interés.
- Esa rusa revive a cualquiera.
-Lo sé.
-¡Lo sé!
-Lo sé…

Creo que me quedé dormido un buen rato, los músculos de mis piernas dolían, un poco como cuando terminas un maratón, sobre todo los de mi diestra. Me asustó el sonido del celular. Fue lo que me despertó. Estaba profundo, había perdido conciencia del lugar y el tiempo. Pensaba que estaba en mi cama, en mi cuarto, en mi casa. Era un mueble demasiado cómodo, aquel B737 de Natuzzi que me regaló Zach en mi cumpleaños. Eso después de que yo le regalé un simple paquete de seis cervezas de Russian River Pliny the Elder, de Washington State. Es de donde comenzaron las cervecerías antes de la época de la prohibición, una curiosidad que nunca había probado, hasta que tuve ocasión en una degustación, me gustó, más me complació el nombre, lo relacioné directamente con las rusas y cuando se las regalé soltó una sonrisa pícara de complicidad. Ella, la Rusa Bella, ahora me despertaba por el teléfono.

- ¿Me vas a embarcar?
- No, estaba saliendo para tu isla, ¿me autorizaste? Voy en moto, ya te

mando el número la placa por mensajito.

-¿Estás en tu casa?

-No, en la oficina.

-¿Trabajas mientras duermes o viceversa?

-Ha sido un día agitado, me quedé dormido un segundo y ahí mismo tú llamaste.

-Si prefieres hago sola mi Yoga.

-No, estirarme y relajarme me hará bien.

-Mi estilo relaja sólo después de que te esfuerzas, si vas a venir debes darlo todo, te lo advierto.

-Tal cual me entregaré Rusa Bella, lo prometo, concentración absoluta, puro enfoque, ohm.

-Ya nunca me dices por mi nombre.

-Ya te mando los datos de la moto Oxana Kouklina ¿lo pronuncié bien?, un beso.

-Suena bien mi nombre en tu boca, mi apellido no es Ruso gafo, tu lo sabes, lo cambié hace mucho, era muy largo y complicado, seleccioné ese porque me recuerda en su sonido al pronunciarlo a una zona inhóspita de mi madre patria, me gusta como lo pronuncias, chao, apúrate ¿sí?

Típico mío, cuando lo necesito no lo recuerdo. Abrí mi iPhone para buscar una foto de mi moto y ver la placa, era mucho más rápido que abrir mi archivo o mi computadora para buscar el registro. Le envié la foto completa. Eso fue rápido. No se por qué no lo había pensado antes. Seguro que lo ideó Steve Jobs, por eso era un genio. Alrededor mío lo más cercano en esa categoría de inteligencia es Zach, pero no se le ocurren ese tipo de genialidades, que yo sepa, o estaríamos manejando Apple en vez de invertir en ella. Es así, la vida es así. Aunque con mi manía de revisar y duplicar todo para evitar errores también le mandé por WhatsApp en texto el número de la matrícula de la Iron 883, la "Furia", como le digo por joder. Al recibirlo me dijo que era bueno que viniese en moto porque el tráfico en Waze se leía fatal. Para reconfirmar le pregunté a Siri's en quien confío más y me contestó lo mismo. Me encanta hablar con Siri's. Cuando me siento solo le pregunto algo. Cuando viajo es mi mejor ayuda, otra genialidad promocionada por Steve. El otro día le pregunté a Siri's por Vanessa. En eso no me pudo ayudar. Respondió algo que no tenía que ver con ella relacionado con un restaurante o una actriz. En un tiempo atrás pensé que sería mejor buscarla por Facebook o por Twitter, la respuesta a esa iniciativa la tenía de antemano. Vanessa no es de redes sociales, ni virtuales, ni reales, no es su estilo, no sigue modas ni tendencias. De todas maneras lo hice, para descartar esa probabilidad. Obviamente no la conseguí. Habría mayor probabilidad en topármela corriendo de nuevo. Por eso me alegré cuando supe que Zach había inscrito a toda la oficina en el ING Marathon. A ella le gustaban los maratones o eso recuerdo. Cuando no corría iba y tomaba fotos. Tenía la esperanza de verla en unos días y con ese anhelo me entrené con ahínco. Fantaseé hacerlo de la manera más natural, no tan planificado. Faltaban pocos días. Al día siguiente tenía cita con la psicóloga. Sería un buen día para descansar cuerpo y mente, justo después de la carrera. Una sesión terapéutica para comenzar la semana con buen pie. Necesitaba hablar con alguien que no fuera Siri's sobre esto. Ver y analizar en profundidad mis sentimientos, sin tapujos, abriéndome. Deseaba también analizar lo de Doutzen con sus enfoques feministas en contra mía y claro, tratar sobre la rabia y frustración que siento por lo de Talletti. Tenía esos tres temas fundamentales resumidos en: anhelo, añoranza y lo que pudiera ser amor verdadero por Vanessa, temor de conflicto y nivel de desconfianza con Doutzen y rabia mesclada con odio y ánimos de retaliación con Talletti. Había material para varias sesiones interesantes, juntas o separadas. Desde afuera mi vida pareciera suave, buena respecto a cualquier estándar. Casi siempre lo es, es verdad, pareciera superfluo pero llevo mi cruz por dentro como todo el mundo, no tan dura comparada con algunos. Suena cursi lo que digo e igual me afecta, soy vulnerable aunque no parezca, debo cuidarme, la terapia puede ayudar, tengo material como para un manojo de tratamientos, iré a paso de tortuga, el que sean asuntos solucionables depende de mí, lo sé.

El MacArthur Causeway era mi autopista favorita de Miami a la playa de Miami Beach. Me fascinaba recorrer a SoBe en moto. Aparecía un largo puente sobre el agua con pequeñas islas muy exclusivas de un lado, salpicado con una que otra casa de ensueño, donde me gustaría vivir un día, si logramos ser buenos y grandes en nuestros negocios. Al otro lado se mostraban los grandes barcos de turistas. Naves donde no me gustaría viajar aunque me regalasen un pasaje. Curiosamente sí me gusta verlos desde la distancia. Al Norte de mi ruta en el bar de la playa del Setai se consiguen unos locos entre quienes frecuentan la barra viendo al mar que conocen los nombres de cada trasatlántico. Hacen que los barman y los meseros anuncien en voz alta la salida de cada embarcación, en las tardes y antes de la caída del sol, a cambio de una esplendorosa propina. Si estás tomando agua te parece una necedad infantil de unos sin oficio pero si tienes varios mojitos encima la cosa se torna divertida. El resto de los comensales se unen al show aplaudiendo, silbando o gritando. Depende del grado de ebriedad de la concurrencia. Es divertido, lo he presenciado varias veces y me he unido al coro. Gritando se pasa un buen rato, descargando en grupo, una terapia alternativa. Me pregunto si es una terapia grupal contra la soledad o un simple vehículo de socialización entre extraños, mientras aprendes a diferenciar embarcaciones tiendes a romper el hielo con las mujeres presentes y terminas proponiéndoles un paseo en barco pero esa también sería otra historia, una que incluyese la soledad del inmigrante en profundidad. Al llegar al estacionamiento del ferry hablé con el encargado para preguntar cuándo llegaría el próximo trasbordador para Fisher Island. Al ver la moto me preguntó si era Chris, al identificarme me entregó una nota de Oxana. ¿Por qué no me mandó un SMS, o un Twitter o un WhatsApp o un mensaje de voz? Aunque viniese en moto eso era factible, inclusive el llamar, aunque no atendiera. Pero a estas rusas a veces les gusta hacer las cosas como si viviéramos en el siglo XIX, debe ser un país lleno de contrastes el suyo. La nota decía:

> - Encuéntrame en South Pointe Park, deseo comer helados en la 4D después de meditar.

No había explicaciones. Ni siquiera se excusaba por el cambio de planes. Prendí la moto y continué camino a South Beach, no calificaba de desvío y en pocos minutos estaba pasando frente al Murano en Alton Road para rápidamente tomar Inlet Blvd. hasta el parque que lucía bonito con lo que quedaba de luz. Cuando paré Oxana ya me tenía un puesto con alguno de sus contactos en Smith and Wollensky. Alguien ya había estacionado una moto muy parecida a la mía junto al la puerta trasera de la cocina. Le hice caso, a sabiendas de que la vida de bares y restaurantes en Miami es una de influencias donde los rusos con sus jugosas propinas juegan un papel preponderante. Estoy seguro de que el valet no cobraría nada por estacionar y cuidar a "Furia" en un lugar no permitido.

La rusa me informó con una rigurosidad militar que primero trotaríamos por la playa para calentar, luego haríamos Yoga a la orilla del mar, después tocaba correr de vuelta hasta el parque donde nos relajamos y meditamos por corto tiempo porque de seguidas terminaríamos en la 4D comiendo helados. Miami es un sitio donde en ocasiones el clima casi cumple con los requerimientos del Bikram Yoga. Ocurre desde la primavera tardía hasta el temprano otoño. La disciplina requiere altos grado temperatura ambiental y un toque de humedad. Como todavía no era esa época la Rusa compensaba la falta de calor atmosférico con una buena trotada para calentar el cuerpo hasta la temperatura idónea. Era curioso en el sentido de que su estilo no era uno en particular. Yo lo denomino Yoga Ruso y era una melcocha en apariencia desordenada de Hatha, Vinyasa, Kundalini, Ashtanga, Lyengar, Jivamukti y otros estilos que la rusa había recorrido en profundidad. De algunos había tomado mayor influencia, los fusionaba según le convenía a su estilo y a su cuerpo; alterando secuencias, posturas, modos de respirar, puntos de concentración, formas de ver, frecuencias de repeticiones, tiempos, modos, tempos, etc.

Todo lo había personalizado, por eso era una marca en sí misma. Me recordaba a un sensei que decía que no era cuánto se entrenaba sino cómo se entrenaba, siempre lo repetía, era repetitivo el maestro con su especie de mantra, tal cual Zach con sus teorías políticas y de negocios, en la redundancia, ambos, con estilos distintos, orientales y occidentales, pretendían encontrar la verdad o al menos acercarse a ella. Se dice fácil. Empezar trotando ya era parte del Yoga para ella, tal era su nivel de motivación y concentración. Solo una Rusa come helados sin ninguna pena con esa figura, pensé al comenzar a trotar detrás de ella. Pasamos el bar del Wollensky al borde del río, estaba repleto, una mitad de locales asiduos y otra parte de turistas latinos. Se escuchaban tonos, voces y risas en Español y Portugués. A los Brasileños les atrae esta barra al aire libre. Mis ojos de cazador reconocen una curvilínea morena quien pudiese venir de Bahía, Río o Sao Paulo. No tuve suficiente tiempo para mirar. El ritmo de Oxana de calentamiento es una carrera fuerte para un ser normal, ella busca lograr una alta temperatura corporal al instante. Yo ya había trotado dos veces en la jornada. La siesta me había hecho bien, renovó fuerzas. Estaba bien entrenado para el maratón y aunque las tres carreras de hoy no eran parte de mi planificación, lo podría considerar equivalente a un largo que tenía proyectado. Terminado el maratón, al día siguiente, ocurriría la charla de Zach. No se porqué pensé en eso. Cosas que ocurren al trotar. Uno revisa el pasado, presente y futuro sin orden determinado. El azar trae y lleva ideas que explotan repentinamente en un instante y se esfuman en otro. Seguí con la idea de que el largo original de mis planes de entrenamiento equivaldría a mis tres carreras de hoy. Luego me enfoqué en mis piernas, a medida que se calentaban se disipaba un pequeño dolor que molestaba. Es impresionante cómo cuando eres corredor y te relajas todas las dolencias desaparecen, tanto las físicas como las mentales. Por eso es tan adictivo. Unos dicen que son las endorfinas, otros que es la adrenalina y los más especializados ahondan en diferentes teorías. Yo pienso que alguna conexión subliminal entre cuerpo y mente encaja temporalmente. Te elevas a un nivel superior. Te desempeñas donde las dolencias por gracia del ejercicio se posponen para cuando terminas. Eso te hace sentir bien. De allí las ganas de volver a hacerlo hasta cuando estas medio enfermo.

Con frecuencia contra la teoría de mi médico y el sentido común corro con gripe. Siento que me curo más rápido que el resto de la ciudad que sufre intermitentemente de estas epidemias gripales. Ignoro la causa, será el intercambio entre calor con humedad afuera y el frío y seco aire acondicionado dentro de los espacios que uno rutinariamente frecuenta. Es algo típico que caracteriza a este pueblo del sur. Cuando viene el catarro, ataca en masa a toda la ciudad. Grandes y chicos, a feos y bonitos, a pobres y ricos, a gordos y flacos, no discrimina entre sus víctimas. Cuando me ataca corro bien abrigado sudando como un cerdo y me curo rápido. No funciona para otros pero para mí sí.

De un parque al otro hicimos nuestra ruta usual trotando por la playa hasta la altura de Collins Park. Allí nos descalzamos en la arena sin esperar a que la respiración se regularizara, me imagino que es el tipo de pendejadas que no se tienen en cuenta en Rusia y rápidamente tomamos la primera posición de una secuencia que hemos trabajado muchas veces del "Yoga Ruso" que empieza por Malasana posados uno frente al otro al estilo de las artes de defensa niponas. Todo movimiento se hace por mimetismo corporal. Se busca la relajación, la soltura, la continuidad y la fluidez sin recitar nombres, ni posturas, ni correcciones de posiciones que pudiesen afectar tu foco, tu concentración, tu diálogo con el yo interno y desde allí platicar con el universo de cual eres centro. Esa es la búsqueda, no siempre se logra. Inseparablemente es una secuencia continua donde ella toma una pose y la mantiene por fracciones de segundos a la perfección. En su desprendimiento y en su silencio absoluto parece concentrarse en tres cosas: la postura, la respiración y la mirada, un forma de ver que refleja su compromiso con lo que hace. Yo la imito como un tarado que está aprendiendo a hablar, uno que tiende a ver lo cursi en vez de lo trascendente en estos andares, por eso me cuesta más. Su respiración es abdominal y continua pero la mía se puebla de interrupciones, en la de ella no hay nada de garganta como en otros estilos, ni pequeños agujeros de tiempo entre la transición de una posición a otra, lo suyo es un asunto de fluidez constante, un camino carente de interrupciones.

Me recuerda un combinado experimental que desarrollé como un pastiche de mis estilos de Karate Do. Igual era un mezcla arbitraria y desordenada de varias disciplinas, todas usurpadas o prestada seriamente buscando un mejor camino. Qué atrevimiento. Poses, acciones y secuencias tomada de estilos de Okinawa, si mal no recuerdo o si no me equivoco, como lo son el Shito Ryu, Shotokan, Godo Ryu, y Goju Ryu. A esa ensalada con el tiempo añadí especias, pequeños toques adicionales de Aikido, Judo, Boxeo y otras especialidades que llamaban mi atención. Fue un resultado propio depurado como rutina diaria practicada durante el viaje a Japón buscando la raíz "Te", el origen primario, "la mano" el arte marcial originario de donde se originan los demás "Te" según su región o estilo: Shuri-Te, Tomari-Te, Naha-Te, Kara-Te. Al punto que a final terminé con mi propia versión de mi Kata favorito, el Basai dai. A mis profesores en las cercanías de Kioto cuando practicábamos en los bosques de bambú les parecía una ocurrencia de entremetidos y una falta de disciplina. Los maestros, provenían de las regiones de Shuri y Naha. Su procedencia los hacía puristas cuasi absolutos. No andaba con improvisaciones. En su concepto el agua tibia estaba inventada hace siglos. Mi versión del Basai dai la consideraban entre vulgar y sacrílega, pero, les causaba gracia. A veces me pedían que la interpretara delante de ellos, se reían, como quien presencia una parodia teatral en Saturday Night Live.

Siguiendo con nuestra rutina de Yoga, ella miraba hacia el parque y yo hacia el mar, prefería mi vista, ayudaba a concentrarme. La arena luego de los primeros movimientos nos empanizaba y a ella no le molestaba en lo más mínimo. A mí me daban ganas de secarme el sudor o de rascarme el culo, intermitentemente. No lo hacía porque perdería el ritmo y he observado a los turistas del W y del Setai tomarnos fotos, se acercan sigilosamente sin interrumpirnos. No quisiera aparecer en Twitter con una mano sacándome los pequeños e incómodos granitos que invaden la raya entre mis nalgas, pienso en el ardor que seguramente tendré después, me recordaba del tic de Nadal, la rascadita de culo esa tan particular, cuando se prepara a recibir un saque. Al terminar no hay período de relajación, ni de agradecimiento, ni de conversación, ni de aplausos, un simple saludos, Namaste o algo parecido. Se prosigue con un rápido baño de mar que aprovecho para remover la arena de mi trasero con un poco de pena y disimulo. La Rusa ni se inmuta. Sale rápidamente del agua y comienza a correr. Este entrenamiento ruso tampoco goza de períodos de hidratación como es usual en los occidentales. Simplemente te calzas o no según tu preferencia y trotas de vuelta. El ritmo de carrera es rápido, en teoría ya no es calentamiento, ahora trotas a la orilla del mar en lugar de sobre la arena seca. No hay muchos bañistas a esta hora, el agua la sientes en las canillas y se intensifica el esfuerzo. Ella voltea cronométricamente para constatar que sigo sus huellas, si me retraso un poco sonríe sin aminorar el paso, no recurre a lo habitual con frases como "vamos tú puedes" con las que animan los típicos entrenadores de gimnasio. Lo que distrae es ver su cuerpo. Una perfección que articula una nalga subiendo y otra bajando en cada paso. Su franela que suele ser siempre la misma se muestra transparente cuando se moja y sin el sostén que le aprisione los pechos se puede entrever los pezones duros por la acción y el salpicado de agua salada. Desde este ángulo, sólo los imagino y leo la inscripción de la blusa en su espalda "enjoy the ride" que según ella dice se refiere a la actitud mental que se debe tener entre una posición de Yoga y otra o entre un paso al trotar y otro o durante la meditación entre una bocanada de aire y la siguiente.

Al fin llegamos de vuelta al parque de donde partimos, veo a la "Furia" de reojo para constatar su presencia. Sin pausa, nos vamos al piso con una secuencia de estiramientos parecidos a los de Pilates, se sienten rudos en su acción sobre los músculos. Terminamos meditando, mirando al cielo en una posición similar al Setu Bandha Savargansana, por unos diez minutos, hasta que el dolor en mí y la delectación en ella nos lleva finalmente a Balasana donde por otros diez minutos ella medita y yo casi duermo o parezco desfallecido. De allí nos paramos sin mediar palabra, caminamos lento, recuperándonos, disfrutando el momento, entramos sudados y mojados en la heladería 4D para comprar dos barquillas de chocolate puro combinados con "fior di latte", riquísimas. Continuamos la caminata hasta el mar, disfrutando el frío de la delicia y combatiendo el dolor corporal.

Viendo el oleaje que a la altura 2nd St. parecía un lago, me preguntó que si había notado que el agua del Atlántico es más caliente en invierno que en verano. Comenté que ocasionalmente lo he escuchado de boca de surfistas. Fue cuando acercó sus labios a mi oído y preguntó que si deseaba hacerlo en el agua. Pensé en excusarme por el cansancio extremo que sentía. Dejé de lucubrar porque ya me estaba lamiendo la oreja, un punto débil, que me hizo lograr una erección no anticipada, tan espontánea como sabrosa. Lo hicimos ahí, dentro del mar, con el agua hasta la cintura, viendo estrellitas, no recuerdo si imaginarias o reales, en un cielo despejado. Estoy seguro que lo disfruté muchísimo, contra todos mis miedos y las voces en mi cabeza prediciendo un posible infarto.

Con el tiempo sería algo que le contaría a mi nieto mayor como una proeza de guerra, aunque no me creyó. Era un joven muy conservador a quien su abuelo le parecía un poquito exagerado y mojonero. Le expliqué que las medallas de esa batalla fueron los moretones que me marcaron mis rodillas y algunos rasguños involuntarios de ella sobre mi espalda buscando un nivel adecuado de flotación, nada grave, solo un sello de cera permanente en la memoria del placer. Él levanto mi camisa de improviso para constatar si allí estaba la marca de algo que sucedió hace siglos y como no vio sino la piel arrugada de un viejo devolvió la prenda de vestir a su posición original con un gesto subrayado de incredulidad. Al encender la Harley revisé mi teléfono, había un mensaje de Zach. Preguntaba si queríamos cenar en Khong porque se le había hecho tarde, aún estábamos a tiempo.

La Rusa dijo que sí. Para no cambiarnos en casa, entramos en Banana Republic y compramos lo suficiente para ir decentes. Buscamos lo esencial en la sección de rebajas. Incluimos un par de botellas pequeñas de colonia, usándolas por regaderas nos dimos un baño al semi-seco en el probador que mezcló arena, agua salada y sudor. La combinación suena asquerosa en papel. El resultado fue que nadie notó la diferencia.

Al arribar al establecimiento, Zach nos había dejado un mensaje con la anfitriona diciendo que nos esperaba en el bar de arriba. Allí Oxana pidió un vodka puro, para calentarse. Yo un par de rones seguidos. Nunca la había visto tomar así. La rusa se sentía alegre, más por su espíritu per se que por el alcohol. Luego de tres tragos y de que ella le dijera a Zach entre risas que me pidiera mostrar mis rodillas, las marcas era evidentes, pasamos a la mesa.

Comimos como unos reyes, el mesero era nuevo y Zach conocía el menú mejor que él. Eso no significó una licencia para incomodarlo. Al contrario, lo ayudó sin que lo notase y al final lo complementó con una buena propina. Yo pedí dos pescados a la sal, el mismo plato, uno preparado sin picante para comenzar y el otro tradicional, ambos dentro del estilo Thai, uno detrás del otro, los devoré sin pensarlo ¿el mejor pescado a la sal de la ciudad?, probablemente. Para acompañar el postre pedí que nos trajeran tres té fríos de los rojos tipo Thai, son un poema, llevan incorporado un toque lácteo. Seguí con el ron, como al principio, Zach continuó con su Etiqueta Negra en las rocas, su bebida nostálgica predilecta, habría que hablar de eso cuando escriba la historia sobre los inmigrantes y sus vaivenes con la soledad. La rusa paró el licor después de que comió, conocía sus límites. Se quedó con el té para la sobre mesa la cual dominó con su plática; comenzó a hablar mientras Zach y yo pasábamos a toneladas café y agua para mitigar el licor antes de manejar de vuelta. Oxana conversó al estilo de un monólogo y al hacerlo desde el corazón, comenzó quebrando su voz sin avisarlo.

Es distinto presenciar a alguien como Oxana llorando. Sería casi tan raro como ver a Doutzen hacerlo. Tenía poca experiencia con mujeres fuertes de carácter sollozando abiertamente, también pronto vería a Doutzen, pero eso obviamente lo ignoraba en aquel instante cuando pensé que sería extraño, fantaseé si también algún día me tocaría ver así a Vanessa, pero su carácter no era tan rudo como el de las otras dos, menos recio, más femenino, por eso su llanto quizás impresionaría menos en ese sentido, quién sabe, si es que algún día la encontraba y por alguna razón, no prevista en ese instante, la mujer de mis sueños, mejor dicho la que me quitaba el sueño, lloraba. Me interrogué internamente si sería un quiebre de patrón inesperado, una de esas alineaciones de planetas que les encanta a los adivinos o un teatro de esta mujer en particular. Lo dura que era Oxana normalmente marcaba su capacidad innata, pareciere venirle por genética y complementar sus condiciones físicas extremas. Eso, mezclado con su forma de hacer vida, le hacían a uno dudar de ese momento de debilidad emocional, un mixto insólito, posiblemente por los prejuicios que cualquiera con o sin razón anidaba sobre su profesión. Uno pensaría que es más ruda; que no tenía por qué poseer un nivel de sentimientos similar al resto de la humanidad. No es así. A pesar de todo, del tiempo que nos conocíamos, la vi llorar y pensé maquiavélicamente que algo nos iba a pedir, apuesto a que Zach también concluyó algo parecido, me atormenta ahora aceptarlo y me inquietó también intuirlo en aquel momento. Lo sé.

14. Una de muchas otras confesiones y aquel recurrente recuerdo...

- Oxana: Chris y Zach, quería darles las gracias por lo de la cuenta. Hice algo también por ustedes que no me solicitaron. Lo de la cuenta es tan significativo para mí...

-Zach: Oxana, esto lo hizo Chris ¡no yo! es a título personal, una cosa de él, no mía, no estoy de acuerdo, no estoy seguro si eso es completamente legal.

-Chris: ¡no la interrumpas Zach! Es mi riesgo, lo sé. La cuenta está a mi nombre y de nadie más. Es como si hubiese sido un regalo de ella. Los depósitos han sido en cash. Los he migrado a acciones. Nunca le he devuelto nada. No hay fórmula para rastrearla hasta mí. Lo hago porque confío en ella, le quiero dar una oportunidad. No sé ni quiero saber lo que es estar esclavizado y menos en este siglo. Es una acción tan humanitaria como esas fundaciones a las que damos contribuciones. A veces uno dona dinero y cosas o tiempo y esfuerzo y ni siquiera fraternizas con el recipiente. Si lo conoces es superficialmente. Este caso es distinto. Sabemos de dónde viene, por dónde pasó, cuántas penas y cuánto peso ha cargado encima, de qué fue despojada, cómo lo enfrentó, cómo se sacrificó y cómo lidió en el tiempo para llegar hasta aquí. Hemos palpado su cicatrices. Tenemos una oportunidad de ayudar. Si no lo hacemos por ella entonces los deberíamos hacer por el abstracto concepto de libertad. La mejor de las riquezas que puede tener el hombre. Lo que más lo asemeja a Dios: ser libre para regir nuestros destinos. Lo que hace grande a Norteamérica. Libertad como la gritaron los Franceses en su mejor momento. Su momento crítico, cuando tomaron la historia en sus manos y se elevaron al poner sus propios cojones sobre el yunque. Libertad como ellos la visionaron, acompañándola de Igualdad y Fraternidad, dos palabras que podríamos adicionar a lo que procuro hacer por ella. No sé si lo alcance, es difícil eso de la igualdad y la fraternidad cuando al final del día uno es medio animal, primitivo, en su interior, hay que trabajarlo. Exhorto tu asistencia, anda, socórrela, no te arrepentirás. Vale, ensayemos confiar en ella. Es uno de eso grises riesgos que el destino nos puso aquí por andar haciendo lo indebido, veamos qué sobreviene por caminar en la fina línea que separa lo íntegro de lo desenfrenado. Lo legal de lo ilegal. Esa línea delgada sobre la que caminan muchos inmigrantes tanto por ignorancia como por necesidad con la fría neblina de la soledad que muerde los huesos mientras da malos consejos a un oído y la voz tersa pero lejana de la esperanza apenas susurrando para suplicar actos de fe sobre un futuro incierto en el otro. Entonces ¡déjala expresarse! Estoy curioso por saber qué hizo por nosotros...

- Oxana: Estoy emotiva, perdonen que llore, debo estar próxima a esos días. He cometido pequeñas locuras últimamente. Chris y yo lo hicimos hoy en el agua ¿sabías Zach? Él no quería. Yo se lo pedí, lo seduje. Fue divino, lo hicimos sin protección. Para alguien de mi profesión eso es un gesto gigantesco, soy una pro, no tomo ese tipo de riesgos. Chris me ha dado esperanzas. No me gusta que me definan como esclava, ni él ni nadie. A pesar de serlo, no soy ilusa, no me gusta oírlo. Me provoca

pegarle en este momento, en vez estoy llorando, que rabia tengo, en fin quería decirles que como sabía lo del italiano, lo de Talletti y conozco la rabia que tiene Chris por dentro, decidí entonces averiguar un poco con mis jefes, sus conexiones son buenas, conocen mucha gente. A Talletti le gusta la rumba, tiene una hija que es rumbera también. La hija es sana pero le gusta el licor y las discotecas. Talletti es menos sano, mi gente le ha prestado servicios.
- Chris: ¿has estado con Talletti? ¡no me digas eso!
- Zach: déjala hablar dijiste, Chris, entonces déjala hablar.
- Oxana: no he estado con Talletti, qué asco, tampoco mis amigas, no somos su tipo, afortunadamente, le gustan otras cosas, nosotros también tenemos para esos gustos, se le puede complacer, aunque no sabe que se trata de nosotros. A nosotras nos ha usado para sus contactos políticos, les gusta deleitarlos, para que le deban favores, allí hemos actuado nosotras, por eso otra vez supe de él. Luego de que ustedes me contaron lo escuché ser mencionado, abrí los oídos, hice preguntas indirectas, nada que me relacionara con él ni con ustedes, las típicas preguntas que hacemos sobre clientes. Me respondieron de forma usual, dejándome saber suficiente para conocer dónde anda y con quién, qué hace, de qué debemos cuidarnos, etc. Nuestra fortaleza reside también en la información. Así como ustedes saben de acciones, nosotros conocemos de personas. Es nuestra forma de protegernos. Talletti está siendo investigado. Las autoridades sospechan que es sucio, eso dijo un abogado de la ciudad allá donde Talletti acciona, una ciudad dentro de ésta o algo así. Para mí todo esto es Miami, ustedes cada 10 km le dan otro nombre, no lo entiendo, Miami es Miami, meterle tantos nombres confunde. En fin, a mis jefes Talletti no les cae bien. Sobre esa parte ignoro el porqué. Sé que no les gusta Talletti. Mis jefes me deben un gran favor, no suficiente para dejarme ir libre pero sí para eliminar a alguien que se haya portado mal conmigo. Suena extraño pero parece que para ellos la libertad, mi libertad, vale más que la muerte o una vida, como lo quieran ver.… Por ustedes, en agradecimiento, puedo mentir, el resultado será que no habrá más Talletti, esa mierda pagará por lo que hizo. Se lo iba a explicar primero a Chris pero creo que fue la vodka y que me fío plenamente de ustedes dos. Zach, sospecho que tú eres su conciencia, él te lo diría de todas formas, mejor entonces que lo escuches directamente. Eso es pues, ya se los dije, más nunca me verán llorar, no había motivos, estoy muy emotiva, a veces el Yoga me pone así pero jamás a estos extremos, nunca más me verán así, lo juro.
- Zach: tranquila Oxana, todos tenemos nuestros días. No recuerdo cuándo fue la última vez que lloré pero hay veces en que me gustaría hacerlo. Lo he añorado en ocasiones, donde me he sentido con ganas con o sin razón aparente y entonces no puedo. En ese sentido tienes

suerte, estoy seguro de que has llorado más allá de lo que has contado, tu vida no ha sido fácil.
- Chris: sí, no ha sido un paseo.
- Zach: Chris, déjame hablar por favor.
- Chris: perdona, continua, te escucho.
- Zach: Nadie ha tenido una vida fácil. Por seguro ninguno de nosotros tres. Somos inmigrantes. Eso lo dice todo. Por ahí ronda la soledad, como dice Chris, que es nuestra compañía, la que nos obliga a pensar en ciertas cosas más de la cuenta. "Inmigrante, dejas tu tierra y entierras el alma. Inmigrantes de los más bolsas", brutos diría yo y no me eximo. Inmigrantes de los que les da nostalgia su origen. Los que olvidan lo malo de allá y no aprecian su nueva patria con absoluta pasión y total desprendimiento. Vivientes de la dualidad continua que atormenta su quehacer diario en medio de la demoledora soledad. Soledad a la que un mal día confundes con añoranza. Añoranza que nos multiplica el sufrir. Por románticos le damos aires de melancolía a lo que más nunca volverá. ¿Quién aquí dentro o allá afuera habrá tenido una vida fácil? Repito, ninguno de nosotros. Chris tuvo su problema, yo digo que fue culpa de la soledad intrínseca, la que muerde duro, durísimo, casi tanto como la tristeza ¿o más? la que persiste a pesar de estar acompañado, una que gracias a Dios y al resto de autenticidad que le queda al milenario Japón logró superar. Se convirtió en una mejor persona. Ya no depende de esa hierba para relajarse ni para ser feliz ni para no sentirse solo. Esa hierba que cuando arremete con su camuflaje de añoranza multiplica la soledad y la tristeza a través de su dependencia, si estás con ella no eres feliz, es un artificio, pero si la dejas sufres el doble, qué engaño tan difícil de superar, es esclavizante. A veces pienso que fue un milagro de los de verdad el que él haya podido superar su influencia. No lo dominan los vicios y aunque no ha echado raíces al menos tiene gente que lo adora. Eso vale, eso cuenta, eso evita la soledad y evade a la añoranza. Todos cargamos por dentro la soledad, ese vicio, esa droga, especialmente nosotros que llegamos a este playón ganado a los pantanos ya con un poquito más de 10 años. Somos sensibles pero nos hemos adaptado. Sigue siendo difícil olvidar, sentimos el vacío de la melancolía que nos enfría el cuerpo de vez en cuando y nos obliga al insomnio para que recordemos otros terruños, otras caras, otras formas de sonreír, de sentir, de vivir. Nos preguntan ¿de dónde realmente somos, de aquí o de allá? Cuando nos invade el blues, con el fardo a cuestas no somos de ningún sitio. Con el bajón melancólico nos latiga la amenaza de que no somos de ningún sitio y algunos sucumben ante su dolor. Chris dice no sentirlo pero yo se lo veo, a veces se lo noto, él lo evade y lo ignora, yo se lo palpo a flor de piel y presiento que tú Oxana también lo tienes y lo has sufrido. ¿No es así Chris?

Lo que decía Zach retumbaba en mi cabeza, imágenes buenas y malas se mezclaban en mi mente, las malas eran malísimas, traía recuerdos de mi sudar frío ante la necesidad del próximo joint, algo que había empezado como un juego, entre porros y porros, me había entorpecido sutilmente, poco a poco de manera imperceptible hasta volverme su esclavo, esa diosa de humo me tuvo a sus pies a cambio de un rato de ficticia elevación. Del imán de su fuerza artificiosa solo me pude medio separar para arrastrarme fuera del alcance de sus arenas movedizas cuando entendí un poema Zen que rezaba un axioma donde más menos se precisa que "únicamente cuando logras entender el cómo sufres comienzas a sufrir menos", mi mente guardaba recursos inesperados, fortalezas que vencieron las debilidades de mi dependiente físico para rescatarlo a través de un plano espiritual, sufriendo en el camino, como sufre el que tiene hambre en extremo y al pasar tiempo y no conseguir alimento alguno se le pinta de pronto la muerte color de rosa.

-Chris: perdona, estaba medio ido, volviendo a lo que dices, bueno, lo de la nostalgia, sí, la sentí los primeros 5 años y después pasó. Vamos a estar claros yo adoro a este país. Es lo único que tengo. No lo nieguen, tú también Zach, y tú más, Oxana. Olvida eso de la Madre Rusia. Ahora estamos en USA, somos americanos, así me siento y no tengo dudas. Esa porquería de la nostalgia no nos lleva a nada bueno, qué pesadumbre ¿Por qué estamos hablando de esa mierda? Hay tanta gente que migra para luego caer en la trampa de la melancolía. Se vuelven dependientes de su dulce tristeza y eso los inutiliza, los hipnotiza y les quita fuerzas para competir allá fuera en el día a día. Donde para avanzar debes contar con todas tus herramientas, sin treguas. Parte de la estrategia es evitar esa especie de mediocridad de la nostalgia que los convierte en personas impedidas.

- Zach: Oye, Chris, pensé que habías dicho que ibas a escuchar, déjame hablar.

- Chris: ¡pero si tú me preguntaste! me emociono cuando dices algunas cosas, pensé que habías terminado, me provoca intervenir. Además, tenía que aclarar mis sentimientos sobre este país. ¿Mira, y qué, no puedo opinar? ¿Este hablar tuyo sobre la tristeza palurda evocada a través del recurrente recuerdo nostálgico: es un discurso, un monólogo, una disertación o qué coño? ¿Viste que sí existe tu afición constante por lo epistolar?

- Zach: ¿Mira quién habla? No olvides esa partecita tan bien recitada cuando te pongas sentimental sobre tu chica de California, te haré memoria sobre: "de la imbecilidad del recurrente recuerdo nostálgico". ¡Calla entonces Chris por favor!, trato de decir algo y no me dejas. Intento exponer algo para que Oxana nos entienda mejor. Oxana, yo me parezco a ti en que tampoco veo nunca a mi familia. Peor, pues en cierto sentido los he perdido, me he peleado con mis hermanos y ellos conmigo. Otra tragedia común entre los inmigrantes. Nunca nos vemos, casi no nos hablamos. Únicamente considero a mi hermana en París y Ghislain, mi gran cuñado, un gordo divertido y buena gente que ha sido en ocasiones mi mentor, el resto es historia, pasado, está lejos, lo bloqueo por conveniencia, mi familia ahora es la oficina, es allí donde mejor me desenvuelvo.

- Chris: nunca, nunca se hablan…
- Zach: Chris, ¡eres imposible! déjame continuar. Oxana, mi único hermano es Chris. Entiendo que él es especial para ti. Ahora, no considero a más hermanos que a él. Perdí a mis hermanos por guevones y en este amigo he encontrado uno verdadero, mi socio y mi consejero. Mi familia la he suplantado por la oficina, mis empleados, mis compañeras de trabajo. Mi compañía es lo único que tengo como familia supletoria. Por eso paso tanto horas allí; no es por trabajar o por conseguir más dinero, es por sentirme acompañado, querido, necesitado, para evitar la temible "imbecilidad del recurrente recuerdo nostálgico" evito embriagarme con ese desbastador aguardiente, ese blues, su resaca destruye y cuesta sacársela.
- Oxana: ¿Y por qué no has conseguido una mujer buena y fundado tu propia familia?
- Zach: Bueno ustedes las mujeres asumen que el santo remedio es la pareja ideal, una buena mujer con unos chiquillos revoloteando por el jardín junto al perro cerca de la piscina mientras ella te prepara un palito de ron y tú lees el Sunday Times a la sombre de un frondoso árbol sureño de los que casi no desojan, "los siempre verdes" como los Banyan que abundan en algunos rincones de Coral Gables. "Buena", esa es la palabra clave: "buena" ¿dónde la consigo? Buena, buena, buena…
- Chris: ¡Ah! ¿Oxana sí puede interrumpir, pero yo no?
- Oxana: Chris deja que Zach hable, está interesante lo que dice, es intenso, dice las cosas como son.
- Zach: Buena, buena, buena, no la he conseguido. A veces pienso que no tengo el tiempo. Las que conozco han sido muy interesadas, materialistas, buscan mi dinero. Por eso las conocí a ustedes, prefiero pagar y saber cuánto me va a costar por adelantado, que no haya sorpresas, ni engaños, ni reclamos ni enganches ni seguimientos, ni celos, ni expectativas, ni confusiones, ni manipuleos sentimentales, ni demandas ni contrademandas. Además, como dice Genevieve, parte de mi encanto por las rusas reside en lo bellas y discretas que son y a mi ego le fascina que me vean con mujeres hermosas en buenos lugares. Se le nota la envidia a la gente, tú lo has comentado en Zuma, todos me ven y se preguntan: ¿son pre-pago o no? En alguna forma todos esos bobos me admiran o me envidian, eso alimenta mi ego.

- Oxana: ¡Que loco eres Zach! Nunca busques a la mujer por fuera… ¡Búscala por dentro!. Allí nunca vas a encontrar la belleza. Si no la buscas dentro no sabes lo que te pierdes. Pagando también pierdes porque consigues placer pero pierdes tiempo para conseguir lo que pretendes. La que añoras no va a esos sitios y si va no la ves. Te será invisible. No la identificarás porque andas buscando otro placer vanidosamente pensado en quien te ve en la jungla del placer. Eres tú quien tiene que ver dentro de cada quien, hasta que aprendas a valorar, entonces podrás conseguir lo que quieres, algo que te llene. Dios, ahora de dónde he sacado esa vaina: ¿qué he dicho? ¡Me voy a quedar sin clientes! No me conviene…
-Chris: ¡Lo ves, Zach! te he dicho que sabe pensar, es inteligente y sutilmente sensitiva. De sexo no es lo único que sabe. Entrena como nadie, está en excelente forma, tiene su corazón bien ubicado, es sano y le late bien. Tiene con qué, piensa, deberíamos ayudarla.
-Zach: Espera un momento, Chris, no he terminado. Oxana, no apruebo lo que ha hecho Chris con tu dinero pero lo acepto. Siempre y cuando el riesgo sea de él. No quiero participar en ese riesgo legal o fiscal, ni siquiera quiero saber. Entiendo por qué lo ha hecho. No me mal entiendas, tú mereces una oportunidad y él es el único que te la ha dado. Tomó un alto riesgo por ti. Yo también quiero ayudar. Si quieres estudiar, si pudieras hacerlo, te podemos becar. Te he visto remar, mueves ese Kayak mejor que un hombre, capaz y alguna universidad te abre las puertas por esa vía. Es cierto, no tienes nada, aún así puedes negociar con tus jefes algo de tiempo para cosas personales, hazlo, nosotros te ayudaremos a estudiar. Diles que allí puedes conseguir más clientes, qué se yo. Tengo amigos en Miami University, con tus condiciones físicas se podría obviar lo de las notas. Asumo que ellos no te dejarán solicitar nada en Rusia. Si ni siquiera te dejan portar tu propio pasaporte. Temen que huyas aunque tienes su marca y número en ese tatuaje en el cuello, no está claro cómo vas a hacer pero negocia algo de tiempo y luego veremos como zafarte de ellos, no será hoy ni mañana, pero voy a consultar a nuestros abogados, podemos preguntar, tenemos muchos asesores y muchos contacto, algo surgirá. Es posible que lo de la universidad sea una ingenuidad mía, exploraremos varías vías, algo brotará. ¿Sabías que estudia una ley para que los indocumentados puedan sacer su licencia?, seguro la aprueba primero en California, si es así podemos darnos un brinco para allá, por lo menos para que tengas algo.
-Chris: ¡Claro que sí! Algo bueno surgirá.
- Zach: Chris, no he concluido. Oxana, lo que nos propones como un favor no quiero ni considerarlo. Implica un delito grande. Es una conspiración. Es planificar matar a alguien. No tiene sentido. No para nosotros. No somos así. Espero que no seamos así, si caemos en eso

estamos perdidos. Nuestro padres dejaron un país que cayó en eso. Cayó en un clima irracional de violencia e irrespeto por la ley. Luego ese país se volvió aun más violento, más inseguro, pasó de la democracia a la tiranía a través de la violencia. Tal vez faltó allá la reacción de la gente a comprometerse a cumplir la ley. Ese país tiene una constitución y no la cumple. Quien primero incumple es su presidente junto con sus secuaces. Eso degenera en un caos colectivo que se decanta en conflictos continuos. Prefiero cumplir la ley. Ya hemos analizado este caso. Lo consultamos ampliamente. Hay un caso para demandar, es difícil pero se puede hacer. Si Chris quiere lo podemos hacer, él tiene la última palabra. Mi recomendación es quedarnos quietos. Ya le llegará la hora a ese hijo de puta. Oh, perdona la expresión Oxana, nada que ver contigo, a veces no pienso lo que digo, no quise ofenderte, te aprecio y te respeto, es que el pensar en ese imbécil me saca de quicio. No quiero saber qué hace ni cuáles son sus preferencias o debilidades sexuales. No quiero saber qué familia tiene o qué hacen sus familiares. No quiero saber nada. Hace años cuando Chris volvió del lejano oriente reseñó algo que había aprendido que se me esculpió en la mente. Mencionó que para limpiarse totalmente y revitalizarse, para liberarse de un karma, había que perdonar todo, perdonar a nuestros agresores y perdonarnos a nosotros mismos, era la única forma de purificarse. Me gustaron esas frases hechas cuando las escuché pero no les di peso, se quedaron en mi subconsciente y hoy florecen justo cuando debo convencerlos a ustedes de no cometer tal locura. Tenemos mucho por delante, Chris, tenemos mucho trabajo y mucha gente que ayudar. Podemos ayudar a Oxana. Perdonemos a ese enemigo común aunque nunca aprobemos lo que nos hizo el maldito. Si seguimos pensando cómo vengarnos podemos caer en ilegalidades y conductas hoy ajenas a nosotros, eso nos podría destruir. Dejemos que Dios se ocupe de hacer justicia en este caso. O como dicen ustedes los asiduos a las corrientes orientales, denle chance al universo para equilibrarse de nuevo mediante la no obstrucción, haciendo nada, escuchando crecer la grama. ¡Eso también me lo enseñaste tú, Chris! Vuelve a ese origen. Olvida la venganza. Es peligroso y eso no eres tú ni tampoco soy yo. Si seguimos así seremos igual que los rusos que tienen a Oxana esclavizada y seremos también como el miserable de Talletti. No quiero deberle favores a los rusos. Por eso pago cada vez que uso sus servicios. Espero que ustedes me apoyen. No quiero saber nada de eso.
Chris: Bueno Zach, ahora sí déjame decirte algunas cosas ¿ok? Primero, yo no le pedí favores a Oxana, nunca lo he hecho, salvo los sexuales. Segundo, me has convencido totalmente desde hace días; eso se ha reforzado con lo que me has recordado hoy, Japón fue trascendente para mí, sus lecciones no las olvido, eso me alegra. No me arriesgo a perder

la fuerza de aquellas enseñanzas. Según ellas, las fuerzas del conocimiento - la sabiduría - se pierde cuando actúas en contra de las enseñanzas; por eso el camino únicamente se puede recorrer de dos formas: a través de la búsqueda de la sabiduría (la indagación por la verdad) o través de la energía (la sabiduría en sí misma, una vez que has logrado obtenerla). Hacía tiempo que no pensaba en ello, te agradezco traerlo a colación. Quizás el odio me tenía ciego. No aspiro a perder lo aprendido. Si lo hago caería de nuevo en un basurero. No persigo desviarme del camino. Sí, es peligroso. Si fragmentamos las normas, luego estaremos dispuestos a aceptar rupturas más grandes. Solicitar prostitución es también romper la ley. En teoría no afecta a nadie. Lo hemos hecho muchas veces. Hemos gozado un mundo. Nos ha permitido conocer a Oxana. Para ti ¿ha sido puro placer? Para mí ha sido conseguir una buena amiga, dentro de esa tendencia trastornada que tengo hacia la soledad de la que hablamos hace un instante, sí, esa, la que sufrimos todos los que venimos de una u otra parte. Oxana me ha ayudado mucho, ella me ha acompañado. Ha reforzado mis conocimientos de las artes orientales a través de su interpretación de las disciplinas que practica. He llegado a niveles de meditación y concentración que antes me eran imposibles. Entrenando con ella me he superado. Pero sin duda llegamos a ella a través de una falta legal y moral. No hay excusas. Somos partícipes en ese sucio mercado, cosa que no quisiéramos para nuestras hijas, si algún día las tenemos. Hemos aumentado la demanda de esa mercancía humana que estimula y financia a quienes manejan ese sucio mundo para que sigan importando mujeres de Europa del este y de otras latitudes a este país. Hemos pagado por seres humanos para que nos complazcan sexualmente; a cambio, ellas son forzadas a una forma moderna de dependencia sustentada en el miedo y la violencia, metodología parecida a la utilizada en Venezuela para hacer que la gente vote por los tiranos de turno y así justifiquen ese totalitarismo como democrático, los mismos escombros repintados del fracasado comunismo ruso. Hacemos negocios con los rusos y hacemos negocios en Venezuela, esa es la realidad. No formamos parte de ellos pero informalmente e indirectamente los financiamos, permitiendo que parte de nuestro esfuerzo de trabajo se traslade directamente hacia ellos en forma de dinero; a través de los impuestos en el caso Venezuela y en efectivo en el caso de las putas. Descubrimos algo en ese camino. Las putas son seres humanos, pensantes, con sufrimientos, miedos, esperanzas y sueños, al igual que todos nosotros. No son unas máquinas, acumulan más información sobre los seres humanos a quienes atienden que los psicólogos que consultamos o las datas de la empresas de encuestas a quienes también pagamos por sus servicios. Sus estadísticas son más auténticas, vienen del corazón, los clientes primero se desnudan físicamente ante ellas para penetrarlas pero luego terminan desnudando su corazón y su alma. La calidad y cualidad de las confesiones que ellas escuchan pudieran ser la envidia de la Psiquiatría y el Catolicismo combinadas. Nadie ha colocado esa información en una matriz matemática pero sus derivadas serían fenomenales, Amanda se divertiría con esos números, estoy seguro. No le vamos hacer nada a Talletti. No hablaremos más de Talletti. Salvo cuando alguien nos pregunte sobre sus negocios para desprestigiarlos. Vivimos en un gueto virtual de Italianos como los Judíos viven en su comunidad. Son nuestros clientes. Hacemos negocios de palabra. Nos piden referencias. Cada vez que escuche el nombre de Talletti diré abiertamente que es un estafador, un ladrón, un sucio pillo como dirían los curas que nos educaron en su hablar de antaño, un pillo que engaña con su palabra y daña con su proceder. Esas cuatro cosas, nada más. No lo odiaré más ni buscaré formas de joderlo. Lo perdono aquí, delante de ustedes dos, son mis testigos y, me perdono a mí mismo, por odiarlo tanto. Tú perdonaste una vez así a mi padre. No nos hizo algo tan grave, ni cercano a lo de Talletti pero en aquel momento dolió bastante y lo perdonaste. Es la segunda vez que me recuerdas el discurso de Japón para cambiarme la vida y hacerme retomar el camino. Agradezco a Dios tener a alguien a mi lado como tú. Quería aclarar también que consumí drogas por un corto tiempo, de los 21 a los 23. Quiero que la Rusa Bella lo entienda. Vanessa y yo caímos en eso. Fue fatal, sembró muchas dudas en nuestra relación. Al final acabó con nuestro amor o lo puso en espera, todavía no sé, no la he vuelto a ver, no he podido contactarla, pienso que se cambió el nombre, pero desde que la vi ese día, hace poco, en Key Biscayne no he dejado de pensar en ella. La quiero recuperar. Es el amor de mi vida. A pesar de que mi vida actual no refleje eso o aunque constantemente no lo vocifere en voz alta, es mi razón de existencia, no obstante de vez en cuando tengo mis rollos, mis dudas, soy así. Debo cambiar. Cambiaré de nuevo. Por ella, aún en su ausencia y desde hoy, para estar preparado por si algún día la encuentro. El monte me devoró por un rato. Tuve suerte con ella, fui del tipo de adicto que se engancha pero que dadas ciertas circunstancias puede decirle que no al monstruo en la cara. Logré hacerlo. El ejercicio en aquella época me ayudó, eso que es perdición o una droga para otros fue mi bendición. Ejercitarme con ahínco me salvó. Ignoro en profundidad el por qué, pude decir que no, hubo algo mandado por Dios en una época cuando no era devoto de San Judas. Quizá me hizo un milagro porque sabía que luego lo conocería. He pensado eso, a veces, cuando medito junto a Oxana, a final de nuestros entrenamientos o cuando rezo en la Iglesia de Brickell. La hierba destruye tu amor propio. Encorva tu autoestima. Merma tu seguridad, lo hace imperceptiblemente a través de la euforia y la sensación momentánea de infalibilidad. Se parece un poco al alcohol en ese sentido, con resultados funestos. Dejas de confiar en ti, te envuelve una flojera eterna, realmente ignoro cómo la abandoné sin mayores auxilios. Principalmente fue con la fuerza de mi mente, por eso confío tanto en ella. No me volví una basurita que recurre a la lástima o al robo para conseguir droga. Confío también que podemos ayudar a Oxana, en buena lid, no sólo económicamente sino liberándola de ese yugo. ¿Cómo será? Debemos pensar en una vía efectiva; nos lo debemos a nosotros mismos, en parte, por estar avivando la demanda de ese bastardo negocio. Será algo que nos hará bien, tal vez sea hasta divertido, algo aprenderemos en el camino. Lo sé.

-Zach: Si que hablas largo, Chris, luego criticas mis exposiciones sobre política, ¿te suena parecido, quien tiene ahora la inclinación a dictar cátedra?, ¡con razón nadie te escucha! Pero, lo acepto, eres competente en tus análisis. ¿Será que nos parecemos? Será. Escucha, hoy tienes audiencia, te apoyo en todo lo que dijiste, me has ganado y estoy de acuerdo. ¿Contento?

Es ese momento salí de mi trance etílico y al voltear sobre la realidad circundante encontré a buena parte de los mesoneros escuchando atentos en la distancia mi discurso de borracho.

Al mirarlos, algunos aprobaron con movimientos de la cabeza o levantando una mano con el pulgar extendido. Al otro lado de la mesa estaba Oxana hipando, llorando a cántaros. Me había abstraído tanto en mi monólogo que no había escuchado cuando comenzó a hipar en tan alto tono. Le pedí disculpas. Le pregunté que qué pasaba, cómo podía ayudar. Me dijo que sí podía ayudarla, que podía hacer todo lo que había dicho y que esperaba que no se me olvidara mañana cuando estuviera sobrio. Que recordase todo menos cuando me referí a ella como una puta. Que ella sabía que lo era, pero que no le gustaba que yo se lo dijera en cara, sólo yo. Me pidió que nunca más lo hiciera y comenzó a sollozar aún más fuerte.

Zach interrumpió para hacernos reír y romper el momento. Fue para bien. Ya yo me iba a poner a gimotear también, eso sí hubiera sido un show. Zach también estuvo a punto de moquear cuando en su discurso exaltó nuestra amistad. Yo quería que llorara. Casi nunca lo he contemplado así, por eso, para verle el cable, vulnerable, como lo estaba Oxana, como lo estaba yo. Él nos había inducido a ese estadio, lo justo sería que él también llorase y a moco tendido, haciendo pucherito. Eso no ocurrió. No obstante, mi versión de los hechos en el futuro incluía eso del llanto desconsolado en la persona de Zach, una mentira blanca que lo sacaría de quicio por décadas. Me refería a él como el llorón de Khong ,"LlongKong", y se enfurecía. Me divertía y él no podía hacer nada. Mi palabra contra la suya. Me divertía. Bien, Zach interrumpió para decir que le había llegado un Twitter de FM 90.5 la emisora de la Universidad de Miami. Era otra de sus excentricidades: escuchar en la radio y seguir en Twitter a una emisora de jóvenes estudiantes para jóvenes estudiantes. El mensaje decía que los Ex-Norwegians tocarían esta noche en Churchill's y quedaban puestos. Lo dijo tan fuerte y con tanta emoción que los empleados de Khong que nos observan en grupo aplaudieron y silbaron. Zach se volteó sorprendido ante la intromisión y en una típica reacción suya los convidó a venir con nosotros. Él invitaba todo a todos y varios saltaron de la alegría. Los muchachos consultaron al gerente para obtener permiso; éste, quiso venir también aportando la camioneta de transportar personal y mercancías. Allí entramos todos a duras penas. Guardé previamente mi moto en la cochera del restaurante. De nuestro lado ninguno estaba en condiciones de pilotear. Si eres de Miami los ExNorwegian son una banda de rock que forma parte de la movida local. Son muy buenos aunque no muy conocidos más allá de las fronteras del Estado de la Florida. Pero si creciste en South Beach, casi los puedes considerar héroes. Allí dicen que algún día serán como los Stones, exageran, están lejos.

Bailamos toda la noche. A la cinco de la madrugada estábamos dejando a Oxana en el ferry y a las 5:30 estaba terminando de ducharme, ya listo para dormir. A las 10:00 a.m. estuve de vuelta en la oficina. No me sentía cansado ni golpeado por el ron. Tres horas sin parar de bailar y tomando agua Evian me habían deslastrado de cualquier efecto segundario. La catarsis me había ayudado y las pocas horas de sueño no incidieron. Desayuné frutas, miel y yogurt en la oficina mientras Luna me auscultaba con una mirada crítica, de medio lado, me olía la rumba. Me sentía contento y alerta aunque presentía que si volvía a tocar el sofá no despertaría hasta el día siguiente y así pasó. Como a la 4:00 p.m. luego de varias horas intensas de transacciones de bolsa me recosté por 5 minutos y no me desperté sino hasta las 2:00 p.m. del día siguiente.

15. Corriendo tras una foto mientras recordaba un discurso

La carrera del maratón vino y se fue sin contratiempos, que deleite fue correrla, la vivimos, la experimentamos, la sufrimos, la sudamos, nos reímos, lloramos, cada uno a su manera, mi mente viajaba de un lado a otro, típico. 9 de nosotros entre 25.000 personas. Nos reunimos antes de que saliera el sol y nos deseamos suerte. Todos arribamos bien entrenados, calentados y con buenos ánimos. Pocas eran las dolencias, se respiraba emoción, fluía adrenalina.

Cada quien tomó su posición de acuerdo al tiempo pre estimado. Esos minutos iniciales siempre me erizan los pelos, observo la multitud alrededor mío, los calentamientos, los últimos detalles, rezos, saludos, supersticiones, rutinas, mañas, revisiones, preparaciones finales que define cada quien en su estilo particular, todos congregados con un único propósito, esperando la señal de inicio. Los corredores han sacrificado tiempo, trabajo, amigos, fiestas, comidas, alcohol, rumba y drogas para poder estar aquí, claro, hay excepciones. Existe una ilusión colectiva: terminar la carrera, botar el bofe por poder decir "lo hice". La utopía general es mejorar los tiempos preconcebidos durante los entrenamientos, un reflejo del esfuerzo y las ganas de correr. Pocos quieren ganar la carrera o no esperan hacerlo en términos reales, la carrera es contra uno mismo. Para ganar esta carrera oficialmente habría que estar por debajo de 2:29, eso son dos horas y veintinueve minutos, ahí se rozan las élites, en ese espacio de tiempo reservado para un puño, unos pocos, poquísimos, los mejores. Al fin de cuentas, para ellos y para el resto la carrera es contra uno mismo, por eso es tan emocionante. El grueso de la carrera, el resto de la competencia está por encima de las 3 horas y no pare usted de contar hasta al menos 5 horas. Yo me inscribí en 3:20. Muchos mienten sobre su tiempo al inscribirse con su mejor record histórico, un reflejo falso de vanidad y ego, el espejo del engaño. Algunos son reincidentes en la mentira. No es un proceder práctico pues al salir con un grupo más rápido, probablemente te saquen de ritmo, no te hará sentir bien andar con un grupo de corredores más rápidos y mejor entrenados, es demasiada presión para un día donde los primeros minutos siempre están llenos de nervios y emociones, al igual que los metros finales. Es una experiencia única. Al terminar, la sensación de logro es fenomenal. Resultado basado en el esfuerzo personal, en el sacrificio de cosas y de momentos para llegar a una meta. Tiene mucho de espiritual. A veces he pensado que se compara con la teoría de los sacrificios en las religiones para llegar a lo que se denomina trance o cielo. Hay un paralelo allí, sirve de metáfora. Puede que sea una exageración burda y prosaica. La comparación, el símil reposa allí: un ser humano sacrificando muchas cosas que le gustan y sufriendo dolores y desgaste para llegar a un plano superior en lo espiritual y en lo carnal.

Claro, no todos los que corren son santos ni mucho menos. Es una aproximación que se me ha venido a la mente, ¿una analogía recurrente? Sucede cuando veo la carrera con todas las tipologías y fenotipos de personas que uno pasa o que lo pasan a uno durante la trayectoria. Me siento abstraído, en otro plano, como observando desde arriba. Se le ve en la cara el esfuerzo a cada participante, la determinación por llegar, a esa meta, a ese plano superior, a ese logro material y espiritual. Quedas retratado con una medalla que no indica que ganaste sino que participaste, llegaste, cumpliste. Un objetivo que se logra sumando alta dosis de sacrificio, constancia y determinación. Lo haces casi desnudo, la vestimenta es mínima, atrás quedaron las joyas, los perfumes, los peinados, los maquillajes y los atuendos. Aquí solo hay respiraciones fuertes por fuera, ritmos de corazones acelerados por dentro, sudor en cantidad, miradas que indican como te sientes, son tu lenguaje junto a una que otra mueca y tal vez algún tic exteriorizado sin control. Revelan si vas bien, a buen ritmo, o si la carrera te está mermando al punto que la fatiga y los dolores se apoderan de tus pensamientos y el deseo de parar se vuelve preponderante en tu lucha interna, lucha contra ti mismo, sin apoyo de nadie salvo los cientos de desconocidos que te gritan: "sigue" "vas bien" "no pares" "falta poco" "tu puedes" etc. Entre ellos a veces ves una cara conocida, un amigo, un familiar; siempre el contacto es breve, efímero. La lucha es tuya, eres único en ese instante, te mueves, te abstraes en tu universo. Aislado en tu interior, dentro de lo que nadie puede ver, las voces que nadie escucha retumban en tu fuero interno, influyendo si vas para bien, mal o peor. Contra el cansancio, contra la falta de energía, contra las ganas de parar, contra los dolores que subrayan tus partes débiles, contra los músculos adoloridos porque descuidaste detalles en el entrenamiento, contra las carencias genéticas con las que Dios te dotó, contra todo eso únicamente cuenta tu espíritu. El brío que se apoya en tus ganas de llegar o viceversa. Indómito si eres especial. Determinado a finalizar, deseando sentir que pudiste, no tienes otra forma de conseguirlo que no sea darlo todo, si traicionas ese sentir, si apagas esa llama, podrías terminar pero estarías insatisfecho.

El resto del mundo no entiende de qué se trata. Es un concepto muy abstracto dentro de una realidad física incuestionable, digna disertación intelectual de altura. Los 25.000 que están alrededor tuyo sí lo saben o al menos lo intuyen. Y, aunque nunca más los veas durante horas comparten por igual, se forman vestigios de hermandad temporal, camaraderías importantes, el esfuerzo une a personas que de otra manera son entes anónimos entre sí, el sudor emana distinto en cada quien pero pareciera unificar como un catalizador transparente, un denominador común junto con ese jadeo que en mejor o peor grado acompaña al ritmo del trote, todo el mundo aspira a lo mismo, llegar y llegar bien. Un esfuerzo, a ratos un suplicio, salpicones de euforia y satisfacción según los resultados. La excepción son aquellos que se enfocan demasiado en el tiempo y poco en el logro que significa terminar. Esos acaban con lo espiritual deteriorado, dan al traste con lo bello de la carrera al segundo que paran sus cronómetros, justo allí bajan del cielo al limbo y a veces hasta el infierno, según indiquen los registros de sus relojes. Comienzan las quejas: explicaciones de por qué esta vez no lograron tal o cual tiempo. Amargándose en las búsqueda y señalización de factores externos que expliquen el deterioro de sus condiciones físicas y mentales, o su falta de velocidad, o su disminuida concentración, o su flaqueza en lugar de fuerza. Trato de ignorar tales influencias en la carrera. Suelen ser nefastas. Me aparto de las multitudes para no escucharlos.

Al terminar vuelvo a casa trotando suave o caminando, hidratándome, comiendo algo liviano mientras avanzo y pienso en cómo la franela con la que corre la Rusa Bella encierra tanta sabiduría: "enjoy the ride", "disfruta el recorrido", si no entiendes ese sencillo concepto no debes correr pues, aunque tu cuerpo esté entrenado como el mejor de los atletas, mentalmente no naciste para eso y el dolor bien sea mental o muscular te vencerá, lo sé.

Yo corría en un grupo aparte del resto de la oficina. Quien me sigue más cerca es Zach con 3:55. Puede que me supere en los entrenamientos pero nunca en la carrera. Su reto es siempre romper los 4:00 y generalmente lo logra, aunque me inclino a pensar que su fuerte serían las carreras de menor alcance. Por encima de 4:30 están las chicas. La única que ha logrado romper esa barrera es la más gordita, la recepcionista, debo decir la rellenita, la menos entrenada, la que come todo tipo de cosas y la que menos se preocupa. En el pequeño universo que habitamos como un grupo, "una familia", según la constante y simpática definición de Zach que también se me ha pegado, a las demás chicas les da mucha rabia que una gordita sea mejor corredora. Logra sus 4:30 con mucha facilidad y alegría. No necesita más que eso, es una gozona. Además le encanta el resultado pues para ella ganarle a las demás muchachas es ganar la carrera. Significa un año en el sitio de honor que todas añoran. Así sea de forma silente, todas aspiran a ese podio. Ella lo sabe y lo administra con algo de picardía. De vez en cuando pretende no encontrar el celular o la pintura de labios en la cartera y con gestos de angustia y voz en desesperación voltea la cartera, entonces cae siempre haciendo ruido sobre el escritorio la medalla y la contempla con mirada triunfante por unos segundos con mucho orgullo. Me mata de la risa ese teatrito que monta, jocosa ridiculez, es una gozona. Merece un Oscar, al menos un Golden Globe, me divierte verla mientras observo las reacciones de rabia disimulada en las demás chicas. "No es justo que Dios haya dado una genética tan superior a una gordita para correr". Eso lo habrán pensado una que otra de vez y yo digo que sí, es justo y divertido. Cada vez que veo un gordito en plena carrera, pienso en ella y repito "qué vaina tan divertida", entonces acelero el ritmo y trato de superarlo. A veces no me dan las fuerzas y al verlo alejarse me da rabia, me siento como ellas y también pregunto: ¿Dios, cómo es posible? Ahí recuerdo los días de rumba, las miradas críticas de Luna, los momentos en los que no entrené como es debido, aquellos en los que abusé comiendo o bebiendo o dejando de descansar las mejores horas de la noche, concluyendo que entonces el gordito debe haber sacrificado su parte requerida y por eso se aleja en el horizonte. Pero a lo mejor es simple genética como ocurre con Dierdra, que entrena menos, come con desaforo, es una cuasi fea pero no tanto, de esas súper atractiva, y así rompe o anda cercana a los 4:30, muerta de la risa. Los acontecimientos nos inclinan a ser humildes de múltiples formas y ésta es sólo una pequeña lección, misteriosa, incomprensible y divertida, como muchas otras cosas del Creador, esta gozona es sólo una de ellas.

Le di una pequeña foto a la Rusa Bella con la imagen de Vanessa para que la reconociese si la veía. Le expliqué cómo habría cambiado en diez años. La foto era buena porque la muestra con su arreglo típico de cola de caballo. No se la arregla ni muy alta ni muy baja, las tres liguitas, con dos clinejas distintas e intermedias. Le describí la forma como su cola se mueve cuando corre. Oxana se moría de la risa. Me comentaba que o soy muy observador del género femenino o tengo una obsesión desbocada por esa mujer. Dijo que me ayudaría. Mi cálculo es que Vanessa estaría máximo en los 3:10 nunca menos que ese, su mejor tiempo histórico. Yo no podría estar por ahí cerca porque si un minuto de diferencia corriendo es un trecho largo, diez minutos significan una eternidad. No podría ni verla a los lejos. Se ubicaría de la mitad de la carrera para arriba, una ubicación difícil para topármela. Para la Rusa era mucho más fácil, había mejores posibilidades. Oxana estaba cómoda en los 2:95, yo le había regalado zapatillas nuevas, estaba con ánimos de romper su barrera histórica.

Zach se moría de la risa con el cuento. Me advirtió que no sabía si era contraproducente que una belleza como la rusa, sin duda fuera de lote, le diera un mensaje de parte mía a Vanessa para que me esperara en los alrededores de la meta al terminar la carrera. Me dijo que no estaba pensando con la cabeza, al menos no con la que reposa sobre mis hombros. Yo le contesté que estaba desesperado, que no me importaba.

> -Recuerda que las mujeres como Vanessa descubren cosas en los ojos de la gente y las chicas suelen celarse entre sí, inclusive las putas.", me subrayó.

En fin, ya era tarde para eso, ya le había dado la explicación a Oxana de quién era y le había entregado la foto. Oxana comenzó conmigo muerta de la risa, en los primeros 20 minutos tuve entonces oportunidad de decirle que no le dijera nada. Que la identificase y tratara de ver hacia dónde iba después de la carrera. Eso la mató de la risa.

> -¿Ahora resulta que soy espía para ti? , me preguntó y sentenció, este tipo de trabajo vale más que un par de Asics.

Le prometí unos Nikes ultraligeros que le encantarían para correr en la arena. Allí se destornilló de la risa, haciéndome ver cuán desesperado estaba. Dijo que lo pensaría y aceleró el paso. Fue bueno porque venía mi obstáculo fuerte de la carrera, el minuto 17. Al contrario que otros corredores que les sucede después, para mí el 17 suele ser determinante. Es ahí justamente cuando se define si será un día bueno o no, si podré terminar cómodo o será un suplicio, si la carrera me va a probar o yo voy a imponer un ritmo. Esta vez, para variar, sufrí alrededor del 19 pero al final de esa agonía de cinco minutos interminables mi cuerpo agarró ritmo y mi espíritu se aligeró, empecé a correr suelto, relajado, sin nada que me perturbara y hasta comencé a recordar el discurso de Zach en la oficina de cuando le tocó su turno de exposición en estos días recientes. Lo recordé y analicé en detalle hasta el minuto 45, eso me mantuvo entretenido aunque en mi subconsciente siempre estaba ella y a cada catira que se me cruzaba la inspeccionaba con cuidado. Intuía antes de pasarlas y verles las caras que no eran ella pues si yo las adelantaba entonces sus ritmos eran obviamente lentos. De todas formas miraba por si acaso era que ella tenía un mal día, nos ocurre a todos, o por si ya no reconocía cómo se movían sus nalgas al trotar o si por casualidad se había cortado el cabello, uno nunca sabe...

La exposición de Zach fue brillante en algunos aspectos. Se basó primero en una idea, las cosas buenas suelen comenzar así. Durante un tiempo había establecido una especie de blog con los clientes. Una especie de sitio virtual e informal de intercambio de ideas cortas. Estilo Twitter pero con mayor capacidad de texto. Se basaba en que los clientes que tenemos tienen acceso a información. Unos poco y otros mucho. Tiene información y opinión sobre las acciones que intercambiamos. Él toma esa información que denominó "Tips" porque son consejos y le sonó similar a Twitt. Los catalogó en una lista y luego generó tendencias de investigación para examinar una u otra acción con mayor detenimiento o estar pendiente de ellas. Ahora lo ha llevado un paso más allá, de un lugar bueno al siguiente, está contratando a una empresa de jóvenes emprendedores en Venezuela que le ha recomendado uno de los clientes, un italiano por supuesto, quien tiene vínculos familiares con ellos. Están programando una maqueta para un modelo estilo Twitter donde cada quien pueda apretar el "ticker" o símbolo de trading de una acción o el ícono de su marca comercial y dejar un "tip" sobre la acción de hasta 500 caracteres o simplemente presionar uno de los botones que resume un pensamiento: "me gusta" "no me gusta" "me da miedo" "la tengo en cartera" "la quiero en cartera" "la tenía y vendí" "a la baja" "a la alta" "comprar" "vender" "cuidado" "recalentada" "a buen precio" "corto" "largo" "bullish" "bearish" "vienen anuncios" "nueva tecnología" "investigar" "veo problemas" "sin competencia", etc. Cada uno de esos botones tiene un ícono diseñado que resume e ilustra lo que dice. Accionarlo genera una serie de informaciones y estadísticas internas del programa que permiten saber qué están pensando en un momento dado quienes nos han encomendado la tarea de administrarle su dinero y qué opinan de cada una de las acciones de nuestro portafolio empresarial bien sea que formen parte de su portafolio con nosotros o no, o que las posean por fuera o no, o que las tengan con un tercero o personalmente. Esta información nos da "tips" internos. La información de los "tips" ha resultado utilísima y compite a la hora de tomar decisiones con lo que leemos en Bloomberg o en Barron's e inclusive mejor que lo que nos asesoran servicios expertos por los cuales pagamos. Si se pule el modelo, evolucionando efectivamente hacia un beta exitoso, se podría transformar en una herramienta para vender con éxito a las diferentes bancas. Las instituciones financieras por su alto volumen de usuarios podrían tener potencialmente una entrada inteligente de información masiva. Data cruda en forma de opinión de cada uno de sus clientes sobre las acciones que ellos tranzan o gustarían poseer en el tiempo. Estas exploraciones sobre opiniones y comentarios generarían directamente tendencias y patrones de inversión a futuro. E, inclusive, permitiría diseñar productos financieros listos para llevar (prêt-à-porter) a la medida de los gustos o aspiraciones más exactos, compuestos a través de las inclinaciones que la data permita identificar e interpretar, emanadas de un mercado cautivo, fundamentados en conocimientos captados en tiempo real o muy cercano (tal cual se tranzan las acciones) de las inclinaciones y preferencias de la clientela bancaria en relación a su visión particular y personalizada del mercado. Otro enfoque sería llevar el concepto a un universo de nivel público, que sea masivo y gratis, un cosmos tipo Twitter, un reto mayor para ver qué se logra con ese potencial de información, cómo interpretamos esa encuesta en vivo, para convertirla en una plataforma útil, que permita la toma de decisiones inteligentes en beneficio de quien pueda, quiera o sepa interpretarla con mayor eficiencia, poder bruto y crudo en las manos, eso es, sencillamente, una tronco de idea. Impresionados, todos nos quedamos con la boca abierta. En qué momento tiene él tiempo de pensar, investigar o inclusive (si fuese el caso) copiar y modificar ideas como ésta. No sabemos si ya alguien lo ha pensado. No sabemos si existe en el mercado pero ya la estamos desarrollando. Digo estamos porque tenemos un fondo libre entre nosotros (con ciertos límites de gastos) donde cualquiera de los dos puede fondear una idea que le parezca interesante siempre y cuando informe al otro dentro de un período de 6 meses, como si fuéramos nuestro propio ángel inversionista. Hemos hecho esto como una forma de capital semilla propio donde no tenemos que revelar nuestra nueva idea ni a nuestro socio, siempre y cuando no utilicemos mas del 60% del fondo. Impresionante, pensé, simplemente impresionante. Y empecé a soñar que independientemente de que alguien lo hubiera pensado o hecho primero, si el modelo nuestro resulta impresionante o amigable al uso podríamos llegar a una oferta inicial pública o privada con altas posibilidades de éxito. Podríamos ser muy ricos, esa idea me gusta, sonreí y le guiñé el ojo en aprobación, justo antes de que pasara a su segundo tema. Explicó que nos intentaríamos salir de algunos negocios en Venezuela para reducir riesgos. Lo curioso es que también habían aparecido nuevas oportunidades. Lo contradictorio por incongruente se puede explicar como que en las nuevas oportunidades el riesgo es distinto. A ratos se muestra fácil de manejar, se puede inferir que las ganancias serían atractivas, a menor plazo y dejaría fuera el riesgo de la convertibilidad, un factor importante que lo hace especialmente atractivo. Pero no quiero que nos engañemos, dijo. Esta es mi visión:

> -Venezuela no tiene horizonte claro en estos momentos. Pareciera un país sin rumbo. Se muestra envuelto en un siniestro caos de egos políticos. Se debate entre dos bandos antagónicos. Ambos con mayor hambre de poder que de solucionar problemas. Ahí no existe la palabra consenso ni siquiera en los asuntos vitales para la vida de sus ciudadanos como seguridad, libertad y democracia. Un país que depende de otro más pequeño, uno que increíblemente es más pobre y retrasado en infraestructura y tecnología. Venezuela, un país dominado por la empobrecida y retrasada Cuba comunista de Fidel Castro y su hermano Raúl, exportadores de la basura reciclada del comunismo ruso, que algunos etiquetan de socialismo para tratar de mercadearlo. Cuba recibe unos 100.000 barriles de petróleo a diario provenientes de Venezuela a cambio (gratis) de su "asesoría política y estrategia cívico-militar", lo que resta del fraude de un comunismo trasnochado. Qué tristeza Venezuela: rica en el papel y pobre en la realidad. Se dedica a comprar apoyo político con petróleo. Regala tanto en dádivas a Cuba, Nicaragua, Argentina y Bolivia que el Estado no logra atender sus deberes fundamentales. No consigue cubrir con eficiencia las necesidades más imperiosas. Sobre esa realidad crítica sobrevive una economía privada que persiste y no se deja subyugar por la fuerza de un poder político mal avenido. Potestad que utilizan para abusar, amedrentar, violar la ley y robar a quienes todavía mantienen empresas privadas en un ambiente de mínimas posibilidades de negocios. He allí en ese sector privado de la economía, dentro de ese riesgo, donde nosotros nos movemos. Somos oportunistas, en el buen sentido económico. Buscamos negocios con rendimientos atractivos que justifiquen el riesgo. Si queremos añadir un elemento idealista al invertir en el sector privado de esa nación, pudieran ustedes decir que esos negocios son un signo y una forma de ayudar para evitar que sucumba el capitalismo ante el comunismo. Muchas empresas extranjeras piensan de manera similar o al menos siguen haciendo negocios en Venezuela. Empresas importantes de USA y Europa que se mantienen navegando en la tormenta, los europeos a veces hasta envían a uno de sus príncipes a hacer diligencias de negocios y relaciones públicas. He ahí la paradoja y dentro de tales contradicciones estamos tratando, trabajando, intentando. Ojo, no somos hermanitas de la caridad aunque sí tengo mi ideal romántico que sería tratar de impedir que ganen los malos. En realidad, crudamente, entramos para hacer negocios y ganar dinero. Aquí no hay sorpresas, Chris piensa en este particular igual que yo, somos idénticos en

este aspecto ¡sólo en este!, aunque cataloga mis análisis de aburridos. Bueno, en serio, perdonen, sospecho que sí son un poquito monótonos pero no estoy aquí para entretener, esa cultura de la sociedad del entretenimiento se me pinta un poco ajena, aún a nivel intelectual y, no digo que esta especie de diatriba lo sea, habría una parte del discurso que sería válido aunque no entretuviese o eso espero de las mentes pensantes que escuchan, quizá esté equivocado, en cualquier caso mis palabras no están diseñadas para el híper consumo sino para este pequeño universo donde convivimos e intentamos superarnos de alguna manera, aunque sea sólo en el área de los negocios... Teorías y ambiciones políticas aparte, esta información que parece larga, es un corto y simplista análisis, nos afecta e interesa y debemos manejarla inteligentemente si queremos ser efectivos en los negocios, sin dudas ese es el objetivo final. Bien, Chris irá pronto a reunirse con nuestro aliado estratégico y consejero, el abogado Alvar Bibens. Su nombre no suena muy venezolano pero sí lo es. Dice tener parientes que se remontan a la fundación de Caracas. "Ver para creer" como dice Luna. El hecho que me parece jocoso, cierto o no, es que hoy en día ¿quién va a saber quién diablos era su abuelo hace 500 años?

El comentario sirvió de aliciente, le quitó el frunce del seño a Zach, permitió a la audiencia mirarse unos a otros entre medias sonrisas y estirones de espaldas, mientras se retomaba el ambiente de trascendencia en pocos segundo al Zach retomar las riendas y empezando por otra jocosidad intermedia antes de ahondar en su discursar, conjugando con un estilo distinto, para hacerse el liviano ante lo profundo que no dejaba de ser del tema:

-Realmente no tengo razones para dudar, aunque me hace gracia esa circunstancia. La "ascendencia" le provee oportunamente lo que allá denominan alcurnia. Algo casi inexistente aquí en USA, por lo menos tenemos esa ventaja como inmigrantes, pareciera que aquí en este "melting pot" ese tipo de "alcurnias" no forman parte del juego. Ahora, allá eso todavía le devenga algo parecido a un peso social específico, según dicen... y no lo dudo a pesar de que ustedes sonrían. Allá las reglas, como veréis, son otras. Bibens tiene talento para los negocios, constatareis en el tiempo que me sobra razón al decirlo, es serio y es recto. Especialmente os daréis cuenta al analizar con qué soltura domina el tío los temas financieros e inmobiliarios. Hasta el presente, al ir de su mano, hemos conseguido el éxito. El resto de lo que hemos intentado allá ha sido un barranco. Deberíais agradecer al tío. No obstante, retomando lo político, Chris, ¡atención! no menosprecies este análisis, desde hace casi dos meses su presidente está ausente. Lo tienen secuestrado en un hospital de La Habana. Se ha generado un dolor de cabeza constitucional para Venezuela y una asustadiza tensión política en Latinoamérica porque nadie quiere perder su dádiva, qué dolor de espalda para Bolivia, por ejemplo. Quien preside la Asamblea en Caracas, su parlamento amañado, ha debido asumir la presidencia de la nación el pasado 10 de Enero y no lo ha hecho. No le da la gana. Esa misma persona ha debido convocar elecciones como debería hacerse en una democracia normal. Obviamente no lo es. No es de extrañar. Chávez maneja al país como un dictador de tiras cómicas desde 1999. Este pirata presenta un atractivo tan magnético como nefasto. Amañó una elecciones presidenciales sobre la plataforma de una mentira el pasado 7 de octubre. Engañó al pueblo. Aseguró que se había curado de la terrible enfermedad que lo acosa. Generó un vacío de poder. Y, es manipulado por ustedes ya saben quién. Ahora su aparente sucesor, su vicepresidente, ¿otro bandido? un tal Maduro, pretende cubrir la huella enorme de Chávez como aglutinador de masas. Una horma que no es la suya y es que la bota del pirata original le flota, le queda inmensa. En ese remolino, con tales corrientes encontradas, necesitamos de la experticia de Alvar Bibens, si es que deseamos minimizar los riegos y contar con posibilidades de éxito al navegar aguas que se muestran caóticas. Quienes quieran ahondar en el tema de Venezuela pueden investigar a través mi fuente fundamental: The Economist. Lean pues, mediten, consulten con Sandler Kelly, realicen y trasmitan sus propios análisis, para eso también somos un equipo, a lo mejor terminan siendo más fastidiosas que este servidor al presentar sus ideas, no me extrañaría verlas exponer su versión del tema cuando les toque su turno en una de nuestras charlas. ¡Atrévanse! Un puntico adicional, pienso que Chris no debe viajar en solitario, la razón es sencilla: una de ustedes debe convertirse en experta en aquel mercado. Con el tiempo su aprendizaje nos servirá para hacer seguimiento y coadyuvar en la toma de decisiones y en la operatividad. Allá abajo no será fácil este año ni los que vienen. Comentaba Bibens que si no cumplen con la constitución habrá problemas políticos y nuestras inversiones quizás corran mayor peligro. Deberéis ser cautelosos, preventivos, a pesar de ello no estimo desechar buenas oportunidades que logremos identificar oportunamente. Esa es mi conclusión: cautela y oportunismo o viceversa. Y, complemento apuntando que, tal como lo hace Kent en materia bursátil y financiera, he seleccionado a nuestra recepcionista, la atenta Dierdra (quien modulaba dulcemente la palabra gracias sin interrumpir mientras Zach continuaba); su posición actual no refleja su preparación académica ni el entusiasmo que nos brinda a diario. Principalmente la selecciono por su exquisita memoria, superior al resto de nosotros, en eso nadie la supera. En un país donde se va a muchas reuniones informales y por falta de metodología en el quehacer diario de la forma de trabajo no se hacen minutas ni de lo discutido en las oficinas ni en los restaurantes, al menos Dierdra podrá luego resumir, escribir y circular lo que habremos oído a través de ella, reflejando lo hablado, escuchado y pactado de palabra. Eso es importante para hacer seguimiento. Será útil para tomar decisiones. La experiencia la hará crecer. Esperemos que tenga éxito. El suyo contribuirá al nuestro.

La mujeres ya se habían visto la cara cuando nombraron a Alvar Bibens como preguntando quién será o cómo será. Cuando Zach nombró a Dierdra Miller las sonrisas y muecas eran de otro tipo. Eran como diciendo ¿y Miller va a viajar solita con Chris? Eso como que suena a empate, affaire, relación. No hay ni que pensarlo...

Zach no hizo caso a lo que leía en las caras de su audiencia, seguía el guion de su experiencia en oratoria. No permitió que los vientos contrarios lo desconcentraran. No era su problema si Chris y Miller terminaban durmiendo juntos. Mientras cada uno y ambos en equipo hicieran bien su trabajo. Estaba claro, su lema era no mezclar la oficina con el placer. Respetar ese principio lo consideraba sagrado. Esperaba que Chris siguiera su ejemplo, luego se lo comentaría. Ignoraba que Chris ya había ¿dormido? o mejor dicho, fornicado, con dos de sus colegas en la oficina. Si sucedía lo que se presentía Dierdra vendría a ser la tercera. Chris no pretendía ni planificaba hacerlo con Miller. Ya había pecado en contra del mandato de Zach y dos en la audiencia eran culpables, ese número parecía suficiente. Sus intereses se orientaban en otro sentido.

Zach continuó su discurso. Su tercer punto abarcaba a las mujeres de la oficina. Se relacionaba con lo planteado un mes antes por Kent en la oportunidad de su charla.

- Doutzen Kent habló de ustedes y de cómo prepararnos para el futuro en su trabajo aquí. Quiero que se preparen física y mentalmente. Deseo apoyarlas. Suena bien prevenir para cuando decidan buscar hijos. Pero quiero ahondar, ir un paso más allá. Deseo ayudarlas antes, prepararlas para cuando críen a esos hijos. He diseñado con Chris una pequeña fundación. Nuestro aporte monetario al principio será marginal pero con el tiempo crecerá. Deseo que la fundación investigue los mejores colegios, universidades, becas y programas que a futuro puedan servir. Claro, para que tenga sentido primero deben tener hijos, así que comiencen cuando quieran, cuanto antes mejor y por favor no todas al mismo tiempo, planifiquen con la asesoría de Doutzen o los especialistas en la materia. Planear bien para concebir bien. Idear con antelación, debe ser un enfoque de la organización. Paralelamente la fundación debería ayudar a otras mujeres, sería un proyecto dentro del otro con idéntica importancia. Un voluntariado de todos los aquí presentes, ¿pudiese ser obligatorio? No se asusten, hecho vaina pero hablo en serio: quienes gozamos de ciertos beneficios, como ha insinuado Doutzen, debemos devolver algo positivo a la sociedad. No se trata de caridad ni de limosna. Al menos no en mi libro. Consiste en aportar algo a este sistema que nos ha dado las oportunidades para tener casi todo, lo mejor de las necesidades básicas, algunas bien cubiertas, para unos mejor que a otros. Estamos en capacidad de aportar, tenemos talento, podríamos ser ingeniosos y creativos en la búsqueda de soluciones. Deseo que la organización ayude a las mujeres más necesitadas. Las que acaban de llegar a Miami. Las indocumentadas que son discriminadas y apartadas. Las que arriban casi desnudas navegando en los Marielitos del presente. Las que salen de su tierra con su última ilusión a cuestas en búsqueda de un mejor camino, buscando el sueño americano y se dan el cabezazo de la cruda realidad al chocar con la pared del rechazo y el muro de la discriminación. Esas, las hemos visto y hemos virado la mirada: son la latinas o sus similares, las de mal aspecto, las del pelo malo, las más oscuras, las indiadas, las que huyen de las ex-colonias españolas, francesas, holandesas e inglesas. Las que segregamos, las que nos huelen mal, de las que nos quejamos por el cómo se ven, comen o hablan. Y hasta nos quejamos, reclamamos por qué el gobierno les hace la vida un poquito menos dura al facilitar programas y avisos en sus lenguas nativas. No olvidéis cómo muchos de nuestros padres y abuelos recibieron similares oportunidades. ¿O nosotros mismos? ¿Queréis defenderlas? Deseo que me apoyen. Las necesito para poder auxiliarlas. Ignoremos las críticas antipáticas, son conjuras de necios; meras hipocresías de quienes también una u otra vez han tomado oportunidades cuando se les ha albergado. Antes y ahora, también vemos arribar con los bolsillos llenos a algunos aprovechados; inversionistas aterrizando desde Venezuela, Colombia, Argentina o Brasil pretendiendo diferenciarse de los más necesitados, como si fueran otra raza, nivelándose con los hijos y nietos de inmigrantes establecidos que gozan de cierta posición y estabilidad en esta sociedad. ¿Se olvidan los ya establecidos de las penurias y sacrificios que tuvieron que enfrentar sus ancestros? A los cretinos prestemos oídos sordos. Empecemos por lo más sencillo. Cual grano de arena; identifiquemos a dos inmigrantes, de las más pobres, probablemente será una india de centroamerica y una afro-caribeña de Haití. Unas que sudando sus penas apenas estén entrando y vamos a mejorar sus chances. Seremos tan pequeños en nuestro inicio que pareceremos invisibles, pero creceremos, se los prometo. Estoy dispuesto a escuchar propuestas. Doutzen queda a la cabeza de la fundación. La llamaremos D-Help-Mayamii en honor a la inicial del primer nombre de Kent quien fue mi inspiración con su charla y a lo que paralelamente implica la fonética de la letra D.

Kent no había terminado de inclinar su cabeza sonriendo en agradecimiento con mucho orgullo cuando escuchó su nombre de nuevo de la boca de Zach.

-Finalmente quiero comentar otro punto. Escuché de Chris que era posible que fuese demandado por Doutzen. La posible acción judicial incluiría en teoría algunas de ustedes, juntas o separadas, por acoso sexual. Realmente no comulgo con todos los comentarios de Chris, ni con sus gestos, ni con la forma sobrada y pasada con que a veces interactúa con ustedes, en ocasiones se confundiría con altanería. Pero, pero, pero de allí, de esas petulancias hasta generar una demanda hay mucho trecho. Considero que es un grave error. Nadie las quiere más a ustedes y aboga mejor por sus colegas ante mí que Chris. No considero que anda con malas intenciones. No lo veo como un problema de fondo quizás sí sea uno de forma, no estoy seguro. A veces me pregunto cómo alguien que salió de Venezuela a los 10 años puede haber importado tal forma de comportamiento machista latino todavía de adulto. No ha madurado, siempre me río al verlo. El dice que es 100% americano pero no es así, claramente tiene rasgos de machismo venezolano que le afloran desde el subconsciente. Tengo parte de culpa por estimularlo con mis reacciones típicas de hombre. El mundo ha cambiado para bien, ustedes ahora son tomadas en consideración. Quiero que mi empresa, la nuestra, sea un ejemplo de buen trato donde haya cero tipo de abusos. Si alguien debe quejarse que lo diga ahora, abiertamente, deseo hacer de esta oportunidad un borrón y cuenta nueva. Si de verdad somos una familia debemos tratar de corregir nuestros errores primero a nivel privado, siempre, antes de salir a la luz pública. Pero si él o yo o cualquiera de ustedes se ha portado mal y hay campo para que en resguardo de su integridad como persona se ejerza una demanda pues bienvenida sea, lo que resulte de tal crisis nos hará más fuerte como personas.

Las mujeres se miraron con gestos de sorpresa o susurrando que no había necesidad de tales extremismos. Todas, en algún momento, expresaron un rotundo no con la mirada. Todas menos Doutzen quien, al igual que yo, había fijado su mirada en el suelo desde que Zach frunció el ceño. De pronto Doutzen levantó la mano, señaló que aunque durante bastante tiempo había tenido esa impresión, luego de que había discutido el tema conmigo en privado había meditado y reconsiderado con detenimiento, concluyendo que no era necesaria una demanda y entendiendo que mi forma "latina" de ser me generaba un estilo que ella hubiese podido haber confundido con maldad. Ahora lo entendía, no hubo perversidad. Había logrado ver el lado gracioso de algunas de mis "salidas". No obstante, consideraba que era en beneficio de la buena salud mental e imagen de nuestra empresa no perpetuar ese tipo de comportamientos.

> - ¿Quieren decir que puedo viajar con él a Venezuela sin peligro de terminar entre sus redes?, así súbitamente interrumpió Dierdra con sus expresiones mediterráneas desbordándose por lo desafiante, picante y jocosa. Pimientosa la niña.

Su acción rompió el hielo. Todas rieron. Algunas me abrazaron y Juana, la buena la señora que limpia tanto mi oficina como mi departamento, sin preguntar me dio dos sorpresivos escobazos en las ancas, a manera de tunda, apuntándome tras la felpa con el pulgar para sentenciar un ¡te lo he dicho! en un tono de regaño y maternal. Entonces la risas se tornaron carcajadas. Zach casi a gritos afirmó que con eso terminaba su charla. Nos deseaba a todos lo mejor en el 2013, añadió a manera de comentario de salida, concluyendo con énfasis que él daba igual importancia a los cuatro puntos en que dividió la temática de su plática. Previó hacerles seguimiento en similar medida sin olvidar agradecer a todos su atención y concurrencia. De allí, festivamente, antes de salir de la sala, tomó la escoba en sus manos y dijo

> - Voy a guardar este instrumento en mi closet para recordarme que una buena pela a tiempo es probablemente el mejor remedio.

Y le arrancó el utensilio de limpieza a Juana de la mano con una sonrisa y un beso, mientras me veía de reojo con cierto aire amenazante e sardónico. Entendí el mensaje de su mirada mucho más allá de su discurso. Nos conocíamos profundamente, sabía de qué se trataba: me estaba diciendo que si quería joder contratara a las rusas pero que no viniera a destruirle a su compañía por una pendejada de ese calibre.

> - No te cagues en la nómina.

Le guiñé el ojo asintiendo con la cabeza, en complicidad y aceptación de culpabilidad. Mensaje claro y entendido. No duró mucho mi cara seria pues Crystal se acercó por detrás, me abrazó tapando mis ojos con sus manos y me susurró al oído.

> - Veo que hiciste caso, has escuchado a tu abogado, te has cogido a Doutzen.
> ¡Coño, que bárbaro eres! Ya somos dos en tu lista personal de esta empresa ¿o te has singado al resto la oficina y te faltábamos nosotras dos? ¡Eso no fue lo que yo recomendé!

No pude contener la risa. Traté de no hacer ruido, pues aspiraba a que todas captaran que mis intenciones eran nobles. Espera trasmitir que era receptivo a las reprimendas de Zach y Doutzen. No deseaba dejar lugar a interpretaciones, mis intenciones eran tratar de asentar cabeza en este respecto. Pero todas salvo Doutzen hicieron comentarios socarrones y en mi apoyo, algunas en voz muy alta con la intención de que Doutzen escuchara. Marrulleras ellas, añadiendo que podía seguir piropeándolas cada vez que quisiera y cosas parecidas. Doutzen también sonrió al final como para no desencajar. Ante tal popularidad no tomaría el riesgo de alienarse. Expresó que ella también era mujer: "una de ellas" olvidando el pasado e insinuando que ella también podría apreciar un buen halago al estilo latino, si era respetuoso. En ese momento la abracé por algo más de un segundo y le susurré: "perdona". Ella me miró a los ojos tildó el asunto dentro de la posibilidad de una mala interpretación de su parte, calló por un instante y añadió: "perdona". Todas aplaudieron, Zach volteó desde el pasillo para observarnos abrazados. Luego me confesaría nunca haber conocido a alguien con mayor suerte y química con las mujeres que yo. Todavía me quedaba mucho por contarle. Lo sé.

16. Japón y una cena para no cepillarse los dientes

Doutzen entró en la oficina de Zach y le preguntó si podía hablar. Lo encontró tomando un vaso de agua repleto de hielos y revisando una pantalla llena de números, al fondo, tenuemente, se escuchaban las noticias de Reuters como quien pusiese música de Jazz para trabajar con mayor armonía en la amable compañía de ritmos sincopados.

- Claro que sí, Doutzen ¿Qué queréis?
- No pretendo reclamar, busco una explicación. ¿Por qué no me llamaste aparte y me dijiste que pensabas, o, en conjunto con Chris, en lugar de exponernos públicamente?
- Si demandabas a la empresa también iba a ser público ¿o no? Era lógico manifestarnos abiertamente ante nosotros mismos para revisar el verdadero alcance de nuestras debilidades antes de que salieran a la palestra.
- Pero ya yo había decidido no demandar, pensaba hablar contigo. Chris lo sabía. No se lo había dicho directamente con esas palabras. Sí se lo había insinuado. En cierta forma se lo había demostrado. Él lo sabía. No era necesario exponernos.
- Es mejor tener las cuentas claras. Fue más difícil para mí exteriorizar a Chris y valorar el asunto en público que hacerlo privadamente contigo. Imperaba saber si alguien más pensaba como tú. No me gusta lla-

marle la atención a puertas abiertas. Él es mi mejor amigo, mi hermano, mi socio, la persona que más aprecio. Eso no me paró. Era preciso conocer nuestro status como empresa, como grupo de colaboradores, como compañeros de trabajo, como colegas que somos.

-¡Pero si todos nos llevamos de lo mejor!

-Por eso me arriesgué, confié en que teníamos la suficiente madurez e integridad profesional para tratar el tema primero entre nosotros, sin que nos afecte la presión de la calle, compartiendo una base cierta en la búsqueda de la verdad, dejando versiones, chismes, susurros de pasillo y otras coloraciones de ese tipo francamente a un lado.

-Cierto, lo entiendo, quizá fue mejor. Chris tiene esa forma de ser. Es un tío irresistible y altanero a la vez. Se excede y la vez te respeta. Es difícil explicarlo. Se puede mal interpretar y no es el trato que toda mujer quisiera, al menos no constantemente ni en estos tiempos.

-Chris es un pasado pero es hombre bueno, bueno como persona y bueno como amigo. Es difícil y contrastante. Hay que valorarlo en todas sus dimensiones, que son muchas y no pasarle por alto comportamientos indebidos, si los hubo, porque eso no ayuda a nadie. Ni a él ni a la empresa. Por eso era bueno discutirlo entre nosotros, privadamente. Al final no permití abrir demasiado la discusión. Aproveché un momento jocoso para excusarme y dejarlo a la conciencia de cada quien. Espero que Chris madure, mejore sus modales y adapte sus comportamiento a los requerimientos sociales de este siglo, alejándose de esas excitaciones precoces que se le escapan de control. Que cada quien saque sus propias conclusiones. Espero y aspiro que tú ni nadie piense en demandar.

-¡Por supuesto que no! Eso ya lo había decidido. No voy a demandar y es imposible que cualquiera de las otras mujeres lo hagan. Él es el consentido de esta oficina. Actualmente me da risa, al revisarme. ¿Acaso estaba un poco envidiosa? Has visto como lo tratan, todas lo miman de una forma u otra.

-Tiene esa química natural; ignoro de donde la saca, es un asco, las mujeres lo adoran, inclusive las putas, ¿puedes creerlo? ¡No le cobran! No sabes lo que eso significa para un hombre, es como un acto de honor, un logro máximo. Ni siquiera allí hay un delito porque no hay solicitud ni prestación de servicio. Es un acertijo pues a veces simplemente sonríe. Qué arrechera. Lo envidio a ratos. Que alguien explique cómo coño lo hace y mira que lo he observado.

-Veo que confías en mí y lo aprecio. Soy sospechosa de contemplar hacer una demanda y me revelas así nomás otro posible crimen que él hubiere cometido.

-Eres sospechosa, no eres culpable. Sí, él me dijo que ibas a demandar, yo confié plenamente en que su sospecha podía ser cierta y por eso

actué con determinación. Pero tranquila ni él ni yo guardamos rencor en esas cosas, somos desprendidos en ese sentido.
- Pero odias al tal Draco.
- ¿Te parece? No pareciera odiarlo. Trato de perdonarlo. Ha herido mi orgullo. Es la parte mala. Tú no has golpeado mi vanidad. Has recordado que debemos ser buenos pero no alcahuetas. Si vamos a crecer, si nos vamos a desarrollar debemos procurar un comportamiento impecable. Apegado a la ley y a la moral. Basado en la ética. Es el camino que aspiro andar, no otro.
- Me consideras buena, ¿pero no lo suficiente para ir hacer negocios con Chris a Suramérica? ¿por eso diste esa responsabilidad a Dierdra?, una que ni siquiera está preparada. ¿Qué estrategia es esa? ¿Me estás dando una lección? ¿Eres vengativo?
- Presumo que no lo soy. ¿Sabes que con típica fluidez femenina hiciste más de 5 preguntas en menos de 30 segundos? Mira, Dierdra es muy buena. Ella es un diamante en bruto, posee un potencial no explotado, espera a que la descubras. Que no te engañe su cobertura externa de chica plástica, es una divertida fachada, lo que lleva dentro vale. Tiene persistencia, obsérvala al correr. No permitas que te time por su estilo, ella tiene con qué, merece su oportunidad, ésta es su ocasión, le viene pintada. Viaja con Chris quien tiene experticia y no lo admite, es profundo en ese mercado. Es raro, conoce Venezuela como si hubiera vivido allí por décadas. Sorprende a propios y extraños con sus análisis coloquiales. Sospecho que estudia escondido. El tío es una cosa seria. Se las arregla con poco, saca información de donde no la hay. Dierdra es una esponja, va a absorber lo que le lancen y de aquí a unos meses será una experta, te digo que no menosprecies su perseverancia, aguanta un poco y verás. Debemos darle una oportunidad. Ambos tendrán apoyo a nivel numérico. Lo que ella reporte será transformado en números por Amanda luego aquí en casa, eso derivará en análisis cuantitativo, proyecciones, flujos, gráficos. En ese momento, o antes, tu aporte analítico será bienvenido.
- Respeto tu criterio y espero compartirlo. Más bien, pretendía saber si, después de todo, me consideras buena.
- Eres muy buena e inteligente. No siempre a la vez. He ahí juntamente tu fortaleza y debilidad. Ahondas en una y a veces, por titubeo, descuidas la otra. Debes combinar las dos virtudes, simultáneamente. Eso te hará destacarte en grado superlativo. Aquí si aplica lo de que mezclarlas y combinarlas funciona. Dentro de mi perspectiva, apunta a enfocarte en la bondad, porque, mujer, inteligencia te sobra, se te brota. No te dejes tentar por la vanidad que acompaña el tener la razón. Yo he sido víctima de ese error. Por ese saber que la ley está de tu lado; por conocer el deber ser y verlo con mayor claridad que tus prójimos. Eso

te hace dura, se te lee pretenciosa al hacerlo. Busca el otro lado. El lado de la bondad. Desde allí vislumbrarás otras alternativas. Una de ellas es conciliar. Prefiere al camino que integre, no el barranco que destruya. Obvia el conflicto aunque en apariencia se pinte justo. Busca la justicia a través del entendimiento, lo que procure y genere el perdón. No dejes que nadie abuse, nunca lo permitas, pero no vayas al extremo de castigar por multar. Ese peaje es peligroso y con frecuencia deja huellas. Encuentra una fórmula para que quien falte reciba su reprimenda, lo que sea suficiente para enmendar un entuerto, el modo que no amerite todo el peso de la razón; al menos que no haya otra salida, usa el mazo cuando la gravedad sea extrema, la razón también puede engendrar sufrimiento si es administrada sin bondad. Tener la razón puede ser severo, exige sabiduría para lograr tener claridad. Ser bondadoso sin ser bobo puede requerir temple y generar cambios positivos dentro del camino de la conciliación. Recuerda que muchas leyes están diseñadas para evitar lo peor y defendernos de los más malo, se puede sentar un ejemplo, un castigo tenue pero eficaz, algo que los reprima e imposibilite actuar dentro de la maldad pero que no los destruya, son personas, tienen algo bueno que aportar a la sociedad. Obviamente hay muchos grises dentro de la paleta de los justos. Para juzgar con bondad es necesario sacar la casta a flote. Los jueces buscan, se esfuerzan en ver todas esas tonalidades y nos hacen las preguntas incisivas que les permitan detectarlas. Intentar ser justos, esa es la aspiración de la ley, por eso el jurado lo integra gente del pueblo, para generar estas discusiones, tormentas de ideas dentro de la búsqueda de la verdad. La verdad es una. El acto se llama hacer justicia no se llama castigar por infligir o penar. Ni tampoco se trata de castigar porque la ley me favorece, eso sería posiblemente aprovechamiento. Castigar en demasía no es hacer el bien, ni tampoco previene el mal. Allí no hay justicia, sólo venganza. Si deseamos vengarnos perdemos nuestra esencia, nos transformamos en otro ente, otro ser, cambiamos para respirar odio en vez de oxígeno, nos envenenamos poco a poco, al rato olvidamos quiénes somos y perdemos aquello que nos impulsa a hacer el bien y que nos distingue: el amor por nosotros mismos y por los demás.

-Ahora entiendo mejor por qué actuaste como lo hiciste. Perdona lo malo. Percibo la paja en mi ojo. Nublaba mi vista, qué miopía. A veces me deja perpleja tu sabiduría. No pareces haber estudiado en California. No mereces estar en Miami. Deberías ser parte del Eastern Establishment... Por allá lejos, arriba en la cumbre, tomando decisiones en el tope, en Washington o algo así, para construir un mejor país. Necesitamos gente así.

-No todo lo que brilla es un metal noble. Tengo mis defectos, leves y graves, como todo el mundo llevo mi lucha interna. Desvirtuarlo sería un engaño. Aparte de cualquier revisión o juicio de valor, interna o externa, mi vida es Miami, no hay otra. Me gusta Miami, le soy fiel porque nos entendemos mutuamente. Adoré California mientras duró esa bella experiencia, fue un romance pasajero, ahora Miami es mi querida realidad. No es perfecta. ¿Lo es alguien, algún grupo, alguna sociedad? Prefiero creer que estoy en la búsqueda de la excelencia, aquí mismo, donde me gusta vivir; ese es mi aporte a la sociedad y es el único legado sobreviviente de la educación que me dieron los jesuitas en Caracas, era muy joven pero caló, lo traje conmigo cuando migré siendo un niño, era un ignorante. No recuerdo de ellos sino la repetición de ese mantra, el Excélsior, eso mismo: la búsqueda de la excelencia. Tomé años en entender la frase que esculpieron en mi cabeza. Imagínala como quien luego de rezar el Padre Nuestro como un zombi durante veinte o treinta años, de pronto un día tiene ese momento de lucidez que tanto refieren en las comedias que vemos antes de dormir. Sin saberlo se te viene encima, súbitamente tienes una iluminación, un momento de luz, un develamiento, una especie de manifestación. Entonces, sin pensarlo, comienzas a recitar el Padre Nuestro en voz alta y clara. No como cualquier oración, más bien como un sentido poema. Un poema divino que descubres y se te revela por primera vez. Disfrutando y entendiendo cada palabra, cada oración, cada significado. Entiendes lo evidente y también lo oculto entre líneas, ambas verdades te seducen. Lo recitas en una forma que refleja todo su alcance, su inmensa profundidad se expresa en tu tono, su enseñanza sublime te envuelve, es absoluta, te sientes poseída. Al terminar esos 45 segundos de iluminación tu vida cambia para mejor, entras en otra dimensión. Realizas que ahora el código de tu entendimiento está condensado allí y con ese cristal ves el mundo con una lucidez distinta a todo lo anterior. Una claridad que te permite entender sin esfuerzo. Una brillantez que te da paz al comprender el potencial secreto que aguardaba en lo obvio, en aquel rezo que mundanamente repetías a diario, la retahíla de versos que nunca entendías. Comienzas perdonando a alguien y terminas por perdonarte a ti mismo. Entiendes aceptando que tú también puedes ser objeto de perdón. Luego perdonas a toda la humanidad. Eso te hace sentir evolucionar. Ahora comprendes lo que es rogar a Dios que te libre de todo mal: que te libre de odiar al prójimo para evitar ese hueco, ese barranco hacia la malignidad.

-Me conmueves y me dan ganas de llorar, no es mi intención, yo no lloro o no mucho al menos, eso creo, no me siento mal, me siento muy bien. Mientras hablabas al principio me sentí vacía y cuando recité en mi mente la oración como la describías en voz alta, comencé a sentirme mejor. Entramos en otro plano. Lo de Chris se quedó en la lejanía esfumándose por medio de tus palabras. Me hiciste sentir desde dentro

hacia fuera. Fue bello. ¿Cómo aprendiste todo eso, de dónde sacaste esas ideas?
- No he reparado en pensarlo. En cierta manera he sido receptivo a las enseñanzas del Zen o una versión de eso dentro de esa melcocha de teorías que Chris, con sus típicas improvisaciones, importó de Japón. Combiné eso con una insólita iluminación que tuve en las Bahamas. Un momento único por así decirlo. Ocurrió durante una semana cuando pasó un huracán por el distrito de Exuma, azotó a 360 islotes, no recuerdo cuál fue el punto donde nos agarró el ventarrón, en un rincón de por ahí. Pasamos una semana en un improvisado y maltrecho resguardo. Cerca se divisaba un monasterio o lo que los isleños han denominado como tal. Las condiciones eran cuando menos precarias: no había posibilidad de telecomunicaciones, además sin luz, poca comida, escasa agua y con el peligro de nuevas tormentas. En medio de esa situación, no había mucho que hacer. Pero, había mucho tiempo para meditar. Eran los días en que recién terminaba de leer una tremenda novela, mi única acompañante de viaje y, entonces, después sólo quedaba una Biblia en la desagraviada mesita de noche improvisada por una caja plástica puesta al revés sobre el húmedo piso amarrada a un tubo con un estriado cordel. Me aburría con el libro sagrado, un poco por su lenguaje viejo, obsoleto a mi gusto, me parecía rebuscado y extraño. Comparando, en mi horas de fastidio, me reía recordando las críticas parecidas de Chris a mi discursar, esas epístolas mías sobre temas de política y afines en la oficina. Harto de no hacer ni poder hacer nada, la alternativa al tedio era imbuirse en la lectura, me empapé del libro sagrado, primero humedeció y después mojó mi espíritu durante días, logré percibir su encanto. Luego tocó la puerta la iluminación. Llegó solita y sin avisar. Ocurrió al recitar el Padre Nuestro como ahora lo hice para ti, no se qué me inspiró a hacerlo, ni entonces ni ahora. Bueno, a ver, cuando pasó esa vez tenía unas cuantas gotitas de vodka en la cabeza, digamos mínimo media botellita. Por ahí es que viene mi duda sobre si fue un hecho real o imaginario. Azuzó también a la forma de percepción el nivel indiscutible de miedo contra quien no hizo merma alguna el grado de alcohol en mi sangre. En el ambiente aterraba el panorama de lo que podía venir con la tempestad, el espanto propulsó al sentimiento bíblico, se pintaba con todos sus paralelos, el pavor auspiciaba lo espiritual, hacía sudar frío, crispaba la piel, había hambre tanto de buena comida como de higiene y esto unido a la desesperación por salir de ahí, si sufrías de ansiedad te hubiese dado un ataque cardíaco. Dentro de esas circunstancias las personas tienden a escudriñar lo espiritual y valorarlo por encima de lo material, el indagar es por dentro y por fuera, urgen de ese ungüento curativo de manera reflexiva e inconscientemente, lo mágico entonces pareciera tornarse real y viceversa.

La gente rezaba con mayor fervor. Sin duda debió influir todo ese contexto pues hasta ese momento y fuera de esa situación en particular yo solo recurría a Dios cuando había situaciones extremas y, en general, realmente así es mi práctica, lo admito. Recurro a Él únicamente cuando es algo donde presiento peligro o impotencia. Soy un poco mal agradecido en ese sentido si acepto que en contrapartida he recibido suficientes beneficios. No siempre lo admito y menos ante Él pero sí, soy afortunado.
- Me impresionas, Zach, me estremeces. ¿Qué hay sobre Japón?
- Eso lo tomé prestado de Chris. Le pertenece, él lo importó, fue de cuando él estuvo en Japón. De allí salió esa influencia, te cuento. ¿Tú has estado en Japón?
- No, nunca.
- Deberías ir. Deberíamos. Según recomienda Chris. ¿Conoces algo de esa cultura?
- Nada, en absoluto, soy ajena al Oriente.
- Yo solo he estado en Hong Kong y únicamente la conozco bien a nivel financiero, está plagada de millonarios pero su cultura me resulta enteramente extraña. Deduje que quienes tienen real viven de manera tan materialista o más que los occidentales. Concluí que las divisiones entre Oriente y Occidente no son acérrimas salvo en el decorado, ¿o somos tan desiguales como parecidos? La espiritualidad de Oriente debe haber tenido su punto de quiebre en la influencia a imitar a Occidente y en medio de ese hito, que marca esa obsesión por copiar con supremacía han olvidado en buena parte lo que los hizo o los hace fuerte, su espiritualidad, pero Chris logró escudriñar unos nichos, un contexto que se le asomó intacto, donde lo espiritual manda por encima de la banalidad de Hong Kong, Shangháі o Tokio. El Japón de Chris no es evidente, no es el cotidiano, hay que hurgarlo para descubrirlo y para apreciarlo.
- Mira, pero te desviaste del tema, de Tokio a Hong Kong hay un pequeño trecho...
- Típico mío, cuando me siento en confianza divago... no tanto como Chris, no exageremos, pero es lo mismo que le critico a Chris.
- ¿Y confías en mí, luego de que pensé en que tu socio era demandable o despreciable por su conducta machista?
- Bueno, me alegra que le hayas dado una lección a ese macho. Oye, soy receptivo, me incluyo en ella, mi comportamiento es similar aunque menos evidente. Y si hubiere demanda te hubieses perjudicado tu también, al navegar esas aguas habríamos sufrido todos, desde mí hasta Luna. La compañía no se hubiera venido a menos porque el grueso de nuestro clientes, los italianos, son peores en términos de machismo, hablemos claro ¿o es que nunca te han dado un buen pellizco en tu lindo

trasero mientras paseabas desapercibida por una romántica calle de Roma o Nápoles?

- A veces hablas como si fueras Chris, es impresionante. Y no, no me visto tan ajustada cuando viajo a Italia, esto de la ropa apretada que ves es parte de mi subcultura miamera, lo que he absorbido, lo que se ha permeado, un poco, cuando estoy en el Norte tampoco me visto así. Esta voluptuosidad no es el estilo de Manhattan, al menos no del Upper East Side.

- Pues el resto de la gente con frecuencia nos confunde, cierto, tanto al ojo banal como al entendido Chris y yo hablamos y pensamos parecido, somos como hermanos pero como tales también muy distintos, experiencias similares nos han forjado diferentes. Pero bueno, permíteme vociferar que la cultura de Miami ha hecho de ti un poema.

- Si sigues voy a pensar que eres idéntico a Chris.

- ¿Y eso es bueno o es malo?

- Creo que te has vuelto a desviar del tema, ahora es de Miami a Tokio que también allí hay un buen trecho.

- Te lo dije, contigo me siento en confianza ¿por qué será? En fin, en esencia, no soy igual a Chris y sí, tenemos gustos y cosas parecidas, por eso nos llevamos tan bien. Si lo hubieras demandado me hubiese dolido mucho. He dicho que no afectaría la compañía en su condición actual pues afortunadamente en este caso tenemos nuestro grueso de buenos clientes italianos, pero el futuro se vería afectado, indudablemente. Hablo de nuestro crecimiento, si queremos crecer debemos expandirnos, ampliar parámetros y clientela. Los nuevos clientes no serán tan comprensivos ni similares a los amigos italianos. Una demanda se leería en negativo, cuestionaría dos de los aspectos fundamentales para generar confianza a la hora de administrar dineros de terceros: ética y seriedad. El mercado en sí nos leería distinto. Eso implicaría de tres a cinco años de retroceso en cuanto a crecimiento. Pero seguiríamos haciendo buen dinero, mientras tanto, los italianos no migrarían, de eso estoy seguro. Seguiríamos muy bien, saludables, pero no sería mi sueño; como sí lo es crecer esta empresa, desarrollarla y a través de ella ganar mucho más y también ayudar mucho más.

- ¿Ayudar, ayudar a quién?

- A nadie en especial pero ya lo he insinuado, tengo esta ilusión de tener muchos recursos y de repente ayudar a gente que se me topa en el camino con alguna necesidad puntual que yo identifique como auténtica y, sin mencionarlo a nadie, ayudar en lo posible, calladito la boca.

- Ya tienes muchos recursos y he observado que ayudas sin hacer aspavientos.

- Eres muy observadora, no se te escapa nada.

- Se me está escapando Japón.

- Ah sí, Japón.
- Ajá, Japón.
- Japón, nunca lo he visto sino en fotos. Tampoco he practicado sus artes, salvo unos inicios de karate influenciado por Chris y también de yoga por su influencia. Ojo, ni me preguntes si la locura que dice Chris de que el yoga realmente se origina allá sea cierto. En estas cosas de esoterismo me divierte dejarme llevar por su influjo sin cuestionar demasiado, busco la forma, el fondo se lo dejo a él. Siempre había escuchado que es originario de India donde los yogis buscaron una única dimensión espiritual entre el ser y el Ser supremo a través del sacrificio y la meditación. Chris ha sido un ávido practicante de varias artes marciales orientales, yoga y otras disciplinas que yo calificaba arbitrariamente de esoterismos. Por ejemplo, en un momento de aburrimiento o inspiración, ignoro cual de los dos sería o quizás ambas, Chris comenzó a investigar los orígenes del karate y hasta un poco del yoga. A diferencia de nosotros los occidentales que vemos la técnica como un camino a la destreza física, los puristas entre los orientales la ven como una vía hacia lo trascendente. Buscan la espiritualidad desde el desprendimiento del ego. El sendero para llegar a conocer tu esencia espiritual y pretender ser, si lograses el nivel adecuado, uno con Dios, una unidad, en el mayor sentido espiritual. Para los occidentales eso es un imposible. Dios por estos lados es uno en sí mismo. Sorpresivamente en nuestro cristianismo se entiende que es tres personas en una, siendo cada uno de ellas Dios. ¿Te confundo, te fastidio, hablo mucho?
- No, es interesante, por favor sigue.
- Entonces, aquí en occidente, ello no implicaría que un mero mortal como tú o yo pueda llegar a ser uno con Dios, no literalmente, porque eso enlaza igualdad con lo divino y los humanos de este lado, en ese sentido, no podríamos igualar la perfección. ¿Me explico?
- Mas o menos, continúa, es bien interesante…
- Según nuestras enseñanzas sólo Dios es perfecto, infinitamente perfecto, libre de errores, ni grandes ni pequeños, ausento y exento por excelencia de los traspiés que tú y yo y el resto de la humanidad experimentamos a diario. El legado de la mayoría de los hombre de bien es siempre complejo, ¿incluso cuestionable?, cabría sus excepciones, la paladina de Luna y de Juana sería una: la Madre Teresa (ellas la citan continuamente) e inclusive esta famosa beata distaría dentro de su condición humana de la perfección absoluta, supongo…
- Entiendo, perfección… Los conceptos absolutos generalmente carecen de sentido práctico.
- Sí, sólo Él, según el dogma, es infinitamente perfecto. Así nos enseñan a los occidentales, es la base de la Fe, al menos desde que el cristianismo alcanzó la vanguardia del pensamiento dejando a Romanos y Griegos

rezagados con sus dioses mitológicos para ser coloreados con creyones en los libros de historia y con otros químicos en las películas de Hollywood e igual que sucedió a los increíbles Vikingos, quienes quizás pisaron estas tierras antes que Colón. Pero citando a la frasecita típica de Chris que nos cabe al pelo: "esas son otras historias..."
-¡Zach! ¡Japón!
-Sí allá voy, créeme, dame un chance. ¿Te divierto o no?
-Sí, mucho, sigue, no te interrumpo.
-Así es, me gusta, estás empezando a respetar, tranquilita ahí.
-¡Zach! ¡Japón!
-Como te decía, Chris ya había escuchado las teorías de la India donde se abandona la vida convencional en búsqueda de lo trascendente, en búsqueda del éxtasis en lo cotidiano. Deambulaba por bosques y la montañas. Tal cual explican algunos "expertos" eso y que ayuda...
-¡Zach! ¡Japón!
-¡Ya va! Chris jugueteaba con una idea similar a lo que manifiesta el Evangelio: "dejad todo para buscar la divinidad". Aparentemente, esa idea fundamentalista la comparte el yoga también desde hace miles de años. Éstos pensamientos no llegaron a Chris por las vías mencionadas. Mejor dicho, ya las había escuchado y no las tomaba demasiado en cuenta. Supongo que igual que el resto de nosotros por alguna razón inexplicable pero cierta, no le tocaban la fibra. Fue a través de un ruso, un hombre distinto, diferente a los "rusos mayameros", un ruso que vino a California no para hacer o disfrutar fortuna, como tantos otros. Este ruso tenía muchos recursos, lo material no le era ajeno, pero su fortaleza residía en lo espiritual, fundamentalmente. Eso captó la emoción y la atención de Chris al evidenciar por primera vez que la riqueza espiritual no venía desprendida de lo material, era algo llamativo en extremo, difícil de comprender y complicado de explicar. Todavía lo es para cualquiera que analice el tema con seriedad. No vivía con lujos este ruso pero tampoco sufría incomodidades. Era espartano sin dejar de ser altamente funcional. No se privaba de ninguna necesidad pero daba la impresión de no necesitar nada. Su fuerte, en apariencia, eran las artes marciales. Era lo que enseñaba, en su estilo, mediante cada movimiento, cada acción iba acompañada de una metáfora espiritual, una especie de relajación para la acción e inversamente válido.
-Perdona, ¿no íbamos a hablar de Japón?
-Te paciencia. No era común su proceder ni su vivir bajo los estándares espirituales o inclusive los esotéricos: bebía licor y comía carne roja, a veces inclusive cruda, le gustaba el azúcar refinado, lo engullía como si fuese miel. No creía en la teoría del gluten, la tildaba de farsa comercial. Le encantaba comer pero era flaco, esbelto y fuerte, pura fibra. Su mayor fortaleza, sin duda, era la mental. En su haber estaban largos es-

tudios buscando perfeccionar, si tal estadio fuera posible, los antiguos estilos de la isla de Okinawa de la región Shuri. Una región impar en el sentido sublime de sus antiguas tradiciones, todavía practicadas por una minoría, mantenidas en el tiempo, corrientes de pensamiento sobre las que muchos saben poco aunque generan innumerables especulaciones, cuentos y leyendas. Chris se volvió uno de sus pupilos estrella, no sólo en movimientos sino en pensamiento, en acción y relajación o recíprocamente. Chris sufría una adicción en paralelo: ese sabroso montecito que lo envenenaba. Entonces un día el ruso, quizás buscando ayudarlo, le contó que su fuente de conocimientos y estilo de vida se le reveló en unas montañas de Japón, donde según él había nacido el Yoga, hace más de cinco mil años. Le consiguió un puesto en una antigua casa grande en las montañas, algo parecido a un templo, donde se practicaban todo tipo de artes como marcas hay de zapatos, sin nombrarlas ni diferenciarlas, todas bajo un denominador común en cuanto a filosofía, que nosotros por usar una etiqueta, diremos que la cosa en su compendio era: Zen. ¿Sería?

- ¡Japón, por fin!

- Aguarda. Déjame respirar y tomar un trago de agua. Pásame esa botellita de Evian, gracias, esto también es influencia de Chris. Bueno, volviendo al tema, Chris fue a Japón. Deseaba profundizar sus técnicas marciales y de yoga para dejar el ego y la droga a un lado, ¿bonita teoría, no?

- Yo también hubiese intentado cualquier cosa…

- Buscaba conseguir un plano superior en lo espiritual y encontrar aquella furtiva felicidad que se le escapó sin avisar desde que terminó con Vanessa.

- ¡Ajá! siempre hay una mujer de por medio, ¡lo sabía!

- Escucha, maja. No le fue del todo mal, descubrió allá esa especie de Zen, eso lo empapó, le produjo cambios, respiró la disciplina por seis meses, llegó cambiado, con mayores destrezas en karate y en yoga enfatizando lo mental, resaltando el Zen, subrayándolo por encima de lo demás.

- Qué bien…

- Ese saledizo, esa protuberancia de su espíritu, bien fuese verdadera o falsa en su esencia, le permitió deslastrarse, se aproximó a la felicidad a través de la calma y no mediante el frenesí de las drogas o del alcohol o del sexo.

- ¿Un milagro?

- Pareciera. Sí. Llegó cambiado y me cambió a mí.

- ¿De verdad?

- Sí, en serio. Pasamos horas hablando de aquello que por facilismo y conveniencia etiquetamos con el conocido y atractivo vocablo "Zen".

-"Zen" suena poético.
-Sí, lo es, así suena. Todas las enseñanzas fueron habladas. No hubo nada escrito. Testigos, pruebas o referencias quedaron efímeras y disolutas por el tiempo.
-¿No quedó nada?
-Lo que sobrevivió fue nuestra licenciosa versión con sus aciertos y errores, seguro plagada de omisiones, faltas y descuidos para los entendidos que se dignen juzgarla.
-No exageres, algo de cierto tendrá...
-Posiblemente. Te cuento, no hubo documentación alguna. Nada gráfico del tipo PowerPoint o documental tipo YouTube, ni siquiera un brevísimo Twitter. No hubo Internet ni Google que investigar. Hubo el hablar y el mimetismo mental, corporal y espiritual. Parecíamos dos mentes unidas por alguna conexión neurológica como única plataforma para aprender, avanzar, entender...
-Qué bien. Ciencia ficción. ¿Eso y ya?
-Sí y no. ¿Contradictorio? Mira, paradójico o no, ocurrió sin los artilugios acostumbrados. Cuando volvió pasamos horas y horas conversando, compartiendo conceptos, teorías, enseñanzas. Duramos meses interactuando en un plano mental sin meternos nada, ni una gota de alcohol. En lo material y físico, por ejemplo: nunca fuimos durante esa época a las putas, hasta hace poco nuestro entretenimiento favorito. Nos dijimos la verdad, nos contamos todo o casi todo. Comimos carnes crudas, imitando al ruso, preferiblemente pescados con vegetales y pastas, merendamos con frutas. Tomábamos agua tibia, ni fría ni caliente, a la temperatura del ambiente. No leímos, ni vimos televisión, ni escuchamos la radio. Sí usamos computadoras, tranzamos lo necesario para sobrevivir. No leímos y no dejamos que nos leyeran. No conversamos con terceros sino lo necesario para subsistir. No fuimos al cine. Muchos amigos nos abandonaron. Nos repetimos las ideas básicas constantemente. Como si fueran mantras, nunca las escribimos, mantuvimos la tradición oral. Fuimos amables, con todo el mundo y con nosotros mismos. Luchamos contra el mal humor y descubrimos la paz del perdón. Nos perdonamos mutuamente. Perdonamos al mundo. Sentimos que habíamos crecido y luego súbitamente como quien está dieta y de repente se toma una Coca-Cola volvimos a lo que tú considerarías y yo también la vida normal, pasó sin pensarlo mucho, sin traumas, la cosa vino, fue intensa e, inesperadamente, se fue. Una ráfaga de iluminación que brotó y desapareció en un abrir y cerrar de ojos.
-¿Repentinamente?
-Ocurrió de pronto, sin avisar, fue en el promontorio Point Dume, esa especie de fiordo con playa, digamos que entre lo que sería Malibu propiamente y lo que se denomina Zuma, haciendo yoga al amanecer, un

par de chicas se interesaron en nuestra rutina a la orilla del mar y nos imitaron con bastante precisión. Una cosa llevó a la otra y fue como si hubiesen mandado dos ángeles a probarnos para ver si la cosa espiritual era fuerte y verdadera. No pasamos la prueba. A la semana estábamos en San Francisco con ellas borrachos de placer y de alcohol. La parte buena es que algo nos quedó y por eso tal vez vemos al mundo diferente. No todo el tiempo. Ellas se encargaron de devolvernos la mundana realidad, con todo y sus vicios, que conocemos aquí en occidente y por la que nos imitan animosamente en oriente y el resto del mundo.

-¿Retrocedieron?

-¿Quién pudiera decirlo? Quizás. Al recordar y revisar lo vivido me gusta creer que ahora somos mejores personas. Que algo permeó. La esponja quedó húmeda, no seca. Que somos lo que somos, sí, pero que también mantuvimos una pizca de aquella bella espiritualidad. Estoy claro, bajo cualquier óptica religiosa, sea oriental u occidental, monoteísta o politeísta, somos unos vulgares pecadores y unos grandísimos cotorreros. Por eso siempre bromeamos que fuimos salvados por el sexo. O que el sexo nos ha salvado de muchas cosas en la vida. Nos gusta creer eso, que nos ha abierto puertas. Capaz sea cierto o una simple malinterpretación y la cosa sea justamente lo contrario.

-¿Quién sabrá?

-¡Sabrá Pepe! En fin, aquellos dos angelitos nos devolvieron a la realidad y desde allí hemos trabajado como locos detrás del cochino dinero para poder hacer y tener lo que observas a tu alrededor. Eso, mi bella amiga, es Japón.

-¿Japón?

-Sí, Japón. Y esa suma de vivencias esparcidas que alegremente etiquetamos como Japón, es lo mas cercano a una experiencia mística que un miamero como estos dos locos con quienes trabajas pudiesen experimentar, aunque no me atrevo a calificarla como tal, ¿pues acaso sería sacrílego?

-Increíble.

- ¡Basta de Japón! Bella, ¿tienes hambre, quieres comer? Vamos al River Oyster Bar.

-No me digas bella, que he escuchado que a la rusa la apodan así. Volviendo al tema: ¡qué buena anécdota!, explica muchas cosas sobre lo contrastantes y parecidos que son ustedes dos. Gracias por compartir. Gracias por abrirte. Me has hecho sentir bien, mas cercana a ti, ahora te entiendo mejor y también a Chris.

-Conocerse mejor tiene sus ventajas aunque también desventajas.

-Sí, vamos al Oyster, caminemos ¿demasiado encierro no?, seguro no habrá mesas sin reservación, a esta hora, pero comemos en la barra o

nos tomamos algo afuera sentados junto a la acera mientras esperamos. Hemos hablado suficiente, para el tiempo que nos conocemos, podríamos solo beber y vernos la cara ¿qué tal?
- Sí, demasiado, fui yo quien hablé como un loco, parecía una radio. Te tocará entonces parlar a vos. Tanto darle a la lengua me abrió el apetito. Vamos.
- Caminemos entonces, qué fino. Hablando de ficción, Zach, ¿has visto las películas nominadas?
- Este año hay unas buenas candidatas. Creo que las veré después del Oscar. Pareciera que no hay tiempo. He escuchado sobre Argo y de Lincoln pero ignoro que más hay por ahí.
- Bueno está Zero Dark Thirty la cual vi. Esa te gustaría a ti, por tu forma de ser. La dirigió una mujer, ¿sabías?
- Sí, Kathryn Bigelow la de Hurt Locker, es tremenda directora. Creo que dirigió a Harrison Ford en otra película, no recuerdo el nombre, eran unas siglas. He visto varios cortos de Zero Dark Thirty y he leído las críticas, son buenas. Me parece que tú la habrás visto por otra razón; te pareces a la protagonista, a Jessica Chastain, tú lo sabes, te lo han dicho, sospecho, no he visto el largometraje pero lo que refleja el personaje de ella en los cortos también se parece a ti, te lo habrán comentado ¿o no?.
- No, no lo he notado...
- ¡Mentirosa! Doutzen, ¿y esa falsa modestia?
- Me han dicho que me parezco Nicole Kidman en Hemingway & Gellhorn eso en cuanto al físico y en cuanto a la personalidad dicen que reflejo la de Gellhorn. ¿Viste? puedo ser vanidosa, si me provoca...
- Seguro que Gellhorn se parece a Chastain.
- Un pelo, no tanto...
- ¡Y de vuelta a la falsa modestia! tendré que ver ambas, comparar y retomar la discusión, no suelo opinar sin conocimiento de causa.
- Muy inteligente de su parte, señor.
- Es usted muy perspicaz, señorita.
- Usted, siempre tan sutil y de repente hoy ha sido bastante directo.
- ¿Las circunstancias lo ameritaron?
- Si ves Zero Dark Thirty y Hemingway & Gellhorn, luego podemos ir juntos al cine para ver Argo, después tendríamos nuestro propio cine fórum sobre las tres películas, sería divertido.
- Sobre los films y acerca de qué partes de ti se parecen a Kidman y a Chastain, esa sería la temática principal.
- ¡No me hagas reír! ¿Pudiese ser allá en Lincoln Road?, es el único cine que tolero.
- Suena bien, luego cenaríamos por ahí cerca.
- Mientras no sea en Juvia, a ustedes los latinos les encanta ese lugar

tan plástico. La vista es bella pero hasta allí, la comida no me pareció de calidad.
-Pensaba mas bien en Khong, mas arriba, en Meridian, fui allí la otra noche con Chris y comimos divino, quedé con ganas de repetirlo.
-¿Solos?
-Sí...
-Ese "sí" no sonó muy convincente. No conozco a Khong. De oídas suena bien. He escuchado comentarios. Por más bueno que sea no deseo ir si ustedes ya han ido con algunas de sus putas amiguitas. No quiero que nadie me confunda con ellas. ¿Hasta cuándo van a ser unos adolescentes hedonistas? Prefiero que me lleves al nuevo hotel este al lado del Delano, cruzando la calle ¿el SLS? en el otro lado de la esquina de la 17, tiene un restaurant oriental, no es Khong, es muy bueno, se llama Katsuya, tiene un bar arriba de las escaleras, privado, allí podemos conversar.
-Sí, me lo han mencionado, ¿sabías que ese edificio viejo era el antiguo Ritz Plaza antes de la remodelación? Eres muy joven para saber eso, casi que yo también. Suena bien el SLS, igual cuando voy a Khong suelo comer en el bar en el piso superior, esquivando un poco a los turistas, buena idea.
-¿Ritz Plaza? Podrías platicar con mi papá sobre eso, el adora los Ritz, yo soy un poquito más joven, soy del 42avo para acá.
-¿Desde Clinton para acá? Pero si eres una bebé, de todas formas no da la cuenta, el 42 comenzó en 1993.
-Te estaba probando tonto, eres demasiado astuto, soy de George Howard Walker Bush para acá, pero deja de averiguarme la edad, tú la conoces, no divagues, está en mi currículo, en cualquier caso, la edad de una dama no es tema para un caballero como usted, señor.
-Tiene razón señorita, cambiemos el tema, de todas formas luces como del cuarenta y dozavo para acá, lo juro.
-Vamos a creerte. Qué bueno que dijiste que camináramos. Me gusta caminar en invierno por aquí, no así en verano, entonces la humedad y el calor me matan, la ropa se me pega al cuerpo, es un desastre, me pongo roja, mi piel sufre.
-Eres muy coqueta y ni siquiera eres del Sur. Las sureñas pueden caminar por el calor de Miami o el de Atlanta con extrema finura y compostura. Sudan, pero se ven sexy, con la camisa medio mojada y la cabellera húmeda, pequeñas gotas de sudor corren por su cuello y llevan la mirada y un paso determinado centrado en su destino, respiran clase y orgullo a la vez, me deleitan la mirada, tienen casta. Me encanta verlas, con esa raza con la que se nace, determinadas, como retando al sol, sensuales dentro de la ola de calor y humedad que las envuelve. Es todo un espectáculo.

-No sé si pudiera darte ese show con tanta gracia pero si las prefieres a ellas eres libre de buscarlas. Si me invitas a cenar en el verano mejor me llevas en carro con aire acondicionado. Eso evita que mi rímel se corra. Me gusta que mi maquillaje permanezca intacto.

-Eres muy coqueta, eso me gusta y hueles muy bien.

-¿Me invitaste a comer o cortejarme?

-Las dos cosas son complementarias y no está mal subrayar lo evidente. "La redundancia evita las dudas", así aconseja Crystal Baar en algunos documentos.

-No cites a otras chicas cuando estés disfrutando de mi compañía, ¿ok? Zach, tienes facilidad con la palabra, por eso te expresas tan bien, me gustó tu análisis de Venezuela, interesante y ameno, bien expuesto, qué bueno que lo incluiste en tu charla. Me ilustré un poco sobre esas cuasi poéticas anécdotas salpicadas de metafísicas que denominaste Japón. Ahora, hombre, de ahí a citar a otras mujeres en la conversación, vamos... usa otra muletilla.

-Cambias el tema con un piropo y un comentario ameno, eres muy inteligente. Bueno aquí estamos, hemos llegado. Hay dos sillas libres en el bar. Comamos allí. ¿Qué te tomas?

-Un mojito, ¿vale?

-Un mojito y un whisky. Ya los ordeno. No dudes en probar las Fired Roasted Oysters, son divinas esas ostras, ordenemos dos de entrada, son de lo mejor, vas a ver.

-Vale, suena bien, me encantan las otras pero nunca las he probado con chorizos y al fuego, me causa curiosidad esa cocción en un manjar tan delicado.

-¿Coqueteas con tu hablar culinario? Confía que vas bien.

-Siempre lo hago ¿o no? Por algo estoy aquí. Asumo que serás serio y no andarás con juegos. Corrijo: al menos no conmigo, apreciaría eso.

-Tú también eres seria, gozas de innata determinación, ¿ frecuentemente consigues lo que deseas?

-A ratos he deseado lo prohibido sin medir las consecuencias, espero no haberme equivocado.

-Cuéntame sobre eso.

-¡No! hoy no... No es el momento. Quiero disfrutar esto, vivirlo. Un día te cuento. Si es que vale la pena. Cuando haya mayor confianza.

-Lo que tú quieras. Lo que tú desees...

-Eres un galán.

-Y tú eres un poema...

-Cambia el tema ¿sí?, por favor...

-Péinate que la brisa te sacudió la melena.

-¡Qué horror!, ¿y, por qué no me dijiste antes de entrar? Ya vuelvo. Voy al baño.

-Cruza a la derecha y al final otra vez, por donde hay una foto de una jazzista cantando, ¿será Ella?, no recuerdo.
-Gracias ya vuelvo. No te pares. Odio esa formalidad. Este es el XXI, recuerda.
-Te trato como lo que eres, una dama.
-Gracias, ya regreso.
-Tómate, tu tiempo, ponte bella.
-¿Acaso no lo estoy aunque un poco despeinada?
-Siempre estás bonita, a veces demasiado...
-Te dije que cambiaras el tema, al volver háblame más de Venezuela quiero conocer mejor ese mercado.
-Sí mi reina.
-Quisieras tú... ya vuelvo.

La velada fue excelente. Comieron divino y tomaron suficiente. Habían ordenado un vino anaranjado que se basa en un proceso antiguo de las uvas blancas que durante su maceración tiene contacto con la piel de la cepa. A Zach le encantaba pedirlo, más que por su sabor por la conversación que generaba la explicación del proceso. Comentar su contenido; taninos y fenoles, generalmente no deseados en los blancos de calidad y que a pesar se lograse un buen resultado. Zach decía que aplicaba ese principio constantemente en su compañía:

- Todos tenemos defectos o cosas no deseables, pero la combinación de las partes buenas de todos supera las malas y los resultados son bastante aceptables...

Este en particular era de unos vinícolas que creen en no interferir mucho en el proceso. Afirman dejar que la naturaleza actúe y se genere el color según la marcha. ¿ He ahí otra enseñanza? Además a Zach le gustaba combinar este vino naranja con Ostras, el Cobia Sachimi y el delicioso Whole Yellow Tail Snapper, lo que usualmente ordenaba. En este caso Kent se dejó llevar, dejó el menú en sus manos, permitió que hablara, explicara y escuchó con total atención, haciéndolo disfrutó la noche. Estuvo especialmente tranquila y relajada. Le gustó esa sensación. Generalmente sólo se sentía así después de hacer el amor. Pero esta noche se sintió así tomando, conversando, riendo y comiendo sabroso. Para ella, definitivamente, era un cambio. Un variación exquisita. Hubo contadas pausas. Se habló de mucho y de nada a la vez. Profundo y superficial. Carente de orden. Solo la risa hacía de entreacto entre un tópico y otro. Todo manó con suavidad. El tiempo pasó veloz. Demasiado rápido, era divina la sensación de liviandad. Entre que Zach explicaba a Doutzen por qué los 49 habían perdido el Super Bowl o por qué correr en ayunas y comer frutas hasta el mediodía liberaba al cuerpo de toxinas, oxigenaba la mente, estimulaba la intuición y calmaba los nervios, lo que se traducía en mejor aptitud para los negocios, intempestivamente surgían temas no interrelacionados. Por ejemplo, el hecho de que Zach apoyaba con toda fuerza la Segunda Enmienda. Rectificación que es parte integral de los Bills of Rights, esa especie de listado de derechos consagrados en la Constitución de los Estados Unidos de Norteamérica. Pensaba, para horror de Kent, que todo el mundo debería estar armado. Le explicaba que era la única forma de evitar en un momento dado que la democracia se trasformara en tiranía. Así había sucedido, históricamente, en países donde el pueblo no estaba armado para defender precisamente los principios democráticos fundamentales. Evidenciado en el pasado en España y Alemania. Ahora mismo, Venezuela era un ejemplo de un tirano amedrentando por la fuerza a quienes lo oponen, doblegándolos a través de la violencia e ignorando y prohibiendo el diálogo de las ideas.

> - Es la única forma de preservar un estado libre, explicaba con toda convicción.

Continuaba la cuestión, quijotescamente declaraba que Venezuela llevaba más de un mes sin aquel tirano, el malo de turno, quien había dejado a un usurpador en el poder, señalándolo a dedo. Peor sustituto imposible. Otro malo, un resentido demagógico y anticonstitucional. Un truhan mas, que se negaba a llamar a elecciones. Lo exigía la carta magna para momentos de ausencias comprobadas. De lo político saltaba a lo económico y explicaba cómo el Banco Central de ese vapuleado pueblo - una institución equivalente al FED en USA - constantemente ratificaba que la moneda no se iba a revaluar al típico y burdo estilo de las demagogias populistas. Zach sospechaba lo contrario. Vendría una fuerte devaluación. Ante los ojos perplejos de sorpresa de Kent, argumentaba cómo paradójicamente se seguían haciendo buenos negocios en Venezuela. Existían empresas multinacionales que tenían excedentes en bolívares. Éstas no lograban repatriar sus dividendos oportunamente. Era implícito el riesgo de ser erosionados por la inflación y la devaluación. Como respuesta se estaba diseñando un vehículo mediante el cual se compraban propiedades inmobiliarias en otras ciudades del mundo y podrían ser pagadas en bolívares. El vehículo de negocios cubría tres necesidades combinadas: la de dólares por empresas con excedentes en moneda local, la de bolívares para contratistas que iban a realizar contratos golondrinos en Venezuela y la de disponer de inmuebles fríos en otras latitudes que no se lograban colocar masivamente desde la crisis de la burbuja inmobiliaria e hipotecaria del 2008. No obstante, su crecimiento a futuro lo visionaba en dirección al "Tigre Azteca" en lo que se venía perfilando Méjico por su remozada economía. Y le atraía China, por sus gruesos volúmenes que pueden catapultar una idea que se pruebe efectiva hasta la estratósfera. Era en esos dos países donde esta noche preferiría visualizar su futuro. Asunto que ya episódicamente había debatido con Chris. Ambos estaban de acuerdo en que se apoyarían en Kent al orientarse en esa dirección para intentar tal crecimiento a largo plazo. Otra buena razón para la invitación a cenar de aquella noche. Deseaba explicarle su visión personalmente. Y, ¿sorpresivamente?, jamás imaginó pasarla tan bien. Especialmente con una chica que había entretenido la idea de demandar a su propia empresa (su creación, su bebé querido) y también a su mejor amigo, su hermano, su socio. Así es la vida, está incesablemente llena de sorpresas, complejidades y contradicciones. Claro, había otro giro repentino que Zach ingenuamente ignoraba. No sabía que Chris Cox y Doutzen Kent habían estado juntos. Bajo el mismo techo de su oficina y de su misma nariz. Eso no lo sabría hoy. Esa sorpresa arribaría algún día, él hubiese preferido nunca. Hoy era hoy. Menos mal. Había disfrutado como nadie, era su noche, habló durante un siglo embelesado por el manjar emanado de aquel breve pero preciso piropo que brotó por sorpresa de la boca de Doutzen Kent y fue acentuado por la miranda atenta de la chica que le siguió palabra a palabra, gesto a gesto, pausa a pausa, en cada uno de sus cuentos, apreciando todos sus temas; qué deleite y, cuando la besó de buenas noches, mitad en la mejilla y mitad en los labios, se regresó caminando a su departamento rememorando lo dulce de esa aproximación. En contra de toda su estricta metodología y de su disciplina higiénica, esa noche no se lavó la boca, ni se cepilló los dientes, prefirió hibernar en la sensación dejada por el roce. Se acostó buscando perdurar lo vivido, románticamente, se sintió cercano a Kent, hasta caer dormido. Inmerso, soñó con Doutzen sin despertar hasta que sonó el despertador. Era una linda mañana, despertaba agradecido por la noche anterior que combinada con un sueño profundo le sucedían sin asiduidad cotidiana. Ojalá se repitiera, reiteraba para sí mientras ataba los cordeles de sus Asics para ir a trotar. Eso hizo, el bello día exigía un trote acorde. Nos encontramos en la puerta principal de la iglesia de St Jude. Comenzamos corriendo suave, ambos teníamos un pequeño secreto que contar al otro sobre Doutzen. El mío a primera vista parecía descomunal. Las circunstancias se encargarían de informarnos mutuamente en su momento oportuno, cada cuento tendría sus consecuencias, eso no lo sabía en ese instante, ahora lo sé.

SEGUNDA PARTE

17. Poetas de papeles arrugados entre lo que significó Le Présino, el diván de la doctora y las verdades de un análisis ácido

La carrera era provechosa, nos fuimos desde Brickell Bay Dr. tomamos S. Bayshore Dr., de allí entramos en Brickell Key y le dimos una vuelta. Estaba lleno de nenas, es impresionante, cuando amanece bonito salen millones de chicas a trotar. En esos días las mujeres se esmeran. Se ponen su mejor atuendo, lucen mejor que cuando trotan de tarde.

A Zach le molestaba un poco el cuello por dormir en una posición inadecuada, llevaba un ritmo lento respecto a nuestra costumbre en la zancada e intermitente rápido en la respiración. Cuando pasa eso no es solamente dolor de cuello, le repliqué insinuando que había tomado. Cuando se bebe al corredor le suceden dos cosas al día siguiente: o trotas mejor (lo que casi nunca ocurre) al lograr relajarte más allá de tus quejas corrientes de atleta, o trotas mucho peor porque no consigues el ritmo adecuado entre tu aliento y tu marcha. Es lo que comúnmente sucede. A eso se suma que tu cabeza está llena de los dolorcitos distintivos de trotadores: básicamente talón, batata, cadera, lumbago, hombro y cuello sumándole uno que otro por ahí. Todo se extrema cuando has bebido. Al tiempo, si reincides en el esfuerzo, si das todo de ti, la resaca pasa, entras en una dimensión donde desaparece el dolor y recuperas el ritmo. Dentro de ese trance pueden suceder dos cosas: te desplomas luego de unos minutos o te llegan unas fuerzas inesperadas que te permiten correr por horas. A Zach le estaba ocurriendo lo segundo. Recuperó el ritmo, la cara y las energías. Pudo conversar como es habitual mientras corríamos, tenía ganas de seguir, se sentía cómodo.

Saliendo Claughton Island tomamos Brickell Ave. hacia Downtown, nos agarró el puente elevándose, iba pasando un velero bellísimo por el Miami River en dirección al mar. Zach hablaba y yo pensaba en encontrarme a Vanessa durante el trayecto. Imaginé un viaje con ella en barco. Sería divino navegar en velero hasta Bimini. Podría rentar un barco bellísimo como este que está pasando. Sería mi primera vez en un velero con la única mujer que realmente he querido. Bueno no, debo ser sincero. Quise a varias, pero, a ninguna tanto como Vanessa, a ella la adoro. ¿O la adoraba? eso sería más exacto, no la he visto en una década y realmente no pensé en ella con tanta intensidad hasta que me la topé en Key Biscayne. Y no sé con certeza si fue ella. Tuvo que haber sido. Así lo sentí en ese momento. Así lo percibo ahora. No entiendo la obsesión que me ha dado desde que la vi. Sigo viendo su rostro en cualquier lado. A cada mujer que se me acerca corriendo, caminando o en el tráfico le noto algo que me la recuerda. ¿Me estaré volviendo loco? ¡Necesito ayuda! Quisiera que alguien objetivamente me explicara cómo si tenía 10 años sin verla vuelvo a pensar en ella con esta intensidad.

Es atormentador y la ansiedad prueba que nunca la olvidé. La recordaba entre diversos ímpetus sentimentales y simultáneos: amor-desamor, nostalgia-curiosidad, alegría-tristeza, lástima-esperanza; tamizados con la distancia que da el tiempo cuando pasa de por medio dentro de ese antipático vaivén entre la certeza y la duda. Comenzaron por ser sensaciones sanas, sospecho que ya no lo son; no es lógico imaginarla, verla y pensarla acérrimamente, buscarla sin éxito por cada rincón de la realidad y de la intrincada internet, hacerlo sabiendo que lo posible es que sea una brutal pérdida de tiempo y energías dentro de un laberinto circular que en cada curva se torna truculento y confuso. ¿Quien dice que será la misma? Tal vez ya esté casada con cuatro hijos viviendo en un bello pueblo de playa de Orange County como Del Mar. Sería ilógico para alguien que creció y vivió el Newport ahora cambiar de islas. ¿Balboa Island por Key Biscayne? No tiene sentido.

Esa sería mi introducción esta tarde cuando por fin, luego de posponerla en dos ocasiones, tendría mi cita con Genevieve. Necesitaba ayuda, era indudable y lo más sensato era acudir a mi psicóloga. Era quien mejor me conocía y aunque teníamos la debilidad de nuestras emociones y vivencias mutuas, que le restaban profesionalidad al análisis, no veía mejor solución porque ella era la única con un criterio objetivo confiable. Con ella era casi casi transparente. Espero mejorar con su experticia. No consideraría otras alternativas, no tengo tiempo para eso, no conozco a otros profesionales y tendría que empezar de cero y a estas alturas no me cuadra eso.

El puente bajaba lentamente. Le pregunté a Zach por su físico pues la resaca era obvia. La subida y bajada del puente, la parada forzosa, aunque nos mantuviéramos trotando en sitio, le había devuelto fuerzas y ritmo. Era un Zach diferente al que había antes que el levadizo emprendiese vuelo. Le bajé un poco el volumen a mi Nano para escucharlo mejor al hablar pues esta parte de la ciudad, al entrar en Downtown, se vuelve bulliciosa por el volumen de tráfico.

Zach comentaba sobre el tiempo y las mujeres que cruzábamos corriendo. Hizo un chiste acerca de que algunas gorditas parecen correr más duro que las flacas y que incluso presentan mejor forma. ¿Estaría pensando en nuestra recepcionista? Incongruencia cierta de un comentario trillado entre nosotros. No le adjudicamos otra explicación que nuestra risa. Íbamos por el final de Bay Front Park. Me comentó la agradable velada que había vivido con Kent. Sugirió que no tenía sentido guardarle rencor. Aseguró que ella ya no demandaría sin que le faltase razón pues yo sí era un pasado y un fresco con las mujeres. Se rió cual niño que devela una fechoría. Aceptó que él también era un atrevido aunque en menor grado. Sugirió tratarnos eso con Genevieve porque los tiempos estaban cambiando para los machistas hasta en Miami. Ratificó no haberse equivocado con Kent. Era la profesional que necesitábamos para expandirnos. Adujo seguir pensando en México y China.

> -Somos unos osados, comenté, que no conocemos bien esos mercados, para colmo no tenemos ni un cliente de China ni uno de México.
> - Precisamente, ese es el reto, añadió, aludiendo que al menos teníamos un buen contacto porque Alvar Braz, con quien próximamente me reuniría en Caracas tenía clientes Mexicanos y Chinos.

Zach había hablado con Alvar a las 5:00 a.m y habían tocado los puntos importantes sobre mi visita pero también habían conversado sobre la posible expansión de ZaCh Mayamii Inc. Alvar era un tipo bromista, le había dicho que ahora el "Ch" de ZaCh Mayamii Inc. se referiría a China y no a él. Zach le explicó que el "Ch" de ZaCh Mayamii Inc. no era por Zach sino por Chris pero que de ahora en adelante lo leería como si fuera China. Le celebró su ocurrencia mientras Alvar Braz le propuso un viaje al lejano oriente para iniciar acercamientos. Zach temporalmente optó por descartar la travesía. Este año se asomaba copado. ¿China era el futuro? Parecía no haber dudas en la mente de Zach, pero todo a su justo momento.

Todo en su justo momento. Primero teníamos que ir a París. Un proyectico inmobiliario "insignificante", una aventura que habíamos iniciado como si nada se estaba volviendo atractivo. Ni siquiera había sido idea nuestra. Fue una recomendación del esposo de la hermana de Zach, su cuñado Ghislain Lemaire. Él nos había invitado después de embriagarnos, finalizando cuatro deliciosas botellas de Marc Roy, nos convidó a comprar un pequeño departamento cerca de la Rue Saint Honoré en pleno 1st arrondissement. El inmueble se había remodelado según los designios de una asesora inmobiliaria que Lemaire recomendó, Aurelie Marnay. Realmente Aurelie había comenzado como experta en oficinas del suburbio Parisino de Pré-Saint-Gervais, un sector de la gran urbe que yo desconocía en detalle para aquel entonces y aún hoy no podría decir que lo manejo con certeza. Allí había comenzado como una simple ayudante de conserjería en sus tiempos de estudiante. Evolucionó hasta tener a su cargo gerencial 12 edificios de oficinas que ella administraba personalmente en Pré-Saint-Gervais, Le Pré para los amigos. Aurelie hizo fama, por un lado la motivó sus cuentas impecables por el otro los toques femeninos que imponía a los arquitectos en las remodelaciones de los edificios que le asignaban para administrar. Ella lo definía como un toque personal al mejor estilo "Cheap Chic" dentro de una aproximación ecléctica al lenguaje modernista vanguardista que impone París en lugares dispendiosos, como La Défence, en la temática de espacios de oficinas. Ella había añadido sus toques de lo que personalmente consideraba "fashion" abriendo caminos dentro del aséptico estándar del estilo para interiores de la corriente de Arquitectura Moderna Internacional para que sus espacios de oficinas exhibieran retazos personalizados y franceses. Un toque local, con la idiosincrasia que permeaba de Aurelie Marnay, cual condimento secreto dentro de una receta popular. Generó con esa especie crecida en el herbario de su personalidad y añadida con sigilo al caldo de la decoración, una combinación un tanto ecléctica que marcaba su pequeña huella en los interiores de aquellos edificios viejos o antiguos de Le Pré, los cuales habían sufrido el destino de caer en las redes de su creatividad. El efecto "Le Présino", como ella mentó a esa combinación funcional y atrevida de lo viejo con lo nuevo, dentro de su lenguaje "Cheap Chic- Fashion-French", produjo una larga lista de clientes satisfechos. Ejecutivos de empresas extrajeras a los que les encantaba trabajar en un ambiente que ellos consideraren "Auténtico Francés" (lo que sea que eso signifique...) y que técnicamente acogiera sin complejos los niveles de funcionalidad, confort y modernidad de una oficina moderna y actual con los toque tecnológicos que son patrón de calidad en New York o Chicago.

Más tarde, en otro día de inspiración a la francesa, Aurelie Marnay apareció con una idea genial para añadir a su impecable record de ocurrencias creativas. Se trataba de una nueva plataforma para su proyecto de vida. Una ventana de oportunidad para intentar independizarse de la compañía que le había dado todas las oportunidades pero que no era suya. Deseaba fundar una empresa donde con un giro de su diseños anteriores podía explotar un mercado secundario parisino que según su afinado olfato continuaba descuidado o sub-explotado en términos del mercadeo que ella imaginaba. Esta vez explotó con una idea que enmarcaba una versión personalizada de un espacio - Prêt-à-Porter - Ready to Wear-. Básicamente trasladaría su inventiva ya mostrada en las oficinas de Lé Pre a las viviendas de otro distrito. Visionaba comprar unos apartamentos ubicados en sectores estratégicos del 1st arrondissement (el primer distrito). Serían departamentos pequeños, mínimos para las áreas que considera el estándar norteamericano. Espacios para vivir orientados a la clientela de ejecutivos internacionales que vienen a trabajar a París por períodos que oscilan entre 3 y 24 meses.

Ella tenía los contactos de lujo, tenía el inventario de clientes potenciales sofisticados y tenía el listado de los apartamentos de primera calidad ya pre-seleccionados para su idea. Contaba con su experiencia previa en diseño y con su impecable trayectoria administrativa y gerencial. Estaba dispuesta a dejar la seguridad de su sueldo. Pretendía cambiar su quince y último en una prestigiosa empresa donde era reconocida como una alta ejecutiva para probar suerte en un proyecto personal que, si tenía éxito, le daría la independencia que añoraba para pasar los tres meses de invierno en St. Barts o una isla similar del Caribe. Aurelie Marnay ni siquiera conocía St. Barts. Había revisado con la añoranza de los sueño las fotos y descripciones de revistas de vieja data como Travel & Leisure que substraía de la sala de espera de la peluquería de su vecindario con la anuencia de su primo el regente del establecimiento y la data descriptiva de Wikipedia a la que consultaba mediante un antiguo ordenador en madrugadas de insomnio y fantasía. Como buena francesa solo cambiaba su computadora cuando se fundía. Tampoco había conocido otras islas del Caribe, ni siquiera playas cercanas como Miami Beach o Cancún.

Era un sueño arremetido con la fuerza de la pasión y la inusual determinación de quien lo deseaba a rabiar, sumaba sus añoranzas al describirlo en lugar de colocarlas perdidamente en el cielo usando la lejanía de un suspiro; te las acercaba con una mirada fija y profunda que parecía decir "lo lograré, ya verás, con o sin tu ayuda". Había un pequeño e infranqueable elemento faltante en ese cuento de hadas. Aurelie no tenía capital alguno. Nosotros tampoco. Zach y yo apenas comenzábamos en aquel momento. Estábamos en París por cuenta e invitación de Ghislain Lemaire quien sin duda veía talento y futuro en su joven cuñado. Para la época, Ghislain era también albaceas de una herencia de $1.700.000 que había dejado la madre de Zach para compartir con su hermana. Zach no había llegado a los 30 años, momento en que se disparaba la disponibilidad del Trust. Sin embargo, Lemaire estaba dispuesto a fondear la parte de Zach en esta aventura, donde él también participaría con igual cantidad o más, aunque no serían invertidos los fondos pertenecientes a su esposa Colinne pues ella no quería entrar, en línea con su tendencia conservadora y tradicional.

A Colinne la aventura le parecía riesgosa. Menos siendo una idea proveniente de otra mujer, Aurelie era una a quien consideraba loca, una con quien nunca logró tener buenas migas. Le costaba un poco entender a las mujeres que trabajaban sin descanso, pero principalmente le aturdía el tono de voz un tanto agudo de Aurelie Marnay y su estilo de antipatía refinada, a la francesa, sutil, desprendido, intermitente. Colinne interpretaba a Aurelie como la típica francesa que sentía que por ser parisina tenía pleno derecho y terminaba sintiéndose superior en el dominio de las artes y del intelecto. Pero en realidad lo que le molestaba era su alto grado de amistad con Ghislain y su imagen de mujer segura, chic a la francesa, elegante y desprendida, aristocrática con pinceladas mundanas, empapada de olorosas esencias, ocurrente, ajena a todo lo que no fuera francés en hechura o apariencia, sencilla y sofisticada, difícil de imitar, imposible de descifrar. No quería que su marido Ghislain entrara en ese negocio con su rival Aurelie. Pero Lemaire no consultaba sus negocios con su esposa Colinne, tampoco se los ocultaba, solo le informaba lo básico y algunos detalles adicionales cuando era estrictamente necesario y no le solicitaba ni aceptaba opinión alguna.

Ghislain Lemaire era civilizado a la francesa, escuchaba a Colinne con atención y a veces hasta tomaba nota escrita de los consejos o desplantes de su consorte y al final nunca le hacía caso. Con el tiempo eso le valió el divorcio. Sorpresivamente, su amistad con su cuñado Zach se mantuvo intacta. Luego de las tormentas típicas de los primeros años logró reconciliarse en el plano de amistad con Colinne y hasta había servido de intermediador cuando Zach y Colinne pelearon afanosamente por estupideces familiares. Esa riñas típicas entre hermanos donde el orgullo suele avasallar a la lógica. Disparates, pifies, imbecilidades de familia; sazonadas con una ingenuidad o una reacción inesperadamente irracional de Zach. Recuerdo cómo le contó a esta hermana extremadamente religiosa que a veces él y yo contratábamos putas por puro placer sexual. Le narró a la puritana sin los velos del pudor ni los filtros de anestesia moral alguna como nosotros con frecuencia, cuando no teníamos novia fija (y eso era prácticamente siempre), nos comportábamos como perros. Describía el asunto con placer adornando la verdad con exageraciones y chistes.

Para Colinne lo descrito eran actos sacrílegos. Bastó para que a mí también me dejase de hablar. Salvo para eventualmente sermonearme (después de todo era hermana de mi socio, compartía el estilo epistolar de Zach para dictar cátedras moralizantes, modo que a mi también me ha permeado), en tono de reprimenda blanda aducía a que debía intentar el dejar esos pecados a un lado y arrepentirme pronto, antes de perderme para la eternidad. Al final tenía razón, aunque podría haberle esgrimido hoy o antier que el cambio para bien según un filósofo en boga emana más del convencimiento intrínseco a través del raciocinio que de la insistente repetición de un ortodoxo sermón, cual dilatado mantra, por más verdadero o contundente que sea su tesis pero, para eso y en aquel entonces, habría que esperar a que se retirase otro prelado de la luz pública, eso todavía no había ocurrido, pero ya alguien lo tenía en mente. Pero eso en el aquel instante lo ignoraba y era yo tan inmaduro que la reté diciéndole que las putas eran el menor de mis pecados. Entonces casi le dio un síncope y asesoró a Zach múltiples veces en contra mía. Lo aconsejó e incitó a disolver nuestra sociedad. Zach hizo todo lo contrario. Me incorporó a mí en la inversión con Ghislain usando sus propios fondos porque no tenía yo ni un peso a tan temprana edad. Nunca más presencié una prueba de amistad tan brutal como la de Zach.

A veces dudo si al revés yo hubiese hecho lo mismo. Los dos hermanos dejaron de hablarse por un buen tiempo hasta que Colinne enfermó y Zach se acercó. Sospecho que no terminaron de perdonarse, al menos no en el sentido oriental, completamente, como lo experimenté en Japón, pues el orgullo de Colinne es testarudo, arduo de manejar, inclusive para ella. Tuvo suerte Colinne que Ghislain se siguió ocupando de ella como si siguieran casados y a pesar de la separación de bienes firmada previamente. El hecho es que Zach nunca dudó sobre la propuesta de Ghislain ni sobre su sociedad conmigo. Le dio el sí para el negocio de inmediato y le fascinó la forma de visionar los negocios por parte de Aurelie Marnay. Para él era una manera ideal de cómo promover y vender una buena idea de negocios. La refería constantemente como un ejemplo de mercadeo. Su seguro en el negocio era yo, desde el punto de vista del compromiso que asumía para reponer mi parte a futuro. Él autorizaba moralmente a Ghislain a utilizar sus fondos, sobre los cuales, no podía girar en la cuenta del Trust hasta que Zach tuviese 30 años. Su madre lo había diseñado así porque pensaba que Zach no maduraría.

Estaba errada la vieja. Zach hizo contabilizar su aporte como si fueran a mitades repartida entre ambos. Al este u otro negocio generar ganancias yo debía reponerle la participación mía en la inversión, sin intereses e independientemente de los resultados de este negocio en particular. Ese era su seguro para disminuir el riesgo. Yo estuve de acuerdo y agradecido. Nunca hubo que reponer nada. El negocio creció por sí solo, apalancado. Siempre se reinvirtió por vía de las ganancias nunca se repartió dividendo. Aurelie Marnay fue poco a poco invirtiendo, remodelando y alquilando pisos que lucían realmente franceses pero modernos, confortables y cómodos. Estaban bien ubicados, gozaban de mucha luz natural, olían bien y estaban aislados sonoramente. Gozaban indistintamente de calefacción y aire acondicionado con el confort climatológico propio de USA, no el de Europa. Los clientes eran ingleses, americanos, alemanes, rusos e italianos mayoritariamente y, sorpresivamente, bastantes franceses. Nuestro único aporte fueron el capital semilla y los clientes potenciales italianos y norteamericanos. Ghislain se ocupó de facilitar las garantías financieras pertinentes para los inicios junto con el apalancamiento. Marnay hizo el resto. Reportó sin faltas, nítidamente en columnas y células de páginas ordenadas y configuradas de Excel trimestralmente durante 10 años, sin que nadie lo exigiese o recordare. Amanda gozaba revisando esos números.

Realmente nunca hubo un sí o un no. Jamás se generó fricción alguna. Salvo ahora, que Ghislain, Zach y yo deseábamos continuar por 10 años más pero Aurelie Marnay finalmente quería conocer el Caribe. Continuaba sin ir a St Barts todavía era su sueño postergado por su dedicación al trabajo. Había identificado una precaria posada que deseaba remodelar y atender personalmente con su estilo insignia de "Casual-Chic-Fashion-Francés". Y, esta vez, no quería socios. Su nueva estrategia consistía en proveerse de tiempo y libertad. Los demás lujos posibles le resultaban superfluos. Nosotros no podíamos solos, nunca aprendimos el negocio durante esa exitosa década, carecíamos de la experticia para ocuparnos con eficacia de nuestra pequeña tasita de plata inmobiliaria francesa.

Únicamente Aurelie tenía la receta. Manejaba las proporciones y guardaba discretamente algunos condimentos con celo y cautela femenina. Ignorábamos ese mercado en su totalidad, no vivíamos allá, París nos era un territorio foráneo, lo sigue siendo en buena parte, por las muchas capas superpuestas que conforman la esencia de su trama, lo que uno domina es apenas un guiño de su mirar, conocerla bien es tema exclusivo de sus hijos o expertos dedicados a conquistarla. Ghislain estaba viejo y adinerado, tomar las riendas no era su prioridad. Los contactos de Aurelie y Ghislain eran fomentados y desarrollados por años de tratos personalizados. No había sustitutos para un estilo de gerencia tan particular. Era un negocio estilo boutique al que parecía llegarle su fin, deberíamos desprendernos y solucionar sin que se perjudicase a ningún socio, estábamos claros en eso. Había que viajar a París este año.

Llegamos corriendo hasta el final del Bicentenial Park, cuando íbamos a girar para devolvernos Zach sacó un as que tenía en la manga para descansar.

- Hablé con Alvar Braz esta mañana y me mandó esto.
- ¿Qué es?

En ese momento se paró en seco y sacó de su bolsillo un papel de carta que tenía doblado en cuatro.

- Es un fax que me mandó Alvar Braz.
- ¿Un fax?
- Sí.
- ¿Por qué, para qué, de qué se trata?
- Nada, lo llamé el otro día y le dije que si me podía recomendar algo para que Dierdra leyese antes de ir a Caracas. Un asomo, un resumen que la ilustrara un poco sobre lo que sucede allá en estos momentos, que le diera una perspectiva previa a su llegada. Pensé que me mandaría un link para un artículo relacionado en Venezuela Analítica o el blog de unos de esos críticos exilados que escriben con agudeza y un toque venenoso desde sus casas en Washington o Virginia, o algún ensayo en particular o un libro de historia. Y, en vez, me mandó esto. ¿Puedes creerlo? A ese Alvar le gustan las cosas a la vieja usanza, un poema de su autoría y enviado por fax. No está mal. Ignoraba que el hombre era poeta, escurridizo en el tema como tú. Lo descubrí cuando le mandé el tuyo, ese que te "encontraste" caminando por una calle. Dijo que aquel era suficiente pero que además me enviaba este con mucho cariño para quien tuviese la paciencia de leerlo. El escrito es una grata sorpresa. No está en inglés, así que lo leí y comencé a traducirlo en la parte de atrás de la hoja para que Dierdra pudiese entenderlo mejor aunque su español es satisfactorio, solo carece de acento, pero nada como la primera lengua para apreciar la poesía, de todas formas quiero que tú corrijas mi texto pues eres mil veces mejor que yo traduciendo.

Extendió la mano y me dio el papel, pero lo soltó antes de que pudiera asirlo y la brisa se lo llevó en dirección al agua. Corrí tras la hoja persiguiendo al viento. Casi cae al canal, justo la atajé a tiempo pisándola sobre la grama. Por poco la rompo, se arrugó y se manchó pero se podía leer. Qué coincidencia, otra vez una hoja arrugada se me atravesaba en el camino con un poema ¿me llamaría tanto la atención? Ahí mismo comencé a leerlo, primero en castellano y luego la traducción de Zach al inglés. El poema me tocó, había que hacerle un cambio mínimo para que tuviese mejor sentido en inglés pero el mensaje estaba allí, permeaba con sensibilidad lo que pasaba en Caracas por estos tiempos aun si uno no conocía a los personajes que mencionaba, los protagonistas de su escrito, como obviamente era el caso. No hice ningún comentario, lo volví a leer en castellano, pues me gustó en esa lengua.

En estos días…
En estos días se murió la mamá de Andrés y también la de Carlos y el papá de Juan, todos lloraron.
En estos días el Tigre parecía que se iba pero milagrosamente se recuperó.
Es estos días Giampiero recordó lo bello que es un atardecer en Italia y por qué a Grecia vale la pena amarla.
En estos días Alberto no habló de caballos pero sí explicó con un poema lo fuerte que es el miedo que produce una tormenta de nieve allá en el Norte. Pero por aquí se respiran son otros miedos.
Es estos días Vicente coronó el Machu Pichu y alegró a esposa e hijos.
En estos días mataron al hijo de Claudio y secuestraron a unos cuantos mientras robaban a otros.
En estos días unos amigos se alejaron y otros se acercaron.
En estos días aumentaron los riesgos de algunos negocios, otros no se dieron, mientras aparecieron unos nuevos con promesas y esperanzas ¿será un espejismo?
En estos días se fue ese que presidía y sus sustitutos parece que no quieren soltar lo que no les pertenece ¿será otra pesadilla?
Es estos días se conjuga libertad y democracia mayormente en tiempo pretérito.
En estos días devaluaron y un surfista, Germano, puso el grito por todos en el cielo.
En estos días no hay olas en Hawaiira, cerca del mar lo que hay es rochela y carnaval.
En estos días se deduce que los más pobres serán los que más sufrirán, de nuevo, por eso que llaman Inflación.
En estos días alguien recordó al Arquitecto Martinico y todos obviamente se sumaron.
En estos días el piloto Poltrici y el marino Candido opinaron sobre mujeres con nombres y tatuajes de carros, qué belleza.

En estos días un Labrador recordó que se acabó la guachafita del Sitme.
En estos días descubrí que los Golden también saben pescar.
En estos días unos rieron conmigo, otros lloraron y otros más rezaron.
En estos días me sentí mal y luego me sentí bien.
En estos días Uruyen me recordó lo bella, perfecta y paradójica que es la obra de Dios.
En estos días di gracias a Dios por estar vivo.
En estos días sonreí cuando alguien me recordó a Benedetti reflejando en su poema algo que me dio fuerzas:
"No te rindas, por favor no cedas, aunque el frío queme, aunque el miedo muerda, aunque el sol se esconda, y se calle el viento, aún hay fuego en tu alma, aún hay vida en tus sueños. Porque la vida es tuya y tuyo también el deseo, porque cada día es un comienzo nuevo, porque esta es la hora y el mejor momento."

- Qué combinación, dos poemas en uno. El de Alvar y la cita que incluye del famoso Benedetti. Combinados llega mejor el mensaje.
- No conocía esas dotes de Braz. Pienso que a Dierdra y al resto de la oficina les hará bien leerlo. ¿Lo puedes pasar a limpio al regresar?.
-¿Paraste porque te pareció adecuado leerlo aquí o este drama fue para descansar?
- El elemento sorpresa también cuenta en literatura, no exclusivo de la política.

Allí mismo, recitando esa frase hecha salió disparado, corriendo, a todo dar para sacar ventaja. No me tardé mucho en alcanzarlo. Primero doblaría de nuevo el poema para que cupiera en el diminuto bolsillo de mi short. No fue difícil superarlo. La resaca le estaba pasando factura de nuevo, al final llegué a la iglesia como dos minutos antes que él, eso corriendo representa un trecho. La puerta del templo estaba abierta, usé el tiempo de ventaja para mirar dentro, como si no la conociera, desde la entrada curioseaba a los fieles de St Jude que casi siempre están circunspectos, preocupados por sus peticiones particulares. Yo he estado en ese trance, sé como se siente, lo respeto. Al arribar Zach nos devolvimos caminando cada quien a su casa. Pasados 45 minutos ya estaríamos bañados y trabajando. Ya yo habría desayunado. Tomé una de mis merengadas de avena en la ducha mientras me bañaba, fue todo lo que comí hasta que dos horas más tarde pelé una mandarina y un cambur. No volví a comer sino hasta las 4:45 p.m. esta vez una ensalada César con anchoas, medio apurado, en la oficina, no quería llegar tarde a mi cita con la psicóloga, ya la había pospuesto un par de veces. El interés era mío, tenía mucho de que hablar.

Caminé seis cuadras hasta su consultorio. El día continuaba espléndido con un cielo especialmente azul y sin nubes presentando cero humedad. Había un grupo cuantioso de corredores que se concentran en un punto de Brickell por donde está la plaza redonda junto a las oficinas de Cervera y de allí comenzaban su recorrido. Emana energía ver tanta gente trotando. No son un conjunto homogéneo. Hay de edades, estilos y capacidades múltiples corriendo, los atuendos son multicolores, se expresan variados gustos, la energía era muy positiva, me daban ganas de volver a correr. Recuerdo el día de las tres carreras y las tres mujeres, qué locura… Al llegar al consultorio veo mucha gente esperando. Las citas estaban retrasadas. La recepcionista explicó la demora. Estimó 30 minutos de espera. Propuse esperar afuera, haciendo llamadas de trabajo desde el pasillo. Acordamos comunicarnos por un mensaje de texto al tocar mi turno, le agradecí con un guiño. Tardó el doble de lo estipulado. No le reclamé por regalarme un momento acertado para responder mensajes y llamadas pendientes. Hasta pude ordenar lo que querría recitar durante la consulta.

Al entrar Genevieve sonrió de inmediato. Me encanta su sonrisa, es dulce y amable a la vez, invita al diálogo. Hoy se mostraba especialmente guapa. Escultural, le sentaba bien el atuendo. Un vestido negro que cualquier mujer usaría para un coctel. El pelo suelto. La cabellera postrada a un lado del hombro derecho. Anteojos Rayban en montura negra de pasta soportaba los transparentes cristales de su prescripción y acentuaban sus ojos tornasol, variando del ocre al gris, dominando los tonos amarillentos . Me saluda con su habitual "qué hay".

-Hola ¿qué hay?
-Todo bien y tú ¿todo bien?
-Sí, con un día full. Entre año nuevo y el día de San Valentín, mi consulta aumenta a medida que se acerca el 14 de febrero. La gente cambia los sentimientos de buena voluntad por los sentimientos de nostalgia y depresión por amores perdidos, amores peleados, amores no recuperados, amores imposibles. La memoria acentuada por la melancolía los traiciona.
-¿Eres pitonisa o la tiras a pegar conmigo?, siempre aciertas antes de que diga una palabra, es asombroso tu portentoso talento de adivina.
-Gracias, no eres arduo de interpretar. Tus problemas no son de amor, son de sexo. Eres un hedonista. Confundes un tema con el otro de modo pueril. Lo he experimentado. Estuvimos juntos ¿recuerdas? No debería tratarte, no es profesional. Puedo referirte. Ante tu amistad e insistencia accedo ya que como amigo eres inigualable. Como amante apestas. Tenlo claro, no te hagas ilusiones, tu emotivo egoísmo enturbia y desvirtúa lo bueno que eres en la cama. Si pretendías escuchar la verdad, eso, ahí la tienes, bien clarita. Puedes retirarte sin marchitar tu ego. Ya no te extraño. Corrijo, salvo cuando estoy ebria. Eso no pasa a menudo. Puedo manejarlo. Soy profesional por encima de todo. Si requieres

ayuda de forma honesta te la puedo dar. Por otro lado, si vienes a jugar o seducir allí está la puerta. Así de sencillo. Tengo mucha gente esperando. Para cuando termine será un día largo si es que ya no lo ha sido.
-Vine porque te necesito, como amiga y como psicóloga. No confío en más nadie para estos avatares.
-No puedes confiar si no te abres, ten eso presente. Debes querer la ayuda, desear el auxilio profesional, abrirte con honestidad para que la terapia sea auténtica y eficaz. De querer una versión más complaciente puedes recurrir a practicantes deferentes que abundan por estos lares. Te lo reitero, a pesar de lo mucho que te conozco deberás ser cándido a plenitud. Tienes que serlo. Si te cuidas no te puedo asistir. Desplegarte emocionalmente es lo único que puede deslastrarte. Créeme no hay otro camino hacia el verdadero alivio. No puedo asistirte si primero no te rasgas, sácalo, dime tu verdad. Te lo expliqué la vez anterior, cede y verás progreso. El socorrer mediante terapia depende directamente de la cooperación. No hay nada mágico en lo que hago. El beneficio viene del tratamiento. Remediar no es una limosna, no es una caridad. Auxiliar es apoyo a través de lo que tú primero ofreces como realidad para reforzar tus partes sensibles evitando el desamparo que produce la depresión. Se ayuda a quienes ofrecen la verdad como base. A quienes ocultan o pretenden no los puedo socorrer. Decide dónde estás parado. No me hagas perder el tiempo.
-No haré perder nuestro tiempo, voy a cooperar.
-Entonces sí, soy todo oídos.
-Nunca te lo había dicho. Tengo o creo tener un amor de mi vida. Un amor auténtico… Aunque llevo 10 años sin verla.
-¿Quién es, la conozco?
-No, ella no es de por aquí. Resulta que recientemente la vi en Key Biscayne, eso desató sentimientos ocultos por una década.
-¡Una década sin saber de ella!, es casi una vida.
-Me la he topé por accidente, no estoy seguro si era ella. Los efectos y consecuencias se desataron de igual modo, no dejo de pensar en ella.
- ¿Sigues rumbeando con tus rusas y aguantan tus pasiones pretéritas tus andares actuales por los submundos del placer?
-¿Submundos?
-Sí, la impúdica orilla esa donde consigues goce con artificios, placer superficial, sexo temporal y pre-pago. Prostitución, la alcantarilla esa por donde te arrimas al precipicio del mundo y lo confundes con delectación. Complacencia de ilusos engañándose por falta de oficio.
-Eres dura.
-Soy objetiva. No intentaré maquillar tus debilidades a estas alturas.
-Lo he hecho cuando me siento solo.
-Ese sentimiento de soledad pudiera ser depresión.

- Prefiero pensar que es soledad.
- No requieres prostituirte para combatir la soledad.
- ¿Tú como la combates?
- Como todas las mujeres sanas. Busco ayuda profesional, hago terapia de grupos con algunos amigos de confianza o me voy de shopping para comprar zapatos con tacones altos. En serio, no me prostituyo, lo evito antes solicitando ayuda profesional con algún colega serio, alguien acreditado.
- Qué bueno que no pierdes tu sentido del humor ¿tacones ah, como esos?
- No, en esos momentos álgidos compro los Rossi. Es que si me voy por esa vía necesito tremendo empujón para lograr sentirme bien. Estos son Michael Kors para el trabajo: bellos y prácticos. Cuando necesito soñar voy por los Sergio Rossi, no hay nada que los supere, acaban con cualquier depresión, lástima que no haya para hombres, tú ya estarías curado, confía en mí.
- No se nada de ese Rossi, conozco es a Aldo Rossi, me gustan sus diseños. Estos tacones te acuerdan, lucen excelente. Supongo que nada puede mejorar como te ves hoy. Los noté desde que entraste. Los tales Kors distinguen tus piernas y realzan ese vestido. ¿Vas a salir? Si quieres podemos cenar hoy después de la terapia. Me gusta como te queda el color negro.
- ¡No soy una de tus putas Chris! Estamos en mi consultorio, hay gente afuera, guarda esas insinuaciones para ellas, estamos en la mitad de una sesión profesional. Te sigo tus juegos un poco para darte confianza. Si eso te lleva en otra dirección entonces no es funcional. Puedo ser muy fría y distante si se requiere para la eficiencia en la consulta, tal es mi prioridad, tú decides. No te equivoques conmigo, no estoy aquí para que me cortejes. Si quieres hacer eso te me vas ya y después me llamas a eso de las 9:00 p.m. No voy a ningún lado. Todo los días me visto así. No estás acostumbrado porque casi nunca me ves. Eres el único que se atreve decir tales cosas en una consulta. Te debería dar pena.
- Dije que te queda bien lo que llevas puesto, eso fue todo.
- Pensé que ibas a hablar de ese amor imposible, concéntrate.
- Sólo pienso en ella.
- Sí claro, ya lo noté, no me digas…
- Soy como soy, tu me conoces. Sucede que últimamente pienso en ella casi todo el tiempo.
- ¿Por ejemplo?
- Antes de dormir, al levantarme, siempre cuando corro. Esporádicamente en las reuniones de trabajo y lo peor: cuando hago el amor con otra.
- ¿Quiere decir que piensas en ella cuando compras sexo con mujeres

de Europa del este o de más allá sin reparar que estás contribuyendo a la explotación indiscriminada de mujeres para convertirlas en esclavas sexuales al servicio de unos trogloditas que se enriquecen con los dineros de las pobres débiles y desesperadas, un puñado de poco hombres que debería estar tras las rejas, en esos momentos tan especiales piensas en ella?

- Eres inclemente y cruda. Provoca pararme e irme. ¿Si te digo que no he pagado por sexo en más de un año me creerías?

- Te vi entrando con Zach a Zuma y tres de ellas, hace pocos días, no mientas.

- ¿Estabas allí, por qué no saludaste?

- Soy una mujer decente no iba a ensuciar una velada exquisita con el fango de tu submundo. Brickell es un pueblo e igual Miami para esos efectos. Deberían irse al menos hacia el norte. Ubíquense mas arriba de Ft. Lauderdale cuando estén por caer tan bajo. No les da pena. No tienen decencia.

- Esa fue idea de Zach.

- Ah ¿ahora el culpable es Zach?, ¿él te obligó? Pareciera que estás proyectando. No seas infantil.

- No entiendo eso de proyectar, aclara eso. Quise decir él me invitó, pero yo no pagué. Dije eso mal. La mujer con quien estuve no me cobra.

- ¿Pero es prostituta?

- Sí.

- ¿Sales con ella?

- Sí, es mi amiga, la aprecio.

- ¿Pero no es el amor de tu vida?

- No, es otra, ya te expliqué, el amor de mi vida es otra chica.

- Todavía no lo has hecho bien, explícate mejor.

- La conocí en la universidad, al terminar no la volví a ver. Han pasado 10 años o más, paré de llevar cuentas, ese rosario lo boté. Pienso que se cambió de nombre, dirección, teléfono, trabajo, etc. La he buscado por todos lados desde que la vi recientemente, sin resultados, no la encuentro.

- No la culpo.

- ¿Qué?

- El cambio de identidad, es inteligente. Yo hubiese hecho eso si hubiera estado enamorada de ti y luego te comportas como lo haces, es como para uno hartarse.

- Ella no sabe lo de las prostitutas, eso fue posterior a aquello.

- Crees tú que no lo sabe. Eres tan evidente. Piensas que eres transparente, te apareces con esas mujerzuelas en los mejores sitios de la ciudad, todo el mundo te ve, todo el mundo lo comenta, tú y Zach son un par de fenómenos, no se dan cuenta de lo que hacen.

-No había pensado en eso.
-¿Cuántos años tienes, que pasó con los cursos en Stanford, no enseñan eso allá, lo mínimo, cuidar las apariencias?
-Al menos somos auténticos.
-Te doy la razón en eso.
-Pero créeme no vine por lo de la prostitución, entiendo que el tema te moleste, lo percibes como una droga, pero no es así, te lo dice alguien que superó las drogas. Para el hombre es diferente. Una prostituta puede ocupar espacios que necesita y carece, muchas veces no es exclusivamente lo sexual. He visto como a ratos proveen compañerismo, amistad, un hombro donde llorar, un oído que escucha y no juzga. Es otro tipo de terapia, sin prejuicios ni regaños, nadie te juzga.
-¡Ay pero qué bello! Hablas muy bonito, ¿lo sabías?, bello te quedó. Diles que saquen una licencia y abran un consultorio, que frescura. Tú lo has dicho: "a ratos". Nada que funcione solo "a ratos" tiene alguna permanencia ni en el mundo de las ideas, ni en el de los hechos, ni en el de las cosas. Una prenda o una máquina que funcionen solo "a ratos" tarde o temprano desaparece, sería reemplazada. Es la cruda realidad, igual sucede con las ideas y con los sentimientos.
-Sí, pero mis sentimientos no son por una prostituta de esas; son por una buena mujer, común y corriente, normal, bella persona, especial, una que no he visto en 10 años.
-Sigues hablando bonito… pero, careces de precisión. Veamos, un mes y unos días no son 10 años. Clarifica bien desde cuándo no la vez, no cruces los hechos románticos con los fácticos. Entiendo lo que dices, tienes esa especie de ansiedad por verla para saber si es ella. ¿O curiosidad por si sigue siendo ella? Ella, la que tú recuerdas. Ella combinada con tu nostalgia por las partes buenas de lo que fue un romance idealizado. ¿Por qué hubo partes malas también? Supongo, si es que fue algo verdadero. No sabemos. Sabemos que se acabó porque de lo contrarios estarían juntos. ¿No sabemos por qué terminaron? ¿Quizá ahí esté la clave? ¡Dímelo! Me gustaría escuchar de ti sobre esa partecita que has obviado. Nótese que por antagonismo al definirla a ella describiste en tus palabras lo que no es una puta: "alguien normal". Aceptar la "anormalidad" de esas prostitutas y de las circunstancias que las rodea es un avance. Aceptas pues que no son "normales". Ese es un paso hacia tu propia "normalidad". Te ha costado pero lo has hecho. Al contrario de las sesiones recientes en que tratas de defender con tu habilidad irónica lo que yo veo como evidente, esquivando ser tratado terapéuticamente cuando intento orientarte; para que logres crecer y "normalizarte" como ser humano, como hombre, como adulto. Parece que te estás abriendo, bien por ti, ese hecho es un progreso, te repito, puede que ahí esté la clave, habla pues ¿por qué terminaron hace 10 años? A cambio de eso,

porque eres mi amigo, porque te quiero y porque has sido bueno conmigo, estoy dispuesta a cancelar el resto de las citas, te daré esa concesión, no hay tiempo finito a cambio de que sigas abriéndote en la consulta, pienso que podemos llegar a algo, si estas de acuerdo, trabajaremos hasta que hayas botado todo.
- Estoy de acuerdo, haré lo posible, gracias.
- Luego a la hora que sea me llevas a cenar, por fin le daré otro uso a este vestido negro.
- Te queda bello.
- No te desconcentres, seguimos trabajando, continuaremos donde pausamos, vuelvo en un segundo, debo avisar a mis pacientes y excusarme. Toma algo de agua, respira profundo desde tu estómago, relájate, no pierdas el hilo de donde estamos.
- Así lo haré.
- Ya vuelvo.

- Tardé un poco, perdona, por dónde íbamos, ah sí, déjame empezar por lo siguiente: tus mecanismos de defensa son múltiples tanto a nivel consiente como subconsciente. Entiendo lo que te preocupa y lo que deseas trabajar. Acepto que es un paso significativo el que busques auxilio en algo que hasta hace muy poco considerabas "normal". Entiende que si voy a indagar en profundidad será un remedio integral. No querrías buscar soluciones parciales a tus dilemas amorosos sin solventar tu dependencia de la prostitución o tu adición general al sexo, sería un engaño, debe ser algo holista. La solución, la que sea, debe ser integral debes trabajarla armónicamente y en conjunto, de forma sistémica, integrando las partes, manejar esas variables positivamente abrirá el camino para que perduren en el tiempo. Recuerda, tú eres un todo, se trata de tu persona, eres una suma de partes, para sanar todas deben ser integradas a la solución. Si fueras un vehículo de esos que tanto te gusta manejar y sólo fuéramos a cambiar las ruedas y dejáramos la amortiguación dañada, más temprano que tarde el chasis sufriría y así mismo los cauchos nuevos. ¿Me entiendes?
- ¿Ahora sabes más de carros que yo, te metiste a mecánica?
- ¡No seas necio! Intento usar metáforas que tú entiendas. No seas irónico. Si acaso especulas que sustituyo carros por mujeres y me acusas de ser lésbica, olvídalo. No lo soy y no entro en esos juegos. Conozco más de la mujer porque soy mujer, un nivel de profundidad me ampara por ser fémina donde tu experticia de hombre seductor emblemático no sueña en llegar, no puedes. Imposible como macho lograr conocer las intrincadas intimidades del pensamiento femenino y menos aún si en el fondo las consideras objetos sexuales de un tipo u otro. Debes comenzar por pensar en ellas de forma diferente, principiando por con-

templar que cada mujer que existe pudiera haber sido tu madre, tu hermana o tu hija. ¿Conoces al chef francés Pierre Gagnaire? Él cuenta que como profesional y ser humano tuvo que comenzar a conocer, descubrir y cocinar los mismos elementos básicos de nuevo, emprendiendo desde cero: descubrió nuevos sabores, no nuevos ingredientes, ojo, "nuevos sabores" y al hacerlo creó una nueva cocina, un ente más tierno y poético que lo define ahora ante su público. ¿Me entiendes? Es una analogía que incita a que el cambio es posible, factible y puede ser para mejor, para evolucionar, para llegar donde antes no imaginabas.
- Prefiero la analogía de los carros. ¿Dónde trabaja el tipo este Gagnaire, tiene algo en París, cocina sabroso, si voy puedo visitarlo, el restaurante es bonito, van mujeres bellas?

En ese instante se me vinieron a la cabeza imágenes de un pequeño y olvidado bistro donde había entrado por azar, con cansancio, hambre y frío luego de una de esas largas caminatas parisinas donde uno se medio pierde tratando de atapuzar todo lo que desea conocer en un día y al final sólo añora una buena mesa y una buena cama. Entré y me recomendaron una sopa de cebolla y un steak con papas fritas. Ambos resultaron sublimes, entendí entonces y ratifico ahora que la cocina francesa aún en su expresión más simple, cuando está bien hecha y los productos son frescos, deleita hasta a los más versados, no tiene por qué ser sofisticada, al contrario, y menos para remediar a un turista necesitado en busca de cobijo y alimento.

- Tiene restaurantes en todo el mundo, Rusia, Inglaterra, Japón, pero el original está en París. No te desvíes del tema, enseríate, las metáforas lejos del ser el tema para nuestra conversación son un estímulo para que percibas el reto de lo que pretendes lograr desde ángulos distintos y así logres enfocarte con claridad y entender mejor, nada más. Todo cambio es un reto, no te engañes. Al igual que Gagnaire pensaba que era un buen cocinero pero en realidad no comprendía en profundidad los elementos básicos que son los ingredientes fundamentales de su oficio; en tu caso, Chris Cox, aunque pienses que eres un experto, tú tampoco entiendes a las mujeres, todavía no ves ni comprendes su lado poético y tierno, algo te lo obstaculiza. Por eso me referí a Gagnaire, para que entiendas mejor a las mujeres a través de su cocina.
- Ajá ¿por donde íbamos? Relacioné mejor lo de los carros, ahí también comprender y armonizar los mecanismos básicos hace la diferencia.
- Usa la alusión que mejor te calce. Traje a colación dos comparaciones distintas para ver cuál te funciona mejor. Repito: debes comenzar por pensar en ellas de forma diferente, principiando por contemplar que cada mujer que existe pudiera haber sido tu madre, tu hermana o tu hija. Las mujeres todas sabemos y disfrutamos lo que es el sexo, pero

igual hay algo más allá, un sentimiento que debe existir para que podamos disfrutarlo. Al menos las "normales". Todo tiene un antes lleno de expectativas y un después repleto de esperanzas. Entre ambos momentos si se admira a alguien suceden cosas divinas pero eso no es lo trascendente. Lo importante es lo que queda, lo que une, lo que relaciona y se espera que la relación dure a pesar de cuando se pinte frugal y superficial. El subconsciente femenino te lleva hacia la esperanza de la continuidad. La continuidad aspira en su forma utópica que carezca de interrupciones. No sin obstáculos, ni sin retos, sin interrupciones. Por eso inclusive las que cobran, prestan sus hombros y sus oídos y hasta el resto de sus cuerpos con la sutil, tácita ilusión de que uno de esos clientes podría ser distinto, alguien que las saque de ese hueco, uno que podría socorrerlas, ofrecer una salida de ese infierno, la que fuera, cualquier cosa sería mejor. Al final buscan lo que todas buscamos. Esa lejana expectativa, les da ánimo para levantarse y volver a acostarse con propios y extraños, todos los días, qué aversión, pobrecitas. No es sólo por el dinero, cada mujer busca su príncipe de una forma u otra. Muchas utilizan las herramientas equivocadas. Lamentablemente. Cuando pasa eso ellas también necesitan ayuda, no eres sólo tú.

Las ideas de Genevieve me explotaron en la cabeza. Ella sin saberlo me estaba ayudando a comprender a la Rusa Bella en su justa dimensión. Ahora deseaba auxiliarla más que nunca. Es absurdo por inconcebible. ¿Qué paradoja? Yo había venido buscando explicación sobre Vanessa y sin proponérmelo lograba que me dieran luces sobre la rusa. Inexplicable contrasentido, generalmente soy yo quien habla, en este tipo de citas, esa suele ser la norma.
Hoy es ella quien desarrolla los temas. Inverosímil, si la dejo continuar tratará el resto de mis complicaciones sin proponérselo ¿o eso es lo que significa su extraño método de solución integral? Estoy anonadado, la dejaré seguir, estoy absorbiendo todo lo que dice, siento que me ayuda. Ignoro cómo me alivia porque no parece psicóloga. En comparación con el estilo y lenguaje de otros profesionales a los que he acudido para consultar dificultades sus tácticas son distintas, me asiste, me favorece, me puede remediar, lo intuyo, lo sé.

- ¡Escucha Chris! pareciera que estás ido ¿en qué piensas?
- Creo que sí puedo dejar de estar con prostitutas. Estoy casi seguro. Al menos sin pagar. Soy amigo de algunas. No pienso negar eso.
- ¿Y la adición al sexo? No es únicamente el tema de las prostitutas, estás obsesionado con probar cada mujer que se cruza en tu camino. Presentas un perfil hedonista.
- Es una exageración. Algunas veces lleno tu perfil de gozador, no siempre, cada vez menos.
- Defínelo como quieras, lo de todas es un decir, lo de la obsesión con-

cupiscente es una realidad, también debes trabajar eso de la lujuria, debes aceptar lo de la libídine si eres auténtico acerca de progresar.

- ¿Basas todo en la sinceridad? No uses palabras tan rebuscadas, me vas hacer perder el hilo, suena exagerado, digamos que de vez en cuando me gusta pasar un buen rato.

- ¿Ves otro camino? ¿Vas a caer en negación? Olvida las nomenclaturas, ese no es el punto. ¿Deseas ser ayudado?

- ¿Cuál es tu fundamento, por qué dudas, no me ves aquí, ante ti, tratando?

- Tu progreso, como te insinué, debe ser integral. Evidencias tener cierta conexión emocional con un amor pasado, asumamos eso como una verdad prevalente. Pese a cualquier dificultad actual, pretendes recuperarlo con propiedad, preferiblemente pronto, antes de perderlo por siempre. Suficiente sería creer en ti para determinar si es auténtico, ¿es esa tu exigencia subliminal? O, ¿estás dispuesto a experimentar?, para ver si realmente podrías trascender con legitimidad de tu parte, hacia un futuro efectivo, a nivel de sentimientos verdaderos entre ella y tú. Supongamos que eres auténtico. ¿Tienes un propósito claro? Si tu motivación es fundada en lo cierto, entonces debes prepararte con probidad en tu accionar y pensar o, mejor digámoslo al revés, en tu pensar y accionar, asumiendo que eres un ser racional y lógico. La existencia de una posibilidad de amor verdadero, aunque fuera unidimensional, queriendo decir que nada más fuera de tu parte, sería por principio imposible si continuas afecto a la promiscuidad en cualquiera de sus formas. Lo del meretricio es sólo un signo de ello. Autenticidad de sentimientos implica un nuevo paradigma. No depende de una píldora, tampoco de una terapia. Depende de erradicar tu conformidad con la mentira, posees una actitud mental deferente contigo mismo. El objetivo se logrará a través de la efectividad de tu comportamiento al dejar de ser complaciente contigo mismo. Debes cambiar tu existencia actual por una veraz, no hay lugar para engaños. Generarás mediante la terapia la base inicial idónea para cuando finalmente logres el proceder adecuado, poder estar preparado para mantenerla y trascender con la solución, el resto es ficción. Donde te desenvuelves actualmente es una invención de tu mente reforzada por los delirios de tu cuerpo; ambos son obstinados, insisten en despojar a tu espíritu, dejarlo sin la madurez que requiere para evolucionar. Esa farsa es un embuste que te aleja de la realidad, disimulo ridículo que oculta la verdad. Tu felicidad está prometida para que puedas localizarla en otro plano. Para lograrla debes trabajar tu falseado orgullo, no hay otra salida que desprenderte de tu ego machista. Busca elevarte sin ningún subterfugio. Las escapadas te impedirán obtenerlo, serán solo tretas temporales. Sal de todos esos enredos. "Solo la verdad te hará libre", como dicen esos "profetas

de esquina" que uno se topa, gritando por ahí, en una u otra intersección o sobre cualquier acera de las que transitamos a diario.
- Hoy estás impecable. No entendí algunas de tus palabritas rebuscadas pero capturé el mensaje, claramente. ¿Esa es la idea, o no?
- Siempre, soy cabal, lo que pasa es que muchas veces tú no oyes, hablas, te repites en un monólogo de excusas infantiles, te escuchas a ti mismo e ignoras cualquier consejo....
- Me has ayudado mucho hoy.
- Te ayudo en la medida que lo permites, sólo cuando dejas las argucias de un lado. Mi trabajo es sobre el plano de la certitud.
- Hablando de enredos, la razón básica cuando te llamé no era Vanessa. Debo aceparlo si vamos a abrazar ese plano de certitud al que te refieres. Lo primordial era otra cosa. Algo relacionado con la oficina.
- ¿Mujeres de la oficina?
- Sí.
- Eres imposible.
- Eso me han dicho.
- Procede, soy todo oídos.
- Sucede que amenazaron con demandarme por acoso.
- ¿Una o varias? ¿Ay, Chris, por qué no me sorprende eso?
- Solo una, Kent, la de más alto rango, posible socia a futuro.
- Suelta todo de una buena vez, perdona, ese no es el término, expectora todo, arrójalo afuera, expúlsalo, no retengas ni un ápice, cuéntame desde aló hasta chao o clic.
- Un día fuimos a la playa trotando, tú sabes, una de esas actividades que Zach dice que nos une como empresa, como familia. Allá Kent estaba dando un charla que acostumbramos dar cada miembro de la oficina una vez al mes, era su turno en esa ocasión. Se trata de hablar sobre algo que nos guste, una experiencia o un sueño, no importa, algo para conocernos mejor, la temática es libre. Kent hablaba sobre el derecho de la mujer. En especial las chicas de la oficinas. Su posibilidad de poder continuar trabajando en el futuro aunque estén embarazadas. La alternativa para la compañía, la propuesta: prepararse para el futuro en ese sentido.
- ¿Qué tiene que ver eso con una acusación de acoso?
- Me vio cómo me insinuaba con la recepcionista o ella conmigo. Lo hacíamos sin malas intenciones. Jugábamos para pasar el rato y joder un poco. Nunca lo había hecho con nadie de la oficina ni planificaba hacerlo.
- ¿Hablas en pasado, es que acaso ya lo has hecho? Tienes esa tendencia a mezclar los tiempos pasado y presente en tus narrativas que te resta precisión y puede confundir. No es preciso, trata de ser más claro
- Así habla hoy todo el mundo, tú lo sabes, ya casi nadie conjuga en pa-

sado o futuro cuando es debido, adoptan formas del tiempo presente para todo. Te he visto a ti también hacerlo. Volviendo al tema, sí, estuve con dos de las chicas, con la misma Doutzen Kent y adicionalmente con nuestra abogado, Crystal Baar...

- ¡Eres imposible!
- Lo sé...
- ¡Espera! ¿La que amenaza con demandarte quiso tener relaciones contigo, por su propia voluntad?
- ¡Sí! ¿No es increíble? Yo también lo sentí así, fue paradójico, pero muy buena sorpresa, excelente.
- Por favor, ahórrate los detalles, sólo quiero respuestas objetivas.
- Así pasó, jamás fue planificado, sólo sucedió.
- ¿Y la otra?
- Justo después, al rato, el mismo día.
- No me jodas. Verga, perdona el francés. ¡Eres imposible! Tienes suerte que respeto el secreto profesional, para mi es sumarial, debería publicar esto, serías una comidilla en Facebook, te volverías viral en segundos.
- Me pediste que fuera sincero, lo exigiste, yo confío en ti, plenamente.
- ¿Hay algo más? Espero que no.
- Sí, ese día también estuve con la rusa, ni se como ocurrió, pasó porque pasó, juro que no la pretendía.
- ¡Es que eres un perro, joder peor que eso, cochino de mierda, bestia apocalíptica, me sacas de quicio, pierdo la compostura, olvido el lenguaje, no estoy siendo profesional en este momento, hablo como mujer, por todas las mujeres, las que has tenido y las que no, eres un animal, no debería ni atenderte, que asco, tres en un día, cerdo! ¡Eres imposible!
- Eso fue todo.
- Te felicito, lograste parar después de tres, ¿qué hiciste tomaste varias Viagra al desayunar?
- Solo ocurrió no fue preconcebido.
- Eso no excusa tu comportamiento o es que no tienes conciencia de lo que haces cuando se te erecta el pene. De pronto, ahora estoy de acuerdo con Kent, ella debería demandar.
- Ya no lo hará, cambió de parecer.
- Luego de vuestro coito.
- Así parece...
- ¡Que suerte la tuya, pero, escucha bien, no dejas de ser un puerco! ¿Cómo pretendes tener un amor puro? No entiendes ni la "A" del concepto de amor. Deberíamos empezar por ahí, tu ignorancia es total acerca del sentimiento al cual aspiras. ¿Hay algo más?
- No, eso es todo.
- Dime la verdad, ignora mi reacción como mujer. Excúsame. No fue

profesional. Te advierto: si averiguo luego que me has ocultado algo te consideraré un farsante, bueno ya lo eres. Digo, si me ocultas algo no volveré a tratarte. Esto puede hasta afectar nuestra amistad ¿Entiendes?

- Eso es todo, no oculto nada.

- No sé por qué sospecho que hay más. Lo siento como mujer. Lo siento como Psicóloga. Pero voy a confiar en ti, más como amigo que como paciente. En el pasado has probado ser un buen amigo, aunque un terrible paciente. Solo eso te salva.

- Gracias, te lo agradezco, gracias.

- Déjame recomponerme un poco... Sabes que si de verdad estás interesado en descubrir si eres capaz de amar como lo imaginas tienes que hacer algunos sacrificios sólidos, ya el tema lo hemos discutido y revisado en detalle. Tienes la capacidad pues tu lado espiritual puede ser muy fuerte cuando le permites florecer. Andas un tanto confuso por estos días, qué niebla esa calina del amor lejano, no hay dudas que es un lado psíquico extremado en sensaciones y sentimientos el tuyo. Camina por ahí, busca la luz, tienta por el centro indagando donde esté la verdad, arrópate de lógica para no distraerte, aprovecha tu alto grado de racionalidad, se pueden analizar los sentimientos con tanta rigurosidad como los números, confía en ti como proveedor de la solución final a tu coyuntura actual. Esperemos que la trabazón sea temporal, que consigas remedio en tu espíritu y la solución se torne en algo permanente, un nuevo paradigma, como mencioné. Eres creyente, te he visto rezar, reza por eso, reza por ti. Paralelamente busca inspiración, donde sea, descúbrela; lee esta parte de un escrito que te recomiendo, parece que la escribió el Padre Arrupe S.J., o por lo menos con esas palabras lo dejó en mis manos otro paciente, un papelito arrugado que me endosó un sacerdote jesuita a quien atiendo.

Agárralo, léelo dijo, y en ese momento lo dejó caer imperceptiblemente al piso de donde ágilmente lo levanté sin dejar de escucharla.

-Tocábamos en esa ocasión el tema del amor divino, del amor de Dios y del amor a Dios. Aquí no estamos analizando ese tema. Este extracto de ese escrito inicialmente quizá te inspire, te dé fuerzas para seguir por el camino que deberías comenzar dejando lo nocivo a un lado. Voy a preparar café y cerrar la puerta principal.

Lo leí con detenimiento...

"What you are in love with, what seizes your imagination will affect everything.

It will decide what will get you out of bed in the mornings,
What you will do with your evenings,
How you spend your weekends,
What you read,
Who you know,
What breaks your heart,
And what amazes you with joy and gratitude.
Fall in love, stay in love, and it will decide everything."

Lo admito. El escrito no me inspiró, no me llegó en el momento, me pareció cursi, superficial, novelesco; dudé que lo hubiese escrito un cura, menos un jesuita. Lo guardé en mi blazer azul, en el bolsillo interno, allí permaneció por dos semanas. Luego un día en Coral Gables buscando un ticket de estacionamiento lo conseguí, por azar. Lo leí de nuevo, ahí sí me tocó, me cautivó, todavía hoy no sé por qué. Me dio en el alma una sola frase "lo que amas afectará todo". Guardé el ticket del parqueo. Caminé de vuelta hasta el Starbucks, pedí otro café americano, lo complementé con Half & Half, azúcar marrón y un toque de canela mezclada con polvo de chocolate, me senté tranquilamente afuera y lo leí cien veces, disfrutando mi bebida al releer:

"lo que amas decidirá, será lo que te hace levantarte en las mañanas, lo que harás con tus tardes, cómo pasarás tus fines de semana, lo que leerás, lo que romperá tu corazón, lo que amas lo decidirá todo".

De allí me fui al Barnes Nobles caminando, buscando algún libro del tal autor, Arrupe, que contuviera el poema, no lo conseguí, no está en los registros de los ordenadores, nadie había escuchado hablar del famoso cura. Al momento me dio hambre, mucha hambre, crucé la calle y entré en Houston's o, Hillstone, su nuevo apodo, estaba repleto de gente que ni noté, afuera y adentro. Me senté en la barra, en la silla de alguien que terminaba de pagar e iba al baño, ordené a una cerveza y un buen pedazo de carne roja, casi cruda.

Volví a sacar el papel que Genevieve me había regalado con ilusión y yo había menospreciado con sarcasmo. Leí detenidamente, pedí una segunda Heineken, igual de fría y sabrosa, la bajé rápido, me quedé viendo la ventana y el edificio del frente donde está Morton's observando la gente que pasaba caminando. Entonces ahí de pronto me vino, me dije: verga, pasé 6 meses en Japón buscando una verdad absoluta y mi doctorcita me imprime una en un minuto. Una que al principio no me dice nada y ahora me toca con toda su fuerza, la vida es un misterio. Inspirado sentencié en silencio: "no había que ir tan lejos para conseguir la verdad". Recordé la frase de nuestra abogado en la oficina que repitió como una advertencia: "nada es absoluto" y me pregunté dónde la había escuchado antes. Todo eso ocurrió en el futuro cercano a los hechos aquí narrados; aunque al presente, todavía permanecía en la oficina de Genevieve, echado confortablemente en una silla, una Corbusier Chaise Longue, leyendo y esperando ese café con el que llegó en menos de 10 minutos. Al dármelo continuó preguntando...

- ¿Lo leíste, qué te pareció?
- No me dice mucho, ¿cuándo lo escribió? Parece sacado de una de esas novelas que pone la señora que limpia mi casa en la tele mientras hace su oficio.
- Eres un cínico, te falta sensibilidad, deberías volver otros seis meses a Japón, tienes tanto que trabajar respecto a tu ego...
- Si pudiera lo haría, créeme, pero tengo mucho trabajo y dudo que conseguiría a Vanessa por aquellos lados.
- Pues por aquí tampoco lo has hecho...
- Tienes razón, será difícil, encontrarla... Y eso que dicen que si uno piensa mucho en alguien se lo topa, algo así me pasó.
- No te pongas esotérico ahora, suficiente con lo que debemos trabajar para mejorarte antes de ese "significativo" encuentro; si se tardara un poco sería más oportuno, nos dejaría chance de progresar.
- Cuanto antes mejor, ya estoy listo.
- Eres tan ingenuo, tan hombre, tan niño.
- ¿Por fin Genevieve, niño o hombre? me tienes confundido.
- La mayoría de los hombres son unos niños y tú especialmente entre ellos. ¿Qué tal el café?
- Excelente.
- Le puse canela y polvo de cacao, como te gusta.
- Estas repleta de detalles, gracias.
- Niños porque se quieren acomodar a lo que les gusta sin medir las consecuencias. El acomodo implica ser laxativos moralmente, una conveniencia que a primera vista pareciera divertida, inclusive anímicamente atractiva, nada de eso es excusa, habría que ser serios, las consecuencias de sus acciones sobre ellos mismo y el mal ejemplo a terceros son una realidad tétrica. Nuevamente te pongo un ejemplo tan frontal como metafórico de países lejanos y teorías foráneas que te resultan atractivos para que prestes atención: en India existe una secta muy espiritual que en apariencia supuestamente deja todo por un accionar espiritual con desprendimiento material que en el papel y en film luce muy atractiva, idealista, lejana y romántica. Sucede que cuando le metes la lupa su renuncia no ha sido a todos los placeres, al menos se quedan con uno, siguen fumando marihuana constantemente y la excusan como un vehículo para trascender a niveles espirituales superiores.
- ¿En serio? Menos mal que no me enteré antes de esa excusa.

-No bromees. Sucede que tú y yo sabemos que esa es una gran mentira, te consta o debería constarte. A ti te costó fuerza y determinación desprenderte de esa falacia. La travesía por Japón te ayudó a separarte de tal engaño.
-Japón y sí, también mi fuerza de voluntad, aprecio que lo notes pues he sido fuerte.
- Ya me enredaste con tus comentarios, me desvié, no me expreso con claridad. Lo que trato de explicarte es que a pesar de tener un hombro donde llorar como éste y los oídos atentos a tus penas (Genevieve posó su mano izquierda por un instante y en secuencia primero sobre su hombro derecho y luego sobre sus oreja derecha) tu promiscuidad sexual, ese hedonismo acentuado por el uso constante de la prostitución es simplemente otra falsedad. Tus maquillajes de esa ficción al final del día son excusas fatuas. Si de verdad quieres cambiar, la respuesta está en ti, lejos de esa petulancia, debes vencer esa pedante debilidad de tu carácter, como cuando dijiste un no rotundo a esa hierva, te lo compro, sí, fuiste fuerte, ¡eres fuerte!, fuerte para seguir sin que perturbaras tu ser en peores formas que lo que experimentas por la promiscuidad hoy en día.
-Gracias.
-Si pudiste con un mal mayor podrás entonces con éste. Cree de nuevo en ti. Quizá se te pinta igual de complicado o te manipula distinto hoy en día, pues te cuesta mucho aceptarlo como un ente destructor de tu esencia. Eres una persona bella. Ser bello como persona no es suficiente. En mi opinión, si no superas esto no mereces a Vanessa, así de sencillo. No la conozco. No sabría decir si ella es lo que representa ante ti: ese amor puro. De una cosa sí estoy segura: si no renuncias a la suciedad de la promiscuidad no mereces la pureza del amor verdadero. No serías digno de Vanessa.
-¿Cómo se llama esa secta?
-¡Eres imposible! ¿De todo lo que te dije sólo te queda la curiosidad por el nombre de la secta? ¡Ten cuidado! Los especialistas modernos, los más avanzados publican con frecuencia que la sexualidad exagerada se podría volver adictiva. Si te abandonas podría distorsionar tu quehacer diario, si es que ya no lo ha hecho y tú no te percatas o no quieres advertirlo, por efugio o distorsión de la realidad. En el ámbito de una patología somática pudiese fichar cual compulsión. Dentro de los parámetros de una patología clínica mínimo se estimaría cual hábito forjado por la impulsividad que te provoca el magnetismo del placer sexual. Sería catalogado de adición. Luego notarás con mayor énfasis lo que ya intuyes, el cómo afecta tu día a día y a quienes te rodean, y a tu desempeño como persona y, también, a nivel de trabajo. De ahí tus tantas excusas. Evades al decir que ya no pagas por la prostitución; ese

no es el punto, no exactamente, el desembolso no es solo monetario y es a su vez un gastar o botar de mayor dimensión cuando se estudia en detalle, se mide en pérdidas: pérdidas de tiempo, pérdidas de efectividad profesional, pérdidas de relaciones sociales y de emociones, pérdidas de equilibrio mental y espiritual, pérdidas de calidad de vida y de verdadera satisfacción, afecta todo lo que haces, ¿imperceptiblemente? Tú dirás. Debes ponderar, observar y recapacitar lo que haces con sinceridad. Si más nadie te puede ayudar, tú puedes hacerlo de forma real, íntimamente, entrando a analizar tu fuero interno. No será sencillo. Te lo debes, sí, un enfoque prismático y pragmático en tu investigación de manera que tu propio diagnóstico sea lógico y eficaz, comparado desde muchos ángulos, examinado con iluminaciones diversas, desechando la excusa emotiva, buscando la verdad. Olvídate de mi evaluación si te incomoda, primero ayúdate ti mismo desde la perspectiva de la sinceridad. No hay otra.

- Estoy tratando de digerir todo lo que dices. Suena cierto pero a ratos irreal o poco práctico. Es muy teórico, usas esas palabrotas cuando citas a otras experticias. No indago otras perspectivas, inquiero la tuya. No te quito razón. Es lógico y en ello basas tu argumentos. Me da miedo.

- No le tengas miedo a la verdad.

- ¿Es la pura verdad? Es un cambio radical. Me desprendería de algo que no siento que me haga tanto mal como lo hizo la droga; tú lo defines como una droga, deduces a través de esa definición mi falta de aceptación de la realidad, lo entiendo. Voy a pensarlo.

- Piénsalo con calma, esa es la idea...

- Hay que ponderarlo, he conocido muchas buenas personas a través de eso que defines como promiscuidad, yo lo denominaría distinto, un término más cercano a la sabrosura.

- Eso es evasivo, cuando menos acomodaticio.

- ¿Lo es? En cierta forma fue a través de esa "sabrosura" que te conocí a ti, ¡por ejemplo! Aún así te doy el beneficio de la duda, lo voy a sopesar y soy capaz de tratar, bien sea Vanessa el amor verdadero o no, y sí, pienso que ella lo es, es un sentimiento interno, no lo puedo asegurar, sí lo logro percibir, eso dice algo ¿o no? Examinaré la situación, pronto te haré saber qué decido.

- Tómate el tiempo necesario, funciona mejor si estás seguro al dar el primer paso.

- Te aseguro algo, si lo dejo será igual que con el maldito monte, rescindiré para siempre. Antes debo convencerme. Seré yo quien lo haga. Lo estoy meditando, desde ya, trataré de entender el alcance de tu análisis y serás la primera en notar el cambio. Pues si lo decreto no haré aspavientos, calladamente, tú sí lo notarás desde el principio. Sería radical, no gradual, desde el inicio lo percibirás. Estas llena de sabiduría, eres profunda, gracias, muchas gracias...

- Gracias a ti mismo te diré cuando lo logres comprender. Cuando aceptes cambiar. Cuando luches por alcanzar el cambio. Cuando lo inicies. Cuando lo mantengas. Cuando lo consigas. Cuando resistas nuevas tentaciones. Cuando logres reforzar tu espíritu con el néctar de la verdad. Cuando la rutina sea estar lejos del veneno de la falacia. Cuando puedas ayudarte a ti mismo sabiendo que tu fuerza interna está en decir no a la tentación, a ese embuste que atrae. Cuando consigas combatir la aspereza del escenario existente con la alegría de saber que haces lo correcto. Allí estará lo trascendente de todo esto. Allí encontrarás con humildad el orgullo del logro y la energía positiva para la resistencia en la batalla. Porque al igual que dejar la droga esto es una ofensiva constante. Tienes suerte, tienes la experiencia de otras batallas; ahora tú tienes el impulso a través de lo que te ha inspirado Vanessa. Eso vale, no lo pierdas. El forcejeo de cualquier nervio lo podrás vencer porque, sea Vanessa o no, estarás luchando por la búsqueda del amor verdadero. Nada puja mas fuerte que la búsqueda del amor, si lo dejas avanzar con honestidad dentro de ti.

- Eres tan bella, llevas la belleza adentro y afuera. ¿Sabías...?

- Me extra limito contigo porque te aprecio. Te quiero. Dejo de ser objetiva. Deseo que seas mejor, un hombre en su verdadero sentido. Lo siento así no sólo como profesional sino como amiga, como mujer. Te conozco como alguien que te ha tenido cerca, demasiado cerca, no hay que entrar en detalles. No soy objetiva. No soy muy profesional contigo. Ni siquiera uso el discurso técnico. Casi no me sale. Percibo constantemente que te puedo auxiliar dentro de esta locura que es nuestra relación. En ese sentido, sí es válido. Si logro ayudarte, ¿importaría el vehículo? sería insignificante, cuando más accesorio. Culminante sería lograr algo positivo. Disfrutar sería arribar a un resultado palpable. Ya veremos. ¡Ay no! me has hecho llorar. ¡Qué joder! El paciente se ríe y uno llora. Es surrealismo del puro. Eres una vaina seria. Eres increíble...

- Ahora sé que hablas con la verdad absoluta, hablas sin tapujos, eres tan franca conmigo, no hay fingimientos ni poses profesionales, tu mensaje me ha llegado, te lo dije, estás llena de sabiduría, gracias, muchas gracias.

- Para, para ya, ya, ya, ya, esto se descontroló, perdió cualquier pizca de profesionalidad que le quedara; paremos por hoy, no sé si podremos tener otra sesión, deberías ver a otro especialista, alguien más serio y objetivo, con menos ataduras. Por lo pronto vamos a cenar.

- No digas eso, no me confesaré con ningún terapista, ni médico, ni brujo, ni cura, ni puta. Eres la única en quien confío para estas cosas, acepta que sí me verás.

- Tendríamos que poner unas reglas más severas, esto no funciona, quizás para ti sí, no para mí. ¡Mírame coño! no paro de llorar, estoy descontrolada ¿y tú?, ahí, riéndote. No te da lástima. No quiero tu lástima. ¡Carajo no sé ni lo que digo! Llévame a cenar por favor. Luego lo pienso y te digo. No puedo conmigo misma en este momento. Me odio por eso. ¿Ves? Esa es la razón por la que una buena profesional no trata, no ve, no escucha ni por casualidad a alguien con que haya estado involucrada en el pasado, qué grave error…
- Tú eres mi amiga por encima de todo.
- ¿Lo ves?, otras vez, eres increíble, no me dejas parar de llorar. Por favor llévame a cenar, ¿o quieres que vaya yo sola a McDonalds? Todo el mundo se burlará viéndome comer entre lágrimas. Te odio. No mentira, te quiero. No mentira, te aprecio solamente. Ahora como amiga, somos solo amigos, como amiga te pido que me lleves a cenar.
- Tendrá que ser algo cerca, no tengo vehículo, vine a pie.
- Vamos en el mío. No me puedo dejar ver así. Vamos directo al sótano, tu manejas, vamos a la playa, sorpréndeme, algo que me haga olvidar este bochorno; dame cinco minutos, ve sacando el carro, es nuevo y es azul, está estacionado donde siempre, páralo frente al elevador, no quiero ver a nadie.
- Dame las llaves, te espero abajo, no te tardes.
- Anda, no seas grosero, me destruyes y luego me apuras, baja, búscalo y me esperas. Por favor, ya no tardo, disculpa…

18. Unas fotografías en el baño

Bajé confundido, pero relajado. No esperaba esa reacción. No es lo que uno espera de su doctor. Traté de recordar si los psicólogos son los doctores o los psiquiatras. La denominación psiquiatra suena más severa, seguro que esos sí son los médicos. No importa. ¿Por qué pienso eso? No viene al caso. Su reacción de alguna manera contribuyó a enfatizar sus aseveraciones, resaltó la esencia de su discurso. Aclaró mi mente. Capté el mensaje. Debo decidir si haré el esfuerzo o no. Debo ponderar si ese cambio vale la pena del sacrificio. Después de los treinta los cambios son más difíciles. No me siento viejo pero acepto que cambiar la rutina es ahora más complicado. Cuando fui a Japón dejé todo sin pensarlo dos veces. Cuando volví cambié sin importar ni medir las consecuencias, formaba parte de mi altanería, de mi irreverencia general. Por eso fue un cambio auténtico en su momento. Fue radical. Luego se ablandó por varios factores.

Así como New York endurece Miami ablanda. Bueno, ablanda a ratos y fortalece en otros. Este pueblo sureño combina lo flojo y lo duro. Así soy yo también, fuerte para algunas cosas y blando para otras. A lo mejor por eso compaginamos tan bien. Armonizamos. En este momento estoy blando en cuanto a mi psicóloga, mi doctorcita. Lo que me provoca es besarla, abrazarla, acariciarla. Después veremos qué pasa, por ahora debo esperar a que se calme o es capaz de asesinarme si le propongo la vía del placer. La vi demasiado frágil. Al menos debo respetar su fragilidad, su autenticidad, su deseo de ayudar, y no quiero perder la oportunidad de su terapia, confío en ella, es la única a la que le cuento todo, casi todo, hay cosas que aún no le puedo contar.

Me pregunto cómo reaccionará cuando le cuente el resto. No quiero ni pensarlo. Si me confieso a fondo será con ella o me lo guardo como hasta ahora he hecho. El tiempo lo dirá, la noche es joven, tengo hambre, por ahora vamos a cenar. Me siento muy relajado, me he librado algo de peso al aceptar que tiene razón, todavía llevo la carga, no me he deslastrado pero me percibo con cierta levedad, es un buen presagio, me recuerda al día cuando decidí dejar de fumar, nunca más lo hice, ya ni siquiera pienso en el monte, la mayoría del tiempo.

Tomé su carro nuevo, le bajé la capota y la esperé frente al ascensor. Salió bella del ascensor, como si nada. Las mujeres poseen ese don. Donde sea van al baño y se trasforman. Los baños, los tocadores, esas salas de retoques para las mujeres son como una máquina del tiempo, les regresa en edad y les añade frescura, las llena de energía al echarse encima un poco de ese polvo mágico que llaman maquillaje. Era otra. Su seguridad al caminar con esos tacones por el estacionamiento así lo anunciaba y también la forma como batía su melena dorada al pretender no verme sino buscarme de reojo. Me divertía su coquetería. Traté de no reírme para que no fuera a malinterpretar, pero sonreí amablemente mientras le abría la puerta.

-Hola, le dije, ¿todo bien?
-Sí perfecto, ¿por qué no?
-Simple curiosidad, fuiste rápida.
-Siempre, me puedo arreglar más rápido que cualquier mujer.
-Y quedas bella, eres otra.
-Gracias, ni idea de a qué te refieres, casi estoy igualita...
-¿Carro nuevo, no?
-¿Te gusta?
-¿No decías que los convertibles eran una banalidad típica de la superficialidad de Miami?
-¿Uno no tiene derecho a cambiar? Miami termina permeándose en ti. Su suave proceso ósmosis te afecta los flujos banales, lo percibas o no.
-¿Cambias con frecuencia?
-¿Qué quieres decir?

- ¿Cambias tus hábitos con frecuencia?
- ¿El coche es un hábito o una necesidad?
- ¿Es esto parte de la terapia?
- ¿Preguntas para saber o para defenderte?
- ¿Qué te provoca comer?
- ¿A dónde me vas a llevar?
- ¿Conoces el SLS?
- ¿El nuevo hotel donde quedaba el Ritz?
- ¿Aún te fascina el Sushi?
- ¿Aún lo recuerdas?
- ¿Te gustaría otra cosa?
- ¿Será el Katsuya?
- ¿No siempre te llevo a lo mejor?
- ¿Ese es el mejor japonés?
- ¿No confías en los críticos culinarios de E!?
- ¿Tú ves E!?
- ¿Tú no?
- Pensé que ibas a citar al Gourmet Channel.
- ¿Sigues tu propio criterio o el de los demás?
- ¿Nunca aceptas consejo de alguien que sabe más que tú?
- ¿Tratas de convertir esto en una prolongación de la terapia?
- ¿Sería peligroso hacerlo?
- ¿No tienes nada mejor que hacer?

Nos reímos por una rato luego de nuestros juegos altercando preguntas. Teníamos muy buena química. Quizás eso nos ayudaba en la terapia y en la vida real también. Su inteligencia como terapeuta era indudable y se combinaba para bien con su emotividad, al menos en mi caso yo así lo percibía. Cuando llegamos al SLS quedó encantada. No sentamos en el bar de la terraza viendo hacia la piscina y el mar. Tomando tragos mientras corría el tiempo necesario para lograr una mesa sin reservación en Katsuya. Entraban y salían parejas todo el tiempo. Algunas mujeres eran bellísimas. Todas bien arregladas. No veía demasiado para no incomodar a mi acompañante. Trataba de ser recatado. Ella era tan bonita como la mejor y ese vestido negro le quedaba de perla. No me podía quejar.

De repente en una de sus típicas salidas emotivas que contrastan con la profesión que practica, dijo que lo que le realmente le provocaba era una jugosa hamburguesa. Colocamos mi chaqueta y su bufanda sobre nuestras sillas del bar. Ordenamos dos bebidas nuevas. Ella tomaba vodka en la rocas y yo también decidí beber Stolichnaya, su marca favorita. Advertimos al barman que caminaríamos hasta la playa y de vuelta mientras el preparaba los tragos, para fumar un poco. Le piqué el ojo en señal de que le esperaba una buena propina y le señalé nuestras prendas sobre las sillas con mi índice izquierdo para que estuviese pendiente de los atuendos. Asintió con la cabeza. Salimos descaradamente en dirección opuesta. El barman pretendió no notar la contrariedad.

Tomamos un taxi hasta Five Guys en Washington y la 15th St. En quince minutos teníamos las mejores hamburguesas de la ciudad en nuestra boca, ricas, sabrosas, jugosas. En otros 15 tomábamos un taxi de vuelta al SLS. En otros 15 estábamos de vuelta en bar. El barman nos hizo un gesto de espera con su mano derecha y con la izquierda sacó nuestras bebidas guardadas impecablemente en su congelador. Esta vez me guiñaba ojo como diciendo ¡hombre!, te la has ligado, te felicito, coronaste la noche. Le solté una sonrisa que confirmaba el incierto hecho y disfruté el momento virándome hacia Genevieve brindando con el vaso corto repleto de hielos, Stoli y una conchita de limón que matizaba aromáticamente su sabor. Ella me vio con la complicidad de que acabábamos de hacer algo prohibido o con la picardía del recuerdo de experiencias pasadas, era imposible determinarlo. El barman aún observaba complacido, pensando que su teoría se confirmada. Lo volví a mirar sin desmentir su errónea adivinación e incliné la cabeza en agradecimiento. En ese justo momento llegó la anfitriona con menú en mano para conducirnos a nuestra mesa.

Nos excusamos muertos de la risa explicando que la estábamos pasando muy bien afuera por lo que preferíamos esperar otras dos horas para comer. Nos vio con incredulidad mientras consultaba algo a su colega por su radio interno. Nos indicó, entre sorprendida y molesta, que no habría ningún problema pero que la espera sería mínimo de tres horas. Para su mayor sorpresa, sonreímos de nuevo aceptando su advertencia. Para cuando nos sentaron teníamos hambre de nuevo y mínimo 4 vodkas encima por cabeza. Pedimos sake con la comida y fue una locura, nos explotó el aguardiente tibio en la cabeza, no paramos de reír. El sushi fue exquisito. Té verde fue el postre. No estábamos tal mal como para quedarnos pero igual no podíamos manejar sin peligro de ser arrestados.

Propuse permanecer con la desfachatada excusa de conocer la nueva decoración del hotel. Genevieve no quiso en el SLS. Tomó la delantera y caminó por Collins hacia el Sur unos cien metros en línea recta, la gente atiborraba la acera a tan alta hora, la brisa era fresca. Le seguía sus pasos de cerca sin entender a dónde iba. Entró al Lessmore y solicitó una habitación. La colección de fotografías expuesta en la recepción era simplemente impresionante. Aquí no había el bullicio atorrante de los lugares en boga ni el policromático gentío en búsqueda de la novedad. Eso lo dejamos detrás, en el SLS. Esgrimí mi tarjeta, tomé los plásticos de acceso y me uní a Genevieve. Ella, con mucha calma y atención caminaba lentamente observando cada fotografía de la exhibición. Yo la seguía dos pasos detrás, la observaba en lugar de mirar los cuadros. Caminó lentamente por toda la planta baja del hotel. De la recepción al bar y de allí al comedor, viendo foto tras foto, como lo hacen los curadores de arte en los museos, dedicando un segundo de más a cada pieza en particular, como dialogando con las composiciones, descubriendo su encanto, disfrutando el arte, sintiéndolo intrínsecamente. Me tomó mansamente de la mano y me susurró

> -Ven, quiero mostrarte las piezas de un fotógrafo Japonés que guindaron en el baño de damas. Te recordará tus viajes. Será una experiencia única. Lo que vas a ver allí, garantizado, no lo verás en ningún otro lado en Miami...

La seguí con desprendida obediencia asiendo su mano como hipnotizado sin imaginar lo que me esperaba. Al entrar reímos un poco acerca de nuestra pequeña travesura y antes de que pudiera enfocarme en las fotos salió de detrás de una de las puertas de los pequeños cubículos del sanitario nada más y nada menos que Vanessa. ¡No lo podía creer! Me vio fijamente. Mi corazón se aceleró repentinamente. Pensé que explotaría. De un tris, se me pasó la borrachera. Mis piernas temblaron. Quedé mudo. La vi fijamente, perplejo y sin iniciativa para reaccionar. Miró de vuelta, de medio lado, casi con desprecio a la pobre Genevieve quien no tenía ni idea ni vela en ese entierro. Batió su cola de caballo con mayor fuerza que cuando lo hacía al correr y desapareció. Para cuando reaccioné y le expliqué a Genevieve, ya se había esfumado. Ni rastro de ella. Las únicas palabras que alcanzó a decirme retumbaban en mi cabeza cual ineludible sentencia.

> -Sigues siendo un niño, veo que no has cambiado, eres increíble.

Genevieve también las había escuchado. Reía profundamente a carcajadas, el licor la afectó por ahí. Decía:

> -¡Qué casualidad!, y es que eran las palabras exactas que también me había dicho ella en el consultorio, me cae bien tu chica, pensamos igual de ti.

Tildó su terapia vespertina de premonición con pizcas de profecía. Se adjudicó toques de pitonisa. La sorpresa me impedía escucharla bien, de todas formas me era indiferente. Pregunté por Vanessa en recepción, obviamente no había nadie registrado con ese nombre. Alguien de valet atinó a decir que había visto salir una alta rubia caminando apresuradamente, dijeron que había salido en dirección a Lincoln Road. Salí rápidamente y caminé por todo el boulevard cruzando todas sus transversales pero nunca la encontré. Volví exhausto. Genevieve ya dormía profundamente. Me eché a su lado. Desperté a las 10 y un poco hecho trizas. Mi doctora había partido, dejó una nota explicativa acerca de consultas desde las 9:00 a.m. Al lado en el piso reposaba una cesta de basura adornada con un único papel arrugado, se notaba de la misma resma, de la libreta del hotel, donde Genevieve había escrito algo. Lo tomé con ingenua curiosidad, tenía la misma caligrafía de mi doctora aunque con unos trazos más rápidos y desordenados, contenía algunas palabras tachadas o reescritas. Nuevamente me atrapaba y me hablaba un papel arrugado, me llegaba directo, esta vez no trataba de política ni era propiamente un poema de amor, sino que el tema era Vanessa. Y rezaba así:

> "Como mujer debo aceptar mi intuición, es el amor de tu vida, sí, lo noté en tus ojos y también en los de ellas, como amiga y terapista te digo, ten cuidado, pues esa mujer te puede cambiar para bien o destruirte totalmente, como alguien que ha compartido esporádicos momentos muy especiales contigo, te confieso que me dio celos en extremo, desperté con mucha rabia y preferí partir si verte a los ojos, gracias por la cena, espero que te hayan gustado las fotos, suerte."

Regresé el papel a su contenedor como si fuera basura. Sentí una sensación de vacío y también otra de ansiedad. No esperé a que me hicieran sentir mal. Las mitigué con una ducha de agua helada. Salí tratando de no pensar en nada. Caminé hasta Lincoln de nuevo, evité cualquier papel arrugado que se me topase al azar y prometí no levantar más papeles accidentales, paré en un almacén deportivo para comprar shorts, franelas y zapatos de goma, era una tienda bien montada, tenía buenas marcas.

Pagué la cuenta del Lessmore y les pedí el favor de guardar mi equipaje que consistía en mi ropa de la noche anterior arrojada en una bolsa de lavandería del hotel explicando que después pasaría a buscarlo. Me devolví trotando. Necesitaba despejar mi mente. En una de esas, un automóvil rebajó la velocidad me vio a través de sus vidrios oscuros y me tocó la corneta. Me pregunté si sería ella. Seguro que no, aunque saludé de todas formas con un mínimo de esperanzas. Qué ingenuo.

Llegué exhausto. Tomé una segunda ducha helada mientras repasaba cómo había perdido la oportunidad tan deseada por horas, días y noches. Le había dado una impresión absolutamente equivocada y no tuve ni tiempo de explicar. ¡Qué grave error! Me reclamé a mí mismo. Maldije la situación y las carcajadas burlonas de Genevieve cuando me percibió saliendo a perseguir el fantasma que afectaba mi existencia. Luego me calmé, me preparé una merengada de avena con hielo picado y canela intentando desprenderme del mal humor y la resaca, le agregué un resto de fresas a punto de pasarse, su toque amargo resaltaba la onda de la situación, caminé al trabajo escuchando música.

Otra vez una sola canción: "Who Will Save Your Soul", la misma del inolvidable día de la caminata con los perros a Virginia Key pero esta vez en una versión en vivo cantada a dúo donde Jessica Simpson acompañaba a Jewel de manera extraordinaria. Amanda me había grabado esa extraña versión. Fue luego de un día donde trabajábamos números en la oficina cuando su conserje llamó altamente preocupado por su perro que hacía mucho ruido. Fuimos a verlo y terminamos llevándolo al veterinario del vecindario. Pensó que la canción me encantaba porque el día de la caminata me escuchó tararear el coro varias veces con entusiasmo. Esta vez le puse atención a la letra buscando un significado pues había sido la primera opción del "shuffle" al prender el aparato, no encontré mensajes para mí en las líricas que tuviese sentido, salvo en el coro, pero la escuché tres veces mientras andaba al trabajo, fue todo lo que oí en el familiar trayecto descifrando paso a paso pensamientos en simultáneo sobre la noche anterior que no me abandonaban y al entrar, cosa curiosa, inicié la jornada agradeciendo tardíamente a Amanda por un regalo que no había reconocido oportunamente y preguntándole sobre su sabueso, el amor de su vida, mientras pensaba si Zach me preguntaría por qué llegaba tarde y él posiblemente nunca imaginaría mi respuesta. Esto es raro, me dije, muy raro: iniciaba el día laboral pensado y haciendo otra cosa que no fuera acciones, dinero y mercado. ¿Estaría cambiando? Concluí rápidamente que eran trastornos del trasnocho y me concentré en los indicadores del mercado. Era lo más sano para dejar de atormentarme por Vanessa, no recuerdo si logré abstraerla de mi mente en aquel momento, supongo que no.

Zach me increpó por la tardanza tal cual lo presentí. Abordó el tema de mi tardanza para llegar a trabajar de manera directa pero amable, según su estilo. Contó primero sobre lo bueno que le había sucedido durante mi corta ausencia. Me explicó que desde que habíamos hablado la última vez el movimiento de las acciones que yo había tranzado, tanto las que había comprado o vendido como las que había mantenido sin cambio en cartera, todas mis operaciones habían evolucionado de forma positiva. Así es el mundo de las acciones. A veces alejarse de ellas por un rato, dejarlas evolucionar por sí solas es lo mejor que uno puede hacer. En eso se parecen a las mujeres. Lejos de las constantes informaciones y de las especulaciones que se derivan de eso, ellas también tienen su manera de moverse, según sus propios designios. Son como chicas, pensé, pero no lo comenté. Kent estaba muy contenta con mi toma de decisiones y le había pasado un informe detallado a Zach con copia a mí, cosa que yo debería leer en cuanto pudiese, reposaba en mi ordenador desde las 8:00 a.m. Luego me explicó, para que lo tuviese en cuenta y fuera prudente durante mi próximo viaje:

- Los estudiantes en Venezuela se aglomeraban frente a la embajada de Cuba, solicitan el cese de su interferencia en los asuntos internos del país.

"Ellos no andan hibernando como el resto de nosotros, ellos sí actúan."

Se me grabó esa frase que lanzó al aire como una sentencia, sentí el frío de una ráfaga de aire acondicionado en mi cara al escucharlo proseguir luego de una pausa que le añadía teátricas a lo ya dicho.

-Soldados y fuerzas policiales sacudieron a estudiantes y periodistas en un intento de disolver la manifestación. Los inciviles habían logrado su cometido, al menos temporalmente.

Para rematar me emplazó apuntándome con su índice acusatorio para adivinar lo más insólito que había sucedido durante mi ausencia.

- ¡El Papa ha renunciado!

Yo no podía creerlo. Mi primera reacción fue verificar la cadena de twitters que debía tener abultada en mi teléfono si tal locura fuese cierta. Mi aparato estaba apagado. Era oportuno prenderlo. Mientras lo hacía Zach rió con sarcasmo cuestionando mi incredulidad. Encendió mi monitor de pantalla plana en CNN. Calló, mientras yo, sin habla, veía estupefacto la noticia. El mundo había cambiado notablemente en las últimas horas tanto en mi plano personal como en el general. Me preguntaba si todo estaba interconectado con algunos grados de separación como aquella divertida película. Zach interrumpió mi pensamiento explicando que había rumores sobre Warren Buffett también queriendo sorprender al mundo económico comprando a Heinz mientras cambiaba el canal para Bloomberg. Esperaba noticias confirmatorias de esa movida especulativa del gurú. Zach aclaró que esta vez era un rumor que le había llegado desde una fuente confiable, por Twitter. Luego dijo adiós con su mano y agregó que me dejaría solo para que trabajara, tenía una sonrisa triunfadora en su cara. Pocas veces me agarra fuera de base en cuanto a información se refiere y menos en algo tan colosal como Benedicto XVI renunciando. En nuestra sana competencia se había anotado varios puntos a su favor. Ni hablar de lo de Warren, justo dentro de mi campo de acción. Ignoré su actitud asumiendo que la nuestra era una carrera de largo alcance. "Ya lo alcanzaría", pensé al abrir mi buzón de correos electrónicos en Google, lucía repleto. El último correo era de Zach. Recién enviado.

-Buenos días de nuevo ¿cenamos hoy?.
-Sí, le respondí, mientas avancé lento, leyendo y respondiendo otras misivas.

Esta noche le contaría sobre Vanessa, necesitaría su ayuda si de verdad aspiraba localizarla pronto. Traté de no pensar más en ella y busqué concentración total en el trabajo intentando olvidarla. No fue fácil, cada respiro me recordaba nuestro breve encuentro y sin que hubiese sido el ideal ni mucho menos, me sentí contento por haberla topado, a pesar de todo...

19. Como correr detrás y hurgar en esa nada que puede ser el viento

Trabajé seguido por doce horas, salí a las 10:00 p.m. Logré ser eficiente. Trabajé tranquilo, no salí de mi oficina salvo dos veces a la cocina para comer sopa que había ordenado de PF Chang por internet y a tomar agua helada. Luna y Juana conversaban con café negro aguarapado de por medio. No las quería interrumpir, traté de apartarme a otro rincón, Luna me veía de reojo, no le agrada cuando ordeno sopa, ella siempre puede prepararla mejor... Luego ambas voltearon y Luna tomó la palabra con una amplia sonrisa mientras Juana apoyaba abriendo los ojos casi desorbitados y frunciendo exageradamente el ceño, se respiraba sarcasmo en su morisqueta.

- Luna: ¡Sr. Chris! ¿Nos dijeron y que le había ido muy bien en el maratón?
- Chris: Sí, muy bien Luna, gracias por preguntar, corrí bien y me divertí mucho, fue un bello día, ¿qué más les puedo decir? No podría pedir más...
- Juana: ¿Qué? ¿Que, qué más? Bueno, según veo mucho más que eso, Sr. Chris, usted perdone, por ahí dicen que usted y que corrió detrás de dos catiras una verdadera y otra imaginaria...
- Chris: ¿Qué? No sé de que hablan. Les cuento sobre la carrera: mejoré mi tiempo, sí, en un minuto o más. El resto de sus colegas también corrieron de lo mejor, cada uno en su rango, lograron sus metas, aunque no mejoraron sus previos records. Salvo Dierdra, que se botó y mejoró mucho, relativamente fue la mejor de la oficina. Los tiempos de cada quien están en la web, vengan a mi oficina luego y se los muestro. Lo importante es que todos terminamos enteros, contentos, nos divertimos mucho y nadie se lesionó.
- Luna: Ese no es el cuento Sr. Chris...
- Chris: Juana, ¿qué quiere decir Luna?
- Juana: Luna se está pasando Sr. Chris, regáñela, dice que escuchó por ahí, como quien dice, que usted sí salió lastimado porque no fue a correr sino a buscar una catirota y como no la encontró se le magulló el corazón...
- Chris: miren, ¡de verdad que ustedes dos están bien pasadas!
- Luna: no, no, usted perdone, Sr. Chris, eso es lo que una escucha aquí calladita cocinando y como usted es de confianza y siempre nos dice que le contemos todo pues así se la lanzamos. Además tenemos tiempo, hoy no hemos cocinando tanto, Sr. Chris, porque usted le ordenó a los chinos, quién sabe con que aderezaron esos caldos, seguro que no es casero como aquí. Es más, Sr. Chris, usted que me ha dado permiso para

regañarlo, usted sabe cuanto yo lo quiero, entonces, venga acá, escuche: deje de andar asando varios conejos al mismo tiempo y deje que yo le prepare su sopita que esa sí le quita el ratón. Y mire, usted siempre anda de aquí para allá y de allá para acá con sus andanzas, ¡lo que habrá tenido que limpiar la pobre Juana en su departamento!, no sea necio, busque solo una, la que usted quiera, sea persistente, no se complique tanto picándole el ojo a una y otra moza. Agarre juicio y fundamento, póngase serio que ya usted no es ningún pelado. Y, mire, además, Juana también ha escuchado el cuentico de la carrera esa, cuando limpia el pasillo.

- Chris: ¡esas mujeres son unas chismosas!
- Juana: ¡Ay! Sr. Chris, eso no es nada, si usted supiera...
- Chris: atención señoras, yo lo único que sé es que nos fue de lo mejor en el maratón, excelente, miren: corrimos bien, nos divertimos, nos apoyamos, meses de esfuerzo entrenando se vieron recompensados con buenos resultados, no hubo lesiones, fue un día extraordinario para todos, había alegría en la cara de todos y cada uno, fue un día especial para quienes trotamos a diario y así lo voy a recordar. Por eso, no voy a caer en sus trampas. Ustedes son un par de vivas, me andan buscando la lengua, no voy a validar ningún chisme y menos de ustedes, ni siquiera con mi presencia. Bien, cerrado el tema, me voy ya para mi oficina pues, de verdad, tengo mucho trabajo.
- Luna: vaya con Dios, Sr. Chris. Perdone lo malo. Es que mire usted: "la confianza da asco".
- Juana: y que tarde o temprano Él también lo ayude a conseguir su catirota, ¡como a usted le gustan!
- Chris: ah, están gozando, tranquilas que yo "las agarro en la bajadita".
- Juana: no por favor, Sr. Chris, perdónenos que Luna es una vieja atrevida y yo una boba que le sigo la corriente. Usted sabe cómo se pone ella cuando usted ordena afuera. Más que todo porque usted es su consentido.
- Chris: no se preocupen, que no ha pasado nada.
- Luna: gracias, Sr. Chris.
- Juana: Dios lo cuide, Sr. Chris y, esta vez, sí, es en serio.

Regresé a mi rutina escuchando el eco de sus carcajadas en el pasillo y preguntándome si debía ponerles un parado a estas queridas viejas o dejar pasar la divertida tertulia, opté por lo segundo. Esas dos señoras me alegraban la vida con sus ocurrencias y me cuidaban en el trabajo y en casa, a su manera de antaño con el corazón abierto y con el mazo dando.

Ya en mi cubículo, me dediqué al trabajo: revisé las acciones, contesté correspondencias, dialogué con clientes, revisé cuentas bancarias, realicé pagos electrónicos y leí el informe de Kent sobre los movimientos que dispuse en cuanto a inversiones. Básicamente cuando las acciones están al alza y los resultados son positivos el mundo coincide contigo, todos son tus amigos, los clientes se sienten felices. Problemático es cuando tu cartera está a la baja. Cuando la gente apunta a cosas que tú supuestamente obviaste para culparte por las bajas en las ganancias o las pérdidas de capital. Esos son los días duros, ahí nadie está contento. Cuando lo que antes era borroso de pronto luce evidente. Los coaches o quarter-backs, los managers de lunes en la mañana generalmente son implacables con el mariscal de campo quien ya realizó su jugada el día anterior, cuando nadie sabía qué hacer ni cómo ejecutar. El informe de Kent es estricto, preciso, justo, breve y puntual, me gusta su estilo. No es superficial al levantar algunas banderas de alerta. Son observaciones de las que hay que estar pendientes, tanto respecto a las acciones en particular como en relación al mercado en general. Leí con detalle cada nota y las contesté individualmente. Luego envié mis comentarios por la intranet a mis colegas de la oficina. Este es el prototipo de lo que Zach desea implementar a una escala más grande y amplia en su proyecto "Tips" del cual habló el día que le tocó su charla. Muchas de nuestras colegas opinaron sobre mis comentarios de donde se originó una sana discusión que terminó con un chat-conferencia en Twitter. Algunos que estaban fuera de la oficina en reuniones o tráfico participaron ávidamente. Se sacaron conclusiones que dictarían pautas futuras sobre el evolucionar de la cartera actual. En ese sentido se comparte responsabilidad, sin menospreciar que la última decisión me recae; estoy clarísimo: los dedos de Kent y el resto del equipo me apuntarán para felicitarme o condenarme. Estoy acostumbrado. Mantengo un rigor crítico similar con mi cartera personal. Donde el único que tiene acceso a esa información es Zach. Vendo y compro lo que me parece, esa es la última línea, sigo mis instintos, no necesariamente me dejo determinar por mis conocimientos ni baso mi análisis exclusivamente en lo que aprehendo investigando, leyendo, escuchando. Inclusive el portafolio personal de Zach recibe la misma orientación pues yo lo administro. Usualmente no selecciono las acciones de su cartera pero sí cuándo venderlas o recomprarlas. Él se ha acostumbrado a que así lo lleve. Le da tranquilidad mental. Le permite enfocarse en otras cosas, como la relación directa con los clientes.

De eso quería hablarle esta noche, de uno de esos clientes. Fui caminando con Zach a cenar. El restaurant Novecento estaba full. Nos sentamos en la barra. Ordenamos pasta y agua mineral con hielo. No anduve con rodeos. Fui directo al grano. Le conté en detalle la noche anterior. Sobre todo a partir de la entrada en el tocador de las chicas. No pudo contener la risa. Se burló de mí y de mi circunstancia en aquella toilette de mujeres. Dijo que no podía haber escogido peor momento y lugar para encontrarme con Vanessa. Conociéndola, opinó que seguramente no querría verme por otra década. Siguió riendo, se explayó en la acción, gozaba. No le quité razón pero le expliqué que eso sería inaceptable, yo no sobreviviría. Por eso necesitaba su ayuda. Se trataba de uno de nuestros clientes, una cuenta que él llevaba personalmente, este individuo era muy amigo de la dueña del hotel, se la había escuchado mencionar en múltiples reuniones de trabajo, siempre la nombraba como un ejemplo de estoicismo, estilo, trabajo e inspiración por su inclinación constante a devolverle algo a la comunidad. Además estaba la coincidencia con lo de las fotos, algunos de los autores bajo su protectorado mesiánico también figuraban dentro de las fotos que Zach abrigaba como coleccionista.

En arte nos contrariábamos en gustos con frecuencia, ignorando eso, de lo que Zach compraba tres piezas yo compraba una, por si acaso, le seguía la corriente. En mi caso sin tener idea de lo que hacía, confiaba en su criterio, tenía buen gusto, era suficiente. A veces el arte se valorizaba más que las acciones y Zach de inmediato me lo hacía saber. No perdía ocasión, le encantaba dominar un ámbito donde yo contara con escasos conocimientos, eso le divertía.

- Lo sé, comentó.

Le entretenía molestarme y sabía mejor que nadie cómo erizarme. Cuando me notó realmente desesperado me dio un fuerte golpe en el hombro y dijo:

> -Tranquilo hombre que yo te ayudo, iremos a hablar con la vieja esa, no será fácil, correremos detrás de ella, hay que intentarlo, ¿somos amigos, o no?, quizá corramos con suerte.

Su cliente, Pietro Litti era entrañable amigo de la empresaria judía Sibona Fadsiwill. Una mujer bastante entrada en los sesenta con afinidad por el arte, gran amor por la fotografía y extrema elocuencia al hablar. Ella era una de las propietarias del hotel Lessmore, posiblemente la accionista mayoritaria. Al siguiente día, su amigo Litti le contestó el celular a Zach. Le explicó que para un favor de ese tipo, conociendo al personaje, era mejor solicitarle una cita, ella era muy desconfiada, si algo sería de ayuda eran nuestras impresiones personales, debíamos arriesgarnos en ese sentido. 10 días más tarde madame Sibona nos atendió en la terraza del comedor de su hotel ataviada con un vestido impecable con alusiones a la vida en París. Me recordó por oposición al taller que vestía Vanessa al salir del baño, un contraste, aprecié por escasos segundos la sencillez de su traje en medio del desconcierto: la sencillez era el inequívoco patrón de elegancia en Vanessa. El trapo de Sibona era otra cosa, se aproximaba, sin serlo, a los coloridos estampados de las finas piezas de la Griega Mary Katrantzou que son aquí la indistinta marca de Kent para ir a cenas de negocios, nunca vistos por mí en Miami antes que Doutzen los pusiera de moda en los cócteles. "Un aporte de nuestra actualizada ejecutiva neoyorkina para que Miami por fin entendiera lo que se luce en Londres por chicas altas y bellas", así se mofaba Kent de sí misma con desparpajo al lucirlos un tanto desenfadada.

La tela de Sibona, se mostraba un escalón por debajo en resolución, baja de costes, de un estilo viejil, fulguraba con cincelas menos sutiles, pudieran haber sido una versión del estilo de Gilles Mendel según descifró Kent posteriormente en una foto, yo no poseía la experticia para descifrarlo. El trapo difería con estruendo del blanco ambiental que reinaba y daba paz a los espacios modernos del singular hotel. Allí, dentro de esa arquitectura interior donde "menos es más" se estimaba fuera de lugar, cual atuendo punk en una gala primaveral del Metropolitan, parecía gritar al llamar la atención por su carácter aprovechado, así la recuerdo. Litti recomendó ordenar pizza del horno de leña que estaba a la vista, a un lado, sobre las escalera que conducían al plano de la piscina. Recomendó también agua y una botella de Vosne-Romanée por ser la cepa preferida de Fadsiwill, fue lo que ordenamos. Durante la primera botella, Sibona apenas probó la bebida y Litti fue el único que habló tragándose burdamente el caldo con sorbos desenfrenados entre oraciones y comentarios complacientes. Primero sobre fotografía, indicando cómo en Milano el tema fotográfico estaba tomando un auge tal que competía con la pintura en las exhibiciones de las pequeñas galerías de arte de los barrios bohemios que estaba de moda visitar al terminar el despiadado invierno. Luego describió algo sobre la luz de Venecia que no entendí y cómo la mejor forma de fotografiar el encanto de la ciudad es al final de la tarde. Finalmente charló acerca de su amistad con Zach. Plasmó en rebuscadas palabras la confianza que le mantenía. Y, asomó cómo yo "el socio de Zach", tenía un favor a solicitar a la propietaria del establecimiento; no sin antes modificar su versión del famoso cuento acerca del encuentro en el cuarto de baño con toda su picardía típica, agregándole pimienta a la italiana.

La anécdota resultó irresistible e hizo reír a la dura y estricta Sra. Fadsiwill, de tal forma que requerir el favor, algo que al principio se me urdía difícil, de pronto resultó fácil. Fadsiwill no emitió palabra alguna sobre mi petitoria. Se quedó observando las burbujas de su agua mineral, agitó los hielos de su copa con un pitillo plateado que hasta entonces reposaba a su lado en la mesa sobre un mantel blanco de tela perfectamente lavado y planchado. La doña cambió el tema retornando a la fotografía, viendo a Litti comentó que salvo los esfuerzos de su fundación - y otras tantas en New York, San Francisco y Los Ángeles - al interés organizado por la fotografía todavía le quedaba mucho por avanzar antes de ser un fenómeno cultural masivo en el resto de USA, en el sentido de que el público pudiese realmente comprender que esa forma de arte, tan accesible hoy en día a través de cualquier celular, tenía aspectos muchos más profundos, sobre los cuales se basaba la riqueza de su atractivo a nivel subconsciente entre el público de todas las edades y culturas. Pausó, tomo varios sorbos de agua, me miró de reojo, respiro profundo casi jadeando, dirigió su ojos negros hacia lo lejos, viendo el mar en el horizonte perderse contra el azul del cielo, entonces repentinamente sentenció en una voz menos firme, etérea, como revelando un secreto a "sotto voce" entre amigos unidos por cierta e inesperada intimidad:

> - La fotografía, cuando se hace bien, retrata al tiempo dentro de su absoluta relatividad, con una resolución y un estilo cuasi sacros, cual dogma al revelar una verdad ulterior, un asomo instantáneo a la profundidad religiosa, un trance de intuición hacia lo trascendental a través de una luz que no logramos realizar a plenitud al menos que se nos ilumine. Por eso existe mi colección, para intentar aproximarnos colectivamente hacia dicha concepción, ahí yace su objeto. En ese sentido este edificio no es un hotel, es quizás parecido a un templo y esa aproximación no es posible alcanzarla con un solo disparo de obturador, no se logra ni con un clic ni con un pestañeo de nuestro intelecto, se obtiene probablemente a través del estudio y la contemplación en búsqueda del entendimiento, insistente y repetitivamente, si lo encontramos veremos luz, colores, claros y oscuros, dentro de otra dimensión, un retrato de la realidad que genera a su vez y casi sin proponérselo una realidad paralela.

Pausó de nuevo, miró su reloj como quien pretende manejar su tiempo, retomó el respirar hondo, flemática y, con igual tono de voz, terminó diciendo:

> - Respecto a instagram y la pasión colectiva por la "fotografía inmediata" cualquiera posee un lápiz y un trozo de papel con el cual dibujar; a partir de ese punto, sólo el artista es quien es capaz de producir con dos sencillos y asequibles elementos una pieza única cuyo encanto, factura y calidad lo califiquen al nivel de obra de arte. Por lo tanto, el que una práctica creativa sea accesible, popular y masiva, no le quita al arte nada, más bien le añade, porque la gente también hace garabatos sobre papel todos los días y algunos de ellos terminan catalogados como arte. Quienes trascienden elevados por su obra a nivel de lo sublime son contados con los dedos de la mano, son los artistas, el resto, nosotros, somos simples aficionados.

Zach tomó ventaja de esa especie de conclusión en el discurso de la desenvuelta anfitriona para abrir la boca por primera vez desde los amables intercambios de saludos iniciales. Adujo que la situación de su amigo, hermano y socio, no era un capricho pasional del tipo temporal sino un sentimiento de amor sumamente complejo que ya contaba más de una década, y que, aunque mi aspecto no lo implicaba, de ello dependía mi felicidad. La Sra. Fadsiwill ni me dirigió la mirada. Salvo cuando tomé la palabra y le expliqué que lo que parecía una aventura de adolescente era la búsqueda más auténtica que alguien pudiese tener. No he debido usar esa palabra, "adolescente", pues asintió al oírla gravemente con su cabeza.

Entonces habló secamente, intuí que me sentenciaba a priori, dijo que ella estaba del lado de las mujeres, de sus clientes y por encima de todo de lo correcto. Que la mujer referida era su cliente y era una persona correcta a quien ella conocía, poco, pero le agradaba mucho. Que la conocía lo suficiente para estimar que, como mujer, si me vio y se fue, sus certeras razones tendría. Que sin duda el hecho de que yo andaba con otra mujer no habría ayudado mucho a la causa. Supuse en ese instante que el andar con mi doctora tampoco contribuyó a mi imagen ante la Sra. Fadsiwill pues soltó que mi aspecto era el de un playboy latino irreverente y trasnochado. A sus ojos y a primera vista de cualquiera no tenía yo aspecto de merecer un amor verdadero. Que su hotel se distinguía por la excelencia en la atención, por la singularidad de la riqueza del arte fotográfico que guindaba de sus paredes, por la seguridad y privacidad que encontraban sus clientes sin esfuerzo dentro del lujo y confort de su propiedad. Que ella no estaba dispuesta a violentar ninguno de esos valores. Eran sus valores agregados, sus diferenciadores, sus motivadores. Que ella era un isla en Miami Beach donde cosas de tal naturaleza eran ignoradas con frecuencia aunque su propuesta no era única, sabía que también compartía tales principios. Había pensamientos, personas, objetos, hoteles, galerías y museos similares en su apreciación de la ciudad. La gente educada se conocía aunque fueran la minoría y con seguridad sabían a dónde ir. Miami no era una ciudad enteramente plástica ni su gente reflejaba lo que yo lucía en apariencia ante sus ojos. Miami era mucho más que mujeres, carros, trajes, discotecas y amores rotos.

Me quedé callado y entonces sí, finalmente volteó hacia mí, viéndome firmemente me preguntó qué iba a decir. Le contesté sin tratar de refutar que coincidía en todo con ella menos en lo importante que era el amor de esa chica para mí. Que mi aspecto era un tema subjetivo quizá influido por la anécdota contada de forma tan fascinante por no decir exagerada en la boca de nuestro amigo italiano. Que entendía su mala impresión sobre mí porque la historia se prestaba a ello. Pero que yo podía apreciar sus valores y sus fotografías aunque no fuera un experto ni en privacidad, ni en hotelería, ni en fotos. Le expliqué que recientemente había adquirido una foto por recomendación de Zach que había hecho un fotógrafo venezolano a quien él deseaba apoyar. La foto era sobre los reflejos en las fachadas del edificio de Frank Gehry donde toca la filarmónica en Miami Beach a escasas cuadras del su hotel y que ese fotógrafo fue el primero que me habló del hotel y su colección la cual ya yo había admirado gracias a él antes del reciente incidente. Le hablé en términos minuciosos de cómo ese fotógrafo me había hablado en detalles de su sueño de tener aunque fuese una sola foto guindada en una de sus paredes, en especial un muro que había en el hotel donde entraba la luz desde el mar al amanecer, en el pasillo hacia el comedor, antes de los ya famosos baños donde habitan las fotos japonesas y las sorpresas inesperadas e inexplicables. La forma como el fotógrafo describió la pared y sus fotos se la recité en lo mejor que pude recordar afincándome en cualquier detalle artístico que aflorara en mi memoria. Percibí que sus ojos se agudizaron un poco mirándome hablar sobre la forma de arte que la apasionaba, me escrudiñaba. Le enfaticé que encontrar yo a esa mujer era tan preciado como para tal fotógrafo entrar en su colección. Pretendió seguir impávida pero en sus cachetes capturé una leve coloración que indicaron que me escuchaba con mayor atención. Preguntó que donde tenía la foto y le dije que se la había regalado a otro venezolano, un director de la orquesta de Miami, que funcionaba justamente en esa estructura.

Dijo sarcásticamente que entonces se alegraba que los únicos venezolanos destacados no fueran sólo jugadores de baseball. No reaccioné a la afrenta ni frío ni caliente, sí me permití referenciarle brevemente y sin ningún miedo a otros venezolanos destacados en el mundo de la pintura, la moda, la escritura y la música, a manera de sencilla y prudente aclaratoria. Le referí especialmente a uno destacado por sus escritos sobre arte entre los cuales le recomendé un ensayo sobre Michelangelo. Se mantuvo ajena a todo. Alcanzó a explicar que le debía muchos favores a Litti y que si podía ayudar luego de analizar con calma la situación lo haría pero que primero se debía a sus clientes y estaba dispuesta a respetar su privacidad. Explicó que ya Litti le había adelantado algo, por lo que había revisado los videos de seguridad antes de la reunión. Estaba segura que Miranda Tierney apreciaba su privacidad al extremo y había sido un cliente de primera en su hotel, reiteradamente, durante los últimos meses. Por lo tanto en principio no estaba dispuesta a revelar su número de celular ni su correo electrónico al menos que fuera una situación de extrema emergencia lo cual, según su criterio, no era este el caso.

En ese momento Litti me guiñó un ojo y discretamente me hizo el signo de callar con su índice envuelto en una servilleta con la que pretendía secarse restos de los taninos que impregnaban su boca. Zach me dio también una fuerte patada por debajo de la mesa y tomó la palabra. Dijo que ya la Sra. Fadsiwill había hecho más que suficiente al tan sólo considerar el caso de la Sta. Tierney con antelación. Que encima debió soportar nuestras tediosas anécdotas, lo cual ya era un robo descarado de su precioso y escaso tiempo. La Sra. Fadsiwill agradeció ojeando el mar y luego por sorpresa me miró de nuevo fijamente, pausó un poco y segura de cuando mi visual interceptó la suya me preguntó en un tono más amable que cómo se llamaba el fotógrafo. Jong Cumani le contesté, tiene una página web muy interesante, agregué. Reconoció de nuevo la información y se paró de inmediato argumentando que el hotel analizaría al artista para considerarlo, así se despidió, con una amabilidad posada y dejada. Prometió estar en contacto.

Nosotros terminamos calladamente la segunda botella de la misma cepa, que ya iba por la mitad y, antes de despedirnos, decidimos tomar el café en el hotel vecino, el Delano. Allí pudimos reírnos a nuestras anchas celebrando mi suerte. Litti le había anticipado a la Sra. Fadsiwill que yo le iba a pedir el teléfono y el e-mail de una amiga con la que me había topado por accidente en el baño de damas de su distinguido hotel y a quien le debía una disculpa además de cómo caballero como hombre, pues seguía, después de 10 años, fuertemente enamorado de ella. Lo que Litti y nosotros habíamos obviado contemplar era que Vanessa se había probablemente cambiado el nombre pues no la conseguíamos por internet ni por ninguna otra búsqueda.

La rigurosa Sra. Fadsiwill había facilitado sin darse cuenta el nombre de Miranda Tierney pues lo daba como un hecho, ignorando que esa precisamente era la mayor ayuda a nuestra búsqueda. Qué suerte.

Como en aquel poema Zen que recuerdo a medias donde específicamente no se hace la pregunta para obtener la respuesta, intuitivamente se escucha lo que el universo tenga que decir, lo que el viento donde aramos nos revele, las estrellas se habían confabulado en mi favor, me obsequiaban el tan ansiado nombre, sin siquiera preguntarlo.

Lo tomé como un signo positivo, agradecí en mi corazón a St. Jude, no recuerdo si le había solicitado ese pequeño milagro. Hasta me pregunté en ese momento por qué no se lo había pedido y se lo agradecí de nuevo. Litti como buen Italiano quiso celebrar con un par de macchiato y una fina grappa de Bocchino. Levantamos la copas varias veces haciendo chi chin por Sibona Fadsiwill y por Miranda Tierney pero, sobre todo, en palabras del propio Litti, por mi buena fortuna. "Por el amor puro", recordándome entre carcajadas que tenía a la suerte de mi parte aunque todavía no al amor.

> -Descuida también es la historia de mi vida, ten paciencia, la vas a necesitar.

Eso mató de la risa a Zach, quien el día siguiente envió una de las 24 piezas de su colección personal de fotografías de Jong Cumani a Sibona Fadsiwill, con una nota que rezaba:

> "conocerla usted y a su hotel fue comprender mejor el arte fotográfico, me reveló una dimensión que ignoraba que existía en esta ciudad, le agradezco por ese sorpresivo asomo a su mundo e igual por recibirnos,

a sabiendas de lo preciado que es su tiempo".

Me dediqué a investigar sobre Miranda Tierney (antes Vanessa Morgan), no fue difícil conseguir información, tampoco fue difícil que Sibona guindase a Jong en su pared, una vez que admiró en vivo y con detenimiento el regalo de Zach. Sibona también aprobó lo que vio de Cumani en la web. Anotó la fecha de una de sus próximas exhibiciones. Tendría lugar en una de esas galerías que no eran de su agrado en el Art District. Apuntó el evento en su agenda personal, una pequeña libreta de hojas muy delgadas cubierta de cuero rojo y escrita nítidamente solo por su diestra, con lápiz o pluma de tinta negra, sin subrayar o enfatizar entrada alguna, sin estrellitas o caritas sonrientes, "si estaba allí debía ser importante", no existía necesidad de destacar con colores o asteriscos, su orden era suficiente. Al final de la libreta, sobre unas hojas blancas sin líneas, tendía a dibujar garabatos mientras pensaba que tanto en los dibujos como en las fotos era una aficionada apasionada, eso la incitó inicialmente a canalizarse como coleccionista, no le había ido mal, albergaba una respetable muestra, representativa y con calidad a nivel mundial, competía y compartía con varios museos, colaboraba con ellos fácilmente. Lo difícil fue escuchar otra vez de ella en relación a Miranda Tierney, se había mantenido fiel a sus principios, no revelaría información sobre sus clientes, es más, llamó a sus 4 gerentes e hizo un punto especial sobre la historia del encuentro y de la reunión posterior, un ejemplo a seguir, en cuanto a privacidad, bajo perfil y lealtad a su selecta clientela.

Lo que dije no fue preciso. Fue fácil encontrar información general sobre Miranda Tierney. Vanessa, ahora Miranda, seguía evocativa en mi mente, la sentía conmovedora, difícil de ignorar u olvidar. Encontré que Miranda era una persona semipública muy activa en varios frentes: ayuda humanitaria a las mujeres maltratadas residentes en el Este de Los Ángeles, vida social en los sectores más exclusivos del Oeste de Los Ángeles y constante presencia en eventos alrededor de Newport en Orange County se combinaban con ser una alta ejecutiva en el área de imagen y relaciones institucionales de un banco californiano que buscaba crecer en el Sur de los Estados Unidos, etc. Lo difícil fue encontrar un número de teléfonos directo que contestara o un email que funcionara o una dirección de habitación que pudiese comprobarse.

Estaba claro que cuando venía a Miami tendría que ser algo relacionado con esa institución y su estrategia de expansión pues en la prensa local también salía fotografiada con otros banqueros. "En casa de herrero cuchillo de palo" así sentenciaría Juana al igual que su colega en la cocina. Y sería cierto, pues ni Zach ni yo la habíamos visto jamás en publicación alguna relacionada con el mundo financiero y mucho menos en las fiestas donde nos invitaban. Era un hecho infrecuente nuestra asistencia a tales evento y éramos lerdos para escudriñar con detalle las páginas sociales y aunque a Dierdra le embelesaba el tema de todas formas ella ignoraría un personaje que ante su curiosidad no reputaba de notoriedad. No éramos asiduos a fiestas ni a discotecas. Nuestra vida social era restringida en tal sentido. Se asentaba en restaurantes tipo normales, principalmente en las barras, nada de lujos extremos ni novedades que impresionaran a alguno en particular. Usualmente compartíamos con el personal de la oficinas o con amigos no relacionados con los sectores de las finanzas y de las fincas raíces. Ocasionalmente o con mayor frecuencia nosotros dos con las rusas, como nuestra diversión más estrambótica ("el hedonismo mismo, la búsqueda de placer por el placer" - sentencia clínica de Genevieve Trezzia-, la mujer que mejor conocía nuestras andanzas con esas chicas). De todas formas me extrañaba no habérmela topado en algún restaurante, en la barra, esperando mesa o algo así, pero era cierto que teníamos un circuito limitado de establecimientos los cuales variábamos o repetíamos indistintamente según se nos antojara. No teníamos lugar fijo ni explorábamos alternativas con frecuencia ¿he ahí una contradicción de las que nos definían? Lo que conocíamos nos agradaba. Analizándolo en frío, concluí que Zach y yo éramos un tanto aburridos y por eso Vanessa, mejor dicho Miranda, no se había topado con nosotros... Se encimaba mi viaje a Sur América y no podía darme el lujo de escaparme a California. La secretaria de Vanessa filtraba elegantemente todas mis llamadas. Luego de varios intentos me dijo que la señorita Tierney no estaba en disposición de hablar conmigo y que prefería que me abstuviera de llamar hasta nuevo aviso. Que dejara mis datos y que cuando fuera oportuno ella se comunicaría conmigo. Nunca lo hizo.

20. Siete cosas entre travesías... asuntos que pudiesen ocurrir antes, durante o después de la cuaresma

Claro, pasé unos días molesto porque Vanessa-Miranda o como quiera que se hiciese llamar no se había dignado a responder mis llamadas. Mi mal humor se mostraba. Andaba herido y estaba efervescente, por culpa de mi orgullo. Para no evidenciar un mayor amargue, me concentré en siete cosas que me gustaba hacer y que iban en línea con las recomendaciones de la asertiva y perspicaz Genevieve Trezzia. Estaba dispuesto a prepararme para el futuro de una posible relación sobre bases ciertas dejando a un lado el vicio principal que mi amiga psicóloga había identificado. No iba a terminar mi amistad con las rusas pero desde ahora no estaría con ellas ni por dinero ni a cambio de otras cosas, abandonaría de tajo la afición a la prostitución. El mismo tipo de celibato aplicaría en teoría para cualquier mujer, mientras pudiese aguantar o hasta que comprobara si las insistentes negativas que recibía de Vanessa eran hechos pasajeros o definitivos. Es decir, hasta estar claro si ciertamente había chance de recuperar lo que hubo, lo que sentía, lo que añoraba, lo que extrañaba de un pasado quizá idealizado por la nostalgia que alimenta el pasar de los años, como le sucede comúnmente al tiempo pretérito: pretendemos colorear con nuestra acomodaticia imaginación que toda época anterior fue mejor "si no pregúntenle a mi abuela" sentenciaban a menudo e indistintamente Luna y Juana preparando deliciosas ensaladas en la cocina de ZaCh Mayamii Inc.

Bien, sin orden premeditado y sin esforzarme de forma extrema me concentré en trabajar (con el formidable equipo de ZaCh Mayamii Inc), correr (con Zach y Kent o alternativamente con Dierdra), dormir (sin compañía alguna), comer sano (principalmente las ensaladas y los pescados a la plancha de Luna), hacer yoga (solo o con la Rusa Bella), leer (en solitario) y rezar (junto a la imagen de St. Jude luego de dar limosna y prender una vela). Hice muchas otras cosas pero me enfoqué en esas siete. Específicamente insistí con fuerza en alejarme de dos placeres: alcohol y sexo. Ahí era donde residía el esfuerzo del sacrificio, lo demás fluía con menos tentaciones.

Es impresionante, cuando uno deja de ingerir licor, cómo el cuerpo se revitaliza para la carrera. Los efectos de las deshidratación disminuyen, aumenta la resistencia, se tonifican los músculo, aminora el tiempo de recuperación, incrementa la fluidez en el trote, el ritmo se encuentra fácil y se logra mantenerlo, las paredes psicológicas se rompen con menos dificultad, la pisada se asoma certera y constante, te tornas osado en cuanto a objetivos por resultados, piensas en positivo. Básicamente eres más fuerte, optimista, rápido y longevo. Esto me ayudaría mucho con la famosa Miranda si me topara trotando con esa veterana de la especialidad. Adquiría el paso y la velocidad requeridos para seguirle el trote. La falta de alcohol igual ayudaba en el trabajo, en el yoga y en la lectura. Mi desempeño en las 4 prácticas mostraba una mejoría, resumidas en menor esfuerzo, ahorro de energías y mejores resultados. No me había impuesto una prohibición a ultranza. No había jurado ante nadie. Salvo aquel día que tras correr un buen trecho paré en St. Jude y me enteré de que se advenía la Cuaresma. No prometí nada, ni me reté al respecto. Sí consideré que sería un lapso oportuno para intentar sacrificarse. Desconocía si aguantaría sin un escocés en un vaso con hielos o sin una catira complaciente en la cama, en fin, lo averiguaría al final de 40 días, el reto era intentándolo, así lo asumí. Mi pensamiento divagaba en la posibilidad de volver a verla, encontrarla y recuperarla, navegando sin rumbo fijo hacia esa probabilidad estaba imperceptiblemente cambiando mi vida. ¡Eres increíble!, me reclamé en voz alta, estaba en la ducha, expresándome igual que mucha gente canta, con una sonrisa en la boca y en un tono positivo que difería de lo escuchado respecto a esa expresión por algunas féminas últimamente. Al salir, ante el espejo, al peinarme lo repetí ¡eres increíble!, y luego cuando en el carro me miré al espejo retrovisor también lo hice, esa última vez me dio pena por si alguien en el tráfico me atrapaba en el monólogo, recordarlo a los cinco minutos me mató de la risa y estuve repitiendo la frase en mi cabeza todo el día, como si fuera un niño, sí lo soy, según Trezzia.

Niñerías aparte, los sacrificios estaban funcionando. Si nadie los notaba, yo sí. Dormía mejor, asimilaba con eficiencia, corría lo que me daba la gana, trabajaba con mayor ímpetu, estaba ligeramente más flaco, flexible, más fibra y menos volumen en mis músculos. Salvo el detallito ese de estar pensando en Vanessa-Miranda-Vanessa constantemente, la ansiedad al recibir una llamada de un número desconocido o un email de un dominio raro, lo demás estaba funcionando a las mil maravillas. Ansiedad, esa droga capaz de esclavizarte si te dejas dominar, igual que con otras no hay entrenamiento previo en su contra, la combate únicamente la fuerza de voluntad y la paciencia, no hay otros ungüentos.

Llegó pronto el día de mi viaje de negocios a Caracas. Nos llevaba desde la oficina en el carro Zach uno de los parqueros de confianza del edificio. Era un muchacho cubano alegre y avispado al extremo. Casi siempre lo usábamos en lugar de un taxi u otras alternativas, era un sujeto listo. Tomaba uno de nuestros vehículos y nos llevaba o nos recogía y después devolvía el automóvil al garaje de la oficina.

Era la hora del tráfico, Dierdra venía hablando hasta por los codos, no le inmutaba la hora, ni el tráfico, tampoco estaba pendiente de si perdíamos el vuelo. Afortunadamente viajábamos con equipaje de mano, eso nos ahorraría unos minutos determinantes para lograr la hora de salida. Desde la oficina le había contado la pintoresca anécdota de conocer a Sibona Fadsiwill. Dierdra no pudo dejar de reírse como una loca repasando su propia versión exagerada y desvirtuada del encuentro en el baño con Vanessa. Me pidió permiso de hablar libremente sobre Vanessa en la oficina porque quería verle la cara al resto de las chicas. Le dije que no. Le consulté, desde su visión de mujer, las reacciones que recibí de Sibona, quería escuchar su consejo sobre si debía pedirle el número directo de Miranda nuevamente o dejar eso así. Antes que Dierdra pudiese contestar, Alex, nuestro chofer, interrumpió excusándose por escuchar nuestra divertida conversación. Ya yo lo había pillado riéndose, disimulando como podía. Era evidente, él también se estaba divirtiendo a costillas mías. Pensaba que dada la conversación hubiese sido mejor alternativa tomar un taxi para respetar mi privacidad; entonces Alex me sorprendió diciendo algo inesperado, explicó que los cubanos están por todas partes y que si quieres lograr algo en Miami tienes que tener buenas relaciones con ellos.

-Óyeme tú, jefe, los cubanos somos los "wasp" en el mundo latino, tú me entiendes, mi sangre, perdone usted "boss", estamos a la cabeza de la cadena alimenticia, no lo dude ni por un instante, que se lo digo yo.

Le di la razón, estaba en lo cierto, es imposible sobrevivir en Miami sin estar conectado de una u otra forma con los cubanos. En este mundo de latinos en la tierras de América del Norte, en esto que se llama el Estado de la Florida y que epitomiza la ciudad de Miami, aquí, aquí ellos son los más eficientes, están entronizados y conectados, aparecen en todas partes, en la política, en la medicina, en la religión, en los bancos, en los restaurantes y hasta en los estacionamientos. No hay manera de escaparse. Hay que estar de buenas con ellos. Pocas veces una minoría de inmigrantes ha logrado manejar una ciudad con tanta influencia y sin recurrir como grupo a la violencia para lograrlo. Han establecido una red inteligente de comunicación entre ellos que va desde el encuentro informal hasta los medios más sofisticados. Se han diferenciado de otros latinos y son una fuerza a considerar en sí mismos por sus logros profesionales, sociales y comunitarios. No necesitan capitular ante nadie. Sus tentáculos llegan a todas partes, son omnipresentes. La metrópolis no puede ser más suya y, cuidado, no me refiero a la Calle 8, puntualizo, es toda la ciudad, en cualquier esquina se siente su influencia. Para sorpresa de Dierdra, el divertido y chismoso Alex dijo:

-Allá en mi Cuba querida todos somos primos, es una isla pequeña y aquí en Miami es peor, oye es que de aquí nadie se escapa, ¿no es verdad?

El comentario explicaba sobre supuestos familiares que trabajaban en el hotel, la edificación era considerada uno de sus predios, desde el parqueo hasta la recepción, pasando por la cocina y los departamentos de mantenimiento y limpieza. Alex ofreció usar sus influencias, si era un número lo que yo quería él me lo conseguía, así de sencillo. La carcajada y la respuesta de Dierdra no se hicieron esperar:

-¡Alex! Usted no sabe el favor que le hace al Sr. Chris, ni lo dude, por favor contacte a su gente de inmediato.

Alex dio importancia al asunto, dijo que el punto era delicado, él debía ir personalmente porque el tema de la seguridad y la privacidad eran muy celados en ese establecimiento. Mentalmente yo sacaba cuentas de cuánto me iba a costar este favorcito. Conocía a Alex, diría que no quería mi dinero pero que aceptaría lo que yo quisiera regalarle, por aquello de la amistad que nos une. En su dialecto isleño narró cómo en su día libre iría a SoBe para hablar directamente con su gente y pidió que les facilitáramos datos de Miranda. Le di hasta una foto. Había creado una entrada con los datos recolectados sobre ella en mi directorio y se lo mandé por Bluetooh. Tenía el iPhone anterior de Zach en sus manos. Zach se lo obsequió, por otro favor, cuando migró del modelo anterior al más nuevo. Sonriendo de oreja a oreja y admirando una bella foto de Vanessa apuntó que ahora sí comprendía por qué estaba yo tan estresado y me pidió que viajara tranquilo que a mi regreso tendría hasta su manera de caminar, lo juró por su perro. Eso me recordó a Amanda y al amor de su vida, porque si Alex amaba a su perro una pizca de lo que Amanda al suyo, entonces sí, estaría en buenas manos. Dierdra no pudo contener otra carcajada, mantenida hasta apearnos del coche en el aeropuerto. Un atento empleado de la aerolínea nos ofrecía su ayuda en plena acera, también a cambio de una merecida propina, fue expedito y eficiente, nos montamos a tiempo en el vuelo y arribamos de día a Caracas, en pleno sol, con un calor húmedo que contrastaba con el clima ideal templado y seco que presenta Miami en su primavera temprana o tardío invierno.

Dierdra se quedó impresionada con la subida a la capital. Desde el aeropuerto en Maiquetía, ubicado junto al mar, hasta la ciudad de Santiago de León de Caracas propiamente se suben casi 1.000 m2 de altura vertical, ello implica cambios geográficos y climáticos, algunos son notables. Desde la salida del aeropuerto se notaba basura sobre las calles entre la vegetación xerófila que adornaba una cruda tierra rojiza. La multicolor suciedad contrastaba con las impecables calles de Miami, al menos de los sectores que normalmente transitamos y habíamos dejado atrás hacía escasas horas. La basura denotaba un paso de lo viejo a lo reciente que implicaba continuidad en la desidia, una decantación parecida a los estratos geológicos sobre las rocas en yacimientos fósiles. Lo de la indolencia por la falta de higiene no la sorprendió tanto como las precarias viviendas de la gente con menos recursos, concentradas y esparcidas vertiginosamente, haciendo equilibrio con la gravedad, sobreviviendo apilonadas sobre las colinas que rodean la autopista que comunica a la playa con la urbe al otro lado de la cordillera. ¿Qué es eso?, preguntó impresionada mientras le tomaba fotos con su teléfono. Le describí "los ranchos", como son denominados, las pequeñas e improvisadas edificaciones, construidas anárquicamente, usando materiales como barro, latón y ladrillos reciclados de arcillas, coronadas con techos de zinc u otro material liviano, los techos agenciados con este rudimentario material me recordaban la pintoresca decoración de Khong y me pregunté si en Tailandia habría usos similares de este metal para techar las construcciones precarias, seguramente de allá vino la inspiración o, a lo mejor fue del propio Miami, por las casas de otrora junto a la orilla del río homónimo. Dierdra quiso bajar el vidrio del carro que nos transportaba pero no pudo. El blindaje del automóvil impedía esta acción, estos detalles iniciales le hicieron ver que obviamente Caracas era otra ciudad, no era Miami. El chofer del auto decretó peligrosa cualquier movida impulsiva para abrir puertas o ventanas antes del destino final. Nunca nadie le había dicho a

Dierdra que bajar la ventana del carro podría ser la diferencia entre la vida y la muerte.

Estas eran circunstancias distintas a su vida cotidiana. Iba a catalogar el comentario de exagerado pero lo dejé decantar en su cabeza, la mantendría prudente los próximos cinco días y le bajaría en dos el tono a la intensidad de su espontaneidad. Se estaba borrando su sonrisa constante de cuando Alex nos conducía al aeropuerto. Seguidamente nos tocó un embotellamiento de tráfico donde no avanzó ni un carro por media hora, algo parecido a los de la I-95 en el "rush hour" sazonado con mayor desorden. Dierdra veía a las manadas de motorizados flanquearse entre los carros, caóticamente, sin orden aparente y sintió miedo de que algo malo sucediera, a primera vista la situación se podía catalogar de salvaje. Me tomó de la mano, la apretó fuerte. No emitió palabra hasta que llegamos al Marriott de La Castellana, una urbanización bonita de la ciudad, eso la tranquilizó y también ayudó comprobar el interior estandarizado de un hotel de esta cadena, una vez que cruzaba sus puertas parecía uno estar en cualquier ciudad de Norteamérica, por primera vez evalué esta chocante falta de personalidad y creatividad en el diseño como un punto positivo, al menos psicológicamente, dentro de las circunstancias.

Nos dimos un par de horas para descansar y encontrarnos en el bar del lobby para ir a donde Alvar, quien amablemente nos invitó a cenar. No traje nada para desempacar. Cuando voy en viajes cortos vivo de mi maleta, lo que voy usando lo voy sacando y lo usado lo guardo en una gaveta, mi procedimiento es el contrario al estándar. Al final meto la ropa sucia en una bolsa de lavandería del hotel y la guardo de vuelta en la maleta; esa misma bolsa va directo a las manos de Juana o a la lavandería al retornar a casa, cuando Juana no puede Luna me asiste, ambas se pelean por consentirme mientras me regañan por sucio y desordenado. Saqué mis atuendos para correr y fui a trotar al gimnasio, antes me tomé unos 20 minutos para practicar una combinación entre meditación y siesta corta, práctica que aprendí de los ejercicios de relajación en Japón. Comienzas por apretar y aflojar cada músculo o parte del cuerpo de la cual tengas conciencia o comando, empezando desde los dedos de los pies al último pelo de tu cabeza, mientras respiras con ritmo lento y profundo ensanchando tu barriga, dejas tus pulmones fluir y te concentras en la respiración abdominal, mentalmente nombras la parte del cuerpo que estás relajando, dícese intentar respirar por ahí, por ejemplo: "respira por tus ojos y relájate". Los comandos internos suenan raros inicialmente y al acostumbrarte de pronto funcionan con dispuesta facilidad. Continúas con una secuencia de respiraciones, realizas una profunda seguida de tres rápidas por cuatro ciclos seguidos. Para seguir relajándote enfocas tu pensamiento en la nada, en el vacío del universo, como si estuvieras viendo un gran espacio vacío, te desprendes de la realidad que te rodea, ¿es eso posible? O, si no tienes tal nivel de entrenamiento, te enfocas en un solo pensamiento positivo, uno que repites como un mantra, por ejemplo: "me fascina el color del agua del mar a la altura de 2nd St. al amanecer". En su defecto, si no logras esa cota de desprendimiento, te dedicas a perdonar todo lo malo y desecharlo de tu mente rápidamente, por ejemplo: "perdono a mi amigo tal o cual por tratarme mal, perdono a la azafata que me trajo pollo en vez de pasta, perdono al tráfico, perdono a la contaminación, perdono al ruido". No puedes dejar que ningún pensamiento negativo se albergue permanentemente en tu mente. Si es negativo lo desechas, primero perdonándolo y de seguidas piensas en otra cosa, no te quedes pegado, no te enganches, modifica tu razonar por lo que sea, preferiblemente pensamientos simples cortos y positivos, por ejemplo: "el cielo está azul, me gusta". Te mantienes en ese estado semidormido o semialerta durante unos 10 minutos, los siguientes 10, si lo haces bien, entras en otra dimensión de descanso profundo y fluido. Al final surges lleno de energía, un despertar distinto. No es fácil, hay que intentar, tener fe e ir perfeccionando la rutina poco a poco para poder lograr experimentarlo. No es inmediato, con práctica, a la larga, funciona. Cuando lo dominas es una herramienta útil de relajación, elimina el stress mejor que cualquier píldora.

Llegué al gimnasio y para mi sorpresa ya Dierdra estaba sobre una máquina de trotar. Me adapté a su ritmo, que era lento, porque la noté con ganas de conversar.

- Hola Chris. ¿Tú tampoco puedes dormir?
- Descansé un poco.
- Correr me ayuda a quitarme el stress y hasta el cansancio del viaje.
- A mí también.
- ¿Me ves gorda?
- ¿Qué pregunta es esa? (qué preguntica tan peligrosa, pensé). Te veo bien Dierdra, no te dejes sentir fea, tienes tus encantos, te ves bonita, estás dura, corres con frecuencia, tienes tonalidad muscular. Si alguien te dice lo contrario ignóralo, la gente tiende a ser envidiosa, especialmente las mujeres se critican mucho entre ellas. Siempre recuerda tus resultados en el maratón si andas dubitativa, eso te recordará de inmediato lo especial que eres.
- ¿Pero… me ves gorda?
- Bueno, tú tienes tus curvas, qué quieres que te diga, no eres una sílfides, eres distinta, eres atractiva.
- ¡Ajá!, ves, lo sabía, hay una diferencia entre ser atractiva y estar buena. Quiero estar buena, bien buena. Tú sabes, tipo Kent… ¿Tu qué haces, cuál es tu dieta?
- Hago de todo. Principalmente corro. Es en lo que soy más constante. Se puede decir que es mi religión. Es lo único que practico con fe abso-

luta. Trato también de tener fe al rezarle a St. Jude, la fe no me viene fácil, unas veces sí y otras no. Le rezo para que me ayude en todas mis cosas, no soy tan efectivo en eso, quizás me falte auténtica convicción. Mi única constante es la carrera. Trato de comer sano, hago un poco de karate por mi cuenta, eso me satisface, entiendo ese camino, hablo esa lengua. Duermo todo lo que puedo, que no es mucho como habrás notado, y me relajo haciendo meditación o yoga. Al yoga le llegué por accidente hace tiempo aunque es relativamente reciente en mis preferencias, cada vez lo entiendo y aprecio en mayor grado.

- Todo eso suena de lo mejor, hablas muy bonito. ¿Pero no haces dieta o te tomas algo?

- No. Nada de esas trampas. Trato de practicar los principios básicos de la comida balanceada, prefiero menos cantidad de cualquier cosa a la abstinencia. Luna y Juana me ayudan mucho, me cocinan, me cuidan y me regañan, tanto en la oficina como en la casa. Zach dice que las tengo compradas o enamoradas. ¿Qué será peor? Yo digo que me quieren como a un hijo y me miman, no sé qué haría sin ellas, son imprescindibles. Evito las dietas extremas y temporales, no me funcionan ni me atraen, a ratos me nace y me vuelvo casi vegetariano por un tiempo, pregúntale a Luna, le di todas mis recetas secretas, practico desde hace tiempo varias de las cosas que recientemente una revista especializada resumió en 25 consejos, había un ejemplar rodando por la oficina.

- ¿Cuál? Ok, no me digas tus secretos, al menos dame los principales…

- No saltes ningún desayuno. Come de todo en pequeñas, pequeñísimas porciones. Sé constante en tu quema de calorías - eso tú lo haces siempre, te observo rutinariamente sobre la trotadora en la oficina-. Olvídate de merienditas entre comidas o tarde en la noche o antes de acostarte. Haz una rutina con pesas al menos una vez a la semana, recomendable es poquitísimo peso con muchísimas, infinitas repeticiones. Descansa lo suficiente, duerme o reposa constantemente, yo acabo de dormitar 20 minutos. Almuerza puro vegetales de ser posible o prepárate un almuerzo sin grasas ni carnes rojas, pescado sería lo óptimo. Si tienes que merendar decídete por una fruta o un chocolate negro, sáltate esa toma si es posible, haz un esfuercito, adapta tu mente para desarrollar poco a poco la fuerza necesaria, eso requiere entrenamiento. Reduce las porciones de lo que te sirves al comer, si te da demasiada hambre, trata de comer poco muchas veces al día. Si tienes la alternativa empieza cada comida comiendo vegetales antes que otros alimentos con mayor número de calorías. Algunas de estas cosas te harán salir fuera de tu zona de confort, entrena tu mente mediante objetivos claros y cortos que puedas recordar y recitar en los momentos de tentación. Recuerda, no hay ansiedad que dure más de 20 minutos, aplica eso con fe a cualquier tipo de vicio, si superas ese lapso de desesperación, estarás del otro lado, cada vez que lo logres será un pequeño triunfo, celébralo cuando lo logres, eso desata memoria muscular y psicológica. De vez en cuando haz trampas; felicítate por el esfuerzo y cómete un buen helado o una torta de chocolate, eso evitará que te sientas torturada o frustrada, ayudará a que no lo veas como una continúa esclavitud. Cambia el azúcar y las gaseosas por proteínas y fibras. Un par de veces a la semanas no ingieras ningún carbohidrato después del desayuno, pero ten cuidado con esto porque te quita fuerzas para correr, si te sientes débil será por la falta de carbohidratos. Trata de caminar un poco antes y después de cada comida, especialmente en los viajes cuando no puedes controlar tu dieta con rigurosidad, si puedes camina de ida y vuelta a los restaurantes. Usa el test de la manzana, si no tienes suficiente hambre como para comer una manzana entonces no es hambre, es un antojo, aprende a diferenciar y si es un antojo suplántalo por una manzana. Funciona. Búscale el lado divertido: mi tío, un grosero y atrevido empedernido, le decía a su novia impíamente que si no estaba dispuesta a darle un buen mamerto entonces no tenía ganas de tirar… aplica eso a lo de la manzana.

En ese momento estalló de la risa, no se pudo contener, casi se cae de la trotadora.

> - ¡Eres genial!, siempre tienes que relacionar todo con eso, ¿de verdad ese tío existe o eres tú con una de tus locuras típicas? ¿Y todo eso está escrito en la famosa revista?
> - Apuesto a que al menos ese último consejo no se te va a olvidar. La revista no dice todo, le añadí un poco de pimienta basado en mis propias experiencias, pero sin duda es la referencia formal, búscalo en el lounge que ahí debe estar, verás que no varía mucho. El último consejo es totalmente cierto y mío...
> - Conoces mucho a las mujeres.
> - Yo no, es mi tío, son sus palabras.
> - Sí ya sé, tu tío… hazme reír.
> - Me encanta tu sonrisa.
> - Gracias por los consejos, empezaré hoy mismo, ya verás los resultados.
> - Estaré pendiente.
> - Ya verás.
> - Aceleremos por 20 minutos ¿sí?
> - ¡Claro!

Subí el ritmo y dejamos de hablar. Corrimos por 20 minutos a ritmo de 10 km/h o más y luego nos fuimos a duchar. Fue un poco rudo para Dierdra pero no se quejó. Yo bajé al lobby de inmediato al vestirme, ella tardó como 45 minutos en unirse. Mientras, me tomé un whisky. Rompí la primera de las promesas de la cuaresma. Sabía que por compromiso tendría que degustar algún vino con Alvar. Coincidía con Zach en esa manía del gusto casi exclusivo por los de Borgoña y vaya si se lo tomaba en serio. Si tuviera que romper mi promesa sería primero y primordialmente con un añejo escocés y sin pensar demasiado eso mismo ordené. Después de algunos días sin probar licor de malta supo a gloria.

De noche la ciudad se percibía bonita. Algunos edificios impresionaron a Dierdra favorablemente, su imaginación no anticipó los trazos de modernidad en un país del tercer mundo. Le expliqué que el International Style siempre había tenido notables influencias en la arquitectura de Caracas, casi desde sus inicios. Había un campus universitario diseñado sobre esa base por un renombrado arquitecto en colaboración de algunos grandes maestros de la época, principalmente europeos, muchos ya eran famosos y cotizados, el resultado fue una obra magnífica. El plantel estaba deteriorado por la falta de mantenimiento y escasa política de preservación, a pesar de ser catalogado como patrimonio de la humanidad, muchos vivían del legado de su fama pero nadie se ocupa diligentemente de ella. Qué tristeza era ver así las bien logradas estructuras. Ello no impedía apreciar la genialidad conceptual de su autor. Si hubiese el tiempo se la mostraría, sería una grata sorpresa, no lo creería, descubriría una creación única. Poseía un parque integrado, un bosque en medio de la urbe, una isla de verdor incomparable, con árboles, arbustos, florales, matas y montes de casi todas las especies tropicales, esa parte en sí misma era otro tesoro y tal vez podríamos trotar por allí.

Llegamos a la casa de Alvar que se ubicaba prominente sobre una colina del sur-este con visuales panorámicas. Era moderna aún siendo un pastiche de arquitectura, común en el gusto venezolano, mezclaba toques modernistas con elementos tropicales heredados de la arquitectura andaluz. Me recordó a retazos y guardando las grandes distancias un poco al estilo inicial de Richard Neutra en California. Databa de una época parecida y se mostraba bien conservada, su estilo impuro no era ajeno a patrones dentro de lo racional y moderno. Ni los amigos neoyorquinos de Kent ni el propio Peter Eisenman la hubiesen aprobado por la mezcolanza de estilos, no tendría cabida en el libro sobre New York Five's.

El jardín era imponente con vista insuperables del valle de la ciudad que comenzaba a sus pies en Las Mercedes y se extendía por el saliente y también en dirección contraria por el poniente hasta chocar al norte con la bellísima Cordillera de la Costa que arrojaba al espectador todos los posibles matices de verdes que puedan existir en la imaginación. Era el conjunto de sierras que todos alegremente denominan "Ávila". Una serie de picos contiguos en un sistema montañoso empinado que definen el límite norte de la ciudad salvándolo así de la humedad extrema del fulguroso calor que ambienta a La Guaira junto al mar. Allá arriba, a unos mil metros sobre el nivel del mar, montañas de por medio, ocurre el esbelto valle donde creció sin orden aparente esta compleja, contrastante en estilos y, quizás por eso, incomparable urbe.

La bien tenida casa había pertenecido a un animador de radio y televisión que había perdido la vida en un "accidente" por sus ideales democráticos, en pleno ardor de su lucha política, en aquella búsqueda idealista de forjar un mejor país, desde otra visión, una menos gorila y mucho más señera. Su espíritu aún revoleteaba en la escena política y se le respiraba al citarlo como referencia en algunas conversaciones y exposiciones, generalmente las más utópicas. Sobre el jardín había una isla rectangular de madera que servía de terraza con algunas sillas de extensión encima junto a un gran paraguas. Allí nos echamos acompañados por una jarra de agua helada a contemplar la ciudad. Alvar se excusó porque su esposa Adaora no se integraba, se estaba acicalando, había llegado tarde por el tráfico.

Era una mujer distinguida y elegante de piel canela oscura, definía al estereotipo latino. Bonita para muchos gustos distintos al mío. Tenía estilo al caminar y al hablar, dominaba lo gestual. Lo hacía con naturalidad, no parecía posada, podía impresionar por ser demasiado sofisticada e inclusive caer mal por eso. Ya le había advertido a Dierdra sobre tales menudencias. Por eso de que a veces las mujeres se celan entre ellas a niveles de feminidad que uno no entiende. Quise prevenir situaciones inesperadas. Pretendía evitar cualquier roce innecesario. Lo que podía parecer echonería en Adaora era elemento integral de su cultura. Esgrimía ancestros italianos que le facilitaron ser educada cerca del pie de monte italiano, en el norte, lo que le daba una seguridad aristocrática difícil de entender. Lo mejor era dejarse llevar por sus exageradas maneras; al final siempre se aprendía algo o al menos entretenía. Eso le expliqué a Dierdra quien muerta de la risa aludía que ella también era muy educada, advirtiéndome que dejase el miedo a un lado, pues no me dejaría mal. Se revolcaba riendo con una explicación que le di sobre como Adaora no consideraba educado llevarse el tenedor a la boca con la mano izquierda; debía cortar con el cuchillo en la derecha y luego de brevemente reposarlo en la horizontal de un extremo del plato, debería cambiar el tenedor hacia esa misma mano, la diestra, para entonces llevarse el bocado a la boca con esa extremidad a un ritmo continuo que denotara elegancia, sin sobresaltos. Dierdra reía mientras decía que no me prometía tanto y que con razón estaban tan subdesarrollados:

- ¡Qué antigüedad!, perder el tiempo en semejantes pendejadas.

Le advertía que Adaora era el amuleto de Alvar para los negocios. La consideraba su musa. Ella tenía oídos para todo lo relacionado aunque opinaba poco o nada, al menos en público, sin dejar de estar profundamente enterada. Alvar nos entretuvo explicando como la ciudad que resplandecía con todo tipo de pequeñas luces a nuestros pies había crecido desde el Centro, que a nuestros ojos parecía el oeste del valle, avanzando hacia el Este, que a nosotros nos lucía como el eje central urbanístico. Solamente escuchábamos, los comentarios los haríamos luego, como el contraste en la imagen de los precarios ranchos del día a la noche. De día las precarias edificaciones se ven horrendas pero de noche las casitas se transformaba en pequeñas luces que decoraban las colinas del valle. Todo lucía tan limpio y bonito, me recordó a Luna recitando:

-"De noche todos los gatos son pardos".

Sonreí, internamente, sin delatarme. Finalmente Adaora se integró acompañada con una botella de vino en la bandeja que portaba a su lado un atento mesero. Nos besó a todos, inclusive a su marido. A nosotros con doble beso, uno rápido y certero en cada cachete al estilar de los franceses y a su esposo le plantó uno solo, corto, seco y dejado, en la boca. Lacónica en sus ademanes, en ambos casos parecía un reflejo automático, un hábito frío y practicado.

Adaora se evidenciaba diestra con las manos. Con elegancia revisó la etiqueta del Borgoña, un Gevrey-Chambertin de Marc Roy. Por casual discrepancia, su experticia era en las cepas de los Barolos, su preferencia natural. Indistintamente, cuando su marido agasajaba por negocios se hacía su voluntad, jamás le llevaba la contraria en público, en tales ocasiones dejaba saber cuánto lo admiraba por sus destrezas comerciales y de otros tipos. La puesta en escena me hacía gracia. Por lo teátrico y divertido recordaba esos afeminados que pueblan las agencias publicitarias de renombre en Madison Avenue, alabando descaradamente por medio de múltiples énfasis a sus jefes neoyorkinos aludiendo a gesticulaciones exageradas y palabras rebuscadas. Inclusive los adjetivos y florituras eran similares. ¿Será que Adaora después de Genova, Torino y Milano pasó algún tiempo en las cercanías del Mid-Town o en el Upper East Side?, me pregunté, riéndome otra vez en secreto, pensado si tendría yo la osadía de preguntarle tal cosa con mi indistinto tono sarcástico, una vez entrada la noche y ya plenamente embebido en los espíritus que nos obsequiaban.

Ella tomó la botella de vino, leyó con desprendido interés las etiquetas frontales y trasera cumpliendo con desgano los protocolos acostumbrados y anticipando lo resabido. Abrió el vino con un descorchador de sencillo origen, mostró la destreza de un entendido sommelier. Inspeccionó el corcho con dejadez, oliéndolo, lo posó con delicadeza sobre una de las pequeñas servilletas de lino que reposaban sobre la brillante bandeja de plata. Revisó el contenido de la botella nuevamente, exponiéndola a contra luz versus una de las lámparas cercanas de corte veneciano que iluminaban ciertas áreas estratégicas del diseño paisajístico del jardín, lo verde diseñado al estilo inglés, parecía un campo de golf con toques decorativos de arbustos autóctonos que tropicalizaban la propuesta de manicure que bordeaba al césped. Posó la botella sobre otra de las servilletas en un extremo contrario de la bandeja donde yacía el corcho junto a los demás utensilios. Dejó al caldo reposar por un rato aumentando dramáticamente la expectativa, comentó que los vinos italianos se podrían servir mas rápido que los franceses, los cuales ameritarían oxigenarse un poco más antes de ser paladeados ya que no viajan tan holgados al sur. Miré a Dierdra de reojo como diciendo:

- No te rías ni digas nada, ya te lo advertí.

Dierdra parecía entretenida con Adaora, no le quitaba los ojos de encima. Hablamos por unos minutos sobre el clima. De noche y sobre esa colina se sentía benévolo, distinto del fulgurante calor experimentado en la costa al caminar con el chofer y el guarda espalda hasta el coche. Abrigarse un poco en la noche era adecuado, añadió Adaora, asiendo la botella en su momento justo para verter una mínima porción en un diminuto vaso de plata grabado con algunas insignias, asumí que eran las iniciales de su marido. Probó el néctar y sin consultar a terceros asintió con la cabeza en aprobación, seguidamente lo decantó en un botella de fino cristal labrado, observando mientras el líquido viajaba de la opacidad de su contenedor original hacia uno transparente. De primeras le ofreció la cata que seguía a su esposo, Alvar educadamente hizo un gesto hacia donde yo observaba y Adaora me vació tres dedos del vino en la copa que entonces sostenía. Lo probé, sin pensarlo, dejando pasar unos segundos para acompañarla, fiel a su dramatismo, seguidamente sentencié que estaba magnífico. Alvar sonrió complacido y eso acabó con la prosopopeya hasta que hubo que abrir una segunda botella del celebrado jugo. Dierdra ya tenía algo divertido que contar a sus compañeras en la oficina y yo me agradecí la ocurrencia de haber disfrutado un buen escocés con antelación a esta puesta en escena, otro sin sentido para un país cuya única preocupación debería ser atender su crisis política, económica y social.

Protocolos aparte, luego de ciertas nimiedades sobre cómo la vida social nocturna caraqueña tendía a concentrarse de nuevo en las visitas a las casas, tal cual se había practicado durante la época de la Colonia, en consecuencia alejándose de los bares y restaurantes producto de la inseguridad reinante, el resto de la velada se concentró en las conversaciones de negocios. Alvar intentaba limitar el tiempo perdido en tonterías, le gustaba agasajar en su casa como un vehículo para facilitar las negociaciones con aquellos a quienes se sentía cercano o interesado. Lo social se lo dejaba a Adaora quien era toda una grande liga en la especialidad, la combinación funcionaba, los invitados degustaban el todo y yo, aislado en mi interior, criticaba las partes conversando sin que nadie me oyese con mis voces internas apoyado por los ojos críticos de Dierdra, adornados de radiante ironía.

Los siguientes tres días siguieron el mismo patrón de trabajo. Unos instantes antes de las 9:30 a.m. estábamos en la oficina de Alvar situada en una moderna torre que él había comprado parcialmente junto a una empresa de telecomunicaciones que abrigaba la mayor área del inmueble. Nos íbamos caminando desde el hotel luego de desayunar. Trabajábamos hasta las cuatro o las cinco de la tarde sin marcar tarjeta, almorzábamos algo ligero, preferiblemente una ensalada, cerca, algún lugar donde se pudiese ir caminando. Durante la horas matinales hacíamos la carpintería de la estructura del negocio junto con Alvar que estaba en su escritorio a eso de las 10. Revisábamos alternativas de algunas propiedades que se pudieran vender en moneda local a inversionistas con excedentes de flujos de cajas. Seleccionamos dos atractivas e interesantes por su ubicación, calidad de construcción y posibilidad de ser alquiladas a terceros por los futuros dueños. Eso de la renta por alquiler era uno de los objetivos del producto de inversión que diseñábamos. Cuando él cruzaba las piernas y mostraba medias blancas combinadas con un impecable flux negro de corte romano, Dierdra se divertía viéndome, socarrona, de medio lado.

Analizábamos qué bancos locales pudiesen tener el servicio de una cuenta condicionada, una especie de fideicomiso, que resguardase los fondos y funcionara como un "escrow account", pues no existía específicamente esta modalidad en la banca local, pronto descubrimos varias alternativas dentro de lo que eran esas tipologías que pudieran funcionar por sustitución. Revisábamos los comparables con otras propiedades, similares, que no formaban parte de la oferta para constatar si éramos competitivos. Hacíamos un listados de los pasos legales a seguir en USA para transferir la propiedad que no se liberaría hasta presentar su nuevo título de propiedad correspondiente. Enviábamos la data numérica, la información medular del negocio para que Amanda la organizara, interpretara, y discutiera en detalles con Zach y Kent. Corregíamos las presentaciones en Power Point del producto para que se transmitiese de manera simple y transparente el alcance de la oferta además de mostrarla atractiva en términos de fotos, planos, mapas, diagramas y colores. Revisábamos que el texto tuviese el mismo sentido en inglés que en español. Eso era hasta la 1:30 p.m. hora en que Alvar se retiraba a su casa, él no trabajaba en las tardes o al menos daba esa apariencia por su ausencia, almorzaba en casa, dormía siesta, leía o contestaba e-mails hasta que aparecíamos a golpe de 7 p.m. para cenar. Nosotros caminábamos hasta alguno de los restaurantes cercanos en dirección al Centro Comercial San Ignacio que era la distancia más lejana aceptada por el chofer y el guarda espaldas que nos cuidaba, siguiéndonos unos diez pasos por detrás o andando delante de nosotros con un sentido único de lo que sucedía alrededor. Ellos no aceptaban almorzar con nosotros y el tema de las ensaladas les parecía ajeno, las veían raro, preferían comer en la hamburguesería frente a la oficina, después de acompañarnos de vuelta. Lo que sí aceptaban era un café que lo tomábamos en Café Rinoceronte conversando ligeramente sobre la vida, este quedaba justo en la planta baja del edificio de las oficinas. Según su conversación, conocían mucho de motos y de playas cercanas, sitios inhóspitos, semisalvajes, cuyo acceso por lo intrépido de la vía era limitado para vehículos convencionales. Comentábamos sobre la Triumph Bonneville porque había un taller de esa marca en la vía de regreso, a través del pueblo de Chacao, donde ellos, orgullosos, nos mostraban las máquinas y sus conocimientos en la materia, tenían acceso porque allí eran amigos de varios mecánicos especializados.

A Dierdra le divertía el asunto, observar a estos hombres rudos, fascinados como niños, señalando las motos, sus juguetes, su sapiencia y su orgullo. El último día finalmente aceptaron que almorzáramos juntos si no le soplábamos nada a Alvar. Le prometimos no mencionar palabra alguna. Fuimos a McDonald's y pasamos un rato extremadamente ameno. La integración amigable y horizontal de todos los niveles de empleados en las empresas o en el gobierno era un concepto que no se manejaba sin stress en el tercer mundo. Ni siquiera los comunistas locales, aquellos pseudo-socialistas, compartían mesa y anécdotas sin prejuicios con sus compañeros de bajo rango. La excepción a la regla solía ser el día de tomarse las fotos para una campaña política o publicitaria. Otra herencia de la Colonia Española que se mantenía intacta. Era un complejo no solucionado en la práctica ni por las rancias costumbres ni por las escurridizas teorías comunistas del patio. Comunismo o socialismo les era igual, conjuntos de tesis que como buenos tropicales confundían y mezclaban entre Marx por un lado y varias versiones de socialismo por otro. En cuanto al pensamiento riguroso, este trópico albergaba cualquier matiz o mutación de filosofías sin problemas académicos por desvíos incontrolados respecto a las disciplinas pensantes, y tampoco obstaculizaba atrevimientos o aventurismos de otras tónicas. En cuanto al trato para con los demás la hipocresía era insólita. Inclusive aquellos que venían de los rangos más bajos y por inteligencia, suerte o destino, ascendían en la escala social, económica o política, se salvaban de adoptar el antipático comportamiento del distanciamiento clasista que antes odiaban. Por el contrario, más bien los asumían sin prejuicio aparente. Al subir en la escala de poder o dinero, los nuevos ricos abrazaban la burda práctica de diferenciarse de los más humildes, ocurría de inmediato, se apartaban bruscamente de los de abajo, con destemple los tildaban de rezagados. Descomedidamente se hacían ajenos, no sólo a través de lo material sino a través del trato deshumanizado, un signo de hipocresía tremenda si se tenía en cuenta su pasado reciente... Lo evidente era que el nivel de educación no era un factor diferenciador marcado entre los que tenían más y quienes por contraste poseían menos, lo cual hacía la práctica de exclusión al unísono patética, hipócrita y cómica. Era el acceso a lo material el factor que anunciaba el inicio de la farsa, lo que diferenciaba y marcaba distancias. En el resto de las cosas la gente parecía semejante. Eran similares en modismos, dominio de la lengua, expresiones y ademanes al comunicarse. No parecía haber mayores distancias entre sus conocimientos, educación y niveles de sabiduría. En general el sentido común era un "commodity" que escaseaba a todo nivel. Obviamente como en cualquier sociedad habría notables y variadas excepciones, sin duda no escaseaban, pero a grosso modo esa era la norma mandante de la estratificación social.

Siendo tan riguroso en mi conversación interna y mi análisis de esta sociedad tropical, me recordé de súbito que no debía ser tan ácido y atrevido como lo fue la dueña del Lessmore cuando tuve que defender ante ella el gentilicio venezolano, pero tampoco me faltaba razón, triste era esa realidad que la gente intentaba ocultar, ese remembranza me trajo de vuelta al almuerzo. Los dos individuos estaban fascinados con Dierdra, hamburguesa en manos se tomaron varias fotos con ella, les parecía bella, bellísima, tenían un gusto parcializado por las mujeres "con carne" según ellos mismo expresaban sin pena alguna. Tal tipología femenina era para su fascinación y opinión más auténticas y sabrosas que las exiguas modelos llenas de huesos. Dierdra, siempre muerta de la risa, aceptaba piropo tras piropo. Inclusive uno al regreso nos pidió bajar al sótano para tomarse una foto en su moto con ella. Ella aceptó de buena gana y no paró de sonreír. Yo les tomé varias fotos con los distintos celulares. Nuestros nuevos amigos estaban encantados, al igual que ella, quien se sentía exótica y atractiva. Nada alumbra mejor el rostro de una mujer que sentirse bella y "nadie es profeta en su tierra", agregaría Luna si estuviese chismeando con Juana allá en nuestra cocina.

En las mañanas nos levantábamos poco antes del alba. Nuestros nuevos amigos, el chofer y el guarda espaldas nos llevaban por la Cota Mil, una elevada autopista pegada a la sierra, hasta el sitio de entrada peatonal de la quebrada de Chacaíto. Por allí subíamos caminando cuesta arriba hasta la estación del guarda parques para empezar a correr por el corte semiplano denominado "corta- fuegos". Era un paseo esplendoroso, único en el mundo. Con el sol saliente pegando en la espalda de ida descubríamos mil vistas distintas de la ciudad hacia el este hasta llegar paralelos a la urbanización San Bernardino y regresando con el sol en la frente al pies del bosque montañoso, pasando al lado de pequeñas quebradas que aterrizaban con frías aguas cristalinas a nuestros pies. Los demás deportistas eran amables, algunos saludaban con un gesto o una sonrisa de buenos días. De regreso, subíamos 15 minutos hasta un pozo de agua que formaba parte de la quebrada. Allí nos bañábamos al natural. Para una citadina como Dierdra era su primera experiencia en un baño de río, lo helado del agua la energizaba y ponía su piel de gallina. El segundo día, imitando a otros bañistas, se cubrió de un barro negro que había a las orillas del pozo. Una metafísica local le adjudicaba propiedades curativas y embellecedoras. Le tomé una foto semidesnuda embadurnada de fango de pies a cabeza, imagen que fue la comidilla de la oficina por Twitter. Las colegas decían que estábamos haciendo de todo menos trabajar. Y, realmente, al observador pasivo en la lejanía miamera, eso parecía...

Al regreso del almuerzo consultábamos distintos bufetes especialistas para cerciorarnos del producto de negocios en términos legales. Algunos de estos bufetes internacionales al conocer nuestro producto e independientemente de los contratos firmados de confidencialidad también se mostraban altamente interesados en nuestras carteras de clientes. Alvar tenía razón:

> - Este es un país de vivarachos prestos a escamotearte cualquier iniciativa.

Zach lo citaba por teléfono, un jarabe de lengua prescrito para estimular la prudencia a distancia. Manteniéndonos informados y comunicados buscábamos formas y vías de lograr sinergias entre nosotros y los asesores locales. Al salir del trabajo nos íbamos por un trago a la barra del restaurante Aprile que nos quedaba a tres o cuatro cuadras no sin antes disfrutar de un helado en la 4D que quedaba al frente y nos recordaba de SoBe. Aprile estaba repleto a esa hora de hombres y mujeres, casados en su mayoría, que pretendía estar solteros por efectos del licor y el ambiente, que se mantenía sorpresivamente vivaz desde el mediodía, hora en que los comensales arribaban por un almuerzo que se extendía hasta entrado el atardecer. Era muy divertido observar a los jugadores desde la barra. Este teatro de coqueterías contrastaba ampliamente con la teoría escuchada en casa de Alvar sobre la gente evitando salir por motivos de seguridad y crisis. Aquí había un flirteo continuo de mesa en mesa donde las cuentas terminaban en manos de galanes que obsequiaban lo consumido a grupos de mujeres que exhibían voluptuosas operaciones estéticas y que habían salido de sus hogares con la excusa de un almuerzo "sólo entre amigas". De allí nacían relaciones tan inesperadas como deseadas, algunas de las cuales terminaban luego en escándalos que le daban su "mala fama" al restaurante de moda, "un antro", que además de mujeres atractivas exquisitamente ataviadas exhibía un menú italiano que deleitaba al paladar exigente. En ese viaje no lo degusté, teníamos una escasa hora de esparcimiento antes de partir a casa de Braz, donde cada día nos esperaba una suculenta cena entre conversaciones sobre trabajo, negocios y política.

La segunda tarde en el Aprile, cuando retornaba al bar por las escaleras que conducían al baño, divisé a lo lejos en una retirada mesa del comedor a nuestra anfitriona Adaora. La pillé en medio de una conversación cercana y quizás romántica, pero no me crean porque soy un mal pensado. Hablaba con un extraño menor que ella, pretendí ignorarla. Dierdra desde su estratégico puesto en el bar también la había precisado. Decidimos partir de inmediato y evitar posibles complicaciones. Nuestro objetivo en Caracas eran los negocios, el resto nos tenía sin cuidado. En el carro, secretamente, Dierdra me enseñó la osadía que tuvo al tomarle una foto clandestina y reía sin parar por su fechoría de niña traviesa. El chofer no podía ver el objeto de nuestra risa, aunque intuitivamente adivinaba. Nos mostró por el camino que había tomado de regreso una clínica frente a una iglesia donde a la Sra. Adaora le habían hecho un doloroso tratamiento por cáncer hacía un par de años. Se recuperó muy bien, explicó, en tono sobrio, salió muy bien de sus operaciones, pero ya no es igual que antes. Su comentario indirecto no dejaba de ser relativo a nuestra risa. Entre los choferes se juntan y hablan fuera de los establecimientos. Conocen todo lo que pasa en la vida de sus empleadores. Era una manera de decirnos que conocía lo que comentábamos. ¿Explicaba su tardanza la otra noche para la cena? Pasamos el resto del viaje callados, como si hubiésemos firmado un pacto de confidencialidad. Dierdra tomó mi mano y me la apretó fuertemente como si tuviera miedo, la miré pero evadió mis ojos y se volteó a ver hacia fuera por la misma ventanilla por donde divisó los ranchitos de la entrada inicial a Caracas. Esta vez no emitió palabras ni tampoco soltó mi mano. Detrás nos seguía el atento guardaespaldas cercano en su moto. El motorizado era tremendo piloto, parecía haber aprendido a montar moto cuando gateaba. Seguía al carro o nos adelantaba unos metros pero siempre estaba presente, custodiándonos, derrochaba destreza al pasar estrechamente entre los vehículos que se desplazaban con velocidad en direcciones opuestas. Parecía ignorar la prudencia y desconocer el miedo, siempre con un envidiable aire de naturalidad que menospreciaba la dificultad de sus maniobras.

El último día, bajando por la autopista al aeropuerto, pasado el segundo viaducto y antes de un túnel apropiadamente denominado Boquerón I, Dierdra me preguntó si ya el viaje de negocios había terminado y si se podía cometer una locura. Me pidió permitirle ir en monto con el guardaespaldas el resto del trayecto. Me hizo prometerle que sería un secreto. Las fotos que me pidió tomarle no serían para las miradas de terceros. ¡Claro que sí! le contesté. Paramos el coche, bajó y se montó de pasajera en la moto. Ella nunca antes había paseado en moto. Lo disfrutó intensamente, sonreía y veía a la cámara con una expresión entre deleite extremo y terror infranqueable, auténticamente gozando el momento. Por su falta de destreza su cabeza chocaba contra el casco del piloto. Éste se lo quitó con rapidez, sin parar se lo pasó a nuestro chofer y aceleró a fondo su máquina. Ella lo abrazó fuertemente y volteó a verme alejándose a toda velocidad, en ese soplo mi obturador digital la capturó en pleno, con el Mar Caribe de fondo, una buena foto de un momento único, recuerdo que nunca le mostramos a nadie. Ya en el aeropuerto no podía contener la risa, también le temblaban las piernas, la falda se le había corrido un tanto hacia arriba, me miró impotente y bajé veloz para ayudarla a apearse. Se sonrojó todita de la pena, pero se despidió amablemente de nuestros dos cuidadores, sobre todo del piloto de la moto mientras trataba de desenredar la maraña en que se había convertido su cabello, pronto recompuso, se arregló la falda, ajustó su blusa y caminó tomándome del brazo. Ya no olía al Prada aquel que solía untarse con abundancia, se le mezclaban las esencias de su perfume con las del hollín y el sudor del motorista, la combinación emanaba como un destilado de Coca-Cola vieja y expuesta al calor. No le comenté el asunto, la dejé imbuirse en el momento, ese instante que le fue único. Caminé calladamente hasta el mostrador de la aerolínea con ella aferrada a mi brazo. Dierdra nunca olvidaría este día.

La segunda noche, poco después de salir de Aprile, ya en camino hacia la casa de Alvar, Dierdra pidió volver al hotel porque había olvidado algo. De cualquier otro lo hubiese esperado menos de ella. Su memoria era insigne, fotográfica, admirable. Nunca tomaba apuntes. Recordaba desde las conversaciones de negocios, que luego escribía en los informes como si las hubiese grabado, hasta los números y hora de los vuelos. De todas formas volvimos, bajó su maletín de trabajo del carro. La esperé en lobby, como no bajó en 5 minutos pedí un whisky. Bajó a los 20 portando el maletín y luciendo otro atuendo. Me explicó que había decidido refrescarse un poco y cambiarse ya que había olvidado y recuperado el poema, mi poema, uno que Zach había pedido que lleváramos de obsequio para el Sr. Alvar Braz. Cuando llegamos nos excusamos por la tardanza mientras nuestro anfitrión nos esperaba con un delicioso borgoña, ya decantado y con su esposa sentada a un lado. Percibí una pequeña sonrisa de complicidad entre las dos mujeres. Ahora entendía, tal vez Dierdra se había demorado a propósito. Nunca lo averigüé. Dierdra sacó el poema de la carpeta y se lo presentó a Braz. Sin esperar a su reacción comenzó a recitarlo de memoria, Dierdra declamaba de lo mejor, se había preparado en secreto, hacía las pausas y énfasis necesarios, era placentero escucharla, su pronunciación calaba con suavidad y encantaba a los oyentes:

Clear thinking became a faded memory,
dust was blowing in the air,
seeing was hard if only one would attempt at looking for something that could resemble the dimmest light in the dark
but striding we kept until we found a path
it was hard to follow that incomprehensible road
but we stayed trying
I don't really recall how but after a while we were able to see again,
only to realize that…
has it not been for hope we would have failed

has it not been for friendship we would have suffered
has it not been for love we would not have survived.
Later when everything was solved
it was simply amazing to understand that the whole trip was only in our minds
and back to reality then was only a single step away
all we had to do was find ourselves in our own hearts and minds
but looking back it really took us forever

Sonaba mejor en su boca que cuando yo lo declamaba. Cautivó a la audiencia. Todos nos paramos, ellos aplaudieron. Expliqué que lo había escrito un día después de hacer karate, luego yoga y finalmente meditar sin motivos aparentes. Había sido en Japón. Aún no entendía en su totalidad el significado de lo que había escrito o su por qué. En un momento dado, al cambiar de computador, lo había perdido. Zach, a quien se lo había enviado previamente, lo había conservado. Cuando Alvar mandó su poema "En Estos Días" A Zach se le ocurrió obsequiar "Clear Thinking" en retribución. La idea fue genial. Alvar y Adaora estaban encantados. Su amor por las letras era evidente, genuino, un contraste con el continuo posar por los vinos de borgoña, las vestimentas y otras banalidades. De esos lados, un Bruno Clair decantado, que esperaba pacientemente, fue servido por Adaora al momento que Alvar, citando algún poeta inglés, inclinaba la copa alzada en señal de brindis. Aquella noche despejada se habló más de política que de negocios, bajo el pretexto de que todas las oportunidades de negocios se derivan de decisiones políticas, especialmente en el Tercer Mundo. Así, las crisis generaban oportunidades. El exceso de liquidez había propulsado un gasto fiscal desordenado y el coletazo de ese dragón era la dificultad de poder migrar a una esquiva moneda dura. La contorsión generaba la oportunidad del negocio que nos ocupaba.

La segunda botella de Bruno supo mejor con la carne a la parrilla, un corte local llamado Punta de Trasero que se consigue poco en el norte donde impera el criterio tejano, distinto, para descuartizar a las reses. Un chocolate local con una etiqueta que pretendía colocarlo entre los mejores del globo completó la velada. La oscura tableta excedía un buen sabor dulce-amargo, como saben algunas mujeres, su cacao mezclado al 70%, mi proporción preferida. Tras el segundo café, esta vez diluido con un toque de ron para transformarlo en un "Carajillo", Alvar interrumpió una conversación entre las mujeres donde Adaora lideraba explicando cómo había un boom de modistas jóvenes en Venezuela que podría ser una buena oportunidad de negocios. Un potencial éxito sería promocionarlos bajo un modelo "start up companies" en USA. Alvar interceptó la alegre charla para indicarnos que se había pasado la hora de retorno seguro al otro lado de la ciudad "a la otra ribera del río Guaire" y que preferiría si nos quedáramos a dormir. Mencionó dos habitaciones debidamente dispuestas para sus huéspedes. Dierdra me miró fijamente un poco nerviosa, mientras yo ponderaba la situación. Acepté por precaución, agradeciendo la prudente amabilidad. Retomamos el sugestivo tema especulando sobre una posible estructura que permitiese promover un producto incipiente como empaque para futuros diseñadores. Había potencial de dinero allí, decía Adaora, mencionando varios ejemplos representativos. La grabadora mental de Dierdra registraba cada nombre y apellido que Adaora considerare atractivo. A las doce nos fuimos a dormir. Caí exhausto, muerto, en un duro colchón que olía a nuevo hasta que la repentina brusquedad de lo que parecían ráfagas de disparos me despertó. Eran fuegos artificiales. Los lanzaban desde distintos lugares de la ciudad en plena madrugada. Aparentemente habían anunciado que el presidente había regresado luego de una extensa convalecencia en un hospital cubano. Seguidamente sentí que la puerta de mi habitación se abría y cerraba suavemente. Dierdra sigilosamente se acostó junto a mí sin pedir permiso y explicó al abrazarme fuertemente que tenía mucho miedo. Sentí sus desnudos pechos contra mi espalda y como sus uñas se clavaban en los míos. No se despegó hasta el amanecer.

Despertamos con el alba y nos fuimos a duchar, enjabonó mi espalda con la misma destreza con que me había untado crema aquel día del paseo a la playa y que casi me cuesta una demanda. Recordé las amonestaciones de Kent en aquella ocasión y sus planes de demanda, esta vez sonreí con ciertos aires de resarcimiento sobre la memoria de aquel asunto. Ya seca y con mi bata puesta Dierdra entró a su cuarto para encontrar la cama hecha y recibir un taller que le ajustaba, obviamente un préstamo de Adaora quien notaría su ausencia en la alcoba asignada. Al bajar hacia el pantry el olor anunciaba café recién colado, su aroma impregnaba el ambiente, desde su ventanal se distinguía la silueta de Adaora inconfundible sobre una plataforma de madera que parecía flotar sobre la grama japonesa que definía al césped en ese rincón del jardín donde se realizaba una sección de Pilates disciplinada por un instructor y compartida con dos invitadas. No era la misma terraza donde habíamos compartido con Alvar, este era un costado distinto del engramado donde pegaba el sol del amanecer produciendo reflejos sobre el rocío que nos regaló la madrugada y revelando sin aparente esfuerzo tonalidades de verdes de coloridas paletas producidas por este valle tropical sin mezquindades, una copla de seductivas filtraciones con un matiz particular relacionado en mi subconsciente directamente con los ojos de Vanessa. Nos asomamos al corredor para decir adiós desde lejos. La despedida la marcó otro par de miradas de complicidad entre Dierdra y Adaora. El gesto me causó curiosidad, sin evidenciarlo proseguí hacia el carro, nunca lo comenté. Había tráfico de ida aunque era temprano, con razón Alvar pasa las mañanas hasta las 9:30 en su casa antes de bajar al valle. Aprovechamos el tiempo de ruta para discutir mis conclusiones sobre el negocio de Houston, incluidas mis recomendaciones y las de Amanda para Zach, sobre cuál de las propiedades que teníamos preseleccionadas deberíamos adquirir. En este último día trabajamos corrido también en base a frutas y ensaladas. Dierdra se enfocó en escribir de memoria los puntos más importantes. Revisamos varios aspectos antes de ella plasmar de memoria mis conclusiones. En el ínterin me las arreglé para recibir a contados clientes italianos en la sala de juntas que Alvar nos dispuso. Esto le dio al último día un viso eficiente y satisfactorio. Caras conocidas, negocios conocidos, inusitadas conversaciones sobre lo que angustiaba a la gente: la vuelta del presidente. Nadie lo había visto, ni una foto publicada. ¿Debían creerle al gobierno que su jefe estaba allí, en el ala de los generales del hospital militar? Tuve la sensación de que el hombre podría haber fallecido. Desde Cuba lo habrían trasladado así, moribundo o muerto. Mi intuición carecía de fundamento alguno, la sensación prevaleció durante los días subsiguientes, ya de vuelta en Miami, ojeando las noticias del diario ABC de Madrid, se me hacía que seguía muerto, se leía entre líneas, todavía no lo habían mostrado, ni siquiera el presidente de Bolivia, su amigo, quien fue personalmente a visitarlo logró verlo en vivo, el ambiente era enrarecido, se olía el embuste sin que nadie tuviese el debido acceso para comprobar la verdad. Habría que esperar por ella.

Alrededor de las cuatro cerramos oficialmente nuestro viaje de negocios, desde la perspectiva del trabajo formal. Caminamos los 50 metros que nos separaban del hotel debatiéndonos entre hora feliz en Aprile o trotar por el cortafuegos disfrutando del atardecer. Optamos por lo segundo, nos cambiamos de prisa y nos llevaron hasta la quebrada de Chacaíto por la Cota Mil. Fue la mejor decisión. Corrimos con el entusiasmo de no tener que guardar energías para mañana. Me gustó esa sensación. Le dimos chola, a fondo, mientas veíamos cambiar la luz de la ciudad que se asienta por Catia. Los verdes y colorados de la serranía eran diferentes por la tarde. La luz incide distinto sobre la maleza y se despliega sobre un monte de espigas llamado Capín Melao, por su especial coloración violeta. Es una paleta distinta, impresiona al ojo con tonos comparables en diversidad a los matutinos, sin saber cuál más bello, cada uno posee su fuerza cromática, es cuestión de gustos. Caracas y su naturaleza seducen de múltiples maneras, es inevitable. Más gente trota de tarde, al terminar, en la fuente de agua, un grupo discutía entre primero ir a bañarse en el riachuelo de la cañada o proseguir directamente a una sección de yoga que organizaba una escuela especializada en un terraplén denominado Sabas Nieves donde conmemorarían su primera década en actividad. Yo conocía la estación de guardabosques homónima, por donde pasa otra de las rutas de ascenso, una mucho más popular que la de Chacaíto, no quedaba lejos, consultamos para unirnos al grupo, nos aceptaron e integraron de inmediato pero primero paramos por el deseado baño de río. Dierdra hacía el yoga mojada. El terraplén de la serranía mostraba otro ángulo con una panorámica espectacular del valle en pleno atardecer. La Rusa Bella hubiese pagado por esto. A Dierdra le incomodaba la ropa húmeda y el hecho de que no teníamos el tapete para separarnos sobre piso para proteger rodillas y hombros. Le mostré algunas adaptaciones válidas a las posiciones que me había enseñado la Rusa Bella cuando practicábamos la disciplina sobre la arena y otras superficies engorrosas. Le recordé cómo hacía nada se había embadurnado nuevamente de fango antes de entrar a bañarse en el chorro torrencial de la cascada por lo que ahora un poco de tierra ocre arcillosa no haría diferencia. Eso hizo que soltara una de sus carcajadas. La clase interrumpió su rutina para mirarla. Algunos ojos asomaron reclamo. Aquí se aspiraba a un trance espiritual, las risas no eran bienvenidas. Callamos y fuimos buenos discípulos.

Bajamos por un sendero alterno al de subida. Al llegar al asfalto decidimos trotar hasta el hotel, eran menos de tres kilómetros. En la entrada a la subida de Chacaíto se mantenían a la espera un chofer y un guardaespaldas con su moto, preocupados. Los llamamos al entrar en la habitación excusándonos por la variación en la rutina. Nos sentíamos felices con nuestra pequeña travesura que rompía con el protocolo de seguridad. Con ganas de descansar, apenas quedó tiempo para ducharnos y volver a casa de Braz para la cena final. Era un coctel sorpresa en nuestro honor. Algunas caras vagamente familiares, capitanes de empresas del sector privado mezclados con artistas y gente de la prensa. Saludamos agradecidos, entonces Adaora tomó a Dierdra de la mano y la llevó a su cuarto, bajaron poco después con Dierdra en un vestido morado de coctel espectacular. La pieza realzaba su figura mientras me hacía pensar en cómo podía el voluptuoso cuerpo de Dierdra entrar en una prenda de la delgada Adaora. Eso tampoco lo comenté. Mientras se acicalaban, Alvar me tomó de un brazo y me llevó a un bar improvisado por la agencia de festejos sobre una esquina apartada y poco iluminada del jardín.

Esa noche, además de la acostumbrada selección de caldos de borgoña, había degustación de rones. Opté por un probar un tal Roble Viejo, nombre de un nuevo producto, un ron de edición limitada que un amigo de la infancia de Braz recién había lanzado al mercado. Como parte de la promoción habían nombrado a Alvar embajador de la marca. Me lo vendió como algo extraordinario. Al principio se me antojó dulzón, después del segundo y tras un tercero me supo extraordinario, creció en mí, tal cual Braz había predicho. Estando allí apartados comenzó por felicitarme por mi poema. Inusual según él que dos hombres como nosotros, enfocados constantemente en los negocios, tuviésemos el tiempo y pasión requeridas para actividades desconectadas de nuestra rutina de acción y pensamiento. Indagó sobre cuándo y por qué había escrito mi poesía. Le comenté que no recordaba bien, pues no escribía para cotejarla con las rigurosidades con las que acostumbraba medir negocios. Relaté que probablemente había sido durante un viaje que había hecho al Lejano Oriente o justo después. Se mostró interesado, mirándome fijamente. Ahondé en que tal vez ni siquiera fue en Japón; mi memoria era escueta, durante ese viaje de seis meses, habíamos pasado cercano a un mes en una isla de Corea que me había marcado por ser exótica y diferente. Tenía unos volcanes extintos con grama que crecía sobre un antiquísimo cráter ahora rodeada del verdor de unos árboles inmensos que conformaban un anillo alrededor de la hendidura central. Allí me había sentido especialmente inspirado. Quizás entonces escribí sin referencias temporales ni personales. Ignoraba qué producía y su por qué. Entré en un estadio mental donde las palabras fluían sin necesidad de búsqueda ni reparo en su significancia como determinante para continuar escribiendo aunque me empalagara en repeticiones y me embelesara con fútiles romanticismos. Mi confesión paró allí. Alvar no dejó de mirarme fijamente. No presentí que durante ese intervalo lo dicho había roto una barrera de prudencia entre nosotros. Se acercó a mi con suma cautela, ágilmente volteó a los lados para prevenir si alguien lo observaba, continuó su arrime hasta que su boca casi tocó mi oreja y me dijo en secreto al oído:

> -Draco Taletti también es también mi enemigo y me provoca igualmente eliminarlo, estoy a la orden.

Quedé sorprendido. Para quitarme el sobresalto, Alvar insinuó que era un tema que ya había conversado en detalle con Zach. Éramos víctimas del mismo tracalero. Que era en su caso peor porque la estafa del engañador de Draco le había originado una riña con un antiguo socio y amigo. "Amigo relativo", uno que había dejado de ser ambas cosas para, encima de males, tratar de extorsionarlo. Cosa que le dolía casi igual en el plano emocional pues al contrario de Draco, se trababa de un "supuesto amigo" de la infancia con quien lo unían ciertas conexiones, incluso familiares, vínculos tangenciales, afortunadamente. Ese fraude salió a flote cuando el negocio con Draco se tornó ruin. Lo nocivo al principio había sido descubrir que su amigo era aparente, un fingido. Lo infernal fue comprobar que Draco, al igual que en nuestro caso, los había despojado de lo que en justicia aspiraban cobrar, luego de trabajar y sacrificarse durante un año. A tan nocivo amigo ya lo había apartado de su órbita. El imbécil intentó dañarlo, afortunadamente Alvar resguardó un documento, una vulgar servilleta firmada aparatosamente entre ambos, escrito que a duras penas permitió probar que al perverso le era ajena la razón dentro de su virulento plan y hasta allí lo había dejado, prefería ignorarlo y, con un toque de melancolía, sacó cuentas sobre los años de la simulada amistad, tiempo perdido. Draco era un cuento distinto. Sus repelentes actos le habían costado tiempo, dinero y la oportunidad de enfocarse en otros negocios, sin contar la otra supuesta amistad. A este animal perverso sí lo odiaba. Quería garantizarme que podíamos y debíamos unir fuerzas. Nosotros estaríamos pendientes en USA de sus andanzas y él en Venezuela por si el estafador osaba asomarse. Mencionó que el dañoso individuo se pintaba como un enemigo de Chávez para que el gobierno de USA le mantuviera su visa. En realidad Draco y Chávez eran dos bichos igual de malos, deberían estar tras las rejas, pudriéndose donde reinara la justicia. Dos tracaleros que vivían del engaño, uno a nivel de negocios y el otro a nivel político, no merecían consideraciones. Braz se arregló el cinturón y un pliegue de la camisa que le colgaba por descuido mientras me pidió disculpas por ser franco. Se refirió a mi poema, el escrito en la mente y el ron en la barriga le inspiraron a romper una promesa hecha a Zach sobre no comentarme el incidente de Draco. Zach aspiraba impedir echar leña al fuego. Conocía mis impulsos y sabía que podría ser un detonante el conocer lo que ahora sabía de boca de Alvar Braz quien aclaró que su intención no era incitarme para que actuase de forma atolondrada o violenta. Al contrario, me invitaba a permanecer alertas y prepararnos por si se presentaba la oportunidad, en un futuro cercano o lejano, actuáramos de forma enérgica para intentar pegar un buen chinazo en el ojo de ese macaco, que de momento se nos pintaba imbatible desde cualquier acción, legal o ilícita, que pudiese avivar nuestra imaginación por el mero afán del desquite. Nos tocaba ser cautos. La prudencia aconsejaba esperar la oportunidad justa que permitiera usar el proyectil exacto, la piedra precisa que diera en el blanco. De pronto Alvar cambió de tono. Usó una forma de hablar más blanda al suplicarme que no fuera a precipitarme, que su única intención era armar un equipo para protegernos y atenazar ese mal que nos dañó sin razón. "El ron pone a la gente belicosa", pensé en ese dicho de Juana, aunque esta vez, en mi caso, fue al contrario. Expuse que ya había perdonado al cochino Draco pues no era práctico vivir odiando a alguien que de momento era intocable. Eso no tenía sentido, era impráctico. Había sido Zach quien me había estimulado en dicha dirección. La mejor venganza sería ignorarlo haciendo más y mejores negocios. Como era prácticamente imposible llevarlo ante la justicia a un costo razonable, desconocerlo era adecuado, lógico, porque no contemplábamos caer en lo ilícito, no era una opción válida, al menos para nosotros. Rechazarlo concienzudamente a todo nivel, era quizás una actitud sutil para lo que yo aspiraba originalmente. Había comprendido que gastar energías en hacerle seguimiento y odiarlo me restaba aliento para orientarme en lo que quiero, en lo que debo, en lo que me hace crecer como persona y me genera beneficios como hombre de negocios. Braz me abrazó en ese momento y nuevamente me felicitó al oído. Mientras lo hacía pude observar a nuestras dos acompañantes caminar hacia nosotros, riendo entre ellas, ligeramente abrazadas. Revisé el atuendo que ahora adornaba la figura de Dierdra. La inspeccioné de arriba abajo mientras Adaora comentó que se notaba que Alvar y yo habíamos profundizado nuestra amistad durante su ausencia.

- Pues lo mismo digo de ustedes, me atreví a decir entre risas mientras tomaba a Dierdra de un brazo y la invitaba a bailar.

Tocaban música de fondo, nadie bailaba, pero la llevé a una de las plataformas del jardín y bailé con ella, posé mi nariz entre su caballera y la bajé suavemente rozando su oreja hasta su cuello, inspiré profundamente, olía divino, se movía bien al tono de una balada que sonaba distante, me encantaba su perfume tanto como el roce de su cuerpo con el mío, no deseaba pensar en otra cosa, no quería que el recuerdo de las fechorías de Draco siguiera revoloteando en mi mente, podía ponerme violento, tenía algunos rones encima y ese licor lo pone a uno medio peleón y hasta romanticón, Juana tenía razón en su eco de lo que recitaba Luna, lo sé...

21. Entre vitrinas la distancia tiende al infinito

Luego de un corto vuelo de menos de cuatro horas llegamos a la ciudad que nos gusta, donde vivimos. Es curioso, comentó Dierdra:

> - Ni siquiera está en la lista que acaba de publicar Blooomberg sobre las mejores 50 ciudades en donde vivir en USA. San francisco es número 1, pero Miami es Miami, tiene su encanto ¿Porqué la ignoran?

Dudé sobre que ni apareciera en el listado. Me propuse revisarlo en la web con la curiosidad de comprobar si alguna vez a Dierdra pudiese fallarle la memoria. Apenas uno se baja del avión percibe su singular olor, el aroma miamero es particular. Dierdra durmió dos horas del trayecto. Yo me dediqué a leer en mi iPad. Veníamos caminando, conversando, ella riendo, este pasillo del aeropuerto parece una autopista peatonal de dos vías separadas por un grueso vidrio que divide los que llegan de quienes parten. Tenía que ser justo cuando Dierdra reía, en unos de sus ataques, actuando agafada, apoyaba cariñosamente su cabeza de medio lado en mi hombro para no caerse tratando de contener su risa, entonces, ahí, pasó Vanessa caminando en dirección contraria. Ambos paramos bruscamente por unos segundos y nos miramos fijos separados por la barrera transparente del cristal de seguridad. Me detuve tan rápido que Dierdra casi se cae. Tuvo que arreglarse rápido para recuperar la compostura. Miranda y yo nos veíamos hipnotizados, sin movernos. Sentía que el tiempo se detenía para que realizáramos nuestra existencia. Tan brusca como paró tomó control de la situación. Movió la cabeza hacia atrás echando su melena a un lado. Miró a Dierdra críticamente, de reojo, por un instante, con displicencia, luego me vio e hizo un gesto desaprobatorio con su boca. Una mueca que parecía decir ¡vete al carajo!, ¿tú no cambias, es que no tienes compón? Agarró el mango de su equipaje que esperaba posado e inerte a su lado, y comenzó a caminar en dirección contraria. Le grité mientras se alejaba. Corrí a contra corriente por el pasillo. Ella no podía ni quería escucharme. Era imposible, la cristalina muralla china lo impedía. Hice señas y no volteaba. Presentí que me veía de refilón. No tardaron mucho tiempo en aparecer un par de policías fuertemente armados preguntándome por el escándalo. Me forzaron a calmarme y acompañarlos. Me introdujeron a un cuartico donde estuve detenido por lo que pareció una eternidad. El hecho de proceder de Venezuela agravó la situación. Mi ciudadanía americana no ayudó cuando se percataron de que mi lugar de nacimiento era Caracas, lo cual empeoró las cosas. Dierdra pasó de la euforia a la confusión y de allí al nerviosismo desesperado cuando fueron en búsqueda de mi equipaje. Su testimonio, entre sollozos y pucheritos, permitió suavizar la tensión del asunto. Su versión fue interpretada como una precaria riña entre mujeres celosas que había generado mi gritería. Eso los hizo reír. Cambiaron de actitud y pasaron a auxiliarla con agua seguida de una infusión de manzanilla. Al final con extrema amabilidad nos dejaron ir. No sin antes revisar todos nuestros datos y llamar a la oficina central para comprobar la información. Afortunadamente nuestro abogado asistió durante el proceso de detención. Crystal fríamente tomó control de la situación a través del teléfono y contestó objetivamente cada una de las preguntas que formaban parte de la examinación cruzada que nos aplicaron. Me pregunté, soterradamente, ¿qué sería de la pobre gente que no pueda contar con un diestro abogado quien los socorra al instante en este tipo de aprietos inesperados que generan tanta confusión y angustia? Eso me hizo apreciar en demasía la oportuna intervención de Crystal. Luego de agradecerle su atención e información abrieron una vez más nuestro equipaje que antes habían revisado minuciosamente un par de veces. Le dieron un último vistazo, nos devolvieron el pasaporte, se excusaron por cualquier inconveniente y nos permitieron salir, no sin antes recordarnos que está prohibido correr y gritar desaforadamente por los predios del aeropuerto. Desde su ángulo yo había actuado como un loco.

Una vez con nuestro chofer de confianza, Alex, conduciendo uno de los carros de Zach, no pudimos sino recordar la situación entre chistes y risas. Me quedó un mal sabor pues no pude lograr que Vanessa me prestara atención. Dierdra lo notó. Me abrazó, así nos mantuvimos durante el trayecto de regreso a la oficina, acudimos directo donde Crystal para agradecerle. El resto de la oficina no pudo contener la risa, ya la cosa era vox populi, una guachafita muy divertida para todas ellas. Doutzen Kent disfrutaba, encantada, casi en forma vengativa, los comentarios de mi embarazosa situación; obviamente desdeñaba el acoso en cualquiera de sus formas pero al parecer una especie moderada de "bullying" le entretenía. A Crystal le dio por azuzar a Dierdra para que repitiera el cuento una y otra vez. Pronto cada una añadía un comentario condimentado desvirtuando la realidad. Para mi sorpresa Dierdra había tomado unas diez fotos en secuencia con su teléfono, la mayoría resultaron borrosas, solo tres dibujaban nítidamente el asombro y a la vez el desprecio en la cara de Miranda. Miranda se convirtió en viral en la red interna de la oficina. Todos los correos o mensajes informarles venían firmados como Miranda y su foto con la mueca de reproche al lado. Tuve que aguantar unos 15 días de bromas, chistes y comentarios hasta que el quehacer diario las enfocó en otras diversiones, pero el tema no decayó por varias semanas adicionales. Si yo requería algo de prisa que no tuviese que ver con trabajo, una de las muchachas gritaba azorada ¡Oh Miranda! Y éste se convirtió en su grito de guerra hasta que lo consideraron aburrido y me olvidaron como su punto de atención, sin pena ni gloria, lo que duró las divirtió de lo lindo, todo a costillas mías.

22. Combinando rutinas con el quehacer diario... como para no enloquecer

Pasaron días, perdí el protagonismo dentro de las bromas de mis colaboradoras pero Vanessa no salió de mí. La seguí buscando. Los esfuerzos del parquero Alex con sus conexiones cubanas habían producido un número más directo, un celular con su inconfundible voz solicitando dejar un mensaje. Dejé miles. No contestó ninguno. Para no enloquecer, descargaba trotando. Bebía poco o nada de licor y había logrado dejar de ver a las rusas para cosas no aprobadas por las buenas costumbres y las normas cívicas y religiosas. Mantenía mi amistad con la Rusa Bella. Amistad que, curiosamente, al dejar el sexo de un lado, se había fortalecido. Me contaba cosas, pasadas y futuras, experiencias y sueños. Anhelos de una vida mejor. Lo comenté con Zach y estudiábamos a fondo cómo lograr su libertad de una manera que no enfureciera a los rusos. No queríamos retaliaciones. Ni en contra de ella ni de nosotros. Por lo pronto no surgía ninguna buena idea que cubriera nuestras aspiraciones: todo debía ser transparente, todo debía ser legal, todo debía ser de mutuo de acuerdo; era difícil diseñar una solución al problema que cumpliese con todas esas condiciones incluidas. Mientras tanto las finanzas de sus ahorros en mis cuentas estaban dando resultados positivos. Nunca retiraba ni un penique, al contrario, constantemente me entregaba un morral lleno de efectivo. Mi rutina había variado pero poco, trotaba con Zach en las mañanas y con la Rusa Bella por las noches, ella y yo siempre terminábamos con yoga. Dormía mejor y comía menos aunque mis niveles de energía eran superiores. Mejoró mi humor. No lo dije yo, lo dijeron las chicas quienes todavía de vez en cuando añadían la frase ¡Oh Miranda! para sonrojarme. Cuando sonreía después de la afrenta decían que esa era la prueba máxima de que mi humor había mejorado. Cuando la Rusa Bella tenía trabajo y se perdía por unos días trotaba junto con Dierdra que se había tomado lo de las consejas de alimentación y ejercicio al pie de la letra. Había mejorado notablemente. En el trote de las mañanas Doutzen se unía con frecuencia. Durante el calentamiento al principio y el estiramiento final hablábamos con Zach sobre estrategias de trabajo. Durante la carrera ella hablaba de las acciones o de temas mundanos como la entregas de los Oscar. A Zach le fascinaba su forma de expresarse, concisa, directa e inteligente. Los rodeos no eran su fuerte, iba directo al grano con su opinión, cero metáforas, ninguna floritura, un rayo de luz preciso, directo al punto de enfoque, se olvidaba de los adornos. Para Zach eso era el máximo de la transparencia, una virtud poco común entre las mujeres que son artífices de muchas indirectas e insinuaciones hasta que finalmente comunican lo que quieren. Doutzen era distinta, sabía lo que quería y lo expresaba claramente. Todos habíamos visto al menos una película nominada. Hicimos un plan de ver las faltantes independientemente de la ganadora. Era un plan para los viernes. La totalidad de la oficinas estaría convidada. Zach invitaría. Una buena película y al terminar unas suculentas hamburguesas. Se convirtió en una rutina informal que alcanzó popularidad mientras duró, muchas se anotaron en la invitación, nada era obligatorio, Zach continuó cubriendo los costes. Mientras comíamos discutíamos el film recién visto. Es impresionante cómo una misma historia, contada mediante imágenes, afecta a cada persona de manera distinta, inclusive en la forma en cómo luego se narra lo recién observado y en las conclusiones derivadas por cada quien para la vida; es como si la película fuera más trascendental que un mero entretenimiento "He allí la magia del cine", recordaba esa frase de mis años de estudios, mientras opinaba en voz alta sobre una escena que me había exaltado y los demás diferían o apoyaban.

TERCERA PARTE

23. Un baño de agua helada y cómo esa inmersión cambió sus vidas

Fue un día después de trotar cuando entró un mensaje de Crystal en mi teléfono. Decía que me tenía buenas noticias y que hablara con ella al llegar a la oficina. Mientras me bañaba con agua fría, extremadamente fría y tomaba mi batido de leche con canela, miel, y avena trataba de adivinar qué sería lo que tenía Crystal en mente. Me vestí rápido y pronto estaba caminando hacia el trabajo en medio de mi música de compañía. Entré y anduve directo a su cubículo. Tenía otra de esas faldas cortas que le quedaban de lo mejor.

> -Te tengo buenas noticias amigo mío, repitió pausadamente con el grado de desdén y distancia necesario que conocen los abogados para despertar curiosidad y necesidad en sus clientes.

Me contó cómo fue a visitar a su madre a la clínica y tuvo la sorpresa de ver a Miranda con un enfermo. Como hábil profesional indagó de inmediato utilizando su buena relación con los directores y otras autoridades. Hacía trabajo ad honorem para ellos mediantes consultas legales que tuviesen que ver con actividades financieras de la institución. Se había transformado en una apreciada y considerada persona de confianza. A ella le resultaba provechoso y entretenido colaborar durante las visitas a su madre. Tenía material para leer y conversarle aunque la paciente no entendiera de esa materia ni de ninguna otra cosa. Cuando inquirió sobre Miranda le manifestaron que su padre estaba recluido allí por razones análogas a la madre de Crystal. Dialogando casualmente con la coordinadora de enfermeras logró saber que cada quince días iba regularmente, de 9 a 11 a.m. los días viernes, sábados y domingos. A veces también lo visitaba otros días pero esos eran los fijos. Crystal me invitó para acompañarla a visitar a su madre dentro de 14 días. No podía esperar. Comencé a planificar en mi mente qué iba a decir. No lo podía creer. Para algo había servido el chisme, la anécdota, la echadera de broma en la oficina y la foto que se había vuelto viral en nuestra intranet.

Durante las próximas dos semanas pasó de todo por mi mente. Me paseaba por lo que diría, cómo explicar mi presencia en la clínica, por qué la insistencia en buscarla. Desesperado le solicité una cita a Genevieve Trezzia. Mi terapeuta me recibió de buena gana. Primero le conté sobre mi progreso en lo relacionado a los temas de la prostitución y el licor. Hubo progreso aunque aclaré haber roto las promesas de cuaresma, quería ser honesto, en lo posible. Me felicitó, me dijo que no pensara en negativo, los avances eran apreciados clínicamente por encima de los retrocesos aunque fueran milimétricos.

> -Caer y recaer es parte del proceso. Nadie espera milagros. Lo importante es pararse para continuar hacia delante. Es una carrera mental

más que física. De los cincuenta mil pensamientos aproximadamente que tiene la mente por día debemos tratar de pensar en positivo, para superar obstáculos, siempre sin ser ingenuos al respecto. Se trata de pensar positivo en términos pragmáticos sobre uno mismo y acerca del futuro y del mundo en general. Es una mejor base para soportar tus niveles de compromiso. Solo eso, no hay garantías. Lo que piensas afecta como imaginas, como ves las cosas, como las sientes, como reaccionas, etc. Si puedes pensar positivo con objetividad tu proceso de lucha será sustentado en la fortaleza y no en la debilidad. Empieza por lo sencillo, puedes decir que sí puedes, comienza por eso. No recuerdo haberte dicho que dejases la bebida, eso lo inventaste tú, pero vaya, hombre, te felicito, está muy bien agregar ese reto.

Me dijo eso citando a expertos, algunos autores, libros y referencias teóricas que no recuerdo.

- Por la cuaresma doctora, sólo por la cuaresma, le repetí en cuanto a la bebida.
- ¿Durante la cuaresma vas a dejar la prostitución? Contestó irónicamente. ¡Que conveniente!
- Me refería al licor Genie, licor duro, whisky, ron, vodka ese tipo de alcoholes, esa era la intención, pero no pude…

Genevieve sonrió con algo de sarcasmo y añadió:

- Al menos estás claro en que lo de la prostitución es una carrera de largo alcance, la puedes vencer pero es de largo alcance, tal cual hiciste con la marihuana. Trata de atacar un problema a la vez, o dos máximo, hablemos de prostitución y promiscuidad para ser constantes.
- Suena razonable.
- En cuanto a licor no me preocupa. Te he observado y no eres un ebrio dependiente. No es tu cuadro sintomático. Exagerando podría inferir que si te descuidas podrías llegar a serlo, pero no te veo transitando esa vía.
- Gracias, coincido contigo.
- ¿Qué dijeron las muchachas?
- ¿Cuáles?
- Esas a las que les pagas por andar con ellas, ¿les explicaste?
- Sólo a una y ella ya no me cobraba.
- Buen comienzo. En algún momento deberás ser más claro, con todas, conviene decirlo en voz alta a las personas involucradas, eso te fortalecerá mentalmente. Es como tus maratones, buena parte de la carrera está en la mente. Por eso muchos gorditos la terminan. El poder está en

la mente. No lo dudes.
-Hoy venía por otro tema.
-¿Uno nuevo?
-Más o menos, no realmente, digamos que dos, ya los hemos comentado.
-Dime...

No sabía cuál tocar primero, si el del amor o la venganza, respiré hondo y traté de disponer mis pensamientos adecuadamente. Perdido estaba un elemento que parecía ahora distante de mi mente: el orden.

-Te veo dubitativo, recuerda lo que acabamos de revisar. Inicia sencillo con los pensamientos positivos.
-Como te he dicho, estoy enamorado. No sé si de un sueño o una persona. Tengo la oportunidad de interceptarla en un sitio para hablar con ella, sería sorpresivo para ella. He seguido tu consejo y he tratado de mantenerme fiel al sentimiento que guardo por ella. Por casualidades del destino nos hemos tropezado justo cuando ando con una bella mujer a mi lado, así sea por trabajo. Ella no lo ha entendido. No ha permitido que le explique, ni siquiera me ha hablado, salvo para decirme que soy increíble y que me comporto como un niño, ¿te suena familiar?
-Te estás complicando más que las elecciones en Italia.
-¿Las del Papa?
-No señor, las políticas, las del Papa se refieren al Vaticano y le faltan unos días, no parecen cosas tuyas...
-Cierto, ando medio confundido, perdona, explícate...
-Un longevo y popular escritor Siciliano, con más de 80 años, quien fuma a diario, escribe, está activo, publica, opina, da entrevistas, él ha dicho que para que progrese la democracia italiana deben primero eliminarse dañinos espectros, unos políticos a los que califica de larvas, unos que arrastran la buena política a lugares indeseables, a través del nefasto vehículo de la alta popularidad mal orientada, el nefasto populismo. Aunque sean dañinos la gente idolatra a los políticos populistas. ¿Te recuerda eso también al país que acabas de visitar o alguna que otra alcaldía del Sur del Estado de la Florida? Igual pasa con tus sentimientos. Si quieres que sean auténticos debes sentirlos tú primero, separando con autenticidad lo real de lo fantasmal, no seas populista contigo mismo. Buscar la veracidad implica eliminar algunos espectros. Tengo la fuerte sensación de que no me has relatado la historia completa. No me has echado el cuento como es. ¡Escupe, bota todo! Si esos cuentos los tienes a nivel consciente o subconsciente, no lo sé, ni te voy a hipnotizar para averiguarlo. La autenticidad tiene que florecer voluntariamente, venir de ti y mira, no estoy segura de que estés dispuesto a

exponerte. Te lo recuerdo: no te puedo ayudar si no me lo permites. Empieza por ti mismo, anda, exterioriza tus duendes, los buenos y los malos. Analízalos para ver cómo te están afectado esos fantasmas. Si alguno de ellos te hacen popular no implica que sean auténticos. Es la trampa de las felicidades temporales. Son un vacío pero puedes vivir en ese éter toda tu vida, evadiendo, disimulando, engañándote, al final no saldrás del hueco. Te hundirás más. Tú lo sabes, ya viviste una vez algo similar con la droga, conoces el monstruo de la evasión. Obtén fuerzas de esa sabiduría, haz que funcione a tu favor. Hay espectros que funcionan igual que las drogas. Para eliminarlos debes enfrentarlos de frente, si miedo alguno, sin evasiones, sin dilaciones. Ten claro que el fuerte eres tú, no son ellos, todo se puede analizar. Todo se puede tratar, siempre se puede evolucionar. Si vas a hablar con ella hazlo con sinceridad. Si vas a sorprenderla hazlo con sutileza, todo es válido en el amor pero la mujer aprecia la forma tanto como el fondo.

- Qué profunda eres cuando quieres. Eres toda una profesional. Muy bien doctora. Nuevamente me has tocado la fibra.

- Soy tu amiga, por encima de mi título, confía…

- Trato de hacerlo, soy muy cerrado, la cebolla de mi alma todavía tiene muchas capas. Cada vez que te veo me arranco unas cuantas. Cada desprendimiento duele. No me gusta sentirme desnudo. Ni ante ti ni ante nadie. Y, menos ante ella. Es la única que toca mi orgullo en toda su extensión. Sus ojos me juzgan al verme y no entiendo por qué me llegan tan profundo. Detesto no haber logrado comunicarme con ella en un lugar donde pueda haber un diálogo. Donde pueda exponerme. Ante ella me podría desdoblar con claridad, totalmente, estoy dispuesto a ese riesgo, para que entienda que esta vez soy auténtico.

- Eso es un progreso. Mantén la calma. Nadie quiere que te desboques y actúes apresuradamente. Sé racional, la mujer inteligente ama con el corazón pero admira con el cerebro.

- No necesito que me admire.

- ¡Oh sí!, lo necesitas, créeme. El amor sin admiración florece pero no perdura.

- ¿Y en qué se basaría esa admiración?

- No en lo material ni en lo superficial, no. Se basa en que su intuición femenina le indique que está amando a la persona correcta porque puede confiar en ella, porque no hay nada oculto. Donde lo auténtico prevalece porque se le da el valor que merece. Donde los sentimientos mandan no a través de la locura efímera del instante superficial sino mediante la pasión veraz, la que vence al tiempo y a la belleza temporal. Lo eterno vence por ser auténtico y predomina sobre la temporalidad de lo superficial. Pasión que fluye de sentirse capaz de darlo todo por la persona en quien confías. La que habita en el lugar del alma donde

se siente, donde se quiere, donde cada respiro se comparte con amor. Donde el todo se da por el todo. Donde multiplicar la vida es más importante que vivir el momento.
- Estoy impresionado, confundido, embotado.
- ¿Con qué?
- Con todo, con lo que dices, como lo expresas, nunca me habías hablado de esa manera, no he podido absorberlo todo. Eres profunda. Me siento ignorante. Me pregunto cómo digerir todo eso.
- Con calma, poco a poco. No deglutas la conversado en una sola mordida, medítalo y después seguimos a medida que decante en tu razonar.
- Buena idea, necesito un descanso y pensarlo con la almohada.
- Vuelve mañana o cuando te sientas listo.
- Gracias.
- Te va a servir, primero fía, te podría ayudar si reposas un poco tus dudas, entregas tus sentimientos con certitud, afianzas tu cuento en la verdad, es tu historia, no la desperdicies en evasiones.
- Gracias, gracias.
- Para ya, ya ya ya, no más gracias, por favor, pareces un niño.
- Ustedes dos coinciden en eso. Te llamaré mañana, después de correr.
- Hazlo, espero que vengas, aspiro ser útil. Suerte. Si tengo éxito lograrás ser honesto, al menos contigo mismo.

Suena paradójico. La vez que la Doctora Trezzia ha estado más profesional, más pre-clara, más transparente y más profunda es justamente el día que he salido más confundido de la terapia. Inicialmente me arrepentí de haber ido. Todo lucía confuso. Sabía que iría a la clínica para intentar toparme con Miranda, de lo otro no sabía nada. Llegó el día. Estaba muy tenso. Trote antes de que Crystal pasara a buscarme. Manejé su carro. Eso fue lo único que me pidió a cambio. A Crystal no le gustaba mucho manejar en autopistas. Las consideraba caóticas y peligrosas. Cuando lo hacía, manejaba por pura necesidad, como cuando tenía que tomar esta carretera para visitar a su madre. Yo andaba callado, muy callado, con cientos de pensamientos en la mente. Mi cabeza iba a explotar.

- ¿Conoces a su padre?, preguntó.
- No mucho, pero lo suficiente para saber que era muy inteligente. Pasamos dos cenas de acción de gracias juntos en Playa del Rey, yo era un invitado más, pero en ambas me buscó conversación, como tanteándome, como hacen ustedes los abogados, tú sabes, examinación cruzada, como los policías recientemente en el aeropuerto, gracias por eso nuevamente y también por esto, aún más por esto…
- Te noto nervioso.

-Nervioso no, tenso.
-¿Cuál es la diferencia?
-No hay desesperación, presión sí, aprendí eso de mi psicóloga, aunque últimamente lo que ha hecho es confundirme.
-¿Te puedo dar un consejo?
-Por supuesto.

En ese momento se inclinó desde su asiento sobre mi cabeza, beso suavemente mi oreja con su lengua, luego susurró que siguiera mis instintos, después volvió a besar mi oído por todos lados, mordió mi lóbulo suavemente antes de apretujarlo entre sus labios y añadió con un tono de voz muy suave de nuevo que siguiera mis instintos pues yo era de lo mejor cuando así lo hacía.

-¡Ahora sí estoy confundido!
-Eso me encanta, confundirte, lo mereces por todas tus andanzas, pareces un niño, te suponía con mayor control de la situación, eres un caso muy divertido.
-Eres la tercera o cuarta mujer que me dice que parezco un niño...
-No lo tomes a mal, no te preocupes, eso te hace adorable. Como te insinué: sigue tus instintos, cuando lo haces eres genial, sobre todo en el sexo y en general. ¿Sabías que las flores emiten señales eléctricas que atraen a las abejas y le permiten saber si tienen polen o no? Yo digo que son las abejas quienes siguen su instinto y saben cuándo una flor está lista o no. Haz lo mismo. Si te dejas llevar por tus instintos capaz y captas los mensajes de su campo eléctrico, todas las mujeres tenemos uno, supongo...
-Me gusta ese cuento de las abejas y las flores, ¿es cierto?
-Si no lo es pretende que lo sea y entonces te ayudará.
-Seguiré mis instintos, es lo único que me queda, pues no dejo de pensar en un millón de cosas que me tienen súper enredado.
-Qué ganas de complicarse la vida, si quieres no vamos, con el besito que te di me entraron ganitas, podríamos divertirnos hoy y volver dentro 15 días...
-Qué loca eres, no seas mala, apóyame, ¡eres mi abogado!
-Qué divertido es verte sufrir, me encanta, no sabía que tenías sentimientos, pareces un niño. Anda se impulsivo e intuitivo, recuerda a las abejas.

Comenzó a reír y me observaba de reojo, caprichosamente continuó riendo, a intervalos, por un buen rato. Luego me contó unos chismes de oficina sobre que Doutzen Kent y mi socio Zach no pararon de salir para almorzar y cenar juntos mientras yo estuve de viaje.

-Fueron discretos, no como tu escena en el aeropuerto, pero igual todo el mundo lo supo.
-Estoy enterado, por la propia boca de Zach, pero la versión tuya la supera, es divertida.

Llegamos a la clínica. Era un lugar deprimente. A pesar de su pulcritud, la higiene, los colores cálidos y las sonrisas en la cara de las enfermeras, la cosa deprimía. Aplasta los sentimientos ver tanta gente impedida a pesar de tener un aspecto físico aparentemente normal. Apena cuando uno los observa al moverse con torpeza y tratar de expresarse con mayor dificultad. Se les ahueca el habla mientras buscan en su mente sin éxito la palabra que requieren. Su léxico se ha esfumado. Tratan de recordar lo que no pueden. Parecen sospechar que existe una palabra esquiva para lo que desean expresar. Se enojan con el mundo a verse impotentes. Al estar medicados, sus aspavientos a veces se limitan a una mirada desesperada que te ahueca el espíritu cuando te hunde la imposibilidad de ayudarlos. Es cuando menos desalentador para quien los ve de afuera. Será mucho más agobiante para quienes los conocieron en mejor estado, los aprecian, los quieren, los aman recordando lo que fueron. Qué tormento, puede ser destructivo tanto para el paciente como para quien lo asiste si carecen de ayuda profesional y oportuna. Así divisé a Miranda al entrar, en el jardín cercano a la sala de entrada, tratando de ayudar a su padre a pararse de un banco. Sus ademanes expresaban su alta irritación. Desesperaba trataba de jalar un cuerpo grande, pesado y enclenque. No era una tarea fácil, no había ayuda cerca. Seguí mis instintos, atravesé rápidamente la sala, el pequeño patio anexo y de allí seguí corriendo hasta el jardín contiguo. No reparé en saludarla. Tomé al hombre por los dos brazos y lo jalé hacia mí, mientras mi espalda la medio empujaba a ella que se había quedado sin habla y atravesada en medio de la sorpresiva maniobra. Cuando gracias a mi esfuerzo el hombre estaba erguido, lo miré directamente a los ojos y le dije como si fuera ayer:

- Hola Kenneth, ¿cómo estás?

Lo siguiente, me sorprendió, Kenneth no retiró la mirada, me sonrió y alcanzó a balbucear de forma legible.

-Hola Chris, ¿cómo te va?

Miranda no lo podía creer. Se quedó helada por unos segundos. Esa mañana había llegado más temprano que de costumbre. Antes las enfermeras habían comentado que su padre era más lúcido a tempranas horas. Parecía recordar cosas de un pasado que ellas asumían como el lejano. Miranda había tomado la sugerencia y llegó una hora antes de lo acostumbrado. Lo llevaron al jardín y lo sentaron en uno de los bancos que daba al este. A su padre siempre le había gustado el sol, era su locura. El sol y el baño, preferiblemente de agua salada, amaba el mar, siempre vivió cerca del agua. Este era su baño de sol. Se ponía contento al recibir los rayos matinales, sonreía y miraba fijo el horizonte. Desde hacía un par de meses había dejado de reconocer a Miranda y ella cada vez que lo visitaba le repetía su nombre hasta el cansancio cuando le mostraba fotos de diferentes momentos compartiendo en el pasado. Kenneth andaba en blanco, no reconocía a nadie ni nada. Por eso Miranda palideció cuando de repente aparecí yo y el hombre me saludó por mi nombre, sin que nadie lo estimulara a hacerlo. Parecía una anormalidad asombrosa, casi un pequeño milagro. Le pregunté a dónde quería ir y me contestó a la piscina. Otro pequeño milagro. Ella se quedó perpleja. Yo ni la saludé, únicamente le pregunté, ¿lo llevamos? Ella asintió con la cabeza y comenzamos a caminar en la dirección indicada, cada uno tomando un brazo del enfermo. Eran unos cien metros que parecían una eternidad. La piscina era un espejo de agua rectangular de máximo 30 centímetros de profundidad. Era para sentarse al borde y remojar los pies. La ideó un médico que probaba cosas nuevas para estimular a sus pacientes. El agua cambiaba con turnos sucesivos de fría a tibia y luego caliente con un sistema especial de circulación continua. En combinación, el suelo era un diseño de texturas lisas y rugosas alternadas que despertaban sensaciones. Esto avivaba a los usuarios en su percibir de variadas sensaciones, un sutil estímulo a los sentidos de quienes se estimaba que habían perdido esas capacidades para robarles una reacción que usualmente se inmortalizaba con una sonrisa. Algunos gritaban y otros reían cuando ocurría el cambio, precisamente cada tres minutos. Kenneth era de los que reía. Decidí quitarme los zapatos e introduje mis pies sentado junto a él. Nuevamente habló:

> - No te angusties, ten paciencia, está un poco fría, Chris, pero ya se va a calentar.

Lo escupió a lenguaradas, esforzándose, con trabas al decirlo, tomándose su tiempo, gagueando entre las interrupciones legibles como un recién nacido que hubiesen llevado a la vejez de un soplo sin experimentar el intermedio de su existencia, pero lo dijo. Miranda comenzó llorar. Extendí mi brazo y le tomé la mano. Lloró aun más fuerte. Soltó mi mano y se tapó la cara con ambas manos, retrocedió un poco a espaldas de su padre, no quería que la viera llorar. Yo seguí hablando con Kenneth, de la misma forma que lo hacía en su mesa durante las cenas de acción de gracias, expresando cualquier ocurrencia con la naturalidad y con el impulso que uno tiene cuando es un estudiante irreverente. Internamente agradecí a Dios por el momento y a Crystal por su consejo sobre utilizar mis instintos. Luego recordé a Genevieve Trezzia diciéndome que lo que fuese a hacer lo hiciese con sutileza. Le expliqué a Kenneth que volvía en un segundo, volvió a sonreír y me dijo que esperaría allí. Me paré, la tomé en mis brazos, alcé su cara hasta ver sus ojos inundados de llanto incontrolado, las sequé con el dorso de mis manos; suavemente la abracé, posó su cabeza sobre mi hombro, la dejé llorar por lo que pareció una eternidad, levanté su cara de nuevo y sin pensarlo la besé, fue el beso más dulce que había experimentado en diez años, desde que ocurrió por última vez. Fue incomparable, auténtico, íntimo en extremo, mi corazón se me salía del pecho. El de ella también latía estruendosamente, lo sentí palpitando contra mi pecho cuando le di el siguiente abrazo. Permanecimos inmóviles por un instante hasta que Kenneth gritó tratando de decir que tenía frío y que quería pararse, entendimos sus gesticulaciones pero sus palabras ya no eran inteligibles, las demostraciones evidentes de lucidez habían pasado, el despertar momentáneo se había disuelto como la sal en el mar, entró de vuelta en su amargo limbo, navegando mediante la lástima o la ayuda de otros para poder comunicarse, qué sufrir.

Mientras Vanessa hablaba con los médicos rápidamente fui donde Crystal, la encontré en la biblioteca mostrando un libro de colores y texturas a su madre. Lucían entretenidas. Al interrumpirlas Crystal tenía los ojos aguados, pero rápidamente se compuso, se sonrojó y me echó broma por lo que acababa de ver aduciendo a las cosas que hacen los hombres cuando están enamorados.

> - En la oficina no levantas ni un papel pero aquí te echaste a ese viejo esqueleto encima que debe pensar mínimo 105 kilos, te veías como un niño al lado de él. ¿Estás listo? Debo regresar temprano.
> - Últimamente he recogido algunos papeles, créeme, inclusive los arrugados por otros, algunos con mensajes trascendentales o yo los he interpretado así, te lo juro. Oye, Crystal, espérame 15 minutos ¿sí?, y si no parte sola. Ella está terminando de hablar con los médicos, voy a intentar retornar con ella. Todavía no se lo he propuesto. Te avisaré.
> - Ni te preocupes, no abuses. Si en 15 minutos no estás en mi carro, me arranco sin ti.
> - De acuerdo.
> - ¡Mentira! Me encanta molestarte cuando te veo nervioso. Te espero 20 minutos y más si es necesario, avísame.
> - Gracias, eres muy buena conmigo, lo aprecio.
> - Es porque vi tu lado humano, cargando a ese pobre viejo. Eres un niño lleno de sorpresas.
> - Cualquiera lo hubiera hecho.
> - Cualquiera no se habría resistido a un beso mío en la oreja, parece que estás muy enamorado de esa chica, en la oficina no lo van a poder creer, de nuevo vas a pasar a ser el tema favorito. Ya veo los titulares: "El chico del aeropuerto sucumbe al amor, Miranda gana, las demás perdieron, detalles esta noche a las once por este mismo canal, E! lo tiene en exclusiva para ti".

-¿Vas a contar todo esto? Te pido que no lo hagas..
-¡Descuida, sólo te jodo! Me toca y lo sabes, bastante que me has jodido tú a mi y hasta literalmente. ¡Anda gafito! busca a tu chica. Todos tenemos derecho a enamorarnos locamente al menos una vez en esta puta vida.
-Eres adorable. Tus consejos fueron los mejores.
-Seguiré siendo adorable por 20 o 25 minutos, luego me iré…

Al retornar no encontré a Vanessa con el personal médico. Se habían llevado a su padre a la habitación y ella contemplaba el espejo de agua, rememorando la reciente lucidez de su progenitor. Andaba con cartera en mano, lista para partir.

-Hola Vanessa.
-Hola, Chris, te agradecería que me digas Miranda. Ya no soy Vanessa, igual que ya tú no eres Cristiano ni tampoco Zach es Zacarías. Todos cambiamos nuestros nombres por buenas razones, quizás lo hice con mayor retraso. No fui tan básica, no busqué un diminutivo, me incliné por un cambio total y así lo deseo mantener.
-¿Qué te impulsó a ello?
-Es una historia larga, no deseo contarla ahora, estoy un poco cansada.
-¿Puedo regresar contigo? Si estás muy cansada puedo manejar.
-¿Voy a Miami Beach y tú?
-Cualquier lado cercano a Brickell me sirve.
-Dale, no estás en la vía, pero estás cerca. Oportuna idea, maneja tú, no aguanto estos tacones, muero por quitármelos.

Tomé las llaves y caminamos sin hablar hasta el vehículo. Se descalzó. Saco un iPad de su bolso. Puso a Cold Play, un álbum de los viejos. Subió el volumen a un nivel en que sería difícil conversar. Inclinó un tanto su butaca y se recostó de lado como mirando por la ventana dándome completamente la espalda. Interpreté su silencio y la dejé en paz. No hablé ni bajé el volumen, tampoco cambié la música. Recorrí la vía hacia el sur y cuando pude me dirigí hacia la playa. Justo cuando transitábamos paralelo al mar se tornó, abrió los ojos y me habló.

-¿Dónde estamos? Bonita playa.
-North Miami Beach.
-Pensé que íbamos a Brickell, me dormí un rato.
-No quise incomodarte, puedo tomar un taxi, desde aquí no es lejos.
-Tengo hambre.
-¿Deseas parar a comer?
-¿Te importaría?
-Para nada, me encantaría ¿qué te provoca?

-Entra al centro comercial y vamos al francesito ese, me provoca una sopa de cebollas y un solomo a la plancha con papas a la francesa.
-Hecho, estamos a pocas cuadras.
-¿Seguro que no te incomodo?
-Es lo que más deseo, quiero decir, tengo hambre también, al terminar pediré un taxi.
-Gracias. Estoy vuelta un desastre. Lloré un río. No quiero que nadie me vea. Bájate tú que yo estaciono, entraré a un baño y me pondré decente y tú pide una mesa en la terraza, no te des mala vida, si hay que esperar prefiero la barra. Ya sabes qué ordenar.
-¿Y el vino?
-¿No recuerdas?
-Por supuesto que si, descuida, verificaba para ser amable, de pronto has podido cambiar, mira lo que has hecho con tu nombre.
-¿Deseas que cambie? No me hagas reír que no estoy de humor, vino y agua, por favor.
-Descuida recuerdo todo… inclusive el agua será Evian, igual que siempre.

Miranda no tardó mucho. Su arreglo no era propiamente el de una diva. Era sencillo. Su belleza radicaba en la simplicidad y parecía no presentar interrupciones. Las sutiles diferencias radicaban en lo sofisticado de esa sencillez, sus toques personales se habían perfeccionado sin abandonar su elegancia de tonalidades clásica. Había que verla para poder entender. La adornaba una ligerísima bufanda de primavera en el invierno de una ciudad que no lo ameritaba ni en sus días fríos. Las botas de cuero liviano, usado y liso, eran llevadas al tobillo por tacones estilizados. Los jeans sin marca, lavados hasta la saciedad y perfectamente almidonados. La camisa de seda de un tono gris claro que realzaba sus ojos que se debatían entre mostrarse azules-pardos o variar por entre grises y verdes para terminar azulados. El pelo largo, más de lo acostumbrado, color heno, ondulado a un lado como en los films de suspenso de los años cincuenta me recordaban un poco también algunas tomas en ese largometraje de los 90: L.A. Confidential. Sus pulseras plateadas, delgadas y metálicas, sin pedrerías, que recuerdan a las mujeres vestidas de impecable blanco que yo veía de lejos expertamente bailando tambor en las fiestas de San Juan allá en mi niñez, junto al lejano río de un pintoresco y exiguo pueblo, el folclórico Curiepe, lugar que una o dos veces visité, invitado por una anciana, una tía enmantillada de mi futuro socio. Vanessa ignoraba la correlación en mi cabeza de sus prendas con las usanzas de aquellas mulatas. Nunca le mencioné tal semejanza, diría que estaba delirando, las conexiones que hago entre los puntos que navegan en mi mente no siempre son fáciles de entender, ni siquiera para mí. Su perfume intenso arrojaba un aroma dulce y profundo que se quedaba plasmado como un tatuaje invisible de identificación inmediata.

Su media sonrisa al caminar con desparpajo mientras veía a lo lejos el horizonte con la cabeza bien erguida y los hombros atrás, separados de las orejas, como si estuviera elegantemente desfilando para un diseñador consagrado que acabase de vestirla con sumo detalle para que luciese una pieza única aspirando a que su musa lo catapultase a estratos usualmente inalcanzables de fama para finalmente diferenciarse de sus homólogos que lo veían con envidia desde una pantalla plana, medio abarrotados en la parte trasera de una carpa cercana, durante cualquier día de primavera en Bryan Park. Su natural indiferencia ante miradas ajenas, altiva, abstracta a medias, casi ensimismada, como si el resto de la humanidad no existiese, amparada intermitentemente por la libertad que a ratos proveían ante otros ojos la oscuridad, por ponerse de pronto unas gafas que rememoran caminatas de verano por los alrededores de Cape Cod. Y dentro de aquella ecléctica armonía "vintage" aparecía el contraste, ese doblar casi latino de sus caderas al tomar pausa en su andar para acentuar la completa feminidad que evocaba su silueta, algo extrañísimo en una anglo con más andanzas por Balboa Island que por el trópico. Semejando lo que en algunas aldeas de las costas caribeña del barlovento llaman "tumbao alzado", la epítome del sabor femenino en movimiento. Sus maneras cómodas eran adornadas con llaneza, mostrando la belleza pudorosa que generan sus sencillos gestos femeninos, casi insinuando que toda pose adulterada le fuera ajena. He ahí su fortaleza, una feminidad a ultranza que desconcierta y desarma a los sofisticados. Retándolos, mediante una innata falta de atención a la crítica. Su centro del universo enfocado con extrema confianza en la certeza emanada de las cosas que realmente importan, impávida a lo artificial, ajena a lo accesorio, sin divorciarse por entero de la coquetería. Todo eso resumido en un sonido sutil de complacencia al probar la sopa para que, con ese garbo patentado al sonreír, agradecer porque le había ordenado precisamente lo que anhelaba. Suerte para mí, lo sé.

-Qué buena sopa, gracias por ordenar.

-Seguí tus instrucciones, ni que fuera difícil.

-Me encanta este lugar, su comida, el ambiente europeo de la terraza, las luces a media intensidad, las versiones suaves, trasgresiones de los Stones, sonando a bajo volumen. Me gusta venir aquí cuando visito esta ciudad, qué casualidad despertar cuando pasábamos cerca, ¿será que reconocí el aroma francés de su cocina en la distancia?

-Hoy las casualidades han sido muy buenas. Si estuviésemos en París iríamos a probar la verdadera cocina francesa, ahora tengo un dato buenísimo sobre un nuevo cocinero francés que marca pauta en el mundo, se llama Gagnaire o algo así.

-¿Pierre Gagnaire? ¿Bromeas? Es harto conocido, en Los Ángeles lo nombran hasta en la sopa. La gente se jacta de conocer su fogón. No me interesan los intríngueles de esa cocina de autor. Prefiero las cosas simples y sencillas. Me extraña, tú lo sabes. Deja esas referencias rebuscadas para tus amiguitas que seguro las impresionarás con tales estridencias. No te apresures, no exageres, no vamos a ningún lado. ¿Coincidencias, crees en las coincidencias? Te echo un cuento. ¿Tú apareciendo en una clínica especializada? Eso no fue casualidad, explícate, anda, dime cuál es tu historia, antes de andar invitándome a donde no debes. Anda, por favor sé sincero.

-Me llevó una amiga que te había visto. Una compañera de trabajo. Ella lleva la parte legal. Sabía que irías hoy.

-Tú siempre rodeado de mujeres. Eres un mujeriego. Nunca cambias. ¿Jamás cambiarás? Ahora las utilizas para espiarme, eso nunca lo había visto.

-Estoy tratando de cambiar. Lo hago. Ella averiguó por mí. Yo no se lo pedí.

-Ah te conoce tan bien que sabe que formé parte de tu vida. El pasado de un mujeriego que me persigue, que suerte la mía...

-Se enteraron después de mi escena en el aeropuerto porque fui casi arrestado y el personal de la oficina se enteró. Lo supo de primero la parte legal que ayudó en el caso.

-Te odié ese día. A mí también me interrogaron, por dos horas, perdí mi vuelo.

-No sabía esa parte, cuéntame.

-Olvídalo, ignoro porqué reaccioné aquel día de esa manera. Agradezco tu ayuda con mi padre. Lo de mi papá me estresa. Lo de la clínica fue sorprendente. No esperaba verte. Llegaste en el instante preciso. Estaba cargada. Me sentía impotente. No te imaginas lo duro que es verlo así. Hoy especialmente, lo estaba estimulando, esperaba que me reconociera. No respondía a nada. Eso me frustró y empecé a tener ganas de llorar. Luego traté de pararlo y casi me caigo. No podía levantarlo, es muy pesado para mí. Menos mal que tú entraste. Qué maldición, tú entras, lo ayudas, te reconoce y te llama por tu nombre. ¿Cómo no voy a estallar en llanto? Qué rabia, llevo tres meses enseñándole fotos y explicándole quién soy. ¡Coño soy su hija! ¡Carajo, soy su única hija! Y tú apareces de la nada y te habla como si no hubiese pasado una década desde que te vio, ni siquiera le caías bien, tú lo sabes, tú mismo me lo comentabas. No es justo. Es desesperante. Voy a llorar de nuevo. Perdona. No me importa si me ven. No voltees. No me importa que me veas llorar. Ya lo has hecho, tantas veces. Compartimos una historia y no es corta, hemos reído y llorado mucho los dos, llantos y risas nos han demarcado. Esa ha sido nuestra historia: llantos y risas. Perdona. No puedo parar. Ha sido un día agotador. Dame tu servilleta, la mía está manchada de sopa.

-Tranquila, llora, desahógate, eso te hace bien. A mí me dio risa que él me viera y reconociera al instante, estaba sorprendido y hasta orgulloso, alguna marca buena he debido dejar en él. Lo recuerdo distinto y me entristece verlo así. Era tan inteligente, tenía una memoria colosal. Tengo una compañera de trabajo con una memoria extraordinaria, como la tuvo él, me hace recordarlo cuando la veo en acción. Me imagino lo que estarás sufriendo, debe ser difícil adaptarse a querer ese nuevo ser que no es ni la sombra de lo que era.

-Tienes razón pero no me lo compares con tus chicas. Por favor, ¿sí?, hasta allí no llegues, ten piedad. No quiero saber nada de tus mujeres y menos en relación a mi papá. Busca alternativas al comparar. Lo ves, te aseguras de que no pare de llorar. Antipático. Eres incorregible.

-Perdona, no fue mi intención.

-Nunca lo es. Eres como un niño. Te mueves entre mujeres como si estuvieras en el cielo. Como si San Pedro te hubiese dicho ven aquí, bienvenido, llegaste, te has portado bien, ahora disfruta de ellas, no te preocupes si las haces sufrir, ni pendiente, este es tu edén no el de ellas, anda tranquilo, diviértete, para eso viniste.

-No es cierto. A veces también sufro. Últimamente con mayor frecuencia.

-Me gustaría ver ese día, por una rendijita, de lejos.

-Sufro por no tenerte cerca…

-Espera, hoy no hablemos de eso. Ya he botado demasiadas lágrimas, me estoy quedando seca.

-No es para hacerte llorar, fuimos muy felices…

-¡Hoy no por favor! Otro día. Estaré aquí otra semana. Déjame en mi hotel que está muy cerca y llévate el coche. Tráelo mañana y cenamos. Allí hablaremos todo lo que quieras.

-¿No lo necesitarás durante el día?

-No, estaré leyendo en el cuarto, en la piscina o en la playa, dependiendo de si hace sol y calor suficiente para postrarme un rato en la arena. Voy a tomarme el día con calma, echadita con una lectura ligera. Te espero en la noche. Volvemos para acá. Mañana me quiero endulzar con los profiteroles. Anda pide la cuenta. Quiero llegar temprano para descansar.

A su hotel se podía ir caminando. Quedaba al frente. De todas formas manejamos hasta allá. La abrasé antes de bajar. No me arriesgué a besarla porque quería quedarme con el recuerdo de ese primer beso. Ella tampoco lo intentó. Fue lo mejor. Se veía extenuada y bella a la vez. Nuevamente las paradojas se aproximan para enmarcar los hechos, cercanas a la verdad y ésta es una de ellas. La vi caminar mientras se alejaba. Me recordó aquel día, al descubrirla de nuevo, trotando junto al mar. Manejé pensando sólo en mañana. Me moría por verla de nuevo. Fui prudente, sutil y espontáneo, supongo, e intenté seguir mis instintos. Ojalá siempre pudiera ser así con ella. Los consejos de mis amigas habían funcionado. Aún era temprano para cantar victoria. No habíamos hablado de nada personal. Ni siquiera sé si todavía le gusto. Pero ese beso dijo suficiente, trasmitió una esencia que compartimos. Ese beso no me lo quita nadie. Voy a dormir con ese beso. Ese beso significa algo. Lo sé.

El día siguiente desperté muy temprano por un aviso de mensajes de mi celular. Había un texto de Miranda. El día está bonito, si quieres subes temprano y podemos trotar. Esa era toda la información, sin un hola ni una despedida, cero gestos. No importó, era suficiente. No lo pensé, casi ni me lavo la boca. En 10 minutos ya manejaba hacia ella. Tomé el tercer viaducto, el puente hacia la playa que comunica cerca de su hotel. Con un sol espléndido y sin tráfico el tiempo fluyó rápido, no tuve mucho tiempo para pensar. No sabía qué decir, andaba medio confuso. Tomé de nuevo mis dos consejos fundamentales. Los de Crystal y Genevieve sobre seguir mis instintos y proseguir con sutileza. Las dos sugerencias encajaban para equilibrar mis expectativas. Una parte de mí estaba desesperada por acelerar los hechos y mi instinto me pedía ser prudente, actuar con calma, eso de alguna manera lo relacionaba con ser sutil aunque sean conceptos distintos. Apenas llegué me di cuenta de que correríamos descalzos, rápidamente me quité zapatos y medias. Bajamos a la playa del hotel y comenzamos trotando hacia el norte por unos pocos kilómetros. Nos interrumpió la playa un canal de navegación que brotaba hacia el mar, podíamos nadar para continuar o tomar un desvío por asfalto hasta un puente que lo cruzaba. Miranda lo pensó menos de un segundo y se dio vuelta en U, ahora corríamos hacia el sur y se podía ver hasta el infinito, arena y mar en una sola y larga playa. No hablamos mucho al principio. Me preguntaba qué había en su cabeza. Finalmente dijo algo.

-Gracias por no forzar nada anoche.

-No era mi intención besarte. No sé por qué salió natural de mí, por instinto.

-¿Instinto de niño o de perro?

-Lo digo en serio, fue algo del momento, como si tuviese que pasar, estaba llamado a ser.

-A veces no te creo y otras te siento…

Miranda había sentido bastante. Había sentido el pasado, el presente y el futuro. Todo en uno. Una trilogía que la había hecho pensar toda la noche. Casi no durmió. Pensaba en cómo se le untó en su blusa el olor particular de Chris al encimarse. Un abrazo muy particular, llevaba años sin experimentarlo. Una mano a la cadera que la abrazaba suavemente por la espalda justo donde comenzaba sus glúteos y la diestra al cuello por debajo de su cabellera, en donde empieza a nacer el pelo. Cómo soltó una mano, la posó suavemente en su quijada y la levantó con calma como para ver sus ojos. La miró por un segundo, profundo, de inmediato le secó las lágrimas; ya desde allí estaba perdida, su cabeza daba vueltas, no podía pensar, ansiaba besarlo. Quiso tomar la iniciativa. Se disponía a acercar sus labios cuando ya él se había posado sobre los suyos. Se dejó llevar. Abrió su boca y con su lengua jugó brevemente con su paladar. Sintió algo dulce que le recordó los besos que se daban cuando eran felices. Sintió el presente con tantas cosas que quería preguntarle para saber si él era el mismo a quien tanto había querido. Sintió el futuro porque tenía una sensación de que no deseaba despegarse de él, aunque no fuera el mismo, aunque hubiese cambiado, aunque fuese un perro o un niño, presentía querer envejecer a su lado. Durante el viaje de regreso revivió continuamente la imagen de lo sucedido y continuó durante la noche. No pudo conciliar el sueño, deseaba besarlo. La salida del sol le devolvió la racionalidad, un brebaje de luz que le puso los pies sobre la tierra. Su inteligencia le impediría apresurarse como una loca. Recordó que también por él había sufrido con creces. Por él o con él estaba por definirse respecto a sus añoranzas. Hubo una tristeza en particular que la marcó. Un abatimiento que durante mucho tiempo la atormentó. Pesadumbre que la torturó y recientemente se animaba a perdonar. Se preguntaba si el inicio definitivo de sus indulgencias fue besarlo, o dejarse besar o besarlo de vuelta. Se cuestionaba si era mejor dejar las cosas así, sin definir lo que nunca habían querido detallar o recordar explícitamente. Lo que los forzó a separarse como una solución para aminorar dolores que se mostraban infranqueables. Esa especie de evasión no planificada, mas bien vislumbrada en medio del desconcierto. Se preguntaba si el vacío que había sentido tanto tiempo se empezaba a llenar después del beso. En ese preciso instante tomó el teléfono y lo invitó a correr. Esta mañana trotaba a su lado sin emitir palabras hasta que una primera oración salió de su boca, algo relacionado al beso. No quería referirlo directamente pero no podía dejar de pensar en eso, lo demás le era secundario. Los hechos le sugerían compasión, ya no lo odiaba. La vida le obsequiaba clemencia y ella la aceptaba. Pensaba en besarlo y como represalia ante cualquier tentación en este instante trotaba. No era muy eficiente. Lo sentía cerca, a su lado, sudando. De nuevo lo olía, sentía su respiración, su paso, su esencia acompañándola. Un beso inició la remisión de sus penas. Quería repetirlo. Optó por hablar primero, unas cuantas frases antes de arriesgarse a nada y decidió seguir trotando, trotar, trotar hasta terminar exhausta.

-¿Hasta dónde vamos a trotar?

-Quién sabe, Chris, es para descargar un poco, será hasta donde tú quieras.

-¿No quieres desayunar?, conozco un lugar cerca.

-¿Es bueno? No es mi ciudad, nunca salgo del hotel y del centro comercial, no traje cartera, tú dirás.

-Tengo algunos billetes en mi short, siempre tengo algo de dinero en

efectivo por si una emergencia.
- ¿Ah, es esto una emergencia?
- No, al contrario gafita, es un placer, una emergencia en términos del hambre que tengo, nada más.
- Yo también estoy hambrienta...
- Sígueme, estamos cerca, son tres cuadras, en esta época del año el asfalto no calienta hasta cerca del mediodía.
- Vale, ve tú de primero, te sigo.

Era una especie de restaurante o fuente de soda vieja pero muy limpia. Poblada de residentes locales, vecinos disfrutando platos generosos. Vajillas llenas de los carbohidratos y lípidos apetitosos. Abundantes calorías de las que prohíben los médicos. Los alimentos que reniegan los libros de dietas y que te hacen agua la boca. Ordenamos omelettes con queso crema, tocineta, pan, mantequilla, mermeladas, merengadas y demás exquisiteces. Había gluten a borbotones y no nos importaba. Parecíamos unos desamparados que se habían encontrado un billete tirado en la acera y atacaban un hambre que los arremetía por días. Gozábamos cada bocado al igual que el resto de los comensales. Todo era suculento, peligroso para el corazón, divino para el paladar, qué placer, la carrera a tope había despertado el apetito y el espíritu, la compañía era insuperable.

- Esta comida no se puede disfrutar sino en buena compañía.
- ¿Tienes una frase para cada ocasión?
- Es verdad, eso la hace inolvidable...
- Las calorías también, las vas a recordar junto a tu cintura, perdurarán por encima de tus palabritas edulcoradas, lo que comes hoy en privado se publica mañana en los rollitos de tu barriga.
- Qué cómica, mira en verdad que hemos corrido para imbuir esto y más.
- No creo, habría que trotar toda una semana para justificar este festín, pero no me quejo, me encanta y estoy contenta.
- Eso es lo más bello que me has dicho desde que nos vimos
- ¿Qué?
- Que estás feliz.
- Es un decir, por el banquete, como te dije: no te apresures... Apenas ayer te apareciste sin avisar junto a mi padre. No concluyas apresuradamente.
- Perdona las imprudencias.
- Olvídalo, fue lo mejor, estaba a punto de estallar. O detoné y tú allí estabas para ayudar. Algo así...
- Me encantó llegar en ese instante, evitó tu explosión y me ahorró explicaciones.
- Y a mí pedirlas. Olvida eso. Se te enfría el café. Disfrútalo y yo voy a

ver las tartaletas, soy capaz de atreverme.
-Si osas te acompañaré, trae dos cucharillas.
-Eres impredecible, lo sigues siendo.
-Si es chocolate mejor.
-No tienes que decirlo, mi memoria es excelente, es un don y una tortura.
-Espero que recuerdes lo bueno.
-Y lo malo también, pero ya hablaremos de eso.
-Anda que se me enfría el café.
-Evasivo.
-Recuerda, que sea de chocolate.
-Esquivo.
-Y dos cucharas, ¿o una sola?
-Para ese tipo de cosas: dos, aun no estamos listos para eso.
-Muy bien, dos cucharillas y el sabor que tú quieras.
-Eso está mejor, dale, toma tu café.
-Apúrate.
-No me presiones. Ya vuelvo.

Mientras seleccionaba el postre de nuestro basto desayuno-almuerzo observaba a Chris comer en la distancia. Desaforado, devoraba lo que sobró de tocinos y chorizos en nuestros platos; con la libertad que permite la soledad así sea temporal, usaba lo blanco, la masa interior del pan francés para embadurnarse de los jugos de embutidos rezagados sobre la vajilla, parecía un león hambriento o un niño desesperado. Recordé a un safari fotográfico donde el guía avisaba tener sensatez en todo momento pues cualquier felino, por más apacible que se presentara ocultaba su instinto de depredador, por dentro de esa atractiva piel con camuflajes que simula reflejos de la sabana africana está el instinto animal que nunca le abandonaba, por más atractiva e hipnótica que fuera sus estampa era una imprudencia dejarse confiar. ¿Por qué traje eso a colación? Sería porque acercarse demasiado a él pudiera tener consecuencias graves. Podría dejar otra herida tan profunda que cambiaría una vez más nuestra existencia. Al recordar esos ejemplares y recitar internamente aquellas consejas, relacioné a los felinos con Chris. Su salvaje manera de engullir cuando estaba sólo era una remembranza unida a la advertencia sobre las posibles consecuencias de nuestros encuentros. Él pretendería violar el espacio de seguridad que yo debía mantener para estar fuera de peligro, para sentirme segura, dentro de mi zona de confort. Estaba consciente del peligro, sin titubear caminé a encontrarlo, me mataban la curiosidad y las ganas de tenerlo cerca. Podía ser una brutalidad de mi parte. Estaba consciente. Ya en una ocasión me había herido profundo en el alma. Dibujaba en mi mente esta aproximación como la metáfora de lo que sería un lance donde la presa siempre sería yo. Él era un depredador en otra cacería sentimental, siempre sería la fiera. Mi naturaleza era distinta. Dudaba si podría defenderme, si no fuera prevenida podría resultar cazada, que no es lo mismo que casada y, repitiendo esa frase en mi cabeza, de vuelta hacia la mesa donde ansioso me esperaba, me reí de mi propio chiste, de mi forma de ver las cosas con esa combinación de cruda realidad aderezada con un toque de humor, como hace la cocina fusión del chef que él mencionó, mezclando ingredientes, algunos tradicionales y otros exóticos, en busca de nuevas tendencias, yo no sabía claramente qué buscaba, él me atraía, jugábamos peligrosamente. Con algo de psicología podría manejar cualquier situación, me regalé esa excusa instantánea, a pesar de ello, no dejé de sentir miedo al aproximarme.

-¿De que te ríes?
-Cosas de mujeres, no entenderías...
-¿Tratando de decidir si ceder ante mi deseo por el chocolate o lo que sé que te encanta, aquel suculento pie de fresas que se ve por allá?
-Algo así... a veces eres tan básico, otras veces profundo, siempre sorprendes, para bien o para mal posees esa constante ambigüedad... te pareces a la cocina del chef ese que nombraste y yo descarté con un comentario antipático.
-Lo que es, es lo que es... Pues te voy a convencer y de inmediato voy por el pie, así compartiremos todo.
-¿Y no siempre?
-¿Qué dijiste?
-Nada, hablando para mis adentros, anda, me gusta, trae el pie, te espero... "love, love me do..."
-¿Pero qué dices?
-Nada, ya te dije, hablando sola, tarareando una canción que cantaba mi mamá, sabes que me encanta lo "vintage" sólo eso...
-Ya regreso.

Chris buscó el postre y ordenó dos cafés, a su regreso la encontró absorta en sus pensamientos y cantando la misma estrofa de los cuatro Scousers en voz baja. Tenía ganas de interrogarla pero recordó las consejas; lo de sutileza e instintos, combinando ambas, se sentó y probó su mouse de chocolate esperando a ver si ella hablaba por iniciativa propia. Al rato ella inició la conversación.

-Chris..., deseaba preguntarte...
-Adelante, hoy me puedes preguntar lo que quieras.
-¿Contestarás?
-Hoy sí, trataré, sí, hoy sí...
-¿Con cuántas mujeres has estado desde nuestro último beso? Y no me refiero al de ayer...
-Besas divino, si eso es lo que te preocupa, mejor que antes.

- Gracias, no te desvíes, contesta lo que te pregunté.
- Con muchas.
- ¿Cuántas?
- Innumerables, han sido 10 años, tú desapareciste, no recuerdo cuántas.
- Espera, desglosemos esa lógica, como yo no estaba cerca entonces fueron muchas, innumerables, ¿fue retaliación o desprendimiento?
- No lo quise decir de esa forma.
- Así sonó ¿y cuántas hubo desde que nos cruzamos en la playa trotando?
- ¿Tú me viste?
- ¡Pues, claro que sí!
- Ni te inmutaste, ¡no lo puedo creer!
- Me tuve que contener, no quería abrir esa puerta, hubiese querido parar…
- ¿Cuál puerta?
- Contesta primero.
- Desde esa vez como con tres o cinco, no recuerdo. No me mal entiendas, fue una cascada de incidentes. No planifiqué estar con nadie desde que nos cruzamos en la playa. Fue raro, si no lo buscas, suceden las cosas, es confuso. No lo evité, no sabía si te volvería a ver. Quería verte. Te busqué, persistentemente volvía a trotar ese trayecto para tratar de encontrarte. No había hablado contigo, ignoraba cómo ibas a reaccionar y luego de los otros encuentros, donde ni siquiera me dejaste hablar, decidí que no estaría con nadie más. Te buscaría, lento pero sin pausa, hasta encontrarte. ¿Y vos?
- ¿Yo?
- Sí, tú.
- Los tres primeros años fui sexualmente activa, con mayor frecuencia que cuando pasó aquello. Trataba de olvidar la situación. Usé el sexo como una especie de purga, un escape. No funcionó, fue una alternativa errónea, quizás en el momento no lo percibí como tal pero, sí, estuve errada. No era el sexo mi laxante para deslastrarme, no era una purga idónea ni mucho menos, ni siquiera era el medicamento adecuado. Un día me di cuenta, entendí que mi medicina debería ser distinta. Trataba de olvidar dos elementos fundamentales en mi angustia: lo sucedido y a ti. No logré borrar ninguno. Ese evento nos marcó de por vida. Y, si somos claros, aceptaríamos que completamente no está resuelto. Pensamos que sí y realmente no es así, debemos ser sinceros. Si lo vamos a superar debe ser desde un plano cierto. Todavía lo siento y me atormenta que nunca lo hayamos conversado en profundidad. No he dejado de apreciarte por ello. Entiendo que no es tu culpa, ni mucho menos. Cargo con mi responsabilidad y la parte de los otros actores in-

volucrados. Por eso quizás he estado sola los últimos 7 años. Ha sido mi pena, mi karma, no me he sentido bien con nadie.
- ¿Pero te sentiste bien cuando te besé en la clínica?
- Sí y de cualquier manera ese no es el punto, no seas tan evasivo. Ese huir ante lo esencial no soluciona. Ni te ayuda a ti ni tampoco a mí.
- Bien seamos francos, nos debemos eso. Cuando yo estaba contigo tú eras la única. Se que no parecía porque al principio jugaba y salía con muchas chicas, amigas, pero al final fuiste sólo tú. Me daba miedo, me había enamorado de ti. Tú tenías tu novio formal y aquel profesor que siempre te cortejaba. Yo no podía exigir nada ni quería, era parte del juego, nuestro acuerdo tácito. Cuando quedaste encinta todo el mundo te abandonó. Al principio yo también intenté huir aunque tú no lo notaste, huí de lo esencial, sí, de lo que importa. De pronto reaccioné, por el soplo de un milagro se me acabó el tiempo de evadir, al pedirme ayuda reaccioné y fui yo quien dio la cara, yo hablé con el cura, hablé con el médico, pagué los costos, te llevé y te cuidé, ni siquiera supe si era mío, no miré atrás, no hubo certeza alguna, creo que eso nunca lo sabremos...

Miranda perdió las fuerzas, comenzó a llorar, lentamente, casi imperceptible al principio y luego con fuertes sollozos que atraían las miradas alrededor. La gerente de la cafetería se acerco con una mirada inquisidora. La tomé de un brazo con suma ternura, la levanté y abracé. Caminamos hasta la caja, pagué apresurado, rápidamente nos fuimos. Anduvimos sobre el piso caliente sin tomarlo en consideración hasta que de frente encontramos el mar. Antes de llegar al agua ella no emitió palabra, no podía, solo gemía, suspiraba, se estremecía como si temblara incontroladamente y lloraba. Zambulló sus pies descalzos en el agua, la inmersión buscaba aliviar el calor del asfalto de donde veníamos o quizá fue intentando aliviar su pena. Mojó sus manos y luego su cara en el agua salada. Eso maquilló sus lágrimas. Su dolor continuó intacto, inocultable, carecía de suficiente agua el frío mar ese caluroso día para ahogar sus sentimientos. Ignoro si fue real o una experiencia surrealista pero el agua parecía helada y el calor afuera contradictoriamente sofocante. Al ver su rostro y por fin entender en su justa dimensión lo que sucedía también lloré. Para mí era novedoso lo del llanto. Llevaba diez años sin practicarlo. Siempre había tenido el fantasma de aquel hecho cerca pero controlado; aunque me acechaba con su dolor no le permitía acercarse, lo percibía latente, nunca le abría puertas que le permitieran vecindad alguna, evité mencionarlo hasta en mis terapias, no era de mi domicilio consciente, por eso ni cuando me daban ganas podía llorar. Al mirar sus ojos se mostraban morados por la irritación del dolor pleno y pude por el vestigio de un segundo mirar su alma. Fue un instante. Duró poquísimo, la vi así con su espíritu ante mí momentáneamente desnudo, desprendida de cualquier artilugio. Realicé en ese asome cuánto la había extrañado. Me di cuenta de cómo nos comunicábamos profundamente. Deseé estar con ella por lo que nos restaba, lo que fuera, siempre. Entendí por qué la socorrí entonces y ahora sufría por no poder auxiliarla ante tan profundo dolor. Ignoraba si podía actuar elocuentemente, mi mente estaba ambigua y confusa. Seguí mi instinto. La abracé. Esta vez no intenté besarla. Sólo la abracé, como siempre, no muy fuerte, no muy suave, una mano abajo al terminar su espalda y la diestra detrás del cuello por debajo de sus cabellos rubios. Le susurré al oído.

- Aquí estoy, para ti. Aquí estaré, cada vez que desees, siempre. Aquí estoy.
- Perdona… no me susurres que me dan escalofríos, me haces temblar.
- Perdóname tú.
- Fue muy duro, sufrí mucho, no quería hacerlo.
- Estábamos confundidos, no teníamos suficiente información, pensábamos que hacíamos lo correcto.
- ¡Coño que mierda fuimos! Era una vida. Era mi vida, quizás la tuya también. Coño que mierda, carajo me da demasiada vergüenza, me da tristeza, qué mal me siento. Perdona.
- Perdóname tú. Yo he debido pensar. Fui emocional. Me asusté. Pensé que arruinaría mi vida, la tuya, la de todos. Pensé que actuaba bien, te empujé. Pensé que era racional, tú me seguiste, fue un error. Nunca lo hemos debido hacer. Te quise tanto. Luego cuando pasé tiempo sin verte realicé que hubiese sido mejor tenerlo. Aunque no fuera mío. Qué carajo importa. Qué importaba, ¡coño! Éramos unos imbéciles. No actuamos bien. He cargado ese fantasma igual que tú. Aunque no puedas verlo, aquí lo llevo, bien adentro. No lo ves porque soy más frío, menos emocional, oculto mi corazón, no muestro mi alma. Estuve afligido, sufrí, anduve mal. Me ahogué en la droga, la hierba fue un escape que casi me acaba. Casi sucumbo. Zach me apoyó aunque ignoraba la causa primigenia de mi intento de autodestrucción, nunca le conté. Él confió y socorrió cuando le pedí auxilio. Fue una ayuda que tú no tuviste, yo tuve más suerte solo por tener un buen amigo cerca. Zach y mi peregrinación a Japón me salvaron. Logré perdonarme, pero no del todo, veo que no. No lo suficiente porque no te perdoné totalmente ni a ti, ni a tu novio, ni al profesor, ni al médico, ni al cura, ni a las circunstancias. Para lograr mejorar debemos perdonarnos completamente. Es imperativo perdonar todo. Lo aprendí en Japón, confía en mí. Antes de perdonar teníamos que entender esto en toda su amplitud, su dimensión: lo que hicimos y dónde fue que erramos, cómo fue que nos dañamos. Hoy tampoco lo planificamos, solo sucedió, debemos aprovecharlo. Pienso que ha sido el momento del entendimiento, por eso he logrado llorar. Comprendo que hice mal y no puedo culpar a nadie más. Estoy solo

> ante Dios aquí contigo y le pido perdón, por mí, por ti, por los dos, por nuestro error, por lo que hicimos, por lo que dejamos de hacer, por el odio y la distancia que eso generó. Me odié a mí mismo, te odié a ti y al resto de la humanidad. Me aparté. Busqué salidas que no eran. Me desesperé mientras me hundía en un hueco. Tuve miedo de verte. Me aterró buscar ayuda, hasta que lo hice, como lo hago hoy de nuevo, de manera más profunda, más auténtica, contigo a mi lado. Dios, te pido perdón y prometo no apartarme de ti hasta que tú y yo logremos superarlo. Siempre serás libre de ponderar si soy de verdad para ti, lo que tú necesitas, yo pienso que te necesito a ti. La vida continúa, debemos avanzar. Será duro o tal vez ya no lo será, ojalá. Hemos pagado por nuestras culpas, nos merecemos algo mejor. Él nos creó para vivir no para castigarnos y morir en vida, hemos tenido un arrepentimiento auténtico, nos ha llevado diez años, no permitas que sea más, no vale la pena. Nunca lo había meditado de esta forma. No sé qué me ha iluminado, quizás fuiste tú pues hace tan solo unos segundos yo era pura confusión. He ahí la paradoja, como el agua helada y el aire caliente, he ahí la verdad. Recuerdo lo que sentí por ti. Creo poder hacerlo de nuevo. Siento que será así. Perdóname, perdóname con todo tu ser, con tu espíritu que acabo de distinguir en un soplo de tu alma, perdonemos todo y a todos y tratemos de mejorar juntos. Fue algo muy malo, malísimo, que nos marcó hundiéndonos en un silencioso sufrimiento alimentado por la evasión y la distancia. Ahora tratemos de sufrir juntos primero y luego perdonarnos para ser felices. Ignoro si estamos listos. Vale la pena intentarlo. Para mañana ahora estamos mejor preparados que ayer. No podremos hacerlo si no tratamos. Vamos a superarnos. Insisto, primero debemos perdonarnos, luego el resto vendrá solo. Si vendrá, vendrá, presiento que vendrá, Dios nos ayudará. Liberemos nuestra pena a través de ese perdón, el resto ocurrirá a través del tiempo. Confía y perdóname Miranda, Vanessa, te lo pido, te lo suplico, te lo ruego, hazlo por mí y también por ti, por los dos...

En este tiempo de revelaciones, de Benedicto XVI renunciando al papado, de meteoritos destructores en Rusia, de peregrinaciones hacia rumbo holísticos como las de Kumbh Mela, me sentí como si estuviera de nuevo en Japón, viéndome desde afuera hacia dentro, observando mi propia película. Un documental comenzado hace una década me hace llorar mientras me muestra cómo supuestamente soy o aparentemente fui o tal vez seré. La visión me ratifica que la mujer que camina a mi lado es mi otra mitad, mi razón existencial. Ella comienza a correr y sin titubear la sigo a ritmo sin mediar palabra. Trotamos en búsqueda de un vínculo sagrado. Un río que emanase aguas bautismales, impregnadas de perdón, comprensión y esperanza. Al final termino tomándola de la mano y la llevo de nuevo al gélido mar. Esta vez aunque temblábamos metimos más que los pies. Sumergimos nuestro cuerpo como si nos bañáramos en las lágrimas que acabáramos de derramar. Nos abrazamos, no tanto para sentirnos, para reconfortarnos y calentarnos. Parecíamos uno, experimentamos la unidad de espíritu. Fue primero con la mirada, luego con un gesto facial y finalmente casi a la vez cuando nos dijimos uno al otro al oído: te perdono. No fue la misma frase, tampoco fue simultánea ni siquiera semejanzas en las palabras, pero así pareció. Así la recordaríamos. Iniciamos el resto del camino caminando, impregnándonos del calor del aire, ojeando la línea que divide el mar del cielo, intentando secarnos al sol. Cuando sobre la piel mojada empezó a modernos el frío de un viento del noreste vespertino que súbitamente irrumpió sobre la costa, nos miramos brevemente y nos acobijamos con nuestros cuerpos unidos hasta que llegamos al hotel. Subimos en silencio. Ella se duchó primero, luego yo con el baño humeante de vapor. Al terminar nos abrazamos antes de partir. Yo en un taxi a casa. Ella a los pocos días a la costa oeste, su hogar. Prometimos conversar, compartir, llorar y reír un poco más antes de concluir si valía la pena o no avanzar pero, primero, pensar. El riesgo era mantener esta llama que dejó de menguar y últimamente se ha avivado. Un fuego que al descontrolarse pudiese quemarnos. Pasión desmedida. Sentimiento profundo. Deseo ansioso. Partida dolorosa. Soledad invasiva sin ella a mi lado. Habría que tener cuidado. Ella volvería en dos semanas. Yo en una iría a Houston y en tres a París. Quise invitarla a Paris pero no me atreví después de mis comentarios a destiempo sobre el chef Gagnaire. Seguí las recomendaciones sobre mis instintos y fui sutil. Ya habría oportunidad. Más no se me podía pedir. Lo sé.

24. Miranda al desnudo

Otra noche sin dormir, pensando, pensando, pensando. Revisé todos los hechos en mi cabeza, lo dicho, lo callado, los gestos, las sonrisas, mi llanto y su repetitiva, angustiosa, insistente, obsesiva, bonita, difícil, sugestiva e innegablemente atractiva teoría del perdón. Mi aceptación tácita de su tesis, todo. Para ser una primera cita, si la definiéramos así, había sucedido de todo. Lo más intenso fue sentir su honestidad. Percibir que lo que nos une, a pesar de lo malo, es un fuerte huracán. Aun si lo malo fuese inevitable el resto demuestra un sentir elevado, poco común, fuerte en el espíritu y en el corazón. Aprendí de lo malo y al hacerlo percibí lo bueno. Sentí lo bueno cuando me miró, cuando sonrió, cuando me hizo sumergirme y me bañó en el mar helado. Sentí sobre todo cuando el frío arreció y tomó mi mano en silencio para caminar callados el resto del camino. No fue cuando se lo susurré al oído, ahí se lo quise decir de todo corazón y así lo hice. Cuando me tomó la mano, en ese preciso instante, fue que sentí que lo había perdonado, totalmente. Mi alma se abrió, me entregué a él, supe que él es mi vida y deseé vivir. Vivir actuando en positivo, hacia delante, vivir sin ver atrás. Dejando en el pasado todo lo malo, construyendo de nuevo sobre la base de lo bueno. Con la esperanza que da sentir tal amor en la carne, en el alma y en el corazón. Como si eso bastase para sobrevivir a lo que venga, sentía una vaga sensación de seguridad. Me quedé dormida a las 5 de la madrugada, sintiendo eso, amor y seguridad; por primera vez en un largo tiempo fui totalmente feliz. Así lo sentí, amor y seguridad, fue la primera vez. Ya no tuve miedo.

Dormí todo el vuelo directo a Los Ángeles. Al llegar tomé la autopista directo al Barrio Coreano, allí tomé un masaje con un viejo experto en músculos de las piernas y la espalda. Estuvo excelente. Tomé té en un café armenio con un poco de yogurt y frutas secas. De allí me fui a Brentwood, bajé de inmediato a Montana y corrí por esa calle subiendo, conectando por San Vicente, hasta el parque. Bajé hasta el mar por las escalinatas peatonales, me bañé en agua salada, esta vez en otro océano, se pintaba calmo y pacífico, hacía honor a su nombre. Corrí de vuelta y me duché, también con agua fría. Preparé un té verde y me recosté en el sofá de la entrada viendo algunos árboles de Montana mientras abría una mandarina y guardaba su concha a secar en una caja de madera que adornaba en la mesa de vidrio al centro. Antes de tomar el primer sorbo estaba dormida. Dormí profunda por 24 horas. Al despertar ignoraba dónde me encontraba, me tomó un par de minutos ajustarme. Mi celular y la grabadora del teléfono de la casa estaban repletos con mensajes. Seguía con mi bata de paño encima, así vestida subí a la terraza del techo, donde desde un ángulo de mi estrecha casa de cuatro pisos se divisaba el mar en los días despejados. Hoy no había smog. Era un lindo día azul ya en su ocaso. Me dediqué a contestar mensajes por vía de texto. No hablé con nadie. Bajé al rato para encontrar el refrigerador casi vacío. Hallé variedades de frutas cítricas, fresas, arándanos y otras bayas, un pote a medio andar de yogurt casero preparado por una amable viejita del vecindario que lo vende con miel incluida y un resto de helado de dulce de leche. De esas delicias me alimenté. Añadí toques de miel de Hawaii a las rosáceas. Ese extra se sentía divino en mi paladar. Me recordó un beso reciente. De él fueron las únicas llamadas y mensajes que no contesté. Quería pensar primero. Necesitaba tiempo adicional para procesar todo, requería digerirlo. Meditarlo durante un merecido descanso. Sentí ganas de dormir nuevamente. Esta vez llegué hasta mi cama, lucía ordenada e impecable como la había dejado antes de partir, sentí orgullo por mi orden extremo, todo estaba en su lugar, nítido y metódicamente dispuesto, donde debería estar, ojalá esto fuera un reflejo previo de mi futuro. Al tocar la almohada caí profunda, este sueño duró 18 horas. Me renovó, al despertarme era otra y me sentía feliz.

Era extraño, nunca me había sentido feliz tanto tiempo seguido, se percibía prematuro. ¿Con seriedad se podría medir en horas o días? En semanas todavía no y menos en años. Sin embargo, era un avance; lo concebía, no era una alucinación y tampoco un espejismo. No estaba escapando a mi realidad, la estaba sintiendo, qué disfrute. Un paso en la luna. Pequeño para algunos, gigante para mí. Lo percibía enorme, inmenso, un avance inesperado después de un camino tortuoso, aspiraba no equivocarme. Luego de un aborto, tres años de promiscuidad, siete años de abstinencia sexual de todo tipo, dos, tres o cuatro años al cuido de mi padre enfermo; a escasos días de una confesión que tenía todos los elementos del arrepentimiento puro: la revelación y aceptación de la falta, el sincero arrepentimiento, la contrición del corazón y propósito de la enmienda; la combinación emblemática del drama católico para la indulgencia me calzaba clemente y se combinaba con un llanto adolorido que emanó del alma al abrazar a alguien que poco antes me había besado trasmitiendo un sentimiento que inflamó mi corazón y me hizo recordar la palabra dicha asomando un vestigio de felicidad absoluta que hoy disfrutaba. Así se me presentaba el presente, el ahora, la realidad, había un cambio para bien, para mejor, no quería dejarlo escapar. Si pasamos la vida pensando entre el pasado y el futuro, en este instante pretendía concentrarme en el ahora. Con esa actitud me presenté en la sede de mi fundación al Este de la ciudad.

El Este era otro mundo, lejano a Brentwood, Manhattan Beach o Newport, esos tres distintos resguardos de mi hábitat, espectaculares y distantes entre sí, locaciones que albergaban sitios que podía llamar casa. Ninguno era grande ni tampoco ostentoso. Los visualizaba como una inversión, aunque no generaban renta sino gastos, en teoría su plusvalía en el tiempo sería compensatoria. Lo estimaba mejor alternativa que tener los reales en acciones o en los bancos. Invertir en ladrillos me transmitía seguridad. De hecho mi travesura de invertir en la bolsa con la única acción que me gustaba había sido nefasta. Había comprado Apple en los 700 y ya rondaba los 400. Ahora que supuestamente tendría a Chris cerca de mí le consultaría qué hacer a futuro.

Esta rama de las finanzas me confundía. Apple era la favorita de todos mis amigos y allegados hasta el día que la compré. Ahora todos andaban preocupados, muchos la odiaban, para ellos la salida de Jobs había sido mas trascendente que la del Papa. Mi impresión de neófita era que ni ellos ni la acción sabían como reaccionar. Yo no opinaba de lo que no sabía, por novicia me limitaba a callar y contabilizar mi pérdida mientras esperaba escuchar cualquier día noticias alentadoras. Con mis inmuebles era diferente. Eran pocos, sumaban tres en zonas buenas de la ciudad y uno en el despintado Este. Todos se habían valorizado. Curiosamente el de East L.A. había mantenido su valor durante la crisis del 2008-09, los demás habían bajado temporalmente y luego habían subido mucho, más que antes. Mi padre había sido de la idea de nunca vender. Decía cosas chocantes pero que ocultaban posiciones sabias según él, como eso de que "el rico nunca vende sus inmuebles". Me había prometido nunca vender su casa de Palos Verdes ni otras tantas propiedades emblemáticas en buenas locaciones. No tenía método alguno para comprar inmuebles, optaba por los que le gustaran y quedasen bien ubicados. Yo seguí un método similar con los míos, muy inferiores en tamaño pero con gran calidad de construcción. Claro, es un método subjetivo, lo que era bueno para mí no era para mi padre. No entendía mi alocada preferencia de Manhattan Beach sobre Palos Verdes pero eso ya son argumentos del pasado.

Me había dejado un trust con suficientes inversiones y efectivo como para que mis nietos no tuviesen que trabajar. Eso no me hizo feliz pero sí facilitó la vida, el día a día era menos complicado que para el resto. Por eso pude darle fuerzas a mi proyecto de Alterna. Logré comprar el viejo edificio industrial de finales del Siglo XIX todo destartalado que antes tenía alquilado. Lo había remodelado al estilo del Bradbury Building con algunos toques de modernismo aquí y allá para hacerlo mas confortable y eficiente. Mantenía su romanticismo y era fiel a su estilo industrial de finales del siglo antepasado. Era una joya. Los puristas criticaban los añadidos modernos. Lo calificaban de " antipática intromisión", por eso no lo caracterizaban de clásico como lo era el famoso Bradbury que me inspiró.

Para mí sí lo era, su funcionalidad moderna se justificaba en el confort y seguridad que brindaba a las mujeres de Alterna. Mi fundación se dedicaba a ayudarlas. Primero proveyendo alimento para el cuerpo y el alma. Teníamos un equipo de nutricionistas, psicólogos y psiquiatras que nos permitían estabilizar emocionalmente a personas que llegaban con grandes carencias e igualmente con grandes esperanzas. Recibíamos a las sufridas, las incomprendidas, la que atravesaban gateando la frontera muchas veces con un crío a cuestas y polvo hasta en la garganta. Nuestro objetivo era canalizar esas esperanzas motivadoras y originarias. Proveer alternativas, de ahí surgió el nombre, de esa palabra inspiradora. Alterna, vías alternas, caminos diferentes, muchos de ellos desconocidos, otros que sonaban familiares pero nunca habían sido transitados. Alterna te enseñaba cuáles eran las alternativas mediante charlas y presentación de oradores motivacionales y luego te canalizaba dentro de tus aspiraciones brindándote mayor apoyo en las áreas que necesitabas fortalecer educacional o psicológicamente para tener un chance, una oportunidad para intentar cumplir tus sueños. Como la mayoría de las mujeres que se acercaban eran latinas, también tenía dentro de mi equipo monjas y sacerdotes católicos voluntarios, que prestaban ayuda espiritual a todos los necesitados, inclusive a los asiáticos de otras religiones que se acercaban a nosotros con múltiples necesidades.

Esta mañana yo era una excepción. La que siempre ayudaba este día necesitaba ayuda. Pero al Padre Patrick no le sorprendió en absoluto mi petición, tenía la capacidad de sentir tu dolor sin expresarlo en voz alta. Una mujer no católica le pedía confesarse y él accedía de buena gana. Sin prejuicios, humilde, agradecido por poder interceder. Me exhortaba a no preocuparme, diciéndome que mi interior se apreciaba tan noble como bondadosa, que Dios me escucharía con su inmensa misericordia para entenderme y perdonarme, pues yo era su hija a quien amaba y a quien bendecía por toda la ayuda que proporcionaba con mi esfuerzo por mis semejantes, estas mujeres que llegaban de lugares donde sufrían, muchas veces dejando atrás sus hijos y parientes en busca de una alternativa que les permitiera auxiliarles mediante una mejoría presente o futura.

El Padre Patrick tenía una forma particular de decir las cosas, transmitiendo tanta paz y armonía que hasta los incrédulos a veces nos preguntábamos si de verdad estaba tocado por Dios o sería que había cursado en el Aaron Speiser Acting Studio con notas destacadas. Sorprende entonces que si te atrapan sensible, si te pillan sentimental, entonces ahí sí, ignoras la ironía y te inclinas por apostar a que Dios hable de cualquier manera, así sea a través de quien cree con fe en Él. Por eso le solicité sin asumir dudas sarcásticas que me confesara. Ya había experimentado cómo su espiritualidad confortaba y afectaba positivamente a quienes se le acercaban sin prejuicios. La circunstancias me forzaron a aproximarme desde ese ángulo, no había opciones. No hubo dudas en mi mente. Quería el perdón. Preferiblemente de Dios, y Patrick pudiera ser el vínculo adecuado.

Me daba pena porque hablaba con él a diario en otro plano. Siempre platicábamos de asuntos operativos o gerenciales necesarios para Alterna. Contrario a mi estilo, sus peticiones raramente mostraban la cara de una exigencia. Le gustaba hablar por indirectas e insinuaciones, hacía uso holgado de símiles y metáforas. Lo más directo que atinaba era una humilde sugerencia. Nunca alzaba la voz, siempre agradecía, aun cuando la respuesta fuese negativa. Era obstinado con lo imposible, persistía hasta conseguirlo si suponía una ayuda al prójimo. Su pago era la sonrisa de los recipientes, al ellos recibir el auxilio por lo que él había intercedido con vital perseverancia. Nunca salía de la fundación. La edificación se había convertido en su claustro, fungía de cuidador, barrendero, enfermero, anfitrión y hombre espiritual de su espacio de recogimiento particular, lo que resultare útil para los demás. Un monasterio que albergaba su gusto por la sencillez y respetaba sus votos de pobreza. Dormía de manera espartana sobre un catre. No tenía televisión, no escuchaba la radio ni utilizaba computadoras ni celular. Se negaba ante cualquier comodidad. Si necesitaba algo por excepción usaba lo que la fundación tuviese a mano. No parecía ser parte de este siglo. Sus únicos utensilios personales eran cepillo de dientes, pasta dentífrica, jabón y desodorante. No conocía ni el champoo, ni el enjuague ni los perfumes. Su jabón de preferencia era el azul de lavar ropa, argüía que beneficiaba a su piel seca. De todas las personas a quien la fundación ayudaba o mantenía, él era la menos costosa y sus aportes agregaban más que valor al restar los costes de su estadía. Comía cuando los demás, lo mismo que el resto, carecía de exigencias, no practicaba otro deporte que el caminar de un lugar del barrio al otro cuando esporádicamente le tocaba hacer diligencias. Usaba sotana hasta en el calor del verano, le reconfortaba esa antigua práctica.

Al abordarlo lo encontré rezando en la capilla, arrodillado sobre el duro piso de madera, sin nada que amortiguara sus articulaciones, dolía el verlo. Me sentó en un banco, se puso de perfil a mi cara, me prestó un velo negro al estilo andaluz para que cubriese mi cabellera y parte de mi rostro mientras hablábamos. Me explicó brevemente qué significaba el misterio de la Confesión. Luego me suplicó acompañarlo en un rezo que consistía en repetir frase a frase una sencilla súplica a Dios por las fuerzas para un verdadero arrepentimiento y por conseguir la gracia del perdón eterno. Finalmente, sin voltear, mirando un crucifijo, me dijo en voz tenue "cuéntame hija, dime" y poco a poco le narré los últimos años de mi vida, desde poco antes de la decisión del aborto hasta mis recientes encuentros con Chris, describí mis sentimientos, incluyendo los pasionales de los últimos días. Traté de ser concisa en mis cuentos que terminaron siendo largos. Fue paciente, jamás me interrumpió.

Al terminar esperó prudentemente, unos largos segundos que parecieron una eternidad, por si se me ocurría decir algo. Comenzó a hablar pausadamente pensando cada palabra, haciendo las transiciones correspondientes, buscando que cada oración, cada frase, cada palabra fuese comprensible y valedera en el total de sus sentidos:

> -Dios te ama. Te lo digo como sacerdote, en mi propio idioma que es mi religión y en la forma como mis palabras entienden y transmiten mi fe que lo es todo para mí. Escucha: te ama profundamente, es infinito en su misericordia, tú eres su hija, todos somos hijos de Dios, todos cometemos errores. Sólo Dios es perfecto.
> -Pero padre...
> -Tranquila, espera, calla, ten calma, escúchame un rato que aunque mi discurso es tosco encierra dentro algunas verdades que te pueden ayudar, escucha... Los errores pueden ser pruebas de vida. Pruebas de vida no significa que sean destructores de vida. No te dejes destruir por tus errores ni por los de otros. Dios no desea eso para ti ni para ninguna de sus criaturas. Los tropiezos pueden darnos experiencia para ser mejores. Pueden enseñarnos a amar a Dios. Debemos amarlo a través de todo nuestro ser. Eso incluye nuestros pensamientos, obras y también las omisiones.

- Pero padre, yo ni siquiera soy católica...
- Escucha, prométeme que escucharas. Todos, sin importar nuestra creencia debemos tratar de obrar bien, omitir el mal. ¿De acuerdo?
- Sí.
- Dentro de una hoja de vida impecable caíste en algo malo, temporalmente. Experimentaste con tu cuerpo. Buscaste placer por placer. Ese es un camino de tentación que inequívocamente conduce al mal. Hubo una consecuencia que afectó tanto tu vida como la de otros, directa e indirectamente. Dios es vida. Él es vida infinita y dueño de todo lo existente. Así, como forma de vida y dentro de su infinito amor tú y todos le pertenecemos, somos parte de Él. Interrumpiste de forma consciente una vida en formación. Vida que era tuya y de Dios sabiendo que a Él también le pertenecía. Sólo Dios puede saber cuándo comienza y termina la vida, sólo Él puede marcar su principio y su fin. Para nosotros tiene un principio y un final biológico, pero, para Él, pudiese comenzar con el simple deseo y, si somos sus hijos para nosotros también, por eso la Iglesia a veces difiere de la Ciencia y viceversa. En fin, dentro de la imperfección que significa ser humanos, no sabemos con exactitud cuándo comienza, ni para efectos divinos, cuándo termina. Para algunos puristas espirituales se iniciaría con el simple deseo de procrear. Para otros con inclinaciones pragmático-científicas se daría en cualquier momento que se registre actividad biológica después de que se juntan dos células diseñadas para eso al presenciarse una serie de reacciones físicas y químicas que generan crecimiento continuo, mantenido y evidenciado. Otros, en la medida media que concede la sensatez de la sabiduría, la consideran cuando el crecimiento oportunamente ha generado lo que la medicina considera esencialmente las bases de un ser humano con vida propia. Es un misterio.
- Un misterio que me ha hecho sufrir y revisarme continuamente.
- Únicamente Dios sabe cuándo la vida es vida y cuándo no.
- Pensaba que el inicio de la vida podía definirse...
- Al nacer ya sin duda somos vida, pero ¿cuándo tenemos alma? Exclusivamente Dios sabe cuándo nos sopla con su espíritu. Sufres porque tienes alma. Sientes porque tienes alma. Amas porque tienes alma. Te arrepientes porque tienes alma. Dios te dio el alma y a esa no la puedes ver con ningún examen médico, pero la sientes, por eso sabes que Dios existe. O, quizá no lo aceptes, pero lo presientes, lo intuyes, adentro, profundamente. Dios existe, créeme, ten fe, por tu fe serás entendida, reconocida, por ella serás perdonada, te llenarás de gracia divina.
- A veces no sé si realmente la siento.
- Es igual, sabes que existe y sientes tu conciencia, aunque tampoco sea palpable. Tu conciencia te dicta la diferencia entre el bien y el mal aunque los demás pretendan influirte en una dirección u otra. Dios te dio

el alma, te generó la conciencia y te provee el perdón. Te regala esos dones sin condiciones, ni siquiera te avisa, son un obsequio. Han sido procurados con absoluto amor y entera libertad. Son tuyos para usarlos para bien, pues ahí reside su mayor deseo. Él no te fuerza a nada, como prueba de su infinito amor por ti, te da esa libertad que percibes tanto a nivel colectivo como individual.

- Es un amor difícil de entender.

- Porque encierra libertad auténtica. En el momento de tu pecado erraste con gravedad porque decidiste interrumpir lo que quizás ya era vida. Yo pienso que era vida, la ciencia podría considerar que era demasiado temprano para llamarse un ser vivo, hay variadas tendencias dentro de múltiples teorías. Tomaste una decisión basada en tu información, en tus sentimientos, en tus miedos y en tu conciencia. La próxima vez que tengas una decisión sobre lo que es vida, no tengas miedo.

- No sé si fue miedo o inconciencia o ambos.

- Ten conciencia, ten información pero, sobre todo, ten fe en Dios. Habla con Él, ora, reza, pídele que te ayude, para ver el bien, para hacer el bien. Bajo mi lupa cometiste un pecado mortal pero no todos los religiosos pensamos igual. Tú consultaste en su momento a otro sacerdote, a uno quien pensó conciliatoriamente que tu decisión era la mejor. Yo respeto eso. Tu conciencia te reclamó de otra forma. No sólo nos toca generar vida, sino desarrollarla, nutrirla, apoyarla, darle amor, estar presente, no abandonarla, nunca maltratarla. Si aquel religioso sintió que por alguna razón traías vida para alejarte, para ignorarla, para que no se desarrollara dentro del amor y provisión que Dios desea para ella y que tú, que tenías y tienes tanto futuro, te ibas a impedir desarrollarte como ser humano para dar todo el amor del que eres capaz, entonces a lo mejor se inclinó a apoyarte espiritualmente a lo que en ese momento querías hacer.

- Estoy tan arrepentida, ni sabía lo que quería, no fue su culpa.

- Yo no estaría de acuerdo con él, aún sin haber estado presente dentro de aquel momento crítico, crucial, con las creencias, circunstancias y contexto de hace una década. Los sacerdotes no somos Dios, somos un pequeño e intrincado vínculo. Dios sabrá quién tuvo razón, no es mi lugar juzgar a otro hombre de Dios, quizá él sí estuvo en lo cierto.

- Padre, si lo hubiese conocido entonces, si le hubiese consultado.

- Ahora no se trata de mí, tú no estás aquí por mí, tú estas aquí por ti y por Dios. Aunque no lo veas, estás sintiendo tu alma, lo percibes mirarte y hablarte a través de ella y de tu consciencia. De cualquier forma Dios está aquí. Al igual que tú estas aquí por Dios, Él también estaba allá cuando tomaste la decisión porque para Él no existe el tiempo ni el espacio. Él es omnipresente.

- ¿Estuvo allá y está aquí?

-Simultáneamente, Dios estuvo allá y ahora está aquí. Siempre a tu lado y ha visto cómo después de eso fuiste promiscua por un tiempo y ese escape no te funcionó.

-Le repito, estoy tan arrepentida, ni sabía lo que quería.

-Afortunadamente, después pudiste sacar fuerzas y convertirte al bien, enfocarte, asumir el celibato temporal a modo propio hasta conseguir el amor al prójimo que ahora practicas. Mientras lo conseguías y al hacerlo simultáneamente abriste caminos, senderos de amor, vías alternas, proyectos, cosas fáciles de imaginar y difíciles de implementar.

-Improvisé como podía, fue una forma de escape.

-Pensaste en esta fundación para crearla con amor, sacrificios, bondad, comprensión, humanidad, desprendimiento. Eres singular y bondadosa pues aportaste tus recursos monetarios, humanos y espirituales. Fuiste amplia, diste cabida a mujeres necesitadas de cualquier raza, condición social o religión. Sus colores y olores no te espantaron por ser distintos, las recibiste, sin tapujos. Eres visionaria, integraste a profesionales y voluntarios independientemente de su especialidad, credo o edad.

-No sé qué o quién me inspiró, estaba en modo de superviviencia.

-Dios estaba allá, cuando el religioso vio algo en ti y se inclinó por ayudarte a decidir. Dios está aquí cuando este religioso también desea y espera ayudarte. Tal vez ambos vimos algo en ti. No justifico lo que hiciste. Sí creo en tu arrepentimiento. Estoy seguro de que no lo volverás a hacer, tu propósito se muestra auténtico, lo has demostrado con tu celibato y con tu obra social, con tu caridad y con tu disciplina, todo es parte integral de la enmienda.

-Si supiera como me duele, aún duele.

-Siento la contrición de tu corazón a través del dolor que has llevado encima por diez años, ya es suficiente, ante mis ojos y ante los de Dios. No te mortifiques, nadie lo desea. Percibo cómo has cambiado desde el mal hacia el bien no sólo para comportarte dentro del bien sino para compartir el bien que produces. Destruiste una vida, si la hubo... solo Dios lo sabe. Has logrado reconstruir muchas vidas con esta fundación. Así como tuviste un error has tenido muchos logros. Has generado vida para cada persona a la que le has dado una nueva oportunidad de construir en positivo a través de las alternativas de Alterna, eso es un éxito.

-He hecho lo que he hecho, ignoro si es suficiente, no tengo certeza, ¿realmente estaría dispuesto a perdonarme?

-Soy testigo de tu obra, he sido beneficiado por ella, tengo razones válidas para creer en ti, como creo en la vida y tal cual creo en Dios. No eres Católica pero has venido a mí y yo por lo que represento en mi religión y ante Dios todopoderoso te perdono en el nombre del Padre, del Hijo y del Espíritu Santo. Tu obra, el tiempo que has vivido en culpa, dolor y arrepentimiento junto con la disciplina del celibato que has

mantenido a pesar de las tentaciones son y han sido plena penitencia, son suficientes. No has expresado las tentaciones como parte de tu confesión, a mí que me consta que las tenemos todos los seres humanos. Lo vivido por ti es penitencia para un alma de Dios. Dios te ama por encima de todas las cosas. Por eso te dice que dejes ya tu culpa a un lado, no te atormentes, olvídala. Deja el pasado donde se conjuga, en tiempo pretérito.
- Es tan difícil.
- Renuncia al recuerdo de lo malo, no te tortures, enfócate en lo bueno, ve la vida con la frente en alto porque eres bondadosa en extremo y tienes mucho que dar, mucho amor. Deja el celibato, tú no eres religiosa, no es tu vocación, eso es pensado para un camino religioso como el mío. Esa no es tu vía, eres bella, eres atractiva, eres mujer. Eres parte de Dios a través de la gran capacidad de vida y amor que puedes dar. Genera otras vidas, dales todo ese amor que llevas dentro, alégralas y nútrelas como ya has logrado hacerlo con decenas de personas aquí que te eran extrañas pero que compartían como tú alguna tipología profunda de sufrimiento. Educa esas nuevas vidas que tendrás. Serás bella con todo lo que sabes y haces. Puedes y debes trasmitir la sabiduría que Dios te ha permitido descubrir a través de tus experiencias que han sido únicas en muchos sentidos, para eso han servido estos diez años. Perdónales sus pecados a esas nuevas vidas cuando los cometan, que lo harán, trátalos con el profundo amor del que tienes capacidad y ahora mismo, en este instante, perdona a otros como Dios te perdona hoy a ti. Aprende a dialogar con Dios, búscalo en los momentos de debilidad y de fuerza por igual, aquí te doy este rosario que me acompaña y este pequeño misal que también guardo en mi sotana para repartir.
- No sé como usarlos.
- Aprende de allí a rezar el Padre Nuestro y el Ave María. Reza y como única penitencia adicional te ordeno rezar un Rosario. Hazlo con calma pero con determinación. Un Padre nuestro hoy o un Ave María mañana y así sucesivamente hasta que cumplas el total de la cadena de oraciones. Son 5 Padre Nuestro y 50 Ave María. No te llevará más de un minuto diario por algo menos de dos meses. Es simplemente para que entables una comunicación constante con alguien que siempre ha estado a tu lado y te ha traído hoy hasta aquí para yo poder perdonarte en su nombre y recordarte cuanto Él te ama. Anda, anda hija, anda con Dios, vive la vida, tú eres vida, da vida y siente la vida, vive plenamente.
- Gracias padre. ¿Usted terminó? Perdone las interrupciones, tenía que botar algo de adentro, parte de mis dudas y mis miedos y aquello de lo que me arrepiento. Dígame, y ahora, ¿qué hago?
- En principio deja de llorar, desde la mitad de mi plática andas llo-

rando, me estabas desconcentrando.
-Trato de parar y no puedo...
-No importa anda, camina un poco, respira, siente a Dios dentro de ti, siente cómo estás limpia y libre de pecado, eres libre de cuerpo alma y corazón, anda, camina un poco, siente cómo estás viva, vive la vida, anda, levántate y anda.
-Gracias padre Patrick, ya vuelvo.

Caminé por el este de Los Ángeles, perdida, buscando el oeste, equivocadamente adentrándome hacia el este, por sitios alegres y tristes, había esquinas buenas y otras peligrosas, vi gente muy bella y muy fea, gente de todos los colores, personas que hablaban lenguas desconocidas, estaba totalmente ida, desprendida de la realidad, lloré, lloré y lloré. De pronto comencé a respirar como si algo dentro de mí me diera fuerzas, me sentí bien, no sentí más dolor, sentí fuerzas, se esfumó el miedo, volví sobre mis propios pasos, alguien me sonrió y yo sonreí de vuelta, me sentí joven, dura, atractiva, bella, me sentí mujer, hermosa, plenamente, capaz de dar y recibir amor, sentí eso que llaman energía positiva, la dejé bañar mi cuerpo, mi mente estaba veloz, podía pensar con mucha claridad. Al regresar Patrick estaba allí, lo abracé, le di las gracias, me tomó por los dos hombros con fuerza y me dijo que confiara en Dios, que estaría bien, luego me hizo la señal de la cruz sobre mi frente mojando su pulgar previamente con algún ungüento que vertió de un pequeño frasco color ocre sacado de su sotana. Al final repitió: vive la vida, vive la vida, sé que estás preparada y eso te debes disponer a hacer, es tu comienzo, empieza de nuevo, Dios te acompañará. Que Dios te Bendiga... Y nunca más le hablé del tema.

25. ¿Un héroe?, pero si nunca lo fue, ese cuento en una necedad bastante trágica...

Al terminar de almorzar, tarde, porque habíamos tenido un día intenso de trabajo, hicimos una reunión de todo el equipo en la oficina. Zach quería hablar. Se analizaron las acciones, especialmente Apple. La acción seguía estancada y debíamos decidir si mantenerla a largo plazo con las expectativas de nuevas tecnologías y mercadeos creativos, como la promesa de un iPhone bueno, bonito y barato para el masivo y populoso mercado chino, ¡que le añadan, sonidos, colores nuevos, texturas o algo, coño! O, salir de ella con poco o nada de ganancia, sin emociones de por medio, cual cirujano operando a un extraño. Igual que para miles allá afuera , sería doloroso en la mente de muchos de nuestros clientes y allegados no poder percibir la ganancia teórica que habíamos calculado cuando estaba en niveles de 700, pero ahora en términos relativos asomando un pírrico precio 427.27 y estando hoy en rojo 0.90% parecía el momento oportuno de evaluar seriamente una posible venta de un paquete significativo que afectaría nuestra cartera para finales de año. Zach apuntó con calma que ganancia o pérdida son las que se realizan. Concepto fácil de expresar y difícil de digerir. Él estaba en lo cierto. Hasta no vender no se puede calcular de forma real si hemos ganado o perdido. Independientemente, por la rigurosidad que mantenemos, todo los días contabilizamos las variaciones cual si fuera un cierre con liquidación al término, Kent se ha vuelto experta en la materia con el apoyo de Amanda que al forzar los escrutinios de sus números en nuestras caras puede imprimir la objetiva realidad en quien alberga alguna emoción o melancolía por ésta u otra acción. De esa forma sabemos matemáticamente dónde estamos parados y cuál es nuestro riesgo potencial. Como siempre, respecto al mercado, la última palabra estaría en mis manos, esas han sido las directrices de Zach. Yo, internamente, me inclinaba en dejar AAPL a largo plazo, esa debería ser mi estrategia. No era nuestra práctica común pues pocas veces mantenemos una acción más de una semana, aunque la compremos o vendamos constantemente. A pesar de ello, la idea le daba vueltas a mi cabeza. Necesitaría algo más de análisis antes de estar completamente convencido. Insistí en que algunos algoritmos especializados de Amanda serían oportunos, sus bellas y específicas matemáticas se ocupaban de sorprender mi intuición con argumentos de precisión, incluirla en mis análisis era mi rutina favorita en el trabajo. Había que sopesar que la economía de USA se recuperaba favorablemente. Así lo apuntaba nuestro asesor. Sandler Kelly se había integrado a la reunión vía Skype desde Nueva York. Había evolucionado de su entusiasmo pasado por las economías BRICS al punto de ver a Brasil, Rusia, India y especialmente a China con cautela. Por primera vez, como estratega de patrimonio, lo escuchaba suponer que ahora USA sería una recomendación válida de inversión, al igual que Indonesia y México e inclusive se sentía tentado a especular en los denominados "mercados fronteras" como sería el caso de Kuwait, Nigeria y Sri Lanka. Estaba igualmente optimista con el cambio que vendría en el FED, si el señor Ben Bernake no era electo para un tercer período. Respetaba y admiraba a la posible candidata a sustituirlo, la señora Janet Yellen. ¿Famosa? No tan famosa, pensé de inmediato. Observé las caras de sorpresa y curiosidad entre mis colegas. Sandler Kelly elogió su impresionante curriculum: egresada de Brown, Doctorada en Economía en Yale, Gobernadora del FED, Presidenta del consejo de Asesores de Bill Clinton, Presidenta del FED de San Francisco y Vicepresidenta de la Junta del FED. Ninguna mujer de la oficina había escuchado hablar de doña Yellen. Con cada una de las menciones de su trayectoria yo daba un pequeño codazo a Kent que se sentaba a mi lado como diciéndole "aprende", era en broma y en serio, para que se le bajaran un poco los humos. Siempre sacaba con orgullo referencias directas sobre sus estudios en Harvard y sus múltiples contactos con economistas neoyorkinos (entre ellos Kelly). Con esto se atribuía un aire de superioridad para diferenciarse profesionalmente de las compañeras de la oficina. Yo, para hacer la comparación más cruda, al darme cuenta de que Kent no manejaba información previa de Janet Yellen, durante una pausa de Sandler para revisar sus notas y tomar un trago de agua, intervine diciendo que mi admiración por Yellen se centraba en que había predicho eficientemente la burbuja inmobiliaria que había desatado la crisis del 2008. Kelly asintió a través de la cámara de su ordenador y añadió que también es interesante considerar que Yellen trabajó cercanamente con el Premio Nobel de Economía James Tobin y años después se casó con el economista George Akerlof, otro Premio Nobel. Los últimos dos comentarios generaron un murmullo de admiración por esta singular mujer entre mis compañeras de trabajo, obviamente se estaba hablando de otra categoría profesional, incomparable con nadie en nuestra pequeña empresa y posiblemente en ninguna otra. Luego Sandler terminó analizando otros índices de mercados que asomaban un futuro promisor para USA si se revertía con éxito el montaje del crédito fácil auspiciado por el FED como mecanismo para salir de la crisis. Tomé de nuevo la palabra y aduje que aunque nuestro dinero era "caliente": en el sentido de que buscaba ganancias a corto plazo, no me negaba, aunque sonara contradictorio a mantener todas las acciones de Apple a largo plazo y esperar a que se alineara con la mejoría de la economía que auspiciaban los modelos de Kelly y otros expertos. El segundo punto era Houston. En el intermedio hice una nota para discutir las matemáticas de los expertos en privado con Amanda, ella a veces les conseguía alguna cosita, alguna mínima observación, una que por contraste nos daría alimento numérico en qué pensar. Sobre Houston, debíamos decidir si comprar nosotros la propiedad y ser elementos activos en el negocio con Alvar o ser simplemente intermediarios. En eso nos interrumpió una llamada del mismo Alvar como si al nombrarlo lo hubiésemos traído con el pensamiento. La reacción inmediata fue de absoluta sorpresa mientras prendíamos CNN en los monitores que habían sido apagados en la sala de Junta para no distraernos durante la conferencia con Sandler. Tomó un rato asimilar la noticia, significaba un rotundo cambio. Finalmente Zach se pronunció. Chávez había muerto.

-Sin duda es un cambio para bien. Esto traerá fuertes reacciones iniciales acompañado de consecuencias: incertidumbre, tensión, ambivalencia y caos generalizado a nivel político. Elementos que profundizaran la crisis, la herida sin cerrar en la economía venezolana. A pesar de ello, no me inclino a desistir del negocio. Los excedentes en bolívares a corto plazo serán aún mayores y las opciones de propiedades como las de Houston se tornarán atractivas. El cambio local seguirá al alza por su escasez, una proyección previa de Amanda lo ubicaba subiendo constantemente, ahora imagínenselo con este panorama aunado a la voraz especulación de los oportunistas. Las empresas de energía de Texas que necesitaban esos bolívares para comprar infraestructura local en Venezuela que les permita cumplir sus compromisos tecnológicos con empresas Rusas, Chinas, Europeas y Sudamericanas continuarán vigentes. Los márgenes productos del riesgo y la incertidumbre podrían ser mayores. Estoy dispuesto a tomar el riesgo si Chris me secunda.

Luego Zach, ignorando mis señas para sugerir que no se pusiera denso con el tema, se refirió de forma breve pero con énfasis al difunto.

- Chávez no debería ser considerado un héroe.

Zach insistía en luchar contra el malo aún después de su muerte. Parecía repetir un mantra: "no debemos dejar que ganen los malos", eso resumía su exposición:

- No era héroe alguno. Hipnotizó a parte de su pueblo con ayuda de los cubanos mediante prebendas de todo tipo combinadas con un encanto personal que reflejaba un nivel de carisma superior. Lo malo ha sido que no fue auténtico. Es o fue de los malos y los malos no deberían ganar. No transitó el camino del orden, la libertad, la pluralidad. El trabajo honesto le fue ajeno al igual que la práctica democrática auténtica y el respeto a la independencia de acción de las instituciones basadas en la separación de los poderes públicos. Se alejó de lo que mantiene el equilibrio sano del Estado. Al hacerlo, había irrespetado la esencia de sus sueños originales y la de sus antiguas aspiraciones políticas. Hubo vendido su conciencia a los cubanos. No fue héroe alguno.

Zach no hacía caso, hizo una breve pausa, se recordó a sí mismo que él era el jefe y podía hablar cuanto quisiera, aunque fueran argumentos repetitivos, reiterarlos le era muy importante, algo quedaría y quizás una chispa encendiese una hoguera, debía intentarlo, se lo debía a él, a su pasado, tal vez hasta a los jesuitas que lo educaron y a su condición presente de inmigrante, el tratar una causa que a ratos pudiese considerar imposible era una de sus espadas en la lucha contra la soledad, una de las más afiladas para rajar y espantar ese obstinado sentimiento de vaciedad que azota al inmigrante pues de alguna forma su incipiente lucha contra el avance de ese tirano vinculaba el sitio de donde venía, el objeto de su destierro, con el lugar hacia donde iba, la tierra de su futuro, la misma que pisaba en ese momento. Así, empezando por mí auscultó a su público, que denotaba cierto desgano en sus rostros e ignorando sus gestos y sin miedo a la redundancia prosiguió elevando el tono de su voz luego de carraspear su garganta y gesticulando con sus manos como para intentar revivir a la audiencia como si asiera su espada:

- No obstante, en Venezuela, habría una sutil pero marcada división en su población. Serían más de un 45% de los votantes quienes diferirían

> políticamente. Hacer negocios con esa "gran" minoría sería una forma de fortalecer su lucha en contra de los comunistas. Implica una manera directa de apoyar la democracia, si quedase algo de ella. La ausencia de Chávez traerá cambios a los que será preciso adaptarse. La incertidumbre y el desorden experimentados desde que hacemos negocios en ese país de alto riesgo nos ha convertido en unos buenos gerentes de crisis. Sabemos cómo adaptarnos a los cambios con flexibilidad e inteligencia, hemos desarrollado herramientas para afrontar los retos. Esta capacidad de adaptación nos ha formado aptos para identificar oportunidades y encontrar el camino para generar beneficios. Esta sapiencias son requeridas para actuar con eficiencia en medio de estas lides. No tendríamos miedo, pero deberíamos ser sumamente prudentes y mantenernos alertas pues el riesgo es evidente y exhibe tendencia a incrementarse. Debemos encontrar una vía para colaborar en rescatar la democracia y ayudar a preservar lo que queda de empresa privada en ese país, nuestro pequeño esfuerzo es una semilla, quizás hasta sea una chispa, ojalá.

El tercer punto lucía y sonaba mucho más interesante, Zach no necesitaba "venderlo". El cuento hasta respiraba aires de verdadero romanticismo: se trataba de Francia y la gente se compuso para escuchar con mayor atención e interés. El solo nombrar a París embelezó a la audiencia. Era una bocanada de aire fresco luego de la pesada cháchara sobre los comunistas. Primero iríamos a Houston y luego a París. Kent nos acompañaría en el trayecto Francés. Trataríamos de mantener nuestra presencia en Francia a través de la sociedad con Ghislain. Esta posibilidad era poco factible. O, si Ghislain Lemaire y nuestra otra socia Aurelie Marnay insistían en vender, como ya habían asomado, entonces disolveríamos la sociedad y liquidaríamos los inmuebles relacionados a nuestra operación comercial en París. En cualquier caso, era un panorama distinto al Sudamericano. Gozábamos aparentemente de menos riegos en Francia con resultados potenciales igualmente atractivos. Dentro de cualquiera de las dos opciones que estaríamos contemplando, decidir con inteligencia y ver las cosas pragmáticamente y sin emociones era un mandato de sensatez que teníamos el deber de acatar. Mantener o liquidar los activos franceses serviría de escudo para los negocios riesgosos en los que nos veíamos involucrados en Suramérica. Ese era nuestro panorama inmediato, el resto de nuestras inversiones seguía su curso normal, no serían objeto de revisión en este momento sino hasta la llegada de vuelta de Europa. Hay que admitirlo, Zach siempre imprimía un grado de confianza en sus exposiciones que contagiaba a la audiencia. Todo el mundo salió contento a pesar de lo riesgoso que parecería ante cualquier tercero los tres puntos abordados, había algo en Zach que nos permitía ver los riegos, dentro de sus limitantes, de forma positiva, eso era un valor agregado que contrastaba con su emotividad paralela, la gente creía en él, el tipo inspiraba confianza. Cuando terminó la reunión formal y antes de que todo el mundo saliera dijo en un tono mucho más expresivo no guardar ningún luto por el falso líder. Quizás sentía hasta odio por aquel que había robado a muchos y expropiado a otros mientras amenazaba, encarcelaba y asesinaba a quienes diferían de sus ideas. Zach, rabioso, explicó que había miembros de su familia y amigos cercanos entre quienes Chávez había despojado de un patrimonio, fruto del trabajo de generaciones, era un enemigo difícil, era un hombre malo. Imposible enfrentar al malo físicamente por el dominio de las armas que tenía con los militares mayoritariamente de su lado. Por eso no entendía el lado romántico y falso de este dictador comunista totalitario, disfrazado a ratos de socialista democrático, que las cadenas de televisoras se entretenían en destacar como un romántico para buscar ratings en una audiencia curiosa e ignorante cuando en realidad era un vulgar y despiadado malhechor. Reconocía lo impresionante de su maña magnética sobre algunos ilusos. A Zach le impactaba cómo Chávez hipnotizó a Oliver Stone. Esperaba mejor criterio de un genio norteamericano, un confundido genio, un director de cine que aparentemente terminó subyugado por el dictador, fue dócil víctima, presa fácil, pareciera que lo hubiesen comprado barato, unas treinta gotas de petróleo, más o menos, un poquito más que el precio también pagado a Sean Penn, el otro genio confundido, por embadurnarse del mismo crudo pesado, para comer de esa mierda por un rato y dejarse explotar mientras tanto. ¿Quién sabe como hipnotiza o hipnotizó a esos personajes? Pero eso no lo hace un héroe. Y, qué decepción que un famoso se deje usar así para solazar la atención...

26. Un secreto entre cuatro, cinco o seis, pero no más

El final cinemático de Zach generó un estruendoso aplauso de la audiencia que se disponía a salir y mientras ocurría el pequeño éxodo Kent me tomó de un brazo y me preguntó si podíamos hablar privadamente en mi oficina, le respondí afirmativamente y sonreí ya que su presencia allí me traía gratos recuerdos.

-¿Estás ocupado? Tenía que hablar contigo.
-Cuéntame, Doutzen.
-Como sabes Zach me invitó a París...
-Sí, pensamos que será provechoso que te familiarices mejor con esta cartera de inmuebles, los socios, el negocio en sí mismo, las localidades, los clientes, París.
-Pero...
-¿Qué?

-Siento que hay algo más…
-Lo sé.
-Entre él y yo.
-Lo sé.
-¿Te lo ha dicho? Ustedes trotan y comen solos muy seguido, se cuentan de todo.
-Lo sé.
-Tienes pegada esa bendita coletilla, ese "lo sé" no te queda bien, me desesperas. Te asemejas a un drogadicto de esos que parodian los sábados por la noche cuando hablas de esa forma.
-Lo siento, lo hago sin pensar, es intrínseco. A ver, lo tuyo Zach no me lo ha dicho, lo percibo, lo conozco bien, pronto me lo dirá, ciertamente le gustas, se nota a leguas.
-A mí también y no quisiera que sepa lo de nosotros, nunca se lo he dicho. Lo de él es distinto, ni nos hemos besado, ni siquiera me ha tomado de la mano.
-Qué románticos…
-No seas cínico. Por favor. Sí, cierto, tú tienes algo que me provocó y sin razón aparente lo tomé, fui impulsiva, carezco de excusas. Te besé y dejé la puerta abierta con esa intención, tentándote. Y tú por supuesto entraste, no me arrepiento, yo también te atraía, como mujer, me di cuenta, lo percibí.
-Eres atractiva, mucho, sexy.
-Si se trata del hecho, lo que tuvimos brevemente dudo de que sea mejorable.
-Fue un momento bueno, intenso.
-Pero esto es distinto, Chris. Pienso que pudiera haber amor en lo de Zach. Es algo que siento y no quiero echarlo a perder. Esto no me sucede con frecuencia.
-Eso es diferente, es único. No lo vas a perder. Él parece estar enfatuado, interesado en serio, no es frecuente en él, es muy reservado con sus sentimientos.
-No es tan sencillo. Trabajo aquí. Fui tu amante. Son dos cosas terribles en contra mía. Estoy nerviosa y no sé qué hacer, si se lo digo pienso que lo pierdo y si callo temo que no soy honesta.
-¿Nerviosa tú? Eres fuerte. Haz lo que sientas que es lo correcto, eres inteligente, por algo serás nuestra socia.
-Estoy avergonzada de pedirte ayuda. Siempre fui dura contigo. Demasiado crítica. Celos de tu inteligencia indisciplinada que choca con toda mi ortodoxia y mi orden.
-No pienses en eso.
-Ahora me ha tocado pedirte este favor. Ni siquiera sé si es lo correcto. No me gusta esta posición. Generalmente estoy en control de las cosas.

Tengo mucha ilusión y estoy vuelta un rollo. No soy yo.
- Descuida. Todos tenemos secretos. Lo nuestro no fue ni planificado ni consistente, fue interrumpido tan pronto como ocurrió, nunca hubo intención de perpetuarlo.
- Pasó y pasó, sí pasó y lo vivimos intensamente, sí pasó y no podemos borrarlo.
- Fue un momento, único, sólo de nosotros, nadie tiene por qué saberlo, al menos que tú quieras.
- ¿Alguien más lo sabe?
- Sólo lo sabemos nosotros dos y mi terapista, ah, y mi abogado.
- ¡Quienes también son las de él, estoy perdida!
- No lo creo.
- ¿No lo crees y por qué se lo dijiste?
- Porque ese momento tú querías demandarme, luego las circunstancias cambiaron. Ellas son unas profesionales. Nunca mezclan las consultas, ni cuentan lo que oyen. Yo tengo mis secretos con ellas y separadamente Zach tiene los suyos.
- Qué esperanza la mía…
- Te propongo varias alternativas, tú decides. Si es nuestro secreto será nuestro secreto. No diré nada, contrario a lo que suponías, yo soy un caballero, respeto a todas las mujeres. Otra vía es que se lo diré a mi manera, hoy, él podría entenderlo mejor de mi boca. Yo pienso reconquistar a Miranda. Sospecho, siento que ella puede ser el amor de mi vida. Zach estuvo con ella una vez. Circunstancias de la vida. Miranda también lo sabrá. Será un secreto entre cuatro, cinco, o mejor dicho seis, para no dejar a nadie fuera. Él estuvo sólo una vez con ella así es que hasta en eso hay una feliz o terrible coincidencia, depende de cómo se analice. Esa cosas pasan…
- Pero bueno, Chris, ¿será que ustedes comparten todo?
- Somos como hermanos pero, ojo, hay cosas que no comparto con nadie, tenlo por seguro. Pasó cuando fui a Japón. Yo había abandonado a Vanessa. Tenía año y medio sin verla. Se vieron un día y lo hicieron, se gustaron en ese momento, como tú y yo aquel día. ¿Ves? Te he revelado un secreto que no deseo que ellos sepan que tú sabes. Yo puedo vivir con tu secreto por siempre o hasta que tú consideres compartirlo.
- Eres increíble, ¿crees que Zach comprendería?
- Él entendería, dice que tengo "algo" que vuelve locas a las mujeres cuando me conocen, según él ese mismo "algo" hace que se distancien de mí cuando pasa el tiempo, porque otras mujeres nuevas descubren en mí ese "algo", es una especie de círculo vicioso.
- Te estás poniendo gracioso y echón…
- Perdona, era para bajarle el tono a la cosa. Es su teoría, dice que mi encanto dura tres meses a lo sumo y luego agarra una espiral descen-

diente como cuando explota una burbuja en el mercado.
- No me hagas reír, agradezco tu sinceridad, no sé qué hacer, dime tú.
- Digo que tú se lo digas hoy a él y yo se lo diga a Miranda. Todos iremos a París sobre una base cierta y si terminamos empatados cada quien con su pareja será sobre una historia sólida. Mejor que salga de tu boca. Busca solidez que es lo que ambos desearíamos en este momento, la honestidad nos daría permanencia, continuidad, el resto se podría enmendar, son sentimientos y la verdad es una, no la disfracemos.
- ¿Tú la llevarás a París? ¡Es un viaje de negocios!
- Bueno haremos una excepción, la invitaré por placer y por negocios. Ten en cuenta que ella también es una inversionista potencial, ya le he hablado de las cosas nuevas que hacemos. Además tiene una fundación donde la semilla de tu idea de ayuda a las mujeres podría tener asidero. Zach y yo hemos contemplado eso. Ella podría ayudar mucho con ideas ya probadas sobre la fundación que Zach tiene en mente. Dentro de esa organización seguro que habrá espacio para las inquietudes que has manifestado. Zach y yo queremos apoyarte en eso.
- Bueno se lo diré. Va a ser duro para mí, no sé como lo haré.
- Sé espontánea.
- Tomaré la iniciativa. Si todo sale bien celebraremos en París y si todo sale mal París también se prestará para distraerme a mí y a él para mandarme bien largo al carajo.
- No lo hará, lo conozco…
- Lo merecería por regalada, me siento culpable, aunque no me arrepiento. Tengo miedo pero la verdad me dará fuerzas, ¿no es eso lo que dicen?, eso espero.
- Yo te apoyaré. Podemos ir juntos, como ex amantes, como amigos, como futuros socios, como seres humanos. Será incómodo, pero será bueno.
- Sí, necesito un apoyo, un soporte. Gracias.
- ¿Por qué? De nada. Olvídalo.
- Gracias, Chris, tú has aguantado mis locuras de mujer sin recriminarme, eres bueno, perdóname, estaba equivocada contigo.
- Me alegra que ahora lo veas así, tú tienes tu ego y yo el mío, ambos son fuertes y nos generaron roces peligrosos, lo hemos superado, ha sido para bien, gracias a ti también, yo te perdono aunque no hay nada que condonar, yo he hecho cosas peores. De las nuestras no tengo sino buenos recuerdos, si notaste que sonreía al entrar aquí contigo era por eso, son buenos recuerdos.
- Eres un ángel. ¿Estás seguro? ¿Lo hacemos?
- ¡Vamos!, hablemos de una vez, cuanto antes mejor, es así, lo sé…

Zach estaba en una llamada en conferencia. Entramos y nos sentamos. Ella a su lado en el sofá y yo al frente en una de las sillas. Era una poltrona muy cómoda, italiana, de cuero. Cuando la usaba pensaba en por qué no había seleccionado esas en lugar de las mías. Las que escogí para mi despacho eran de un estilo más puro, tipo alemán, modernista, originales de un maestro de arquitectura. Zach se decidió por la función antes que la forma en su mobiliario. Yo hice justo lo contrario. Lo mío reflejaba lo estético. Lo suyo era puro confort. Con el tiempo la practicidad y comodidad de sus muebles me han hecho cuestionar la estética y diseño de las míos. Ese no era el tema, aquí estoy divagando de nuevo. Doutzen me dio un codazo con los ojos, pelándolos muy abiertos con las cejas arqueadas, aun así se veía bella. Quería que prestara atención a la llamada en conferencia para que Zach nos interpretara con una actitud seria. Yo lucía entretenido con mi teléfono inteligente, estaba enviando mensajes de texto a Miranda y no perdía ni una coma de la conversación de Zach, ni del monitor de Reuters con las últimas del mercado, ni de mis divagaciones internas sobre los muebles. Era una de mis fortalezas: podía hacer muchas cosas a la vez y también una de mis contradicciones clásicas: también podía aislarme en un limbo, un mundo errante de bohemias y dejadeces. Doutzen ignoraba eso. Me reí y ella hizo una morisqueta, como diciendo, no seas bromista, esto es en serio. Asumí la compostura que ella deseaba, para darle seguridad. Se notaba nerviosa, el asunto le era importante. Zach hablaba con Alvar. Las cosas seguían empeorando en Venezuela: Maduro, autoritariamente, al morir Chávez , se había auto-proclamado presidente. Eso era contrario a cualquier interpretación sensata del texto constitucional. A todas luces se delineaba como un golpe de Estado. Otro grave acto delictivo en la larga cadena de abusos. Para colmo la reacción de la oposición se presentaba tibia, flácida, miedosa ¿acomodaticia?. Le tenían terror a esa fuerte muralla armada de los militares que apoyaban al régimen de facto. La era post-Chávez se iniciaba, su marca era profundizar los atropellos. Alvar era preciso en su exposición. Zach escuchaba y tomaba notas. Alvar pausó, Zach intervino diciendo que entendía las dificultades. Apoyaría la lucha por más precaria que fuera y contribuiría económicamente de forma directa. Alvar le dio unos contactos en Miami y New York para canalizar la ayuda. Como en ocasiones anteriores, el código era Montreal para Miami y Hong Kong para New York, luego mezclaba el primer nombre de la persona en Montreux con el apellido de la de Hong Kong. Zach para decir que ayudaría decía que deseaba viajar pronto a Caracas y Alvar le pedía que contactara previamente a esos señores en Montreal y Hong Kong porque eran exportadores e importadores de productos mineros y energéticos con mercancía que podrían ser atractiva para comercializar. Esos códigos y los de las cuentas se cambiaban cada vez que visitábamos Venezuela, generalmente yo los anotaba en un documento escondido en mi celular, pero la última vez simplemente Dierdra había tomado nota mental mientras conversábamos con Alvar en el jardín durante el cóctel en su casa viendo la bella vista nocturna de la ciudad, esa lucidez de su memoria pagaba cualquier viático que costase llevarla a lado, agregaba seguridad a todo el procedimiento. La conversación terminó como siempre. Alvar decía un número para llamarlo la próxima vez. Ese número era un simple código para otra numeración que Dierdra había memorizado, los correspondientes a uno de las docenas de celulares que Alvar usaba y desechaba tras un tiempo. Nunca lo habían investigado, no era sospechoso, siempre tomaba precauciones.

Cuando Zach terminó de hablar Doutzen me hizo un gesto como para decir que hablara yo. Asentí con la cabeza. Ella le tomó la mano y dijo Chris y yo tenemos algo que decir. Quise analizar su frase por un segundo porque la idea era que ella hablara, ¿o no? Evadí esa distracción de su última instancia, le di el beneficio de la duda, sin titubear comencé a hablar.

> - Zach, debo aclarar: Doutzen gusta mucho de ti, quizá se esté enamorando y si tú le vas a corresponder es bueno que sepas que tuvimos algo.
> - Explícate.
> - Fue un solo día. Un momento de atracción, meramente física, sin quitar que me gusta su personalidad, la considero atractiva física y mentalmente. Ocurrió hace poco. Un día después de trotar, aquí, en mi baño, pasó porque pasó, fue bueno, lo disfrutamos, pero igual de rápido que llegó se fue, no tuvo trascendencias. Luego yo me enfoqué en otras cosas y ella también, desde ese día ni nos hemos rosado un dedo. Quedamos buenos amigos, trabajamos bien juntos, nos complementamos en finanzas y en la bolsa, junto con Amanda hacemos un trío eficiente. Ella es más ordenada que yo. Su tendencia en la compra y venta de acciones es como si viviéramos en Wall St. donde indudablemente ella goza de muchas conexiones, tú sabes eso mejor que yo, por eso la contrataste. Es un buen contrapeso para mí. Somos fluidos tomando decisiones. No pienso estar más con ella sexualmente. No me provoca. Trato de volver con Miranda. Si eso no funciona no sé que haré. Estoy claro que Doutzen no forma parte de mis planes sentimentales ni presentes ni futuros. No hubo nada romántico entre nosotros. Fue puro sexo. Espero que eso no dañe lo que ustedes ya tienen o está por comenzar. Yo los apoyo. Nunca habría tenido a una socia que fuese la mujer de mi jefe. Eso no me quita el sueño. Puedo trabajar con eso y más. Quizás sea para bien. Así lo siento, será para bien. Lo sé.
> - Bueno todo es relativo. Mientras CNN en Español le dedica todo un día de cobertura al imbécil de Chávez, ya podrido en su cofre hace días, quien no merece sino el olvido como castigo, el canal de noticias carece de amplitud profesional para llamar atención sobre otras noticias que ocurren en paralelo de igual o mayor importancia. Peores situaciones

> como la de Mali o aun mayores crisis como las de Darfur. Esta última es una verdadera prueba para explorar si nos sentimos suficientemente sensibilizados como personas para sinceramente involucrarnos en un lugar donde seres humanos como nosotros son abusados y matados sistemáticamente. Parece que la emotividad se impone sobre la objetividad y eso nubla el entendimiento. Los intereses opacan la visibilidad. Nos preocupa Venezuela porque tenemos familia, amigos y negocios que nos vinculan. Evadimos a Sudan Occidental porque es un dolor que no toca nuestra fibra emocional, será por ignorancia o por evasión, es inentendible.

Zach pausó por un segundo con el mentón elevado como hace quien fuma para inhalar y exhalar y aprovechó la pausa para ver la lejanía del agua que se vislumbraba por el ventanal azulada y movida, había vientos, yo esperaba que no fuesen huracanados…

> - Doutzen, Chris, déjenme explicarles: acerca de lo que me dicen agradezco que no me hayan mantenido en el oscurantismo sobre su breve e insólito affaire. No los juzgo pues mi dosis de barbarie en las relaciones emotivas no me lo permitiría. Tampoco soy ingenuo, entiendo que estas cosas pasan, unas veces se van sin volver al caer en el olvido. Otras quedan, por ineptitud del cerebro o por obstinación nuestra, siempre se recuerdan, aunque no queramos. Si lo de Doutzen y yo llega a trascender siempre recordaremos ese hecho, aunque quisiéramos olvidarlo.

Zah volvió a tomar una par de sus bocanadas invisibles de aire, viró una vez más para auscultar la lejana superficie del agua afectada por los vientos, ponderó con ojos de cazador el panorama y tornó su mirada de vuelta en Doutzen, directo a sus ojos, como un láser, antes de proseguir:

> - Lo mismo sucede con Miranda. La providencia nos pone a prueba con dos actos distantes y relacionados, a los cuales no podemos ser indiferentes. Apuesto por tratar. Intento descubrir si Doutzen es para mí como la siento ahora, en este preciso momento. Esa nueva carga tanteará con rudeza para evidenciar nuestra tosquedad, si existe, de no aceptar perdonar cuando nos duele. Encima de lo complicado de cualquier relación tendremos ese peso adicional. Compensa saber que no han deseado dejarme en la inopia. Esa insensibilidad hubiera sido peor. Los aprecio como amigos y los perdono dentro de la sabiduría que Chris importó del Oriente. Donde, para avanzar, hay que perdonar todo y perdonarse a sí mismo. Nunca he podido hacer eso con quien no aprecio pero en este caso es distinto, los estimo y valoro, por eso los perdono totalmente. Ocurrió antes de ser Doutzen parte de mi intención, esta

atracción entonces no existía, ahora sí. Lo que ella haya hecho antes no es obstáculo para mí. Espero que sea lo mismo para ella. No es unilateral, ella conseguirá muchos obstáculos en el camino. Mi afición y la de Chris a la prostitución sería solo uno de ellos. Él y yo hemos hecho un esfuerzo reciente para apartarnos de eso, cada uno por sus propias razones. Hay otros motivos que son compartidos. Para hacerlo de manera definitiva necesitaremos fuerza. En mi caso sería Doutzen la fuerza que me envía la providencia como inspiración, para Chris será Miranda. Los resultados los dará el tiempo. Pasar del galanteo a la pasión y de allí al cariño o al apego no siempre funciona en línea recta. Esta es una de esas curvas inesperadas, pero no me saca del camino. Sigo con la mirada puesta en Doutzen y en el horizonte de mis sentimientos. Mi intuición me dice que vale la pena. No se lo había dicho. Esperaba a París. París sigue en pie si ella quiere. Espero que así sea…

Desde que Zach empezó a hablar Doutzen empezó a temblar. Primero imperceptiblemente, luego en mayor grado. En mi mente volví a considerar lo de las coincidencias, las mujeres fuertes y las alineaciones de los planetas. Doutzen sentía la honda mirada de Zach mientras hablaba, viéndole los ojos, eso lo inspiraba, nunca se apartó ni dejó de hacerlo, salvo para sus breves pausas respiratorias donde buscaba las próximas palabras. Cuando iba por la mitad ella empezó a llorar, discretamente, casi imperceptible, no hizo ruidos ni gestos, no hubo gemidos, era una constante su fluir de lágrimas. Un llorar distinto, un llanto sigiloso de mujer dura, era compungido pero chocaba contra su voluntad, no era su estilo el mostrarse vulnerable, ni era el gimoteo dramático de una fémina desamparada. Zach permaneció casi inmóvil, nunca le secó el rostro, nunca dejó de verla, siempre le apretó la mano, siguió hablando sin perder el hilo, hasta que concluyó. Luego la abrazó y la besó, en ese momento consideré oportuno retirarme. Cerré la puerta al salir.

27. Genera una mente libre que el resto fluirá solo y por su cuenta…

Trabajé hasta que pude, luego me fui a correr. Subí y bajé el puente de Key Biscayne varias veces, como cumpliendo una penitencia, fuerte y rápido de subida, lento y suave de bajada, protegiendo las rodillas. Regresé trotando poco a poco a casa. Muchos cambios en mi vida reciente. Muchos cambios en el mundo. Pasando frente a St Jude me pregunté: ¿Quién sería el próximo Papa? ¿Si hubiese elecciones en Venezuela, quién ganaría? ¿Aceptaría Miranda si la invito a París? ¿Cómo reaccionaría al saber que su compañera de viaje estuvo conmigo hace poco? ¿Podría convencerla de mudarse a Miami? ¿Compaginaría el proyecto de su fundación con algunas de las ideas que Zach proyectaba implementar en la nuestra? ¿Nos iría bien con el negocio de Houston? ¿Estaríamos haciendo lo debido en cuanto a insistir en mantener el negocio en Francia o era mejor vender como sugerían nuestros socios franceses? ¿Se recuperaría Apple? ¿Podríamos Miranda y yo ser felices dándonos un chance de generar, cuidar y procrear vida? Esa, la última, era mi pregunta más importante. Estaba en el fondo de mis pensamientos. Constante, como una gota de agua helada cayendo sobre mi cabeza que a veces me refrescaba y otras me torturaba. Como si mi vida dependiera de eso, necesitaba tener una respuesta. El tiempo la traería, debía esperar. Aguardar para saber si serás feliz es persistir en una locura. Dar tiempo al tiempo implicaba no pensar en ello. Dejar fluir los elementos. Dejar ser. Querer sin esperar. Confiar. Presumir que todo estará bien. Fluir. Imaginar que sólo corro, enfocado en el ritmo de mis piernas. Fluir, fluir, fluir. Sin pensar en respirar, mis pulmones se las arreglarán para generar oxígeno, mi corazón bombeará sangre sin que lo monitoree, mi cerebro marcará el próximo paso sin que lo piense, ignorar el dolor en mis piernas hasta que desaparezca e igual remedio aplicar a mi corazón. Fluir. El resto de mi cuerpo acompañará a mis piernas, imitando su ritmo, suponiendo que es mi deseo y por eso lo hago, con la ilusión de poder y la esperanza de lograrlo. Fluir. Esa lección la aprehendí en el Oriente, la recordé justo antes de parar de correr, junto a la puerta de mi casa, entonces decidí seguir corriendo, para sentir nuevamente el ritmo de lo realizado y aplicar la metáfora a lo que estaba por venir. Fluir. Tener paciencia. Ser y dejar ser. "Libera tu mente y el resto vendrá solo". Seguí corriendo. Logré no pensar en nada. Me sentí flotando. No había deseos de parar. Continué así por un buen rato. Luego, sólo me duché con agua helada y dormí. Caí en un sueño profundo, la gota de agua desaparecía de mis pensamientos. Me sentí libre, feliz, descansado. Tuve la sensación de que podía lograr lo que quisiera. Esa percepción se mantuvo cuando desperté, a partir de allí se mantuvo por un largo tiempo. No recuerdo si me ha dejado por completo. A veces todavía la siento. Se siente bien. Lo sé.

28. Pretérito: es sólo un segundo antes

La vista desde su casa en Manhattan Beach era preciosa. No quedaba justo frente al mar. Quedaba en una calle inclinada, como a tres cuadras, por su ubicación sobre el terreno y la pendiente donde se posaba veía sobre el Pacífico desde todos sus ambientes, era espectacular, si te gusta ver el mar. El hecho de dar al Oeste hace los atardeceres sobre el agua más imponentes que los de Miami Beach. El frío relativo volvía placentero prender la chimenea y disfrutar de la vista. No había mucho consumo de alcohol en esta casa, la preferencia era por los jugos naturales. Caminar era la norma salvo cuando íbamos a la fundación al otro lado de la ciudad. Durante estos tres días básicamente lo que habíamos hecho era hablar. Nos divertíamos trotando por la playa y viendo películas. Rentamos todas las que fueron nominadas al Oscar. Muchas las veíamos repetidas con sus improvisadas secciones de análisis posteriores. En especial nos habían tocado Cero Dark Thirty, Silver Lining y La Historia de Pi. Mínimo las vimos tres veces cada una, sin contar que alguna ya las había ojeado en Miami. No me importaba repetir un buen largometraje en buena compañía. Cuando uno ve un film por segunda o tercera vez descubre cosas antes imperceptibles. Miradas, gestos y ambientaciones que enriquecen la trama, aspectos antes captados por el subconsciente pero no realizados objetivamente. Me pregunto si cuando interactuamos en la vida real sucede lo mismo. Nunca lo sabremos porque no hay repeticiones. Si me preguntaran cuál es la diferencia básica que existe entre el cinema y la vida, aparte de lo dramático y esa inclinación a tratar la fantasía como si fuera realidad, diría que la diferencia estriba en la falta de repeticiones; tanto durante la elaboración del largometraje, cuando la repetición es parte integral de la carpintería del rodaje, hasta la experiencia posterior, cuando alguien ve una película hoy y la repite mañana. La percepción del film cambia con el tiempo y el espacio. No es lo mismo ver una buena película hoy aquí en Los Ángeles que lo que será repetir esa experiencia dentro de cinco años en New York. El tiempo, el contexto y nuestras experiencias previas afectarán cómo percibimos la película. Una vez un profesor de literatura explicaba a la clase que no era lo mismo leer una novela de amor siendo soltero, casado o divorciado. A esa temprana edad sonaba como un comentario de viejo. Ahora, ya caminando hacia los cuarenta, entiendo su sabiduría. Lo que deseché como obsoleto en su momento, pero quedó moldeado en mi recuerdo. "Dilo, que algo queda". "Exprésate, escribe", decía el maestro y por eso con el tiempo me interesó en la poesía. Hacía días que no escribía en mi diario-manuscrito de poesía, tampoco en el paralelo-digital que mantenía en mi tableta. Recientemente sólo escribía memos de trabajo, informes, análisis, comunicaciones, instrucciones y cosas parecidas. Aparte de eso, muchos mensajes de texto en todas sus formas y medios digitales entre Miranda y yo. Vanessa, como todavía le decía dentro de mí, me escribía día y noche e igualmente yo hasta que arribé a Los Ángeles. Me estaban entrando ganas de escribir, varios poemas me explotaban en la cabeza, Vanessa me inspiraba. Algunos los escribiría en cualquier servilleta, en el café cerca de su casa que frecuentábamos después de correr, de esa práctica se me quedarían algunos papeles arrugados en el camino y otros todavía los conservo. Era un sitio pintoresco con mesas hechas con pedazos de troncos rústicos y maderas pulidas del norte de California que se ordenaba circularmente alrededor de unas chimeneas colgantes de la estructura metálica del techo que estaba cubierto de vidrios y telas que filtraban la luz protegiendo de la insolación. Eran días muy divertidos. Comenzaba con una buena trotada por la vereda peatonal junto a la playa siempre bajando en dirección a Redondo Beach, a la vuelta parábamos en el mencionado café para desayunar. Yo sacaba camisas, medias y rompe vientos frescos de mi morral para evitar la humedad del sudor. Nos cambiábamos frente a la concurrencia al lado de una de las chimeneas sin miradas acusadoras. Una ventaja de vivir en estos sitios de playa es que sus habitantes, inducidos por el particular estilo de vida, desarrollan la tolerancia. Se ocupan mucho menos de la vida de los demás, permiten que cada quien se vea y se sienta relajado al despreocuparse por el qué dirán y concentrarse en sus intereses del momento. No en vano California es líder en emprendedores con ideas novedosas que no hubiesen florecido con tal rapidez en sociedades menos llevaderas, ecléticas y flexibles. La creatividad encuentra terrenos fértiles en estas latitudes donde el ambiente es menos cuadrado y más permisivo, en el buen sentido. Compartíamos frutas cítricas, frambuesas, cerezas, fresas y cambures con algo de pan con mermelada que yo sustituía por una avena cruda acompañada con un poco de leche fría que dejaba reposar por un rato para tomarla justo antes del café. De allí íbamos al mercado y comprábamos la cena, cuyos ingredientes y forma de cocinarlos ya habíamos discutido durante la carrera. Luego volvíamos caminando a la casa, nos duchábamos y partíamos para la fundación en el otro Los Ángeles, el otro extremo, avanzando poco a poco en un lento tráfico que nos permitía conversar sin cansarnos sobre todo lo que no habíamos cubierto en 10 años de separación. Al llegar al viejo edifico industrial en el este de la ciudad (otro mundo) yo tenía una oficina improvisada donde trabajaba en mis compras y ventas de acciones mientras unas 15 mujeres que me habían asignado como pasantes (por tener inclinaciones al comercio y la economía) observaban, tomaban notas y preguntaban sobre lo que se tranzaba. Me sentía en otro siglo, no tenían ni teléfonos, ni computadoras, sólo papel y lápiz, me recordó mi niñez tomando notas en el colegio de los jesuitas. Su curiosidad era intensa, tanto como sus ganas de aprender sobre una disciplina que desconocían en absoluto y de la que nadie les había mostrado en tal detalle con anterioridad su funcionamiento. Me sentí viejo primero al intentar enseñar y luego intensamente satisfecho al constatar que personas iletradas en estas formalidades de la economía captaban conceptos sofisticados con la naturalidad que muestran en los quehaceres de la vida diaria que sí dominan, como la cocina. Después de todo, intercambiar víveres por dinero en el mercado de la esquina es una transacción con similitudes al trueque-permuta de unas acciones por otras o de éstas por algún tipo de papel comercial, incluido el dinero. Cuando daban las 5 y Miranda continuaba trabajando, me cambiaba para hacer mi Yoga, a lo que también se integraron mis nuevas alumnas desde el primer día, sin ropajes adecuados ni experiencias previas, pero con la flexibilidad femenina innata que aventaja a las mujeres en esta disciplina y con el impulso que provee la novedad. Muchas reían entre ellas por las posiciones nunca vistas que yo adoptaba explicándoles con calma como alcanzarlas. El barullo reinante disimulaba a una Coreana del Norte que lo hacía con perfecta naturalidad y mejor desenvoltura que yo, su profesor accidental. Me le acerqué después de la clase y la felicité. Hablamos sobre crear un pequeño espacio para continuar las clases con ella a la cabeza cuando yo partiera. Esa idea le encantó y me abrió los ojos para algo que pudiera hacer con la Rusa Bella en la fundación que Zach quería promover cuando volviese a casa. La coreana al igual que Zach, Miranda y yo había adoptado un nombre nuevo con su vida nueva. Respondía al llamado de Kirby. Cuando le hablé de Corea en general explicando que no conocía a su nación del norte pero sí a la pequeña isla de Jeju en sur se echó a llorar, me abrazó sollozando justo cuando entró Miranda quien no pudo evitar una de sus miradas de medio lado batiendo la cabeza y diciendo que yo soy increíble. Le explicamos nuestra idea sobre iniciar una pequeña academia de yoga en la fundación, que diera instrucción gratis a las personas que acudían por ayuda y cobrara una tarifa mínima a los vecinos que tuviesen interés para que Kirby pudiese concebir la iniciativa como un proyecto de negocios. Yo le haría el modelo económico junto con las proyecciones del proyecto para que se pudiera implementar de forma ordenada y sirviera como una metodología de trabajo para otras ideas. Un atrevimiento útil y práctico para mover la rueda de los emprendimientos que muchas de estas mujeres pudiesen acometer pues son inteligentes, pero con las negaciones de una vida dura encima, entre ellas la imposibilidad de una educación formal, lo que las inclinaba con frecuencia a desechar sus proyectos como cosas imposibles, por más sencillas que fuesen. La intención era devolverles la fe en sí mismas para que pudiesen experimentar e implementar algo positivo con nuestro apoyo y supervisión. A Miranda le encantó la idea. Cambio su mirada de inquisidora a dulce fémina observando al hombre que admira, o así me sentí. En una de esas manejadas de vuelta en medio de una tranca, con un tráfico peor que el de los recorridos matutinos, tuve la valentía de explicarle a Miranda con lujo de detalle acerca de las mujeres con quienes había estado, al menos las que recordaba; incluyendo a las que serían objeto de interacción futura, como amigas o relacionadas al trabajo, como era el caso de Doutzen y el de la Rusa. Ambas eran muy bonitas, se lo señalé para que no hubiesen sorpresas y le precisé que a la única mujer a quien quería era ella, a Vanessa, ahora Miranda, y también la única que admiraba profundamente. No sé si me creyó de inmediato pues desde la osadía de confesar mi pasado no habló por un buen rato. Manejé en silencio, sin otras opciones a mano. Apagué el celular para respetar aquel silencio, recé para que no fuese el primer paso de otro adiós. Cocinamos en silencio. Comimos en silencio. Me retiré a mi habitación en silencio. La mía quedaba en el tercer piso de la estrecha y espigada casita de playa. Mi aposento gozaba de una pequeña terraza con una hamaca que miraba al mar. Allí me eché con una manta encima, hacía frío, se sentía el viento marino, luego de un rato y a pesar de la intensa brisa, me quedé dormido. Pasó un tiempo, impreciso, ella subió, se me acercó, me levantó tomándome de la mano y me abrazó. Me dijo, precisando:

- El pasado será el pasado aunque haya comenzado hace un segundo.

La abracé, me guió escaleras abajo hasta su habitación, sentí el calor de la hoguera de su chimenea en la espalda mientras me besaba y el ardor de su corazón quemando mi pecho. Hicimos el amor por primera vez en 10 años, esfumando en un soplo todo ese tiempo hacia el pasado. El placer emanaba no de su sapiencia sexual ni de mis acrobacias. Provenía de su feminidad. Brotaba de la suavidad de sus movimientos, la bondad que se mezclaba con pasión en su mirada en justa medida. Las extravagancias y los experimentos le eran ajenos. Lo reinante era su soltura, naturalidad y desprendimiento. La feminidad extrema que consigue una mujer que se entregaba con todo su ser, sin ataduras, cual si fuera la primera vez y como si te hubiese elegido luego de preservarse una vida hasta encontrar el hombre indicado. Nunca antes me había sentido tan bien, tan halagado, ni siquiera antes, en aquel pasado lejano en que estuve con ella. Nunca antes sentí con tanta intensidad, pude comprender a través de sus caricias como únicas explicaciones que hacer el amor era mucho más que sexo. Su ternura, su feminidad, sus maneras delicadas y elegantes, ese perfume que nunca se va y la esencia con que queda adornando el recuerdo. Sí, parecía nuestra primera vez, mi primera vez, todo lo anterior quedó atrás, el pasado pasó a ser un lugar distante, casi olvidado. Alcanzamos otro nivel, como cuando descubres un poema y piensas que tú mismo lo has escrito o lo hubieses podido escribir. Nunca lo olvidaría, aunque cuando muchos años después mis osadas nietas, ya grandecitas, me preguntaban incisivamente cómo había sido mi primera vez; no pude encontrar palabras adecuadas y después de un momento de duda y tensión lloré un poco. "Eres como un niño", sentenciaron entonces, mientras me afirmaban que verme llorar les parecía bello. Yo me apené y con mi lento andar me retiré al corredor de nuestras vieja casa, viendo la playa donde aún trotábamos descalzos a un ritmo lento que parecía una torpe caminata. Todavía de viejo me costaba abrir mi corazón como lo abrí ante ella, nunca después pude abrirlo tanto como ella consiguió hacerlo, ese día leyó suficiente para una vida. Lo sé...

Productivamente la semana en Los Ángeles había sido provechosa. Con la ayuda a distancia de Kent, habíamos cambiado la mixtura de la cartera original, nuevamente, por segunda vez desde que ella había entrado con rigor para ayudarme con las transacciones y con las investigaciones. Antes de Doutzen me inclinaba a negociar las mismas acciones interdiario. Ahora experimentaba poseerlas por días y a veces por semanas. Inclusive habíamos diseñado una nueva estructura para la cartera que manteníamos a largo plazo. Los resultados eran buenos, el tiempo era más holgado. Era evidente que estas dos cabezas sí pensaban mejor que una y hasta que tres. El mercado también ayudaba. Desde el martes el índice industrial había marcado un nuevo record, al día siguiente lo había superado y de nuevo los dos días siguientes, era una locura, quienes tenían miedo de entrar desde el 2008 ahora se sentían valerosos. Viejos clientes que habían migrado a inversiones menos riesgosas nos tocaban las puertas nuevamente, algunos acompañados de clientes vírgenes que deseaban experimentar los frutos de nuestros resultados. Me sonaba cómico porque, aunque eran resultados evidentes, realmente eran ganancias en papel. Me felicitaban por algo que aún no se había concretado. Pues como bien repetía Zach para que no olvidáramos: "ganancia es la que se realiza". Sin duda eran números alentadores que nos permitirían apalancar otras inversiones si fuera el caso. Una estrategia peligrosa pero que bien manejada deja atractivos márgenes. De eso se trata este negocio, evidenciar resultados que los clientes puedan ver en papel y contarles a sus amigos mientras disfrutan de su bebida predilecta en el bar de su preferencia. Eso es lo que te da fama. Esa es tu mejor forma de mercadeo. Cuando alguien gana contigo no se aguanta a contarlo y la noticia corre rápido, se esparce, atrayendo como un magneto a nuevos jugadores. Cuando el juego se torna negativo y los reportes reflejan pérdidas es lo contrario, las noticias en vez de correr vuelan, tu lista de amigos se ve reducida y las invitaciones también, las llamadas de reclamo se incrementan pues nadie asume o entiende el nivel de riesgo que está tomando cuando uno se lo explica, el listado de clientes se achica, son muchos menos los que ven las finanzas a largo plazo, salvo que seas constantemente positivo en tus resultados.

29. Clave oculta dentro de ti...

Así llegué a Houston, otra ciudad con alto porcentaje de población latina. Empezaron por ser un puñado de mexicanos y ahora conviven allí latinos de todos los orígenes. Al igual que Miami y Los Ángeles, curiosamente esta ciudad también gozaba de una orquesta clásica dirigida por un venezolano. Estas coincidencias entre los sitios donde vivía y visitaba siempre me llamaron la atención. La música clásica estaba conectando puntos de encuentro entre latinos con talentos especializados tanto en USA como en Europa. En Houston, al parecer, se debía específicamente a la iniciativa de otra mujer con entusiasmo dedicada a servir a su comunidad: Dorothy Caram. No conocía sobre Caram, jamás había escuchado de ella, hasta que me topé con una reseña sobre sus iniciativas en el aeropuerto, estaba sentado en un baño público, alguien dejó olvidado un periódico a un lado de la toilet de turno, al principio me dio asco tocarlo; luego de un rato, constipado y aburrido, lo tomé y comencé a ojearlo prometiéndome lavar mis manos al terminar. Así aprendí sobre Caram, más tarde, ya con las manos limpias y el intestino vacío le hice un breve seguimiento en internet. En fotos tenía un aspecto particular, digamos poco común. Conocer sobre ella de alguna manera me recordó a Vanessa, a pesar de no tener parecidos físicos que las asemejasen ni saber si lo que publicaban sobre Caram era cierto, lucían similares en sus intereses y dedicación por la comunidad, por supuesto, el alcance y la trayectoria de Caram eran superiores según las reseñas. Desde la distancia de mi imaginación ambas parecían mujeres con fortalezas y sensibilidades especiales para agregar valor a sus comunidades, cada una en su escala. Arribé optimista por los resultados en las transacciones bursátiles. Hace bien sentirse rico así sea solo en el papel. Éramos Zach y yo cenando con Alvar. No extraña que las noticias políticas sobre Venezuela fueran cada vez peores. El pesimismo era lo usual. No obstante nos manteníamos firmes en seguir con el negocio de los inmuebles tranzados en otras monedas distintas al dólar. Los márgenes eran atractivos y habíamos logrado reducir los riesgos. Zach escuchó con atención la explicación sobre "le coup d' état" que se había realizado a la luz pública de más de 30 mandatarios asistentes y hasta un distinguido príncipe Europeo cuyo padre había mostrado más cojones al hacer callar al comandante totalitario en una ya olvidada ocasión. ¿Y esta tendencia de los príncipes atendiendo, "justificando", causas perdidas tendría un patrón, sería por lo económico? Zach fruncía su ceño. Su expresión era clara. Encontraba (príncipe o no príncipe) repulsiva la violación a la constitución. Habían secuestrado la democracia los confabulados herederos de Chávez que se mantienen ostentando el poder con la maquiavélica supervisión cubana. Zach decidía aumentar su esfuerzo con los grupos de oposición pro-democracia que veníamos apoyando. Siempre y cuando no se involucraran en aquellos otros planes que nos anuncia Alvar. La extrema derecha consideraba un posible un golpe al Estado en conjunto con facciones militares descontentas con los abusos institucionales del chavismo. Esa parte no nos atraía, queríamos apoyar la vía democrática por más ingenua que se pintase. El mismo día de la muerte de Chávez dos asesores miembros de la delegación de la embajada de USA fueron sorpresivamente expulsados por Maduro, el vicepresidente que se autoproclamó presidente, sin seguir los lineamientos constitucionales como si el país fuera su conuco. Maduro se sentía envalentonado con el apoyo cubano, Raúl y Fidel Castro son quienes mueven al marionetas del chavismo. Seleccionaron a Maduro por ser un seguidor de órdenes que no cuestiona al dominio cubano. El objetivo de los cubanos era no perder el petróleo gratis que la isla usufructuaba. El chiste era que Cuba recibía tanto petróleo que ya podía aspirar a ser miembro de la Opep, por méritos propios, debido al volumen de crudo que manejaba. Si los venezolanos quisieran cambiar su futuro el momento era aquel, era su ahora. Debían sortear infinidad de obstáculos en el camino pero, si aspiraban a la democracia, no debían perder ni un segundo en consolidar un movimiento político de buena base que les permitiera rescatarla. Sonaba fácil decirlo desde Houston, la realidad era complicadísima, el momento era oportuno a pesar de los miedos, los riegos y las dificultades eran ciclópeos. Ojalá los líderes de la oposición hubieran sabido qué hacer con el sentido de la oportunidad que se les presentaba y hubiesen tenido las bolas requeridas para lograrlo. Al momento no pareció así, en parte porque el acoso totalitario exacerba la sensación colectiva e individual de miedo. La disfrazada expectativa de otro mesías que los libere de esta agonía podría postergar los cambios necesarios para un verdadero cambio. Cada quien debería trabajar y sacrificarse verdaderamente por una solución que reflejara, más que a un caudillo, a un sector significativo de la población dispuesto a vivir en paz, libertad y democracia. Zach estimó concretar su grano de arena con un jugoso cheque. Ojalá los fondos llegasen a ser usados para los nobles fines que describía Alvar. Yo también firmé porque la cuenta bancaria de donde provenían los fondos era conjunta. No estuve tan seguro como Zach de que los dineros llegarían a buen puerto. Compartía sus ideales y me complacía apoyarlo. Después de todo, ese país aún debería correrme por las venas, debería... Seguro no sentía la misma nostalgia de Zach. Mi nivel de involucramiento emocional era inferior. Igual deseé ayudar. Me daban rabia los hermanos Castro. Considero a la democracia la más noble de las causas, junto con la Libertad, ambas estaban en peligro de ser arrebatadas a los venezolanos por aquel grupúsculo de sinvergüenzas. Alguien tenía que hacer algo contra los malos aunque lo nuestro se pintaba como muy poco, poquísimo. Lo sé...

Finalmente el negocio de Houston termina siendo un híbrido. Por un lado, manteníamos el diseño original que nos definía como intermediarios en un trueque de monedas por acciones con unos activos subyacentes, inmuebles que eventualmente se podrían liquidar. Y, por otro lado encontraríamos dos pequeños edificios, diminutos para la escala de Houston - "todo es más grande en Texas"- muy atractivos por ser compras oportunistas respecto a su ubicación y precio. Tomaríamos opciones iniciales. Pretenderíamos venderlos mediante un mecanismo similar, evitando erogar recursos pues tomamos un crédito, poniendo acciones en garantía. El retorno sobre la inversión, si lográbamos completar eficientemente el ciclo, sería de máximas proporciones. Ambas variantes resultaban atractivas. Alvar lucía muy complacido con todo el proyecto. Ya veríamos qué sucedía. Estos negocios a veces se sabe como empiezan pero no como terminan. Por eso estaba optimista pero simultáneamente conservador, reservado. Me dediqué a monitorear todos los aspectos riesgosos de forma constante y a consultar los números de la flaca Amanda para evitar sorpresas, al menos las súbitas. Teniendo claro que en aquella Venezuela que hoy se me pinta distante podía pasar cualquier cosa. Para bien o para mal, allá, en política o en negocios, los riesgos eran altos. Sobre todo cuando acababan de anunciar nuevas elecciones para elegir presidente. Era posible que, paradójicamente, el mismo oficialista quien, manipulando la constitución se había auto proclamado presidente mediante un decreto y que por la misma artimaña ahora también era candidato, pudiese ganar unas elecciones amañadas producto de unos procedimientos tramposos. Circunstancias difíciles de dilucidar. Pareciera que todo es posible en el trópico y que dentro de sus paradojas se consiguen con frecuencias la verdad camuflajeada. Habría que saber identificarla. Especialmente donde la realidad se confunde frecuentemente con ese otro contexto alterno, distorsionado por el caos y la superstición, que clasifican por allá como lo mágico, el realismo-mágico. Lo he visto antes, lo he oído antes, lo he palpado. Era una oportunidad llena de obstáculos y había que andar con cuidado.

En Houston tuvimos tiempo para correr una fresca mañana. Era un parque bellísimo. Competía en verdor y cuido con los de Berlín, Londres y New York. Separaba el Centro de la ciudad de la zona residencial donde dormimos y donde habíamos identificado a los inmuebles. Era como un oasis, justo al medio, entre dos partes importantes de la urbe. Contrario a otras ciudades con parque, no parecía fácil el acceso peatonal, la mayoría arribaba en carro, parte de ello se debía a que las distancias en Texas son usualmente largas. No obstante, nos quedaba relativamente cerca de la casa que alquiló Alvar. La casa estaba en una urbanización vecina del mejor centro comercial de Houston. Sus calles eran sombreadas por frondosos árboles que le agregaban distinción y encanto, me recordó a Coconut Grove. Esta era una casa moderna de los años 50 que contrastaba con otros estilos en su alrededor. Pareciera que alguien hubiese fusionado las influencias de Wright con Aalto y Phillip Jhonson. La lograron combinar, dentro de esas tendencias, con gusto y proporciones apropiadas. Una sola planta flotando sobre un jardín inmenso. Las líneas horizontales dominaban las formas sencillas y austeras. Exhibía sin recargos su arquitectura abierta y transparente. Como complemento, la decoración apuntaba hacia lo minimalista. Un mantenimiento adecuado nos la mostraba limpia y ordenada, al menos cuando arribamos por primera vez. Daba la sensación de que el interior se fundía con el verde exterior que le rodeaba. Desde allí trotamos por calles hasta el parque. Zach seguía un mapa de Google en su teléfono y la música en un oído mientras dejaba otro disponible para escuchar nuestra conversación. Era una linda mañana de primavera, ni muy fría ni muy caliente, el cielo azul parecía infinito, un cielo grande, inmenso, al mejor estilo tejano.

- Chris, todavía no puedo creer que estuvieses con Doutzen... ¿cuándo fue eso?
- Fue una sola vez, no vale la pena entrar en detalles.
- ¿Por qué no me dijiste antes?
- Nunca hablo sobre las mujeres con quien estoy.
- Salvo cuando son las putas.
- En esos casos tú estabas presente, no era que yo te estaba chismeando al respecto.
- Jamás he entendido cómo haces. Doutzen no parece una mujer fácil...
- No lo es.
- ¿Entonces qué pasó?
- No lo sé, fue cosa de un momento y luego nunca más se repitió.
- ¿Se enamoró de ti?

- No lo creo
- ¿Cómo saberlo?
- No vale la pena entrar allí. O te gusta o no te gusta. La vida nos ha cruzado varias mujeres. Tres de ellas son especiales. Una de ellas es prostituta, siempre contra su voluntad, pero puta al fin. Obviamente no nos casaremos con ella o eso espero. Con las otras dos se pudiera fundar un hogar, una familia, son lo mejor que se nos ha atravesado en el camino. Yo realmente quiero a una de ellas, a Vanessa o Miranda, como se llama ahora. Tú estás enamorado de Doutzen o estás cercano a estarlo. ¡No veo ningún problema! cada quien a lo suyo, dudo que encontremos algo mejor, ya nos estamos poniendo viejos…
- Pero me incomoda que tú hayas tenido intimidad con ella…
- Igual que tú con Miranda…
- Eso fue hace muchísimo tiempo, ¡han pasado siglos!
- El tiempo no hace diferencia en estos casos, es lo mismo. Si las queremos y las respetamos, no podemos enfocarnos en el pasado. Deja lo habido en tiempo pretérito, olvídalo. Miranda soltó una frase el otro día que se me quedó grabada: "el pasado será el pasado aunque haya comenzado hace un segundo".
- Cuesta, sin embargo, cuesta mucho olvidar algo tan serio...
- No me lo digas, pienso lo mismo…
- ¿Que dirían nuestros hijos, nietos, familia?
- Es demasiada información para cualquiera de ellos, no pienso decírselos.
- Pero siempre estará allí…
- Siempre… Esa es la paradoja, lo que nos une también trata de desunirnos. Darle peso es la vía de los celos que lleva al conflicto. He allí la cuestión y también la verdad que encierra la paradoja. Si no las quisiéramos no nos importaría. Si no fuéramos tan amigos, no habría crisis potencial. Bellezas y encantos físicos aparte, si ellas no fueran tan especiales como personas no desatarían tanta pasión entre nosotros. Si no hubiera tal exaltación ya las habríamos olvidado y no las consideraríamos aptas para compartir nuestras vidas.
- Es que somos como hermanos, por eso duele…
- Somos más que hermanos, tú lo sabes, no tengo a más nadie sino a ti en este mundo, salvo a Miranda.
- Piensas que lo podemos superar.
- Ya yo lo he superado. Si hubo algo que perdonar respecto a Miranda contigo, ya lo he hecho. Espero que tu pienses igual respecto a Kent. O deja de pensar en ello, eso sería idóneo, poder dejar ir esas emociones. Como reza esa anécdota oriental tan popular. Yo dejé de pensar en Kent desde que estuve con ella. Tú no has dejado de pensar en nosotros. Esa es tu carga, la sigues cargando en tu mente. Eso es precisamente lo que

debes deslastrar. No es un peso válido para el presente lo que te impide avanzar hacia el futuro. Ya no somos ella y yo, eso pasó, es pretérito, déjalo allí. El ahora eres tú con ella. Usa el poder que te da el ahora. Ya lo has escuchado de mi boca, los Japoneses se referían a Aristóteles respecto al cambio diciendo: "El secreto del cambio está en enfocar toda nuestra energía, pero no en combatir lo viejo, sino en construir lo nuevo." Tú lo sabes, eso usé contra las drogas, eso intento usar ahora contra la promiscuidad. Ayuda mucho repetir ese mantra, una y otra vez, mientras te esfuerzas en el cambio. "No pierdas tiempo y energía en combatir lo viejo, enfoca tu fuerza e inteligencia en construir lo nuevo."

-Se dice fácil...

-Jamás lo es... Por eso es que esas frases transcienden el tiempo y a quien las inventó. Trasciende pues recitarlas es la parte fácil. Entenderlas y respetarlas por lo que significan es la parte difícil. Repercute en tu ser la duda porque ponerla en práctica es en extremo complicado. Únicamente cuando las tratas de aplicar a tu realidad con total desprendimiento alcanzas entonces a entender su verdadero significado y es en ese camino donde encuentras la apertura interior para descubrir su sabiduría. La clave yace oculta dentro de ti. De intentar con ahínco solventar esa dificultad que plantea la duda surge la esperanza y cuando logras avanzar comienzas a transitar una sensación satisfacción plena antes no experimentada, cuando sientes eso vas en vía al bienestar de la solución definitiva. Al final es un acto de fe trabajado con determinación.

-¿Realmente lo logras olvidar?

-No. Como dice el maestro Zen: "olvidar lo malo no es necesario si lo dejas a un lado y te enfocas exclusivamente en lo bueno".

-¿Y qué coño significa esa mierda? ¡Me estas jodiendo! ¡Qué muela!

-Que tu memoria no olvidará lo malo, pero si te concentras en las cosas buenas que tienes en la vida, tu razón se enfocará en lo positivo y eso te hará feliz. Es una alusión a que a pesar de que nada es absolutamente perfecto en esta vida, si tienes fe en ti mismo puedes acceder a la felicidad a pesar de cualquier contrariedad. Alude a un estado de sabiduría y equilibrio superior a lo que estamos acostumbrados.

-¿Crees en eso, es posible? ¡No me jodas!

-¡Coño Zach! Te lo digo, si no fuera así, no hubiera podido dejar las drogas ni perdonar a Miranda, ni perdonarme a mí mismo.

-¿Ya la perdonaste por lo nuestro?

-¡Claro! Hace rato, a los dos, perdoné a ambos, inclusive antes de volver a verla, he ahí la parte buena y lo bonito del asunto.

-Cuando asomas tu lado espiritual te odio, debe ser por simple envidia...

-Cuando sacas tu lado irracional, malandro y machista me recuerdas por qué emigramos a Norteamérica y nunca volvimos a Venezuela.
-¿Qué carajo tiene que ver la chicha con la limonada?
-Que debes controlar tu ego para que tu lado espiritual florezca. Tu espiritualidad es mayor a la mía. Soy testigo, la he visto. La mantienes oculta y se las arregla para surgir por sí misma cuando te descuidas. Al ponerte belicoso y violento es difícil que llegues a racionalizar sin pasiones, te pones como un animal.
-¡Soy latino!
-¿Y? Yo también...
-¡Es que ella podría ser la futura madre de mis hijos!
-Y nuestra socia...
-Es una situación delicada, poco común ¿si fueras yo, qué harías?
-Perdonarla y amarla y perdonarme a mí mismo.
-A mí mismo ¿por qué?
-Por haberte enfocado en lo negativo en vez de lo positivo. Por haberte tardado tanto en quererla sin condicionamientos. Por haberla hecho sufrir en vez de ayudarla a ser feliz. Por no darle una oportunidad. Oportunidad verdadera. Oportunidad que sea auténtica. Oportunidad libre de prejuicios. Oportunidad como por ejemplo la que te dio USA al recibirte aquí. Oportunidad en libertad plena y bien entendida.
-¿Todo eso se refiere a Doutzen conmigo o hablas de Miranda contigo?
-En nuestro caso aplica igualmente para los dos casos.
-Lo voy a meditar...
-Recuerda: "el pasado será el pasado aunque haya comenzado hace un segundo".

Con eso Zach calló y no volvió a hablar del tema, ni en el resto de la carrera, ni en el resto del día, ni el resto de nuestras vidas salvo en un momento terrorífico que vivimos y prefiero no recordar. Zach hizo cual maestro Zen, se olvidó del tema. En la capacidad que conjugar el verbo olvidar para este tipo de asuntos sea válido. Dudo que lo olvidase absolutamente, en estas cosas nada es absoluto, pero nunca más lo volvió a mencionar, salvo durante el otro terrible episodio que también marcó nuestras vidas. Una vez, años más tarde, durante la fiesta de Primera Comunión de nuestras hijas que celebramos en conjunto frente al mar con una sencilla y bella ceremonia en la playa, Doutzen se acercó a mí y me preguntó:

-¿Compadre crees que Zach haya olvidado sobre aquel día de nosotros dos en tu regadera?
-No creo...
-Pero más nunca lo mencionó.

- No es necesario.
- Explícate.
- El amor puede perdonar cosas que no olvida y cuando lo hace genuinamente genera una abundancia de energía positiva que sobrepasa cualquier obstáculo y nos permite ver con claridad la bondad del alma propia y de la persona que amamos.
- ¿Cuánto tiempo fue que pasaste en Japón 6 meses o 6 siglos?
- Lo suficiente para descubrir la gracia que obtienes como premio al arribar el perdón, sea propio o ajeno. Perdona no quise decir algo complicado de entender.
- Descuida, oírlo de tu boca me hace reír con tus maneras de decir las cosas, nunca sé si hablas en serio y es mejor que llorar.
- ¿Has llorado por nuestro día juntos en alguna solitaria noche? Yo he reído.
- Es que eres un niño.
- Eso dicen... descuida si Zach no nos hubiese perdonado hoy no sería padrino de tu hija. Conozco su lado bueno y también el rencor de su lado oscuro. Sus tormentos, si los hubiera, serían otros. Nos ha perdonado, te lo aseguro, no hay nada de que preocuparnos.
- Eso espero. Lo quiero mucho y a veces ese otro lado me preocupa.
- Preocuparse por lo que uno quiere es una prueba de amor.
- Lo sé.
- Ah, ahora te gusta mi pequeña frase.
- No es de tu exclusividad.
- Lo sé.
- No empieces, vamos, te sirvo un trago, no es conveniente estar sola contigo mucho tiempo.
- Buena idea...

30. De pronto se volteó y continuó...

Le pedí que me contara todo y a mí todavía me queda por contar. Me pregunto si le va a gustar. Me costará decírselo pero lo voy hacer. Planeaba hacerlo antes de que nada volviera a pasar pero no pude. Me dejé llevé llevar. Lo vi acostado en esa hamaca y deje ir mis instintos. He debido esperar, pero para bien o para mal así pasó. Fue mi forma de recobrar la esperanza, la que había perdido, la busqué en lo cercano, inmediato y conocido. Durante los días siguiente no paramos de hablar, oírnos y vernos por todos los medios virtuales. Cada día lo extraño más y espero con ansias el viaje a París. La invitación renueva mis ilusiones, como son las cosas, si las deseas en demasía cualquier retraso parece una eternidad. Ha sido postergada la ida. Sus socios parisinos solicitaron tiempo para depurar la cartera que van a analizar y las alternativas implícitas para decidir si mantener o vender. Eso permite que después de Houston nos veamos de nuevo en Miami. Yo voy directo del aeropuerto a ver a mi papá y luego nos vamos a encontrar en la misma playa donde trotamos juntos de nuevo por primera vez. Decido que aunque ya no me entienda aprovecharé de contarle a mi papá sobre el aborto y cómo Chris me ayudó. Un secreto guardado por siempre que ya no deseo ocultar a mi progenitor. Miami me recibe con la misma sensación de siempre: plástico y comercial, como un vendedor que se exhibe con colores extravagantes y se esmera en forzar demasiado la venta. La imagen de esta ciudad se merece algo mejor que la de un vendedor de autos usados. No entiendo todavía cual es la fascinación de Chris con este lugar. ¿Por qué la ama tanto? No debería ser tan crítica, mi padre ahora reside aquí y lo han tratado con mayor humanidad que en otros lugares. Este sitio le ha dado confort, proveyendo la calidad humana y médica de altura que todo enfermo requiere y necesita. Ajusto los cordeles de mi zapatos, esta vez no será un trote descalzada, me siento deshidratada, tal vez sea el viaje en avión, tomo agua, poco a poco, cada vez que puedo. Bajo por las escaleras en vez del ascensor para calentar. Lo encuentro esperando, viendo el mar, perdido en el horizonte, no me nota llegar, lo abrazo por detrás y le doy un beso mientras me retiro y empiezo a trotar.

- ¿Qué tal está tu papá, cómo fue el vuelo, no vas a calentar?
- Las nuevas teorías dicen que no es aconsejable estirar antes sino después. Me siento deshidratada pero estoy bien. Mi papá sigue igual. Es decir cada día un poco peor. Pero la degradación no es lineal. Unos días mejor que otros. Le hablé sobre nosotros, le conté lo del aborto, no tenía esperanzas de que me entendiera. No quiero que muera sin haberlo compartido con él. No reaccionó salvo que noté algo dulce en su mirada como si comprendiera y me perdonara. ¿Puede haber sido mi imaginación jugando con lo que deseo? Todavía estoy sorprendida de cuando te reconoció e igual lo están las enfermeras, desde entonces no ha tenido un día semejante. Esperaba que hoy fuera uno de esos días. No lo fue.
- A mí también me sorprendió, no me lo esperaba, dada su condición, tampoco fue que tuvimos grandes encuentros en el pasado, fueron buenos, pero no todo el mundo diría que fueron trascendentales. La mente es un laberinto.
- Estoy de acuerdo, recordé una de esas cenas, él me hizo un comentario sobre ti que siempre se me quedó grabado. Dijo algo así como "ese individuo no deja de observarte, se ve que te encuentra muy bonita, entiendo por qué lo encontrarías atractivo, ten cuidado, tiene mirada felina, puede ser muy bueno o puede ser muy malo..."
- ¿Y tú, qué dijiste?
- No recuerdo, hablando de recordar tengo algo importante que decirte.

Me gusta mucho lo que está pasando de nuevo entre nosotros…
- No es nuevo, siempre ha pasado.
- Permíteme explicarme…
- Dale.
- Sé que no es nuevo, parece nuevo, se ha renovado, se ha acelerado, tiene mucha energía, a eso me refiero y a que debes saber algunas cosas que me preocupan si es que le vamos a dar un chance de que esta vez funcione.
- Dime.
- Tengo dos miedos fundamentales, me acosan todo el tiempo, los he consultado con especialistas, sobre todo el primero, no hay una respuesta fácil, siento que debes saberlo…
- Cuéntame.
-El primero es que he notado desde hace un par de años pequeñas pérdidas de memoria, no es frecuente, son aisladas, ocurren por episodios, dado el historial con mi papá por supuesto que he acudido a los mejores expertos en Los Ángeles, New York, San Francisco, San Diego y ahora aquí en Miami. En estas ciudades donde comúnmente me muevo he consultado con los más recomendados. No hay criterios uniformes. Para quienes dominan el lado científico podría ser algo hereditario, lo calificarían como un principio de Alzheimer pero no se atreven a afirmarlo. Ahora hay una tendencia donde los médicos jóvenes se entrevistan frecuentemente con pacientes que muestran principios del padecimiento, la idea es buscar conocer más, encontrar patrones, coincidencias, indicios que puedan ayudar en la búsqueda de una cura. Nadie, a la hora de la verdad, sabe mucho sobre la enfermedad de Alzheimer. La han estudiado mucho pero no hay conclusiones definitivas. Por supuesto que hay patrones. La mayoría de los que la sufren son viejos pero hay casos aislados de personas apenas pasados los treinta como yo. No sé si lo mencioné, aunque es obvio, manejo la fortuna de mi papá, él había hecho un trust y al determinarse formalmente su enfermedad se activó todo en mi favor. Nunca supe lo que él tenía, al menos no en toda su extensión, recuerdo cuando tomamos esa nefasta decisión que una de las consideraciones era no tener con que cuidar una criatura. Ingenuos e imbéciles, eso éramos. No te preocupes, ya lo dejé en el pasado, eso creo. Por eso puedo decir estas cosas ahora con tanta determinación y crudeza. Ojalá quienes me escuchan aprendan de nuestros errores.
- ¿ Y quien te escucha? Ojalá que no sea lo de tu papá además la gente experimenta pequeñas pérdidas de memoria en todas las etapas de su vida, quizás estés prejuiciada, imagino que no es algo fácil ni para los pacientes, ni para los familiares y tampoco para los médicos.
- Nadie nos escucha, gafo, es un decir. A lo que íbamos, me ocupo de

sus cosas y tengo los beneficios de su riqueza. Eso me ha permitido ayudarlo, consiguiéndole lo mejor sin mezquindades por lo que he podido investigar a través de los más versados de qué se trata esta tortura. Hace seis meses que no me ocurre, pero cuando sucede paso una semana donde la memoria de cosas inmediatas o recientes me falla parcialmente. Como soy muy ordenada, disciplinada y anoto todo, he podido notarlo con facilidad. Los conocedores con inclinaciones esotéricas piensan que las pérdidas de memoria ocurren a través de toda la vida, como mecanismos de defensa, respuesta al stress o simplemente la falta de interés. Que cuando ocurre en niños o adolescente la gente los justifica como cosas de jóvenes y más tarde como al principio de la vejez, por eso no los identifican con tanta vehemencia y esgrimen que tal vez yo pudiese estar influenciada por estar ayudando a un enfermo con quien tengo una relación sentimental cercana. Realmente, sin menospreciar los estudios, teorías, análisis y esfuerzos encuentro que el conocimiento sobre el Alzheimer está en pañales. Los tratamientos son incipientes. Eso no quita que me preocupe y tiene que ver con mi segundo miedo. Recientemente, después de entrar en los treinta he estado sintiendo cambios en mi reloj biológico, no sólo los cambios corporales, que aunque muchos no los noten sí ocurren, los tengo, me refiero a que además me han entrado unas ganas enormes de procrear.

- ¿Procrear? ¿Qué tendría que ver una cosa con la otra?

- ¿Quién sabe? Siento que quiero tener un bebé, una bebé si Dios me permitiera seleccionar. No pido tanto. Es contradictorio, tengo unas ganas tremendas y al mismo tiempo un miedo terrible. Lo que venga, si es niña mejor, deseo cuidarla y darle lo mejor. Ignoro si podré. Si de verdad tengo principios de Alzheimer y comienzo a deteriorarme dentro de esa enfermedad, si caigo en ese vacío qué será de mi hija. Además sería injusto que si decido tenerla con alguien, que ese hombre no esté al tanto de todo lo que siento, a lo que le temo y lo que me más me gustaría tener en esta vida... Es mi nueva esperanza y la quiero compartir contigo. Imposible predecir si estás preparado para todo esto, perdona mi franqueza. Si esto no es para ti lo entiendo.

Quise explicarle que cuando comenzó hablar de una enfermedad reaccioné dentro de mí diciendo que incluso si fuera cáncer terminal seguiría y estaría con ella hasta el final. Así lo sentía, así lo siento. Ella es la mujer de mi vida, es lo que más deseaba y aún a la que más deseo. Debía decírselo claramente. No sé si era que tenía el cerebro sobre oxigenado por la carrera y eso me tenía un poco ido pero lo que salió de mi boca fue distinto.

- ¿ Y es por esos dos miedos que no has estado con nadie por los últimos siete años?

- ¿Sabes qué?
- Te escucho
- De todas las respuestas que hubiera podido dar un hombre inteligente has dado la peor y también de las que hubiese podido dar un bruto. Para qué te sirve ser tan inteligente si cuando tienes que pensar no lo haces. Un bruto hubiese dicho algo más digno. Al menos por amor a la humanidad, no a mí, a la bendita humanidad. No has tenido ni clemencia por lo que sufro con estas ansiedades. No son juego. Lamento tu dureza, tu machismo, tu falta de generosidad. Te pensaba más altruista. Imaginarte así me atraía. Tenía renovada mis esperanzas. Qué egoísmo el tuyo. No tengo más nada que hablar contigo, escucha lo siguiente con claridad: me voy a dar vuelta y voy a correr sola de regreso, no quiero que me sigas, no quiero que me llames, no quiero que me busques, si lo haces voy a decir que me acosas, sabes lo determinada que soy, cuento con holgados recursos para contratar los mejores abogados y la mejor seguridad si es necesario, no quiero saber más de ti, no confundas, estas lágrimas no son un signo de debilidad, son de tristeza y de rabia, a la vez son de desilusión, no te me acerques, nunca más.
- Pero yo lo que quise decir fue...
- ¡Pero nada, nunca más, maldita sea, aléjate coño, no quiero saber nada, nada, nada!

De inmediato se viró y se dirigió en dirección contraria, corriendo a un paso que, además, era obvio que con mi nivel de condiciones aeróbicas me hubiese costado seguir, imposible determinar si lo hizo para demostrar fortaleza y superioridad o fue simple rabia y desesperación.

> "Las mujeres son una incógnita indescifrable, su única constante es la sorpresa. Su capacidad de sorprender carece de intermedios". Así decía mi abuelo y lo recordé en ese instante.

Estaba en medio de un día ideal con la única mujer que adoraba en mi vida, la que amaba. Qué ruina, qué injusticia, qué cambio de rumbo, de pronto y sin avisar acababa de perderlo todo por un comentario que ni siquiera me pareció tan malo. Había explotado un volcán. Y yo ni siquiera había prendido un fósforo. Me daba pena hasta consultar a los dos hombros en los que yo usualmente me reclinaba para lamentarme. Si se lo contaba a Zach se reiría de mí y de mis "formas pendejas de actuar". Lo definiría como justicia divina: "por toda la vaina que has echado en esta puta vida". Aludiría que por fin una mujer me daba en el clavo y me definía tal cual era. Y, si lo trabajaba con mi psicóloga, con un lenguaje más técnico y profundo, llegaría a la misma conclusión. Me eché un rato en la arena, dejé pasar el tiempo pensando en qué hacer, no encontré respuestas, me desesperé. Mi mente contemplaba el panorama de perderla. La mayoría no entendería, nadie vio la determinación y el dolor en sus ojos que yo presencié. Me sentí como un imbécil. Sentí que perdí las ganas y hasta las fuerzas. Regresé caminando a buscar mi carro, con los zapatos al hombro, caminando a la orilla del mar, mojado por el vaivén continuo de unas olas con absoluto desinterés sobre mi tragedia, seguían ajenas, yendo y viniendo al ritmo que les convenía, mojándome con frío desprendimiento, ausentes a mi sufrir, sin interés alguno, como si yo no existiera, ni les importara mi vida. Traté de llorar, quise hacerlo pero no pude. Mis piernas empapadas hasta la pantorrilla por el agua fría y salada eran el símil perfecto del mojado que sentía mi alma, mojada de dolor, mojada de tristeza, mojada de desesperación por no saber qué hacer; era absurdo, nunca antes me había sentido así, me daba rabia esa sensación, no entendía cómo un simple comentario pudiera cambiar la vida de alguien de tal forma, en un instante, justo en el momento en que me sentía plenamente feliz. Salí del mar, mi pies se embadurnaron con la arena caliente y para no quemarme corrí de mala gana hasta que encontré mi carro, regresé a casa escuchando una recopilación de Carla Bruni, su música ligera generalmente me ponía alegre y aquel día me hundió más en la tristeza, fuertemente, fue peor escucharla. Otra paradoja que definía una verdad que me acosaba: estaba nuevamente solo, otra vez la soledad me abrazaba y no veía cómo zafarme. Me sentí triste. Fue uno de los momentos más crueles de mi vida. Ignoraba que también sería determinante, entonces no lo advertía, pero ahora lo sé.

Ni me había enterado. Al llegar a la oficina todos veían con felicidad, júbilo, suspicacia o curiosidad los resultados de la elección de un nuevo Papa. Esperaban que se conociera su nombre oficial. Era argentino, algo inédito, y jesuita, algo igualmente extraño y novedoso, simultáneamente esa condición lo calificaba para el apodo de Papa Negro en el argot eclesiástico. El mundo se concentraba curioso en la suerte de un hombre que comenzaba a los 76 años una nueva vida. Un sueño, una recompensa, ¿el producto final de una preparación basada en la humildad? ¿El resultado del trabajo por los más necesitados? Camino agreste, sin dudas, con muchas pruebas cuyos retos lo habrían llevado por picos y valles. Quería consultarle sobre mi tragedia. Por momentos, al compararla con el evento pontificio, se me pintó pequeña. Al rato recobró su gigantismo. Me calmé, medité, intenté no darme por vencido. La llamé insistentemente y le envié mil recados. Mensajes explicando, excusándome, solicitando una oportunidad. Pedía un segundo para hablar, un minuto para aclarar, una hora para manifestar lo torpe que fui y una eternidad para subrayar mi deseo de enmendar. No recibí respuesta alguna. Al final de la tarde Zach entró en mi oficina muerto de la risa. Me contó que Vanessa lo había llamado. Miranda fue tajante en su discurso, no le dio detalles algunos; le suplicó que hablase conmigo para que yo dejara de acosarla pues más nunca quería saber de mí. Zach se moría de la risa. Describía el tono de Miranda. Al principio parecía una súplica y terminó mutando hacia una advertencia que rápidamente se transformó en amenaza. Vanessa se despidió aclarando que enviaría de vuelta el pasaje que yo le había obsequiado a París mediante un servicio de correos nocturno. Zach, encantado, gustaba de reír y averiguar qué barbaridad había yo cometido. Se burlaba de mi torpeza:

> - Increíble: tú y tus formas pendejas de actuar. Es que se me antoja que no más eres un éxito con todas menos la que te gusta, la que te da en la madre. ¡Que puta vida cabrón! ¡No mames!

Al día siguiente estaba el pasaje en primera de la línea aérea francesa sobre mi escritorio. ¡No lo podía creer! Lo que estaba pasando no lo podía aceptar. Guardé el pasaje en una gaveta y olvidé o me negué a cancelar el vuelo, no recuerdo, supongo que ahí quedó, relegado, junto a los tickets por exceso de velocidad y a una estampita de St. Jude.

31. Foto del alma

Sí me acuerdo de la lámina con el grabado del santo. Retengo con claridad cuando vi la imagen arrinconada en un extremo del cajón de madera laqueada y la rescaté gentilmente con mi diestra. La observé fijamente por unos segundos y en mi mente le dije, con recogimiento y tono de petición, que si Miranda volvía lo consideraría un verdadero milagro. De inmediato la marginé de nuevo a su caja donde reposaba oculta, no me gustaba exponer públicamente mi devoción. Me daba pena. Zach y unos cuantos eran los únicos conocedores de mi convicción por el santo. Por alguna extraña razón era precavido al expresar mi fe. Lo interpretaba como un signo exterior que podría confundirse con debilidad de carácter y entonces estaba negado a mostrarlo en público. Intenté olvidar el tema de Vanessa por un rato para darme mejor perspectiva sobre los acontecimientos. Oxidado por todo lo del día llamé a Oxana, le pedí que hiciéramos la rutina esa de yoga que ella había desarrollado con el nombre de Trote del Silencio, una rutina que hacíamos mudos, sin hablar y sin vernos en un lado de la costa que da hacia el oeste, un pedazo de arena que ve hacia donde se pone el sol, un flanco de Virginia Key cercano a donde habíamos ido para el almuerzo de la oficina. Buscamos un sitio apartado de la playa viendo hacia Coconut Grove. A esa hora lo único que se veía era el agua y la puesta del sol. La Rusa Bella nunca habló. Entendió mi necesidad de silencio. En otras ocasiones en que hacíamos el Trote del Silencio anunciaba previamente que para ella el yoga no era una religión, era su costumbre, lo veía como un camino a otras cosas más sublimes, pero que la disciplina en sí misma podía ser una trampa, donde la gente se siente humilde y espiritual por una hora y luego continua su vida material y mezquina. Que le recordaba a clientes de una afamada academia de yoga en SoBe, a quienes observaba salir con aires metafísicos al mediodía de la academia y contradictoriamente después en la noche llamar a los jefes de Oxana para que les enviaran "mercancía". Para ella el yoga o cualquier actividad similar debía ser acompañada de actos en la vida normal que reflejen espiritualidad. A simple vista tal axioma parecía una hipocresía de su parte. Le daba el beneficio de la duda a su aforismo pues en su caso la realidad la obligaba a actuar divorciada del estado espiritual. Era un mecanismo de supervivencia. Sin fatuas búsquedas de excusas, ella estaba clara con su realidad. Detrás de su cuello, junto a aquel tatuaje que la marcaba como un producto en venta, la vil marca de los rusos que mercadeaban con seres humanos, Oxana se había hecho tatuar un pequeño cuadrado con un diminuto círculo interior que salía a través de una línea puntuada del centro del cuadrado hacia el espacio exterior en dirección noreste. Era un tatuaje fino de líneas y diseño, simplista lo categorizarían los rebuscados estrafalarios de los establecimientos de la playa, aunque hecho por manos expertas, artísticas. Para esta rusa era su forma espiritual de proclamar fe en la posibilidad de obtener su libertad, ni más ni menos, una foto de su alma como guía a la esperanza, un tatuaje. Siempre que praticábamos yoga, al final de la sesión, se doblaba con suavidad por unos segundos de espaldas a mí, se recogía el pelo y me lo mostraba sin mediar palabras, como insinuándome que algún día sería libre. Ahí yacía su verdad, en esa distante esperanza, dentro de todas las contrariedades que signaban su truculento andar. Supongo que pocas personas conocían el verdadero sentido de esa grafología que adornaba su nuca con unas sencillas imágenes geométricas. En aquella ocasión, al verla de nuevo me caló en lo profundo, tal vez fue por mi frágil estado de ánimo, por alguna razón indefinida me propuse a ayudarla sin que me lo solicitase de nuevo. Era una novedad para mí. Reaccioné en forma poco acostumbrada. Anteriormente pensaba que si alguien necesita auxilio debería solicitarlo y trabajar por ello incansablemente hasta conseguir una vía, una forma, algo que le de o le produzca o le traiga la solución. En este caso no consideré la posible falta de iniciativa de la rusa una excusa para la inacción. Algo me había inspirado, quizás fue ese profundo dolor por la pesadilla de mi pérdida. No entendía bien si el dolor relativo a mi catástrofe podría ser un propulsor para acciones externas que beneficiaran a terceros. Aún así la idea no abandonó mi cabeza. Al llegar a casa no reparé en contactar a Zach.

-Hola Zach.

-¿Todavía llorando?

-¿Te estás divirtiendo, no?

-Pues qué mas queda buey, eres una cajita de sorpresas, ¿y pero qué onda, socio, pinche cabrón, qué hiciste esta vez? ¿Cómo era que decía tu abuelo: "que las mujeres sorprenden sin interrupciones", a lo mejor

te tocaba ser mujer y por error nos saliste hombre, o medio hombre, por el camino que vas…
-No te llamé para eso. Para lo de los chistesitos por un rato y no nombres a mi abuelo, por favor, que está de más. ¿Sí?
-¿Hay otras cosas? Pandora, cajita de pandora, así te vamos a llamar… Cuéntamelo todo Pandora. Cuéntame desde el "aló" y hasta el "adiós", tal cual y como dicen las mujeres de la oficina…
-Muy chistoso. Estaba pensando. Debemos acelerar tu proyecto de la fundación.
-¿Y eso?
-Quiero usarlo de plataforma para liberar a la rusa y quiero que me acompañes para hablar con su jefe.
-¡Otra sorpresita más! He ahí tu grave problema con las mujeres. Cocinas varios conejos a la vez. ¿Ya olvidas que tienes un problemita que solucionar con Miranda? Una cosa mínima… Digo, ¿si Vanessa es el amor de tu vida?, como no te cansas últimamente de decir. Por cierto, primera vez que no la mentas como la Rusa Bella, solo la rusa ¡estás mejorando, venga, hombre!
-No olvido a Vanessa, tengo fe en poder reconquistarla. Pienso que hasta ella, Oxana, pudiese ayudar.
-¿Con la rusa ayudando? ¡Verga, increíble, ahora si te volviste loco! Ni me expliques. No quiero ser cómplice de tal delirio. Usa la cordura que demuestras con los negocios, nadie mejor que tú en los temas bursátiles, ahí eres excelente. Aplica esas herramientas a la insensatez de tu vida sentimental para que no caigas en tales necedades. Tienes manía de enloquecimiento por las mujeres. Qué trastorno. Mejor piensa con calma esta noche. Trotamos mañana al amanecer y luego desayunamos. Ahí a tres cuadras, en el pseudo-francesito que te gusta tanto para los domingos, aunque no sea feriado. Entonces hablaremos, pero te advierto: no seré complaciente. Andas ofuscado, en barrena, habrá que aplicar un procedimiento de emergencia para salir de tal escollo. ¿Puedo citar a Genevieve? Ella sí sería de gran ayuda. Estás grave, ¡revísate!
-Te encanta cuando estoy débil. Aprovecha que no durará mucho… Genevieve ni de vaina. Con tus regaños mezclados con chistes y algo de joda me basta. Al menos los tuyos los puedo rebatir. Yo también puedo joder: "no mames, cabrón". La doctora es demasiado objetiva y profesional, aunque cuando me habla obvia los tecnicismos y el antipático lingo psiquiátrico. ¿Se comporta igual en tus terapias? Primero prefiero un análisis de hombre a hombre. Las mujeres se defienden entre ellas, lo tienen impreso en su ADN. Lo llevan impregnado cual marca digital indeleble. Un tatuaje invisible, al final se terminan apoyando unas a otras, es asombroso. Órale buey, platicamos en la pinche cafetería francesa y verás que tengo algo de razón o al menos buenas

intenciones, trataré de hablar y actuar dentro de lo sensato, ¿prometido?
-Y eso de imitarme con los mexicanismos te ha dado desde cuándo ¿qué onda buey, estás fumado? ¿te metiste a pedrero?
-¿Pareciera?, pues nada, no más me salió así, una ocurrencia, imitarte con una pizca de humor para quitarle un tantico de peso a esta tragedia.
-Dominas el acento.
-¡No mames cabrón!
-Órale buey, mañana al alba frente a la Iglesia, a ver si St Jude te ayuda en lo que ya nadie puede.
-Es especialista en lo imposible. Con él también pienso platicar.
-Órale.
-Buenas noches.
-Óyeme buey, órale, rézale de verdad al santo, vas a necesitar ayuda, al menos con Miranda y también pídele por esa luna que te pegó ahora con la Rusa Bella. Órale.
-Buenas noches cabrón, ya, ya, no mames buey, platiquemos al alba no más, ahí nos vemos.

32. Desayuno a la francesa

El alba para Zach eran las 6:00 a.m., indistintamente de a cuál hora amaneciera. Empezando el trote, lo dejé marcar el paso y la dirección. Se enrumbó al Cayo Vizcaíno, lo seguí sin protestar. Íbamos a un ritmo lento, a lo mejor había tenido sexo en la mañana y andaba falto de energías. No hice observación alguna. Me tentaba bromear un poco en retaliación por sus últimas ironías. Opté por seguirlo en silencio, treinta pasos atrás, la medida perfecta para no escuchar su respiración ni compartir su traspirar. La fría mañana me evocaba a Los Ángeles en primavera, ésta es la única parte del año en que existe similitud entre los micro climas de las dos urbes. Discurrí eso por andar pensando en Miranda, especulé que ella ya había mencionado algo de eso, ¿o fui yo mismo?, repasé mi memoria sin recordar cuándo e imaginé que momentos similares eran los que hacían a Vanessa desconfiar de su salud y poner en tela de juicio a su memoria, todo exacerbado por la condición actual de su padre. No la culpo. Cualquiera puede titubear bajo ese formato y usarlo como pretexto para decidir que tiene miedo. Terror ante la audacia de una enfermedad sin freno. Padecimiento tenebroso que comienza sin avisar. Trabaja lento, no se interrumpe hasta convertirte en esa pavorosa anormalidad desbastadora, la que en vida le hace desear tu muerte a quienes te quieren. Inexplicable contradicción de conceptos. Quienes te quieren desean tu muerte. Aspiran una defunción pronta para verte descansar en paz. Dando pleno sentido literal a la tan usada frase, todos los que te aprecian aspiran en su interior a que reposes, para siempre. Tan pronto como lo sienten lo callan. No lo dicen. Por miedo a que los escuchen, los juzguen o los condenen. Bien sea por inmoral o por inhumano. O hasta por retar los designios de Dios, cuya voluntad se encuentra por encima de las pequeñeces en que nos ahogamos los humanos ante las mezquindades de nuestras propias, incomprensibles minucias, vanidades al fin, al no querer entender que sencillamente deberíamos amar a quienes mientras pudieron nos dieron amor sin tantos cuestionamientos. Entonces nos alejamos o los ignoramos o los encerramos en una clínica o en una casa. Abandonados ante su destino, hasta que llegue el día de llorarlos en público, como si siempre los hubiésemos atendido y sólo procurásemos lo mejor. Desaparece el bienquisto y con su defunción nuestras preocupaciones y rezos compartidos. Esa es la momentánea apariencia. La vida continúa, sí, hasta que nos toca a nosotros o algo parecido. Antes lo intuía, hoy lo sé.

Llegamos a la cafetería, ordenamos unas omelettes y comenzamos a hablar mientras nos preparaban la comida. Un aviso elevado con el número de la mesa se posaba entre ambos, parecía no permitir vernos bien a los ojos. Me incomodaba, lo tomé suavemente y lo depuse a un lado, para conversar con naturalidad. Una mesera nos miró de medio lado como reprobando la acción, no dijo nada, poco después volvió y lo retiró sin mediar palabra. Casi ni lo notamos, estábamos inmersos en nuestro diálogo.

-Buen trote.
-En silencio para variar.
-Te quedaste un poco atrás.
-Andaba pensando en Miranda, en su padre, y en la vida.
- ¿Y ayer andabas pensando mucho en la rusa?, deberías decidirte…
-¡No tengo dudas! Miranda es la única que quiero. Pero, deseo ayudar a la Rusa. En este siglo suena extraño tener la oportunidad de mediar por alguien para librarla de una esclavitud. Esa es la oportunidad que tenemos. Si no lo hacemos Dios nos los demandará algún día. El momento es ahora. Si Miranda estuviese conmigo, que es lo que más deseo, si me perdonara por mis reacciones machistas y brutas, seguro entendería lo de la rusa.
-No tienes que entrar en detalles en cuanto a Miranda, respeto tu espacio y el de ella, por eso soy amigo de ambos. Del mismo modo, por amistad y por el principio inalienable que justifica y obliga a la lucha por la libertad, por eso estoy considerando ayudar a la rusa.
-Gracias, muchas gracias Zach. Ahora que nombras la libertad, pienso que también es el momento de abrir la sede física de tu fundación y ponerla a operar a mayor escala, de manera pública. Miranda me estuvo explicando su inspiración original. Fue en los principios de Adam

Smith. Smith aparentemente opinaba que no sólo el capital debería ser libre y movilizarse con facilidad para ser efectivo, lo mismo aplicaba a las personas, su libre circulación por el mundo es parte de la dinámica del capital, pues después de todo si se desglosara al capital, ellos representan al capital humano, que es un componente activo de toda sociedad libre y progresista. Por eso están tan errados algunos latinos de la Florida. Son hijos y nietos de inmigrantes. No los entiendo. Buscan coaccionarle la movilidad al mismo capital humano que sueña con llegar a estas costas. Y, si te pones a ver, son los mismos sueños de sus ancestros, la cosa no ha cambiado tanto como parece. Aspiran a la misma libertad y a oportunidades parecidas. Ahora los nuevos acomodados, "los nuevos ricos", desean bloquearles el paso a quienes aspiran una vida mejor, quienes anhelan conocer un poco liberación, emancipación y algo de bienestar, algo de progreso. ¿Es esto distinto a lo que ellos algún día soñaron? ¿Es ahora pecado buscar una vida mejor? ¿Por qué estos grupúsculos latinos adosados por complacencia a otros grupos más claros de piel intentan limitar las posibilidades a quienes representan lo que ellos eran hace apenas una o dos generaciones atrás? ¡Pero coño vale, si es la misma pobre gente huyendo de las mismas injusticias, de las acciones inhumanas, lo hacen arriesgando sus vidas, con ilusión, por aspirar a una mejoría! Resulta que ahora los ven diferente, de reojo los miran feos, los sienten distantes, les huelen fo. ¿Es que acaso no son los mismos de un ayer cercano con otras caras? Todo lo que venga o haya llegado después del famoso Marielito no les ablanda el corazón, les parecen poca cosa, vulgares, reprochan a su propio fenotipo. ¿Qué es eso? Y se muestran más rudos y radicales que los grupos no-latinos en sus enfrentamientos a estos pobres inmigrantes. Carecen de la compasión básica requerida para analizar estas situaciones extremas con una pizca de humanidad. Por eso, gracias a nuestra amiga Miranda, creo que las ideas de Adam Smith son una oportuna inspiración. Si te parece, son los principios que deberíamos fomentar en nuestra fundación, para ayudar a aquellas mujeres recién llegadas que estén en un estado extremo de pobreza y necesidad para que logren adaptarse. Si a los principios de Adam Smith agregamos las ideas de Kent y las combinamos con las de Miranda podemos desarrollar un proyecto que tenga base firme y que con el tiempo sea una bandera para la libertad y la libre economía de mercado. Lo de la rusa tiene que ver con la libertad aunque ella no esté en estado de pobreza. Sus limitantes son otras, su lucha es distinta, en este país no ponemos límites a la libertad, al menos no en mi libro y estoy seguro que tampoco en el tuyo. Estos son los Estados Unidos de Norteamérica.

-Me retracto de mis jodas. No entiendo por qué las mujeres a ratos te odian ¿será que no piensas igual cuando discutes con ellas? Me gustan tus ideas. ¡Casi eres genial! Emotivo pero genial... Esa emotividad te genera una energía positiva, no la pierdas, yo la extraño y hasta la envidio. No soy emotivo con tanta frecuencia o con tanto ímpetu, salvo cuando tomo ron y entonces suelo ponerme belicoso, me vuelvo un animal, por eso lo evito. La emotividad sin control es un peligro, tú lo sabes. Volviendo al tema, Chris: debemos investigar bien lo de Adam Smith para poder citarlo con propiedad. Existe un Adam Smith Institute. Algo así he escuchado por referencias y aunque no lo hubiese dicho Smith, esa anécdota de Miranda tiene sentido. Si el capital es libre para moverse hacia donde puede y debe ser más eficiente, en teoría la gente debería tener también la misma libertad de moverse para conseguir su eficacia, donde quiera que estén las oportunidades. "Abajo el muro de Berlín" ¿como dijo Reagan?, y mucho antes Kennedy, dos grandes presidentes. Este muro de Berlín que los propios latinos al norte del Río Grande le quieren erigir a los del sur no debería existir. Esta es la tierra de las oportunidades. Somos un país de inmigrantes donde sus hijos, nietos y bisnietos circulan libremente buscando mejores oportunidades. No deberíamos perder esa libertad de movilización y menos fomentar lo contrario. Suena utópico pero suena bien, me gusta. Libertad de acción para ambos, tanto para el capital monetario como para el capital humano. Hay que decirlo en voz alta, se debe promover. Estoy contigo, cuenta conmigo, hay que estructurar bien esas ideas para que el proyecto las refleje, siempre sobre la base de lo que he dicho, queremos ayudar a quienes lo necesitan, abriéndoles oportunidades que de otra forma les costaría mucho conseguir. El objetivo es un auxilio sin hacerlos dependientes de la ayuda per se. Queremos mujeres que sean independientes, que se sientan orgullosas de ello, eso es parte de la libertad. Y que sepan que vinieron al país de las oportunidades para trabajar y ser libres, no para depender de nadie. Sobre esa base tienes todo mi estímulo.

- Pensamos muy parecido, qué alegría, estamos sobre la misma línea. Podemos avanzar en ese sentido, qué fino. Ahora escucha sobre la rusa.

- Dime.

- Bueno, Zach Persson, necesito hablar con el jefe de la rusa, quiero negociar su libertad.

- Tratar de esa forma con ese perfil de individuos, ¿negociar en directo?, no te pongas fastidioso con ese tema que puede ser muy peligroso. Ya te dije que estoy considerando ayudarla pero no quise decir negociar en directo.

- No veo otra salida, no puede ser ni con sutilezas a distancias ni con indirectas ni tampoco a la fuerza: hay que negociar en directo, cara a cara. Además tú siempre andas fastidioso con tu tema político de Venezuela y nadie, salvo yo, te apoya en tu ayuda a esa causa y sólo de

vez en cuando me quejo de tus epístolas.
-No me saques los trapos, sé y entiendo lo que haces por mí e igualmente tus limitaciones al respecto. Además, esa es una causa más altiva y trascendental que la libertad de una puta, se trata de la libertad de una nación. Sólo el mero intento de interceder ante el ruso podría desatar su ira, debemos ser prudentes, no son individuos que se rigen por las mismas reglas que nosotros.
-El principio es el mismo, hablamos de la libertad como la acabamos de comentar también respecto a la fundación, no hay diferencias en el principio, bien sea de una mujer en Miami que nos es muy cercana, una sola persona, un individuo, o que se trate de millones de ciudadanos en un país que muchas veces nos queda lejano. El principio es el mismo, la libertad, es un riesgo que deberíamos asumir.
-Sí que quieres a esa rusa, ¡déjala tranquila, olvídala, ignórala!, ya has dicho que has conseguido el amor de tu vida. ¿Se llama Miranda, no lo recuerdas?
-Si tú fueras esclavo de cualquier sistema y fueras mi amigo y me pidieras ayuda para lograr tu libertad, yo pensaría en una forma de auxiliarte.
-¿No será que es porque singa divino y la quieres mantener cerca por si no funciona la cosa con Miranda?
-Eres muy divertido cuando te conviene, si fracaso con Miranda a lo mejor me meto al celibato por un tiempo, en una indagación del tiempo evadido, o algo así...
-Cuidado y tu vida se convierte en un péndulo entre dos mujeres. Hay ahí una farsa, eso no te llevará a la felicidad.
-¿Estábamos hablando de la libertad y tú te desvías hacia las relaciones sexuales?
-Si me voy a arriesgar quiero que el motivo ulterior sea un ideal digno como lo es la libertad, no un antojo temporal de mi querido socio por ayudar a una mujer que te lo puede chupar como una diosa mitológica.
-Soy sincero. La auxilio por ser mi amiga, no por lo buena que es en su oficio. Salvarla es un grano de arena importante en la lucha por la libertad, pero es un esfuerzo muy valedero, al menos a nuestra escala y en nuestra capacidad de acción. Quizá nunca más logremos una audacia como ésta a favor de un principio universal por el que muchos han sacrificado hasta sus vidas. Ella no es una nación oprimida, ni siquiera es un pueblo agobiado como lo es el de Venezuela con esos abusadores totalitarios explotando impunemente a la población. Ella es una simple persona, ni siquiera ha luchado, no ha podido, eso lo entiendo, igual que millones de Venezolanos que no luchan por padecer un miedo similar a la retaliación de quienes están en control de las fuerzas. Lo de ella no rebasa una mera aspiración que se percibe lejana por el velo per-

manente de lo imposible y el miedo a las consecuencias negativas para su familia en la madre Rusia, por esa posible retaliación si no juega bien sus cartas.

- Me recuerdas a Miranda, no a tu novia, al prócer, el General Miranda quien hacía suyas las luchas por la libertad en cualquier lugar, un romántico. La actitud de este Francisco era global, por eso está inscrito en el Arco de Triunfo de París. Si lo recordamos por allá haríamos una mini peregrinación al sitio para rendirle tributo, ubicarlo si es posible y admirarlo, saludarlo, tocar su nombre en referencia a la libertad. Me han dicho que está en un flanco bajo del arco, una sección a la derecha viendo el Norte que es accesible. Eso si los rusos nos dejan salir caminando después de esta imprudencia. Tu romanticismo me da bríos, vamos a hacerlo, cuadra la cita o la reunión, lo que sea necesario. Algunos trucos le debo a esa mujer después de todo. Y nunca he ido a luchar por una mujer contra nadie, sueño medieval. Me recuerda a un capítulo de la serie esa de los nerds y su pasión por los superhéroes. Me gusta este sentido de aventura que tiene toda esta locura. Alguna cosa tendré para contar a mis nietos para que no me vean tan cuadrado como dicen que soy.

- No te arrepentirás, ya verás. Todo el que habita este amado país debería ser libre. Esta es la tierra de la libertad por excelencia. Estoy seguro de que Jefferson estaría de nuestra parte y hasta nos hubiese acompañado. ¿No salvó él a una negra de la esclavitud?

- No exageres. No lo sé con exactitud. Es una leyenda urbana. Mantenlo real por nuestro propio bien. Manejas las escalas. Somos unos mosquitos en medio de una aventura. Deja las fantasías para cuando se lo cuentes a tus nietos. ¿Cuál es el plan?

- Muy sencillo, la rusa me ha sugerido que su jefe quiere hablar conmigo de finanzas y aprovecharemos para hablarle de libertad.

- Bueno entremos en ese hueco negro antes de ir a París, pase lo que pase París nos servirá de catarsis.

- París nos servirá para eso y más... Gracias de nuevo, Zach Persson. Si yo fuera rey te nombraría caballero, lo digo en serio. Esta es una aventura caballeresca, como tú dices, gótica por todo el cañón. Hemos encontrado nuestros molinos de vientos a quienes enfrentarnos sin miedo ni demora, lo haremos con todo lo que tengamos a nuestro alcance, buscando asir lo inalcanzable ¡Cabalguemos! Aunque lo que sepamos sea trotar....

- Te dije que dejes la fantasía y te concentres en lo real y verdadero. Si perdemos la objetividad podemos terminar trasquilados, esto no es una andanza con Sancho ni mucho menos y tanto citar a ese escritor está demodé.

- "A cada torero le llega su toro". Sin romanticismos la lidia no existiría, perdería ese encanto que la hace poética. Es decir, no por ser romántica y exagerada deja de ser real. ¿Me entiendes?

- No apoyo la tauromaquia. Y sí, hombre, cuidadito ¿eh?, que este toro es uno que nos puede destrozar de una cornada, le basta una cogida y ni siquiera ha sido astado antes de que entremos al ruedo. Prométeme que seremos prudentes. Apartemos las teorías y vamos al grano, está bien, hagámoslo. A ver, y cambiando el tema, me molesta tu jueguito con el teléfono mientras hablamos ¿Acaso es para investigar sobre Adam Smith?

- ¿Me lees la mente? Sí, es sobre él, ya lo hice. ¿O te leo yo a ti el pensamiento o qué? Tú no, pero yo si puedo caminar y mascar chicle al mismo tiempo. Encontré un artículo en The Tokio Fundation, que habla sobre él criticando algunos de sus principios respecto a la crisis financiera que nos agobió en el 2008. Allí refiere cómo, para que los mercados funcionaran de manera fluida, las convenciones sociales deberían dar paso a la libre circulación de mercado tanto del capital como de la gente (la fuerza laboral). E inclusive refiere algo de esto en relación con Milton Friedman de la Universidad de Chicago defendiendo estos principios para que el Capitalismo pudiese desenvolverse con eficiencia y estabilidad: si la gente no se mueve se estanca la cosa.

- Muy bien. Utiliza eso como tu caballo, móntalo y ataca a tu verdadero molino de viento que es Miranda, ¿qué diría el Quijote?

- Ah, qué bríos, tú si te tienes el tupé de citar al famoso pero si yo lo hago suena a lugar común, ¿qué tipo de vara con la que mides es esa, macho?

- La clase es la clase y yo soy el jefe. Tranquilo, hombre, no te desvíes, chaval, que te estoy jodiendo la paciencia. Bien, en serio, usa la plataforma de las ideas de Smith y de Friedman para interesarla en nuestro proyecto de la fundación. Echadme la culpa.

- ¿Sigues jodiendo? El estilito ese de madrileño "wanna be", no te sienta, ¿sabías? Mejor sigue con el mexicano. Me recuerda a los neoyorquinos que adoptan el acento de Londres para escucharse sofisticados.

- Madrileño o no es mi estilo de joda, al igual que el mexicano, me gusta usar esos lingos, me divierte tal o cual jargón de estropajos, le quita peso a nuestras conversaciones, no te burles y escucha, hombre, que es en serio, no te desviéis. Ya le comenté a Miranda que me intereso por su experiencia y que deseaba que se involucrara en mi proyecto. Este emprendimiento tiene mucho que ver con lo que ella ha realizado en el suyo. Casi podíamos ser una sucursal, si no es porque mi orientación es un poco menos humanista y más práctica en materia de las ideas a transmitir e implementar. Pero ese no es el punto. Usa a Smith y Friedman para llegar a ella. Ya le hablé de ti. Le pedí que ambos dejaran sus diferencias a un lado para apoyarme en mi objetivo de montar y tener

una sede operativa a corto plazo.
-No te creo...
-Sí, hasta hablamos de Arquitectura. Quiero un edificio sencillo. Dentro de tu estilo, que sin recargos logre impactar. Añade algo de mi practicidad a la fórmula. Que no sea pura forma, hazlo también funcional. Ese pudiera ser otro tema a trabajar con ella. La funcionalidad de la sede vs. la forma arquitectónica que tú le quieras dar. Resumiendo: algo parecido a la oficina en estilo pero muchísimo más austero, cero lujos, toma inspiración en la austeridad que ha insinuado en estos pocos días el otro Francisco, Francisco I, quien practica la sencillez desde que fue elegido Papa y desde antes, según circulan las anécdotas. ¿Un argentino sencillo, qué tal esa paradoja?
-Suena bien lo de la oficina, me gusta esa idea... y ¿qué me dices de Messi, otro argentino sencillo, habrá ocurrido un cambio de patrón inesperado? Como dice Luna: "los caminos de Dios son infinitos". Oye, eso podría entrar en matemáticas dentro de la variables del cambio o los cambios variables, ¿no crees? ¿A lo mejor usan el cambio a la sencillez para resolver problemas existenciales más complejos o quizás un cambio variable indeterminado o inesperado o no cubierto por previsión los obligó a retomar o asumir la sencillez como único motivador de su accionar profesional?
-Ya te estás poniendo filosófico, no te desvíes, a Luna y a Juana déjalas en paz, les deben picar los oídos, esta bien nombrarlas de cuando en vez, pero no tanto, o mejor dales una buena propina por citarlas, te pones impertinente con esos dichos mezclados con tus divagaciones filosóficas, qué cosa, es igual a lo que tú opinas de mi ensayos políticos, que por cierto tú también te has lanzado tus discursitos sobre Venezuela, ¿o no? Además, el Papa no es profesional en ese sentido, es una especie de ungido para ejercer su oficio. Bueno ya, al grano, escuchad: le expliqué a Miranda que tú eras lo suficiente profesional para desarrollar todos estos temas sin ponerte necio con el pasado ni con vuestra reciente relación, si es que a eso último se le puede denominar así. Usa esos argumentos como excusa. Por supuesto, quiero que la reconquistes pero no dañes mi proyecto de fundación con tus andanzas románticas. Te estoy dando una nueva puerta de entrada hacia ella. Usadla con inteligencia, hermano. Aplicad todo vuestro genio. Quisiera que la reconquistéis y podamos ir todos juntos en pareja a París. Los cuatro. Miranda y tú. Doutzen y yo.
-¿Los cuatro? Lo apoyo. Anótame ahí.
-Sí y sería muy divertido. Es que Miranda y Doutzen pudiesen hacer buenas migas. ¿Lo he pensado o lo he dicho? Cuando intercambien sus visiones sobre la fundación se unirán a través de ese proyecto, apostemos a una hermandad preconcebida, al estilo Hindú. Cuando intercam-

bien notas e historias sobre nosotros dos se convertirán en cómplices. Doutzen va a querer confesarla sobre el tema de quien estuvo con ella y supongo que viceversa.
- ¿Eso es el estilo Hindú?
- Bueno, lo que sea… al estilo San Fernando Valley o cualquier cosa que se te ocurra. Tú y tus precisiones, una contradicción con tus divagaciones, eres paradójico, aísla también las matemáticas de las conversaciones normales. Ya te lo mencioné: París debería servir de catarsis. Una purificación que si tiene éxito nos permita fundar dos buenas familias y dejar el pasado con todo respeto donde debe estar, bien atrás, tiempo pretérito. No será una purga fácil o agradable. Las cosas deben hablarse para poder dejar detrás lo que nos frena. Yo me he limpiado, espero, y asumo que tú también te has deslastrado, ahora faltan ellas. Las mujeres ven estas cosas diferentes. No descartan ni se deslastran con tanta facilidad los sentimientos encontrados por el mismo hecho de que son más puras y profundas como seres humanos y quizás más inteligentes. He mantenido esa sospecha, casi lo afirmo como un hecho, sin aceptar la posibilidad de aprender de ellas.
- Zach Persson: a ratos eres un genio, hasta suenas como yo, ocasionalmente eres un padre por lo epistolar de tu estilo, con frecuencia eres un hermano y siempre un buen amigo, te lo agradezco. Te debo una, mejor dicho, muchas, muchísimas. Estoy en deuda contigo. Mañana la llamo, tal vez hoy mismo, no sé si aguanto esperar.
- Creo que te salió fenomenal haberme invitado este desayuno a la francesa y escuchar mi acentico gallego y mis verdades entre chistes y jodas, una buena tertulia. "Los gallegos no somos tan brutos como la gente piensa". Me provoca otro café y tú, ¿quieres uno? Ahora invito yo.
- "Y menos aún los mexicanos". Bien, tráeme un cappuccino, me recuerda a Miranda, bien caliente, como ella lo ordena, deseo celebrar…

33. Siente, luego es...

Llamé a Miranda y como era costumbre en esos días en que andaba fúrica conmigo no atendió. Inequívoco signo de que estaba furiosa. Había sido franca con algo íntimo que auténticamente le preocupaba. Mi reacción, espontánea, rústica e inmadura, la hacía ahora resistirse a cualquier explicación por miedo a toparse de nuevo con alguien que no pudiese enfrentar la vida junto a ella con el requerido discernimiento que, en teoría, dos adultos deberían compartir para no cometer los mismo errores del pasado. Para ella, el arrepentimiento, la contrición de corazón y el propósito de la enmienda no eran suficientes. Si no imperaba el raciocinio y la lógica por encima de la tentadora emoción masculina de interpretar a la mujer como un objeto sexual a pesar de todos sus logros desde que Dios la sacó de una costilla, entonces, para ella, la vida en pareja era una pérdida de tiempo. El amor podía esperar porque de alguna forma se podía encontrar dentro de cada quien en el momento adecuado. Conseguir la inteligencia dentro de un bruto machista era más complicado que hallar el amor dentro de un ente viviente, el que fuera, esa era su óptica y no le faltaba razón. Atinar dentro de esta posición a darme una segunda, mejor dicho, una tercera oportunidad, era chocar contra sus principios. Afortunadamente descubrí, luego de mucho insistir, que el corazón manda en nosotros de maneras misteriosas e incontroladas producto de la química entre dos personas que siempre se han gustado. Un día, luego de dejar innumerables mensajes relativos a la fundación, accedió a conversar conmigo, no exclusivamente sobre ese tema sino sobre todo lo que nos ocupaba en aquel momento. Explicó las cosas de tal forma que hube de dar gracias por tener la posibilidad de aunque sea conocer a alguien como Miranda, mientras rezaba internamente para que St. Jude intercediera por mí, para no perderla, pues parecía que quizá me habría apresurado al celebrar con aquel capuccino en la mañana del desayuno afrancesado …

No soy una tonta melodramática. No soy una frígida. No soy fea. No soy bruta. No me siento vieja, no tengo la edad de tus amiguitas, ni la de tus colegas en la oficina, pero me siento joven. Por encima de todo soy una mujer. Soy un todo. Soy bella como ser humano. Ni tú ni nadie podría convencerme de lo contrario. He ahí mi fortaleza, como persona. No dependo de otras para decirme que estoy bien o me veo bien, de eso tengo la seguridad. He llorado al arrepentirme de mis faltas. He reconocido mis fallas. Esas anomalías e inmadureces las he superado, de ellas ha quedado la experiencia, que es lo que cuenta. He crecido trabajando mis carencias. No necesito ningún hombre a mi lado que no me comprenda primero. Necesito a alguien que luego de vislumbrarme me respete, intuyendo lo que soy y hasta dónde soy capaz de llegar. Para entrever, la cosa es descubrir que no quiero estar sola. No es únicamente imprescindible congeniar, gustar o atraerse. Es requerido percibir la posibilidad de crecer juntos interpretando el pasado y el presente en su justa medida. Sin generar tragedias pero tampoco bromas, no me quiero tomar la vida a la ligera, no soy así. Porque aunque la vida pudiera ser un chiste yo prefiero que sea seria. Dándole importancia a la esencia se puede descubrir la verdadera dimensión del amor, es una vía para vivirlo a plenitud y de allí se logra generar el goce absoluto y la felicidad. Pueden haber otros caminos, no lo dudo; yo conozco éste y es el que deseo transitar porque tengo fe en que es el correcto. Pudiese haber muchas vías, yo las encuentro superficiales, quiero la senda que me pueda llevar a la satisfacción plena, si algún día de nuevo tengo la suerte de volver a ser enteramente feliz, si lo consigo, como lo fui por un instante, durante esos días, antes de que trataras de ser curioso o chistoso, en vez de prudente. Puedo estar cometiendo un error. No soy un robot. Me queda el gusto de lo que sentí. Estoy dispuesta a arriesgarme para escucharte de nuevo, te doy una oportunidad para que me convenzas, espero no equivocarme, pero he asumido ese riesgo porque pienso que me puedes amar como yo quiero que me quieras. Tómate un par de días, piensa en lo que te he dicho y si quieres hablar tendrás que venir a Los Ángeles, aquí te espero.

Releía de nuevo el correo de Miranda en el avión, lo tenía impreso en una hoja de papel ya arrugada de tanto abrir y cerrar sus dobleces y, sí, al menos una vez se me había caído al suelo, de donde la recogí. A ratos me parecía cómico, melodramático y hasta cursi, otras veces realizaba que si seriamente aspiraba recobrarla me lo tenía que tomar en serio. Por eso lo rompí y lo boté. No quería revisarlo más. Hablaría con ella de la misma forma que siempre lo había hecho, espontáneamente. Si salía mal como la última vez, ya vería como lo arreglaba, pero me sentía tan bien con ella porque era yo. A veces serio y a veces no. A veces inmaduro. A veces atolondrado. Pero siempre queriéndola y con buenas intenciones. Más de eso no quería explicar. Tendría que ser suficiente argumento. Si de verdad me quería me entendería. Estaba seguro porque siempre lo había hecho. Aunque rezaba constantemente para que así fuera.

Cuando se vieron en el aeropuerto no mediaron palabras. Como en otras oportunidades, sus miradas lo dijeron todo. No hubo reproches ni acusaciones. No hubo defensa. No hubo diálogo ni discusión alguna. Solo hubo un beso. Un beso que continuó el resto del día y hasta la mañana siguiente. Las únicas interrupciones fueron abrazos en silencio y caricias con la mirada fija el uno en la otra. Fue cuando salió el sol que ella habló por primera vez. Miranda preguntó a Chris que si le provocaba correr y el sintió como si le estuviese preguntando acerca de pasar el resto de la vida juntos. Dijo sí, un sí que emanó de todo corazón. Se paró de la cama a buscar sus zapatos. Pronto estaban corriendo por Manhattan Beach al amanecer, uno al lado del otro, sintiendo sus respiraciones en silencio como la noche anterior, oliéndose sus esencias a través de la transpiración. Al terminar se bañaron por segundos en el gélido mar, abrazados, sintiendo el frío del cuerpo invencible por el calor del alma. Corrieron de vuelta a casa. Se ducharon en agua tibia mientras se acariciaban como si estuvieran descubriendo sus cuerpos por primera vez. Sintieron la alegría de estar juntos, parecían haber sobrevivido una gran tormenta que quizás nunca fue tal para empezar sino una confusa sensación. De ahí en adelante no pararon de hablar, más que todo sobre ellos, de la vida, de la fundación y de un pequeño detalle que Chris no había contemplado. Miranda nunca quisiera vivir en Miami. Sinceramente no le veía nada a esa ciudad, la encontraba plástica y artificial. Los Ángeles era su hogar. Bueno, nada es perfecto, pensó Chris, sin emitir palabra, no quería cagarla de nuevo diciendo alguna nueva barbaridad. Prefirió esperar. Se preguntó que diría o haría Genevieve ante una situación así. Postergó cualquier argumentación sobre el tema. Dio gracias a St. Jude por lo que para él era un tremendo milagro, aunque ante los ojos de cualquier mortal fuera un asunto normal, mundano y hasta cotidiano. Sólo él sabía cuánto miedo tenía de perderla. Lo amarga y vacía que sería su vida sin ella. Ni siquiera Miranda podría entender eso en su justa dimensión. Solo él sabía lo profundo que sentía quererla. Así lo supo aquel día y así lo recordó por el resto de su existencia, que fue larga, lo que le dio tiempo para escribir sus cosas a su manera, sin tapujos, quitándole capas a la cebolla de su yo interior para conocer y develar sus sentimientos y, al menos, en la vejez, comenzar a conocerse en profundidad.

34. Lo sublime en el envite del impulso

El impulso supera a cualquier lógica. De allí deriva su pureza. Lo que se siente supera al argumento, finalmente no se piensa, se experimenta, se vive. No se opina, se profesa. No se juzga, se concibe en la carne y en el corazón. De allí emana la química y uno se decide por lo que más quiere. Se inspira al alma mientras se confunde al raciocinio o se le aletarga. Se considera factible lo imposible al abrigar con fe la esperanza. Se deplora toda razón que no esté en línea con el empuje de un cuerpo contra el otro. Dos seres vivos lanzándose encima, entrecruzados, en medio de todas las miradas de aquellos viajeros circulando. Cómplices, ellos también intuían que no era posible explicar aquello con palabras; partícipes silentes que entendían que no tenía sentido hablar, meditar, analizar o discutir. Lucía evidente, el único envite posible era un beso propulsado por una mirada que al intercambiarse los había hipnotizado simultáneamente en un envión, como si el incentivo fuera tocar el corazón para arrancarse la cordura, empujándose hacia el amor con un solo movimiento del espíritu. Un lanzamiento hacia las sensaciones y los recuerdos de la primera vez, endulzado por el entendimiento tácito que viene del silencio que emana de lo ya compartido, mientras no dejas de abrazarte por unos segundos que parecen una eternidad, sin dejar de gritar en tu interior anhelando que nunca termine. Eso sintió cuando lo vio caminar hacia ella, cuando lo miró, cuando lo abrazó y lo besó. Lo había perdonado sin hablarle, sin reclamarle, sin escucharle. Si todo salía mal de ahora en adelante sería su riesgo y se lo reprocharía, por el contrario, si el futuro iba a ser bueno para ellos dos, entonces lo de hoy lo recordarían como un hito glorioso, casi tan sublime como aquel beso.

35. Un trance para atreverse a ser feliz

El arrastre de la pasión nos hizo ignorar el tiempo y el espacio, salvo salir a correr nunca dejamos aquel cuarto. No había tracción de las horas. Me pellizqué la carne cuando comenzamos a hablar, para constatar que estaba viva, más de dos días, menos de tres. Cuando se fue de nuevo sabía que no me despegaría de él aunque hubiese uno o dos continentes entre nosotros, ya, finalmente, habitaba en mí, era parte de mi ser, lo sentía al respirar. Ignoraba cuánto duraría así, en esa especie de trance. Mientras tanto disfrutaba cada segundo, sonriendo mientras lo observaba vestirse, llorando antes de que se montara en el avión. La sensación se repetía durante su ausencia y con añoranza plena contaba los días para ir a París revisando el pasaje, viajero de vaivenes, tarjetón que de nuevo reposaba en mis manos, con algunos cambios de itinerario de reciente impresión. No encontraba el momento de verlo, a sabiendas de que mi felicidad se exponía en esta andanza por arriesgarme a querer a alguien de forma tan abierta. Atreverse siempre sería mejor a permanecer impávida, eso fue lo que presentí mientras esperaba que llegase el día de viajar y, empapada de esa especie de intuición que predice a la felicidad como algo factible, trataba de concentrarme en mi trabajo.

36. Negociando mediante verdades y rodeados del rococó de las profusas vanidades

Los acontecimientos se sucedían rápidamente, Zach estuvo ocupado volviendo a Houston para firmar algunos documentos y ocuparse de algunos acaecimientos pertinentes al cierre de esos negocios. Eso retrasó ir a hablar con los rusos. El viaje a París se nos montaba encima, lo esperábamos con ansiedad, el tiempo era escaso. Era un hecho que ni Zach ni yo queríamos postergarlo. Era prioritario en nuestra agenda de negocios y más en la sentimental, era un gusto que nos queríamos dar.

Como si dos mentiras pudiesen hacer una verdad, al volver Zach de Houston nos preparamos para la reunión con Aleksei Kechinov. No era cierto que conocíamos al personaje, mentira, y tampoco sabíamos lo que estábamos haciendo, mentira. Por más que Oxana Kouklina nos había facilitado información previa. Por más que lo hubiésemos investigado, estábamos lejos de conocer al monstruo de cerca. Nosotros no éramos mafiosos. Este hombre hablaba por valores distintos y operaba con reglas diferentes. Estaba lleno de sorpresas. Podía emboscarnos con los ojos cerrados y ni nos daríamos cuenta. Revisamos nuestras notas, asombrados por nuestra osadía. Por falta de mejores ideas propuse a Zach dos consejos parecidos a los recibidos para mediar con Miranda:

-Sé prudente y usa tus instintos.

Y añadí:

> -Actuemos con calma y paciencia en todo momento, eso transmitirá confianza, apostemos a que confunda nuestra serenidad por fortaleza, no nos queda otra.

Extrañamente, estábamos dispuestos a luchar por Oxana Kouklina. Gesta idealista a cambio de nada. Peligro inminente con algunas consecuencias imprevistas que luego pudiéramos lamentar. Así nos alistamos para lidiar la bestia. Embajadores sin oficio impulsados por una escueta idea romántica. Ya veríamos qué pasaría. El futuro de Kouklina dependía de nosotros, un par de amateurs en estas lides. Una vez que abriésemos esa puerta, su vida cambiaría. Es posible que ella tampoco lo entendiera en su justa dimensión pues actuaba sin los sobresaltos ni las necedades típicas que afloran en los momentos de nerviosismo. La vida la había enseñado a enfrentar el peligro con ojos de indiferencia, era su fortaleza. Mi estrategia fue tratar de no inmutarme, ignorar las consecuencias que esta aventura podría generar. Prefería desconocer el peso de la responsabilidad. Por eso dicen que soy como un niño. Actúo dentro de un contexto complicado con la levedad reservada por costumbre a los menores. Será mi fortaleza o mi debilidad, ¿inmadurez?, depende de la situación que afronte y esta vez no tenía ni idea de en donde me estaba adentrando. Mi adrenalina estaba a millón, ese es un buen signo, pienso mejor bajo su influencia. La Rusa Bella, Oxana Kouklina, sin querer queriendo, nos había metido en aguas profundas y ahora la opción era nadar en este líquido turbio, habitado por tiburones con posibilidad de reaccionar agresivamente. Ponerse en peligro por una persona es tan riesgoso como hacerlo por una nación y las consecuencias pueden ser similares, ¿valdría la pena joderse tanto? Zach tenía varias preocupaciones simultáneas. Varias cosas mundanas acaparaban su atención. Compró un carro nuevo que nunca llegaba. Tenía muchas expectativas porque es un modelo nuevo que sale cada cinco años de su convertible actual. Andaba con mucha ilusión por el coche. Constantemente llamaba a Pompano esperando noticias que terminaban en negativas. Esto lo ponía de mal humor. No debería, no tendría por qué afectarlo. Somos humanos, "las menudencias nos afectan y nos influencian", me recuerdo a mí mismo para entenderlo y darle apoyo. Para él no son minucias. Así como él me apoya con mi "Proyecto Kouklina" yo lo apoyo con su debilidad, sus fruslerías, sus futilidades por los carros. Son tesoros para él. Los mantiene como nuevos permanentemente. Es extraño que los venda. Le gusta comprar los modelos nuevos y usualmente mantiene los viejos. Muchas personas admiran su pasión. Algunos de los modelos viejos se consideran piezas coleccionables. Lleva tiempo dentro de esa afición y se ha vuelto experto. Ha sido objeto de consultas y entrevistas. Al principio sus adquisiciones no fueron de lujo pero en el tiempo las mantuvo a todas como si lo fueran. Tal vez ahí reside su secreto, ha sido fiel a su criterio y sus gustos. Le da igual importancia a los modelos más sencillos que a los más sofisticados. Si tiene que sacar la chequera para reparar un modelo viejo no escatima, así actualmente el resto de los entendidos no aprecie especialmente a tal o cual modelo en particular. Espero que el convertible llegue en estos días, eso le cambiará el humor y beneficiará a mi "Proyecto Kouklina".

Una mañana, luego de correr, todavía ni había prendido mi computadora cuando Dierdra entró en mi oficina. Mi tasa de café humeante advertía dejarlo reposar un rato. Ella había acompañado a Zach a Houston y su aporte fue excelente. Era como cargar una computadora prendida todo el tiempo. Cualquier anécdota, cualquier cifra, cualquier análisis previo o posterior estaba almacenado en su memoria. Recordaba caras, nombres, textos, números y situaciones por igual. Me trajo saludos y cuentos de parte de Alvar con quien había compartido de nuevo. Estuvimos revisando informes, estrategias y estructuras para el negocio de Houston. Cuando era obvio que se terminaban nuestros análisis, paró por un segundo en su constante hablar, me miró a los ojos y me preguntó si podía ayudarla con un asunto personal. No le respondí porque no me dejó. Empezó a hablar. Me dijo que desde que fuimos a Venezuela y se había montado en la moto del guardaespaldas le había estado escribiendo. Primero eran mensajitos ingenuos de amistad y luego la cosa había tomado peso. Él la había invitado a Caracas. Había sido totalmente honesto. Vivía dentro de la zona más marginal de un barrio pobre del extremo este de la ciudad. Petare, se llamaba el barrio. Su apodo allí era el Catire Petareño, porque aunque no era totalmente rubio, su genética mezclada recordaba a trazos a un rubio, era un catire oscuro, canelo, como los apodan en México, lo cual contrastaba con la media fenotípica de personas de tez oscuras en el lugar. No era extraño, Venezuela es una mezcla de razas al igual que en USA, con ingredientes diversos. Dierdra estaba decidida a ir. Quería un mes para su aventura. Prometía trabajar a distancia por teléfono y computadora. Le argumenté que yo seguía la filosofía de Marissa Mayer, la jefa de Yahoo, quien había prohibido los trabajos a distancia por ineficientes. Reía abiertamente mientras me acusaba de apoyar a las ejecutivas corporativas sólo cuando a un machista como yo le convenía. Dierdra estaba varios pasos por delante. Había consultado con Adaora Braz, la esposa de nuestro socio Alvar. Ella la había invitado a quedarse en su casa. Para mi sorpresa Dierdra había declinado. No quería sino quedarse con él, con su rubio, allá en Petare, dentro de lo que significaban tales precariedades. Alvar también había sido involucrado. Adaora le había pedido ayuda en el asunto. Él encontró una solución media. En pleno Petare, Alvar contribuía con la causa de una religiosa que mantenía un colegio para niños combinado con un dispensario gracias al apoyo financiero de varios empresarios. Dierdra podría pasar un mes allí trabajando y viviendo, como voluntaria. Compartiría con su pretendiente en los ratos libres. Alvar esgrimía una condición. No ayudaría sin la aprobación de Zach y la mía, requería una anuencia por escrito. A los ojos de la gente en la oficina Zach andaba tenso. Dierdra sabía que debía hablar primero conmigo. Yo reunía según su criterio dos condiciones de peso: era el único aquí que conocía al pretendiente y quien más podía influir en Zach.

> - Dos verdades que no producen una solución ni generan una certeza, le dije.

Yo podía intentarlo. Le prometí dos cosas: pensarlo y hablar con Zach. Se despidió con un beso muy suave en la zona del cachete más cercano a mis labios, lo dejó plasmarse por un segundo más de lo acostumbrado; sentí sus labios hundiéndose en mi piel, luego los retiró mientras me dejaba degustar su perfume recién puesto y se acercó a mi oído rosándome con su boca mientras me decía:

> -Gracias, no lo olvidaré, te lo prometo.

Sentí el calor de su aliento, se viró, caminó suavemente mientras me dejaba admirar su minifalda hasta que cerró la puerta lentamente y sin voltear, erguida, segura, su lenguaje corporal garantizaba que recordaría su petición y algunos momentos en Caracas.

Finalmente llegó el nuevo carro de Zach. Arribó el día que teníamos la cita con Aleksei Kechinov para el "Proyecto Kouklina". Nos esperaba en la casa de Fischer Island donde había compartido momentos con la Rusa Bella. Primero fuimos a buscar el auto. Zach estaba de buen humor. Parecía un bebé con la expectativa de su juguete nuevo. Aproveché su buena disposición para indicarle que Dierdra nos llevaría en su vehículo a recoger la nave en el concesionario de Pompano. Dejamos primero que Zach describiese el nuevo juguete. En términos técnicos y funcionales era parecido al anterior, las diferencias eran microscópicas, alimento de expertos para el ego y disfrute del conocedor, nadie más. Se medían en milésimas de segundo, milímetros y patrones de fuerza y velocidad de variadas escala. Un postre especial deleitado por quien pudiese entenderlas y apreciarlas, donde una micra de mejoría hace un abismo de diferencia. Algunos sutiles cambios de forma y diseño eran evidentes al ojo común. Notables para marcar estilo sin departir totalmente del modelo anterior que en mi caso mantendría por un tiempo y que Zach en el suyo guardaría como objeto de su colección. Cuando Zach agotó temporalmente el tema de motores, suspensiones, frenos e interiores aproveché la oportunidad y le presenté la propuesta de Dierdra. Le sorprendió la idea pero la tomó con calma mientras la observaba manejar. Dierdra sudó un poco, imperceptiblemente, a pesar del aire acondicionado. Zach le dijo que no tenía objeción a su ocurrencia. Apuntó:

-Últimamente nos persiguen las aventuras y el romanticismo. En general deberíamos ser cuidadosos. Nadie en esta organización es aventurero ni romántico en grado superlativo, salvo Chris, excepcionalmente. E inclusive él es intermitentemente moderado en ambos aspectos. Sin planificarlo podríamos caer víctimas de las circunstancias. Pisamos terrenos desconocidos. El peligro está en los efectos inesperados que afecten nuestra vida futura, en el hogar, en el trabajo y en la empresa. Deberíamos abrazar lo que la vida nos presenta sin perder la prudencia y cordura que nos han permitido navegar hasta aquí.

Dierdra dio signos corporales de haber perdido el hilo en el sentido de las palabras de Zach. Antes de que pudiese solicitar una pausa para una aclaratoria Zach la miró fijamente y le dijo que era ella quien probablemente tuviese más que perder. Dierdra nunca había experimentado un contexto de pobreza extrema y menos en el extranjero, pasar a una exposición de insalubridad y falta constante de higiene pudiera ser unos de los precios a pagar. Igualmente era quien más podía ganar si sentía que era amor y no interés lo que la llevaba por ese sendero. Si todo funcionaba, las satisfacciones serían inmensas. Por lo tanto, debía apreciar a su pretendiente y el contexto de su circunstancia como una oportunidad de aprender que el amor, la pasión, la bondad y la química existen en todos los estratos de la vida y sólo depende de nosotros apreciarlos y vivirlos intensamente en donde nos toque encontrarlos para abrazarlos y desarrollarlos con autenticidad, intentando mejorar lo que consigamos a nuestro alrededor. Tendría que cuidarse mucho. Si era únicamente una experiencia emocional sin trascendencia podía correr el riesgo de salir dolida en extremo. Los códigos y costumbres que se manejaban en el ambiente que pretendía destapar eran ajenos e inclusive antagónicos con su presente y sus costumbres de vida. Zach la admiraba y apoyaba por hacer lo que dictaba su corazón, una aptitud que le resultaba ajena y distante a su práctica racional y rutinaria. Dierdra contaría con todo su apoyo por hacer algo que él consideraría un imposible. Al punto de que si entraba en aprietos o la trataban de manera incorrecta, cosa que no anticipaba, con tan sólo avisar él personalmente iría al rescate. Después Dierdra se centró en sonreír y llorar intermitentemente por lo que pareció una eternidad y la única palabra que emitió fue "gracias" hasta que arribamos al concesionario. Zach le apuntó que no debía bajarse para evitar que la vieran en esa facha. Dierdra siguió gimoteando y agradeciendo mientras bajábamos del carro. Caminábamos hacia la sala donde nos recibía una anfitriona con porte de rusa, una especie de recordatorio tácito para ser expeditos y no llegar tarde a la cita con Kechinov. Sin conocerlo, forzarlo a esperar siendo nosotros los primeros interesados no se pintaba recomendable. Zach hizo caso omiso. A pesar de ser su tercer convertible de la misma marca y el mismo prototipo no impidió el disfrute de las explicaciones. Atendió con cara de ignorante las recomendaciones como si fuera la primera vez que tocaba un tipo de vehículo de esa marca. Sus ojos reflejaban la exaltación de un púbero. Producía placer observarlo a distancia como quien mira una película con un actor harto conocido donde uno intuye el siguiente paso de las acciones y para deleite del espectador, se confirman en la siguiente escena. Valió la pena esperar y ver su cara por primera vez detrás del volante. Propuso bajar por la carretera más pegada al mar. Se avizoraba poco tráfico y teníamos, según sus holgados cálculos, el tiempo a favor. Lo complací esperanzado en llegar puntualmente a la hora y en también recordar este trayecto a futuro como un momento especial. Arribamos a la estación del ferry dentro de lo previsto y en pocos minutos cruzábamos a Fisher Island. Varias miradas de admiración silenciosamente puestas en el carro nos acompañaban. Embeleso de personas a las que recién apeadas de vehículos más lujosos, la novedad les causaba curiosidad. Ninguno se atrevió a preguntar detalles. El observar de los curiosos era disimulado pues evidenciarse en público les incomodaba. Por el contrario, flotar en el bote que nos cruzaba incluía a Zach hipnotizado por la primera impresión de un piloto supurando alegría, desde ya proyectaba cuidadosamente conservar este novedoso modelo de por vida. Yo no entendía bien su afán de colección, la temporalidad que asignaba entre altos y bajos a lo material en general, me impedía comprenderlo en toda su dimensión. Él aseguraba que nunca había manejado algo similar. Prometió dejarme conducir de vuelta para que entendiera la magnitud de lo que aludía. Al llegar a la otra orilla divisamos a Kechinov y Kouklina esperándonos en un kart de golf. Al ver el nuevo auto fue evidente la sorpresa que causó en Kechinov. Me sorprendió tal reacción. Inédita en grado máximo para alguien poseedor de una colección de más de 10 vehículos, varios de los cuales superaban, al menos en lujo y precio, si no en performance, al modelo de Zach. Al principio Kechinov intentó poner cara de poker. Su admiración lo delató, era evidente cuando observaba las líneas del convertible de reojo mientras nos daba la bienvenida, sus ojos brillaban. Pensé que era conveniente haber causado tal impresión. El ruso rápidamente recobró su postura fría y calculadora haciendo un ademán para que los siguiéramos. Parecía parte de la narrativa de un comics el que un carro tan poderoso y brioso se conformara con seguir a un limitado y débil coche eléctrico. Nos mantuvimos dentro del protocolo con la prudente distancia. Al llegar a la casa entramos a una sala donde estaba un juego de los Miami Heat en Boston andando en el televisor. Había un claro dominio de Le Bron y su equipo sobre los rivales. Alguien llegó con una bandeja de cervezas frías en una bandeja de plata muy grande y gruesa llena de arabescos y espirales por todos sus bordes. Aleksei como ahora insistía que lo llamáramos, explicaba en un inglés muy fluido y con escaso acento que se trataba de la cerveza Tinkoff Golden que ya no se producía desde el 2004. Para nuestro deleite, él había conservado varias bien refrigeradas. Observamos el juego participando con distintos comentarios alusivos a Miami presentando una línea de partidos ganados que establecía esta temporada como la segunda racha ganadora de la NBA. La siguiente ronda de licor trajo la marca Baltika 9 (Krepkoe) también desconocida para nosotros pero de corte mucho más popular y accesible que la anterior, según explicaba Aleksei, mientras se jactaba de sus puestos preferenciales cuando Miami jugaba en casa a donde tenía la capacidad de invitarnos cuando lo deseáramos. Qué echón nos resultaba este ruso, barroco en sus modales, exagerado en la abundancia de sus prendas y artefactos, parecía querer mostrar cada cosa u objeto que poseyera. Juzgué la Baltika más fuerte alcohólicamente que la Tinkoff dilucidando si la invitación de Kechinov era un mero decir o una formalidad que se haría realidad. En cualquier caso di las gracias por las cervezas y los supuestos tickets para continuar rompiendo el hielo. Llegó otra bandeja parecida a la anterior que contenía vasos cortos de un fino y elaborado cristal junto a una hielera que le hacía juego con hielos cuadriculadamente perfectos de los que se utilizan en el Reino Unido para degustar los Whiskies de malta en las rocas, pero lo que traía de licor no era Escosés sino Vodka Zyr la cual nunca había probado. La sacaron de un refrigerador para verterla sola, sobre hielo, con un sabor intenso con textura de melado que cautivó con deleite desde el primer sorbo. Fue después de ese tercer trago que el ruso nos invitó a entrar en materia. Zach fue directo al grano. Sin rodeos expuso que deseábamos que Oxana Kouklina tuviese la libertad de comenzar una nueva vida y esperaba que fuese factible un arreglo que permitiera eso de inmediato. Kechinov frunció el ceño de su redondísima y rojiza cara. Miró con sus ojos medio achinados a Zach con fijación esmerada. Luego se pasó una gruesa mano por un dorado cabello cortado dos pulgadas al rape. Con la otra mano hizo un puño con el que golpeaba sin mayor fuerza su rodilla derecha a ritmo sincopado. Finalmente mordió sus labios como ponderando un decir y entonces comenzó a hablar si dejar de mirar a Zach ni un instante.

> -Esto es un negocio que no es un negocio. Es una petición que no se acostumbra. No está dentro de nuestro modelo usual de factibilidad. Pareciera más una traición que una solicitud. Involucrarlos a ustedes nos pone en peligro a todos. No me gusta tomar riesgos. Menos con personas que no conozco bien, solo sé de ustedes por referencias. La relacionada en esta ocasión es parte interesada. Eso no la define como objetiva. Hay conflictos de interés. Somos reacios a los cambios imprevistos. Especialmente cuando actúan en contra de nuestras normas. Cada detalle debe ser considerado, pues ustedes pudiesen tener aportes que nos podrían apetecer dadas algunas circunstancias que se están presentando súbitamente ante las cuales debemos reaccionar con rapidez. Dentro de esa perspectiva quizás hoy sea su día de suerte.
> - Lo escuchamos, dijo Zach en voz clara y diáfana.

Kechinov pretendió no escucharlo, prosiguió sin pausa, expresando su línea de pensamientos. Alrededor, el ambiente se percibía mezclado y decorado en exceso, el recargo era evidente.

- Comencemos desde el principio, Sr. Zach. Normalmente no vendemos nuestros mejores productos. Siendo Oxana Kouklina uno de ellos, la necesidad no es imperiosa. Ella genera un flujo de caja constante. Atiende mayoritariamente a gente que nos puede generar beneficios a futuro, sean políticos o económicos. Ustedes son una excepción por ser de los primeros clientes que ella captó en cartera y han sido o son excelentes pagadores. Entiendo que siempre la han tratado bien, nunca la han humillado. Una cosa es que un ruso humille a otro. Otra muy distinta es que un extraño humille a un ruso, eso no se perdona, al menos no en mi libro. Su calidad humana es indiscutible, los hemos observado a distancia. Por eso accedí a la cita. Ojalá todos en esta ciudad fueran tan buenos clientes o amigos de nuestras mujeres como lo son ustedes. Por eso accedí a la cita. Lamentablemente no podemos ser amigos. A ustedes no les gusta nuestra forma de hacer negocios y nosotros no podemos sobrevivir haciendo las cosas de la manera que ustedes las ejecutan. Imitarlos nos daría fama de débiles. Nuestra competencia se aprovecharía sin misericordia para desplazarnos de este mercado tan competido. Somos profesionales, prestamos un servicio de primera. Ustedes han utilizado y disfrutado nuestra oferta profesional sin quejas aparentes. Admito que es una acción ilegal. Concedan que es ilegal de parte y parte. ¿Saben que solicitar prostitución es un delito penado por la ley? Ilegal, sí, ilegal, igual que proveer el servicio que es lo que nosotros hacemos. Oferta y demanda, en este sub-mundo, ambas son consideradas ilegales. ¿Convenido? En ese sentido somos cómplices y es la razón primordial por la que estamos hablando. Por eso accedí a la cita. La calidad humana de Oxana Kouklina se considera un segundo elemento a evaluar. La estima que todos los presentes le tenemos por distintos motivos sería la tercera. Por eso accedí a la cita. La cuarta es que acaso seamos inteligentes y podamos ayudarnos mutuamente. Eso sería la clave del éxito, si es que llegar a un acuerdo provechosos se puede considerar eso. Por eso accedí a la cita. Debo advertirles, cómo no puedo acudir a la ley si ustedes me traicionan la única justicia a la que puedo aspirar desde el momento que detecte una falla es la mía: tomaría su vida en mis manos. No deseo ser rudo. No me mal entiendan, no es una amenaza, esa es la realidad, es cruda, suena fuerte, es mejor expresarla claramente antes de negociar. Por eso accedí a la cita.
- Zach: no lo malentiendo, prosiga.
- Chris: ¡déjalo hablar!
- Kechinov: No me interrumpan, se los ruego.
- Chris: Disculpe.
- Kechinov: Ustedes podrían especular que individuos como yo no son

deseables pero con frecuencia somos necesarios. Cada quien de vez en cuando genera un enemigo. Conocemos su relación con Draco Talletti. Sabemos en detalle lo que les hizo. Entendemos la impotencia que deben sentir. En el lado oscuro todo se sabe, tenemos esa ventaja. Los actores se conocen. Es fácil identificar a quienes por debilidad de carácter o echonería se jactan de sus travesuras, burlándose a sus espaldas. Para ponerlo claro, sería más sencillo que me pidieran desaparecer a Talletti que dejar ir a Kouklina. Tengo gente que me debe favores. Conocidos que estarían encantados de saldar cuentas conmigo haciendo el favor de ocuparse del jactancioso de Talletti. Es algo común, práctico y agregaría valor a la reputación de mi grupo. Nadie se enteraría de que les estoy haciendo un favor y la satisfacción que ustedes sentirían sería inmensa. Y si al momento no lo perciben así, créanme, les garantizo que hacer justicia con esa lacra les agradaría en demasía. Lo de Oxana es delicado. Dejarla libre a cualquier precio dañaría mi reputación. Yo vivo de eso. Se me puede sublevar eventualmente el resto del equipo. Muchas de las cuales los conocen de trato o por referencias. No sería fácil. Ella tampoco podría desprenderse de todo el mundo y menos si sigue viviendo en Miami. Tarde o temprano se toparía con clientes o compañeras de trabajo. Ninguno entendería la nueva situación. Sería incomodo para una y otra parte. Una solución digna para todos es difícil de conseguir. Déjenme pensar el asunto. Desde que ella solicitó la reunión no intentó marearme me explicó de qué se trataba con honestidad. Déjenme ponderar la cosa. Le he estado dando vueltas a la cabeza. Al igual que ustedes yo la aprecio. Por eso accedí a la cita. Yo no exteriorizo mi aprecio de forma tan romántica. Mi negocio no permite ese tipo de debilidades. Ustedes gozan de libertades que por principio no me tomo. Mi reputación es clave en este negocio.

Me daba rabia escucharlo hablar. Jactado en su propia arrogancia, rodeado de sus exageraciones. Aquel caminar de vaivén alternando ademanes con gestos prepotentes no le ayudaban. Parecía un escena surreal. Una burda imitación. Película barata sobre el género sin las herramientas requeridas para el oficio actoral que le permitieran convencer a la audiencia. Por suerte mi instinto me recordaba que esta era la realidad. No era un montaje accidentado de una pieza, no era teatro decaído, ni cinema improvisado. La prudencia me llamaba a ser cuidadoso, nos recomendaba cautela. "Esto es lo que hay", me recordé de ese cómico dicho de Juana, no eran juegos. Sonreí levemente a sabiendas de que no podíamos darnos el lujo de menospreciarlo. Los peligros implícitos no eran tonterías. Me pregunto por qué en situaciones difíciles y tensas suelo sonreír. ¿Qué mecanismo de defensa es ese? Otra pregunta para Genevieve, cuando la vuelva a ver. La mirada de Oxana al escucharlo disipaba cualquier vestigio de duda sobre la seriedad del asunto. Con sus ojos lo expresaba todo.

Se mostraba con miedo y con un vestigio de sumisión que antes no era evidente. ¡Qué lástima vivir así constantemente a pesar de un relativo confort, algo de ingresos y esos toques dramatizados de glamour en esteroides! Qué desgaste emocional, qué tristeza interna debe sentir. Yo hubiese preferido el norte de Rusia, su lado más inhóspito, sobrevivir abriendo huecos en el hielo durante el duro invierno para intentar pescar o morir de hambre y frío en la tentativa, pero libre, siempre libre. Habría que vivirlo para sentirlo, me corregí, ese frío quiebra los huesos, ese no era el tema, estaba divagando, estaba yo aquí para ayudar no para juzgar. Continué atentamente escuchando balbucear a Kechinov su burda lenguarada, una decadente justificación de crímenes y felonías.

> -Mi negocio sufre de ciertas tensiones extemporáneas, eso nos da oportunidad de negociar. Yo poseo algo que ustedes anhelan. Qué hagan posteriormente con ella si pagan el precio justo me tiene sin cuidado. No podrá llevarse todo lo que tiene, su carro actual sí, ya es de ella. Parte de ese dinero que le guardo es para su familia. Lo seguiré pagando. Soy un hombre de palabra. Mi reputación es clave en este negocio.

Miré a la Rusa Bella de reojo y sentí su lado humano. El flanco débil. La parte íntima, donde cuando uno emigra y deja atrás a sus seres queridos, a pesar de razones justificadas, uno termina con un sentimiento de perro traidor, afilados dientes que muerden el sentimiento en la soledad del nuevo destino al expatriado. Lo que escuchaba no ayudaba a la causa. Parte de su ingreso retenido, el que no podía gastar, el que Kechinov guardaba sin pagar intereses, no lo devolvería en su totalidad. Esperábamos que eventualmente llegase a sus padres, ¿quién sabe? Seguí escuchando mientras me enervaba por dentro.

> -Para mí ella vale dos millones.
> -¿Qué? Le contesté.
> -No he terminado, continuó Kechinov
> -Chris: No esperábamos ponerle precio como si fuera una mercancía. ¡Es una cifra exorbitante!
> -Kechinov: Todo tiene su precio Sr. Cox. ¿Oxana te incomoda que te ponga precio?
> -Oxana: No, no me importa.
> -Kechinov: Sr. Chris Cox, esto no es una cita romántica. Oxana es mi mercancía. Generalmente la alquilo por horas. Es un activo, en su lenguaje técnico. Hoy, si le entendí, ella está siendo negociada para la venta. ¿Entendí mal? ¿Debo desistir o me dejará continuar? No apreciaría que se me ponga altanero y menos a estas alturas del juego…
> -Zach: Chris ¡por favor!, esperemos a ver qué tiene que decir el Sr. Ke-

chinov
- Chris: no me gusta que se refiera a un ser humano como un objeto.
- Oxana: No me importa…
- Chris: ¡por favor!
- Zach: Chris, no es el momento para emociones, estamos aquí por negocios, terminemos de escuchar la propuesta que el Sr. Kechinov amablemente desea exponer.
- Kechinov: ¿debo continuar o terminamos?
- Chris: lo siento, continúe.
- Oxana: gracias.
- Zach: adelante, por favor, prosiga.
- Kechinov: ¡ahora sí comenzamos a entendernos!

Oxana me miró con aprensión, respiraba temor. Recelosa ante cualquier reacción de las personas en la sala, utilizó el silencio acompañada de un vistazo rápido y profundo donde trasmitió que por el camino que yo transitaba, la empujaría a su perdición. Entendí en un instante. Comprendí que si no teníamos éxito su vida cambiaría, probablemente habrían represalias. Ya Kechinov la había expedido como mercancía, quería obtener algo por ella que le interesaba más que ella misma. Si no lo lograba, ella pasaría a ser carne de segunda, a pesar de su belleza. Saldría del pequeñísimo grupo de las privilegiadas. Ya no sería personal de confianza, pasaría a ser de las que explotan al máximo a cambio de poco o nada, sin que pueda haber reclamo alguno sin sufrir peores consecuencias. De inmediato entendí mi error. Con ese twitt silencioso que me disparó con su mirada entendí que la brutalidad de dejarme llevar y expresar mis emociones era la vía incorrecta. Para nosotros lo que sería una aventura representaba para ella su porvenir, abrigaba la esperanza de resucitar de esa muerte en vida que es la esclavitud. Se me vino la película de Lincoln a la cabeza y ya no me sentí cercano al Quijote. Me desconcentré por un instante, fue un escaso segundo, antes de reaccionar y añadir al diálogo.

- Perdone, Sr. Kechinov, por mis interrupciones, reaccioné al precio porque nunca he comprado a una mujer, pero observándola bien, vale eso y mucho más…
- ¡Ahora sí, comenzamos a entendernos! Usted no ha comprado pero sí ha alquilado, muchas veces, es prácticamente lo mismo, que se lo digo yo. ¡Ahora sí, comenzamos a entendernos! Llámeme Aleksei. Llámeme Alek si quiere. Ya le dije, lo considero y lo respeto. Entiendo sus emociones, las comprendo, son naturales en su mundo. Oxana genera emociones, las aprecio, de allí he sacado mucho provecho y espero poder sacar provecho hoy. No me mal entienda. Deseo el bien de Oxana. A usted, como mencioné, también lo considero. Recuerde, le insinué que me puedo ocupar de su peor enemigo. No fue una broma, prefiero verlo

como una prueba de amistad, de mí hacia ustedes. Piensen, el enemigo no soy yo. Su enemigo es Draco Talletti. Yo puedo disponer de Talletti en varios niveles y en varias formas. Talletti trata mal a mis chicas, ¿lo sabían? Lo detesto. Ha tratado mal a Oxana, ¿lo sabían? Apuesto a que usted no conocía esos detalles. Ha tratado mal a las otras rusas, incluyendo las favoritas del Sr. Zach y el Sr. Zach estuvo enamorado de una de ellas, ¿lo sabían? Si lo ignoraban, ya lo saben, es mejor así, que pongamos todas las cartas sobre la mesa. Para mí es parte del negocio, pongo a Talletti sobre la mesa pero no termino, me falta lo más importante.

- Zach: Alek, perdone que lo interrumpa. Aprecio lo que coloca sobre la mesa. Indiscutiblemente usted no es el enemigo. Con certeza, ese animal, Talletti, sí lo es. Ahora lo detesto más, después de evidenciar que además de ser un corrupto ladrón también es un cobarde que maltrata a sus chicas. Sería ideal que usted se ocupara de él, para mí sería una solución fácil que no deseo. Debo ser enfático. Opino por mí, no por Chris. Prefiero en este momento perdonar a Talletti y olvidarlo. Nos hizo mal y ya la vida se encargará de él. Intento dejarlo en el pasado. Al pensar en él me arde el estómago. Si usted se ocupara de él por nosotros, no podría perdonármelo, lo recordaría doblemente, por odiarlo y por no poder ocuparme de él personalmente. Como no tengo el coraje para hacerlo y obviamente no tengo la estructura necesaria de la cual usted goza, prefiero perdonarlo, me he sentido últimamente bien habiéndolo perdonado. No pretendía interrumpir su exposición, deseo agradecer y aclarar ese punto para que usted considere si es posible sacarlo de la ecuación de esta negociación.

- Kechinov: Ahora entiendo por qué el Sr. Chris Cox ha traído a su socio, tiene usted en el Sr. Zach un amigo inteligente. Se muestra ponderado. Respeto sus sentimientos. Mantengo mi oferta hasta el final y aún después de hoy seguirá abierta, lleguemos o no a un acuerdo. Nunca se sabe, podría ser que cambien de opinión. Pero si vuelve con esa idea luego de hoy entonces será otra negociación adicional. Cuando cambian las condiciones los precios fluctúan. ¿No es así que dicen ustedes lo de las finanzas?

- Chris: gracias Alek, coincido con Zach, hemos pasado la página de Talletti, ese puerco está olvidado, por ahora... Si en el futuro volvemos, que no lo creo, estoy de acuerdo en que sería objeto de otra negociación.

- Kechinov: ¡Ahora sí nos estamos entendiendo! Permítanme continuar. La película apenas comienza. Se han terminado de ganar mi confianza como hombres de negocios. ¡Ahora sí, nos estamos entendiendo! No parece, pero pudiéramos terminar siendo amigos. Ahora les voy a hablar como amigo. Pasemos a la biblioteca.

Sin esperar respuesta caminó guiándonos hacia otra habitación, esta era más suntuosa que la anterior, exhibía librerías, estantes y buen arte por doquier pero siempre dentro de la exageración y las ganas incontroladas de mostrar todo lo que se posee. Sillones de cuero oscuro color caramelo adornados con cojines de todos los estilos y colores contrastaban con la poca luz que delicadamente y sin pretensiones se filtraba por una de sus ventanas. Tomó asiento en una poltrona más grande que las demás junto a una pequeña mesa construida en fina caoba que soportaba otra bandeja de plata similar a la anterior, donde reposaba otra botella de vodka, vasos y una botella pequeña de agua Evian. En seguida pensé en Miranda al ver el recipiente y le envié un par de mensajes desde mi celular, en uno decía que la extrañaba y en otro le mandé un beso. Miranda me respondió que si no había soñado con ella. Dentro de la locura que estábamos viviendo me desorienté nuevamente para enviarle un improvisado poema.

" Y aquella noche cuando soñé contigo no sabía si flotaba o me arrastrabas. De cualquier forma hiciste lo que quisiste con mi corazón pues al despertar me latía tan rápido que me asusté y olvidé lo que soñaba, quedó tu perfume como única memoria y eso desayuné."

Miranda contestó con una breve frase que me hizo reír:

> -"Cursi, muy cursi, bastante rococó" pero me encanta...un beso.

Aleksei me miró y preguntó:

> - ¿Se está divirtiendo, Sr. Cox, o está pidiendo refuerzos por su celular?
> - Perdone Alex, un asunto de la oficina que me causó gracia, perdone la interrupción, mejor apago este aparato.

Aleksei comenzó a servir personalmente. Esta vez la vodka era distinta. Describía en voz alta que se trataba de Stolichnaya Elit Himalayan Edition, un licor de supuesta hechura especial, utilizando aguas de las montañas del Himalaya, ¿quien iría hasta allá a buscar el agua...? Y con los mejores granos de trigo ruso, esa parte era más creíble. Así se destilaba esta vodka. El contenido estaba presentado en una sofisticada botella de cristal, y que soplada a mano, otra extravagancia digna Kechinov acompañada de un punzón para hielo bañado en oro. La anécdota rebuscada sobre este fino alcohol, combinaba perfecto con su gusto por la jactancia. Una marca más con la que estaba hecha su personalidad. La Evian era para Oxana, el resto, los hombres, elevamos los vasos y brindamos diciendo "salud" mientras probamos el líquido, frío y transparente, sabroso, para luego asentir con la cabeza en señal de aprobación con igual frialdad. Realmente supo divino. Era un néctar agresivo y frío, que buena metáfora para la atmosfera reinante: fría y agresiva. Había que aceptarlo: Aleksei no tenía pelos en la lengua ni perdía tiempo adornando lo innecesario: el tipo iba al grano.

> - He estado por decirles. Últimamente me siento incómodo. Hay un problema que no puedo manejar por completo. Me siento ultrajado.
> - Zach: ¿De que se trata Aleksei? Por favor continúe, si podemos ayudarlo lo haremos…
> - Es parecido al sentimiento que ustedes albergan después de que Talletti los ultrajara. En este caso se trata del sistema. El sistema no tiene cara como Talletti. Si fuera ese el caso ya lo hubiera solucionado a mi modo.
> - Explíquese mejor por favor…
> - Es el sistema aunado con la banca, esos son los malhechores en este caso, por eso no tienen una cara sino muchas. Se trata de Chipre. Como usted sabe muchos rusos tenemos depósitos allí. Esa isla es para nosotros un paraíso como pueden ser las del Caribe para ustedes por ejemplo Bermudas, Bahamas, Cayman, etc.

Aleksei por primera ponía cara de preocupado en la conversación y Oxana se veía más relajada, como si su instinto de mujer le dijera que este asunto podía beneficiarla.

> - Aleksei: muchos hemos depositado grandes sumas de dinero. Aquí en Occidente nos critican a los rusos por eso. Opinan que lavamos dinero allí. Ciudadanos con otras nacionalidades depositan también buscando las atractivas tasas, muchos de ellos son ingleses.
> - Chris: la crisis es complicada, esa primera propuesta de un impuesto a los depósitos de seis por ciento o más fue interpretada como una afrenta.
> - Aleksei: ¡exacto! Los bancos robándole a sus ahorristas para salir de la crisis que ellos mismos generaron al sobreexponerse con los papeles y deuda de Grecia. ¿Le suena familiar?
> - Zach: 2008, crisis financiera, burbuja inmobiliaria, Lehman Brother, J.P. Morgan para nombrar sólo dos, activos subyacentes sobrevaluados, bancos recomendando papeles que eran peor que basura, espirales financieras pagando altos intereses para atraer a los más ambiciosos, vanidad como moneda, engaño como vehículo o viceversa.
> - Aleksei: ¡exacto! Ustedes lo definen correctamente y conocen de cerca a esos actores. Pues es por eso, quisiera tener su experticia, la necesito. Tengo mucho dinero depositado en Chipre. El panorama no está claro. El ambiente es raro. La Madre Rusia primero promete ayuda y luego la niega. ¿Quién se enfrenta a la Madre Rusia? Algunos exigen que se re-

velen los nombres de los depositantes rusos, como reprimenda y castigo simultáneos. El tamaño de la economía es tan pequeño que algunos opinan que es mejor dejarla irse por ese barranco para que sirva de ejemplo al resto de Europa, Chipre es cuando mucho la cola de Europa y a esa escala luce pequeña.

- Chris: no creo que se arriesguen a tanto, eso tendría el peligro de arrastrar a Irlanda, Grecia y a España e inclusive a Italia y Francia si no son cuidadosos.

- Zach: Alemania es la líder indiscutible. Se niega a ayudar en las condiciones actuales. Alemania no quiere que el dinero de los impuestos, cobrados a sus ciudadanos, financie la avaricia y la falta de transparencia rusa, ni tampoco la chipriota. Además se avecinan elecciones y Ángela aspira a un tercer término, ese elemento, convenientemente, también forma parte de la ecuación.

- Aleksei: La historia esta repleta de conveniencias. Olvidan ustedes la etapa filocomunista de la canciller alemana -sí de la propia Merkel, no me pongáis esa carita de incrédulos- ¡sí! en la antigua Alemania del Este. ¿Se venga de los rusos? ¿Qué le hicimos? Para cualquiera es delicado si se revelan los nombres de los cuenta-ambientes. Son depositarios que confiaron en el sistema financiero de Chipre. Eso rompe cualquier principio de confidencialidad ¿Es que no hay derechos ciudadanos para los rusos? Muchos sufrirán. Los rusos somos ciudadanos de segunda ante las bancas de Occidente, sí, los rusos y el resto de la llamada Europa del Este, incluyendo a sus estimados ucranianos, por eso muchas de esas "nuevas naciones" consideran acercarse ahora a lo que era el antiguo Bloque Soviético, inclusive Putin anda con el proyecto de reponer ese antiguo gigante en el mapa para intentar competir de tú a tú con las tres superpotencias: USA, China y UE. ¡Ustedes sí conocen lo que es eso, lo que es sufrir como ciudadanos de segunda! A los amigos de su antigua patria los tratan de forma equivalente. Uno abre una cuenta hoy y mañana te la cierran. El procedimiento ocurre sin aviso y sin protesta. No hablo de individuos de procedencia enredada como yo. Olvídense de este ruso. Entiendo perfectamente dónde estoy parado. No soy un iluso. Conozco las bondades y limitaciones de mi ocupación. Hablo de los buenos ciudadanos rusos, ¡que sí los hay!, son muchos, al igual que en cualquier país, ciudadanos confiando en una banca que les daba unos convenientes puntos de más, perjudicarlos sería un infame error. Es siniestro que generalicen arrojándolos al mismo saco. ¿Por qué los bancos americanos y europeos los tratan como vulgares sospechosos? Repito, es un cuadro perverso. ¿Sólo por ser rusos? ¿No les permiten el beneficio de la duda? ¿Los juzgan antes de ser culpables? Y ni que los banqueros tuviesen moral para ser modelos de buena conducta, usted acaba de nombrar a dos joyas, Morgan y Leh-

man, usted dirá... Al igual que a sus paisanos, los bancos les vigilan cada movimiento de sus cuentas con sus afinadas lupas digitales, bueno, seamos justos, tengo información de que Morgan se hace la vista gorda con los corrutos de su antigua tierra, les atraen sus petrodólares, eso dicen en nuestro ambiente, aquí todo se sabe... Por el contrario, como les decía, los rusos no pueden recibir o erogar fondos sin que alguien los interrogue: ¿para qué, cuándo, dónde? Es incómodo. Todo es objeto de sospecha. El recelo extremo por adelantado es un insulto a la dignidad del ser humano. En esta época de transacciones electrónicas los humillan sin piedad. Me recuerda al trato recibido por los siervos feudales de la Edad Media, no todo era tan romántico como lo pintan. Les hiede su dinero, aunque sea bien ganado les huele mal. Por eso Chipre fue un atractivo. Era fácil abrir una cuenta. Te trataban bien, con deferencia. No te hacían preguntas insultantes. Uno se sentía respetado, inclusive apreciado.
- Zach: no espero que la crisis de Chipre dure mucho tiempo.
- Aleksei: eso no lo sabe nadie. Ya llevamos días con los bancos cerrados. Un "Corralito Argentino" de facto que nos impide movilizar los fondos que son legalmente nuestros.

En ese preciso momento me sentí tentado a preguntarle ¿pero usted no hace lo mismo con sus prostitutas? A ellas las trata como si usted fuera un señor feudal, se aprovecha de que no pueden abrir cuentas bancarias para guardarles sus dineros sin pagarles intereses, si se escapan pierden el trabajo de una vida vendiendo su propia carne y se queda con las pírricas mesadas que usted envía a sus familiares allá en la Madre Rusia. Al lado suyo Morgan es un príncipe, un niño de pecho, no confunda las cosas ni se escude de forma tan burda detrás de algunas fallas no justificadas del banco mas grande del país, después de todo esa institución produce ganancias con creces y paga penalidades casi exorbitantes por sus errores. El ruso no estaba siendo objetivo o no sabía de lo que hablaba o las dos cosas. Dos verdades en este caso no hacían una mentira, enmarcaban una verdad más grande. Me sentía seducido por las ganas de provocarlo pero me atajé a tiempo. Nuestro objetivo era liberar a Oxana. No veníamos a juzgar el estilo de vida de este pandillero ni los avatares a la banca de aquí o acullá. Zach estaba equilibrado, actuaba con el objetivo en mente, no se desviaba del curso, se notaba concentrado. Me contuve, esforzándome por limitarle a escucharlos.

- Zach: ¿qué propone usted Aleksei?
- Aleksei: Propongo algo interesante, ignoro por qué confío en ustedes. Debe ser porque sé donde encontrarlos si llegasen a venderme, conozco sus movimientos.

No me gustaba su forma de hablar. A pesar de su preocupación, la cual se veía auténtica, seguía con esa antipática apariencia de ser dueño del mundo a través del control de sus fuerzas, las cuales podía desatar sobre la humanidad de alguien a través de sus secuaces. Habría pocas posibilidades de evadir el daño que pudiese causarle a uno tal embestida. Miré a Oxana que sabía cómo me sentía y evadía mis miradas viendo una obra de arte contemplativamente, como rezando para que yo me contuviera y no me distrajese del objetivo. Aleksei siguió hablando mientras se paraba e iba hacia los estantes de la biblioteca. Nos hizo un ademán para que nos uniéramos y lo siguiéramos. Tocó un botón electrónico y se abrió un pasillo oculto que bordeaba buena parte de las estanterías. Detrás de cada espacio para libros había un espacio similar, como una despensa escondida que albergaba dinero en efectivo muy bien organizado en sus estanterías. Había billetes de alta denominación, principalmente en dólares, libras esterlinas, euros y francos suizos. Con una rápida mirada calculé millones. No dejó pasar mucho tiempo. Buscaba un efecto visual y lo había logrado. Volvimos a nuestros asientos. Vertió un poco más de vodka en nuestros vasos. Zach no parecía impresionado. Oxana actuaba como si lo hubiese visto infinidad de veces. Sólo yo tenía cara de impresión. Reconocí en mi interior que esta vez Zach estaba jugando al poker como todo un profesional. Mantuve silencio. Aleksei retomó su asiento, respiró hondo para pausar y continuó su exposición.

> - Es obvio que lo que me preocupa es qué hacer con tanto cash. Usualmente lograba transportarlo a Chipre con relativa facilidad. Eso será cada día más difícil. Preocupante al máximo, peor es lo que tengo allá. Es mío pero no está en mis manos. Está en posesión de los bancos. Los bancos están perdiendo su autonomía. Es posible que pierda un alto porcentaje de mi dinero o que se me inmovilicen los fondos por un buen tiempo. Necesito preservar lo de allá, movilizar ese dinero y hacer algo también con el de acá, tengo escondido más de lo que acaban de ver. No es bueno tener ni esto ni aquello paralizado mucho tiempo. Es peligroso. Mis socios están igual de nerviosos o más que yo. Al menos no estoy solo.
> - Zach: La situación no está fácil. Tengo información de que para los depósitos por encima de $100.000 el impuesto puede ser superior y llegar hasta un 20%.
> - Aleksei: ¡No me diga eso! ¿Está usted seguro? Eso sería fatal.
> - Chris: Es así. La "quita", ese arrancón, afectaría aparentemente a los del mayor banco en Chipre, al Cyprus. Esa es la tendencia de la troika, son: la Comisión Europea, el Banco Central Europeo y el Fondo Monetario Internacional, añada a ese caldo otros dos condimentos, la opinión del Banco Central de Chipre y la del Gobierno. De esa mezcolanza saldrá la decisión. Muchas verdades producirán una verdad mayor o de-

rivarán hacia una mentira.
- Lo ven, ustedes son más versados que este pobre ruso en la materia. Necesito de ustedes, debo saber qué hacer y cómo y cuándo. Puedo perder mucho en esto si no logro prepararme.
- Zach: la postura de Alemania es diferente. Para ellos la "quita" debería incluir a los fondos de pensiones nacionalizados. No hay una solución idónea. No creo que la Cancilller Merkel ande pensando en vendettas. Ella está por encima de eso, su trascendencia histórica depende de otros factores. Merkel no se dejaría tentar por eventos que para su escala son una menudencia. Ella, si lo tuvo, dejó su supuesto pasado comunista a un lado, fue otra vida, sucedió dentro de otras circunstancias. Cualquier persona necesita una segunda oportunidad. Precisamente por esa razón estamos aquí, pretendemos una segunda oportunidad para Oxana, nada más. La Comisión Económica del Eurogrupo al final deberá aprobar una solución viable. Eso sería esencial, si todavía Chipre siguiera siendo considerada parte integral de Europa, independientemente de su minúsculo tamaño dentro de la escala Europea. Los filocomunistas alemanes en su mayoría fueron como algunos filochavistas de hoy, personas forzadas dentro del contexto de una filosofía que se les imponía por la fuerza literal o por la fuerza de las circunstancias, se adaptaron como pudieron para sobrevivir. Cuando cayó el muro de Berlin y sintieron los vientos de libertad expandiéndoles el pecho, sin los precedentes miedos a la retaliación, avanzaron rápidamente en dirección opuesta buscando la democracia y el sueño de una Alemania unida, nunca retornaron sobre sus propios pasos, Merkell es un testimonio más de ese sinuoso tránsito y eso precisamente marca su liderazgo, ojalá gane su tercer término, le hará bien a Europa. Aspiramos algo parecido también para Oxana, una solución sin miedos a la retaliación buscando su libertad.
- Aleksei: ¿Y ese análisis político me afecta a mí? Si no me afecta no me preocupe con esas honduras que ya mi ansiedad está al límite.
- Chris: Realmente le concierne. Las cosas están interrelacionadas globalmente, en particular estos asuntos afectan a Europa, Rusia y Grecia, cuando uno se enfoca con detalle, entiende que incumbe a cada individuo con una cuenta bancaria en Chipre, usted entraría en esa categoría.
- Zach: Es un tema altamente inquietante. Los ministros de finanzas de la Eurozona buscan alternativas. Nadie sabe lo que pasará. Ni siquiera Christine Lagarde, aunque parece que ella como directora del FMI auspicia que se divida al segundo banco. El Laiki sería fraccionado para tratar de salvar una parte "sana" de la institución.
- Aleksei: Ahora sí me voy a desvelar por completo, llevo días sufriendo con este desasosiego.

- Zach: Nosotros llevamos meses con el temor de que una persona aquí presente a quien apreciamos y a quien le vemos mucha capacidad para evolucionar como ser humano, Oxana, no pudiese tener una oportunidad de ser libre para decidir qué realmente anhela hacer con su vida. Ese es el objeto de nuestra visita. Ayúdenos a buscar una solución. Por favor indíquenos qué propone usted, cuál sería su oferta.

Por fin Oxana despegó su mirada del horizonte y me miró fijamente. Pretendiendo estar ausente, era obvio que había escuchado todo con atención. Me veía vivamente, turbada, con ansias de conocer su futuro. Futuro, el evasivo destino por el que abogábamos sin saber si se escurriría entre nuestras manos.

- Aleksei: Sí, perdonen, los he incomodado con tanto azoramiento, no se aturdan, ¿he hablando de más? Busquemos una solución integral. Escarbemos un poco, seamos creativos. Si ustedes se encargan de rescatar mis fondos en Chipre para invertirlos en otros entes financieros menos riesgosos, entonces yo podría inspirarme. Si ustedes se ocupan de mi efectivo aquí en USA para lograr documentarlo debidamente en instituciones desde donde yo los pueda manejar directamente, entonces yo podría inspirarme. Si ustedes me cancelan por adelantado el precio de su obsesión por esta mujer que ya lo he estimado en $2 MM, entonces yo podría inspirarme. Si ustedes firman un acuerdo privado donde establezcamos estos parámetros y donde juren no delatarme ni perjudicarme en forma alguna, entonces, señores, amigos míos, la Sta. Oxana sería libre. Libre de hacer lo que desee y todo ese romanticismo que han señalado. Antes no, ni lo consideren, primero debo inspirarme, sean creativos.
- Zach: Estimado Alek. Usted ha sido claro en señalar cómo hemos roto las normas de la sociedad al contratar prostitutas en el pasado. Hemos faltado a la ley. Usted está muy bien documentado sobre nosotros, tanto que pareciera una forma de amenazarnos. Es obvio que nos puede localizar y actuar en nuestra contra, hayamos o no firmado lo acordado. Usted tiene la fuerza. Usted nos propone que de nuevo actuemos fuera de la ley y que a cambio de eso seamos cómplices en varios delitos, inclusive en el asesinato de un enemigo común, pues entre líneas se lee que usted también tiene otras cuentas adicionales sin saldar con Talletti, asuntos que desconocemos. No queremos nada de eso. No es válido para nosotros. No quebrantaremos más la ley. Esa vía es imposible. Ya hemos perdonado a nuestro enemigo. No lavaremos su dinero. No movilizaremos sus fondos. No podemos pagar dinero por Oxana. Lo hicimos en el pasado cuando alquilamos su cuerpo, su tiempo y su compañía, pero ya no lo haremos. Estamos arrepentidos. No pagaremos por ningún ser humano en circunstancia alguna. Deseamos la libertad

de Oxana. Ella lo merece. Usted lo sabe. El punto donde podemos ser flexibles vale más que eso, mucho más, es el siguiente: podemos asesorarlo sin tocar su dinero. No movilizaremos nada, ni el efectivo aquí ni los fondos allá. Podemos asesorarle: indicarle qué hacer en términos de finanzas, inversiones, bancos, monedas, etc. Lo podemos hacer a cambio de nada o digamos que es una equivalencia. Inclusive lo haríamos si no libera a Oxana. Por ejemplo: tome sus pérdidas en Chipre del 10 o el 20%, lo que sea al final ese maldito e injusto impuesto: la quita. Lo recuperado sería dinero limpio, redimido, esa es la parte buena, aproveche ese trueque: 80% limpio de lo que era 100% sucio, ese es el mensaje intrínseco de las autoridades europeas. Visto de esa forma no es tan malo, tómelo, no mire a atrás. Colóquelo en un buen banco asiático que lo recibirá con los brazos abiertos. Existen buenos bancos en Asia. Luego le diríamos cuáles son honestos, mejor dicho, fiables. Invierta en los índices asiáticos, después seremos más específicos. Vea la "quita" chipriota como el precio que tuvo que pagar por "lavar" su dinero. Si le toca usar la misma fórmula para su efectivo de aquí hágalo, antes de que alguien lo delate y le embarguen el físico que esconde mediante una simple redada o peor: un robo. Ese dinero allí es una tentación. No se crea intocable. Trate de migrar a negocios lícitos, ya tiene recursos para el disfrute de varias generaciones. No cobraremos por nuestra gestión. Será un trueque, un intercambio de favores. Por cinco años puede consultarnos sobre inversiones, pero no sobre ilegalidades, ni siquiera sobre irregularidades. Inversiones y recomendaciones financieras, en eso nos enfocaríamos. Eso serán los temas a discutir. Si usted está de acuerdo nos damos hoy la mano. Un apretón será suficiente para nosotros. Lo de Oxana no lo vea tanto como un negocio. Sería más bien un acto humanitario. Ella vale mucho más que su precio. Ella no debería tener una etiqueta llamada precio. Ella debe salir de aquí sin marcas. Debe abrazar su libertad sin deberle nada a nadie. De otra forma no sería enteramente libre. De los fondos de Oxana confiamos en que usted seguirá dando lo que corresponde, según su acuerdo actual, a su familia y le dará su otra parte, la que le toca, sin "quita" para que ella pueda abrirse caminos. Es simplemente eso, no pedimos ni más ni menos.

- Aleksei: Estimado Sr. Zach. Lo que usted propone tampoco es legal.

- Zach: Tiene razón, pero es el máximo de la flexibilidad en cuanto a principios que podemos ofrecer. Nada es perfecto. No somos perfectos. Tenemos nuestras faltas. Las asumimos. Más allá de eso no estaría a nuestro alcance, no nos arriesgaríamos más de eso, ni por Oxana ni por nadie. Si eso no es posible quédese usted con ella, de todas formas le daremos nuestra asesoría.

- Aleksei: ¿Y miren quién trata a Oxana ahora como una mercancía? ¿No la está menospreciando, no le quita valor como ser humano?

- Zach: Hoy aquí todos somos víctimas de las circunstancias reinantes. Todos perdemos algo a cambio de otra cosa. La dignidad de cada quien no queda exenta. No se exime pues al implementar este trato que nuestra ética quedaría cuestionada. Siendo idealistas, si asumimos que la causa es noble y si logramos resultados positivos al menos tendremos la sensación de haber contribuido en equipo a lograr algo bueno. Algo positivo para alguien que ha soñado con una buena oportunidad que hasta ahora nunca le ha llegado. O al menos no en sus propios términos, con la independencia y libertad que ello implica. Estamos pagando un precio, no hay duda, si queremos ser rigurosos es así, tiene usted razón. No empastelemos las cosas, dejemos las cargas de conciencia para el criterio individual de cada quien. Ese peso lo llevará cada uno a su manera. Haber hecho algo provechoso por una amiga lo hará más llevadero. Al menos a quienes nos atormenta ese tema de la ética…
- Aleksei: Es usted profundo, cínico y divertido a la vez, me cae bien Sr. Zach. No piense que la gente en mi línea de trabajo carece de remordimientos. La diferencia estriba en que aprendemos a convivir con esos asuntos. El tormento es perenne. Una cicatriz que nadie ve, se siente, no se palpa. Un recuerdo imborrable, para revisar cuando estamos solos. Se acentúa con la edad y no se dispersa con los placeres mundanos. He aprendido a vivir así. Como los japoneses, a quienes este Sr. Chris a su lado tanto admira, se hacen la vista gorda con las matanzas de delfines mientras ayudan a los occidentales a meditar espiritualmente o aprender a defenderse con manos y pies. Lo han sacado de las drogas, no de la dependencia del sexo. A los japoneses les gusta mucho el sexo. Mis primos y yo tenemos negocios allá. Sabemos cómo se bate el cobre con las geishas y todo ese jaleo. Ustedes me entiende. Cazamos a nuestros enemigos para sobrevivir cuando podemos identificarlos con las circunstancias a nuestro favor y bajamos la cérvix cuando son invencibles. Somos prácticos. Como en este ruin caso de la banca, bajamos la cérvix porque necesitamos de ellos más que ellos de nuestros fondos. Ellos tienen ventajas, ignoramos quiénes toman las decisiones, son muchos, al ser muchos es igual que si no fuera nadie, no por eso dejan de perjudicarnos. La misma gente que nos juzga son nuestros clientes. Vendemos sexo por doquier. Si lo duda vea los titulares de los escándalos. Pasan por las instituciones que usted ha nombrado. Fíjese en una que ha mencionado, al FMI. Nuestros dineros sucios comienzan siendo limpios, vienen de manos de ellos, de ustedes. Ellos, ustedes, lo ensucian al comprar nuestro servicios. Atendemos sus vicios pero no se los hemos inventado. Dentro de esos fondos que usted no quiere ni tocar hay parte de los reales que usted ha dejado por Oxana y por otras como ella. Sin usted, sin Chris, sin los senadores, sin los diputados llamando a nuestras puertas las arcas no se engrosarían. Sin sus fondos no hay

recursos para tentar a estas bellas chicas para venir hasta aquí, ni a ninguna otra parte del mundo. Chicas buenas que se vuelven malas por el imán que desata la codicia por el dinero. Todo por unas monedas. La demanda es tan sucia como la oferta. Es la oferta a la que pintan fea y es que la otra, la demanda, es igual de horripilante. La demanda es universal porque se origina de cada ser que desea algo de sexo, eso incluye a casi toda la humanidad. La demanda proviene del educado y del ignorante por igual, la diferencia es el precio y la calidad de la mercancía. El producto es básicamente el mismo.

- Zach: Tiene usted razón, Alek. El problema es complejo. Todos somos culpables, responsables en mayor o menor grado. Abarca a todas las esferas de la sociedad. No tenemos la solución idónea, la escurridiza utopía se nos escapa. Pretendemos rescatar y limpiar una diminuta gota en ese mar de suciedades. Eso no resolverá el problema. La escala es descomunal. Casi imposible su solución. Intentar redimir esa partícula, aproximarnos a depurar esa pizca en su infinitésima relatividad es un paso minúsculo para empujarnos a ser parte de la solución en vez del problema. Será como esa "cicatriz invisible" a la que usted se refirió, algo que llevaremos por dentro. Nadie lo advertirá, ninguno lo sabrá, pero cuando estemos solos probablemente podremos sentirnos un poquito mejor porque al menos en una ocasión optamos por hacer el bien por encima de mal.

- Aleksei: ¿Para usted eso cuenta?

- Zach: ¿Qué cosa?

- Aleksei: Hacer el bien.

- Zach: procuro hacerlo como práctica, no es fácil, muchas veces termino haciendo lo contrario, la incertitud del destino actúa a manera de trampa.

- Aleksei: No somos tan diferentes, Sr. Zach, no somos tan diferentes.

- Zach: Al menos no ante los ojos de Dios.

- Aleksei: ¿Qué admira usted de Dios?

- Zach: Su infinita misericordia, su capacidad incansable de perdonar.

- Aleksei: Se lo dije, usted es profundo, perdonar es lo difícil, sólo Dios es Dios.

- Zach: Es lo que a mí más me cuesta. Es difícil perdonar, hay cosas que no logro redimir.

- Aleksei: Somos parecidos, Zach, usted no lo imagina, somos muy parecidos, algún día, tal vez, se acordará de mis palabras.

- Zach: Ante Dios somos idénticos. En su trato hacia nosotros reposa su mayor prueba de amor por su creación.

- Aleksei: Nuevamente nos hemos desviado. Acepto sus argumentos. Me duele mucho dejar ir a Oxana. Por razones de negocios y sentimentales. Pero ustedes me caen bien. No han querido juzgarme, al menos lo han intentado, dejar de calificarme es imposible, todo el mundo tiene tendencia a adjetivarme. Es fácil opinar. Difícil es ponerse en mis zapatos.

- Zach: Le pedimos que nos ayude a liberar a Oxana

- Aleksei: Acepto su propuesta, Sr. Zach, si añade usted un detalle. Implica dejar ir un objeto. Le dolerá ceder. Me facilitará un deseo por el cual padezco especial avidez. Es algo material, no entra dentro del rango de lo espiritual. Igual le producirá rabia y dolor. Ya lo detecté en sus ojos. Los he llevado a un plano espiritual en nuestra discusión para medir su relación entre lo mundano y lo divino. Ahora viene la prueba simbólica. Se desprende de una posesión material para enfatizar un logro espiritual. ¿No fueron ustedes a colegios cristianos? No recuerdo, debo revisar esos detalles. Mi memoria es corta y acomodaticia. En Rusia el Estado carece de exclusividad al oprimir al pueblo, la Religión también maltrata a la gente, ocasionalmente. Pregúnteselo a Oxana. ¿No le has contado? Por eso practica esa falacia del yoga como si estuviese orando, ese ardid se transformó es su sustituto del rezo. Sr. Chris Cox, no se deje engañar usted también por esa artimaña, lo he visto practicarlo, como deporte está bien, pero no lo sustituya por el Credo, sería peor que confundir al fútbol con la religión, muchos caen en esa evasión y ni hablemos del sexo, otra de sus debilidades. Volviendo al tema, después de todo no tengo yo base moral para ser su confesor ¿o sí? Perdonen, me he desviado del centro de nuestra negociación. Sr. Zach, como apunté, se desprenderá usted de algo material, un pequeño desgarre para probar que lo espiritual vale, así le agregaremos un carácter palpable a lo subjetivo. ¿Qué tal? Lo invisible se tornará patente mediante el sacrificio, la evidencia estará en la molestia y no en el valor, que pudiera ser relativo, el disgusto dará forma a la pérdida. No se asuste, no hablo de animales ni de seres humanos, excusen tanta ironía, hablo de cosas materiales, pasajeras, bellas, imperdurables. Sólo lo espiritual perdura. Así decían en mi iglesia en la Madre Rusia. Resulta que era verdad, lo perpetuo era lo vital, lo que todos descuidamos por lo material. Lo he percibido tarde en la vida, aprendan ustedes de mí, están a tiempo: lo material es lo desechable. No soy espiritual. Me pregunto si puedo vivir sin lo material, para mi resulta imprescindible y noto que para ustedes también, eso los hace igual de débiles en este "inmundo mar" que alguien refirió por ahí. Mi memoria es limitada por eso no recordaría a quien cito. ¿Fue usted, Sr. Chris? En fin, no tiene importancia, no dilapidemos el tiempo, sería procrastinar por gusto. Sr. Zach, acepto su propuesta y le condiciono por añadidura únicamente quedarme con su carro nuevo. Conozco lo mucho que lo ha esperado. Yo también he encargado uno. Nunca llega la maldita bestia. Deseo llevar mi convertible nuevo a St. Petersburgo para el verano. Mi orden no

la entregará la gente de Coral Gables sino hasta octubre y un convertible en Rusia en otoño no se disfruta a plenitud. Usted tuvo mejor suerte encargando su juguete a los de Pompano. Le ratifico, el otoño es muy tarde para mí, me queda lejos en mis planes vacacionales. Dejaré el mío aquí el día que se digne llegar y me llevo su coche a la ciudad más bella del mundo, ¿qué le parece? Y no se olvide del compromiso de asesorarme. Si cumple las dos cosas es un trato hecho. Tiene mi palabra.
- Zach: Acepto.
- Aleksei: Muy bien, disfrútelo por un mes más hasta que el carguero zarpe, trátelo bien, ya el carro es mío, no lo quiero antes, si prefiere guardarlo y ni siquiera tocarlo me da igual. Tráigalo en un mes. Mis abogados se ocuparán del papeleo legal, queremos que sea legal, ¿cierto? El resto del negocio es de palabra, como ustedes lo han sugerido. Su Rusa Bella puede partir con ustedes de inmediato. Le deseo suerte. Acepto que ella es especial, la gestión de ustedes lo confirma. Han tenido éxito y yo me siento bien. Tenemos un trato. Nos hemos entendido, trato hecho.

Retornamos en dos carros. La Rusa Bella viajó con Zach en el convertible. Una joya que ya no le pertenecía. El modelo de carro que es epítome de la expresión de libertad había sido el pago por la liberación de ella. Ahora marchaba en ese auto hacia su independencia. A Zach le había costado, sin duda, era un precio que iba más allá del valor material. Al arribar, Aleksei lo había leído en su cara. Quizás mostrar esa natural emoción fue el único error dentro de una negociación impecable. Nada es perfecto, ni sabíamos que la negociación se inició desde que nos apeamos de la barcaza. Zach había manejado a Aleksei con destreza. Lo había escuchado, lo había llevado hasta donde quería sin haber previsto lo del carro. Indistintamente tuvo sentido de la oportunidad. No permitió que el orgullo enturbiara el futuro de Oxana que fue su objetivo primario. Tuvo la entereza de no dejarse tentar. Fue breve. Vio la oportunidad y la tomó. No extendió la discusión. No le permitió reaccionar. Lo material se repone. Ya vendrían otros autos. ¡Oxana era libre! Un precio bajo por la libertad de un ser humano que lo vale, por encima de cualquier cosa material. La libertad no tiene precio. Paradójicamente, una parte de Zach estaba eufórica y otra parte estaba dolida. Eso le añadía realidad al asunto y su contexto. Recordé las sentencias del ruso, no era un bruto, conocía el tema, podía disuadir y amenazar con astucia. La negociación no había sido un cuento de hadas. Nos quedaban ataduras por diluir en el tiempo. No era un contrato a corto plazo. Teníamos relación con alguien a quien no deseábamos. Pudiera ser una situación peligrosa. ¿Se había cambiado un tipo de servidumbre por otra? ¿Un canje por una dependencia menos recia, menos sumisa, no sometida en el sentido de libertad? El tiempo pesaría sus consecuencias. Aleksei había ganado a su manera. Por eso había aceptado. La clave del asunto fue lograr un supuesto ganar-ganar. ¿Dejó ir a una dependiente y ganó dos? ¿Cada parte había obtenido algo que le interesaba? La libertad de Oxana por un lado y unos consejeros expertos para las finanzas de Aleksei por el otro. Lo del carro era una guinda final como para que un negociador se sintiera ligeramente superior al otro. El ego siempre florece en las negociaciones, es inevitable. Un sagaz acto de avaricia intentó tentar al ego de Zach en su momento crucial. No lo logró. Al contrario, desde mi óptica Aleksei lucía pobre al quedarse con lo material, nosotros nos percibíamos beneficiados obteniendo lo espiritual. Al menos eso quise creer. Me ofendió al juzgarme, tuve que llenarme de fuerza para dejarlo pasar. La pelea y el triunfo no entraban juntas en esa discusión, logramos, sí, el objetivo. Oxana disfrutaba del viento revoloteando en su cabellera, la noche junto con la brisa en su rostro le permitían soltar una que otra lágrima, bastantes, sin que al principio Zach las notase. Nunca había experimentado esa sensación, esa plenitud que se asocia con el sentimiento de libertad. Sentía como si hubiese nacido de nuevo. El firmamento y sus alrededores le lucían bellos mientras el mariposeo de la brisa le inflaba el pecho y le hacía cosquillas en las costillas. Elevó sus manos al cielo sintiendo el aire, como si volara, intentó abrazar las nubes con las palmas de sus manos. Zach aceleró para subrayar el momento. Ella gritó de emoción. Parecía un grito de gol. Corría una canción de U2 en la radio. Oxana subió el volumen al máximo para asociarla siempre con esa vivencia. Era su instante, su momento, su libertad, su minuto de gloria, nunca tendría los 15 minutos de fama que patentó Wharhol, pero siempre recordó su minuto de gloria, fue suficiente, pleno dentro de su celeridad, se sintió completo. Zach también lo vivió, a su manera. Zach pensó en Lincoln. Pensó Luther King. Pensó en Mandela. Pensó en Ghandi. Si este grano de arena lo llenaba de tal satisfacción, no podía imaginar la trascendencia y el sentimiento inmenso que abrigarían esos personajes en su corazón cuando realizaron la tremenda dimensión de sus logros, inmedibles, matemáticamente tendería al infinito, algo para Amanda calcular. Oxana no emitió palabras. Tuvo aquel grito aislado de satisfacción. Ni siquiera una frase de agradecimiento durante el trayecto. Ensimismada, veía el horizonte, el mar, las marinas cercanas, los barquitos, las lanchas, los veleros, las luces de los edificios del centro de la ciudad que se les aproximaban y sonreía tranquila, evidenciando su nueva realidad. Nunca más tendría que intimar con un hombre al menos que lo amara. Zach quitaba la vista de la carretera por segundos y capturaba un momento que sería su cuento favorito para sus nietos. Evocaría de viejo su marca de trascendencia en el tiempo, algo que nunca quiso olvidar y mantuvo caliente en su memoria de por vida, la mirada de Oxana le tatuó la memoria y aquella sonrisa tan auténtica el día que él logró liberarla al estampársele internamente, ambas cosas, sellaron para él una vivencia eterna. La Rusa Bella era libre y ahora la percibía más bonita, más humana, percibía su esencia ¿o se la había devuelto?

Al llegar a casa de Zach todos bajamos con rapidez a encontrarnos. Nos abrazamos, estábamos eufóricos. No hubo gritos ni brincos. Se mantuvo el silencio del verdadero triunfo animado por lo altivo del espíritu compartido. Zach se despidió con los ojos semiaguados. Oxana entró en su carro y yo me puse al volante. El coche, tres maletas que había preparado con la esperanza de tener éxito y dos morrales que Aleksei había incluido repletas de dinero eran todo su capital. No estaba mal para empezar. En las tres o cuatro cuadras que anduvimos no dejó de llorar, fuertemente, a todo dar, moqueando vació su alma de un pasado desgarrador, se bautizó en sus jugos y se prometió vivir, vivir de nuevo, un nuevo vivir. Luego sonrió y me acompañó silente cargando sus pertenencias hasta entrar en mi casa. Mientras acomodábamos sus enseres en una habitación me pidió hacer yoga con ella, la misma secuencia que habíamos realizado recientemente cuando era yo el que estaba emocional. Así lo hicimos, lentamente, concentrados en cada movimiento, arqueados al máximos, extendiendo nuestras extremidades a todo lo que daban, respirábamos profundamente, lento y hondo, parecía una forma de comunicación, un trote silencioso por una senda imaginaria. Luego nos duchamos y nos sentamos con un plato de sopa a ver una película en el sofá. Ella quiso ver de nuevo Dr. Zhivago, una de sus favoritas. Tomamos una infusión roja de flor de Jamaica mientras admirábamos una larga escena donde los dos protagonistas se miran profundamente expresando todo lo que sienten. Poco después nos quedamos dormidos. Al día siguiente la llevaría a su nuevo hogar, un destartalado galpón del MidTown por donde se ubica el Art District.

37. Salir a trotar para ir a un encuentro inesperado y revelador

Me desperté con el alba, sigilosamente, me puse la ropa de correr y salí a trotar, me sentía ligero. Me habían pasado cosas buenas últimamente. Había recuperado a Miranda, tenía el presentimiento de que nuestra nueva relación pudiera perdurar. Había podido ayudarme al bajar mi ingesta de alcohol y dejar a un lado la tendencia continua a la promiscuidad. Había podido ayudar a Dierdra, Doutzen y Oxana en mayor o menor grado en formas que proveían amplia satisfacción. Y había establecido vínculos con las tres que se me antojaban provechosos, conexiones novedosas que iban más allá de lo meramente carnal. Mi espíritu estaba actuando a otro nivel desde que me había reconectado con Miranda. Al pasar frente a St. Jude asocié todo esto con las típicas ayudas del santo, haciendo mundano lo difícil, lo imposible. Milagros que para bien me había facilitado. Entraba en ese momento el párroco al estacionamiento, lo saludé y me preguntó cómo me encontraba. Muy feliz le dije:

> -Me han sucedido eventos positivos en cadena y antes o después los he asociado con pequeños milagros para mí de parte de St. Jude. No es

que lo sean, necesariamente. No sé si califican como tales en sí mismos. Le explico: soy medio acomodaticio en mis creencias. Son pequeños cambios en mi vida y mi circunstancia, cosas positivas que un individuo en mi posición pudiera calificar de milagros oportunos.
-Hijo, alégrate, Dios te cuida hasta en el respirar. Hacerlo en sí mismo es un milagro. Te concede pequeños y grandes milagros aun sin solicitarlos. Para Él no es necesario que lo pidas, le agrada que ores por ti, pero no es necesario. Él es infinitamente bondadoso e infinitamente agradecido. Por eso aprecia que tú califiques esos progresos en tu vida como milagros. Si realmente lo fueran o no sería indiferente. Así como Él actúa sobre ti, tú pudieras hacer accionar por similitud con tus semejantes. St. Jude es sólo un vehículo. Una forma de llegar a Dios para quien tiene fe en su dogma. Pero inclusive el ateo y el agnóstico están bajo el manto del amor divino que, como te dije, es infinito y ampliamente misericordioso. Seas consciente o no de tu fe, la profeses o la ignores, Dios estará contigo. No lo dudes. Y créeme, no es requisito que vengas aquí, ni siquiera que implores a St. Jude. Dios te cuidará sin que lleves su estampa en un bolsillo o su cruz en el pecho. Entiéndelo, Él te creó, es tu Padre. Él conoce donde estás escondido al padecer y donde habitas al tener éxito, aún si no asomas ni las lágrimas del sufrir ni las sonrisas del éxtasis. Él lo sabe. Tu conceptualización de esos logros o la falta de entendimiento cuando ellos no te son satisfactorios es simplemente tu apreciación. Dios los percibe distinto. Su mirada se posa en tu espíritu, primordialmente en tu alma, he allí la esencia. La materia, lo palpable, lo tangible son sólo formas. Como tales son temporales, al igual que la clasificación que tú hagas de ellas, inclusive cuando las calificas como milagros o tragedias, son todas accesorias a lo espiritual. Es la esencia lo que importa. Cultiva sólo el espíritu. Actúa a través de ello porque ahí está tu conexión más directa, quizás la única, dentro del misterio de la Santísima Trinidad. Así lo entendió St. Jude, por eso escucha tus plegarias y te auxilia, no pretende que le veneres aunque está bien si eso fortalece tu fe. El motivo del milagro, la razón de ser es para que entiendas a Dios. Al descifrarlo podrás actuar mejor, ser tu mismo. Si eres bueno contigo lo serás con el resto de la humanidad. Será una acción simultánea aunque al principio te toque dilucidarla y se muestre trabajosa ante tu entendimiento. El agradecimiento en sí mismo se aprecia pero no es el fin que justifica los medios. Eso es sólo su pinta. Es tu acción espiritual lo que justifica y de allí debería desprenderse tu acción física e intelectual. De allí partirás para obrar el bien que siempre podrás distinguir del mal. Tal grado de sabiduría te es innato, lo tienes dentro, confía en ti, descúbrete. Creas en milagros o no siempre puedes actuar a través del bien y para el bien y con el bien. Dios te estará acompañando. He ahí el camino que Dios descubre ante ti, eres libre de re-

correrlo, aun si no crees en Él. Ahora ve, sigue, continua trotando que te vas a enfriar escuchando a este viejo cura divagar sobre el infinito tema de la espiritualidad desde tan tempranas horas. No entiendo por qué te he sermoneado, perdona mi intromisión. Yo también troto cuando me escapo de la sacristía, te puedes acalambrar si paras de pronto y permites enfriar tu músculos por mis demoras. Anda, ve, corre, haz feliz a Dios siendo feliz, haciendo lo que te gusta. Ya habrá tiempo para meditar, eso vendrá, ¡anda corre!, no digas más, el tiempo de Dios es y será perfecto.

38. Dentro de la banalidad del tenis afloran otras revelaciones

Oxana siguió durmiendo el resto del día y la siguiente noche. No la llevé al galpón. La dejé allí con todo igual, incluso con el ruido del televisor prendido. Cambié de canal, sintonicé uno de música para que la escuchara de fondo. Corría el famoso surco 10, Possession, de Sarah McLachlan, lo juzgué oportuno para recordarme a Miranda y le subí dos para seguir la poesía de sus líricas tarareando, al finalizar puse el canal de música clásica y bajé el volumen. Oxana ni si inmutó con los cambios. Imaginé sin base alguna que sus ancestros apreciarían lo clásico. ¿O me lo había comentando? La leyenda digital indicaba que era obra de Bach, qué pieza colocaron después, lo ignoro. Mientras tanto fuimos al Sony Open. Éramos Zach, Kent y yo. Un trío que se repetía en nuestras cenas con aumentada frecuencia. Zach había conseguido puestos preferenciales con la esperanza de ver a Federer y a Nadal. Nada de eso ocurrió. Ambos declinaron por razones físicas. Nadal, triunfante de torneos anteriores, necesitaba un descanso dentro de su impresionante trayectoria viniendo de la recuperación de una delicada operación de rodilla preparándose para mejores momentos. Federer sufría molestias en su espalda, una excusa para el inicio de su retirada. Eso nos dejaba con el resto del mundo tenístico. Jugadores que no nos daban ni frío ni calor. No por falta de atletismo, ni de técnica o dedicación, les faltaba ese atractivo que produce la elegancia de estilo junto con la cercanía a la perfección en la especialidad que muestra sin mezquindades un tipo del talante de Federer o la pasión brutal de alguien que se niega testarudamente a rendirse y juega como si no hubiese un mañana que es la marca inconfundible de Nadal. Ambas son fuerzas magnéticas que les generan incuestionable seguimiento y admiración. Los otros pueden ser igual de buenos pero carecen del garbo, sea la clase o la irreverente osadía. Nos decantamos por ver bien a Murray o a Djokovic, eran lo mejor de lo que le quedaba al torneo. Como había reportes de mucho tráfico y era una oportunidad de hacer ejercicios nos vestimos con nuestra típica indumentaria de correr, nos montamos en las bicicletas de montaña y nos dirigimos hacia Key Biscayne. Para

Kent, es su primera vez en un recorrido ciclístico por los predios mayameros. Se pregunta en voz alta de dónde nos salió la idea de andar en montañeras por Miami.

- Lo entendería si fuera en Colorado pero en Florida luce ridículo.
- Tienes razón, pero quien debe responder con propiedad es Zach que alberga cuatro modelos diferentes de la categoría en su garaje.

Zach se ríe y Kent lo mira perpleja con incredulidad. A mí me parece muy divertido. Acelero mientras le explico que todavía le queda mucho por conocer de Zach pues está lleno de complejidades y de contradicciones que se despliegan de forma simultánea. Ella me regala una mirada satírica de medio lado mientras me ve adelantarme sonriente e insolente para dejarlos atrás hasta que llegamos a al complejo tenístico. Allí nos instalamos con cervezas, gafas oscuras y sombreros. Zach pretende con eso disminuir a un mínimo la procesión de venezolanos expatriados y turistas especulando casi a gritos sobre las venideras elecciones de abril en Caracas. Desde su confort mayamero tratan de arreglar el otro país, recitan diversas teorías políticas, posiciones oblicuas donde son culpados un cúmulo de personajes por la debacle y el caos que azotan a esa nación. Visiones sesgadas por el cuido a no inculparse a sí mismo. Ideas inmovilizadas, trincadas por su obvia falta de acción y ausencia del lugar donde suceden los hechos. Reclinados en lugares extraños a donde se bate el cobre y se sacrifican pocos por conseguir soluciones, al final, igual que nosotros, son críticos de pacotilla.

- Al menos Zach afloja billete a la causa y yo voy pegado ahí, pienso o me digo en voz baja, para excusarme del circo que se escucha por los pasillos y esquinas del evento.

Zach siempre ha encontrado estas hipocresías fastidiosas. Prefiere no conversar de política sino con las personas que siente auténticamente involucradas, aquellos que pueden aportar algo con sinceridad. Esos personajes escasean en Miami. Hay un mar de venezolanos que pululan por esta urbe ya sea de forma continua o de visita. Lo mismo sucede en otras ciudades del norte. Todos incurren en los ejercicios teóricos de "arreglar el país a distancia", nosotros nos deberíamos incluir también como implicados en la estéril práctica. Al igual auspiciados por la impotencia de acción junto con una ingesta etílica abundante, fórmula idónea para reclinarse en la evasión soslayada, disfrazada de preocupación. Por eso el gobierno norteamericano, en un llamado tácito a la acción y en franca crítica a la verborrea, nos recuerda con frecuencia que los problemas de los venezolanos los deben resolver los venezolanos. Sabia conseja para quienes tengan oídos. Generalmente el trasnocho y la resaca les impide escuchar el mensaje, entender su significado o descubrir su sabiduría. Por ahí quedan los ecos con la esperanza. Alguien pudiese sorprenderse tras entender el recado en su justa medida.

Nos tocó hoy ver a Djokovic que domina impíamente a cualquier oponente. Impecable en su acción, pareciera que no hay quien se le acerque en este torneo, salvo Murray. Al de Escocia no lo podemos admirar hoy, su turno para jugar será mañana. Algo que ignorábamos por no haber revisado los detalles del torneo. El partido de Djokovic es holgado. Eso nos permite conversar a gusto mientras contemplamos cómo aturde a su contrincante. Primero hablamos de la fundación. Zach había recibido en pago hacía tiempo un viejo galpón en el Art District. Hacía esquina frente a otro ocupado por los Black Panthers a quienes Zach se los prestaba como depósito en pleno renacer bohemio de Wynwood. El antiguo gueto industrial estaba sembrado de galerías de arte y de cafés que desplegaban cuando la lluvia no interrumpía invitadoras terrazas con un ambiente eclécticamente atractivo. La bohemia del vecindario llegaba a su éxtasis durante los meses del festival de Art Basel y durante los eventos de Second Saturdays donde las galerías abrían en una especie de fiesta colectiva y el público se pavoneaba de un establecimiento a otro caminando, conversando, curioseando exposiciones, degustando vinos, prestándole un ojo al arte y otro al que dirán, no era depreciable sino divertido. No siempre fue tan a la moda. Cuando un Judío se lo presentó a Zach como alternativa para saldar una deuda que le era imposible solventar con dinero, Wynwood era un territorio de gente de escasos recursos principalmente de ancestros afroamericanos. Tomó algo de tiempo en llegar a lo que es hoy. Todavía le falta. Está avanzando. Zach no se esperaba tal revalorización, fue una especie de solución obligada, la alternativa era esperar la recuperación económica de un señor que milagrosamente lo hizo y hasta ofreció comprar de vuelta el galpón al precio de la deuda original. Zach se negó porque ya se olfateaba lo que ha sucedido. Hasta ahora nunca lo había usado. Escasamente hacía una semana había comenzado la remodelación. Allí viviría Oxana que luego trabajaría en la fundación en calidad de instructora de yoga y nutrición. Mientras, ayudaría a la arquitecto residente en todo lo que necesitara respecto a la refacción. Algo parecido sucedería con Dierdra. Su estadía en Venezuela había confirmado una intensa inclinación a la ayuda social. Su pasantía en el barrio de Petare, colaborando con las religiosas en el precario colegio que fundía de dispensario le había despertado tanta pasión por la ayuda a los demás como amor por el guardaespaldas motorizado. Llegó llena de entusiasmo por contribuir con la comunidad. Zach aprovechó el momento y le propuso un trabajo parcial adicional que sería los fines de semana en la fundación a cambio de darle vivienda gratis en el mismo galpón que constaba de un pequeño departamento de dos habitaciones que compartiría con Oxana. Su albergue estaría ubicado en un flanco del galpón, junto a lo que sería la oficina administrativa, gozaría de un pequeño jardín con un viejo árbol que proveía una agradable y fresca sombra, cercano a una trinitaria sobre la verja que se parecía en color a la del Rosinella pero mas frondosa.

Kent asentía o negaba con la cabeza cuando alcanzaba a escuchar, pero evitaba hablar. No le gustaba conversar durante el partido. Lo catalogaba de mala educación. Tomaba fotos con su teléfono. La cercanía a la pista le permitía capturar algunas imágenes interesantes. Una en particular de Djokovic reclamando una bola fuera de cancha que dudaba salió como para publicarla. También tomaba fotos de algunas celebridades. Ella en particular parecía una. Su atuendo de carrera era muy llamativo y hacía lucir su espectacular figura. Unas latinas cercanas la veían de reojo como para averiguar quién era, sorprendidas también de que alguien acudiera al evento con tan pocos trapos encima. "Cuestión de estilos", les dije en voz alta como si adivinara sus pensamientos. Me levanté cuando los jugadores se sentaron y dije eso mientras empezaba mi caminata al baño. Zach me siguió. No volvimos sino hasta el final. Nos quedamos viendo practicar a un español que se preparaba para un juego del día siguiente. Zach anotaba que con ese rigor de entrenamiento él estaría fuera de combate por tres días. Aprovechamos el momento para hablar de nuestras mujeres. Él quería explicar que Kent cada día era más parte de su vida. Lo noto, le indiqué.

- Ya casi nunca cenamos solos ni tampoco trotamos sin que ella nos acompañe.
- Es que me encanta su compañía.
- Ten cuidado. Trabaja con nosotros. Podría tornarse incómodo. Dentro de poco no habrá secretos en nuestras vidas. Tiene que ser alguien en que podamos confiar.
- Yo ando obsesionado. Durante el viaje a París le pediré que se mude conmigo.
- Eso es ya, faltan escasos días.
- Cuatro.
- Sientes que la quieres.
- Es lo más parecido qué he sentido a eso.
- Entonces dale con todo. No des vuelta atrás. Te estás poniendo viejo…
- Mira quien habla. ¿Por fin? ¿Qué ha pasado con Miranda, vendrá a París, es definitivo?
- Por supuesto que sí. Te lo había confirmado. Me ha perdonado. Nos hemos perdonado. Estará aquí en un par de días. Hablamos constantemente varias veces al día. Nos queremos. Eso parece. Planifico pedirle que se mude conmigo. Eso encierra un pequeño obstáculo. Una prueba para ambos lados. Miami es un tema álgido para Vanessa. No le gusta este sitio. Le parece artificial. Viniendo de California no la culpo. Sé que si lo viviera un tiempo le agarraría el gusto. Es cuestión de convencerla.

Parece que tú y yo iremos a París con intenciones semejantes. Lo que sí le entusiasma es lo de la fundación. Está dispuesta a ayudarnos desde ya tanto a distancia como visitando la sede cada 15 días cuando venga a ver a su padre. Ofrece dormir allá cuando venga a Miami, para empaparse del asunto e involucrarse con los voluntarios. Miranda es colcha y cobija. Dormirá donde sea. Tal vez sea la fundación lo que le despierte una afinidad con esta ciudad, allí verá que no sólo nos gusta lo que está de moda aunque, Wynwood lo está, ah, qué contradicción. Eso me obligará a pasar las noches en el galpón. Hablé con la arquitecto para que además de los dos departamentos diseñe un aposento aparte sobre el lado trasero del estacionamiento. Será una pequeña torre con estructura de acero y paredes de cristal. Un monumento al teatro veneciano del maestro Rossi pero más trasparente, liviano y menos llamativo. Una evocación racionalista. Servirá también como lugar de reuniones alternativamente. Espero que estés de acuerdo.

-Si eso logra que Miranda se involucre en la fundación no hay nada más que hablar.

-Quería también involucrar al párroco de St. Jude. Considero esto de la fundación un pequeño milagro del santo. Cual si hubiese iluminado a dos descarriados para que por fin hagamos algo provechoso. Un aporte que no solo sea de dinero, como es costumbre en nuestra filantropía, sino que involucre un esfuerzo personal, que dejemos huella y que físicamente sudemos un poco en ese trote. En el camino también estaríamos ayudando a quienes queremos, involucrándolas en algo que pareciera tener algo de trascendencia. El otro día ¿recuerdas cuando tú amaneciste enfermo?, salí a trotar. Al pasar frente a St. Jude justo cuando llegaba a la iglesia me encontré al párroco. Le expliqué un poco sobre esa manía mía de considerar cada cosa buena que me pasa una especie de pequeño milagro de St. Jude. Sorpresivamente no me miró como a un loco pero tampoco me dio la razón. Elaboró su punto de vista de una forma que me impactó. Es una persona de alta espiritualidad. Miranda tiene a alguien así que da apoyo espiritual en la fundación allá en Los Ángeles, se llama el padre Patrick. Ha sido un gran soporte para las mujeres que llegan devastadas de tantos tropiezos. Hasta Miranda ha acudido a él e, inclusive, aunque no lo creas, se confesó con él. Sin ser católica recibió el misterio con fe. Fue una especie de bautizo, una iluminación para ella. No se lo saques a la luz si ella no te lo menciona personalmente, es algo muy personal y de ella sola, no lo quiere compartir.

-¿Y por qué te lo dijo a ti?

-¿Soy su pareja, recuerdas?, aunque por la distancia no lo parezca.

-"Amor de lejos es de pendejos", lo dice Juana.

-Nos sentimos bien. Yo estoy tranquilo. Confío en ella. Hablamos constantemente, de varias formas. Estamos compenetrados. No podemos esperar vernos y viajar juntos por primera vez a Europa. Pienso que puede funcionar aun si no viviéramos juntos. Tú mismo has notado que ya soy otro. Me lo has dicho.

-"Yo solo sé que no sé nada". ¡Eso sí no lo dice Juana!

-No lo niegues. Pienso que ha llegado el tiempo para que Miranda y yo estemos juntos aunque la distancia pareciera separarnos. Casi te aseguro que funcionará. El tiempo lo dirá, mi intuición me dice que sí, ya veremos.

-Volviendo al tema, Chris: no pensaba en un cura, preferiría a Genevieve. Nuestro cambio en la vida no es un producto exclusivo de la religión o de tus celebradas andanzas por Oriente, esos elementos constituyen una parte, la romántica y son subjetivos en comparación. Hay otra igualmente importante, tú lo sabes, más objetiva, involucra precisamente a Genevieve y el éxito se lo debemos en buena medida a su estilo terapéutico. Nos ha regenerado. Nos ha apartado de las drogas. Nos está auxiliando con la dependencia de las putas. Nos ha enfocado en el trabajo. Nos ha despertado nuestra capacidad de asistir a la comunidad y además tú te la has cogido. ¡Hombre!, si vas a hablar de milagros, la milagrosa es ella. No blasfemo, ni menosprecio a St. Jude. No pongas esa cara, como si yo fuese irreverente. Yo también le guardo fe auténtica y trato de no mal hablar. Le rezo y le pido, igual que tú, eso no quita, no es irreverencia. Venga, seamos objetivos. Sin la ayuda de Genevieve seríamos unas piltrafas. Y además lo ha logrado sin invadirnos, sin forzarnos, casi imperceptiblemente, trabajando a cada uno por su lado, guardando fidelidades y confidencialidades. Ha sido permeable y comprensiva, nos ha dejado apoyarnos en lo religioso y en lo metafísico cuando eso podía ayudar. Ella te hizo perdonar a Talletti cuando el odio más iracundo provenía de ti. Hizo que yo también entendiese eso de lo del perdón a ultranza. Ella es mi "Japón" y el tuyo también, pues "Japón" sin el seguimiento de Genevieve, no se hubiese mantenido vigente en cuanto a tu curación se refiere. Me hizo entender lo que tú aprendiste allá en Japón. Me asesoró antes de hablar con Alek y el resultado fue genial. Entiendo tu fanatismo por St. Jude pero al César lo que es del César.

-Es posible que el milagro de St. Jude fuese atravesar a Genevieve en nuestro camino. Como ella cita a no se quién: "tus creencias no te harán mejor persona, serán tus actos, será tu comportamiento, eso sí...", o algo parecido. Por ahí puede haber una explicación para lo que yo digo y para lo que tú dices. Las dos cosas no son necesariamente antagónicas.

-A veces pienso que estás medio tostado. St. Jude no cobra por hora, eso te lo acepto como una ventaja sobre Genevieve.

-Puede ser que esté medio loco pero es que has tenido que escuchar hablar al cura ese. Me gustaría que hubieses venido ese día, quedé muy impresionado. No le quito ni un ápice de crédito a Genevieve y suscribo todo lo que acabas de decir. De hecho nunca había hablado con ese cura más que un simple hola para pedirle la bendición y decirle adiós.
-Con más razón Genevieve es la indicada. Será costoso pero si sólo salva un par de extravagantes más por año como lo ha hecho con nosotros me daré por bien servido.
-Con nosotros lleva cinco años y todavía le queda trabajo...
-Tú sabes a qué me refiero.
-Pues estoy de acuerdo. Genevieve debe ser la que lleve las riendas del proyecto en materia de Psicología, además habla bien Castellano. El cura no estoy seguro que domine la lengua en profundidad. Luce como el típico gringo, pero aquí en Miami quien no lo habla lo tararea. A pesar de todo, pienso que el hombre tiene algo místico en su hablar. Genevieve carece de ese aspecto, ella no es una mística, simplemente por su perfil y profesión carece de esa inclinación espiritual. Este señor es un sacerdote en todo el buen sentido. Ella es más científica. Podemos combinar las dos cosas. Estoy seguro de que serán complementarias. Ninguno estará compitiendo con el otro. Sólo te pido que hables con el cura, que le comentes que eres mi socio, él me dijo que pensaba que te había visto por la iglesia. Conversa con él antes de París y estoy seguro de que lo integrarás al equipo. No he dejado de pensar en sus consejos. Hasta los he escrito. Al regreso a casa te los mando por e-mail. Vas a comprender lo que digo.
-No es necesario. Confío en ti. Siempre he aprendido de tu espiritualidad. Desde que llegaste del Oriente es un valor agregado que se ha ampliado con el tiempo, diría que hemos creado cada uno nuestra versión de lo enseñado, qué tal, un "Japón" a nuestro estilo, somos unos chinitos... En serio, me gusta la idea de los dos especialistas trabajando en equipo para un objetivo común. Esa debe ser la meta de todos los involucrados, trabajo en equipo. Mañana temprano cuando vengamos ya de vuelta de correr, yo me quedo en la Iglesia y le converso un poco. ¿Seguro que llega temprano?
-Así parece, me lo topé a primera hora y no seas irreverente con Japón, no viene al caso.
-Eso haré, lo prometo.
-Gracias Zach, eres terco pero razonable.
-Gracias Chris, eres fanático pero tus intenciones son nobles, por eso siempre te escucho.
-¿Dejamos sola a Kent todo este rato?
-No planeaba que me hablaras tanto sobre ese bendito cura.
-Vamos a llevarle un helado para endulzarla.

-Mejor un yogurt sin azúcar.
-Que sean dos.
-Tres, mejor, añadiremos unas fresas.
-Ni que estuviéramos en Wimbledon. Anda yo los llevo, vete donde Kent antes que enfurezca.
-Dale.

A los pocos días Kent no quería retornar al tenis. La habíamos dejado sola casi todo el segundo set en la ocasión anterior. Teníamos los ticket y no queríamos perderlos. Fue fácil convencerla. Le prometimos ir a comer una pizza que a nadie le gusta pero que a ella le encanta. Es un sucucho de lugar al final de Crandon Blvd., casi cuando se acaba la isla aparece Sr. Pizza. Primero rodamos hasta allá, ordenamos pizza y cerveza negra, luego pedaleamos sobre nuestros propios pasos hasta el tenis para ver de nuevo a Djokovic. El número uno esta vez no era el mismo. Me pregunto si sintió el frío de la velada al igual que nosotros en las gradas. Algo lo apagó ante un viejo oponente, el Alemán Tommy Hass. Esta vez Zach sí quería conversar con los venezolanos. Quería explicarles que si el mejor del mundo había perdido contra Hass, quien no era nadie hoy en día tenísticamente hablando, había entonces esperanzas en las elecciones venezolanas de que Capriles le ganara en las presidenciales a Maduro en abril próximo. Veía esto como un acto de fe más que una posibilidad real. Una metáfora que había que repetirse en la mente una y otra vez para convencer a propios y extraños. Que utopía, el incrédulo ayer sobre la religión y Japón ahora con metáforas subjetivas, utópicas. La verdad, somos muy tropicales. Tenía miedo de que se pusiera fastidioso, insinuaba un golpe de suerte parecido a cuando Manny Pacquiáo fue puesto fuera de combate de un solo sopetón por Juan Manuel Marquez. Bastó un solo trancazo bien conectado. No me parecía fácil. Maduro controlaba a los organismos electorales y a las fuerzas armadas. Era otro juego. No era una competencia justa entre dos deportistas. Existía todo tipo de ventajismos. Prácticas ilegales de acuerdo a la constitución vigente. Maduro, impune de antemano, incurre en cualquier trampa que se le ocurra. Es inmune porque controla a la administración de justicia, un poder no independiente que se debería llamar de otra forma. Justicia no sería el nombre adecuado. Injusticia le sienta mejor.

-De todas formas el candidato Capriles es la única alternativa viable para aspirar a una democracia auténtica. A veces las cosas ocurren. No olvidemos tan fácilmente las referencias a Hass y a Marquez. Cuando ellos creyeron en sí mismos, sus oponentes lucían invencibles. Capriles es la apuesta de medio país a que ocurra un cambio. Una apuesta con inciertas posibilidades. Intenta imponer un nuevo paradigma, unas reglas que transformen esa tracalería politiquera que se nota a flor de piel en una plataforma gerencial con normas claras y justas. Allá donde la

> democracia prácticamente no existe, allá donde las elecciones son un evento amañado, Capriles es una ilusión por un futuro distinto.

Otra vez, una especie de paradoja define la realidad: democracia con elecciones trampeadas es lo que hay, quien tenga fe que vote. Al menos no se debe renunciar a esa posibilidad, esa fe depositada en un porvenir. Yo, corto de ideas y escaso de voluntad política en un sitio que paradójicamente se me pinta cercano y lejano, me limito a pedirle a St. Jude en privado porque se imponga una mejor alternativa a la actual. A veces añado una triza de pragmatismo. En público acepto y apoyo los esfuerzos que hace Zach para convencer a unos patiquines para que trabajen por su país.

> - Al menos vayan a votar sin usar excusas como la inseguridad. Eso ya no es excusa valedera para mantenerse en la burbuja de evasión que representaría la Florida en el tema electoral.

Mi pedido a St. Jude por un cambio para bien es posible que haya sido bien recibido. ¿Tal vez la muerte de Chávez fue una concesión a mis súplicas? No me había paseado por ahí. ¿Sería una posibilidad real? ¿ Me complacieron? Eso me recuerda mi conversación con el párroco. El cura me hizo ver que Dios actúa a su propio ritmo y de su propia forma. Por eso es Dios. Dios no puede ser objeto de influencias por más santo que sea el intermediador. De lo contrario, Dios sería susceptible de influjos. No sería un ente infinitamente perfecto cuyo criterio es uno y como la unidad absoluta, igualmente ajeno a la influencia de cualquier argumento externo. Ignoro si ese garabato teológico fue lo que le entendí o es lo que interpreto. Pareciera que estoy en el medio de una duda filosófica o al menos en una conversación interna llena de confusiones. Espero que Dios esté escuchando y que tenga a bien aclarar estas dudas. Trato de ordenar mis pensamientos. Rememorar en orden lo que el cura explicó. Me insinuó que sustituyera la súplica de milagros por un aptitud proactiva: proceder, actuar y tratar en positivo, hacer y cambiar, proseguir, no renunciar y nunca claudicar, etc. Dios tiene sus vías. Éstas no dependen del ruego a St. Jude. Posiblemente estas pequeñeces no entren en sus planes de acción, su lista de prioridades abarca lo trascendente. Puede que sea una especie de vago recordatorio. Nadie conoce las vías celestiales como para dar testimonio en este mundo o asumir que Dios está pensando de una manera u otra. Opto por mantener mi fe y le suplico en base a la nostalgia por aquel terruño. Inexplicable si considero que hace tiempo que no vivo en aquel país que me vio crecer como mucho hasta la pubertad. Realmente me siento más de aquí que de allá. A pesar de ello no lo olvido ni me deja de gustar. Hago una nota mental para consultar al cura de nuevo, para aclarar criterios. Pudiese acompañar a Zach cuando él le vaya a proponer que trabaje a destajo con la fundación. En lo político deseo poner un grano a la causa aunque no vote pues ni cargo ese pasaporte. Zach está contribuyendo con quienes transportan por tierra a los votantes a New Orleans. Cuando lleguen esos días de abril allá estaré allí colaborando. En Miami nadie puede votar por increíble que parezca. Los seguidores de Chávez han anulado a este consulado como una opción válida. Una nueva dosis de abuso y ventajismo. Hay un anuncio sobre el juego por un altoparlante, mi mente ausente deja de divagar por los caminos políticos de mi imaginación y aterriza bruscamente en la realidad circundante. En este intervalo entre la política y el deporte, cual si fueran insuficientes para mantener mi atención ocupada, nos encontramos al personaje de Aleksei Kechinov.

39. El ruso amplía el juego y Zach contesta el saque

A veces todas las cosas suceden al mismo tiempo. Las aristas se juntan. Parecieran alinease para aparecer en forma simultánea. Kechinov cuenta con sillas preferenciales cercanas a nuestros puestos y está rodeado de nuestras amigas de la vida fácil. "Tenis y putas", en otra época sonaría ideal. Fácil nunca ha sido su vida, la de ellas, me corrijo al instante de sentenciar tal ridiculez. Dura es su vida sonriendo por fuera y sufriendo por dentro. Nos saludamos cordialmente. Las mujeres todas preguntan por Oxana. Les extraña que no me acompañe. Aleksei en un tono jocoso con un dejo amenazante recuerda a Zach sobre nuestras obligaciones en voz alta sin importar que el resto del mundo se entere. Eso me pone nervioso. Zach, envalentonado por las cervezas le recuerda que el trato es privado. Afirma que cumplirá su palabra. Aclara que el carro se lo llevará según lo convenido y que también habrán cinco años de asesoría profesional en materia de finanzas, nada más.

> -Nadie será jefe de nadie, nadie le exigirá a nadie, somos profesionales, sabemos lo que hacemos. Se hará todo a distancia como se convino. Cada quien en su oficina como debe ser. Todo a través de unos correo electrónicos especialmente diseñados para tales fines, una micro-intranet especializada.

Zach había sentido el hambre de Alek por acceder al conocimiento de inversión sofisticado y se solidarizó en su posición e hizo que Alek aceptara lo imposible, ahora no daría vuelta atrás.

> -No hay necesidad de verse las caras ni de saludarse. Eso no formó parte del acuerdo, tampoco lo fue hablar del tema en público. Mantener una distancia prudencial ayudará a que no se establezcan conexiones que nos pudiesen llevar hasta el IRS.

Al nombrar al IRS Alek enmudeció. Palideció, se le notó un principio de pánico cuando se nombró a esa institución en voz alta. Zach se jugó esa carta como quien pretende entender algo de lo que es ignorante. Para suavizar la nota agregó que si ocurriese una necesidad imperiosa él pudiese visitar a Kechinov. Siempre y cuando Alek lo solicitase amablemente y con antelación, por e-mail. Zach exageraba, era un delfín ante un tiburón, no debía olvidarlo.

> -Toda asesoría implica un riesgo. No hay resultados garantizados. Cualquier cosa será mejor que lo que le ha pasado en Chipre.

Kechinov lo sabía, medía su juego, ponderaba a su enemigo y asentía con una sonrisa medio maliciosa. Lo veía fijamente sin distraerse al estilo de los combatientes experimentados midiendo a un oponente que ingenuamente se inicia en el arte de la maldad sin conocer el terreno que pisa. Alek sonreía de nuevo. El aparente coraje de Zach le parecía posado. El ruso fingía buen humor. El asunto le traía recuerdos de sus inicios. A mí no me gustaba la escena. Sentía un frío aire de amenaza en su lenguaje corporal. Yo estaba gélido, parecido a lo que hubo sentido Djokovic al final del partido, sin haber vuelta atrás ante un resultado parcial que cantaba el destino próximo. Me mantuve impávido, mientras en silencio le rogué a St. Jude que no nos metiera en arenas movedizas que terminaran por asfixiarnos. Si nuestra asesoría profesional produjera pérdidas a este gánster que finge saber lo mínimo de finanzas para no aceptar excusas, las advertencias de Oxana sobre su inmensa capacidad de retaliación podrían ser nuestra próxima realidad. Por eso no deseo que Zach lo rete a enfrentarse a nosotros cual tren descarrilado. Sería difícil esquivarlo e imposible pararlo. Tratando de hacer el bien a veces se consigue el mal, una paradoja nuevamente define nuestra verdad. Salir del mal es difícil, menos costoso es evitarlo. Una vez adentro es otro juego, son otras reglas, no estamos jugando tenis. La puerta de entrada no es la misma que la de salida. La escapatoria no es tan evidente como el ingreso. Y he ahí la dificultad. Oxana me lo había explicado. Yo, antes de ir a Japón, lo había experimentado. En Japón encontré una puerta de salida. Ahora se entreabría de nuevo la entrada a mal. Dudé, me pregunté si por casualidad al liberar a Oxana habríamos entrado, entonces sería tarde. No sería fácil determinarlo, estábamos obligados a esperar y ver qué sucedería. Probablemente estábamos en peligro. Dependíamos del Dow Jones más otra mano llena de índices de mercado. No sería fácil pues esas variables tampoco dependerían directamente de nosotros. En qué hueco habíamos caído, no veíamos el fondo y sentía que podríamos darnos tremendo cabezazo. No había vuelta atrás. Habría que buscar la otra puerta, la evasiva, la oculta, la que permite salir de este enredo. Parecía un laberinto sin salida.

De regreso, rodando en las bicicletas, sentimos un par de carros demasiado pegados poniéndonos en peligro, obviamente era una infracción, hubiera deseado que hubiese algún policía cerca y aparentemente había uno estacionado antes del pequeño puente que no prestó mayor atención. Los rusos nos interceptaron como si fuera un operativo policial. Era Kechinov jugando otra vez una broma pesada junto con sus secuaces. Le parecía divertido habernos asustado. Pidió disculpas y ofreció invitarnos a cenar. A Kent se le veía la rabia y la impotencia en la cara. Inclusive llamó al 911 y reportó una emergencia. Aleksei insistió en sus excusas que sonaron auténticas, aunque para mí todavía tenía un toque de intimidación. De seguidas se apartó un poco y le gesticuló a Zach para hablar con él. Se excusó una tercera vez y le avisó que debían traspasar los papeles del carro pronto porque por razones del seguro debían ordenar ese tema con antelación al viaje en barco. Zach le explicó que partíamos para Europa por diez días pero que al regreso se ocuparía sin falta. Aleksei Kechinov estuvo de acuerdo. Zach le trasmitía confianza. Se despidió dándole un fuerte abrazo, justo entonces apareció la policía, el que venía del puente aclaró no haber visto nada. Zach le hizo un gesto a Kent para que dejara pasar el asunto sin mayores consecuencias. A Kent le parecía la explicación del oficial cuando menos extemporánea y sospechosa y además percibía cierta camaradería en las miradas que se cruzaban los rusos con los representantes de la ley. Obviamente no era el primer encuentro entre aquellos sujetos o al menos eso parecía a simple vista. No obstante, Doutzen supo escuchar a Zach, se tragó su orgullo y alegó que había confundido a unos amigos de su novio con posibles asaltantes, pero que ya la situación se había aclarado. Luego de ponderarlo un poco y consultarlo mutuamente los oficiales dejaron pasar el hecho y amablemente nos solicitaron ser más prudentes antes de reportar una próxima emergencia. Todos nos excusamos, especialmente Kechinov quien se esforzó en acompañar a los policías hasta que partieran, conversado, casi como viejos conocidos de un mismo barrio. Retornó pronto de su despedida e inmediatamente se disculpó con nosotros por última vez, viendo a Zach de reojo alegó que cualquier pretexto era bueno para perdonarse entre amigos, pero que el principal era la propia amistad, luego abrazó a Zach e hizo una señal con la mano a sus gorilas, se montaron apresuradamente en sus vehículos y se alejaron. Calamos nuestros pedales y rodamos en silencio. Kent dijo de pronto que le daba muchísima rabia tal abuso, dejó ver su impotencia y la molestia que la inundaba en lo rojizo de su rostro pero no soltó ni una lágrima, era una plancha china. Zach le dio la razón sin pestañar. Me miró firme, esperó mi enfoque en su cara y dijo que esperaba que ese fuera el único susto por los próximo cinco años. Evidenciamos así, de pronto y sin aviso, que el favor que habíamos hecho nos podía costar muy caro. Contesté que seguro sería así y pregunté dónde querían cenar. Luego de ducharnos terminamos en Zuma. Después de una botella de Sake de calidad premium ya veíamos cómico lo ocurrido en el cayo. Nos tomamos una botella más planificando dónde comer en París. Llamamos a Ghislain mientras caminábamos de vuelta a casa. Nos estaría esperando con los brazos abiertos.

40. A veces sonríe

Zach no esperó regresar de París, al día siguiente le envió los papeles con nuestra abogado. Crystal transfirió la propiedad del vehículo y acordó por escrito que se entregaría en dos semanas. Notarió el acuerdo. Ya el carro era de Kechinov y únicamente faltaba llevarlo, hemos debido hacerlo de una buena vez, pero teníamos el viaje encima y Zach quería hacerlo personalmente.

Mientras el mundo deportivo local admiraba cómo los Heats de Le Bron avanzaban en el campeonato, llegaba el avión que traía a Miranda proveniente de California. Pasábamos por el sector de la autopista que conduce al aeropuerto internacional que mira sobre el nuevo estadio de los Marlins, me recordó de Oswaldo Guillén, otro chavista embelesado que le besó el culo a Fidel y por el ansia de chuparle el trasero olvidó por un segundo que estaba en Miami. Esta ciudad no perdona ese tipo de excesos. Menos cuando ocurren a pocos metros, apenas a un tiro de piedra de la Calle Ocho y de aquellos cubanos que han arriesgado sus vidas. Lo que han dejado atrás familiares y pertenencias, por no sufrir ni un día más bajo el yugo comunista de los Castro. Han emigrado de la isla que fue su patria para adoptar otra que les es lejana, salvando distancias y diferencias de cultura, adaptándose a nuevas reglas, entre ellas las que impone la soledad. Sacrificios, lucha por la expectativa de una vida mejor. Les estimula llegar a un lugar donde se respetan los principios fundamentales de las personas, donde pueden ser partícipes, no perseguidos. Donde es factible expresar lo que se piensa y donde se respete la opinión y el voto. Donde si alguien trabaja duro aunque llegue sin nada, como los Marielitos y afines, pueda encontrar una forma, hacer una nueva vida, existe un chance de lograr el éxito. Esas mismas oportunidades se le dieron a Guillen, un dotado del campo corto, un suertudo con la cachucha de coach. Al triunfar, en vez de agradecerlas cometió un exabrupto, no tuvo mejor ocurrencia que lamerle el ano a Fidel, tremendo beso negro, puro chocolate. Algunas personas son tan limitadas que nunca aprenden. Guillen es un campeón entre esas lides. Ahora los Marlins tienen nuevo manager y hasta cambiaron el logo de sus uniformes. La gente ignora a Guillén. El pobre ha quedado en el buzón del olvido colectivo. Nadie desea que le recuerden al chupa medias. Yo los apoyo. Compré asientos para la temporada por adelantado y regalé dos cupos a Zach y Doutzen. Zach & Doutzen me estoy acostumbrando al sonido de eso, lo pronuncio con algo de melodía para añadirle musicalidad, Zach & Doutzen, suena bien. Mientras pensaba en baseball, Guillen y Cuba realicé que lo hecho por Oxana fue meritorio, sí valía la pena. Era una cuestión de principios. Apoyamos el significado de libertad como principio. Generamos una nueva oportunidad de vida a otro ser humano. No fue impedimento ni su origen ni su profesión. Nada nos detuvo para generarle un comienzo nuevo. Había peligros potenciales para nosotros, ese era el lado negativo. Las consecuencias pudiesen ser desagradables y hasta dañinas. Al medir ese riesgo comparativamente, la satisfacción de haber optado por defender los principios fundamentales de una persona era un contrapeso suficiente a cualquier aprensión. En el futuro no albergaría dudas respecto a esta aventura y sospeché que Zach pensaría parecido aun si los temores no se esfumaban.

Miranda llegó lindísima. Especialmente bella. Me da risa porque Zach dice que las mujeres de su edad ya son o lucen viejas para nosotros.

"Se ven así por ser nuestras contemporáneas."

Yo veo a Miranda preciosa. Mejor que muchas mujeres menores. Su lindura emana de todas partes. Su feminidad no tiene parangón. Apreciar su belleza implica la integridad del concepto, pues es orgánica en el sentido de que tanta luz emana de su interior como de su exterior. Hay una armonía en sus gestos y movimientos que conforman una belleza completa, incluye lo corporal y lo mezcla con lo espiritual. A veces cuando sonríe al yo decirle que está bella la noto idéntica al día en que la vi por primera vez. Es algo mágico. Pareciera entonces que el tiempo se hubiera detenido. Así la percibí caminando hacía mí, maleta en mano, morral al hombro, el rubio pelo suelto con ondulaciones que flotaban en el aire junto con ella al caminar, sus ojos ligeramente aguados por la emoción de verme, esa guapa sonrisa iluminando el ambiente, sus labios diciendo bésame sin modular palabra alguna. Estaba divina, la recuerdo sublime. La besé al abrazaba, la olí profundamente y casi sin darme cuenta le pedí a St. Jude que hiciera lo imposible para mantenernos juntos. Ella se separó de mí por un instante, me miró fijo profundamente con sus ojos grises que parecían hipnotizarme mientras pasaban a ser azules al momento en que me interrogaba.

-¿En qué piensas?

-Pienso que nunca debemos separarnos.

-Vas demasiado rápido, eso es imposible. Al menos que te mudes a Los Ángeles.

-Pero tu padre esta aquí.

-Lo que queda de él, sí. Para mí murió hace tiempo. Me duele cada vez que lo veo. Esa enfermedad es una muerte torpe y cruel. Me duele al punto que a veces evito verlo. Hacerlo es comparar lo que fue con este cadáver. Ese resto con un vestigio de vida. Esa traza es lo que queda de él. No es quien me vio nacer. No es quien me ayudó a crecer. No es quien me apoyó en las malas. No es quien me dio todo lo que necesité. No es quien celebró las buenas. ¿Quién es él? No es quien un día entró en cuenta sobre su enfermedad y dispuso a mi favor de todo su patrimonio forjado con trabajo, sudor y sacrificio. No es el que me pidió que si empeoraba lo trasladase a Florida porque por encima de todo no quería ser un enfermo impotente sin capacidad de expresar que tenía mucho frío para que lo resguardaran del clima. Le aterraba el frío desde que envejeció. Temía sufrir frío y no poder pedir que lo acobijasen. Ese factor junto con el trato humano y la capacidad médica fueron los tres patrones decisivos para decidir traerlo aquí. Pero Florida no es tierra mía. No es California. No se parece en nada. La gente es tan distinta. No podría vivir aquí. Llevo semanas pensándolo. Quería decírtelo. No entiendo por qué sollozo al hacerlo. Tú me pones así. Haces que mi cuerpo se transforme. Hasta me sube la temperatura. Siento que me mareo. Me pones mal. Muero por estar contigo. Deseo amarte. Ser tuya. Espero que me comprendas. No me fuerces a venir aquí. Tu adorabas California. Volvamos a donde fuimos tan felices. Comencemos una nueva vida. Si Zach no quiere déjale todo. Yo tengo de sobra. Ocuparse de eso es un trabajo completo. Se me sale de las manos. No tengo tu capacidad numérica. Mi instinto para los negocios no es tan fino. Puedo sobrevivir y mantener pero tú puedes multiplicar lo que mi padre dejó. Será el mejor legado para los hijos que deseo tener contigo. Si me quieres de verdad cambia conmigo, junto a mí, para mí. Se que soy egoísta pero aceptaré todo menos vivir en esta ciudad tan plástica, hasta los latinos aquí son distintos, prefiero la calidad humana de los mexicanos, los siento más nobles. No me hagas sufrir más, ven a vivir conmigo. Te lo suplico. Ya lo he dicho. Llevo semanas pensando esto y lo he dicho. Perdona que no te haya dejado ni decir hola. Tenía que decirlo. No podía ir a París sintiendo que te engaño. He dicho todo lo que siento. Si me aceptas seremos felices. Aunque me da miedo que yo envejezca más rápido que tú. Zach me ha advertido eso. Es un buen amigo. Se preocupa por los dos. Será el padrino de nuestro primer hijo. Si quieres tenerlo ya, podemos hacerlo. Puedo esperar un tiempo, si eso prefieres. Lo único que no permito es que te separes más de mí. Una vez nos separamos porque cometimos un grave error. Pagamos un precio enorme. Un castigo desproporcionado. Te insisto que deseo empezar de nuevo. Juntos para lo que venga. Lo que nos queda de vida que sea compartida. Ojalá sea larga. Ojalá sea buena. Ojalá tú la quieras como yo la quiero. Sencilla, discreta, , compartida, abierta y llena de felicidad. Vamos a amarnos mutuamente, con naturalidad, sin presiones, sin compromisos, sin ataduras. Yo te amo. Eso no lo digo fácil. Tú lo sabes.

Me dejó sin habla con ese: "yo te amo" y continuó.

- Chris, no tienes que decir nada. No digas nada. Todavía no. Espera a que se calme toda esta emoción, a ver si se aplaca un poco esta pasión. Luego me dices cuando puedas pensar en frío, no antes. Tan solo llévame a casa y hazme el amor. Bésame y no digas nada hasta que hayamos hecho el amor, abrázame, acaríciame, siénteme, bésame, no me dejes. Nunca me dejes, prométela. No digas nada. Bésame. Yo te adoro.

41. Los españoles redimensionan al peligro....

Nuestro silencio fue hablar de otras cosas, no fue callar. Primero la abracé y besé de nuevo. Luego subimos al convertible. Su pelo ondea diferente con el viento, distinto a otras mujeres, sería mi imaginación, pudiera ser porque es más frondoso o porque su pequeñas ondulaciones se adaptan al ritmo del aire que le acaricia la cara o porque es única. Ella conoce todo lo que ha pasado pues constantemente hablamos e intercambiamos textos, mensajes de voz, videos y fotos a diario.

Hay pequeñas sorpresas por cosas que no le he contado en detalle porque hay asuntos que no se pueden o no se deben hablar sino en persona. Por ejemplo; la travesura de la suspicaz Doutzen disparando fotos para capturar a los rusos desde su cintura sin que nadie lo notase. Apuntando como mejor pudiera tomó varias fotos con su celular durante el antipático encuentro. Unas fotos las tomó desde la cintura como si buscara un número, otras desde su oído como si hablara con alguien. Cuando los policías la llamaron aparte para discutir si se hacía un reporte o no, le dijo en confidencias a uno de ellos que tenía fotos de los maleducados sujetos y que podría haber bases para una demanda por asedio. El policía le dio un número donde podía enviarlas por mensaje seguros en formato digital. Tenía tanta rabia que lo hizo de inmediato y sin consultarnos. Resultó que sobre los rusos no había antecedentes trascendentes. Sorprendentemente sí había sobre algunos de sus amigotes, específicamente dos que participaron en la persecución. Al parecer eran miembros de una renombrada banda de españoles que asaltaba joyerías desmontado cajas fuertes y por recreación también robaba carros de carrera. Los dos en la foto habían salido recientemente en libertad allá en España. Uno de ellos tenía más de 20 arrestos por la Guardia Civil. Se trataba de los cabecillas de una banda de especialistas en abrir agujeros, perforar paredes, pisos, techos, cajas de seguridad. Uno de ellos tenía fama de buen piloto por sus escapadas de la policía. La policía mencionó que se contactaría al instructor de la fiscalía española vinculado al proceso de los amigotes de Alek. Y aseguró que la policía de Miami estaría pendiente de cualquier evento sospechoso por parte de estos sujetos. Según Kent este español era quien venía manejando uno de los veloces carros de Alek. Ella le había tocado verlo pilotear antes de que bruscamente nos interceptaran y después al apearse del coche. El asunto no pasó a mayores. Los localizaron y le visitaron en su hotel de Miami Beach. Los encontraron en la piscina del

Fountainbleu compartiendo mojitos con varios jugadores de basketball de menor cuantía y algunas rusas manejadas por Alek. Le hicieron saber que uno de los oficiales lo había reconocido. Adujeron que se trataba de un oficial que había dictado cursos de seguridad en Madrid junto con la Guardia Civil. Les manifestaron que era conocida su estadía aquí en Miami. Se aceptó que habían entrado legalmente, su visa era válida, esto era simplemente una visita de cortesía, si se portaban bien estaban bienvenidos. Al poco tiempo Aleksei preocupado llamó a Zach. Indagó qué sabíamos sobre sus amigos españoles. Zach lo dejó esperar 10 segundos en la bocina del teléfono antes de contestarle no saber ni conocer a español alguno. Lo dijo con una voz tan fría y calculada que convenció a Aleksei Kechinov. Le creyó. Zach se mostró frío, amable y colaborador. Conversaron sobre autos por un breve lapso. Aleksei se deleitó. Zach brilló con su especialidad en esa materia técnica. Conocía su hobbie, lo había desarrollado minuciosamente desde la adolescencia. Zach evitó que la atención se centrara en Kent. Indagaba veladamente si habían notado que Doutzen tomó las fotos. Al parecer Kechinov no había descubierto la osadía. Comprobarlo tranquilizó a Zach. Su meta fue evitar evidenciar ese detalle, quería aislar a su chica de toda relación con esos malandros. Parecía haberlo logrado. Doutzen había sido invisible en su atrevimiento y la policía nunca mencionó fotos cuando publicó su hallazgo. El resto de la conversación fue menos tensa, orientada por Zach a la coordinación de la transferencia de la propiedad de su convertible para Alek, dejó claro que era un hecho. Eso le facilitaría a Aleksei sus gestiones para el transporte del vehículo a Rusia. Kechinov quedó complacido por la eficiencia. Le agradaban los tipos como Zach. Los que van directo al grano, sin rodeos, destilando planificación y organización a cada paso, coincidía con Kent en estilo pero era más zamarro. Alabó su profesionalismo al incitarlo a contemplar juntos otras posibilidades de negocios. Zach declinó con absoluta sutileza. Qué mano izquierda tuvo, parecía un diplomático de profesión. Acordaron que Zach y yo iríamos personalmente a entregar el auto a la vuelta del viejo continente. Para ese momento Aleksei Kechinov tendría una idea más precisa de cuánto guardaba en Chipre. Nosotros los asesoraríamos en cuanto a cómo, dónde, cuándo y con quién movilizarlo e invertirlo. Quedaron en los mejores términos. Se podría decir que Aleksei lo consideraba su amigo. Para Zach era sólo un trato. Y un recurso adicional improvisado para salvar a su querida Doutzen Kent de una posible vendetta por andar de asomada. Lo logró actuado con frialdad y firmeza. Otra razón más para que celebráramos al llegar a París. Una forma adicional para Zach darse cuenta de que la quería de verdad. Cuando uno siente un miedo incontrolable de poder perderlo todo con una mujer es cuando de verdad la está queriendo. Lo sé.

42. Dudas que llegaron antes de la postal

Miranda estaba horrorizada. No me imaginaba tratando y tranzando con malhechores. Parcialmente entendía las razones. No le gustaba quién nos había inspirado para ayudarla. Pero aceptaba la autenticidad de nuestros principios detrás de la historia porque cosas similares la aupaban a ella en su trabajo en la fundación. Aceptarlos no la aislaba de cuestionar. Los estimaba comprensibles si habíamos actuado en base a los principios de libertad. Aclaró que la verdadera libertad se lleva en el alma y se expresa en la mente.

- Una persona puede ser libre mientras piense en su interior con sentido y sentimiento de libertad, así nunca se le permita expresarlo y viva en condiciones adversas impuestas por circunstancias que le son imposible cambiar, pero debe ser auténtica, para ser libre se debe ser auténtico, es uno de los sacrificios implícitos, sin autenticidad no hay libertad.

Nuevamente me dejó mudo.

-Asumo que Zach y tú buscaron proveer una segunda oportunidad, sacando a esa mujer de una esclavitud obligada, etc. De no ser así, esto se vería como un vulgar post pago por favores sexuales que les traería futuras consecuencias.

Su análisis, que comenzó con pasividad, se fue tornando ácido.

-¿Qué tal si fue una confabulación de la tal Oxana y del malandro Kechinov para que Zach y tú administren sus dineros? ¿No eso al final de día lo que está pasando?

Eso me dejó frío. Pensativo en grado sumo. Me mantuve calmando cuando insinuó que a nosotros los hombres nos encantan las mujeres que se hacen las víctimas para manipular nuestra voluntad.

-Se convierten en unos bobitos romanticones. Esta gente, que no hay duda de que son aprovechadores, pudieron haberlos incitado a complacer sus deseos. Es que ni cuentan se dan. Les hacen pensar que son unos héroes romanticones cuya misión es salvar al mundo por la libertad. ¿Cuál libertad? ¿Estamos hablando de la libertad auténtica? ¿Nos referimos al principio inalienable de cada ser viviente? ¿O, sin percatarse fueron trampeados? Si la sujeto es una profesional pudo influenciarlos con facilidad y peor si es tan bella como refiere Zach pues ahí sí que sucumben los dos, de inmediato y sin protestar, ¡qué tontos!, parecen unos perros sin amo. Ay, es que a veces son tan básicos…

Miranda Tierney era analítica en extremo, veía cosas en sus razonamientos que se le pasaban de largo a las demás personas y en especial a los hombres. ¿O eran sus celos? Su óptica se originaba desde el punto de vista femenino. Sorprendía lo que podía captar desde esa perspectiva sin menoscabo de profundidad e inteligencia en su observación. ¿Salvo que estuvieran hablando los recelos? Se expresaba con madurez, sin perder su feminidad, cualquier reconcomio era invisible. Proyectaba un enfoque preciso de la situación a evaluar, sin alzar la voz, dulcemente, su estilo se centraba en sugerir en vez de exigir. Dejaba las conclusiones abiertas al interlocutor sin asomar intereses particulares para incitarlo a pensar. Acusaba sin criticar.

Aparentaba no tener inclinación por las posibles alternativas a su planteamiento. Lo dejaba todo en el aire, de igual forma que una mujer suelta, descuidadamente y sin aparente razón, un papel para verlo flotar cuando arrecia el viento sin preocuparse ni estar pendiente de recuperarlo, segura de que alguien se apresurará a prestarle la atención que exige el momento. Su seguridad en su capacidad para ver la esencia de las personas es alta y sin echárselas lo refleja sin complejos. Por eso me hizo dudar. No sabía con certeza si se divertía o nos daba un consejo fiel a su pensamiento, tampoco quiso explicar más de lo que dijo. Me hizo dudar y admirarla en el intento de ponderar su análisis.

Oxana se había adaptado al galpón. Había limpiado un sector donde dormía y otro donde practicaba yoga. Desde el primer día invitó a los trabajadores y a la arquitecto residente para unirse a su sección de la tarde. Todos eran primerizos. Hombre recios que nunca había experimentado gimnasia alguna, menos algo que viniese del Oriente y se considerara una religión en ciertos niveles especializados. Ocurría al final de la jornada de trabajo. Los olores y hedores eran fuertes, inundaban el ambiente. Para Oxana no había fetidez que le impidiera acercarse a un sujeto que llevaba sudando las siete horas previas de trabajo para ayudarlo cuerpo a cuerpo a conseguir un grado mayor de flexibilidad en una posición. Le inducía una postura y una respiración fluida tocándole los puntos clave de inflexión, impregnándose de su sudor en el intento, ignorando su pestilencia, concentrándose en los niveles de conexión que hay entre el cuerpo y la mente. Empujando, sobando, acariciando, frotando, halando, prensando músculos estratégico; abriendo subconscientemente la puerta de la espiritualidad a alguien básico, acostumbrado durante su vida a pensar en lo esencial y nada más, porque hasta ese instante nadie lo había estimulado en tal sentido y menos a cambio de nada una mujer tan bella le regalaría una mirada tan sincera, tan profunda. Quien la viera en ese trance con aquellos gigantones no sospecharía que pudiese ser una persona que manipula a otros. ¿Nunca se debe objetar de plano los consejos que emanan de la intuición femenina? ¿Menos de aquellas mujeres que lo quieren a uno? Me preguntaba eso mientras la observaba, intentado dilucidar si Miranda pudiese estar en lo cierto. Decidí seguir dándole a Oxana el beneficio de la duda. Quizás por lo bella que era y lo deferente que había sido conmigo, esa condición la acepto, soy humano. No obstante recurrí a St. Jude, oré, recé por estar en lo correcto, tanto sobre Miranda como acerca de Oxana y le pedí también que las dos mujeres pudiesen congeniar para convivir en lo relativo a la fundación y a nuestra relación. La situación me recordó un dicho de Juana que ni siquiera estaba seguro que aplicaba al caso: "tú solo te acuerdas del paraguas cuando llueve". Años, más tarde, mucho más, recibí un día de primavera una postal manuscrita de la Rusa Bella con una breve nota que plasmé en mi memoria antes de arrugar el cartón con aire apresurado y botarlo para no despertar sospechas infundadas:

> "No fue el dinero, no fue el carro, no fue la negociación, no fue la búsqueda de otra vida lo que me sacó de la calle y me dio libertad, ocurrió antes, fue tu mirada..."

43. Al encuentro imposible y las sensaciones del intento

Zach, después de considerarlo, decidió que era oportuno ir a hablar con el cura. Llegó temprano para agarrarlo fresco, como acostumbraba a profesar en la oficina:

> "reuniones tempranas con mentes claras".

En su opinión, temprano es mejor para una reunión de trabajo. La gente está alerta y posee una energía matutina intrínseca que la inclina hacia lo positivo. Cuando las personas piensan en positivo buscan acercamientos con facilidad, son propensos a ceder en la búsqueda de un posible ganar-ganar. Después, la jornada diaria los llena de tensión y la segunda mejor opción es al final del día, con un buen trago de por medio.

Como no piensa invitar al cura a un bar y siendo el día del vuelo a París, Zach decide ir justo después de nuestro trote matinal. Corriendo revisamos la estrategia: qué me dijo, qué recuerdo, por qué lo seleccionamos como un valor agregado, cómo se le invitará, fechas tentativas para empezar, incentivos, condiciones, etc. Es un día despejado y frío, con una ligera brisa, comparativamente sudamos poco, a pesar de eso Zach decide no ir a hablar con el sacerdote todo sudado. Le pareció una falta de respeto en mi caso. Comenté que ni siquiera lo notó:

> - Al contrario, es un hombre muy desprendido, no anda pendiente de vanidades, estará acostumbrado a recibir gente de todo tipo en todas las fachas, la tuya será imperceptible.

Indistintamente, terminamos la carrera en su casa donde sube a ducharse. Vestido de trabajo con el flux gris plomo y la camisa blanca que usa cual uniforme, camina en la fría y soleada mañana hasta la iglesia, un fresco paseo de cuatro cuadras bordeando el agua que le permite ordenar los pensamientos, quiere hacer la propuesta no al estilo del típico plan de negocios, prefiere orientarla hacia una solicitud de soporte por una buena causa que sería recompensada con colaboraciones, incluyendo las monetarias, para la iglesia de St Jude.

Mucha gente acude al templo en busca de auxilio y la generosidad de Zach podría contribuir en algo a las causas que ellos atienden, socorrer a quienes se sienten nulos ante vicisitudes, retos que se pintan imposible. Dos entes destinados a velar por las necesidades más básicas de los más necesitados se prestarán ayuda mutuamente, ese es el mensaje. Intercambiarán ayuda espiritual por monetaria, una especie de trueque. Cada quien aportará lo que mejor hace y lo que posee en mayor abundancia. Es un ganar-ganar y aunque Zach no se rasga las vestiduras por la teoría de ganar-ganar pues en su criterio existen otras formas más eficientes de negociar que se adaptan con flexibilidad a distintas circunstancias de negocios, en este caso en particular, se le pinta que el enfoque ganar-ganar es el idóneo.

Algunos trotadores que conocemos de vista se le topan en el camino y lo saludan, otros no lo reconocen porque están acostumbrados a verlo en ropa de ejercicio. Zach saluda amablemente con un gesto, sin pausar su caminar presuroso ni distraer su pensar acucioso. Él domina las dos actividades de forma elegante y atlética. El andar es elegante al ojo de quien lo observa y su discurrir se traduce elocuente al oído de quien lo escucha al tratar de persuadir. Sus estilos de caminata y de raciocinio han sido pulidos ampliamente por una esmerada práctica y el cuido de detalles que otros suelen descuidar, de ahí ese aire de superioridad que algunos critican, a veces cae bien y a veces cae mal.

Así llega a la puerta del templo, accede al interior, usa la pileta de agua bendita a la derecha de la entrada para mojar su diestra y persignase, la frente se le humedece con cierto frescor. La maña la recuerda como uno de los imborrables legados de su madre: "siempre santiguarse al entrar". Tuvo un largo aprendizaje para lograrlo con su mano derecha hasta alcanzar practicarlo fluidamente. Eso le enseñó que hay cosas que cuestan, pequeñas y grandes, que se logran con persistencia hasta obtener resultados positivos.

Para un individuo tan zurdo como Zach, usar la derecha para perfeccionar la señal de la cruz no fue fácil. Su mamá lo apoyó en la tarea con suma paciencia hasta que lo logró, eso evitó que otras personas lo vieran como si fuera un anticristo cuando se santiguaba. Los esfuerzos de su madre por evitar una mala impresión le enseñaron que con práctica y constancia se pueden vencer dificultades, inclusive las que fomenta el subconsciente. Hasta logró ser ambidiestro en otras cosas cuando era niño, como batear en beisbol.

Desde niño entendió el poder de la mente sobre la voluntad, la ventaja del poder de la autodeterminación, sus cualidades autodidácticas nunca lo abandonaron, le facilitaron la vida a partir de ese momento. Para él, entender el funcionamiento de su mente es una herramienta que le ha sido útil, superior a la escolaridad universitaria, lo descubrió gracias al amor de su madre, una mujer sencilla, con escasa educación, que lo obligó a persignarse con la derecha para encontrar un camino dentro y descubrir el poder de su mente. Nunca se lo mencionó, ahora le hubiese gustado hacerlo, agradecerle aunque fuese con un abrazo, dejó pasar esa oportunidad, le queda el recuerdo y la herramienta, dos cosas buenas.

Continuó caminando por el pasillo central y cuando este se cruza para abrir paso a las capillas laterales volteó hacia la derecha donde encontró el nicho que alberga a St. Jude. Tomó un billete de 20 y lo metió en la alcancía de cobre que recuerda que las colaboraciones para encender una vela son mínimo de \$3. Se preguntó cómo hace la gente que no tiene \$3 ni para comer y que acude al templo con los mismos ánimos de cualquier cristiano a prenderle una cerilla al santo con la intención de solicitarle ante una necesidad imperiosa.

Dejó ese pensamiento de lado, se arrodilló en el reclinatorio individual que está libre y de cara cercana a la estatua. Se santiguó de nuevo, rezó un Padre Nuestro viendo de reojo a la imagen de Cristo sobre el Altar en la nave central de la edificación, se sintió invadido por una especie de paz interna, una sensación extraña, como cuando uno rompe la pared en medio de la carrera y piensa que puede seguir trotando sin parar hasta el infinito. Un efecto similar, pero sin la respiración acelerada ni la sudoración intensa, aunque uno siente en menor grado un poco de transpiración y respira con diferente ritmo al normal.

Zach presiente como si algo inminente estuviese a punto de ser develado, recupera su usual objetividad y mira a la imagen de St. Jude de frente. Le dialoga en su mente con toda tranquilidad para pedirle un favor. Desea encontrar una vía para salirse de la suerte de tener que interactuar por otros cinco años con los rusos. Le explica al santo que no guarda nada contra ellos. Sí le parecen peligrosos. No le gusta sus estilo de actuar, no quiere volver a verlos y menos aún que sea involucrada la mujer que ha seleccionado como la futura madre de sus hijos. Se concentra, ve al santo a los ojos, le explica su carencia de fe en milagros.

No tiene la fe de Chris. Acepta que St. Jude los ha ayudado en el pasado, juntos y separadamente. Es testigo sin profesar fe. Cierra los ojos y le pide sosiego. La gente no lo nota, ellos ven lo externo, en ocasiones Zach pierde la calma, abruptamente, por algo que le molesta y se le fijan ideas locas en la cabeza. Reza de nuevo dos Padre Nuestro. Pide perdón por el pecado de la ira, el cual acaba de confesar y de paso solicita entereza para no caer más en el vicio de la prostitución.

Ningún cura escucha esos pecados porque los confiesa él, solo, mediante un monólogo en su mente. No es lo ortodoxo. A Zach la confesión particular le incomoda. Se siente bien así, no lo identifica como una falla. Hace una nota mental para consultarle al párroco al conversar si eso es una acción válida. Desde chico ha estado en contra de contarle sus pecados a otro ser humano. La representación directa de Dios por un embajador humano - un sacerdote - es una idea que no le convence. Su mente ocurrente le indica que ese sería un abreboca apropiado para iniciar su diálogo con el cura.

Se retira por la puerta lateral dirigiéndose al patio interno que comunica con las oficinas de la parroquia. Allí lo atiende una religiosa, una devota quien, ante la solicitud, bondadosamente le explica que no hay párroco ni ningún otro cura en esas funciones desde hace dos meses. Que la persona a quién él se refiere, el que ocupaba el cargo, el sacerdote a quien siempre veía, murió hace dos meses. Sufrió un ataque de corazón, algo fulminante.

La piadosa mujer no se sintió alarmada ante el cuento de que Chris había visto al sacerdote en la entrada del templo ni tampoco sobre la reseña de que ambos habían conversado pocos días atrás. No lo estimó novedoso. Algunos feligreses habían reportado casos similares. Supuestos encuentros con el aparente beato, así, viendo a Zach serenamente le advirtió:

> -Las consagradas como nosotras particularmente no creemos en apariciones; uno achaca la situación a la imaginación popular, una maña común y supersticiosa, aspiran explicar la pérdida del bendito, es comprensible entre tanta gente necesitada, personas con poca educación, el agüero y el ensalmo forman parte de su entorno, tienden a mezclar lo real con lo imaginario.
>
> - Mi amigo Chris es instruido y no es loco. Ese día no tenía necesidades imperiosas, no buscaba nada en particular.
>
> - De esa cabuya también tenemos un haz de sogas, sentenció amablemente. ¿Estáis dispuestos para anotarse en la agenda del nuevo sacerdote? Él podría recibiros cuando se instale. Será dentro de dos meses.

Zach asintió con la cabeza para que dejaran de verlo con condescendencia en la mirada, una actitud que lo molestó porque juraba por la normalidad de Chris. La religiosa, evitando seguir con la discusión, lo acompañó hasta la puerta gentilmente tomándolo de un brazo. Lo bendijo tres veces y le deseó una provechosa jornada. Zach parecía caminar con el rabo entre la piernas cual niño regañado. Le tomó un rato recuperar su seguridad habitual. Sabía que Chris no le mentiría sobre algo así. Otras personas habían tenido experiencias similares. Él sintió algo raro cuando rezaba. Se preguntó cómo le explicaría a su socio sin que éste se sintiera tildado de loco. Pensar en un acercamiento válido lo ayudó a centrarse en la racionalidad y salir del trance. Llegó a la oficina como si no pasara nada. Se preparó un café con ayuda de Luna y me llamó a su despacho. Noté al entrar algo distinto en su cara. Sonreí y esperé a que hablara.

-¡No sabes la sorpresa que te tengo!
-Escupe, suéltalo, el mercado está caliente, hoy nos vamos a París, hay que tomar muchas decisiones, no tenemos tanto tiempo, debemos ser rápidos.
-Lento es lo idóneo para este cuento. Te vas a desmayar, siéntate, ¿quieres un café?, no mejor una camomila, la infusión te hará relajarte. Juana, ¿donde está Juana?
-Ese café huele bien.
-Toma éste, yo me preparo otro, ya regreso.
-No quise insinuar eso.
-No te preocupes, ya vuelvo, mira el Reuters mientras tanto, tranquilízate.
-Estoy muy tranquilo y si es por eso el Reuters no ayudaría, esa es una máquina de stress.
-Es verdad, ni sé lo que digo. Ya vengo, espérame.
-"Aquí estamos y aquí seguimos, decía un cubano que luego se perdió de vista" un dicho importado por Juana desde la Calle Ocho...

El café de Zach estaba delicioso, me divierte cuando está nervioso y decide que son los otros quienes muestran intranquilidad. Revisé las noticias por si había sucedido algo que hubiese obviado. Todo lucía en orden dentro de los vaivenes típicos de un día de subidas y bajadas con muchos volúmenes de transacciones en las acciones. Son las jornadas que yo catalogo como divertidas. Se abren oportunidades. Hay que centrarse en tomar ventaja. Lo ideal es seguir las que uno conoce, las más estudiadas. Donde pequeños cambios imperceptibles a otros actores avisan segundos antes que el resto del mercado identifique que se está abriendo una puerta o una ventana de oportunidad. Ese es el momento justo de aprovechar. Irse largo o corto, comprar o vender acorde con las circunstancias. Zach retorna mostrando una sonrisa nerviosa.

- Me vas a decir qué te pasa. ¿Cómo te fue? ¿Qué te dijo el cura?
- No vi al cura...
- ¿No vino? ¿Te indicaron cuándo estaría? Podemos visitarlo luego de París.
- El cura no existe, murió, hace dos meses.
- ¿Qué? ¡imposible! Lo acabo de ver.
- Fue tu imaginación.
- ¿Me tildas de loco?
- No eres el único.
- ¿Loco?
- No, escucha, hay varios feligreses que supuestamente han visto al sacerdote.
- ¿En serio?
- No eres el primer reporte.
- ¿Cuál es la explicación?
- No la hay, los de iglesia no creen en eso, no les falta razón. Les han llegado anécdotas, cuentos, chismes sobre apariciones, visiones, encuentros... Un nuevo párroco llegará en dos meses. Dictará uno seminarios espirituales orientados a canalizar y aceptar la muerte de personas cercanas, de seres queridos. Atenderá visitas individuales, me anoté en una, por si deseas ir a indagar sobre el bendito cura.
- Sabes que no se trata de eso, no estoy loco.
- Lo sé, recuerdo que anotaste lo que hablaron, puedes consultarle a Genevieve.
- Ahora sí me tratas como un loco. No requiero de tu condescendencia. Sé que lo vi y encima te ríes. Si lo pienso, acepto tu idea pues Genevieve es una que puede arrojar luces. Lo dijiste sarcásticamente, recapitulo, tomo el consejo y la voy a llamar. Ni cuando estuve en drogas presencié apariciones, qué locura es esto de la alucinación.
- Tú lo has dicho.
- Para la risa, me estás enojando.
- Más que nada son nervios, yo también percibí algo en la Iglesia. Paré a rezar previo a solicitar al párroco. Le pedí algunos favores a St. Jude, básicamente que nos libre de los rusos, si es posible para siempre. No digo que los aniquile, me refiero a tener que trabajar ese tiempo con ellos, ya pensaremos en algo. Le estoy dando vueltas a la cabeza con eso, estoy preocupado. Así, andaba rezando cuando sentí una sensación de tranquilidad, no sé si fue antes o después de pedir por los rusos, lo sentí, no fue sobrenatural como lo tuyo, era una especie de percepción, quedé embotado, no era yo cuando fui a buscar al cura, me tomó un rato volver en mí mismo, lo alcancé en el camino de vuelta, prácticamente en las puertas de la oficina, fue extraño, nunca lo había experi-

mentado, ni cuando he abusado del licor.
-¿ Nos estaremos volviendo locos?
-Sería lo que nos faltaba...
-Seguiré tu consejo y consultaré a Genevieve, no es mala idea.
-Yo también lo haré, así tendrá dos versiones de la misma locura por separado.
-¿Antes o después del viaje?
-Luego, al regreso, no quiero hacer nada en caliente, no es saludable, vamos a meditarlo, quiero revisar tus notas, lo haremos en París, con un buen vino de por medio.
-¿Vino? Esto es mínimo para un tequilazo.
-Tal vez un Brandy o un buen Armañac, si no abren el entendimiento, al menos nos matarán de la risa, ya veremos.
-Así será, vuelvo al mercado, voy a moverme, si sigue como vamos, nos saldrá gratis el viajecito y también el Armañac.
-Apúrate y no dejes de ser prudente o mejor haz lo que quieras, es lo que mejor haces, casi siempre la pegas, sigue tus instintos, nos irá bien.
-Lo sé. A eso voy.

44. Entre altercados y discusiones porfiadas se asoma el inicio de una vida

Había tráfico camino el aeropuerto. El horario de salida de los vuelos a Europa coincidía con la salida del trabajo y el traslado masivo de la gente por las autopista. Sobre todo desde el centro de la ciudad en dirección a Doral que es prácticamente la misma vía obligada. Zach había alquilado una camioneta. Alex iba al volante contando todo tipo de anécdotas sobre Cuba y cómo se escapó él o algún pariente, el cuento siempre varía un poco, va narrando al mejor estilo cubano añadiendo cosas al paso que se le ocurran: sin pausas, solapando oraciones, comiéndose palabras por narrar apurado, salpicado de hipérbolas llenas de groserías dichas de una manera jocosa como quien añade picante a un plato, con ese buen humor ante la adversidad y con la alegre esperanza y positiva aptitud que define a los que emigran del infierno en aquella isla. Actitud positiva hacia el futuro es la receta que les ha permitido a los cubanos tener éxito como inmigrantes y ser los extranjeros que trabajando muy fuerte y ayudándose como una cofradía, se han adueñado de esta ciudad que me encanta. Ellos le han puesto una marca indeleble a Miami, este sitio es de ellos y no es de nadie a la vez. Miami es las múltiples razas que la habitan, conviven los mixtos colores de caras encontradas en este planeta, se ven los típicos de americanos sudando igual que todas las versiones de latinos, respiran todas las variedades de anglos y sajones caminando y combinados con diferentes paletas de judíos y musulmanes. El mundo ha encontrado aquí un hogar, una hoya, en esta urbe cuasi tropical que se rige por las leyes de USA y donde esa policromía de individuos con infinitas expresiones y personalidades tienen oportunidad de convivir y progresar.

He ahí su riqueza y su sabor tan especial, único, tropical y norteño a la vez, hay que vivirlo para entenderlo y saborearlo unas cuantas veces antes de agarrarle el gusto, pero si no la pruebas, no la sientes, ella es así... Falta mucho por hacer, mucho por arreglar, muchos sueños por realizar, aún así, se percibe cómo emana el swing, se suda, aparece sin avisar, es el secreto a la vista de esta cosita rica que llamamos Miami, es lo que te mueve. Hay que convivir para progresar respetando la ley. Esa es la parte difícil, pues muchos inmigrantes no lo practicaban en su lugar de origen: convivir y respetar implica flexibilidad y sacrificio, compromiso. Pienso en eso mientras por contraste alguien abusivamente se salta un canal de la autopista a toda velocidad y sin señalizar que casi nos saca de la vía. Alex está atento y esquiva el golpe. Todos maldecimos en mayor o menor grado, Alex baja la ventana le recuerda a su madre y diestramente le toma una foto a la placa prometiendo denunciarlo. Zach lo calma, le explica que a veces no es por abuso o irrespeto a la ley. En ocasiones él ha estado manejando y se distrae y, sin mala intención, cuando vuelve en sí, corrige el curso e incurre en excesos como el del pobre hombre que se nota asustado al volante de un viejo coche. Alex furioso replica.

> - Si nos hubiese matado o hecho perder el vuelo no se vería al Sr. Zach tan condescendiente. ¡Se vería al otro Zach!
> - Pero no pasó, Alex, tranquilo, contesta Zach, riendo.

Alex sabe cómo robarle una sonrisa a cualquiera, inclusive a Zach y, viceversa, pero el cubano se nota furioso. Las mujeres se quejan de la espalda y el cuello debido al susto y el brusco accionar. Como Zach conoce lo explosivo que son los cubanos y también lo rápido que cambian de humor, le pregunta a Alex para apaciguarlo qué opina su esposa, quien es tan católica, de las apariciones.

> - ¿Usted dice santos de los santos de verdad, santeros, brujos o de cualquier cristiano, Sr. Zach?
> - Digamos que alguien casi santo, un buen cristiano.
> - ¡Qué cosa más grande mi sangre! Yo nunca he visto eso, de verdad, ¿y usted sí? ¡Señor mío!, déjeme santiguarme que me ha puesto la piel de gallina.
> - No he visto nada. Me han contado, gente en quien confío.
> - Mire, tenga cuidado con esa jodienda que hay mucho cuentero inventando historias, se lo digo yo que ando el santo día en la calle escuchando vainas, aquí cada quien echa su cuento, un gentío inventando

para llamar la atención y sacarle unos cobres a cualquier cristiano, no crea en eso ¡no les de ni un peso!
- Es una persona de mi confianza.
- Eso es otra cosa, Sr. Zach, un hermano del alma dice usted.
- Pudiera ser.

Yo no podía contener la risa pero seguía escuchando. Kent estaba más interesada en retocar su maquillaje corrido por el susto que la batió de un lado a otro. Miranda escuchaba con atención el diálogo sin conocer la materia de fondo y se reía sigilosamente de las expresiones de Alex con la reserva necesaria para no interrumpir el entretenido diálogo.

- Usted sabe, Sr. Zach, lo religiosa que es mi mujer, Dios la guarde hoy y siempre y más ahora, amén.
- Sí, usted siempre me cuenta lo devota que es.
- Bueno, ella no cree en apariciones de esas, ella es seria, no es una religiosa de pacotilla.
- Entiendo…
- Usted me entiende, de esas apariciones baratas de santeros y evangelistas y toda esa raza, ella no quiere saber de esa jodienda.
- Comprendo.
- Lo que sí ella cree y respeta es a Cristo, Cristo es Jesús, eso lo saben hasta las piedras. Ella cree en Él y sus venerados santos en el cielo aunque le pongan una cuchilla al cuello. Los de verdad, usted me entiende, los confiables. Esos son los únicos que se aparecen, usted sabe en ocasiones especiales y eso no es muy seguido.
- ¿Cómo así?
- Claro, es que no es frecuente. No es cuando uno se le antoje porque esta mal o necesitado. No es una llamada por el celular, no, no, no. ¡Así no funciona, dime tú! No es como con los santeros. Esto una vaina seria, tú me entiendes. Dime tú, eso pasa es cuando Dios quiera.
- Suena lógico.
- Sí por ejemplo, precisamente por estas fechas, hace un montón de tiempo, cantidad de años, tú me entiendes, los Apóstoles no lo esperaban y Cristo se les apareció al tercer día resucitado, eso va a ser este Domingo. Era porque ellos no creían, dime tú, especialmente ese, aquel desconfiado, el santo Santo Tomás. Yo me identifico con él, tú me entiendes, yo tampoco creo, mi esposa dice que me parezco a él porque soy muy incrédulo. Me han debido bautizar Tomás en vez de Alexis y usted me diría Tommy en vez de Alex.
- Qué divertido, Tommy, no te queda mal Alex, puedes cambiarte, yo me cambié el nombre y Chris también.
- ¿De verdad? ¡Oye pero qué cosa más grande tú!

-Sí.
-¡Qué cosa más grande, tú! Lo voy a pensar mi sangre.
-Hazlo.
-Regresando al tema Sr. Zach, yo sé que usted siempre me corrige y yo se lo agradezco porque me emociono, me desvío del tema y lo canso.
-No me cansa, no diga eso, es muy divertido conversar con usted, uno aprende cosas.
-Mi mujer, lo que ella dice es: que cuando se aparece un santo es Dios quien se presenta. Porque no es la imagen del santo a quien adoramos en la Iglesia. Es a lo que el santo representa, ¿y, entonces?, el santo lo que representa es a Dios y a más nadie. Igual pasa con todas las imágenes de Cristo que vemos en los templos, no es esa imagen a la que le rezamos, es a Dios. Lo que pasa es que la gente es muy bruta, usted me entiende, no piensan mas allá, ellos se afanan a la imagen, creen en ella casi más que en Dios, entonces cuando se les parece Dios lo que ven es la imagen, que la tienen fotografiada en su cabeza como si fuera un Instagram, tú sabes, y como a Dios nadie nunca lo ha visto entonces ven al sagrado Cristo que era su hijo y es Dios o ven al santo que era su amigo pero que no es Dios, usted me entiende, ya me compliqué, mi esposa es la que lo sabe explicar.
- Sí, te sigo, te entiendo, continúa.
-Mi esposa dice que la gente no entiende la abstracción de Dios porque es un misterio. Igual que usted no entiende una pintura moderna, arte abstracto o algo así, lo que la gente entiende es lo que ve, lo que toca, lo que palpa, por eso le ponen la estatua en la Iglesia, para que usted se sienta cómodo y acompañado, para que entienda de qué se trata la cosa, para que pueda rezar con voluntad, usted viendo a alguien en el ojo, pero al final del día, eso no es la esencia mi hermano, la esencia es Dios, lo que representa la estatua como concepto es a Dios, usted le está rezando a una imagen que representa aquí en la tierra al ser supremo, qué cosa más grande y ella entiende todo eso, yo solo la repito como un loro, de tanto que me lo dice hasta algunas de sus palabrotas he aprendido.
-Entonces ella no cree en los santos.
-No, claro que sí hermano, vaya, mi sangre, como representación de un camino a Dios claro que sí. Vaya, ella en quien más cree es en St. Jude, es su devota. A ese tipo es a quien se le reza, él esta por ahí cerca del trabajo, mire a usted le queda cerquita, un día se lo muestro. A veces cuando ella me viene a buscar paramos ahí y rezamos. Cuando uno reza con alguien devoto a lado uno comienza a creer. Eso sí, ayuda rezar arrodillado como ella lo hace. Una vez nos encontramos al Sr. Chris. Lo vimos de lejos, sí, estaba como en trance el muchacho, lo dejamos quieto, usted sabe, a cada quien en su espacio, como en el trabajo, lo

primero es el respeto, dime tú. Ah, y no se la pierda, otra vez me pareció ver a la misma Lara Stone ahí arrodillada, usaba un velo, tenía cara de agradecimiento, no de petición, mi mujer dijo que esa Lara no era, mejor le creemos a ella.
- Ella es devota de St. Jude.
- Ella le reza continuamente y le pide porque el santo interceda, "intercede" esa era la palabrita que andaba buscando, él intercede, es decir, no es él quien hace el milagro. El milagro lo hace Dios. Lo que pasa es que St. Jude intercede tan bien que se lleva la fama. Es como yo, usted es el que va él aeropuerto pero yo intercedo para que llegue a tiempo, manejando bien esta nave, atento y dispuesto ¿me explico? ¿Lo estoy confundiendo? Olvide eso, mi sangre, que es un mal ejemplo, me salí del cuento. Al grano, patrón, eso de la intercepción yo no lo comprendía mucho porque se me antoja que es injusto con Dios. Dios es quien hace el trabajo sucio. Por así decirlo, tú me entiendes ¡Dios no recibe el crédito, dime tú, qué injusticia! El vivo de St. Jude está agarrado demasiada fama y la gente le acuña y le agradece directamente los milagros. Todo el tiempo se cuela en la prensa, parece que estuviera vivo. Usted no puede mirar quién ganó el juego de pelota de anoche sin toparse con una estampita de St. Jude y un agradecimiento. Más famoso que Guillen cuando se metió el mal nacido con nosotros los cubanos. Hasta le acuñan la temporada de los Heats, dime tú, este santo abarca para lo que sea. Pídanle por Venezuela a ver si logra arreglar esa mierda, ese día si me le quito el sombrero. Yo le he pedido por Cuba pero se me hace que anda muy atareado. Mire, la alcancía del santo, Dios me perdone, es la única que se llena en la iglesia. Se la pasa repleto ese cofre, hay que verlo para creerlo, mire, hay que empujar con fuerza los tres pesos por la ranurita para poder comprar una vela. No es comprarla, es encenderla, como me corrige mi mujer. No es gratis la gracia, le contesto yo. Y ella me pellizca, duro. Tiene fuerza esa mora, mire usted este morado por una de mis salidas. El santo, Dios me perdone, se parece un poco a ustedes los venezolanos, los colombianos y los brasileños, ustedes dicen que con sus reales sacaron a Miami de la crisis esa del cero ocho. No es así mi sangre, con todo respeto, mire, Miami sin los cubanos no es nada, que me perdone Dios, de verdad, ah, y téngalo claro, patrón, los reales fuertes son los de los canadienses, esos gringos que bajan con sus cobres del norte, muertos de frío, cada invierno y también de los judíos, no los olvide usted que esos trabajan por usted y por mi juntos y no se cansan. Los canadienses han visitado desde que esto era un poco de pantanos y algunos se quedan todo el verano. Ellos nos sacaron las patas del barro con sus dólares y nos vuelven a sacar cada vez que nos visitan, usted ha visto las propinas que afloja esa gente, eso si es grande y, ojo, no me estoy quejando. Usted, Sr. Zach, es

tremendo jefe, ¿seguro que no es canadiense? Que se lo digo yo, mi sangre, no crea en cuentos. Así mismo, ya tú sabes viejo, el que hace el milagro es Dios o así jura mi mujer y yo le creo. Mire, ponga cuidado, nadie en vida es más cercano a Dios que ella. Uno de estos días le hacen una estatua y verá que le empezamos a rezar y pedir favores, ese día me hago millonario, Dios me perdone.
- Ella es muy buena.
- ¡Buena es poco! No sé dónde la conseguí. Ella me lleva por el camino recto. Usted sabe, camino principal, como dice la vieja. Vaya, ella reza por mí a St. Jude. Dice que soy una causa perdida. Jode con eso, le gusta bromearme. Y es que St. Jude es el santo de las causas imposibles. Esa es la clave para pedirle. Que sea una causa imposible. Por eso le digo que pida por cualquier mierda, jefe, sin pena, tenga fe, vaya, y usted perdone.
- Gracias por sus anécdotas y consejos Alex. Hemos llegando, por favor me saluda a su señora.
- Gracias a usted, Sr. Zach. Usted siempre me escucha. Mi esposa dice que eso es lo que debo aprender, que nunca la escucho porque cuando empiezo a hablar no paro, soy una rocola.

Miranda, que no se había perdido ni una coma del cuento añadió una pregunta al final.

- Sr. Alex, perdone, usted mencionó al principio refiriéndose a su mujer que Dios la guarde añadiendo: "y más ahora...", ¿por qué?
- Bueno, mi señora, perdone que no fui claro, es que ahora está en estado, encinta la vieja, estamos esperando al primogénito, será el orgullo de la familia y ojalá sea varón, pero lo que venga que venga bien, así sea niña, por eso dije que Dios la guarde, es para septiembre, ojalá sea varón. St. Jude ya lo sabe, lo que importa es que venga bien.
- Qué bien, Sr. Alex, qué alegría, sí, que Dios la guarde, todo saldrá bien y felicitaciones. Por favor avísenos cuando nazca, quisiera visitarlos.

Todos gritamos "¡felicitaciones!" en coro, Zach que iba de copiloto le dio varias palmadas de felicitaciones en el hombro, los de atrás seguidamente le seguimos el ejemplo. Luego Zach extrajo de su chaqueta un fajo de billetes de su cartera y de allí le entregó varios, bastantes, pidiéndole que le comprara al bebé algo bueno como un regalo de parte de todos en la empresa. Simultáneamente hurgó en otro bolsillo lateral y obtuvo los tickets que sobraron del evento en el Crandon Park Tennis Center. Alex no podría ver hoy jugar a la Sharapavova pero alcanzaría a Murray mañana en la final masculina. Su esposa no creería tales sorpresas por una llevada al jefe al aeropuerto. Se sentirían como si fuera Navidad.

A Zach le gustaba dar ese tipo de sorpresas inesperadas, mientras más humilde fuera quien las recibía, más satisfacción sentía. No alardeaba cuando lo hacía. Ni antes, ni durante, ni después. Ese tipo de vanidades le parecían de mal gusto y de poca clase. Ostentar ante el que tiene menos, según su óptica, implicaba severas carencias en la educación del protagonista. El efectivo era superior a lo que Alex pudo imaginar y al contar los billetes, sin pena, delante de nosotros, se le abrió una sonrisa gigante y genuina que no se borró sino largo rato después de que bajamos del carro, para despedirse se abrazó con Zach, largamente y le dijo que con razón parecía un canadiense. Yo, a dos pasos de distancia, observando la felicidad de Alexis vi sus ojos emanando energía y agradecimiento, mejor retorno imposible.

Al entrar, Zach cambió el tono y le preguntó a Miranda si le gustaba este aeropuerto, ella comenzó a quejarse de la edificación mientras caminábamos, a ratos agarrados de la mano, con paso rápido, hacia nuestro destino, Kent nos veía de reojo las manitas juntas como diciendo ¿qué vaina es esta ridiculez?

> -El aeropuerto internacional de Miami es un punto débil de la ciudad. Un edificio lleno de remiendos que nunca terminan de actualizarse ni remodelarse por completo. Constantemente hay trabajos temporales que se convierten en permanentes. Sufre de rigores tercermundistas. Hay demoras, desvíos, cosas a medio hacer, polvo, ruido, recovecos, suciedad, confusión y contaminación visual por doquier. Lo evidencian quienes lo usan. Definitivamente no es una estructura del primer mundo, mucho menos de la primera potencia que es Norteamérica. Si se toma cualquier economía avanzada, sin ni siquiera incluir las quince más desarrolladas, apuesto a que podría esgrimir un mejor aeropuerto que tu querida Miami. No entiendo el criterio detrás de la toma de decisiones. De comenzar uno nuevo hace 10 años tendrían algo que mostrar al mundo con orgullo en términos de arquitectura, imagen, calidad y eficiencia espacial. Para ser una ciudad destino que depende altamente de ingresos por turismos, como bien apuntó Alex y sirviendo como un punto importante de conexión entre los principales destinos, es imposible aceptar que lo ofrecido sea cónsono con la ciudad que sirve. Lo único que lo salva es su personal que hace de tripas corazones y dan un excelente servicio con calidad humana inigualable, alto profesionalismo y una sonrisa constante. Ellos merecen un mejor espacio donde trabajar, alguien debe elevar la voz por ellos. ¿Chris, me estás escuchando, por qué no lo haces tú que tanto adoras a esta bendita Miami?

Pequeño discurso sin anestesia. Miranda no pasa oportunidad de comparar Miami despectivamente respecto a Los Ángeles. ¿Los aeropuertos de Los Ángeles, New York o Londres serán tantas veces mejor? No lo creo, sin quitarle contundencia a su análisis. Es aguda y objetiva. La caminata recrudece la crítica, a Air France le asignaron una puerta de salida para su vuelo a París ubicada próxima al fin del mundo.

- Miranda: ¿Dime, Chris, será que odian a los franceses?

Llevamos en ruta más de 15 minutos caminando sin conseguir la puerta. Bromeo diciéndole que es nuestro trote de hoy, que lo considere parte del entrenamiento. En retaliación suelta mi mano y acelera el paso de caminar casi a un ritmo olímpico. Me cuesta alcanzarla, es la historia de nuestra vida. Miranda puede ser extremadamente veloz caminando, ni siquiera pierde su feminidad con la velocidad, el pelo se le mueve a ritmo y me recuerda a cuando andamos en el convertible, el compás me hechiza. Seguirla a ritmo me cuesta, posee factura, su esbelto cuerpo va erguido como una modelo ignorando a quienes voltean a verla. Acelero al ver el siguiente número de puerta, corro para alcanzarla y me reclama por hacer trampa. Para en seco, me jala hacia ella por un brazo y me clava un beso, sutil, profundo, suave. Siento algo dulce en mi paladar. Realizo una felicidad inédita. Me separa con una caricia y me recuerda al oído que debo comprar regalos para nuestro amigos en Francia. A la soñadora Aurelie Marnay inclinada a convertirse en potencial emprendedora si se aventura a desarrollar un albergue de estilo francés en alguna isla tropical le selecciono una guía plena de mapas y fotografías sobre el Caribe. Para Ghislain Lemaire, nuestro querido amigo, mentor y socio consigo un sombrero panameño por si acompaña a Aurelie Marnay en alguna de sus travesías. Y a Colinne, la ex mujer de Ghislain y hermana de Zach, le llevo una hamaca tejida a mano por la hermana de Juana que he adquirido con anticipación. Al poco rato, con una voz muy suave Miranda me advierte que está por salir el vuelo. Acepto su noticia besándola en la frente. Me gusta hacerlo allí justo entre las dos cejas. Me encanta observar como baja su cabeza y cierra los ojos tenuemente, con extrema delicadeza y feminidad. La huelo al besarla, trato de absorber su perfume cual si se tratase de su esencia. Me impresiona lo de su feminidad por encima de su belleza, tanto como me atrae su inteligencia. No me canso de admirar su feminidad, hasta le he dado gracias a Dios por ello, si exagero podría considerarlo entre los milagros de St. Jude y no me daría pena, en absoluto.

Somos personas grandes para este avión. Las mujeres son esbeltas y altas según cualquier estándar, Zach y yo también superamos con holgura la estatura media. "Aquí no hay muchacho chiquito", diría Juana. En la cola de entrada a la nave unos muchachos encantados con Miranda le piden posar para una foto con ellos al confundirla con Lara Stone, les explico que no es ella y que Stone debe lucir completamente distinta en este momento; Miranda posa una mano con suavidad sobre mi boca y me hace callar, me queda el rastro de su perfume sobre mis labios mientras se vira con una sonrisa enorme y los abraza para el registro, está acostumbrada, en L.A. le sucede a menudo a pesar de la diferencia de edad, Doutzen observa de reojo y evita mostrar celos por la notoriedad abriendo una revista que se le cae al suelo. Para un viaje tan lejos se agradecen las poltronas holgadas de primera, los huevitos, los denomina Miranda.

Nos traen un champagne que nos introduce a la sensación francesa del disfrute. Arreglo las maletas de mano en el compartimiento superior y veo como Doutzen Kent abraza a Zach. Le comenta su aprobación por el gesto con Alexis en el aeropuerto. Realmente no entiende de dónde le sacó ese pesado tema religioso. No entendía qué estaba buscando Zach al escuchar esa perorata. Tema de una materia teológica tan compleja no es conversación de taxis a su entender. Zach comenta que a veces la sabiduría emana de las mentes menos sofisticadas.

Zach voltea acercándose a mi oído con un hablar bajo y precavido, pide que me despreocupe, interpretó mi cara en el carro, entendió que no debe revelarle a nadie la locura de mi anécdota acerca del "encuentro" con el finado. Lo asegura insistiendo en que hay cosas que sólo él y yo compartimos. Enfatiza que así debe ser, tanto en los negocios como en todo lo demás, para eso somos como hermanos. Agradezco su gesto con un abrazo y le comento que si hubiese sabido que la Sharapova llegaba a la final hubiésemos pospuesto el vuelo. Me contesta que mi Sharapova está allí, en mi silla esperándome, la saluda con su copa en un gesto de brindis a distancia.

Me acerco a ella, tomo una de las copas que están en la mesita intermedia y brindamos. Al sentarme la beso de nuevo. No puedo pedir más. Soy feliz, no deseo estar en otro sitio, ni con nadie diferente a Miranda. Compartimos música hasta quedarnos relajados. Miranda no puede vivir sin música. Forma parte integral de su vida. Corre con música, maneja con música, trabaja con música, cocina con música, duerme con música. Hizo una selección especial para el viaje a París en su Ipad. Escuchamos un "premier play list" que incluye a Jack White, Bob Dylan, Cold Play, Mumford & Sons, Marron 5, Adele, U2, Frank Ocean, Matchbox 20, Jimmy Hendrix y los Rolling Stones. Sería ecléctico para algunos, menos para quienes escuchamos. Su forma de mezclar le permitirían ser DJ en algún bar que coincida con su gusto en música. Tararea inicialmente You Ain't No Saylor , seguida de My Lover Eyes para terminar con Winter Winds.

Las mujeres fueron las espabiladas. No descasaron, conversaron, bebieron champagne y degustaron postres todo el viaje. Se conocieron y se permitieron sellar el principio de una posible amistad. Compartían experiencias pasadas, cuentos de la vida sin entrar en honduras.

París nos abrió sus puertas temprano en la mañana con un cielo despejado y frío. Nos esperaban Ghislain y Colinne cada uno con un coche. Kent y Zach se montaron con su hermana; Tierney y yo con su cuñado. Tenía hambre por haber dormido sin comer en el avión.

45. Un pueblo ilumina a propios y extraños

El tráfico era leve. Llegamos al centro sin demoras, conversando con Ghislain sobre todo lo que nos esperaba. Nuestras propiedades estaban alquiladas con full ocupación. Un buen signo para los tiempos que corrían. Nos albergaríamos en un apartamento que Ghislain seleccionó. Uno de una amiga que le gusta, en pleno Saint-Germain-des-Prés cercano a su residencia. Le encanta este 6to distrito Parisino. El sexto difiere en sabor e imagen al de nuestras inversiones. Ghislain conoce ambas vecindades al dedillo. Nada mejor que transitar un barrio con alguien que lo vive y sabe cómo vivir. Ni la mejor guía turística pudiese superarlo.

Dejamos el equipaje. Nuestras mujeres reposan víctimas del jet lag mientras los hombres salimos a caminar junto con Colinne quien nos invita un café . La residencia queda cerca de la iglesia de Saint-Germain. Caminamos holgadamente hasta las cercanías del templo, paramos en el 6 Place Saint-Germain des Prés para comer y beber. Parecemos auténticos turistas, inclusive nos tomamos fotos. No nos importa, a Zach no le desvela lucir parisién, ni siquiera Europeo, quien lo vea a leguas notará que es de USA, su indumentaria y sus modales lo delatarán sin demoras. Y yo, ni se diga, extremadamente casual con mi pinta californiana con un inequívoco toque miamero. No somos gente de variar continuamente, llevamos décadas con las misma imagen. Si exagero diría que desde los doce años nunca la hemos cambiado. Nos viene natural andar así cuando no trabajamos. Si vamos a sitios fríos parecemos neoyorkinos por las indumentarias gruesas para sobrellevar el clima extremo, pero si es primavera o verano, los estilos de California y Miami se nos salen por los poros, los supuramos.

Ghislain es todo lo contrario, muy europeo, muy francés, muy parisino. Toda su indumentaria contrasta con la nuestra. No abruptamente, sino en los pequeños detalles, detalles que lo distinguen rápidamente como alguien que piensa y selecciona su vestimenta con atención, una elegancia sin recargos. "Distancia y categoría", como dice Juana copiando a un antiguo aviso de la radio. Ella nunca lo ha visto, pero me la imagino. Para este francés alto y corpulento puede ser una ventaja pues se muestra menos opulento. Ghislain lleva su pródiga gordura con clase y desprendimiento. Nunca la disimula, le encanta comer y lo disfruta, conoce el exquisito arte del buen comer y del buen beber con propiedad, su sonrisa lo refleja. Un experto de ese nivel en esta ciudad en una ventaja descomunal. Distingue con facilidad entre lo bueno y lo excelente, discierne sin esfuerzos entre lo sabroso y lo sublime. Lo seguimos a ciegas, donde él para es nuestra morada, lo que él sugiere nosotros ordenamos. Casi nunca nos equivocábamos. Gracias a él disfrutábamos las cosas tradicionales, conocíamos el por qué de las turísticas, alternábamos las impresionantes con las trascendentales, sus conocimientos arraigados en lo localista y auténtico añadía a la sorpresa y enfatizaba el deleite. Descubrimos lo menos conocido sin insultar la privacidad que exigen los parisinos, como si estuviese guardando un celado secreto de estado.

Me divierte mucho eso de los franceses. París enseña grandes monumentos para el mundo y esconde pequeños y enfáticos tesoros para ellos. Habría que saber descubrir los segundos. Tienen un París espectacular para los visitantes y un París disimulado para los lugareños. De ambos se muestran orgullosos. No tienden a mezclarlos, los combinan pero no los mezclan, al menos no voluntariamente, hasta que los descubre un leguleyo con ánimos de hacerse famoso en Fodor's y entonces los paisanos son obligados por las hordas armadas de cámaras y filmadoras a migrar a otra parte de la urbe, un barrio o una calle menos accesible a los visitantes, huyen despavoridos de las chusmas de extranjeros sin importarles el estímulo de los consumos dejados de captar. Los especialistas turísticos, para la mente de muchos parisinos, son unos vulgares entrometidos. Hasta los propios comerciantes, dueños de algunos establecimientos medio recluidos, prefieren esquivar este tipo de notoriedad. Les complace mantener a su clientela local, a quienes atienden con deleite de trato, comodidad lingüística y sin mezquindad de amabilidades, argumentando que sólo un francés puede apreciar el arte del otro en su justa dimensión; entienden el concepto de la economía de escala con acusado rigor pero optan por enfatizar el lado pequeño de la medida de participación en el mercado, el que les permite garantizar un ingreso manteniendo el accionar dentro de la escala y sentimiento humano del oficio. Ese es otro París, otra Francia, menos absorbente, cautivadora en extremo para el curioso que posea prudencia y discernimiento para mantenerse a una distancia prudencial sin dejar de apreciar lo que se le revela en confidencia. Yo prefiero al gran París, la urbe de las muchedumbres extranjeras babeadas por su belleza, el París de todos, el París normal, el París turístico, en su pleno centro, el París sin las preocupaciones de esos tipos de connaisseur. Zach piensa igual, nos complace ser turistas y lo disfrutamos con autenticidad y sin penas, nuestra integración se limita a sentirnos parte de ese teatro.

-Oye, Ghislain, ¡allá otros con sus rollos!, muéstranos por donde se pasea todo el mundo que para eso vinimos.

A Colinne, quien defiende su París, como si la hubiese visto nacer, parecido a lo que yo promuevo Miami, no le cae simpático mi comentario. Con un gesto dejado se para de la mesa e invita a Zach a una librería vecina de objetos viejos a buscar un libro que le desea obsequiar. Ghislain se ríe ampliamente y le advierte que París no le pertenece. "París es de la humanidad y de más nadie" sentencia quien es un parisino auténtico y añade: "he creado un monstruo al traerla, mostrarle mi París y hacerla tan suya, tan francesa".

-París es el compendio por excelencia de los aportes franceses a la cultura Occidental. ¿Existe eso todavía? Seguro que sí... La ciudad se evidencia a sí misma funcionando creativamente como un largometraje que se filma en forma continuada siendo cada toma un poema sintetizador de un trabajo artístico en pleno proceso de preservación o formación, consolidación o admiración. Inclusive en el abandono da muestras de arte, vivido o viviente, según sea el caso. Pocos logran interpretarla de manera absoluta. Cada quien se lleva un pedazo, una asimilación parcial, un matiz subjetivo de lo evidenciado para versionar el cuento de su experiencia, bien sea durante o después, en una esquina de la ciudad o en cualquier rincón del mundo, posiblemente alrededor de una copa de vino. Una toma de ese film llamado ciudad, sueño que se plasma en el recuerdo. La experiencia de vivir París se cuela en la memoria individual y colectiva, de allí brota la luz de su fama con suficiente pasión para que propios y extraños la adopten con singular orgullo, he ahí su encanto, París ilumina, es la ciudad luz.

Colinne pretende ignorarlo mientras toma a Zach de un brazo y se aleja, arrogante, sin virarse ni a replicar. Ambos, le decimos adiós con la mano y nos reímos profusamente cuando le confieso entender por qué optó por divorciarse. Colinne regresa de pronto, se excusa por olvidar su monedero en casa con una sutilidad practicada y pide sin esfuerzo evidente la tarjeta de crédito a Ghislain. Él encantado se la facilita con naturalidad, sin protesto, parecieran ser marido y mujer. El casual gesto define el carácter y la naturaleza altiva de Ghislain. Se maneja con su ex sin mezquindades ni resentimientos. Admiro su sapiencia en el trato con los demás, considero su cabeza única y extraordinaria, es un buen ejemplo de inteligencia a la francesa.

Aprovecho la ausencia para contarle la aventura que hemos vivido con Aleksei Kechinov. Se fascina escuchando sobre la putas, el rescate de Oxana, Chipre, la pérdida del coche y el acuerdo de asesorías. Cómo le gustan esos cuentos, su vena francesa por el chisme hace que los relatos lo hipnoticen. Aprueba todo salvo seguir ligados a la maldad por un lustro pero los ojos le brillan, avisando un no se qué. Indago su consejo. Tiene una cabeza madura que delibera con desprendimiento. Inspirado se le podría ocurrir una alternativa antes imprevista. No desperdicia un minuto si puede aportar soluciones.

Ghislain aparenta cambiar el tema explicando el atractivo de nuestros pequeños inmuebles parisinos. Las dependencias atraen clientes entre los políticos y famosos. Los apartamentos cautivan a celebridades (incluyendo algunas francesas) en búsqueda de discreción, elegancia, ubicación estratégica y bajo perfil combinados con confort y mantenimiento al estilo americano. La pequeña operación funciona bien, parece una tasita de plata. Uno de estos clientes en particular, monsieur Bucher, tenía hasta hace poco un alto cargo y había estado participando en la búsqueda de soluciones para el rescate de Chipre. A raíz de la crisis formó un fondo privado de inversión orientado a atraer, entre otros, a quienes invertían sus recursos monetarios en los bancos intervenidos. Es decir entre varias de sus funciones intentaban canalizar los fondos que mantenían los pudientes rusos, griegos y algunos actores afines, como los ingleses. Monsieur Bucher mantiene regularmente una cuenta privada con Ghislain para alquilar los departamentos. Han desarrollado cierto grado de amistad. De vez en cuando almuerzan en un restaurant típico, en el 7mo distrito. De esos en los que si no tienes el acento francés apropiado te sientan casi en la cocina y te tratan como pupú de perro. Entre exquisitos convites y festines aromatizados con Calvados, Bucher invitó a Ghislain a participar en la captación de inversores. Pretendía atraer a su clientela internacional. Bucher le sugirió colocar participaciones de su fondo a cambio de jugosas comisiones. Ghislain ha corrido la voz y ya ha captado varios inversionistas. Ha sido sencillo, gracias al trato personalizado que Ghislain Lemaire y Aurelie Marnay mantienen con sus clientes. Marnay comparte las comisiones. Parecen una banca privada personalizada con un toque francés de medida informalidad. En especial Aurelie Marnay desarrolló un trato más cercano con este Bucher. Se han hecho amigos. Ella se ocupa de las actividades secundarias. Aurelie atiende a las mujeres que este individuo mantiene por temporadas en nuestros apartamentos. Aurelie Marnay las lleva de compras, a la peluquería, al cine e inclusive las convida a cenar si es necesario. Cobra una tarifa onerosa por un nivel especializado de relaciones públicas. Para Aurelie es un extra con el cual se redondea, un efectivo no declarado y guardado sigilosamente bajo un colchón de un cuarto donde nadie duerme, es su cuenta de ahorros particular, improvisada con miras a disfrutar de una larga estadía en St. Barts para implementar el proyecto de su posada, ella es la única que atiende esa alcoba. El financiero Jacomet Bucher tiene un par de socios de alta jerarquía política funcionando en Francia e Italia. Los directivos convierten al fondo en un ente atractivo para individuos que normalmente no tendrían acceso a tales celebridades ni a sus conocimientos ni a sus conexiones políticas y financieras. Uno de los proyectos que han derivado como una especialidad es lograr rescatar los fondos que se mantienen inmóviles en bancos de Chipre. El mecanismo se dispara a cambio de que se depositen a mediano plazo en instituciones europeas específicas, aceptadas por las instituciones rescatistas, cuyos instrumentos de inversión financiera usualmente son supervisadas pero no fiscalizadas. El producto sería una solución oportuna para quienes no pueden movilizar sus dineros por el corralito o les da rabia pagar la onerosa penalidad del veinte por ciento. El instrumento le quita el riesgo del impuesto al depósito, esa antipática "quita" que pretenden imponer a la fuerza.

Ghislain disfruta de mi reacción de sorpresa, obviamente no podía creer lo que escuchaba. Esto sería una solución. El mentor de Zach saboreaba de placer al tener lo que Aleksei hubiese aspirado de nosotros y que no le queríamos proponer, su deleite adicional versaba en demostrar que se desenvolvía mejor en nuestro campo de acción y simultáneamente nos presentaba una bandeja de atractivos enmiendes. Así como quien admira profundamente el arte, cuando acude buscando una pieza al museo, de pronto descubre otras, la venida a París me aportaba cosas inauditas, inesperadas. No sólo no queríamos o aún peor, no sabíamos, carecíamos de la infraestructura y de las conexiones con Chipre y de los contactos vitales con los ejecutivos autorizados para los rescates. Al fondo de Bucher le encantaría un cliente con el tonelaje de efectivo que representa Aleksei, sin olvidar el resto de sus amigotes rusos igualmente atrapados con reales en Chipre. Si se conseguía en su totalidad esa cartera, el resultado equivaldría en captación de depósitos a comprar un banco pequeño de Chipre, sin los compromisos estructurales y la problemática operativa asociada. Las comisiones para Ghislain serían morrocotudas. No podía aguantar a que Zach escuchara el fabuloso cuento. Esperaba que ponderase la posible alternativa dentro de un tono positivo, ponderando lo conveniente. Una solución de este calibre le daría otro sentido al viaje a París. París vino con su baguette debajo del brazo.

Qué sorpresa, quién lo hubiese pensado, ¿qué más nos podría pasar? "Por cualquier lado salta la liebre", así lo resumiría Juana.

46. Sucede algo inusitado que invita a suplantar lo habitual por lo inusual

La modorra ocasionada por el vuelo había pasado. Despertar tranquilo y descansado en esta ciudad es otra cosa.

Todo se veía bello. El lugar tiene esa virtud. No sucede de pronto, pasito a pasito se comienza a percibir bonito, todo, inclusive la gente alrededor. Se notan menos los defectos y se resaltan las virtudes, lo rasgos fisiológicos en cada ser que los hace únicos. A ella, especialmente, yo la percibía bella. Aquel pueblo le asentaba re-bien y viceversa. Lucía esbelta, sus rasgos afinados, su frondosa cabellera ondulaba con soltura. Su olor, perfumado por la esencia acostumbrada se percibía a leguas. La gente volteaba cuando caminaba, dinámica, erguida, con esa pose tan natural que es reservada para pocas. Brilló elegante con un taller francés que vistió, qué finura. Su ojos grisáceos o azulados según se acomodaban a la luz, resplandecían. La acompañé caminando orgulloso a su diestra, celebrando calladamente. Admiro hasta hoy su naturalidad, su pose sin recargos, por acostumbrada a su notoriedad le viene fácil como tomar agua, forma parte de su día. Desayunando solos en un café cercano, su dominio del complicado idioma era casi perfecto, sonaba romántico escucharla ordenar. El buen trato que recibía a cambio de sus maneras musicales me hacía admirar la situación y me generaba celos pues se me antojaba poco común para alguien como yo, quien al sonar sus cuerdas en Inglés o Español generaba una mueca sin respuesta, menuda reciprocidad. Allá el "Frenglish" que con frescura pretendí patentar lo consideraron antipático. Funcionó al contrario del Spanglish, la tercera lengua oficial de Miami, la que saca de aprietos por lo práctico y divierte por lo cómico, la especialidad de Alex. Apreciaba tener aquel rato aislado, compartiendo conversaciones ligeras, silencios tranquilos, sin presiones de tiempo ni compromiso.

La primera reunión oficial de negocios sería a las once de la mañana. Ya Zach, Ghislain y Colinne se encontraban reunidos. A pesar del divorcio, Ghislain continuaba siendo un albaceas de la familia. Atendían esos detalles. Ghislain fue un buen punto de encuentro para los dos, su amistad con Zach se solidificó, llegando a ser inclusive más cercana que con Colinne, un efecto paralelo de la separación. Había un arreglo tácito, el francés todavía cubría los gastos de la nacionalizada como si estuviesen casados y ella le confiaba a cambio la administración de sus finanzas. El arreglo facilitaba a su vez la relación entre los dos hermanos. Ghislain se desprendió de ella como pareja pero la cultivó como amiga. Ambos se esmeraban en tratar de ser buena compañía. Se aguantaban y apoyaban en tareas cotidianas para facilitarse mutuamente los quehaceres mundanos que exigía la agitada vida urbana. Se acompañaban para engañar a la soledad, su mayor reto existencial, compartían ese sentimiento. Soledad que los perseguía sin avisar en determinadas ocasiones, a cada uno por su lado y en momentos distintos. No era un mal arreglo. Les amplificaba en unos cuantos grados su sensación de bienestar.

Por otro lado Kent había salido a correr sola y se perdió, avisó por mensaje de texto que tomaría un taxi de vuelta. Íbamos a correr con ella. Después decidimos pasar juntos un rato adicional en la cama. Fingimos estar agotados, la excusa no era enteramente falsa. Nos estuvimos acariciando durante la noche.

Pasamos la madrugada descubriendo lo perdido, recuperando lo desaprovechado. Esta ciudad incita con sus aires de pasión, se respira su inusitada sensualidad. La cercanía se siente distinta, fogosa, inclusive la carne, o, por encima de todo eso, la piel. Miranda se acerca discretamente juntando su cachete al mío. Un mesonero ofrece más café y yo le acerco la tasa. Me quita la vajilla con un gesto medio brusco relativo a indicar que allá no se consideran aceptables los rellenos. Debería saberlo. Al haber dicho sí, como es costumbre, el mozo iría a ordenar un café nuevo, fresco, recién hecho, vertido sobre una pieza distinta. Miranda, desprendida, se echa a reír. Le divierte mi estado de ridiculez por mi falta de atención a los detalles básicos de la localidad. Mi ignorancia por los pormenores de esta cultura, los que marcan la diferencia, lo tácito y entendido, los que no requieren explicación, y más si eres de por aquí o aspiras a serlo. Detalles y aspiraciones que no eran mi caso, no obstante, le sigo el juego y me río. Estamos de vacaciones. Forma parte de lo divertido. Por distraído cometí una bufonería sin proponérmelo. Me queda el reírse de uno mismo sin restricciones, será parte del descanso y del desprendimiento de la rutina en un viaje con una mujer como ella, en una ciudad como ésta. ¿Para qué más? Divertirnos implica percibir la estadía sin relacionarla con el trabajo, pensar en eso por oposición me recordó la agenda, los objetivos, a la que había añadido un punto no previsto: Aleksei Kechinov.

No me recriminé, para mí sería imposible aislarme completamente. Sí, lo hago a ratos cuando estoy sólo con ella, Miranda es mi excepción, mi isla. Mi mente deambulaba orientada a pensar en el mercado, me pregunté qué estaría pasando. Me entusiasmaba estar en un horario de mercado distinto al de Wall St., fantaseaba con descubrir ventajas tangenciales a nuestro negociar diario desde esta esquina del globo. En ese aspecto lamenté que Kent no estuviese en Miami, trabajábamos bien a distancia cuando me ausentaba, nos complementábamos en materia de negocios en alto grado, conseguíamos eficiencias similares a cuando accionábamos hombro a hombro en la oficina. Allá Kent parecía pasmada, carecía de su usual velocidad en los negocios, la distraían tanto la ciudad como su pareja. Su pareja y París le impedían accionar en forma ejecutiva y la inclinaban a fomentar su lado femenino, ese limbo difícil de comprender. Aposté a que ni había revisado los índices, la veía hipnotizada con vitrinas, moda, lugares, monumentos, maquillajes, restaurantes y, especialmente, con Zach. Cada quien tenía su agenda, en algunas cosas estábamos juntos y para otras actuábamos cada cual por su lado.

Todavía considero una sana y oportuna separación el secreto de viajar en grupo. No me gusta la gente que depende demasiado, los encimados al extremo. Detesto los tours, esos viajes organizados al dedillo por agentes especializados. Me gusta descubrir, investigar, tratar, equivocarme, perderme y ungirme de la cultura local a mi propio estilo y con mi propio paso, allí es donde siento el lugar y su gente, ahí es donde me desprendo de lo rutinario, entonces realmente me siento afuera, lejos de las obligaciones, como sucedió a Kent al perderse corriendo aquella mañana. Me aíslo de lo conocido incursionando sin mucha programación en otro universo. Entrando en ese cosmos me descubro a mí mismo y a los demás, probando un lente que me permite plasmar luminosidades no imaginadas al dejar lo habitual para percibir lo inusual generando una especie distinta de visión, otro encuadre, en lo que parecería una experiencia cuasi paralela.

47. Poniendo un punto

Pasamos a ver las propiedades y las mujeres se impresionan tanto con los inmuebles como con el desenvolvimiento de nuestros socios. Por más que les advertimos, no se esperaban espacios de tan buena calidad, localidades tan nobles, clientes tan selectos, cuentas tan nítidas y la transparencia profesional esgrimida por Ghislain y Aurelie. Realmente este negocio era un secreto bien guardado. Un tesoro a punto de ser vendido. Duplicar esa operación sería imposible sin estos actores. Ghislain estaba envejeciendo, a Aurelie le llegaba el momento de sentir impostergable su migración al Mar Caribe. Ghislain no estaba para ocuparse de las rutinas diarias de la operación. Cada uno en su disciplina eran fundamentales componentes del éxito. Era mejor vender esta tasita de plata. La decisión iba a contrapelo de los expertos en inmuebles. No era el momento de disponer de activos de este tipo en ubicaciones tan promisorias. Al contrario, era el momento de comprar aprovechando la crisis general europea. Este mercado de lujo se había afectado en menor grado que el resto. Se había eliminado el elemento especulativo en los precios, los niveles de valor se habían mantenido o incrementado ligeramente. El precio por metro cuadrado superaba a otros barrios similares en Nueva York, Londres o Los Ángeles.

En cualquier caso, por ser un mercado de compradores, no se lograría un margen marcado hacia arriba al negociar, eso lo sabíamos. Mejor alternativa sería esperar dos o tres años hasta que se recuperara la economía de Europa, que ya daba sus signos. Lo complicado era intentar prescindir de la combinación exitosa Ghislain - Aurelie. Uno no bastaba, los dos eran imprescindibles. Ellos constituían la fórmula secreta que nuestra competencia no lograba descubrir y menos imitar. Sin las relaciones y la supervisión de Ghislain y sin la gerencia y el buen gusto de Aurelie Marnay estaríamos fritos. Nosotros nunca nos ocupábamos de la micro gerencia, recibíamos informes certeros y buenos dividendos, mejor imposible. Había que aceptarlo, como diría Juana: "a este cochino le había llegado su sábado". Los negocios no son necesariamente buenos en sí mismos. A lo que indirectamente aspirábamos, posponer, Aurelie con suma sutileza le estaba poniendo un punto final. El corazón de algunos negocios depende de quien lleve sus riendas. Cómo se gerencia puede ser tan determinante como el producto, la tecnología o la marca. Por eso los períodos de cambio o adaptación generan cambios de valor. No es sorprendente que acciones como la de Apple tuviesen un precio con Steve Jobs y otro sin el finado genio. Wall St. lee con experticia y sin sentimientos este tipo de alteraciones. Ni las variaciones sutiles se le escapan a los expertos. Hacen fortunas yéndose corto en algún tipo de acción cuyo eficiente tren gerencial está a punto de sufrir modificaciones parciales o permanentes. Funciona también al contrario para irse en largos.

Nuestra operación sin Ghislain y Aurelie valdría mucho menos, eso no lo sabía todavía el mercado. Aprovechar aquella ventana de oportunidad para vender con ventajas, de eso se trataba. En el corto plazo el mercado se educaría y valoraría a la baja los valores presentes de aquel pequeño negocio en marcha que tantos beneficios nos había traído. Por eso era oportuno disponer de los activos aunque el resto lo percibiera distinto, pues seguían enfocados en analizar la ubicación, el flujo de caja descontado, la clientela y alguna interpretación más o menos rigurosa del ingreso neto. Lo más evidente lo ignoraban, para beneficio nuestro, un detalle temporal.

48. Un ungüento curador

Miranda está deleitada admirando unas carteras en una vitrina, no reconozco la marca, parece local, algún diseñador nuevo que está de moda, mujeres entran y salen de la elegante boutique, otras muchas pululan dentro del local, revolotean alrededor de cada modelo como si fuera algo que desaparecerá en varias horas y hay que aprovechar. Le explico que se acabó el juego y hay que ir a trabajar, debemos ir a buscar a Kent para encontrarnos con el resto del grupo en las oficinas de Ghislain en Pré-Saint-Gervais. Caminando hacia el apartamento, Miranda me da las gracias al oído diciéndome que es el tercer día pero que pareciera que llevamos aquí una semana. Posa su cabeza sobre mi hombro suavemente y continúa hablándome.

> -Sobre lo que me pregustaste antes te repito: sí, me gustaría vivir contigo, estoy mucho más segura después de haber compartido contigo este corto viaje, me dan ganas de que nunca se acabe. Lo único es que no sé cómo convencerte sobre Miami, no viviré allí, tienes que comprenderme, soy de Los Ángeles.
> -No te preocupes por eso, disfrutemos esto, al regreso hablamos de

dónde y cuándo. Mi proyecto de negocios, mis socios, lo de la fundación que apenas comienza y requiere mucho esfuerzo, mi hogar, están en Miami. Descuida, no hablemos de ese tema ahora, hoy gocemos, ya habrá tiempo…
- ¿Tiempo para qué?
- Para convencerte…
- ¡Gafo!, no me vaciles.
- No te estoy vacilando, Miami te podría gustar, dale un chance, déjala crecer dentro de ti, sé que te gustará, pero no hablemos de eso ahorita.
- Dame un beso.
- No me entiendes.
- Sí te entiendo pero no quiero discutir, no quiero interrumpir a París, gracias a ella la estamos pasando muy bien, de lo mejor…

Estábamos ya en la entrada del edificio, nos abrazamos y nos besamos, con el ardor desesperante de una adolescencia que nos había pasado hace rato. Con la pasión que lo aísla a uno en un espacio distinto, ajeno al exterior, donde sólo habitan dos cuerpos y nada más importa. Ese beso fue particular y con el tiempo lo recordé como algo único, se sumergió dentro de mí, embadurnó de alegría y pasión mi corazón, fungió de ungüento y untándome con su esencia sanó mi alma. En ese instante intuí que la amaría durante toda mi existencia y posiblemente ella confirmó una sospecha similar. Estábamos en tal trance que no habíamos notado que Doutzen estaba afuera esperando. De pronto comenzó a sonar la alarma de mensajes de mi celular. Doutzen nos había tomando todo tipo de fotos desde distinto ángulos y se los había mandado a los compañeros de la oficina. Todos estaban respondiendo con copia a mí maldiciendo por despertarlos con esas melcochosas fotos y preguntando si de verdad estábamos trabajando. Escuchamos su carcajada, se escondía detrás del portero. El uniformado era su cómplice. La atrapamos y la abrazamos. París nos trababa espectacular.

49. Un desligue oportuno

Nos reunimos aparte Zach, Ghislain y yo. Tratamos el tema de Aleksei Kechinov en detalle. El análisis arrojó que objetivamente era una salida limpia. El fondo de Bucher sería mucho más apetecible que nuestra asesoría. Le atraería por la solución implícita a su problema inmediato del corralito en Chipre y también por el perfil de las personalidades e imagen de los directores. Eran celebridades y tenían fama de mujeriegos, además había fuerte rumores de que les gustaban las mujeres pagas. Ghislain hubo podido dar fe, pero su calidad de caballerosidad a la francesa combinada con su particular estilo diplomático en los negocios se lo impedían. A su edad lo consideraba parte de su método y una forma sabia de comportarse que le había rendido dividendos. Había una sola objeción. Zach no quería que Ghislain cobrase comisión al fondo de Bucher por traer a este cliente ni menos facturar a Aleksei Kechinov por solucionarle su problema de iliquidez temporal e impositiva en Chipre. A Ghislain no le gustaba mucho la idea. Había elevado una consulta preliminar sobre el caso de Kechinov. Bucher y los directores tuvieron una reacción positiva. Conocían a Kechinov por referencias. Ghislain hizo un chiste sobre su calidad, su mercancía y su profesionalidad. No tendría inconvenientes en recibirlo como cliente, además, solucionarle su problema financiero implicaba la captación de otros clientes.

En estos casos de desesperación económica las noticias buenas vuelan casi tan rápido como las malas. Para los rusos esta era una noticia muy buena, les solucionaba un percance espinoso y sin aparentes salidas de manera idónea y rápida. Más no pudieran pedir ni soñando. La condición fundamental sería que Kechinov nos liberara del compromiso de las asesorías por los cinco años. Ghislain, sin enfrentar a Zach, le explicó con mucha astucia que estaba dispuesto a sacrificar la comisión que normalmente él le cobraría a un cliente como Kechinov por un servicio profesional de esta magnitud. Lo que no podía eliminar de un trazo era la comisión que le pagaba el fondo por captar un cliente de este calibre. En principio la comisión se originaba automáticamente a través de un número que él utilizaba para cualquier cliente que refería. No podía obviar este procedimiento técnico. Ese código iba directamente a un banco suizo donde el fondo transfería los recursos que captaba y de donde se emanaba la comisión tanto para el fondo de Bucher como para los intermediarios como Ghislain. Cada quien recibía su parte, menos las deducciones fiscales y de otra índole. No había forma de depositar en un banco suizo de este perfil al menos que fuese a través de un agente. Nadie podía depositar directamente sin el escrutinio previo. La carga de la selección del cliente recaía sobre Bucher, no sobre el banco, pero el banco pagaba por la captación cuando los montos eran considerables y, para ser aceptado, debían ser cuantiosos, lo que permitía generar comisiones a los intermediarios y cobrar por resguardar al dueño del dinero. La fórmula, simultánea y práctica, no podía alterarse si aspirábamos a que todo funcionara sobre ruedas. Zach no era ajeno a estos procedimientos, similares a los que nosotros utilizábamos con nuestros clientes en otras instituciones. Lo ponderó por un segundo y se fue por el lado práctico.

Su objetivo, que era desligarnos totalmente de Kechinov, se estaba cumpliendo. Ghislain invitó al ruso a París mediante un bosquejo hablado de la solución. Le gustó tanto que al día siguiente estaba en París firmando un acuerdo privado con nosotros y festejando. Ghislain salivaba con el potencial de unos doce o más rusos como clientes que era lo que Kechinov había asomado y de los cuales era el más pequeño, todos compartían el mismo problemita en Chipre. Un maná para el francés bajado del cielo. A nosotros nos restaba entregarle el carro. Kechinov no perdió ocasión de recordarlo.

50. Otra forma de correr, ver, sentir y un giro copernicano

Amaneció soleado el quinto día y Ghislain nos tenía una sorpresa. Un recorrido especialmente diseñado para correr por París. Algo que él había inventado, trazado en Google y enviado a nuestros correos. Ghislain nos seguiría con Colinne en bicicletas rentadas. Llevarían morrales con muda de camisas, suéteres, agua fría y barras de un oscuro chocolate belga para el camino. Todo estaba planificado y con Ghislain, al igual que con Zach, las cosas tienden a ocurrir como se planifican, por el contrario, mi vida es otro cuento...

La más emocionada era Doutzen, por ser la menos familiarizada con los puntos a visitar. Le excitaba cada sitio descrito y por conocer en el mapa, disfrutaba las descriptivas notas de Colinne que eran su aporte a la idea original de Ghislain. Concibieron una jornada diferente para romper la rutina del trabajo. Ocurría a medio andar de un viaje que se desenvolvía mejor de lo esperado y, sin saberlo, antes de que tomase un giro copernicano.

Ghislain y Colinne se presentaron entusiasmados. Guardamos nuestras mudas en sus morrales y salimos a correr mientras ellos marcaba la ruta principal en bicicleta. El paso era suave, estábamos más de jerga que de entrenamiento, queríamos apreciar el paisaje urbano en amplio detalle, tomarnos fotos mutuamente con los monumentos pausando el trote, comentar lo que veíamos y tomar algunos pequeños desvíos improvisados para descubrir perspectivas distintas de forma rápida y vivaz como sólo permite la carrera. Habíamos tomado jugo y café con onerosos precios en Café Deux Magots. Ghislain y Colinne incluyeron panecillos en su ingesta, lo de ellos no era pasar hambre ni pensar en dietas. La rutina comenzó similar al día de nuestra arribo a París pues luego del café paramos frente Iglesia de Saint Germain de Pres, esta vez para estirarnos y calentar.

El estiramiento, insistía Miranda, es una práctica obsoleta. Recientemente algunos expertos la tasaban de arcaica pues según las nuevas teorías el calentamiento junto con el estiramiento estático disminuyen las fuerzas y el performance, sin garantizar que se evite lesión alguna. Miranda que venía de donde estaba el avant guard de la dieta, los entrenamientos y la moda deportiva se limitaba a prepararse mediante unos breves brincos que imitaban a alguien que estuviese saltando cuerdas e ignoraba nuestros estiramientos, respiraciones profundas, contracciones y torceduras calificándolos de vetustos.

Doutzen, por no quedarse atrás, fiel a los piques y competencias que se juegan las mujeres por vanidad y coquetería (aunque en apariencias se lleven de lo mejor) indicaba que ya estaba lista hacía rato, sugiriendo que podíamos empezar. Zach me miraba con cierta complicidad y sonreía como diciendo "bueno estas dos ya se tratan como si lleváramos años compartiendo". Yo asentí con la cabeza y le hice un gesto con la mano a Ghislain quien procedió a indicar la partida. Seguimos a los ciclista de cerca que iban indicando con sus índices distintas fachadas, gentes y objetos que nos seducían al mirarlos por primera vez, eventos que para los habitantes de esos particulares rincones eran lo cotidiano.

Andábamos divertidos. Las indicaciones de Ghislain y Colinne nos permitían descubrir vistas que hubiesen pasado desapercibidas al ojo foráneo. Develaban las riquezas que guarda la mundanidad francesa. Descubrimos portales elegantes, entradas escondidas, rendijas ocultas, ventanas evocadoras, callejones en camuflajes, balcones intrépidos, techos decorativos, texturas atractivas, jardines oxigenantes, macetas ingeniosas, flores desconocidas. Gente de a pie, auténticos lugareños atendiendo sus asuntos artesanales. Olores matutinos, fragancias exóticas, encuentros apresurados entre amigos o conocidos al inicio de su jornada.

Texturas y colores de la cotidianeidad que le dan su carácter al contexto. Es un deleite sucesivo de pequeños matices culturales en los vecindarios que atravesamos, algo mínimo en la mayoría de los casos, detalles que salpican autenticidad con sus toques de barriada, añadiendo el valor del estilo autóctono a la metrópolis que los envuelve. Recuerdo sin mayor exactitud aquel día sabroso de trote. Mi memoria se presta inexacta al retratar su recorrido, el paso de los años deja más un sabor que una nítida imagen, la memoria difiere en eso de la fotografía, por eso cuestiono a quienes equiparan el arte fotográfico con las sensaciones que tiene el cerebro al recordar. En días lluviosos, me deleito con citar memorias vagas de lugares por donde corrimos aquel día que terminó siendo difícil de olvidar.

Muchas cosas me impresionaron redescubriendo al París perenne, visto diferente a paso de corredor y compartiendo con buenos amigos, mejor imposible. Empezamos desde la Rue de Bonaparte hacia la Rue de L'Abbaye frente del Musée National Eugene Delacroix. Cruzamos a la izquierda en la Rue Cardinale buscando La Rue Jacob. Volteamos a la izquierda atravesando la Rue Bonaparte hasta conseguir la Rue des Saints-Péres. Viramos a la derecha hacia el Norte buscando el río por los lados de Port de Saints-Péres - Pont du Carrousel. Las aguas del Sena dividen la ciudad tanto o más en la psique a los habitantes de París que como fenómeno geográfico. Cada ribera tiene un sabor y un estilo diferente que se refleja en los comentarios de las distintas clases sociales. Cada puente es un monumento insigne en sí mismo y un conector de lujo que refleja su propio estilo entre dos formas de ver y pensar sobre la ciudad. Se podría añadir una tercera que es percibir la ciudad desde el Sena, flotando, en lugar de evidenciarla desde la firmeza del suelo de cualquier flanco de sus riveras. Tornamos a la derecha antes del Pont du Carrousel sin cruzar el río trotando por sus orillas (Port des Saint-Péres) hasta el Pont Des Arts y allí sí atravesamos para llegarle por todo el medio a la Cour Carrée del Palais du Louvre que es parte del Musée du Louvre. Usamos la entrada al Palais du Louvre que está frente al Pont des Arts. Sin desviarnos, entramos al patio central hasta la mitad, desde allí tomamos la izquierda en vía al portón desde donde se distingue la pirámide en su parte junto al espejo de agua. Bordeamos la pileta y vimos a través del cristal de triángulos su escalera, la bajada que define la entrada principal. Desde allí hacia el Norte desde Pl. du Carrousel buscamos la Rue de Richelieu hasta lograr entrar al Jardin du Palais Royal por su extremo Sur. Era la puerta de abajo, por donde está el Palais Royal, atravesando la plazoleta de las columnas en el piso (Cour d'Honneur - Galerie d'Orleans). A un extremo en el Oeste del Jardin du Palais Royal se notaban los cafés llenos de comensales tempraneros, suculentos olores invitaban a parar. Hice una nota mental para almorzar algún día con Miranda en el segundo café, el que se encontraba casi a la mitad, me gustaba la idea de estar sentados afuera observando esa especie de bosque urbano.

Salimos del jardín por su extreme sur, cercano a Musée Du Louvre. Cruzamos a la derecha hacia al oeste trotando por la Rue Saint-Honoré en dirección hacia Place Vendóme. Recuerdo al mirar a lo lejos el Ritz de París otra vez pensar en quedarme allí con Miranda, quizás la última noche, como despedida de la bella urbe, celebrando un viaje exquisito en uno de sus mejores establecimientos, rindiendo honor a la ciudad luz y a esta mujer inigualable. Tiendas de lujo en abundancia y salpiques de cafés sofisticados definían el pasar por la Rue Saint Honoré hasta la Rue de Castiglione. Tentaba quedarse manguareando todo el día por estas veredas, tomando fotos, admirando boga, novedad y gente bella, pretendiendo ser elegantes en un lugar que invita a la notoriedad. Tomamos una derecha buscando el norte hasta la Place Vendóme. Dándole la vuelta noté la boutique de Omega y recordé un viejo reloj de su madre guardado o medio olvidado por Miranda en una gaveta del cuarto en la playa donde dormí en Manhattan Beach que sería conmovedor reparar. Si lo hubiese traído sería un pretexto para visitar de nuevo esta bella plaza. Me pregunté si ella estaría pensando algo similar, pero no le comenté nada porque me lleva una pequeña ventaja. La carrera tiene esa virtud, el cerebro va relacionando puntos, emociones y vivencias a medida que uno rápidamente trota de un lugar a otro, por eso dicen que es una forma de terapia.

Regresamos por la Rue de Castiglione y nos orientamos hacia el Jardin des Tuilleries en dirección a la laguna-grande vecina a la Plaza de la Concorde buscando el Musée de la Orangerie de Tuilleries. Allí paramos con la excusa de tomarnos fotos besándonos frente a una copia de la estatua del Beso de Rodin que está afuera junto a la entrada "¡darse un beso allí!, ¡qué romántico!" gritaba Ghislain. Nos olfateó penosos y tomó la incitativa, se besó rebosando de pasión con Colinne. "Los franceses son otra raza", pensé, también recordé una pequeña plaza saliendo del Mandarin en Brickell Key que tiene otra impresionante estatua con un beso. La de allá no es de Rodin sino de Manuel Carbonell y se llama El Abrazo, ponderé llevar a Miranda hasta El Abrazo para revivir el beso y mandarle la foto a Ghislain de vuelta, imaginé su risa. Zach aplaudía, ignoro por qué. Miranda y Doutzen tomaban fotos de los alrededores. Miranda le explicó a Doutzen lo que albergaba la Orangerie. Le describió los largos, románticos y bellísimos cuadros, los Les Nymphéas de Claude Monet. Zach y yo nos sentimos ignorantes por no haber recordado ese detalle y pensar en traer a Kent a evidenciar esa maravilla plástica. Invité a Zach a que volviésemos. Doutzen no podía esperar. Miranda, menos expresiva, se veía complacida con el plan. La tomé de una mano y la besé de nuevo abrazando su cuerpo caliente y adornado con pequeñas gotas de sudor, algunas de las cuales probé al besar su hombro y me supieron a sal, sal con miel. Qué cosas tan cursi sentimos los enamorados, pensé para mis adentros, miel, sal con miel. Miranda estaba radiante, espectacular, absorto en mi momento la admiraba desde mis ojos entreabiertos. Zach y Doutzen retomaron las cámaras y no dejaron de disparar y gritar para registrar nuestro simple beso, por pena a la concurrencia, éste no competía en pasión con el del la estatua pero aparte del recato, lo superaba en sentimiento. Tanta pena nos dio que eso marcó el final de la breve pausa. Bebimos agua y Ghislain indicó el paso desde su biciclo.

Desde la plaza de la Concorde pasando frente al Hotel Crillon (también lo consideré como una opción de celebración para la última noche) entrompamos la avenida Des Champs Elysées hasta la Plaza Franklin D. Roosevelt desviándonos hasta la Av. Montaigne que estaba apenas abriendo sus tiendas que enmarcan al Plaza Athenee (otro candidato más en mi lista mental de hoteles para la última noche, pura indecisión de turista sin experiencia, cada uno parecía mejor que el otro). Desde allí tomamos un rumbo medio perdido escudriñando pintorescas calles hasta encontrar la Esplanade du Trocadéro. Paramos para admirar la Torre Eiffel y la buscamos atravesando el Jardins du Trocadéro y el Río Sena a través del Pont d'léna. En los alrededores de Champ de Mars, Ghislain nos descubrió uno de esos cafés exclusivos para la sapiencia del que habita cerca. Bullicioso con un gentío comiendo de pie o sentados e impregnados de aromas de café fresco y panes recién horneados. Allí ordenamos una amplia variedad de pasteles, todos frescos, sabrosos. Cansados, hambrientos, sudados y sedientos devorábamos desesperados deliciosos panes y jugos recién exprimidos. Para comer sabroso y barato este sucucho era el propio. Allí nos cambiamos a las mudas que previsivamente habíamos portado, fue una buena idea porque habíamos sudado bastante.

Luego de comer y charlar una sobre mesa colmada de cuentos y anécdotas acompañadas de Evian y café como última ingesta, recordé en silencio cuántas veces había pensado en Miranda cuando veía esas famosas botellitas de agua. La marca me evocaba añorándola, extrañándola, buscándola, deseándola. Sin pensarlo tomé una de las cámara que se posaba sobre la madera del mesón y le hice varias fotos a ella tomado de la botella, una de tantas, que salió medio decente, sería mi retrato preferido, de por vida.

Esta vez caminando, buscamos de vuelta el Pont d'léna, hacia el embarcadero de Port de Suffren para tomar el bote taxi –Batobus- hasta St Germain de Pres. Las vistas de la misma ciudad que habíamos recorrido por tierra se apreciaba diferente ahora flotando. Cada puente, cada monumento al borde de la ribera tiene una connotación distinta, presenta un ángulo distinto, se alumbra con una nueva luz, regala un enmarcado para el recuerdo de algo presenciado en tierra pero no apreciado igual desde esta ruta acuífera, como si te regalaran un par de nuevos lentes para ver lo antes examinado de otra forma. Tomamos fotos hasta cansarnos. Nos echamos muchas bromas gritadas, pesadas y antipáticas, sobre quiénes habían terminado más cansados ¿los ciclistas o los trotadores? Otros navegantes reflejando austeridad en sus modales y menos espíritu de jerga nos lanzaron miradas críticas. Ghislain se preocupó e hizo un ademan indicando bajar el volumen y anestesiar los gestos. Obedecimos y nos tornamos cívicos. No renunciamos a bromear en voz baja compartiendo un momento único por la camaradería íntima que había despertado entre los seis personajes este genial invento de Ghislain y Colinne que combinó trote, comilona y navegación. Nos había unido y nos había hecho sentir bien durante el proceso. Queríamos darles las gracias de mil maneras, los abrazábamos uno tras otro.

Al rato nos tranquilizamos y seguimos el resto del trayecto callados. Contemplamos calmados con el vaivén de la barcaza lo que París nos regalaba desde esa visual. Decidimos desabordar en la parada del Musée d' Orsay. Teníamos la intención de entrar para una visita corta. Fue justo al pisar tierra, junto a la entrada principal, cuando Miranda empezó a sangrar súbitamente y se desmayó. Al principio ninguno reaccionó ante tal sorpresa. Pasmados nos quedamos paralizados, parecíamos unos zombis a lado de un aterrador charco de sangre. Por suerte un portero llamó a la emergencia del museo de donde emanó en segundos un atento paramédico. Poco a poco comenzamos a reaccionar. Colinne y Doutzen lloraban, se sentía confundidas e impotentes. Ghislain llamó a un número de emergencia para solicitar una ambulancia. Zach le preguntaba al paramédico cuál era el mejor hospital de la ciudad. Yo saqué de su bolso su tarjeta de seguro internacional y le sostuve su cabeza en mis brazos hasta que llegó la ayuda. Algunos turistas macabros nos tomaron fotos, me dieron ganas de pararme a pegarles. Contuve mi rabia porque el amor de mi vida padecía sangrante en mis brazos y no sabía como ayudarla.

51. No ha habido interrupciones...

Luego de todos los exámenes, el resultado y los síntomas supimos que Miranda estaba encinta. Ahora nos parecía obvio. Pasado el susto debía guardar reposo, preventivamente, cama por varios días, dos mínimo en la clínica, donde la atendieron a las mil maravillas. Al dejar el hospital nos mudamos a un sitio donde la trataron igual de bien. Por recomendación del propio Ghislain terminé pasando las últimas tres noches en la comodidad de un buen hotel hasta que le dieron el alta para volar de regreso a casa. No a casa, según ella, específicamente hasta Miami, donde refunfuñando se quedó unos cuantos días adicionales.

El viaje se nos cortó de pronto. Ghislain comentó que para estar encerrado en esta ciudad, nada mejor que el Ritz y así lo hicimos. Mis intereses habían cambiado. Al menos los ánimos de celebración se pospusieron por la preocupación. Su estado de salud era lo primordial. Buscaba el bienestar de Miranda en primer plano y luego que el bebé viniese bien. El deseo de ella era totalmente a la inversa. Primero el o la bebé, su criatura antes que nada, aunque ella muriera en el intento de dar vida. Tal extremo no estaba ni siquiera contemplado en mi libro, ni tampoco en el de los médicos, pero ella recitaba su posición con claridad. Me lo expresó en un momento privado, tarde en la noche, cuando los acompañantes eran un osito de peluche que había traído Doutzen y unas flores de un color violeta con una nota de Colinne y Ghislain que rezaba manuscrita en impecable letra Palmer: "los regalos de Dios son impredecibles".

Ghislain tenía razón, luego del París "afuera" el mejor París "adentro" era el del Ritz o por lo menos hasta donde yo conocí. El servicio era impecable, sobre todo dentro de la habitación. Miranda no pedía nada. Literalmente, era tan estoica y sencilla en sus necesidades que llegué a preguntarme si así sería lo que describían del nuevo Papa. Nunca se quejó, jamás pidió algo en mitad de la noche que no fuera agua. Siguió las instrucciones médicas al hilo. Nunca se paró de la cama salvo para ducharse e ir al baño. Vimos muchas películas. Recitamos en voz alta poesías en Inglés de un libro que nos obsequió el conserje del hotel cuando nos recibió al arribar de la clínica. Leímos pasajes de la Biblia encontrada en la mesa de noche sin orden específico. Un día, buscamos y encontramos la anunciación a la Virgen específicamente del Evangelio de San Juan, ella deseaba oírlo, una mucama se lo recomendó y yo se lo recité. Luego bromeamos acerca de que ella hubiese preferido una seña como la del Ángel Gabriel en vez de todo el drama del sangramiento.

-Sería ideal un anuncio como el del Arcángel a María: sin dolor , ni miedo, ni sangre, ni pinchazos, ni medicinas, ni hospitales.
-Ese tipo de proclamas están reservados para el Hijo de Dios. Tu aviso fue algo más convencional, nuestro hijo es de fuentes profanas, no divinas...
-Es también un hijo de Dios. No lo tomes de manera fútil.
-No lo hago. Lo de Cristo fue distinto. Él era el ungido. Pregúntale a San José.

De pronto su tono se tornó muy serio y me increpó.

-Puedes prometerme algo...
-Lo que tú quieras, bella.
-Que habrá continuidad. Que no habrá interrupciones. Que tendremos este bebé sin cuestionamientos ni arrepentimientos.
-Lo prometo.
-La continuidad carece de interrupciones. Podría decirse que en el pasado he dicho o pensado cosas que no reflejan lo que siento al hablarte de continuidad e interrupciones. Palabras dichas, pensadas, insinuadas que se interpretarían ahora como mentiras, hipocresías o evasiones al revisar esos términos. No ha habido interrupciones, siempre te he amado. Nos separó un vacío marcado por diez años que no logró interrumpir a mis sentimientos. No he dejado de quererte. Te entiendo cuando dices que deje atrás al pasado. En la nueva vida que se asoma es un mero antecedente. Quien quiera leerlo que lo investigue y eso me tiene sin cuidado. Me interesa lo que se aproxima moldeado por el presente, incluyendo por encima de todo esta pequeña vida que llevo dentro. Esperanza futura, regalo divino, fomentado por ti para que germinara dentro de mí. Dos mentiras parciales como nosotros logramos formar una verdad, concebida sin planificación, auspiciada por la pasión, abrazados por la certitud que ahora representas tú para mí al estar no sólo en mi carne sino también en mi espíritu. Eres mi presente, mi ahora, no vislumbro alternativas. Antes intentamos engañamos por temor a querernos y ahora este bello y pequeño accidente nos brinda la oportunidad y el sueño de iniciar, emprender, recomenzar sin nada y con todo a la vez. Como te encanta citar, he ahí la paradoja que define nuestra verdad: sin nada y con todo a la vez. ¿Si no te tengo, qué haré conmigo? No sería nada, vagaría en un superfluo mundo material sin

> futuro poniéndome vieja. Tú eres también mi futuro, tú, y así mismo lo es esta criatura que ahora gesto, cuido y te dedicaré a diario. Lo sé porque recientemente, cuando te ausentas, me pregunto cuánto tiempo perduraré si no te veo pronto de vuelta. Te querré sin interrupciones. Seguirás siendo mi continuidad. Eres mi vida. Je t'adore. Lo sé. Esa frase me recuerda tanto a ti…"Lo sé" ¡Promételo!

Contesté que sí. Eso no evitó que dudase en mi interior. De nuevo, súbita e inesperadamente, el cuerpo y la vida de Miranda conspiraban para cambiar la mía. Los tiempos eran otros. Nos habíamos arrepentido de nuestras acciones y negligencias, de los pecados anteriores, sin suponer tan intensa prueba, un tantear del destino comprobando a su manera si un lejano propósito de enmienda era realmente auténtico. La vida da muchas vueltas, estoy seguro de que Timothy Dolan, el arzobispo de Nueva York, o la misma Genevieve podrían analizar mejor estos sentimientos encontrados para darme luz y claridad. ¿Por qué se me vino Dolan a la cabeza? Lo de Genevieve es entendible, pero, ¿y lo de Dolan? Nadie sabe. Yendo y viniendo, en ese vaivén sin avisar surgen los desconciertos. Se puede ser prevenido pero es imposible pronosticar los cambios. Por eso el mercado de acciones tiene tanto paralelos con la vida. ¿Y qué tenía que ver el mercado con todo esto, me estaría volviendo loco? Los acontecimientos obedecen a tantas variables imprevistas que ni los mejores programas matemáticos contemplan en sus análisis de derivadas, proyecciones, cálculos y estadísticas salidas tan insospechadas. Es metafórico, la vida y el mercado son un imperfecto reflejo mutuo de complejidades y contradicciones. Yo me parezco a ese vaivén, ignoro porqué dentro de mis desconciertos pensé semejantes frivolidades en un momento trascendental, sería mi constante tendencia a divagar, la marca de ambigüedad en mi mente. En este caso las circunstancias me volvían a lanzar un cambio de sopetón, de golpe y porrazo. Sin quererlo y a pesar de mí, sopesaba abandonar lo que consideraba mi estado ideal de soltero. Se abría el panorama contemplativo de ser padre. Eso era. Por segunda vez con la misma mujer, no lo podía creer. "Volvía para cruzar ese río" como decía Juana, "y ya no era el mismo". Ni el río ni yo. Ambos éramos distintos.

Mucha agua había corrido. Otra paradoja que se empeña en dibujar mi cruda realidad. Otras corrientes, otras aguas, otro ser. Súbitamente habíamos cambiado al Miranda comenzar a sangrar, ese fue el aviso, el rayo, el estruendo que nos avisó. A pesar del miedo, casi pánico, en el que sin duda entré, nunca contemplé por un minuto soluciones como las de antaño. Había descartado disponer del destino de una vida en sus inicios. Y, sin importar si ese inicio se considerase vida como tal y aparte de cualesquiera contemplaciones filosóficas, científicas o teológicas. Por más incipiente que fuese el concepto de vida lo respetaría. Abrazaría a este nuevo ser. Abrigaría esta nueva existencia, este nuevo reto con la responsabilidad y dedicación que Miranda exigía. Ella lo suplicaba con su mirada desde la cama, silenciosa se me quedaba viendo, por ratos enteros sin decir nada. Volteaba hacia la ventana que veía hacia el otro París, el de afuera, bajaba sus párpados como cuando la beso en la frente y se quedaba dormida. Sentí que me hablaba, que me repetía lo que me pidió una sola vez, "¡Prométel o!" y que rezaba para que yo aceptara.

Sentía sus peticiones como una plegaria directa a mi alma, súplicas para que yo entendiera que lo que tenía dentro era un regalo, una nueva vida, un presente de Dios. Un signo inequívoco de que habíamos sido perdonados. Una segunda oportunidad, para vivir haciendo lo fundamental, lo que nos toca como seres humanos, la preservación de la vida, lo más esencial, lo básico, sin lo cual no hay nada más. Estaríamos en este mundo fundamentalmente para multiplicarnos, para que otros tengan la misma oportunidad existencial de la cual hoy, aquel día, nosotros gozamos. Para que se cumpla el designio fundamental de la Naturaleza, la lucha continua de todo ser vivo, la preservación de su especie. El aspirar a ser más aptos, modificarnos para mejorar, sin eso no hay nada, la vida de cualquier ser no tendría sentido, sería mejor ser una piedra en cualquier apartado camino. Por eso es anti-natura el matar, destruir otras vidas atenta contra lo básico. La vida, el concepto que nos ha dado este ser supremo en quien algunos creemos o que al menos intuimos. Un regalo que no siempre entendemos. La esencia se nos escapa. Se escurre ante la mundanidad y lo material ocultándose detrás del brillo de lo banal. Abusando de esa libertad somos capaces de destruir a otros, inclusive a los de nuestra propia especie. Su infinita misericordia llega a perdonarnos y entiende nuestro errores, prueba de ello es la segunda oportunidad. Este bebé imperceptible dentro de la mínima barriguita de la mujer que siento mío lo confirma.

Precisamente, una segunda oportunidad. Ocasión divina que puedo compartir mientras viva con la mujer que he escogido, la ideal. No llegué a esas conclusiones repentinamente. Me llevó tiempo. Meditaciones en mis ratos privados cuando corría, dándole vueltas a la cabeza, hasta que un día invoqué la ayuda de St. Jude y recordé la conversación con el párroco. La aparición, sus palabras tenían mensajes entre líneas que podían tener algo que ver con esto, posiblemente mucho que ver, mucho, mucho. A lo mejor esa era la anunciación. Tal vez ese fue el ángel. Nunca le comenté esto a nadie. Todo el mundo reiría de tal locura, nadie supo de esta aseveración interna. Pensar en ello me ayudó a ratificar que sí quería ese regalo con todo mi corazón. Lo aceptaba en nombre de mi amor por Miranda. Recibido por lo que vivimos en el pasado como una redención. Admitido como prueba del amor de Dios y de su capacidad de perdonar. Prueba de su amor para tolerarme a pesar de mis fallas y defectos que también sumaban una cantidad no despreciable. Desde ese día más nunca sentí dolor por tiempos pasados.

Entendí que había superado una prueba, como cuando en Japón me percaté de que no necesitaba la ayuda de hierbas fumadas para estimular mis percepciones. Se me vino a la mente el viaje a la lejana isla en Corea, repetí ese Kata en medio de un parque cercano y me dije: si es niña tendrá un nombre Oriental. Entré en otra dimensión, me sentí mejor, fuerte, humano. Entendí que todavía me quedaba por dar, por enseñar, por cambiar, por avanzar, por arrepentirme, por perdonar.

Recordé a Juana otra vez que decía que "cada bebé viene con una canilla de pan debajo del brazo", eso ya lo había pensado en París bajo otro contexto ¿Sería una premonición, como lo pudo ser también la pregunta de Miranda a Alex en el aeropuerto de Miami? Un pan, un maná era el perdón de Dios, un verdadero alimento espiritual. Sonreí entonces con todo mi corazón mientras le contestaba que sí deseaba prometerlo. Percibí el deseo de tenerlo con la misma intensidad de ella. No ansiaba perderlos ni pretendía abandonarlos. Yo había cambiado. Me ocuparía del bebe tanto como de ella, no habría diferencias. No los traicionaría, tampoco dudaría. Ella era lo primero para mí y el bebé era parte integrar de su ser. También, lo sentí parte de mí, ese día fue la primera vez que lo concienticé.

Así lo percibí y con tal intensidad se lo hice saber. Me miró fijo a los ojos aún después de callar, un rato pasó, parecía interminable. Asintió con su sutil feminidad con la cabeza de medio lado dejando colgar su cabellera suelta, ondulando en el ambiente todo su pelo. Cerró los ojos como cuando la beso en la frente, respiró profundo y al exhalar volvió a mirarme intensamente y suspiró como diciendo: "ahora sí te creo, he visto y sentido tu honestidad". Fue en ese preciso momento que por primera vez en diez años me volví a sentir completo. Todavía lo recuerdo, aún lo siento, lo sé.

52. Entre quesos y hierbas

Mañana nos vamos a Miami. Los médicos le dan un alta condicionada a Miranda para que vuelva a casa y siga guardando reposo. Ghislain nos invita a desayunar. Primero Zach y yo vamos a trotar. Ghislain alquila una bicicleta de nuevo. Kent no viene porque quiere probar un spa donde le harán tratamientos desde los pies hasta la cabellera, todo con el gusto y la experticia francesa por el culto a la belleza. La ruta de hoy es más corta. El punto de encuentro es un extremo del Jardín de las Tullerías cerca de donde queda la entrada al spa.

El recorrido es menos turístico, nos lleva por el tercer distrito en una maraña de pequeñas y angostas calles, menos comercios y más residencias, salpicadas de restaurantes, parques y museos de menor escala. Ghislain nos explica desde la bicicleta acerca del jardín de un edificio público que está siendo podado por ovejas en vez de máquinas de cortar grama como parte de un experimento ecológico que disminuiría el uso de combustibles fósiles y el rugir del antipático ruido que producen las podadoras. La novedad nos llama la atención, Zach y yo nos miramos con sorpresa. Me pregunto si esto se pudiera hacer en algún parque de Miami para parecer tan avant guard como los franceses.

Este trayecto de trote muestra un París menos fotografiado, un tanto más privado o al menos tenía esa apariencia. De regreso entramos en un sector comercial para desayunar en una cafetería cerca del Museo Picasso donde nos preparan unas omelettes que nos hacen agua la boca. Vienen rellenas con quesos rurales de denominaciones solo manejadas por Ghislain. Ordenó combinaciones con hierbas autóctonas que generan tal reacciones en el paladar que impiden admirar cualquier otro estilo de cocina por encima del francés, al menos en cuanto a desayunos se refiere. Simplicidad, sencillez y autenticidad para conseguir lo sublime usando elementos e ingredientes locales. Así define Ghislain con orgullo estos manjares y con las bocas llenas de delicias asentimos con sonidos y expresiones de alta satisfacción. Tomando café recién hecho, no es un colado de máquinas de moda, lo han preparado en medias artesanales que evocan otros siglos.

En contraste con las hierbas locales, Ghislain nos platica sobre las importaciones de cosechas de café de agricultores franceses en sitios tan lejanos a París como el Caribe y África. Nuestro anfitrión combina los temas culinarios con información caliente de un reportaje publicado por un consorcio internacional de periodistas de investigación que habla sobre un esquema internacional de lavado de dinero donde están involucrados altos funcionarios políticos y hombres de negocios de Rusia, Venezuela, Indonesia, USA y Francia incluyendo entre ellos a uno de los tesoreros de un político francés de alta jerarquía. Al parecer, el diario Washington Post tiene buena parte de la exclusividad de la información y será el primero en publicarla con lujo de detalles en los próximos días, mientras ocurren las formalidades del caso ya el chisme es comidilla de los pasillos de los palacios parisinos donde se alberga el poder gubernamental.

Pasamos a revisar las estrategias de cómo liquidar los activos franceses, bien sea por la vía de vender el negocio en marcha a otro fondo que le resulte atractivo para abrir brecha o crecer en Francia o en su defecto dividir la empresa por activos para venderlos individualmente como unidades de menor escala. Zach y yo en paralelo haremos los análisis, proyecciones y estudios complementarios con la ayuda de Amanda. Nuestro aporte podría ser efectivo a nivel de los contactos europeos de Ghislain a quienes puede apetecer este negocio. Cautivarlos será su aporte en esta etapa final y cuenta con una lista preliminar de candidatos a quienes contactar. Si logra atraer alguno podríamos ejecutar nuestro objetivo a corto plazo. No debería ser difícil capturar a un interesado si posee el perfil adecuado porque el producto es atractivo y el precio competitivo, elementos que pesan en cualquier análisis. Ghislain ha pedido un marcador y en una servilleta de tela ha esbozado nuestro acuerdo entre escritos, gráficos y una línea de tiempo; además de una breve lista donde quedan especificadas las tareas y rutinas de cada socio para implementar el plan de venta. Ghislain hace un gesto al jefe de meseros y le suplica que incluya el pedazo de tela en la cuenta sin recibir objeciones. La servilleta me trae a la memoria a sus primos, mis papeles arrugados.

Salimos y nos lleva caminando a un pequeño establecimiento donde venden víveres frescos y también sacan fotocopias, una combinación de servicios que sería complicado conseguir en Miami, donde por lo general cada tarea u objeto comercial es especializado y franquiciado. Ghislain saca copias para cada socio y luego de besar el original en tela lo dobla con experticia y se lo guarda en un bolsillo trasero. "El beso es para la buena suerte", nos explica, acostumbra besar por anticipado sus proyectos de negocios y hasta ahora no le ha ido nada mal con esa práctica. El francés toma un taxi y Zach prefiere caminar de vuelta para respirar los últimos aires de este singular vecindario.

Al rato nos perdemos en la maraña de calles, callejones y callejuelas añorando a Ghislain para que nos ayude a sortear con destreza el laberinto. Preguntamos y amablemente nos van indicando el camino. Conseguimos una ancha avenida salpicada de turistas que fotografían lo mundano y lo sublime de aquel rincón que fascina a sus visitantes sin importar su procedencia. Caminamos conversando hasta toparnos a la Ile de la Cité, un flanco que sí conocemos y hemos visitado. Cruzamos el puente para accederle y degustar un helado, pues Zach cómicamente, parodiando a Ghislain, explica balbuceando francés que estos helados son una obligación al visitar París, su imitación rememora su tendencia a imitar los modos mexicanos y españoles pero con menos destreza y mayor comicidad.

Esta mañana de primavera se pinta despejada con un sol radiante. De todas formas es muy fría para helados. Zach obstinado espera en la cola con algunos turistas nórdicos para quienes hoy es un día de verano. Degustamos nuestra golosina hasta llegar frente a la iglesia de Notre Dame, entramos y meditamos arrodillados por un rato. Sin pararnos, comenzamos a conversar casualmente y algún feligrés nos reprende con un gesto brusco, incitándonos a recogernos ante el espacio sacro. Amonestados optamos por salir, entonces preferimos acercarnos al pequeño parque en la fachada posterior de la Iglesia y allí nos sentamos un rato a ver pasar el río y terminar de conversar.

- Las cosas han cambiado mucho en los últimos días, quién se lo iba a esperar.
- Y esto continúa, no has escuchado el final del cuento, ayer entre siesta y siesta Miranda y yo hablamos a calzón quitado.
- ¿Con qué vendrás ahora Chris? Desde aquel día que me pediste ayuda para liberar a Oxana no has parado de dar sorpresas con tus infinitas ocurrencias y solicitudes, debería de parar...
- No puedo, las circunstancias me obligan, qué puedo decir...
- A ver, ¿qué traes ahora?
- No hay forma de que Miranda quiera vivir en Miami. No considera criar al bebé en otro sitio que no sea California.
- ¿Y, eso nos afecta cómo?
- ¡Deseo vivir con ella!
- ¡Claro! No hay problema, liquidemos Miami también, dejemos de trabajar y listo, vamos a retirarnos.
- Te propongo abrir frente en California. Una vez estuvimos pensando en China. California es mucho más cerca, las reglas son más certeras, se está recuperando, pasó la brecha de la bancarrota y ahora asoma un superávit de efectivo en sus arcas, podría ser el inicio de una posible expansión en su economía. Miranda cuenta con conexiones estratégicas. Ella puede contribuir a captar clientes y a cambio yo la puedo ayudar con los asuntos heredados.
- No mezcles los elementos en tu análisis, combínalos, pero no los mezcles: China tiene igual o mejor potencial, superiores expectativas a futuro, allá seríamos casi pioneros con algunos de nuestros productos, ¿qué tal ser osados e intentar repetir lo que hemos hecho aquí en ciudades gigantescas, emergentes y con hambre de negocios nuevos como Shanghái? Un proyecto como este experimento de París se puede convertir en un gigante allá en muy poco tiempo. California estuvo en banca rota, todavía le queda por rebotar. Miranda es talentosa, embarazada o criando un hijo es capaz de ocuparse de los negocios de su papá eficientemente y multiplicar por cien ese patrimonio. Guardando las distancias con China, acepto el potencial de California, los clientes y conexiones de Miranda serían un valor agregado. Me atraería explotar esa brecha, pregunto ¿amerita que te mudes allá? Si ella te puede conectar, tú viajarías a visitar al bebé y a Miranda junto a los clientes potenciales, por supuesto. O convéncela de darle una oportunidad a Miami. Sería darte una oportunidad a ti, mejor dicho a ustedes tres. La gente siempre duda de Miami porque nadie la aprecia ni por lo que es ni por lo que puede ser. No les parece un lugar suficientemente civilizado, sofisticado o chic. Tendría que venir otro Armani para validarla. Lo cierto es que es de lo mejor, cada día se supera, tiene sus ventajas respecto a Los Ángeles, estás tú, está el papá de Miranda, el futuro

abuelo y estoy yo, su padrino. ¿Qué más quieren? No quiero sonar pretencioso pero, si no me equivoco, su padre y yo somos la única familia que les queda o lo más cercano a ello que tú puedas pedir. Proponle matrimonio, por la Iglesia, el voto Cristiano incluye la promesa de que la esposa debe seguir a su marido, es una obligación sacra que reza: "en las buenas y en las malas, en la salud y en la adversidad" o algo por el estilo. Eso te conviene, no le quedaría otra que seguirte a Miami.
-Me encanta cuando le añades el lado divertido a las cosas. Debería yo usar todas las fuerzas y caminos posibles para convencerla pero algo dentro de mí me obliga a complacerla. Nunca le he dado mucho. Todo lo de ella es especial. Jamás pide nada. Una sola vez me pidió ayuda hace mucho tiempo. Ahora me sugiere esto. Puedo decir que no, pero dentro de mí le quiero decir que sí. No es lógico para mí por todo lo que Miami significa en mi caso, incluyéndote. Es que siento que nunca le podré dar algo mejor en un momento tan especial.
-No es una sugerencia lo de ella, es una petición, casi una exigencia.
-Lo entiendo, con otra persona ni lo consideraría pero es Miranda, mi Vanessa, tú me entiendes...
-Perfectamente....
-Sinceramente, ¿qué me recomiendas?
-Si te nace del corazón, hazlo. Sigue tu intuición que es fenomenal, al menos en la bolsa.
-¿Y todo lo nuestro?
- Lo nuestro es amistad y son negocios. Estás hablando de fundar una familia, ese es un concepto superior, al menos en teoría. La primera, nuestra amistad, nunca se verá afectada. Somos como hermanos, mejor que eso, la vida nos ha puesto a prueba y lo hemos superado, siempre apoyándonos, ésta es otra, una difícil porque afectará los negocios, ya veremos, tendremos que adaptarnos. Somos expertos en adaptación al cambio. Estamos adecuados para gerenciar en crisis. Veremos cómo funciona, en vez de visitar a Miranda vendrás a visitar a la compañía, que es tu empresa y también tu familia extensiva. ¿Sueno contradictorio? Es lo que siento. En vez de dormir solo donde está tu patrimonio, dormirás acompañado, lejos de lo que hemos forjado con extremo esfuerzo. Alguna buena razón debe haber para ello. Si eso te hace feliz hazlo, estamos aquí para ser felices. ¿O no? Descuida, yo cuidaré tus intereses como siempre tu has hecho con los míos. Somos complementarios en ese sentido, esta coyuntura no nos doblegará. Veamos el lado positivo, tú lo quieres, tu intuición siempre nos ha hecho ganar dinero. Debes estar donde te sientas bien, donde funciones al 100%, donde encuentres la felicidad que te ha faltado junto a ese elemento extra tan subjetivo, el amor, cosa que a ti sólo te lo puede dar Vanessa. Así es la vida. Obstaculizarte eso no tiene sentido. Mejor te apoyo y así gano

puntos y continúo siendo tu mejor amigo. ¿Qué tal?
- Por eso eres mi mejor amigo, siempre te arriesgas por mí. Ojalá que algún día te lo pueda demostrar por igual. Siempre me ganas en ese renglón, siempre te sacrificas por mí.
- Cuidado con lo que pides, hermano. Cuidado con lo que deseas amigo mío...
- Lo digo en serio, si ponemos en una balanza tú siempre has dado más, cierto, mi desempeño profesional ha logrado que ganemos más, muchas veces ha sido por carambola. De resto, tú siempre has aportado más, te has sacrificado más, has arriesgado más. Quiero que sepas que estoy consciente de ello y lo aprecio. Si algún día la vida me pone a mí a prueba respecto a ti como te ha puesto a ti conmigo, espero entonces estar a la misma altura, eso es todo.
- Despreocúpate, estoy seguro que responderías y si no yo te obligaría. Esas cosas no se planifican, suceden y es imposible prevenirlas. Cuando ocurren la gente reacciona. El que tiene clase reacciona bien, por eso estoy seguro de que llegado el día tu responderías, pase lo que pase...
- Gracias.
- ¿Por qué?
- Por todo y por nada, solo quiero decirte gracias y punto final, cambiaré el tema porque ya conseguí lo que quería, no quiero cocinar de más este lomito, se me puede quemar.
- Como dirían los curas, aquellos jesuitas que nos educaron. "Mejor será que valga la pena". Trata bien a Miranda, cuida bien de ese bebé, ámalos a ambos, tanto sacrificio tiene que ser por algo positivo, tiene que significar y trascender.
- Ese será mi reto, acepto que en eso del amor he sido un desordenado. He abusado de las circunstancias y no he aprovechado lo que de verdad vale. Me he arrepentido, me he enmendado y hasta me he perdonado. He entendido que si la vida me ha puesto este regalo que es Miranda ha sido por algo. Miranda ahora ha llegado con ese bebé que yo no estaba esperando. Ahora lo entiendo, Miranda y el bebé son vida, pura vida. Meditando casi soñé que una vez en lo profundo de mi alma así lo había deseado, era como si de pronto volviera un sueño olvidado y no totalmente realizado, un oportunidad que sentía perdida ahora la estoy rescatando, he ahí donde quizás yace mi plena satisfacción. Eso lo ignoro, presiento que todo es una oportunidad que me da la vida para generar, procrear, enseñar, estimular, compartir, aceptar, preservar vida. Vida como vida. Vida donde todo es vida. Pura vida. Ahí está la esencia de todo lo que había buscado. No había que viajar a Japón para entenderlo, no tenía que aparecerse nadie o recurrir a santo milagroso alguno para explicarlo. Aunque si no hubiese estado por allá meditando o acullá alucinado con un ángel, no comprendería su verdadero signi-

ficado. No hubiese estado preparado. No se me habría anunciado. No estaríamos aquí hablando. Sería otro. Mi vida no padecería dudas en este momento ni buscaría mi intuición tal significado. Pura vida.
-"Pura vida", me gusta eso, como dicen los surfistas, eres un hippie de alma. Esta vieja iglesia te ha inspirado.
-Pura vida, me suena bien. Lo sé.

53. Ambilado en un limbo

Allí, en la plaza de Notre Dame partimos camino, hacia una u otra orilla del río. Corrí de nuevo hasta un parque cercano. Paré a hacer unos estiramientos terminé haciendo la secuencia de yoga que era la marca de Oxana. Descansé otro rato en posición de meditación. Mi mente voló de nuevo hasta Japon y Korea. Me levanté y sin pensarlo estaba haciendo el Kata del Basai Dai, lo sentía en mis venas y en mi cuerpo, la secuencia, el tempo, cada movimiento, la fuerza interna. Me sentía elevado, independiente de lugar, del tiempo y el espacio. No percibía nadie a mi alrededor, aunque unos turistas ¿japoneses, quizás?, me tomaron fotos. Me sentí transportado espiritualmente, estaba bien, luego caí molido en el césped sin volver a tener plena conciencia, totalmente ensimismado quedé primero ambilado en un limbo y luego meditando, escuchando la nada. Estuve fuera de mí por un buen rato. Se podría decir que percibí lo que me esperaba a futuro, era una intuición prematura. Supe que estaría haciendo lo correcto aun sin poder explicármelo ni enteramente visualizarlo. Lo sé.

54. Sintiendo lo presentido

Antes lo presentía y ahora comprendo que mi cuerpo está cambiando. Dando vida a una nueva vida. Ese don que nos separa a las mujeres de los hombres. Lo que nos hace sentir femeninas, distintas, incomprendidas, especiales. Entiendo ahora mis cambios de humor. Mis ganas de dormir. Las ansias de estar sola por momentos y a ratos totalmente lo contrario. Las contradicciones, las risas, los llantos. Decir no cuando es sí y al contrario o al revés y por indirectas. La incertidumbre, las ganas de saber qué va a pasar. Las ganas de que me toquen o de que ni me rocen. Todo va y viene sin avisar, constantemente pero sin ritmos continuos. Imposible de proyectar o anticipar, mucho menos planificar. Ni yo misma soporto mis humores. Quiero volver a casa, a Los Ángeles, no me apetece ni París ni Miami. Deseo que Chris esté a mi lado, pero no forzado, no se lo vuelvo decir. Él que haga lo que quiera. Mi hijo será californiano, como yo, como su abuelo y su bisabuelo. Si es hombre deseo que lleve el nombre de mi padre. Eso me hace llorar. Si Chris ni siquiera sabe si me va a acompañar, si va a formar un hogar, mucho menos le puedo pedir que me lo deje nombrar. Por eso lloro, por esta y muchas otras tonterías. Lloro por cosas mundanas y por cosas serias. Nadie me entiende

Soy una mezcla irracional de sentimientos y sensaciones. Únicamente yo me comprendo y eso no quita que me sienta fatal. Afortunadamente, los médicos no han pensado igual. Ya puedo viajar. No puedo esperar estar en la playa, en mi casa cerca del mar. Caminar por la arena, sentir que la brisa del Pacífico sin control enrede mi melena a su antojo. El sol calentado mi espalda volviendo tarde a casa. El olor del agua salada sobre la piel. Si Chris supiera lo importante que es esto me consideraría, me complacería, se vendría a vivir con nosotros, a nutrirnos juntos y a esperar esta nueva vida mientras se forma dentro de mí, no deseo nada más, no espero más, eso es todo lo que sueño. Eso y dejar de sentirme mal, dejar de vomitar, olvidar los mareos, compartir mejor con los demás, recobrar mi simpatía natural, ser yo misma y no esta mata de nervios que no puedo controlar, pero principalmente dejar de sangrar, que el bebé venga bien.

Por fin Chris llega, me da un beso sudado y se va a duchar. Dijo que estaría trotando media hora y han pasado 3 horas. Ni siquiera atendió el celular. ¡Algo me hubiese podido pasar! No digo nada porque evito pelear. Mientras se escucha la regadera lloro a mi pesar, sin quererlo, lo odio cuando se pierde sin avisar. Hago un esfuerzo extremo para parar. Sale del baño, medio mojado, me abraza, la humedad de su pelo y su piel contra mi cara ocultan mis lágrimas. Aprovecho para recuperar la voz, verlo a los ojos y decirle te quiero.

Nuestra última noche en París. Siento que estoy cumpliendo una formalidad. Todos los demás beben unos caldos divinos. Zach y Chris celebran sin parar. Todas las bebidas seleccionadas por Ghislain pretenden impresionar. Zach luce complacido, el francés sabe a dónde apuntar con sus atenciones. Los tiene encantados, le sale natural, está acostumbrado a atender a sus invitados y especialmente si se trata de su socio y cuñado. Chris está muy pendiente de mí, se siente exagerado. No es su estilo habitual abrirme las puertas o caminar lento y sin desesperar a mi lado, como si entendiera mi parsimonia. Su caballerosidad aplica a otros estados, no especialmente a los mundanos, lo de él se especializa en estar allí cuando de verdad ha contado, cuando las cosas se pusieron malas, cuando el resto del mundo me había abandonado. Esto de ahora me extraña por novedoso y posado. Le digo que no lo haga pero él me bromea y dice que es porque está cambiando. No puedo hacer nada contra su encanto, su manera de reír cuando me miente descaradamente, la forma en que esos dos ojos grises me están mirando, lo veo de vuelta para decirle te amo.

Doutzen trata de ser extra amable conmigo. Me empalaga. Colinne por vieja y astuta se muestra natural, está pendiente, sin exagerar. Las atenciones de Doutzen me irritan y a veces hasta provoca vomitar. Conocer que estuvo con Chris antes de esta nueva etapa nuestra ha sido difícil. Nada es perfecto. Eso todavía no lo puedo aceptar. Noto brillo en su mirada cuando le habla. Observo y concluyo que Zach la ama, espero que lo de ella sea recíproco. No puedo reclamar, se sabe que Zach también estuvo conmigo. Cuando Chris se apartó del mundo y se fue a Japón. Fue un solo encuentro. Una pasión de un momento. Un breve soplo de aire tibio en el frío intenso de la traicionera soledad, la que aconseja mal. La ironía es que en ese momento ambos lo extrañábamos, eso lo hace peor. "Buena forma de demostrarlo", hubiese dicho mi padre. No pasó nada. No me movió el piso y tampoco perdimos nuestra amistad. No fue nada. Siento que no tengo derecho a reclamar pero lo de Doutzen me pone mal, muero de los celos, no lo entiendo, no me puedo controlar. La vida nos convirtió en estas parejas modernas y nos vamos a tener que soportar. Ese no era mi plan. Mejor razón no hay para evitar vivir en la superficial Miami. Trato de no odiar. No es mi naturaleza ni conviene a mi estado de gestación pero no lo puedo evitar. Celo a Chris como nunca antes. Pienso que soy la única que lo puede amar, lo quiero solo para mí.

Nos despedimos y volvemos al hotel. Hay una nota con instrucciones del médico en caso de emergencia al volar, por si vuelvo a sangrar. El gerente ha puesto flores de despedida en la habitación que debo regalar. No soporto el perfume que emanan. Una empleada me agradece el gesto y dice que se las llevará a su hogar. No puedo pedir más de esta gente, me ha tratado como si fuese un segundo hogar. Siempre los recordaré. Nunca más permitiré especulaciones e insinuaciones sobre la incierta hostilidad y antipatía francesa. Cuando realmente cuenta, dejan aparte sus frivolidades y aparecen con sus atenciones. Son gestos genuinos y muchos de ellos llegan sin avisar, sin haberlos solicitado. Detalles de la vida que realmente cuentan. Todo eso me recuerda a Chris. Le estoy haciendo esa comparación en voz alta y cuando volteo yace dormido profundo al lado mío, no ha dejado tiempo ni para conversar. Apenas toca la almohada cae profundo sin ruidos ni luces que le impidan conciliar el sueño. Al final de la cena Zach me hizo llorar. Tomó una copa y dijo que tenía un anuncio sorpresa. Luego miró a Chris y le dijo pienso que es mejor que seas tú quien hable. Chris tomo su copa la elevó al cielo, me miró, pausó un segundo, se rascó la melena que lleva al hombro desordenada como si todavía fuera un adolescente californiano y dijo en voz alta que se pensaba mudar a ese lugar, a California, para estar cerca de mí y del bebé. Zach apludió, yo no pude dejar de llorar. Fue un lloro distinto e intenso, como el que evidencié con Patrick. Ghislain, a quien tenía cerca, me abrazaba y su cachete sudado me produjo asco y risa a la vez. Colinne y Doutzen gritaron, abrazaron a Chris y lo besaron una en cada mejilla. De reojo aprecié que el beso de Doutzen tardó un segundo más de lo normal. Luego se embalaron hacia mí pero las evité con la excusa de mis ganas de vomitar. Pedí a Colinne que me acompañara al tocador. No vomité pero hablamos un buen rato. Sin preguntarle me explicó que lo peor del embarazo son dos cosas: siempre sentirse fea y lo terrible de los celos. Me dijo que tuviese paciencia, que todo pasa, me atajó de pronto cuando iba a contestar con un abrazo para evitar que dijese algo de lo que podría arrepentirme cerrando delicadamente mi boca con su mano izquierda, su perfume aceitoso casi me hace devolver. Luego dijo un chiste sobre que los hombres siempre buscan mujeres más jóvenes pero que las de más edad son las que los hacen amar. Volvimos a la mesa muertas de la risa en complicidad. Dije unas cortas palabras de agradecimiento, entre sollozos, traté de sonreír esquivando sonadas de nariz, mientras mi mirada se fijaba en el monograma de un pañuelo muy francés que galantemente me facilitaron. Sabía que no era fácil para Chris y que para eso Zach habría tenido que cooperar contra su voluntad. Luego dije que debía partir al hotel porque sentía que debía descansar. En el carro Chris me abrazó y me comentó su plática con Zach. Lo que más me gustó fue la parte donde le explicó que yo era especial...

55. Entre el calor de los rones y la brisa de la duda se discute el laberíntico y esquivo futuro...

Era un día típico de primavera tardía en Miami. Calor hay pero con ráfagas de brisa fresca. Hay humedad pero no es sofocante. Nada es intenso, al menos en cuanto al tiempo....Un poco más arriba en Augusta, Fred Couples se prepara a salir luego de un par días de ensueño. Me pregunto si el mejor swing de golf que ha existido es capaz de durar dos días adicionales. ¿Podrá aguantar haciéndolo bien o le fallarán las fuerzas porque le dolerá la espalda y todo se vendrá abajo?¿Es capaz alguien de aguantar haciendo el bien todo el tiempo sin ser victima de flaqueza alguna? A veces a los mejores les va mal.
Siempre admiraré su swing, a sabiendas de que un buen swing y las buenas intenciones no son suficientes elementos para triunfar.

Aquí la playa se rebosa con el calor y el mar luce bello. La gente se puede bañar con comodidad aunque los surfistas lucen sus oscuros trajes para protegerse. Los comensales de turno prefieren comer y beber en las terrazas abiertas de los restaurantes. Los lugares preferidos son los que están encima o cerca del agua. Los habitantes locales ya no van a los restaurantes de cangrejos porque según los expertos al subir la temperatura del agua disminuye la calidad y el sabor del manjar. Exageraciones, a mi entender. El hecho es que Joe's sigue a reventar, los turistas, manjar en su punto o no, salvan el día. Igual sucede con la terraza viendo el río de Smith & Wallenski y por allá en las tiendas con ese gentío que pulula por Lincoln Road, embriagados de notoriedad, porque se acaba de inaugurar el film Pain & Gain y los artistitas principales acudieron anoche a la cita de estreno para deleite de un SoBe más acostumbrado a las estrellas de básquetbol que a las luminarias del séptimo arte. No importa que sea un cine intrascendente para la academia, lo importante es el polvo de estrellas, el brillo es lo que prevalece.

Muchas mujeres exhibían sus bolsas de compras. Esto ya no era 2009, atrás quedaron los restaurantes y las tiendas vacías. Borrosos se veían los vestigios de la crisis del 2008, lucían lejanos, esos signos iban desapareciendo detrás del glamour que gracias al mercadeo inteligente y los efectistas producto mediáticos estimulaban a cualquier esquina de la ciudad con la fiebre del consumismo cuando había real de por medio, y en esos días lo había, nuevamente, la economía se sentía floreciendo mientras existía la duda de que si la recuperación era real o un mero espejismo.

Esa mañana el trote fue temprano. Sorpresivamente Zach no acudió. Doutzen explicó que lo sentía tenso, con mal humor. Él seguía con atención las noticias que le enviaba Alvar Braz desde el lugar de los hechos referentes a las tendencias sobre las próxima elecciones en Venezuela. Faltando menos de 24 horas había infinitas especulaciones. Zach sentía al criterio de Alvar demasiado optimista y a la vez lo palpaba inexplicadamente estresado. Estas incongruencias lo hacían sospechar. Braz identificaba a Capriles, el candidato opositor, con franca ventaja sobre Maduro, el heredero del poder en un movimiento que ahora se mostraba debilitado sin Chávez al frente. Contaba Maduro con la maquinaria cubana de Castro. Por detrás los comunistas cuidaban cada detalle político, señalando cada movida. Por contraste, los cubanos locales amigos de Zach, ese otro tipo diferente de cubanos, los de la otra Cuba, la Cuba de los exilados como Alex y miles más, los simples y también los sofisticados, los que habitan desde la Calle Ocho en Miami hasta Worth Ave en Palm Beach, le muestran indicios, argumentos, información o simples intuiciones donde desafortunadamente Maduro luce ganador. Los estudios serios reflejan márgenes pequeños, con claras tendencias a disminuir, pero nada que definitivamente pudiera ser reversible en 24 horas. Dierdra también ha estado comentando con Zach. Ella lo ha alarmado. Su cupido motorizado le comenta que en el humilde barrio de Petare la tendencia soporta la intención de votar por Maduro, como un último saludo al nefasto difunto, el timador que los hipnotizó por más de 12 años, con un poco más que unas bolsas de víveres como sustituto de espejitos mágicos y teátricas tercermundistas, como la de precarios enfermeros importados de Cuba fingiendo ser médicos con especializaciones universitarias. Ahora a Zach le ha dado por confiar más en las referencias y notas informales de Dierdra que emanan del populoso barrio que en las nítidas proyecciones en Power Point de Alvar que se cocinan con técnicos especializados que trabajan día y noche en algunas casas que fungen de bunker en medio de secretismos y pasiones incontroladas en las urbanizaciones más exclusivas de Caracas y, según Dierdra, también las que están más apartadas de la realidad circundante. Cuando curioseé reaccionó consternado.

-¿Qué te pasa, Zach?
-No me gusta que gane el malo. Tenía ciertas esperanzas con los números de Alvar pero mi intuición apunta a que los indicios que recibe Dierdra pueden estar en lo cierto.
-Ya tus intereses económicos parecen haber disminuido su exposición en ese maltratado país, no deberías estar tan estresado.
-Tienes razón, a ratos ya ni me siento venezolano.
-Entonces, ¿qué ocurre?
-No lo puedo explicar, es el país que me vio nacer, en mi niñez allí me educaron los jesuitas. Allá, tengo buenos socios y amigos, como Alvar. Tenemos. En momentos como éste siento lazos de afinidad, me toca una fibra emotiva, no lo puedo evitar, te repito: no quiero que ganen los malos.
-¿Piensas que puede pasar algo negativo?
-Si gana Maduro, aunque sea trampeado, claro que sí. Es un vende patria. No ama a Venezuela, hasta dicen que es Colombiano, quién sabe. Sí se sabe que está manipulado por los Castro a su antojo. Es un corrupto. Carece del carisma de su antecesor. Es un acomplejado social. Es mezquino hasta con los de su propio partido. No busca el bien de la gente sino el beneficio propio, para preservase en el poder.
-Pero, ya va… ¿Hay algo que puedas hacer?
-No, he allí la impotencia. Me enerva que ganen los malos, en cualquier situación. Da la sensación de que no hay justicia. Hoy no voy a correr, excúsame, ve tú si quieres.
-Ya me voy, te estás poniendo repetitivo, no me gusta verte así, tan negativo, te daré tu espacio, pero no te lo tomes tan a pecho, recuerda que son acontecimientos que no puedes influir ni cambiar más en este momento, al menos no a tu escala, ya has colaborado mejor que muchos, al menos desde el punto de vista financiero.
-Eso es lo que me da rabia, la impotencia de saber que ya no puedo hacer nada…
-Lo sé.

Así corría Doutzen a mi lado. Manifestando también su preocupación por lo evidenciado. Bromeando le contesté que de tanto andar con Zach ya ella parecía más pegada a las cosas venezolanas que yo. Eso le encantó y la hizo reír por un buen trecho, camino a Virginia Key. Llegamos al puente elevado, la montaña de concreto para los trotadores que buscan entrenar en pendientes lucía cómoda al ritmo. Doutzen llama a cada cosa por su nombre. Esta era Virginia Key y Key Biscayne era la siguiente isla, lo que seguía de Crandon Park hacia el sur. Cientos de usuarios y yo, desde el pago del peaje para dentro, denominamos a todo alegremente Key Biscayne. De toda la gente que conozco, Doutzen es la única que siempre diferencia con propiedad el islote del otro más largo, con la misma precisión demostrada en sus análisis de las acciones aplicado sin restricciones a lo cotidiano. Esta mujer sin duda cree en la exactitud. Le recuerdo que Zach siempre ha sido un paladín contra las injusticias. Tanto de las causas cercanas a su corazón como de las lejanas. En este caso es inmediata pues pocos olvidan dónde nacieron ni a la gente con quien crecieron. Muchos tienden a ignorar tal o cual terruño por conveniencia, lo cierto es que no se relega. Que te lo digo yo que he transitado todas esas dudas e hipocresías tratando de dejarlas a un lado.

Ahora cruzamos el segundo puente, el cuasi plano, que nos adentra en Key Biscayne. Algunas reparaciones temporales hacen más evidente el cruce lleno de ruido y polvo, algo de lo último parece colarse en la garganta. Seguimos camino hacia el pueblo, escupo a un lado tratando de despejar la flema atragantada, Doutzen me critica por cochino y me reprime por contaminar el ambiente, conversamos casualmente mientras trotamos, parecemos buenos amigos, supongo que lo somos, hablamos con la soltura que permite no tener a la pareja formal a oídas cercanas. Revisamos los detalles de mi ida inminente a California, recordamos con cierta ironía, por haberlo ignorado antes, que contábamos con Anderson allá, un buen contacto de negocios quien era muy amigo de Kelly en Wall St., en algo nos ayudaría. La referencia produjo un pequeño deja-vu sobre una lejana conversación con Anderson y Kelly sobre California, fue una noche de tragos en el Zuma, ahora surgía con algo de neblina en nuestra memoria, inclusive con tintes de premonición o aviso del pasado sobre el futuro. Lo que eso significaría para el trabajo y la forma de comunicarnos Doutzen y yo no lo sabíamos.

Probablemente se incrementaría la intensidad y frecuencia de las comunicaciones para reemplazar las ventajas de operar físicamente en la misma locación. Habría que apuntar a no pasar detalles por alto que impidiesen mantener los niveles de eficiencia que gozábamos. Doutzen me dio todo su apoyo. Le pedí excusas porque estoy seguro que había notado los celos y los desplantes de Miranda. Le achaqué todo sutilmente al embarazo. Doutzen sintió que sus reacciones estaban por encima de los simples antojos de embarazo. No, señor. Le revelaban algo de territorialidad sobre los sentimientos hacia un hombre con quien ella también había estado. Insinuó no arrepentirse. No la contradije. Poco después del segundo puente cercano a donde hubo el incidente con los rusos y los españoles decidimos retornar. Prometí visitar la oficina con toda la frecuencia necesaria que demandase el trabajo y la invité de una vez al parto para que fuera junto con Zach. Doutzen agradeció y con habilidad femenina aconsejó que mejor esperara a que Miranda primero tomase la iniciativa de invitarla. Me sugirió que su ausencia y mi presencia en California durante los próximos meses, harían que el foco cambiara de los celos al bebé y entonces ahí será un buen momento para invitarla al parto. Después de todo, Zach será el padrino de la criatura. Llegué a la casa de correr y Miranda dormía. Le preparé una de mis merengadas especiales de avena, añadí en su caso cambur, hielo picado y miel. La diferencia hacía la mezcla mucho más sabrosa y nutritiva para su estado. La desperté a besos. Debía salir a trabajar. Era un día importante para Zach. Nos tocaba entregarle el carro a Aleksei Kechinov según lo convenido. Ahora que estaba encantado con Ghislain y sus nuevos socios en Francia esta sería nuestra última transacción comercial con el bendito ruso. Zach no deseaba verlo más. Miranda tenía una visita planificada a su padre. Mañana partiríamos para Los Ángeles. Lo había pensado y únicamente me llevaría mi laptop y una maleta de ropa. El resto de mis cosas permanecerían. Con el tiempo iría mandando lo que se requiriese, por el momento sería lo mínimo. Llegué a la oficina y ya Zach llevaba tiempo trabajando. Lo interrumpí para preguntarle sobre el auto.

-¿Qué tal todo, Zach?
-Un poco tenso, Chris, ¿y vos?
-Muy bien, ya Miranda se siente perfecto, no ha sangrado y mañana partiremos para L.A.
-Que bueno, ¿por dónde trotaron?
-Desde aquí a donde casi nos atropellaron los mafiosos y de vuelta, con dos o tres subidas al puente al retornar, Doutzen es rigurosa hasta en los entrenamientos, empezó suave para después decidir que habíamos hecho poco, por eso lo del puente.
-¿Cómo notaste a Doutzen, esta mañana?, se caló mis malacrianzas.
-Me dijo que estabas tenso porque en Venezuela están ganando los malos o algo así...
-Y aquí también es un día para los perversos, ignoro por qué pero entregar el carro me tiene enfurecido. Es de nuevo dejar que un malandro se salga con la suya, otro maléfico para la lista. Entiendo que fue el trato. Lo hecho fue un hecho por Oxana, un trato hecho, no voy a recular, pero me arrecho. Ese ruso es sagaz. No lo percibí. Accedí cuando me lo pidió, no parecía sustancial. He estado reunido con Oxana. Ella es impresionante, cómo ha cambiado, lo que ha logrado en tan poco tiempo trabajando en la fundación, las ganas que le pone, incluso con lo que no le corresponde. Lo que hemos apostado en ella, fue bueno, no me mal entiendas, todo eso vale, no me arrepiento. Supera a lo del bendito carro. Sin embargo me da rabia que triunfe el malo, claro, hablo emocionalmente, es que la vaina me pega. Él lo sabía, es lo peor, yo no lo

entendí, él sabía que me estaba dando en la llaga y ahora es que lo entiendo. Parezco un niño, es una reacción meramente infantil. Yo puedo ordenar otro carro si quisiera, mejor dicho: pronto lo haré. No entiendo mi maldita reacción, es como si me quitaran mis canicas a los cinco años. Él lo sabía, fue un vil manipulador, jugó con mi mente y aún lo hace. No me gusta que ganen los malditos. Es todo. Estoy bien. Lo superaré. Te lo cuento porque eres mi hermano.
- Tranquilo, Zach, que tu carro veraneando en St. Petersburgo paseará a muchas rusas pero ninguna con la calidad humana de la Rusa Bella, ya verás, ella fue la última realmente bella que se montó allí. Pero, pensando con la cabeza de abajo: qué pena, no montarás a ninguna de esas otras rusas bellas, ni tampoco las besarás, qué dolor, qué pérdida.

Reímos con mi comentario final, esa era mi intención: cortar la tensión que era más que evidente y no se correspondía con la inteligencia normal de Zach. Seguimos trabajando fuerte por un rato, luego fuimos a almorzar, tomamos. Beber licor fuerte era extraño en Zach para un día de trabajo pero este día se le antojó. Revisamos nuestra estrategia de trabajo "Costa a Costa" como la habíamos bautizado. Lucía promisoria, nos sentíamos positivos en ese sentido. Luego de un jugoso trozo de carne en Cipriani acompañado de un suculento soufflé de chocolate y con un mínimo de tres o cuatro rones venezolanos entre pecho y espalda nos dispusimos a llevar el carro, no sin antes recordarnos que manejar así era una locura, reímos mucho al respecto, lo consideramos brevemente y decidimos igualmente hacerlo. El valet estaba atiborrado, a pesar de ello tuvimos suerte, trajeron rápido el carro, algunas muchachas que esperaban sus coches voltearon a ver el nuestro, Zach disfrutó de las miradas casi que con nostalgia prematura y yo lo abordé:

- Zach, yo puedo manejar, soy mejor piloto que tú y nunca me han parado por tomar, por ir rápido sí, tengo algunos tickets en el cajón de mi escritorio, pero ninguno ha sido por andar ebrio, tengo una mano estable, iré despacio, seré precavido.
- A mí tampoco, es mi carro, es a mí a quien me da rabia perderlo, deseo entregarlo y luego tal vez darle al ruso un carajazo en la jeta, por abusador.
- ¡Anda con cuidado brother! ¿Ahhh? Zach, el ron siempre te ha puesto belicoso. ¿Estás bien?
- Salgamos de esto, no quiero postergar nada, entregarlo y olvidarlo, descuida, no atacaré al maldito, no por los momentos y mira que tengo ganas. Oye, cambiando un poco el tema, traje una versión antiquísima de una canción del año '73 para marcar mi entrega, esa vejez contrasta con el carro y a la vez le pega pues habla del no obtener lo que uno quiere y también me recuerda una de esas películas que vimos juntos

y discutimos en algún fórum nuestro hasta la saciedad, la que se refería a la variables del cambio o los cambios variables como un elemento que siempre se debe considerar. Me pareció apropiada para que la escuchemos en el camino. Se la solicité a la radio de la universidad, es una versión más o menos difícil de ubicar, me permitieron bajarla de su base de datos. Para algo sirve contribuir a esa noble causa.

- ¿No has notado sus guardaespaldas? Ni pienses en rozarlo. Lo de la canción sí me parece apropiado. Esa letra lo dice todo...

- ¡No tengo miedo de nadie! Vamos a escucharla sin hablar hasta llegar allá.

Al cruzar sobre Brickel Ave. nos agarró el puente hacia Downtown elevándose. Aprovechamos el tráfico parado para bajar el techo. La pieza musical era irreverente, sonaba al fondo con fuerza, el equipo de música era impecable y esta versión lenta era especialmente buena, tenía un estilo futurista en su ritmo distinto a otras adaptaciones, el toque de la batería parecía alcanzar al tempo de la guitarra y no viceversa, había hasta algo de jazz en ella o quizás era el ron, seguía en silencio cada palabra de la letra. De pronto, se produjo un cambio inesperado, me interrumpió el ruido estridente de una motocicleta que nos adelantaba entre carro y carro para posarse a esperar por la bajada del puente frente a nosotros. La intromisión provenía de una llamativa Harley anaranjada, un modelo reciente, nueva, extremadamente grande para la talla de su piloto, quien apenas lograba tocar el piso empinado un pie para intentar mantener con pena y trabajo el equilibrio. Nos burlamos del aparatoso meneo que producía el pequeño sujeto para penosamente lograr nivelarse. Al observar con mayor claridad, notamos que era Draco Talletti y no lo podíamos creer. Al bajar el puente nos mantuvimos cerca, sin que notase nuestra presencia. Era obvio que no era ducho en el arte de manejar motocicletas, un novicio sin escuela. Se explicaría por excesiva vanidad de "nuevo rico" el adquirir una joya como esta Harley que a todas luces era una máquina demasiado grande y poderosa para su diminuto tamaño. Sus falta de capacidad como piloto en una ciudad donde abundan los expertos lo hacía lucir en peligro, resaltante y especialmente ridículo. Zach sin esperar cambió su tono, modificó radicalmente su actitud, dejó de tatarear la pieza y comenzó a gritar con lo que daba su voz:

- ¡Maldito, maldito ladrón, ladrón maldito!

- ¡Calla, brother, que te va escuchar!

- No puede con el estruendo de la moto ¡mira eso! ni siquiera la sabe pilotear.

- Déjalo quieto, pásalo de un lado, olvídalo, ya lo perdonamos, tenemos que entregar el carro.

- No lo quiero perdonar, no lo voy a pasar, lo voy a chocar, lo voy a machacar, lo voy a matar.

-No seas bolsa, hay cámaras por todos lados, ahí tienes al American Arena, te van al filmar.
-No me importa que me registren haciéndolo, lo quiero matar.
-Ese es el ron hablando ¡olvida eso! Lo perdonamos, ¿recuerdas?, tú mismo insististe, yo lo dejé pasar, estoy por tener un hijo, me mudo con la mujer que quiero, la única que amo, no quiero problemas, dejé los vicios, quiero empezar de nuevo, Dios me ha dado un regalo, una segunda oportunidad, no la quiero desperdiciar.
-Tú me lo debes. Siempre me metes en estas situaciones como la del maldito ruso y yo como un bolsa salgo y te ayudo. Te has cogido descaradamente a mi futura esposa y yo como un bolsa salgo y te perdono. ¿Ah?, dime, ¿fue por eso que no te demandó por lo del bendito acoso? Te mudas a la glamorosa California, abandonas a tu hermano sin medir las implicaciones a nuestro negocio y yo como un bolsa salgo y te apoyo. Entiéndelo, coño: ¡no quiero que triunfen los malos! Me la debes, soy tu hermano, soy tu socio, soy tu amigo, me tienes que apoyar: no quiero que triunfen los malos, no quiero que triunfen los malos...
-¡No digas locuras! ¡Él no es Chavéz! Enfrenta a esos retrasados en Caracas, allá hay malos de sobra. Calma, recapacita, ya todo eso pasó, te espera una nueva vida con Doutzen. Tú también te cogiste a Miranda, fue en mi ausencia y no tengo rencores. No hay consecuencias, no hay nada que reclamar. ¡Bueno sí, tienes razón, él es de los malos pero, déjalo ir! Él no vale nada, esa es la pura verdad. No tientes a la suerte. Mira que nos ha ido muy bien... ¡Nada mal! No tientes a la bendita suerte, por favor no.
-¡A Miranda no! Fue a Vanessa y eso pasó hace 10 años. Si no te has dado cuenta ahora ella es otra persona y pareciera que tú también...
-Lo que sea, Zach, olvídalo. Por favor olvida todo eso. Deja las variables a un lado, no más cambios. Tú siempre has estado por encima de estas cosas, evitemos las tentaciones destructivas, no caigamos ahora en ese barranco y menos por unos tragos. Tú eres superior a esto. Estás por encima de esta pendejada. Pídeselo a Dios. Pasa esta página. Deja ir al rufián. La vida se encargará de él. Vamos a dejar el carro, cerremos los capítulos virulentos y empecemos de nuevo. Él no vale nada, esa es la pura verdad.
-Qué lindo hablas. Qué discursito. ¡Cobarde! No es pendejada, al contrario, es grave. Por más que hables precioso no lo voy a dejar pasar. ¡No entiendes un carajo! Créeme, a veces el olvido no hace su trabajo. Máximo se lo dejo al destino. Si cruza para agarrar el puente hacia SoBe justo cuando vaya hacia el hueco de la reparación donde están construyendo, óyeme, ahí mismito, te lo juro, ahí empujaré al maldito, allí no hay cámaras. Ahora si sigue por Biscayne Blvd. hacia el teatro del ballet con todas esas cámaras y guardias en la calle se salvó, lo dejaré pasar...

Será su suerte. Dios decidirá. Yo no me voy a desviar. Estoy en mi vía, detrás de él, ni ha mirado atrás el maldito, no nos ha notado. Que hable el destino.
- No es Dios quien decide, tú tienes la libertad de decidir y discernir. Él no lo hará por ti. Usa tu sapiencia, estás por encima de esas supersticiones.
- Hablas lindo hasta cuando tomas, mierda, qué coherencia la tuya. ¡Mira! Destino o fatalidad cruzó el maldito hacia el puente. ¡Se jodió! Firmó su sentencia y aquí vamos y que Dios nos perdone, santíguate…
- ¡No! No, lo hagas te lo pido por Dios, por Doutzen, por Miranda y por mi hijo quien será tu ahijado. Tengo un propósito: quiero formar una familia, tú serás parte de ella. Tú también lo soñaste. No nos lo niegues. Vamos a fundar las familias que visionaste cuando planificábamos ir a París. ¿Recuerdas? ¡Es lo único que importa!
- ¡Deja los romanticismos, coño! ¿Por Dios? ¡No seas tan marico! Ya ni te reconozco, ¿dónde están tus bolas, las perdiste, te hizo cobarde el ron? No jodas más. Ya lo vamos a alcanzar, lo tenemos a punto, será sólo un toque, esa bestia no sabe manejar, el mismo caerá, sin saberlo el maldito firmó su sentencia, declaró su muerte, es el destino de ese saco de pus y también es el nuestro, no lo planeamos, sólo ha pasado, será rápido, ni sabrá que pasó, no va a ganar el malo, se hará justicia, se entenderá….
- No, no, no, ¡no lo hagas!, dañarás el maldito carro.
- ¡Lo odio! ¿No entiendes, coño, qué te pasa? Mi carro ya no es mío. ¿Y? No me importa, ya lo perdí por culpa de tu bendita puta, no me desvíes del tema que el maldito es él, no mi carro ni tu querida rusa, ese bicho se jodió, ya te lo dije, coño, que Dios me perdone, ese bicho se jodió, lo voy a matar, su puta madre… ¡voy a matar a ese maldito de mierda!
- No abras más esa herida, déjala sanar, tú me ayudaste a cerrarla, aparta esa maldad, no odies que no sirve de nada, perdona, deja pasar la malicia… ¡no vale la pena!
- Sí, sí, ¡sí! ¡coño!
- No, no ¡no! ¡por favor!
- Sí, sí sí…
- No no no…
- ¡Ahhhhhhhh!
- ¡Ohhhhhhhh!
- Ahhhhhhhhh
- Ohhhhhhhhhhh
- Ahhh…
- Ohhh…

Qué alivio…

ÍNDICE

PRIMERA PARTE

SEGUNDA PARTE

TERCERA PARTE

…

Traducción al Castellano del poema "Clear Thinking"

Lograr pensar con claridad se convirtió en una memoria lejana,
El cielo soplaba inundado de polvo,
Ver era arduo, inclusive si alguien trataba de alcanzar la más tenue luz dentro de tal oscuridad,
Pero continuamos andando, hasta conseguir una vía,
Fue difícil seguir tan incomprensible camino,
No decaímos en nuestro intento,
Ignoro cómo, después de un tiempo, logramos ver y pensar en claro,
Sólo para darnos cuenta de que,
De no haber mantenido la esperanza ciertamente habríamos fracasado…
De no haber preservado la amistad hubiésemos sufrido aún en mayor grado…
De no haber conservado el amor jamás hubiéramos sobrevivido…
Más tarde, cuando finalmente todo logró resolverse,
Fue impresionante entender que sencillamente aquello había sido un complicado viaje mental,
Y que volver a la realidad estuvo a tan sólo un paso de distancia,
Lo único requerido era encontrarnos a nosotros mismos en nuestras mentes y en nuestros corazones,
Pero viendo hacia atrás comprendimos cómo, todo aquello, indistintamente, nos tomó una eternidad…

Made in the USA
Monee, IL
19 October 2026

66035571R00236